Rainer Löffler

Blutsommer
Thriller Rowohlt Taschenbuch Verlag

Originalausgabe
Veröffentlicht im Rowohlt Taschenbuch Verlag,
Reinbek bei Hamburg, Juni 2012
Copyright © 2012 by Rowohlt Verlag GmbH,
Reinbek bei Hamburg
Seite 258: Diagramm nach Martin Grassberger und Christian Reiter,
übersetzt von Mark Benecke, gezeichnet von Peter Palm.
Umschlaggestaltung yellowfarm gmbh, Stefanie Freischem
(Abbildung: Timo Kümmel)
Foto des Autors privat
Satz DTL Documenta PostScript (PageOne) bei
Dörlemann Satz, Lemförde
Druck und Bindung CPI – Clausen & Bosse, Leck
Printed in Germany
ISBN 978 3 499 25727 8

**Jeder ist ein Mond und hat eine dunkle Seite,
die er niemandem zeigt.**

Mark Twain

Prolog

Lautlos bewegte er sich auf den dunklen Wagen zu. Wie ein Raubtier auf der Jagd näherte er sich vorsichtig seinem Opfer.

Schon konnte er durch ein offenes Fenster das Knistern der Glut einer Zigarette hören, der Wartende vertrieb sich die Zeit mit Rauchen. Der herbe Duft nach verbranntem Tabak wurde von dem Geruch zu lang getragener Kleidung begleitet. Der Auserwählte war zweifellos nicht gut auf ihr Treffen vorbereitet, sein Mangel an Respekt war nicht zu leugnen.

Warte noch ein paar Stunden, dann wird Schweiß noch die angenehmste deiner Ausscheidungen sein, dachte der Herr der Puppen.

Aber noch saß der Mann entspannt rauchend in seinem Wagen und ahnte nicht, welche Veränderung ihm bevorstand. Stattdessen dachte er vermutlich über Dinge nach, die ihm momentan wichtig erschienen. Seine langweilige Arbeit in der Kanzlei. Ein unnötiger Streit mit seiner Frau. Vielleicht sogar an das Treffen mit der Geliebten ... Es gab vieles, mit dem man sich beschäftigen konnte, wenn man die wahren Prioritäten nicht kannte, dachte der Herr der Puppen.

Auch ich habe mich viel zu lang an der Oberfläche meiner Möglichkeiten bewegt, anstatt meiner wahren Berufung zu folgen. Ärger überkam ihn, als er an die vielen verschenkten Jahre dachte. *Ich könnte schon viel weiter sein, wenn ich früher begriffen hätte.*

Doch sein Unmut verflog so schnell, wie er gekommen war. *Vergiss die Vergangenheit!*, ermahnte ihn die Stimme in seinem Herzen. *Es ist die Zukunft, die zählt.*

Plötzlich warf der Auserwählte seine Zigarette aus dem schmalen Spalt des geöffneten Wagenfensters. Nur Zentimeter von den Fußsohlen seines Beobachters entfernt, fiel der glimmende Stumpen auf den feuchten Asphalt, wo er noch zwei-, dreimal umherwirbelte und seine glühende Asche in die Dunkelheit versprühte, bis er schließlich zischend in einer kleinen Pfütze landete. Dann war Stille.

Stille.

Der Herr der Puppen liebte dieses Wort wie kein anderes. In einer lauten Welt ohne Liebe für Details suchte er geradezu diese Momente, in denen außer seinem Herzschlag und dem des Auserwählten nichts zu hören war. Auch später, wenn die Arbeit vollbracht war und die Reste seines Opfers ihren Platz in der Galerie eingenommen hatten, herrschte eine Stille, die seine zum Zerreißen gespannten Sinne auf angenehme Art beruhigte.

So wie in diesem Augenblick. Der Mann in dem Auto öffnete das Handschuhfach, um etwas herauszunehmen. Vielleicht eine Straßenkarte, vielleicht eine neue Schachtel Zigaretten. Was immer es auch war, es spielte keine Rolle mehr. Denn noch während der Mann sich tiefer zur Seite beugte, um besser an das

Gesuchte heranzukommen, spürte der Jäger mit jeder Faser seines Körpers, dass jetzt die Zeit des Handelns gekommen war.

Lautlos machte der Herr der Puppen den entscheidenden Schritt auf sein Opfer zu.

14. Juli, 8.50 Uhr; Köln-Klettenberg, Fort Deckstein

Der Rollsplitt knallte im Takt eines Maschinengewehrs gegen den Unterboden des Minivans, als Wolfgang Lerch ohne zu blinken über die durchgezogene Linie in den Waldweg abbog.

«Du bist mir ja ein schönes Vorbild!» Martina Lerch klang halb belustigt, halb ernst. «Was glaubst du, was die Kinder daraus lernen, wenn sie einen Geisterfahrer zum Vater haben?»

«Was sollen sie daraus lernen? Wahrscheinlich bewundern sie meine Fähigkeit, mutige Entscheidungen zu treffen. Nicht wahr, ihr drei?»

«Was ist ein Geisterfahrer, Mami?», wollte Louisa vom Rücksitz aus wissen.

«Das ist jemand, der in die falsche Richtung fährt», erklärte ihr Anna. «Wenn so einer einen Unfall baut, dann zahlt die Versicherung nicht. Außerdem kommt er ins Gefängnis und kriegt fünf Jahre lang nur Wasser und Brot.»

«Nur Wasser und Brot?» Martina Lerch zwickte ihrem Mann in seinen stattlichen Bauch. «Okay, fahr weiter, Wolfgang.»

Als sie die Lichtung mit dem Parkplatz erreichten, standen nur zwei weitere Autos dort, ein dunkler Jeep und ein roter Honda. Wolfgang Lerch parkte am anderen Ende des Platzes, direkt neben der Abzweigung des Waldweges, den sie einschlagen mussten.

«Siehst du, es war doch eine gute Idee, so früh aufzubrechen. Jetzt können wir uns in aller Ruhe den schönsten Grillplatz im Wald aussuchen, während die Leute, die heute Nachmittag kommen, ihr Fleisch in der Sonne braten müssen. Bin ich nicht ein guter Organisator?»

«Der beste. Jetzt musst du den Kindern nur noch erklären, warum es notwendig ist, dafür an einem Samstag um sieben Uhr aufzustehen.» Martina gab ihm einen Kuss auf die Wange, bevor sie sich losschnallte und ausstieg.

Obwohl es noch so früh war, fühlte sie sich von einem Moment zum anderen wie im Vorraum einer Sauna, bei der jemand vergessen hatte, die Tür zu schließen. Die schwüle Luft kroch in Sekunden unter ihre Kleidung, wo sie für unangenehme Feuchte sorgte. Martina wusste, dass dies nur ein Vorgeschmack dessen war, was ihnen am Nachmittag blühte, wenn sich die Tür zur Sauna endgültig öffnete. Dann half nur noch trinken und stillsitzen, so wie schon seit Wochen in fast ganz Deutschland.

Während ihr Mann zum Kofferraum ging, um den Bollerwagen auszuladen, zog Martina die Schiebetür auf. Erst half sie ihrer Jüngsten aus dem Kindersitz, dann stiegen Anna und zuletzt Lena aus dem Auto, die Louisas Teddy fest in der Hand hielt. Die Achtjährige wusste genau, dass ihre kleine Schwester ohne Winnie keinen Schritt aus dem Haus gemacht hätte und schon gar nicht aus dem Auto. Deshalb hatte sie sich persönlich zu Winnies Aufpasserin erklärt. Zur Freude aller, denn jeder wusste, was los war, wenn das Stofftier versehentlich irgendwo liegenblieb.

«Scheiße! Hat jemand an den Spiritus gedacht?» Wolfgang

Lerch hielt die Trageschlaufen einer Jutetasche auseinander und blickte hinein. «Ich glaube, ich hab ihn vergessen!»

«Der Fusel ist da, wo er hingehört, nämlich bei der Holzkohle im Grill», erklärte ihm seine Frau.

«Scheiße sagt man nicht», beschwerte sich Louisa. «Frau Aßmann sagt, wer das Sch-Wort sagt, ist dumm wie Bohnenstroh.»

«Deine Kindergärtnerin hat vollkommen recht, mein Schatz. Aber dein Papa hat sich nur versprochen. Er wollte eigentlich *schade* sagen.» Martina Lerch blickte ihren Mann warnend an.

«Stimmt das, Papa?»

«Natürlich. Du musst dir keine Sorgen machen. Dein Vater ist nicht dumm.»

Als alles umgeladen war, schloss Wolfgang Lerch den Wagen mit der Fernbedienung ab. Louisa lachte zufrieden, als die Blinker kurz aufleuchteten und die Hupe ertönte. Dann rannte sie zu Lena und Anna, die bereits einige Meter vorausgelaufen waren.

«Du bist dran», rief sie, als sie ihre älteste Schwester erreichte und mit der Hand abklatschte.

«Ich bin doch kein Baby mehr», maulte Anna, während sie die Mailbox ihres Handys kontrollierte. Sie hatte es nach einem halben Jahr schwerster Überzeugungsarbeit zu ihrem zwölften Geburtstag geschenkt bekommen. Seitdem drehte sich ihre ganze Freizeit um das Gerät, auch wenn heute kein Mensch außer ihr zu wissen schien, dass sie es besaß.

«Doofie!» Lena streckte Anna die Zunge heraus und lief hinter Louisa her.

«Lauft nicht so weit in den Wald, Kinder! Hier gibt es jede Menge Bären und Wölfe.»

«Aber doch nur im Märchen!» Unbeeindruckt verschwanden die beiden Mädchen mit Winnie im Schlepptau in einem

Gebüsch. Fröhliches Geschnatter begleitete ihren Weg durch den Wald, sodass sich ihre Eltern keine Sorgen zu machen brauchten, sie könnten verlorengehen.

In gemächlichem Tempo folgten die Lerchs mit ihrer Größten dem schmalen Schotterweg in Richtung des kleinen Waldsees, der ihr Ziel war. Er lag, von mehreren Feuerstellen umgeben, nur einen knappen Kilometer vom Parkplatz entfernt und war bequem in einigen Minuten erreichbar. Die beiden Erwachsenen gingen voraus und diskutierten darüber, warum man das nervige Quietschen des Bollerwagens eigentlich mit schöner Regelmäßigkeit eine Sekunde nach dem Einladen in den Van wieder vergaß und sich beim nächsten Mal wunderte, dass man es nicht beseitigt hatte.

«Was für ein herrlicher Tag!» Martina Lerch warf den Kopf in den Nacken und streckte die Arme aus. «Ich verspreche dir, dass ich heute nichts, aber auch gar nichts tun werde, was anstrengt. Nur essen, schlafen und ...», fügte sie flüsternd hinzu, nachdem sie sich mit einem Blick über die Schulter vergewissert hatte, dass ihre Älteste mit dem Handy beschäftigt war und ihnen nicht zuhörte, «wenn es unbedingt sein muss, heute Abend auch noch ein bisschen Sex.»

Ihr Mann grinste. «Es muss sein, mein Schatz. Du weißt genau, dass ich immer einen Hormonschub bekomme, wenn ich Fleisch esse. Das sind vermutlich meine Urinstinkte – aus der Zeit, als Männer ihre Frauen noch mit der Keule erlegten.»

«Träum weiter, du Halbwilder! Ich werde dir heute Abend zeigen, was eine *Frau* mit einer Keule alles machen kann.»

Lachend zog Wolfgang Lerch den Bollerwagen weiter in Richtung des Grillplatzes. Der Weg zog sich über eine kleine Kuppe und fiel dann zu einem trockenen Bachbett ab, das sich durch den Wald schlängelte.

«Lena! Louisa! Kommt her!», rief Martina Lerch, als ihr plötzlich bewusst wurde, dass sie die beiden Mädchen schon eine Weile nicht mehr gehört hatte. In etwa hundert Metern Entfernung glaubte sie für einen kurzen Moment plötzlich Lenas rotes Kleid aufblitzen zu sehen, das schnell wieder hinter einem Gebüsch verschwand.

«Lena! Wenn ihr nicht *sofort* herkommt, werde ich böse!» Ihre Stimme klang streng, und doch machte sich bereits Unruhe in ihr breit. Die Kinder hielten oft die Spielregeln nicht ein. Eine der wichtigsten war, sich nicht aus der Sicht- und Rufweite der Eltern zu entfernen. Doch ihre Töchter wussten genau: Wenn ihre Mutter diesen Ton anschlug, war mit ihr nicht zu spaßen.

«Lena! Louisa!»

Alles blieb ruhig.

Martina Lerch blickte ihren Mann an. Angst schnürte ihr plötzlich die Kehle zu. Man wusste ja, was heutzutage alles passieren konnte. Und wie schnell so etwas ging...

«Wir sollten lieber mal nachschauen», sagte nun auch ihr Mann.

«Ja. Ich...»

Im nächsten Moment drang ein markerschütternder Schrei durch den Wald. Eine Sekunde später schrie noch jemand. Den Lerchs gefror das Blut in den Adern.

«Louisa! Lena!», brüllte Wolfgang Lerch.

«Anna, du bleibst mit deiner Mutter hier! Ich sehe nach, was los ist.»

«Wir kommen mit!» Ein kurzer Blick in die Augen seiner Frau machte ihm klar, dass jede Diskussion zwecklos war. Ohne ein weiteres Wort zu verlieren, rannte er los, die beiden anderen folgten.

Martina Lerch blieb dicht bei Anna, sodass ihr Mann schnell einen Vorsprung vor den beiden gewann. Dabei scherte er sich nicht um die Dornen, die seine nackten Beine zerkratzten, er nahm den kürzesten Weg dorthin, wo er seine Töchter vermutete.

«Louisa! Lena! Ich bin gleich bei euch!»

Wolfgang Lerch versuchte, noch schneller zu laufen. Sein Herz klopfte wild, und seine untrainierten Lungen brannten. Während er mit bleiernen Beinen durch das Gebüsch stolperte, trieb ihn nur ein einziger Gedanke an: Er *musste* zu seinen Töchtern und ihnen helfen.

Eine Sekunde später taumelte er in das trockene Bachbett hinunter. Der Anblick, der sich ihm bot, ließ ihn erstarren.

Louisa lag ein paar Meter von ihm entfernt auf einem Haufen Erde und schien wirres Zeug zu plappern, Wolfgang konnte kein Wort verstehen. Gerade machte sie den hilflosen Versuch, sich aufzurappeln, doch nach wenigen Zentimetern sank sie auf den Waldboden zurück.

Wolfgang Lerch blinzelte irritiert, als er neben dem Erdhaufen einen Stapel aus Kleidungsstücken entdeckte.

Dann blickte er zu Lena, die mit nach vorn gebeugtem Oberkörper ein paar Meter vor ihrer Schwester stand und aussah, als würde sie nach Luft ringen. Wolfgang Lerch eilte zu ihr und streckte eine Hand nach ihr aus, um sie zu beruhigen. Als seine Finger nur noch Zentimeter von ihrer Schulter entfernt waren, entdeckte er zu ihren Füßen eine matschige Lache.

«Lena, was …» Seine Stimme erstarb, als er den flehenden Blick seiner Tochter sah.

«Papa, ich kann nichts dafür. Ich konnte doch nicht wissen, dass es da liegt …!» Ein weiterer Schwall ihres Mageninhaltes landete im Laub.

Durch Wolfgang Lerch ging ein Ruck. Er musste seine Kinder so schnell wie möglich hier wegbringen. Alles andere war unwichtig.

Er kniete sich neben Louisa und schob seine Hände unter ihre Achseln. Ihr Herz pochte wild. Vorsichtig zog er sie von dem Erdhügel weg, jede Sekunde damit rechnend, dass seine Tochter vor Schmerzen aufschreien könnte und er in seiner Bewegung innehalten musste. Doch Louisa keuchte nur stoßartig und lehnte sich kraftlos an ihn, als er sie auf seinen Schoß setzte. Wolfgang Lerch spürte, wie sie zitterte.

«Ganz ruhig, meine Kleine! Papa ist bei dir, jetzt kann dir nichts mehr geschehen.»

Angewidert scheuchte er die Fliegen beiseite, die sich auf Louisa niedergelassen hatten – und hielt plötzlich inne.

Die kleinen Maden sahen aus dieser Entfernung aus wie dünne weiße Wurzeln, und für einen Moment glaubte Wolfgang Lerch tatsächlich, dass es welche waren. Doch dann sah er, dass sich etwas in dem schmierigen Brei bewegte, der Louisas Kleid bedeckte.

«O mein Gott!»

Fieberhaft suchte er seine Hose nach Papiertaschentüchern ab. Als er endlich eines gefunden hatte, entfernte er mit zitternden Händen einige der Maden und tupfte anschließend mehrmals die Stelle ab, wo die Tiere gelegen hatten. Dann warf er das Taschentuch angeekelt weg.

Verdammter Mist! Er hatte wie immer nur eins eingesteckt. Aber er konnte die Maden unmöglich auch nur eine Sekunde länger auf seiner Tochter herumkriechen lassen. Kurz entschlossen zog er sein T-Shirt aus und begann vorsichtig, den immer noch von Fliegen umschwirrten Brei zu entfernen.

«Es wird alles gut, meine kleine Prinzessin. Papa bringt dich gleich nach Hause!» Besorgt lauschte er Louisas Atmung, es schien, als bekäme sie kaum Luft.

Während er die Hände seiner Tochter abwischte, fiel sein Blick auf den Haufen, von dem er sie vor wenigen Sekunden heruntergezogen hatte.

«O Gott!» Eine eiskalte Hand griff nach seinem Herz.

«Papa!» Annas Stimme kam aus unmittelbarer Nähe.

Wolfgang Lerch fuhr herum. «Bleib, wo du bist!» Seine Älteste und seine Frau waren gerade an derselben Stelle in das Bachbett heruntergestiegen wie er kurz zuvor.

«Aber Papa! Was ist denn mit Louisa?» Anna kam langsam näher.

«Ich sagte, du sollst bleiben, wo du bist!», sagte Wolfgang scharf. «Martina, geh mit Lena und Anna zurück zum Wagen. Ich trage Louisa.»

«Tragen? Warum um alles in der Welt tragen?» Panik stieg in Martina Lerch hoch. «Wolfgang! Was ist mit ihr?»

«Tut einfach, was ich sage, verdammt!»

Martina Lerch wollte ihren Mann zurechtweisen. Doch dann sah sie die Angst in seinem Blick. Schnell machte sie einen Schritt nach vorn und hielt Anna an der Schulter fest. «Du rührst dich nicht von der Stelle!» Sie ging an ihrer ältesten Tochter vorbei zu Lena, die sich immer noch übergab.

Wolfgang Lerch bettete Louisa vorsichtig auf seine Arme und hob sie hoch. Er ließ sein T-Shirt achtlos liegen und ging mit ihr das Bachbett zurück. Gleichzeitig gab er damit den Blick auf den dunklen Haufen frei.

«Was ist das, Wolfgang?»

«Nur ein totes Reh», murmelte er, schaute aber seiner Frau dabei nicht in die Augen.

«O Gott!»

Schnell drehte sie Lena zur Seite. «Los, mein Schatz! Wir müssen zum Wagen. Anna nimmt dich an die Hand.»

Lena wischte sich mit dem Ärmel ihres Kleides den Mund ab. Dann hob sie Winnie auf und ging langsam zu ihrer großen Schwester, die sie die Böschung hinaufführte.

Als Wolfgang Lerch seine Frau erreichte, dankte er Gott, dass er vor ihr bei Louisa gewesen war und sie hatte reinigen können. Speichel rann aus dem Mund ihrer Tochter und hinterließ helle Bahnen auf dem kleinen verschmierten Gesicht, doch er wollte sich nicht ausmalen, was geschehen wäre, wenn Martina auch noch die Maden gesehen hätte.

«Ist sie verletzt?», fragte Martina Lerch ängstlich.

«Ich hab keine Ahnung, verdammt! Ich sehe nur, dass sie offenbar keine Luft bekommt.»

«Wir müssen ins Krankenhaus, schnell!»

«Das weiß ich! Und wir müssen die Polizei rufen, aber das ist nicht so dringend. Der ... Haufen liegt morgen auch noch da.»

Als sie kurz darauf wieder auf dem Schotterweg standen, war die Vierjährige völlig verstummt. Ihr Kopf war dunkel angelaufen und hing kraftlos nach unten. «Schnell, zum Auto», rief Wolfgang Lerch.

«Anna, du ziehst den Bollerwagen», befahl Martina Lerch. «Wenn du nicht mehr kannst, lass ihn stehen. Lena, schaffst du es allein?»

Seine mittlere Tochter nickte tapfer.

«Gut, dann zurück zum Parkplatz!»

Während sie mit schnellen Schritten kehrtmachten, legte Wolfgang Lerch zwei Finger an Louisas Halsschlagader, so wie er es im Erste-Hilfe-Kurs gelernt hatte. Nach wenigen Sekunden versuchte er es einige Zentimeter daneben.

«Mein Gott, Martina! Ich kann ihren Puls nicht spüren!»

Martina biss sich auf die Lippen. Dann fuhr sie zu Anna herum und rief: «Gib mir dieses gottverdammte Handy!» Mit zitternden Fingern wählte sie die Notrufnummer. In ihrer Panik verwählte sie sich zweimal, bevor sie jemanden erreichte. Als sie ihre Stimme einigermaßen unter Kontrolle gebracht und die Situation geschildert hatte, wurde sie angewiesen, zum Kinderkrankenhaus in Köln-Riehl zu fahren. Gleichzeitig wurde die Polizei alarmiert, ein Einsatzfahrzeug loszuschicken, das sie zum Krankenhaus eskortieren und den Weg frei halten sollte.

«Los, schnell!» Wolfgang Lerch begann, mit Louisa auf den Armen zu laufen.

«Ich kann nicht mehr!», rief Anna, die den Bollerwagen ziehen musste.

«Lass den verdammten Wagen stehen! Wir holen ihn später!»

Anna ließ die Zugstange los. Dann rannte sie hinter ihrer Familie her.

Auf dem Parkplatz angekommen, half Martina ihren zwei älteren Töchtern in den Minivan. Anna hielt wieder die Hand von Lena, die noch immer kein Wort sprach und sich unterwegs zum Auto noch einmal übergeben hatte.

Während Martina Lerch sich ans Steuer setzte und mit verschwitzten Fingern das Lenkrad festhielt, nahm ihr Mann vorsichtig auf dem Beifahrersitz Platz. In seinen Armen hielt er seine Jüngste, deren Kopf inzwischen eine bläuliche Färbung angenommen hatte.

«Gib Gas, verdammt! Gib Gas!»

Die Fahrt ins Krankenhaus wurde für sie alle zur Hölle.

15. Juli, Kölner Express

Wie das Kölner Polizeipräsidium meldete, wurden gestern Morgen beim Fort Deckstein in Klettenberg die verwesten Überreste einer männlichen Leiche aufgefunden. Ausflügler, die auf dem Weg zu einem Grillplatz waren, entdeckten den zerstückelten Körper in einem ausgetrockneten Bachbett. Laut Konrad Greiner, Erster Hauptkommissar des Kriminalkommissariats 11, handelt es sich dabei mit großer Wahrscheinlichkeit um Hartmut Krentz, der vor fast vier Wochen von seiner Frau als vermisst gemeldet wurde. Der schreckliche Zustand des Toten und die Art der Verletzungen lassen darauf schließen, dass zwischen ihm und den in den letzten Monaten im Stadtgebiet aufgefundenen Opfern des *Metzgers* ein Zusammenhang besteht.

Zitat Greiner: «Das war der gleiche Perverse, und ich schwöre bei Gott, wir kriegen ihn!»

Erster Tag

Es gibt Tage, an denen man bereits morgens weiß, dass etwas Entscheidendes passieren wird.

Tage, an denen man in dem Moment, wenn man die Augen aufschlägt, eine Warnung verspürt, die wie ein schwerer, unverdaulicher Klumpen im Magen liegt.

Zuerst ist es nur eine undefinierbare Ansammlung unangenehmer Gefühle, die wie eine düstere Wolke über einem schwebt und von der man nicht weiß, ob sie von schlechten Träumen oder irgendwelchen Ereignissen des Vortags stammt. Doch schließlich beginnt man zu ahnen, dass es aus dieser dunklen Wolke bald regnen wird.

Für den Mann im Bett war heute ein solcher Tag.

Mühsam öffnete er seine Augen und begriff, dass er immer noch existierte. Nicht, dass er viel darum gegeben hätte, denn ihm wollte beim besten Willen nichts einfallen, was diese Existenz erstrebenswert erscheinen ließ. Aber er konnte auch nicht leugnen, dass er auf irgendeine Weise immer noch *war* und einen Teil dieser Welt darstellte, die sich täglich neue Grausamkeiten für ihn ausdachte.

Der Mann im Bett merkte, dass er sich in einem verdunkelten Raum befand. Mit der rechten Hand ertastete er eine Decke, die weit zurückgeschlagen den größten Teil seines Körpers freigab. An den Füßen verspürte er den Druck zu enger Schuhe, während seine Brust größtenteils frei lag. Sein schmerzender Rücken signalisierte ihm, dass er schon viel zu lange in derselben Position ruhte. Irgendwo in seinem benebelten Hirn bimmelte ganz leise ein Glöckchen der Erinnerung. Diese Erfahrung war nicht neu für ihn.

Die Kälte in dem Raum war mörderisch. Der Mann wusste nicht, ob sie von außen in seinen Körper drang oder aus seinem Innersten kam. Er wusste nur, dass er erbärmlich fror und wahrscheinlich von seinem eigenen Zittern geweckt worden war. In einem hilflosen Versuch, die Kälte aus seinen Knochen zu vertreiben, zerrte er mit klammen Fingern die Decke hoch.

Mühsam drehte der Mann den Kopf nach links. Im Dämmerlicht erkannte er eine große Zahl glänzender Polaroidfotos, die ihn wie ein Heiligenschein umgaben. Ohne das Licht einzuschalten wusste er, was auf den Bildern zu sehen war.

Leichen.

Entsetzlich verstümmelte Leichen, die ihn mahnten, sich aus dem Bett zu schwingen und etwas gegen ihren Mörder zu unternehmen. Er wusste es, weil er den ganzen letzten Abend damit verbracht hatte, jedes Detail auf den Bildern in sein Gedächtnis zu brennen.

Keine schöne Art einzuschlafen, dachte der Mann. *Aber die einzige, die ich kenne.*

Als er seinen Kopf zur anderen Seite drehte, erkannte er an

den leeren Wodkaflaschen aus der Minibar, die auf dem Nachttisch standen, dass er sich in dem Hotelzimmer befand, das er vor fünf Tagen bezogen hatte. Und an der überreizten Müdigkeit, die sich immer dann breitmachte, wenn er auf auswärtigen Einsätzen mit Alkohol und Beruhigungsmitteln versuchte, seine chronische Schlaflosigkeit zu überlisten.

Die dunkelroten Leuchtziffern des Radioweckers zeigten an, dass es fast vier Uhr morgens war und der Betäubungsversuch genau zweieinhalb Stunden von Erfolg gekrönt gewesen war. Aus seinem Mund drang ein Ächzen. Noch ein paar solcher Monate, und er brauchte sich keine Gedanken mehr über seinen Gesundheitszustand zu machen. Dann würde er, mit Medikamenten ruhiggestellt, in irgendeiner Klapse vor sich hin vegetieren und wirres Zeug brabbeln.

In die schmerzende Stille hinein schrillte direkt neben seinem Kopf das Telefon.

«Martin?»

Der Mann erkannte die Stimme sofort. Sie ließ ihn für einen Moment den Atem anhalten.

«Hallo, Frank.»

«Wie geht es dir? Hab ich dich geweckt?»

«Würde das etwas ändern?»

«Wohl kaum.» Der Mann hörte, wie Frank an einem Zigarillo zog und durch die Nase ausatmete. «Was tust du gerade?»

«Ich schaue mir ein paar Bilder an. Ich muss hier morgen ... *heute* einen Bericht abgeben. Aber ich nehme nicht an, dass du deshalb anrufst.»

«Leider nicht. Wir haben ... Schwierigkeiten.»

Ich weiß. Würdest du mich sonst anrufen? Würde mich sonst irgendjemand *anrufen?*

«Ich höre.»

«Es gibt da ein Problem in Köln, das du dir ansehen solltest. Je schneller, desto besser.»

«Köln? Bist du sicher, dass es ein Fall für die OFA ist?»

«So sicher wie nur irgendetwas. Der zuständige Ermittlungsleiter hat mir einen Kurzbericht geschickt. Ich will nichts vorwegnehmen, aber ich glaube, es ist ernst.»

«Wie viele Opfer?»

«Fünf bestätigte. Alles innerhalb von etwa sechs Monaten.»

Abels Kehle war wie zugeschnürt. «Ich werde noch heute mit den Leuten hier in Wien reden. Wenn ich mich beeile und sie mich entlasten, kann ich mich vielleicht schon nächste Woche darum kümmern.»

«Du verstehst mich nicht, Martin. Köln braucht deine Hilfe *sofort*.»

«Blödsinn! Du weißt doch am besten, was hier los ist. Ich kann jetzt unmöglich alles stehen und liegen lassen.»

«Das hier hat Vorrang. Ich möchte, dass du heute noch nach Köln fliegst. Zuerst zu mir nach Stuttgart und dann nach Köln.»

«Bist du verrückt? Wir können über nächste Woche reden, vorausgesetzt, du schaffst es, das den Leuten hier klarzumachen.»

«Das wurde bereits erledigt. Du fliegst um halb neun.»

Abel verschlug es für einen Moment die Sprache. «An welchen Fäden hast du gezogen?»

«An keinen. Jemand hat an *meinem* Faden gezogen.»

Tiefes Luftholen. «Keine Chance, dich umzustimmen?»

«Tut mir leid, in diesem Fall geht es nicht anders. Ich brauche deine Hilfe. Deine spezielle Art, die Dinge zu sehen. Du wirst alles verstehen, wenn du die Akten gesichtet hast. Ich erwarte dich heute Vormittag in Stuttgart, wir müssen vor deinem Einsatz noch ein paar Dinge besprechen. Und wenn ich dir einen

Rat geben darf, Martin: Schlaf jetzt endlich. Du wirst in Köln nicht viel Gelegenheit dazu haben.»
Klick.
Abels Zittern wurde heftiger. Von einem Moment zum anderen fühlte er sich von einer großen Faust gepackt und aus dem Hotelzimmer in arktische Treibeisfelder geschleudert. Für eine Sekunde glaubte er sogar, das Eiswasser um sich herum klirren zu hören, doch dann stellte er fest, dass es nur seine Zähne waren, die klapperten.

Als er es nicht mehr aushielt, zwang Abel sich, aus dem Bett aufzustehen. Wie an jedem Morgen seit dem Tag vor zwei Jahren, an dem sein Innerstes gestorben war.

Er tastete sich mit halbgeschlossenen Augen ins Bad vor, wo er seine Blase entleerte. Anschließend taumelte er zur Minibar, um mit einem großen Schluck Milch den schalen Geschmack der vergangenen Nacht herunterzuspülen. Er seufzte. Worüber regte er sich auf? Eigentlich war doch alles so wie immer.

Doch obwohl ihn die Magie der vertrauten Rituale hätte beruhigen sollen, wollte der Stein aus seiner Magengegend nicht weichen. Im Gegenteil. Selbst sein Bauch spürte, dass dieser Tag Dinge bringen würde, die seine Kraft bei weitem überstiegen.

Auch heute würde er wieder mehr Blut sehen, als ein gesunder Mensch ertragen konnte. Wenn er Glück hatte, dann nur auf Fotografien, doch Glück hatte er in den letzten Jahren nur selten gehabt.

Mit einem Ächzen beugte sich Abel nach vorn.
Es wird regnen heute, dachte er, während er zitternd nach der Wodkaflasche griff. *Verdammt, und wie es regnen wird.*

Martin Abel krallte sich an den Armlehnen fest, als das Flugzeug abhob.

Frank Kessler hatte Germanwings gebucht, weil diese angeblich fünf Minuten kürzer in der Luft war als Lufthansa und Austrian Airlines.

Fünf Minuten!

Was war das gegen die Stunde, die er in einem stählernen Gefängnis eingepfercht war? Eine fliegende Bombe, die jederzeit abstürzen und einen zweiten 11. September auslösen konnte.

Nichts.

Er saß bleich und zitternd in seinem Sitz und versuchte, das panische Klopfen seines Herzens unter Kontrolle zu bringen. Obwohl er ständig in der Angst lebte zu erfrieren, rannen ihm Schweißperlen von der Stirn.

Nach einer Stunde, die ihm wie eine Ewigkeit vorkam, erreichten sie Stuttgart. Dort musste der Airbus vor der Landung zwei Warteschleifen über dem Süden der Stadt drehen. Wie zur Vorbereitung eines schnellen Absturzes legte sich die Maschine in die Kurve, und Martin Abel blickte, einem masochistischen Zwang folgend, auf das von der Autobahn eingerahmte Flughafengelände hinunter.

Eine Sekunde später übergab er sich.

Die Stewardess, eine nicht mehr ganz taufrische Frau um die vierzig, hatte offenbar schon mehr Leute wie ihn über den Wolken gesehen. Jedenfalls holte sie in aller Ruhe das Putzzeug und wischte den Sitz und sein Sakko sauber und verlor kein Wort darüber, dass er nicht mehr rechtzeitig zur Spucktüte hatte greifen können.

«Wollen Sie den Platz wechseln? Dort drüben ist noch ein Sitz frei», bot sie ihm an.

«Sind Sie verrückt?» Mit zitternden Fingern zog Martin Abel den bereits zum Zerreißen gespannten Sicherheitsgurt noch fester an und versuchte, so ruhig wie möglich ein- und auszuatmen.

Am Ende flog er zehn Minuten länger als mit Lufthansa und durchlitt in jeder einzelnen Sekunde davon Höllenqualen.

—

Abel fuhr die wenigen Kilometer vom Flughafen in Leinfelden-Echterdingen zum Landeskriminalamt in Stuttgart mit dem Leihwagen, den man ihm bei seiner Ankunft zur Verfügung gestellt hatte.

Nachdem er den Wagen in einer Seitenstraße der Innenstadt abgestellt hatte, zog er ein sauberes Sakko aus einer seiner beiden Reisetaschen. Das alte, nach Erbrochenem stinkende Jackett warf er achtlos in den Kofferraum. Mit seinem Lederkoffer in der Hand überquerte er einen Spielplatz und gelangte zum Haupteingang des Landeskriminalamtes, das in einem ehemals modernen, jetzt aber ein wenig heruntergekommenen Betonklotz inmitten von Bad Cannstatt untergebracht war.

Er quetschte sich am Pförtner vorbei durch die Sicherheitsschleuse. Anschließend ging er durch die geschmacklos eingerichtete Eingangshalle zu den Aufzügen, wo bereits einige andere Leute warteten. Als er einen der Aufzüge betrat und den Knopf zur OFA drücken wollte, schob sich eine schlanke Hand vor seine eigene und kam ihm zuvor.

«He!», protestierte Abel. Dann drehte er den Kopf zur Seite und schaute in das Gesicht einer jungen Frau.

«Ein einfaches ‹Danke› hätte genügt.» Die Stimme der Frau klang ziemlich forsch. Gleichzeitig klammerte sie sich an eine Tasche aus hellbraunem Leder, als hinge ihr Leben davon ab.

Der Aufzug füllte sich schnell, wodurch Abel nach rechts und die Frau nach hinten gedrängt wurden. Bereits wenige Sekunden nachdem sich die Türen geschlossen hatten, konnte er ihr süßes Parfüm nicht mehr riechen. Umso mehr roch er dafür das Haargel seines Vordermanns. Abel bewunderte ihn. *Er* hätte bei einer solchen Ammoniakkonzentration auf dem Kopf niemals arbeiten können.

Fünf Minuten später saß er in seinem kleinen Büro in der Abteilung für operative Fallanalyse. Frank Kessler, der Leiter des Bereichs, hatte ihm ausrichten lassen, dass er noch ein wenig brauchen würde, bis er sich um ihn kümmern konnte. Also hatte sich Abel einen Kaffee besorgt, öffnete seinen Koffer und zog den Ordner mit dem Fall aus Österreich heraus.

Er nahm die Fotos der gerichtsmedizinischen Untersuchungsberichte und breitete sie vor sich auf dem Tisch aus. Die zwei Leichen von Wien links, die von Schwechat rechts und die von Stockerau in der Mitte.

Während Abel nach dem Kaffeebecher griff, blieb sein Blick an den Fotos hängen. Es handelte sich um zwei Dutzend gestochen scharfer Farbbilder, die das zeigten, womit er sich während der letzten Tage beschäftigt hatte. Vier sauber aufgeschlitzte junge Mädchen, ermordet innerhalb weniger Monate. Sein Magen begann zu revoltieren, als er an die vielen Stunden im Leichenschauhaus dachte, die hinter ihm lagen.

Allein schon deshalb werde ich dir in den Arsch treten! Ich hoffe, du hast die Koffer für den Knast schon gepackt!

Abel bekam keine Antwort von seinem Gegner, doch das war für ihn nur eine Frage der Zeit. Irgendwo auf den Fotos verbarg sich ein Zusammenhang, eine gemeinsame Handschrift, die in ihm die Stimme des Mörders zum Klingen bringen würde. Zumindest hoffte er das.

Plötzlich ging die Tür auf, und Frank Kessler kam herein. Er stellte sich vor den Schreibtisch und starrte auf Abel herab, so wie nur er es konnte. Durchdringend, ausdauernd, schmerzhaft. Schließlich zog er einen zweiten Stuhl an den Schreibtisch und setzte sich.

«Hattest du einen guten Flug, Martin?»

Abel sah Frank so abweisend an, wie er nur konnte. «Wenn du unter *gut* verstehst, dass ich gekotzt habe, dann ja.»

Frank Kessler schüttelte den Kopf. «Wenn du so weitermachst, kann ich dich irgendwann nur noch in Süddeutschland einsetzen.»

Martin Abel konzentrierte sich wieder auf die Fotos. «Ich hatte nicht um den Flug gebeten.»

Frank Kessler beobachtete stumm, wie Abel weitere Fotos inspizierte und dabei lautlos die Lippen bewegte. «Irgendwann wirst du darüber reden *müssen*, Martin», sagte er schließlich. «Und als dein Freund rate ich dir, es möglichst bald zu tun. Solange du dazu noch in der Lage bist.»

Abel hob den Kopf und starrte seinen Vorgesetzten an. Er kannte Frank, seit sie zusammen in Wiesbaden gewesen waren. Frank als Ausbilder, er als Polizeischüler. Er wusste fast alles über ihn. Zum Beispiel, dass er, wie es sich für einen langgedienten Kriminalhauptkommissar gehörte, eine Exfrau und zwei inzwischen erwachsene Kinder hatte. Vielleicht hatte gerade das ihren Kontakt intensiviert, denn als Abel vor einiger Zeit dasselbe Schicksal ereilte, ergaben sich genügend Gelegenheiten, um sich gegenseitig aus diversen Stuttgarter Bars nach Hause zu helfen, wenn sie zu betrunken waren, um noch selbst ein Taxi zu rufen. Ja, Frank war Abels bester Freund, was allerdings nicht viel heißen wollte.

Bei aller Freundschaft hatte es jedoch nie Zweifel daran

gegeben, dass Frank der Boss war. Daher verfügte er auch über eine fast unerschöpfliche Geduld, wenn es darum ging, einen Sieg über Abels Einsilbigkeit zu erringen. Er hatte den Verdacht, dass Frank diese kleinen Triumphe sogar genoss.

«Ganz, wie du meinst», sagte Abel eisig.

Frank Kessler nickte. Dann stand er auf und klopfte ihm auf die Schulter.

«Würdest du dann in einer halben Stunde mal in mein Büro kommen? Ich möchte mit dir über die Sache sprechen, wegen der ich dich angerufen habe.»

Martin Abel war sich nicht sicher, ob er das auch wollte. «In einer halben Stunde dann also», antwortete er trotzdem, weil er wusste, dass jeder Widerstand zwecklos war.

Mit schnellen Schritten verschwand Frank Kessler nach draußen. Dabei machte er den Eindruck eines Mannes, der viel zu erledigen hatte.

Ganz im Gegensatz zu Abel. Bedächtig schlürfte er den inzwischen auf eine erträgliche Temperatur abgekühlten Kaffee. Dabei ruhte sein Blick auf den Fotos der toten Mädchen aus Österreich. Er überlegte, welche Überraschungen ihm Köln zu bieten haben würde.

Auf alle Fälle unangenehme!, dachte er.

Nachdem er den letzten Schluck der bitteren Brühe zu sich genommen hatte, verstaute er die Bilder mit den übrigen Unterlagen in seinem Pilotenkoffer und machte sich auf den Weg zu Kesslers Büro.

Frank Kessler musterte Martin Abel ausdruckslos, als er seinen Koffer in die Ecke stellte und sich auf einen der beiden abgewetzten Holzstühle vor dem Schreibtisch setzte.

Für einen Moment führte er die Fingerspitzen seiner Hände vor der Brust zusammen und schien etwas zu überlegen. Schließlich griff er nach einer dünnen roten Plastikmappe, die rechts von ihm auf seinem Schreibtisch lag, und holte dann aus einer Schublade ein Feuerzeug und ein Zigarillo. Er steckte sich das Zigarillo an und betrachtete stirnrunzelnd dessen glühendes Ende, als ob damit etwas nicht in Ordnung wäre. Als er schließlich den ersten Zug genommen hatte, schlug er die Mappe auf. Unvermittelt schaute er Martin Abel an.

«Kennst du in Köln den Ersten Hauptkommissar Konrad Greiner?»

«Sollte ich?»

«Vermutlich nicht. Aber ich habe gestern einen Anruf von ihm bekommen, in dem er mich um Rat gefragt hat. Das allein ist eigentlich schon ungewöhnlich genug, denn ich kenne keinen, der seinen Laden so gut im Griff hat wie Greiner das Kriminalkommissariat 11. Konrad braucht normalerweise keinen Rat, er ist der personifizierte polizeiliche Erfolg. Wir haben zusammen die Polizeiausbildung gemacht, musst du wissen, und er hat mich schon damals in praktisch allen Fächern geschlagen. Nur im Sport war ich besser, denn der Schnellste ist Konrad nun wirklich nicht!» Frank Kessler schien an irgendetwas Amüsantes zu denken, jedenfalls grinste er kurz.

«Mit der operativen Fallanalyse hat Konrad allerdings so seine Probleme», fuhr er schließlich fort. «Er hält das immer noch für Hokuspokus, etwas, das von ein paar amerikanischen Scharlatanen erfunden wurde, um die Ermittlungen der Polizei noch mehr zu erschweren. Er bevorzugt saubere polizeiliche Handarbeit.»

«Und was hat das Ganze mit mir zu tun?» Martin Abel versuchte vergeblich, den Inhalt der roten Mappe auszumachen, indem er sich nach vorne beugte. «Wenn er meint, ohne die OFA zurechtzukommen, dann umso besser. Ich habe genug andere Fälle am Hals, um die ich mich kümmern muss. Zum Beispiel den in Wien.»

Frank Kessler nahm einen weiteren Zug und blies einen makellosen Rauchring, der schwerelos Richtung Decke schwebte. «Konrad hat momentan ein paar Probleme und hat deshalb seine Meinung notgedrungen ein wenig geändert», erklärte er und hob die Mappe hoch. «Wobei *Probleme* wohl die Untertreibung des Jahrhunderts sein dürfte. Ich sagte dir ja schon heute Morgen am Telefon, dass es in Köln brennt. Sogar das LKA von Nordrhein-Westfalen hat sich eingeschaltet, was die Arbeit nicht gerade vereinfacht.» Er schaute Abel in die Augen. «Du hast das heute Morgen am eigenen Leib gespürt.»

«Und warum wendet Greiner sich nicht an das LKA in Nordrhein-Westfalen? Die haben doch genug eigene Leute.»

Kessler neigte den Kopf. «Du hättest eben nicht so viele Schlagzeilen machen dürfen. Konrad sagt, wenn er sich schon auf diesen Fallanalytiker-Quatsch einlassen muss, dann nur mit dem besten Mann, den wir haben. Und das bist nun einmal du.»

Abel lehnte sich zurück und verschränkte die Arme. «So einen Mist redest du jedes Mal, wenn du mir einen besonders beschissenen Fall andrehen willst.»

«Das bildest du dir ein, Martin. In Wirklichkeit hat Greiner die Medienberichte über Uwe Schuckler verfolgt und war ziemlich angetan davon, wie du dem Irren auf die Schliche gekommen bist. Die Sache mit der Überprüfung aller Lehrer an der Schule hat ihn beeindruckt.»

«Das hätte jeder andere genauso gut gelöst. Eigentlich lag es von Anfang an auf der Hand, dass es Schuckler nur um das Mädchen ging. Der Mord an der Besitzerin des Schrebergartens, wo die beiden Leichen gefunden wurden, war eine reine Verdeckungstat, um eine Zeugin aus dem Weg zu räumen. Und da die Kleine zuletzt in der Schule gesehen worden war, musste man doch nur eins und eins zusammenzählen.»

«Blödsinn!», widersprach Kessler. «Um auf so eine bescheuerte Idee zu kommen, muss man *verstehen*, wie so jemand denkt.»

Er lehnte sich zurück. «Aber wenn du es genau wissen willst – und um meine Seele reinzuwaschen –, habe ich Greiner sogar davon abgeraten, ausgerechnet dich anzufordern. Ich habe ihm erzählt, was für ein …», Kessler breitete die Arme aus, «entschuldige, Martin, … Arsch du manchmal sein kannst. Aber er lachte nur und sagte, da könne er ganz gut mithalten. Und als er mich fragte, wen ich ihm auf Ehre und Gewissen für einen solchen Fall empfehlen könnte, musste ich ihm wohl oder übel deinen Namen nennen. Jetzt will er eben dich oder keinen. Wir … *du* musst also bei den Kollegen in Köln ein wenig Amtshilfe leisten.»

Abel starrte den Chef der OFA Baden-Württemberg schweigend an. Er mochte Frank, wirklich. Aber dummerweise kannte der ihn in- und auswendig und schaffte es daher immer wieder, ihm in Gesprächen einen Spiegel vorzuhalten und ihn mit gewissen Realitäten zu konfrontieren.

Abel hasste Spiegel, und das hatte gute Gründe.

«Was ist das für ein Fall?», wollte er wissen.

Kessler lehnte sich wieder nach vorne und drückte sein Zigarillo in dem großen Aschenbecher zu seiner Rechten aus. Dann drehte er die Plastikmappe um und schob sie auf die andere Seite des Schreibtisches.

«Ziemlich üble Sache, mach dich auf einiges gefasst, Martin. Innerhalb weniger Monate wurden fünf verstümmelte Leichen, oder was man mit viel gutem Willen noch als solche bezeichnen kann, gefunden. Die letzte, ein ziemlich bekannter Rechtsanwalt, vorgestern. Das Ganze wird von solchen Merkwürdigkeiten begleitet wie etwa dem Waschen der Kleidung der Opfer. Die Presse nennt den Mörder schon den *Metzger*. Wenn du die Berichte liest, dann verstehst du, warum.»

Abel wog prüfend die Akte in der Hand. «Ein bisschen dürftig für den Anfang. Findest du nicht?»

Kessler hob die Schultern. «Konrad meinte, es sei sinnvoller, einen zwei Zentner schweren Fallanalytiker zu ihm zu schicken, als eine Lkw-Ladung Akten nach Stuttgart zu transportieren.»

«Und was hast du außer meinem aktuellen Gewicht sonst noch über mich ausgeplaudert?» Martin Abel ließ die Seiten der Mappe zwischen Daumen und Zeigefinger durchrauschen. Sein geübter Blick erfasste die vielen Fotos, die darin abgebildet waren. Die dominierende Farbe auf allen war ein intensives Rot.

«Ich habe tunlichst den Mund gehalten, den Rest dürft ihr persönlich miteinander ausmachen. Aber um alles in der Welt, versprich mir bitte, dass du dich in Köln zusammenreißt! Konrad ist nicht nur mein Freund, er hat auch Beziehungen bis in den Landtag. Wahrscheinlich hat er mal einem der hohen Herren bei einer Alkoholkontrolle den Hintern gerettet oder so. Also verdirb es dir nicht völlig mit ihm. Ich möchte nicht, dass er mir, nur weil ich dich empfohlen habe, die Freundschaft kündigt!»

«Sonst noch was?» Abel blätterte weiter in dem Ordner und versuchte dabei, so desinteressiert wie möglich auszusehen. Keine einfache Sache angesichts der darin enthaltenen Grausamkeiten.

«Nur noch eins.»

Abel blickte hoch. Etwas in Franks Stimme ließ ihn aufhorchen.

«Und das wäre?»

«Nun ja. Ich habe es heute schon einmal gesagt: Du bist vermutlich der beste Mann, den die deutsche Kriminalpolizei in Sachen operative Fallanalyse zu bieten hat. Du sagst zwar, du wüsstest nicht, woran das liegt, die Ergebnisse deiner Arbeit sprechen aber für sich. Auf deine ganz besondere Art und Weise kannst du dich offenbar besser in die Psyche unserer Kundschaft hineinversetzen als andere.»

Abels Nackenhaare begannen sich aufzurichten. «Schmier mir keinen Honig ums Maul, sondern komm zur Sache!»

Der Chef der OFA blickte zur Decke und schien seine nächsten Worte genau abzuwägen.

«Du weißt auch, dass ich dir bei deiner Arbeit bisher immer alle Freiheiten gewährt habe, Martin. Wenn du Unterstützung brauchtest oder Probleme mit unserer Chefetage hattest, habe ich dir immer den Rücken freigehalten.»

«Worauf willst du hinaus?»

«Zu meiner Unterstützung gehörte auch», fuhr Frank unbeirrt fort, «dass wir seit ein paar Jahren nicht mehr über ein bestimmtes Thema geredet haben, obwohl es eigentlich meine verdammte Pflicht gewesen wäre.»

«Welches Thema? Du meinst doch nicht etwa die Sache mit diesem Blödmann von Polizeipsychologen? Vergiss es!»

«Den Bericht von Dr. Müller habe ich in der Schublade verschwinden lassen, sonst wärst du längst im Innendienst. Nein, Martin, ich meine die Tatsache, dass jeder erfahrene Fallanalytiker sein Wissen an Neulinge weiterzugeben hat.»

Abel hielt unwillkürlich den Atem an. Dann lehnte er sich

wieder mit verschränkten Armen zurück und starrte Frank an. Der Begriff *feindselig* wäre eine schamlose Untertreibung für seinen Blick gewesen.

«Soll das etwa heißen, du willst mir irgendeinen Grünschnabel ans Bein binden, dem ich dann ständig das Händchen halten darf, damit er sich nicht in die Hosen macht, wenn es mal zur Sache geht? Sorry, Frank, aber das kommt nicht in Frage!»

Kessler deutete mit dem Zeigefinger auf Abel. «Und ob das in Frage kommt! Du gehst nach Köln, weil du der Beste bist, und aus dem gleichen Grund wird es auch allerhöchste Zeit, dass du unserem Nachwuchs beibringst, was du kannst.»

«Das sollen andere tun. Ich habe keinen Bock auf diesen Kindergartenmist.»

Frank lehnte sich wieder zurück und beobachtete Martin Abel genau. Dann sagte er ruhig: «Ich nenne dir jetzt drei gute Gründe, warum du es trotzdem tun wirst, und dann beenden wir die Diskussion. Erstens: Es liegt eine dienstliche Anweisung vor, es so zu machen, wie ich sage. Vielleicht hast du es vergessen, aber du bist Mitglied einer Landesbehörde und kein Einzelkämpfer.

Zweitens schadet es dir mit Sicherheit nicht, wenn du mal wieder mit anderen Menschen als nur mit Leichenbeschauern zusammenarbeitest. Wir haben alle auf die eine oder andere Art an unserem Job zu knabbern, aber du musst zugeben, dass du dich seit der Sache mit Lisa in ein ziemlich winziges Schneckenhaus zurückgezogen hast, aus dem du nur noch zum Arbeiten herauskommst. Das solltest du dringend ändern.

Und drittens, und jetzt hör mir bitte genau zu, Martin: Ich stelle dir nicht irgendeinen Grünschnabel oder verblödeten Sesselpupser aus der Verwaltung zur Seite, sondern mit das Beste, was die deutsche Kripo in den letzten Jahren hervorgebracht hat und deshalb deinen höchsten Respekt verdient.»

«Tatsächlich? Und wer zur Hölle soll dieses Genie sein?»

Frank Kessler drückte die grüne Taste an seiner Sprechanlage. «Heike, schick mir bitte den Besuch rein.»

Er beobachtete Martin interessiert, als sei dieser das Objekt eines wichtigen wissenschaftlichen Experiments. Irgendwie stimmte das ja auch. Man brauchte ihm nur einen unangenehmen Brocken hinzuschmeißen, schon konnte man darauf wetten, dass es in ihm gewaltig zu brodeln begann. Und dieser Brocken, das wusste Frank Kessler, war ein verdammt harter.

Wenige Augenblicke später ging die Tür auf. Martin Abel konnte nicht gleich sehen, wer eintrat, denn die Tür befand sich genau hinter ihm. Seine Nase nahm jedoch praktisch im selben Moment einen Duft wahr, den er zu kennen glaubte. Bevor er dieser Spur weiter nachgehen konnte, erschien auf seiner rechten Seite ein schlanker Schatten in seinem Blickfeld. Abel schaute widerwillig und neugierig zugleich auf – und blickte in das angespannte, aber dennoch sehr selbstsichere Gesicht einer jungen Frau.

Sie war hübsch, ohne Zweifel. Auf eine etwas spröde Art zwar, aber auf diese besondere Weise sogar ziemlich attraktiv. Mit Make-up schien sie auf Kriegsfuß zu stehen, jedenfalls hatte sie es äußerst sparsam aufgetragen. Das bisschen Rouge und der dunkle Kajalstrich reichten jedoch vollkommen, um ihren Zügen etwas Katzenhaftes zu geben.

Das Parfüm hatte sie offenbar frisch aufgetragen, denn es roch jetzt stärker als noch vor einer halben Stunde im Aufzug. Die lederne Aktentasche presste sie dagegen immer noch wie einen Schutzschild an ihre Brust, und so, wie es aussah, würde man sie wohl nur unter Vollnarkose von ihr trennen können.

Frank Kessler stand auf und reichte ihr mit einem knappen Kopfnicken die Hand. «Darf ich vorstellen? Martin, das ist Hannah Christ. Sie ist deine Partnerin bei diesem Fall.»

―

Als Hannah Christ und Abel das Büro von Frank Kessler verließen, fiel kein einziges Wort. Das Brummen der allgegenwärtigen Kopierer und Drucker war das einzige Geräusch, das sie umgab.

Hannah Christ wusste nicht, was sie hätte sagen können, ohne die Laune ihres neuen Kollegen noch weiter zu verschlechtern, während dieser sich offenbar dazu entschlossen hatte, sie mit kaltem Schweigen für das Verbrechen ihrer Existenz zu bestrafen.

Als sie beide so den Flur bis zur nächsten Gabelung nebeneinanderher gegangen waren, ging es jedoch nicht mehr anders. Jemand musste etwas sagen.

«Wo und wann treffen wir uns?», durchbrach sie die Mauer des Schweigens.

Martin Abel blieb stehen. Anstatt sie jedoch anzusehen, blickte er mit scheinbar nachdenklich gerunzelter Stirn auf die Tickets, die Frank ihm in die Hand gedrückt hatte. «Der ICE geht um zwölf.» Ohne eine Erwiderung abzuwarten, ging er weiter und bog in den nächsten Gang ab.

Hannah Christ sah ihm nach und biss sich auf die Unterlippe. Frank Kessler hatte ihr viel über diesen Mann erzählt. Dinge, die sie zwar nachdenklich gestimmt, aber nicht davon abgehalten hatten, auf einer Zusammenarbeit mit ihm zu bestehen. Schon in der Schule war sie zu der Erkenntnis gelangt, dass man immer dann am meisten lernte, wenn man sich den größten

Problemen stellte. Und dass Abel ein Problem darstellte, stand außer Frage.

Sie war seit frühester Kindheit süchtig danach zu lernen. Während ihre Mitschüler artig die ihnen gestellten Hausaufgaben erledigten, büffelte sie mit ihrem älteren Bruder für dessen Abiturprüfungen. Das Ergebnis war, dass sie auf dem Gymnasium eine Klasse übersprang und bis zu ihrem Abschluss immer Jahrgangsbeste blieb.

Es gab allerdings noch einen weiteren Grund für Hannahs Lerneifer. Den sie sich jedoch nicht so offen eingestand. Die Wahrheit war nämlich, dass sie nichts mehr hasste, als irgendwo im unbeachteten Mittelmaß zu versinken. Eine Beurteilung, die nicht mindestens eines der Wörter «exzellent», «perfekt» oder «hervorragend» enthielt, stürzte sie in tiefe Depression. Die Meinungen ihrer Mitschüler, Kommilitonen und Kollegen über sie schwankten dementsprechend zwischen krankhaft ehrgeizig oder einfach nur bescheuert. Doch sie war nicht in der Lage, ihren Ehrgeiz auf ein gesundes Maß herunterzufahren, obwohl sie genau wusste, warum sie sich so bescheuert verhielt.

Sie musste einfach ständig darum kämpfen, etwas Besonderes zu sein.

Etwas Besonderes für ihren verdammten Vater.

Martin Abel war wahrscheinlich auch so eine Art Prüfung, die sie unbedingt bestehen wollte. Es hätte andere Möglichkeiten gegeben, beim LKA durchzustarten, aber nein, sie wollte es wieder aller Welt und vor allem ihrem Vater beweisen. Obwohl Abel der Ruf eines eigenbrötlerischen Kotzbrockens meilenweit vorauseilte, hatte sie deshalb alle anderen Optionen in den Wind geschlagen und darauf bestanden, ihm zugeteilt zu werden.

So ein verdammter Mist!, fluchte sie in Gedanken. *Zur Hölle mit allen Abels dieser Welt! Und allen Vätern!*

Mit steifen Schritten ging sie zum Aufzug, um sich auf den Weg zum Bahnhof zu machen. Ihr neuer Partner mit dem eisigen Lächeln wartete dort vielleicht schon auf sie.

16.00 Uhr, Polizeipräsidium Köln-Kalk

Kriminalhauptkommissar Konrad Greiner saß regungslos in dem plattgedrückten Ledersessel und hatte die Daumen in seinen Gürtel gehakt. Dabei hatte er es geschafft, sich so weit zurückzulehnen, dass sein Bauch nirgendwo den Schreibtisch berührte. Keine leichte Übung für einen Mann, der drei Zentner wog und dessen Umfang seiner Körpergröße entsprach.

Greiner blieb sitzen und musterte seinen Besuch von oben bis unten. Er nahm sich Zeit dafür, und er konnte es sich leisten. Als Erster Hauptkommissar des KK 11 war er schließlich einer der wichtigsten Polizisten der Stadt. Ohne vorherige Anfrage bei ihm lief gar nichts. Na ja, zumindest würde es niemand wagen, ihn schief anzuschauen, nur weil er ein bisschen länger sitzen blieb, als es irgendwelche Höflichkeiten vorschrieben. Und schon gar nicht zwei Fremde, die eben erst angekommen waren und wahrscheinlich gerade von der auf fremdem Terrain unvermeidlichen Unsicherheit aufgefressen wurden.

Außerdem – der erste Eindruck war der wichtigste, und deshalb achtete Greiner bei Menschen, die er erst kennenlernte, ganz besonders auf Details.

So bemerkte er natürlich den süßen Geruch, den die Frau verströmte, und entdeckte sowohl die Unsicherheit als auch die Entschlossenheit in ihrem Gesicht. Ihm entging auch nicht der verbissene Blick des Mannes, geschweige denn seine eher für einen kühlen Spätherbsttag angemessene Kleidung. Und er bemerkte natürlich die dicke Wand aus Panzerglas, die unsichtbar zwischen den beiden stand.

Dabei rief er sich ins Gedächtnis, was ihm Frank von ihnen erzählt hatte. Gemäß den Versprechungen seines Freundes war der Mann der beste Fallanalytiker und die Frau die beste Fallanalytikerschülerin, die das LKA Baden-Württemberg und vielleicht sogar ganz Deutschland momentan zu bieten hatten. Doch nach dem zu urteilen, was er gerade sah, handelte es sich bei ihnen eher um eine gerade flügge gewordene Polizistin und einen Hauptkommissar, der Probleme mit dem Temperaturausgleich hatte. Was für eine vielversprechende Mischung!

Aber dann dachte Greiner daran, was der Grund für seinen Anruf bei Frank Kessler gewesen war, und beschloss, nicht seinem ersten Impuls nachzugeben und die beiden gleich wieder nach Hause zu schicken. Stattdessen investierte er zwanzig oder mehr Kilokalorien, stemmte seinen massigen Körper aus dem Sessel und reichte seinen Besuchern nacheinander die Hand.

«Es freut mich sehr, dass Sie so schnell kommen konnten», sagte er, nachdem die beiden sich gesetzt und er sich wieder in seinen Sessel gezwängt hatte. Er drückte eine Taste auf seiner Sprechanlage. «Judith, mein Schatz, bring unseren Gästen doch bitte etwas zu trinken.» Er blickte zu seinen beiden Gästen. «Wäre Eistee recht?» Beide nickten. «Eistee, bitte.»

Greiner lehnte sich zurück und entlockte seinem Sessel dadurch ein furchtsames Ächzen. «Es tut mir leid, dass wir uns unter so unangenehmen Umständen kennenlernen. Das Ganze hier hält uns ziemlich auf Trab, müssen Sie wissen. Das einzig Gute an dieser Misere ist, dass ich dadurch gezwungen war, mal wieder mit Frank zu telefonieren. Das machen wir nämlich viel zu selten, trotz unserer guten Vorsätze nach der Ausbildung. Aber Frank ist in Stuttgart natürlich ganz schön beschäftigt, sodass ich ihm diese Vernachlässigung verzeihen muss. Er hat es wirklich zu etwas gebracht, der Hund, das muss der Neid ihm lassen.»

Hannah Christ lächelte. «Dasselbe erzählt er von Ihnen. Und er sagt, dass Sie ihn damals in fast allen Fächern geschlagen haben.»

«Stimmt, in *fast* allen.» Greiner tätschelte seinen Wanst, um dem Offensichtlichen die Spannung zu nehmen. «Nur meine Vorliebe für Schokolade hielt mich davon ab, ihm auch beim Laufen die Fersen zu zeigen. Aber so hat eben jeder Mensch seine Schwächen.»

«Ich weiß. Wenn das nicht so wäre, hätte die Polizei nichts zu tun.» Abel verzog keine Miene, und Greiner konnte auch nicht die Spur einer Andeutung heraushören, dass er das scherzhaft gemeint haben könnte.

«Ich kann Sie beruhigen, Herr Abel. Im Moment haben wir in Köln sogar sehr viel zu tun. Wir machen das durch verstärkten Einsatz wett, jeder hier kämpft bis zum Umfallen. Deshalb bin ich auch sicher, dass wir den Scheißkerl finden werden, der uns diesen Mist eingebrockt hat. Bis jetzt hat er es uns, wie ich zugeben muss, aber nicht gerade leichtgemacht.»

Während Hannah Christ einen Schreibblock aus ihrer Tasche zog, schaute sich Abel in aller Ruhe in Greiners Büro um. Als er mit seiner Inventur fertig war, fiel sein Blick wieder auf den Kommissar.

«Frank sagte uns, dass vorgestern die fünfte Leiche einer Serie gefunden wurde. Er sagte auch, Sie seien verzweifelt, weil Sie zum ersten Mal in Ihrer Laufbahn keine Ahnung hätten, wie Sie dem Mörder auf die Schliche kommen könnten. Stimmt das?»

Hannah Christ schaute mit gerunzelter Stirn von Abel zu Greiner. Greiner war nahe dran, ebenfalls die Stirn zu runzeln, denn er war es nicht gewohnt, in seinem Büro solche Fragen gestellt zu bekommen. Ihn überkam das dringende Bedürfnis, etwas klarstellen zu müssen.

«Herr Abel. Wir kennen uns noch nicht, deshalb formuliere ich gerne noch mal die Rahmenbedingungen Ihres Einsatzes in Köln. Langsam und zum Mitschreiben, damit Sie nachblättern können, falls Ihr Gedächtnis Sie mal im Stich lassen sollte.»

Greiner stemmte beide Fäuste auf den Schreibtisch und fixierte Martin Abel scharf. «Wir sind *nicht* auf die gnädige Hilfe des LKA Baden-Württemberg angewiesen, und ich habe Frank auch *nicht* angerufen, weil ich nicht mehr weiterweiß. Unsere Aufklärungsquote hier ist der Traum vieler Polizeidienststellen, vermutlich auch der von Stuttgart. Deshalb bin ich absolut sicher, dass wir den Metzger auch ohne Sie finden würden.»

Er holte tief Luft. «Wegen der aktuellen Ereignisse und dem öffentlichen Druck darf aber keine noch so kleine Chance ausgelassen werden, um die Ermittlungen zu beschleunigen. Ich halte es deshalb für sinnvoll, wenn uns jemand von außerhalb zu dem einen oder anderen Punkt ein paar Fragen beantwortet und gegebenenfalls auf zusätzliche Strategien hinweist. Nicht mehr und nicht weniger. Glauben Sie, Sie sind dazu in der Lage?»

Martin Abel erwiderte Greiners Blick ruhig, und für einen Moment kam es auf halbem Weg zwischen den beiden Männern zu einem unsichtbaren Kräftemessen.

Das unsichtbare Duell wurde beendet, als sich die Tür öffnete und Judith Hofmann eintrat. Sie stockte kurz und schien zu überlegen, ob sie wieder gehen sollte. Dann gab sie sich einen Ruck und stellte das Tablett mit dem Eistee wortlos auf Greiners

Schreibtisch ab. Sie schenkte die drei mitgebrachten Gläser voll, wobei sie darauf achtete, dass in Greiners Tee genügend Eiswürfel landeten. Nachdem sie jedem ein Glas hingestellt hatte, zog sie sich geräuschlos wieder zurück, nicht ohne noch einen Blick auf die Miene ihres Chefs zu werfen. Was sie sah, ließ sie schnell die Tür schließen.

«Wir ziehen alle an einem Strang», sagte Martin Abel ruhig.

«Davon gehe ich aus.» Greiners Haltung entspannte sich leicht. «Aber ich hoffe, wir ziehen auch alle in dieselbe Richtung. Um Ihnen *meine* Richtung klarzumachen, werde ich Ihnen jetzt noch ein bisschen genauer erklären, warum ich Frank angerufen habe. Nur damit Sie keine falschen Schlüsse ziehen und Köln für ein fallanalysefreies Hinterwäldler-Kommissariat halten.»

Er nahm einen Stapel Papier von seinem Schreibtisch und reichte ihn Abel. «Gut, also, wo stehen wir? Letzten Dezember verschwand eine Frau in Poll und wurde erst drei Wochen später wieder aufgefunden. Sandra Maybach hieß die Gute, aber sie sah gar nicht gut aus, als man sie unter einem Laubhaufen wiederfand. Jemand hatte ihr die Brüste abgeschnitten und mit einem Skalpell ihre Vagina bearbeitet. Aber okay, so was passiert in einer großen Stadt wie Köln nun mal, da kann man als gutaussehende Frau leicht unter die Räder kommen. Zunächst haben wir uns also nichts weiter dabei gedacht.»

Greiner zeigte auf die Blätter in Abels Händen. «Zwei Monate später erwischte es dann einen Unternehmer namens Hannes Küskens. Hatte Geld wie Heu, war nicht besonders beliebt und wurde mausetot beim Forstbotanischen Garten aufgefunden. Auch ihm fehlten ein paar Körperteile, genau genommen sogar alle wichtigen, die man zum Leben so braucht. Professor Kleinwinkel aus der Gerichtsmedizin war ziemlich platt, als er die Autopsie vornahm.»

Er faltete die Hände. «Ja, und so ging das munter weiter. Anfang April war es Kristin Hanke, Ende April Martin Findling und Mitte Juli eben Hartmut Krentz. Bei jeder Leiche fehlten andere Körperteile und Organe, aber der Zusammenhang wurde langsam eindeutig. Fünf Menschen also, die nicht das Geringste verbindet, bis auf die Tatsache, dass sie von jemandem auf eine Weise mit einem Messer bearbeitet wurden, wie sogar ich es noch nicht erlebt habe.»

Er nahm einen Schluck aus seinem Glas und zerkaute einen der Eiswürfel. «Das letzte Opfer wurde von einer Kölner Familie gefunden. Der Mann, seine Frau und ihre drei Töchter zogen frühmorgens von einem Parkplatz zu einer nahe gelegenen Grillstelle, wo sie sich einen schönen Tag machen wollten. Zwei der Mädchen stöberten unterwegs im Unterholz herum. Dabei stolperte die kleinere von beiden und landete in dem, was heute im Gerichtsmedizinischen Institut liegt. Wenn Sie einen Blick auf die Fotos im Bericht geworfen haben, dann können Sie sich ausmalen, was das in dem Kind ausgelöst hat.»

Greiner hielt sich das Glas an die Stirn und genoss die Kälte, die es verströmte. Nach ein paar Sekunden stellte er es zurück auf den Tisch und blickte abwechselnd von Hannah Christ zu Martin Abel.

«Okay, das Leben als Polizist ist kein Ponyhof. Irgendjemand läuft also in meinem Revier herum und schlachtet Leute ab. Aber mit diesem letzten Mord habe ich zwei Dinge begriffen: Der Kerl legt es darauf an, ganz Köln in Angst und Schrecken zu versetzen. Und er denkt gar nicht daran, damit aufzuhören. Und genau das ist der Grund, warum ich letzte Woche die Ermittlungen selbst übernommen und nun Frank angerufen habe. Ich will diesen Mistkerl haben, damit sich die Leute wieder auf die Straße trauen können, ohne jeden Moment damit rechnen zu müssen, von einem Killer aufgeschlitzt zu werden oder über eine ausgeweidete Leiche zu stolpern.»

Greiner hielt das Glas gegen das Licht und zählte die restlichen Eiswürfel. «Wie gesagt, meine Leute reißen sich für diesen Fall hier jeden Tag den Arsch auf, irgendwann kriegen wir den Scheißkerl sowieso. Aber wenn es auch nur den Hauch einer Chance gibt, dass wir mit Ihrer ... Vorgehensweise die Suche abkürzen können, dann werde ich auch diese nutzen. Deshalb und nur deshalb habe ich Frank angerufen, und nicht, weil ich mich plötzlich überfordert fühle. Habe ich mich klar genug ausgedrückt?» Seine kleinen Augen fixierten Abel.

«Ich bin ganz bei Ihnen.» Wenn sich Abel angegriffen fühlte, dann ließ er es sich nicht anmerken. Sein Ton blieb derselbe und sein verschlossener Gesichtsausdruck ebenfalls. *Entweder bist du ein guter Schauspieler oder ein verdammt harter Hund*, dachte Greiner. Er war dadurch aber nicht ernsthaft beunruhigt. Er ging davon aus, dass er in beiden Punkten mithalten konnte.

«Gut. Ich habe von einem Profi nichts anderes erwartet.»

«Wir werden früher oder später nicht darum herumkommen, die Öffentlichkeit einzubeziehen.»

Greiner nickte. «Kann schon sein. Aber im Moment will ich mir lieber nicht ausmalen, was das alles auslösen würde. Die Telefone würden nicht mehr stillstehen durch übereifrige Rentnerinnen, die den Studenten aus der WG nebenan als Mörder verpfeifen, weil er ständig neue Frauen mit nach Hause bringt und so weiter und so fort. Der Bürgermeister würde natürlich auch sofort auf der Matte stehen, von den Pressefritzen ganz zu schweigen.» Er schüttelte den Kopf. «Im Moment würden wir unsere Ermittlungen dadurch eher selbst behindern als etwas gewinnen. Also lassen wir lieber die Finger davon, bis es gar nicht mehr anders geht.»

Ein weiterer Eiswürfel wurde lautstark zerkleinert. «Reduziert das Hungergefühl», sagte er, als er die Blicke der beiden bemerkte.

«Gab die Untersuchung der Kleidungsstücke etwas her?», fragte Hannah Christ.

Greiner schüttelte den Kopf. «Nicht viel. Die Sachen wurden in allen Fällen mit einem antiallergischen Feinwaschmittel, aber ohne Weichspüler gereinigt. An einem Fundort wurde auch Urin gefunden, schön kreisförmig um die Leiche verteilt. Leider war der schon zu alt, um bei der Hitze noch eine sichere DNA-Analyse zuzulassen. Wir können aber wohl davon ausgehen, dass der Kerl nicht pinkelnd um die Leiche herumgelaufen ist, sondern das Zeug in einem Behälter mitgebracht hat.»

Martin Abel und Hannah Christ schauten sich kurz an. Ihr Blick verriet, dass ihnen nicht gefiel, was Greiner ihnen erzählte. Eine Minute lang schwiegen alle drei, um das Gesagte auf sich wirken zu lassen.

Schließlich stemmte sich Greiner hoch, um seine Unterlagen aus dem Aktenschrank zu holen. «Gut, dann will ich Ihnen jetzt erzählen, zu welchen Schlüssen wir bisher gekommen sind, was den Mörder angeht.»

«Das werden Sie schön bleibenlassen!» Martin Abel hob den Zeigefinger, und Greiner fiel in seinen Sessel zurück. «Ich will Ihre Ansichten nicht hören. Das bringt mich nur auf eine falsche Fährte. Geben Sie mir einfach die Fakten, eine Meinung bilde ich mir dann schon selbst.»

Konrad Greiner nahm einen Bleistift auf und trommelte damit kleine graue Spuren auf die Schreibtischunterlage. Dabei überlegte er, ob er Frank anrufen sollte, damit er Abel einen kräftigen Tritt gab, der ihn zur Besinnung brachte. Der Ton, den Abel bisher angeschlagen hatte, schien dies Greiners Meinung nach dringend erforderlich zu machen.

Aber wie er Abel und Christ so vor sich sitzen sah, wurde ihm klar, dass sich dieses Problem früher oder später ganz von selbst erledigen würde. Wenn die beiden erst mal ihre Arbeit aufgenommen hatten und gegen die vielen Wände gelaufen waren, die sich ihnen bei Abels Auftreten unweigerlich in den Weg stellten, dann wurde auch aus einem so bockigen Kerl wie ihm bald ein handzahmer Ermittler, mit dem es sich leben ließ.

Oder aber der unwahrscheinlichste aller Fälle trat ein, und der Mann war tatsächlich so genial, wie Frank behauptete. Dann würde er ihm und allen anderen in Köln zeigen, wo der Hammer hing. Daran hätte Greiner als Leiter der polizeilichen Ermittlungen dann sicher ganz schön zu knabbern, aber nicht so sehr, als dass er es unter diesen Umständen nicht trotzdem gerne in Kauf nahm.

Nein, die beiden Leute aus Stuttgart stellten keine Gefahr für den Fortgang der Ermittlungen dar, zumindest nicht im Moment. Warum also sie nicht die Spur aufnehmen lassen und zusehen, was geschah? Im schlimmsten Fall passierte dadurch einfach gar nichts.

Hauptkommissar Greiner fasste einen spontanen Entschluss. «Nur die Fakten, M'am, was? Man merkt, dass Sie einige Zeit beim FBI verbracht haben. Aber ganz, wie Sie meinen, Herr Abel. Doch wenn Sie schon dabei sind, uns Landeiern Ihre modernen Arbeitsmethoden nahezubringen: Womit wollen Sie bei Ihrer Tätigkeit in Köln denn beginnen?»

Martin Abel verzog den Mund zu etwas, das vermutlich ein Lächeln darstellen sollte. Dann hob er die Schultern. «Liegt das nicht auf der Hand? Ich will die Leiche des Rechtsanwalts sehen.»

Greiner sog laut die Luft ein. «Wann?»

Abel neigte den Kopf. «Sofort.»

Institut für Rechtsmedizin an der Universität Köln-Lindenthal, Kerpener Straße

Martin Abel strich sich mit einer fahrigen Handbewegung durchs Haar. Sein Puls lag bei gut einhundert Schlägen pro Minute, und seine Hände waren trotz des klimatisierten Raumes feucht vor Schweiß. Dann, nach einem kurzen Kopfnicken, mit dem er sich selbst Mut machen wollte, betrat er den Sektionsraum.

Instinktiv hielt er für einen Moment die Luft an, als das markante Parfüm des Todes in seine Nase drang und alle anderen Empfindungen mit einem Schlag auslöschte. Nicht, dass er nicht mit etwas Derartigem gerechnet hätte. Immerhin besaß er eine beträchtliche Erfahrung, was den Aufenthalt an solchen Orten anging.

Doch die Realität schaffte es eben immer wieder, ihn zu überraschen. So nahm er den unangenehm süßlichen Geruch mit der gleichen Intensität wahr wie eine neue Rasierklinge, die unverhofft tief in ahnungslose Haut schnitt. Greiner und Hannah Christ schauten ihn verdutzt an, als er haltsuchend beide Arme von sich streckte.

«Sind Sie in Ordnung?», erkundigte sich Greiner.

«Mhm», log Abel.

Professor Kleinwinkel stand mit einem Klemmbrett in der Hand hinter dem Autopsietisch und wippte auf den Zehenspitzen, während er über seine Lesebrille hinweg misstrauisch die späten Besucher beäugte. Neben ihm stand ein Sektionsdiener, der ebenfalls nicht besonders erfreut schien. Abel konnte ihre Ablehnung verstehen, hatte sie Greiners Anruf doch daran gehindert, pünktlich Feierabend zu machen.

Als Abel nach einigen wackligen Schritten endlich vor dem Metalltisch stand, hatte er sich wieder so weit im Griff, dass er das Tuch am Kopfende der Leiche umschlagen konnte.

Verblüfft starrte er auf die bleichen Füße, die sich ihm entgegenstreckten. Dann blickte er zur gegenüberliegenden Seite des Tisches, und ihm wurde klar, was er bei der Durchsicht der Unterlagen übersehen hatte.

Er schaute zu Professor Kleinwinkel. «Kein Schädel?»

Der Gerichtsmediziner schüttelte den Kopf. «Nein. Das auf dem Tisch ist alles.»

Abels Blick kehrte zu den beiden Füßen zurück. Am großen Zeh des einen baumelte ein mit schwarzem Draht befestigtes Pappschild, auf dem jemand die hausinterne Fallnummer, den Namen und das Gewicht des Toten notiert hatte. Martin Abel nahm das Tuch mit beiden Händen und zog es zur Seite. Fast wäre dabei der Arm heruntergefallen, der neben dem Körper lose auf dem Sektionstisch lag. Aus einem Reflex heraus gelang es dem Sektionsdiener, ihn gerade noch aufzufangen.

«Sorry. Ich habe ihn wohl zu weit außen...»

Professor Kleinwinkel winkte energisch ab, und der Sektionsdiener verstummte.

Martin Abel starrte auf den Haufen Fleisch, der vor ihm lag. Neben dem Fehlen des Kopfes und eines Armes stach dabei der vollständig geöffnete Rumpf ins Auge. Bei den Schultern beginnend, knapp unterhalb der Schlüsselbeine, hatte jemand jeweils einen Schnitt angesetzt, der bis zum unteren Ende des Brustbeins reichte. Von dort aus war dann mit einem weiteren Schnitt die gesamte Bauchhöhle bis tief hinunter in die Leistengegend geöffnet worden. Trotz des furchtbaren Zustands des Toten war offensichtlich, dass es sich bei Krentz um einen sehr muskulösen Mann gehandelt hatte.

«Sie haben die Leiche gewaschen?»

«Wir mussten wenigstens das Gröbste entfernen. Oder was würden Sie tun, wenn Ihnen beim Öffnen des Leichensacks ein Madenteppich entgegenkommt? Sie machen sich kein Bild, wie es hier aussah!»

«Wurden die Maden aus dem Abfluss aufbewahrt?»

Professor Kleinwinkel schüttelte bedauernd den Kopf. «Nein. Aber wie Sie sehen, haften ja noch mehr als genug an der Leiche.»

Martin Abel richtete seinen Blick auf die ausgeräumte Bauchhöhle. «Und was fehlt alles?»

Professor Kleinwinkel schaute auf sein Klemmbrett. «Fragen Sie besser, was noch übrig ist. Vor Ihnen liegen noch 53 Kilogramm eines Mannes, der früher sicherlich sehr viel mehr auf die Waage gebracht hat. Aus dem armen Kerl wurde so ziemlich alles herausgeschnitten: Herz, Lunge, Magen, Leber, Milz, beide Nieren, der rechte Arm, die Oberschenkel- und Gesäßmuskeln... Ach ja, kastriert wurde Herr Krentz auch, wie unschwer zu erkennen sein dürfte, und zwar vermutlich, als er noch lebte.»

Martin Abel deutete auf eine Stelle am Unterleib des toten Mannes. «Was sind das für Druckspuren hier?»

Professor Kleinwinkel hob die Schultern. «Da muss jemand ziemlich fest zugedrückt haben. Da wir an dieser Wunde keine Fasern oder sonstigen Rückstände finden konnten, möglicherweise mit einer Drahtschlinge oder etwas in der Art. Die Werte aus der Serologie lassen darauf schließen, dass der Mörder die Wunde abgeklemmt hat. Vermutlich wollte er den Blutverlust verlangsamen, damit das Opfer nicht an diesem Eingriff stirbt.»

Martin Abel beugte sich über die Bauchhöhle und betrachtete den Verlauf der Schnitte genauer. «Sieht ziemlich professionell aus.»

Der Professor schürzte die Lippen. «Stimmt. Blitzsauberes Ypsilon, immer entlang der empfohlenen Linien. Hier, wo die beiden Schnitte von den Schultern kommend zusammentreffen, ist er anscheinend abgerutscht, aber ansonsten... Tadellos!»

Abel blickte auf die Stelle, auf die der Professor gezeigt hatte. «Haben Sie noch weitere Besonderheiten feststellen können?»

Professor Kleinwinkel schaute ihn irritiert an. «Die ganze Leiche ist etwas Besonderes. Oder was meinen Sie?»

Kommt darauf an, was man schon gesehen hat, dachte Abel. Aber der Gerichtsmediziner hatte recht. Jemand hatte Hartmut Krentz geschlachtet, und das war nicht alltäglich.

Der Professor blätterte in den Unterlagen auf seinem Klemmbrett herum. «Serotonin- und Histaminspiegel deuten wie bereits gesagt darauf hin, dass ihm einige der Verletzungen bei vollem Bewusstsein zugefügt wurden, vielleicht sogar die meisten. Hat in seinen letzten Stunden vermutlich nicht viel Spaß gehabt, unser Mann hier. Auffallend ist noch, wie wenig Blut im Körpergewebe verblieben ist. Der Mann ist fast vollständig ausgeblutet.» Professor Kleinwinkel lachte kurz auf. «Bei einem Rinderviertel würde man das wohl *gut abgehangen* nennen.»

Abel zeigte auf das Klemmbrett des Professors. «Ist das der aktuelle Bericht?»

«Ja. Es fehlen nur noch ein paar Daten aus Düsseldorf, dann können wir den Deckel zumachen. Apropos Deckel: Wie sieht es mit der Freigabe der Leiche aus? Frau Krentz will ihrem Gatten – oder dem, was von ihm übrig geblieben ist – doch sicher so bald wie möglich die wohlverdiente ewige Ruhe verschaffen.»

Greiner schaute fragend zu Martin Abel. «Die Beerdigung ist für übermorgen angesetzt.»

Abel schüttelte Kopf. «Zuerst muss ich mir ... das da genauer anschauen.»

Professor Kleinwinkel runzelte die Stirn. «Zweifeln Sie etwa unsere Untersuchungsergebnisse an?»

Abel ließ die Aggressivität des Professors einfach an sich abprallen.

«Köln war bisher nicht gerade das Mekka der Serienmörder. Das ist schön für die Bewohner der Stadt, aber jetzt sind andere Methoden gefragt als bisher.»

«Ach ja? Und welche sollen das sein?»

Er überlegte, wie er dem Professor etwas erklären konnte, was er selbst nicht verstand. Dann zeigte er mit einer fahrigen Geste zum Toten.

«Ich wäre jetzt gern einen Moment mit der Leiche allein.»

—

Hannah Christ konnte Professor Kleinwinkel ansehen, dass er es nicht gewohnt war, im eigenen Arbeitsbereich Anweisungen zu erhalten. Bevor er jedoch etwas erwidern konnte, legte ihm Hauptkommissar Greiner eine Hand auf die Schulter und bugsierte ihn hinaus. Der Sektionsdiener folgte den beiden wortlos mit schlurfenden Schritten.

Hannah Christ blieb zunächst unschlüssig stehen, aber als Abel ihr den Rücken zuwandte, verließ auch sie den kalten Raum. Leise schloss sich hinter ihr die Tür.

Als sie das Büro von Professor Kleinwinkel erreichten, hielt der Arzt es nicht mehr länger aus.

«Wen haben Sie denn da angeschleppt? Sind Sie sicher, dass der Mann noch alle beisammenhat?»

Greiner sah zu Hannah Christ. «Er wurde mir empfohlen.»

«Und was will er jetzt dadrinnen machen?»

«Keine Ahnung. Er wird sich schon etwas dabei gedacht haben, als er allein sein wollte.»

Kleinwinkel schüttelte den Kopf. «Er soll sich meinen Obduktionsbericht ansehen. Dann weiß er, was los ist.»

Greiner stemmte die Hände in die breiten Hüften. «Wahrscheinlich haben Sie recht, und Abel ist wirklich ein bisschen seltsam. Aber was soll's? Im schlimmsten Fall schicken wir ihn wieder dorthin, wo er hergekommen ist.»

«Wäre vielleicht kein Fehler. Wir sind schließlich bisher ganz gut ohne fremde Hilfe ausgekommen.» Professor Kleinwinkel lachte. «Wie neulich, als wir die Frauenleiche aus dem ausgebrannten Wagen hier hatten.» Zu Hannah Christ gewandt, die ihn fragend ansah, erklärte er: «Alle dachten, es sei eine Prostituierte, die von einem zahlungsunwilligen Freier abgefackelt worden ist...»

«... und dann hat er über die Gebissabdrücke, die er an den verkokelten Überresten gemacht hat, herausgefunden, dass es sich um eine Schülerin handelte, die von zu Hause abgehauen war. Den Wagen hat sie sich von einem Schrotthändler für ein paar Hunderter andrehen lassen. Nach dem, was die Spurensicherung herausfand, hat sich die alte Kiste ganz von allein entzündet. Kabelbrand oder so, vermutlich, als sie schlief», ergänzte Greiner.

Hannah Christ hörte der Unterhaltung noch ein paar Sätze lang zu, dann drehte sie sich weg. Ein fetter Kommissar und ein beleidigter Gerichtsmediziner, die Anekdoten austauschten. Es war ihr egal, unhöflich zu wirken, sie interessierte sich einfach nicht für diese Geschichten, die in ihren Augen nichts anderes waren als der lahme Versuch, das Grauenhafte dieses Ortes mit der beruhigenden Wirkung des Alltäglichen zu übertünchen.

Leise verließ sie den Raum und machte sich auf den Weg zu Martin Abel.

Langsam ging sie den Flur entlang. Sie wusste nicht genau, was sie antrieb. War es das Gefühl des Deplatziertseins, das sie in der Nähe der drei Männer im Büro verspürt hatte? Vielleicht. Vielleicht aber, und das hielt sie für viel wahrscheinlicher, steckte auch Neugier dahinter.

Ja. Sie wollte wissen, was Abel machte.

Was ihn dazu trieb, mit einer Leiche allein sein zu wollen.

Martin Abel gab ihr Rätsel auf. War er ein genialer Fallanalytiker oder einfach nur verrückt? Wahrscheinlich Letzteres, aber sie ging davon aus, dass die Antwort auf diese Frage doch ein wenig komplexer war.

Diese Vermutung basierte nicht auf dem, was er sagte. Wie er jeden, der ihm begegnete, vor den Kopf stieß. Es war vielmehr sein Gesichtsausdruck, der ihr aufgefallen war, als sie ihn verlassen hatten. Vorhin, als er sie alle aus dem Sektionsraum geworfen hatte. Sie hätte schwören können, dass sie Verzweiflung darin gesehen hatte. Martin Abel trug ein Geheimnis mit sich herum. Wie sie allerdings hoffte, nicht mehr lange.

So leise wie möglich betrat Hannah Christ den kleinen Schreibraum, der dem Sektionsbereich vorgelagert war. Ihre Bluse raschelte nur ganz sacht, als sie den klapprigen Drehstuhl, der ihr im Weg stand, behutsam hinter den Schreibtisch schob.

Ordnung muss sein, dachte sie entschieden, *auch wenn man einem Kollegen hinterherschnüffelt.*

Sie schlich weiter und stellte sich neben die große Fensterscheibe. Auch wenn Abel ihr das Zusehen schlecht verbieten konnte, so wollte sie doch lieber unbemerkt bleiben. Man musste diesem aggressiven Menschen ja nicht noch zusätzlich

Munition für seine schlechte Laune geben. Langsam beugte sie sich vor, bis der Obduktionstisch in ihr Blickfeld kam.

Abel war tatsächlich immer noch allein im Raum.

Er stand neben dem Metallgestell und hatte ein Diktiergerät in seiner rechten Hand. Seine Linke, die jetzt in einem dünnen Latexhandschuh steckte, hatte er auf die Leiche gelegt.

Sie sah, wie Abel mit den Fingern die Ränder der leeren Bauchhöhle betastete. Er fuhr damit hinauf zum Brustkorb und rüttelte an den auseinandergesägten Rippen, als ob er deren Festigkeit prüfen wolle. Dann hob er die rechte Hand und sprach etwas auf Band.

Er ging zum oberen Ende des Toten und dort in die Knie. Wie durch Zauberei befanden sich plötzlich eine kleine Lupe in seiner rechten Hand und eine Minitaschenlampe in seinem Mund. Das Diktiergerät befand sich in seiner linken Hand.

Mit starrem Blick brachte Abel die Lupe in Position und betrachtete den Halsstumpf. Jeden einzelnen Quadratzentimeter.

Die durchtrennten Muskeln.

Die leeren Blutgefäße.

Das stumpfe Ende der Halswirbelsäule.

Und nicht zu vergessen die toten Fliegenlarven, die immer noch am Toten klebten.

Hannah Christ starrte wie gebannt durch die Glasscheibe, sie konnte sich nicht vorstellen, dass Martin Abels durchdringendem Blick irgendetwas entging.

Irgendwann stand er auf und stellte sich neben den Ermordeten. Dort kniete er sich erneut kurz hin und visierte das obere Ende der Leiche an, als ob er für etwas Maß nehmen müsse. Nach ein paar Sekunden stand er wieder auf und machte seltsam pendelnde Bewegungen mit seinen Armen, ziemlich genau dort, wo der Hals endete. Vor und zurück schwang er, wie ein Zimmermann, der einen Hobel führt.

Im nächsten Moment stockten seine Bewegungen. Er beugte sich erneut über den Toten und betrachtete den Stumpf. Ein paar Sekunden später ging er plötzlich zum anderen Ende der Leiche und betrachtete die Füße.

Sie verstand nicht, was das Ganze sollte, aber Abel schien zu einer wichtigen Erkenntnis gekommen zu sein. Er hob das Diktiergerät und sprach einige hektische Sätze.

Danach ging er zurück zur Mitte der Leiche. Er schien einen Moment zu zögern, denn sein Blick ruhte gedankenverloren auf dem Körper, während sein verschmierter Handschuh einen wilden Rhythmus auf dem Toten trommelte. Noch schien er unschlüssig, was er als Nächstes tun sollte, doch das änderte sich im nächsten Augenblick.

Er blickte auf und sah direkt in ihre Richtung.

Martin Abel war noch nie der Meinung gewesen, dass das Leben ihn besonders liebte. Dazu hatte es ihm bereits zu viele Dinge gezeigt, die ihm nicht gefielen.

Besonders aber in Momenten, in denen er wie jetzt in einem gekühlten Raum auf blanken Fliesen stand und auf die Überreste eines Mordopfers hinabschaute, spürte er, dass der Zug seines Lebens an irgendeiner Weiche falsch abgebogen war.

«Bisse an allen Körperteilen, besonders aber am Hals und in der Leistengegend», sprach er in das kleine Tonbandgerät, während sein Blick über die Leiche wanderte. «Kleine, mit Hämatomen markierte Stichwunden an den Seiten, in den Achselhöhlen und ...», Abel neigte den Kopf, «... ebenfalls in der Leiste.

Eine tiefere Verletzung an der rechten Bauchdecke, Länge circa zehn Zentimeter, direkt neben dem Hauptschnitt. Mehrere Kratzspuren, die vermutlich von etwas Härterem als Fingernägeln stammen, am rechten Arm.»

Er schob einen kleinen Fleischlappen auf der Brust des Toten zur Seite und betrachtete die blanken Knochen darunter. Sein Respekt vor dem Mörder wuchs umgehend, der Kloß in seinem Hals jedoch auch.

«Thorax fachmännisch geöffnet, vermutlich mit einer handelsüblichen Stichsäge oder etwas Ähnlichem anstatt mit einer Gigli. Die Rippen selbst wurden nicht beschädigt, lediglich das Sternum der Länge nach durchtrennt. Brustgewebe zuvor mit einem leicht geschwungenen V-Schnitt vom Brustkorb gelöst.»

Er wankte zum oberen, kopflosen Ende der Leiche, um sich die Sauerei anzuschauen, die der Mörder hier angerichtet hatte. Eigentlich war die Vorgehensweise beim Abschneiden des Kopfes eine klare Sache, und doch sahen aus einer anderen Perspektive manche Dinge plötzlich völlig anders aus.

Und das war ja das Problem bei dem Ganzen: die richtige Perspektive finden. Die eines Mörders.

Abel versuchte, sich dieser zu nähern, indem er ein paar Schritte zurückwich und wieder in die Hocke ging. Ein kurzer Blick, dann begab er sich zur Seite der Leiche und kniete sich kurz hin. Ja, so könnte es gewesen sein. Aber Abel wäre nicht Abel gewesen, wenn er nicht auf Nummer sicher gegangen wäre.

Deshalb platzierte er eine Hand dort, wo sich einst das Kinn von Hartmut Krentz befunden hatte, und drückte es im Geiste zur Seite, um der anderen Hand Platz zum Arbeiten zu geben. Dann imitierte er mit dem Diktiergerät die Bewegungen eines großen Fleischermessers.

Der Metzger hatte sich die richtige Stelle für den Schnitt ausgesucht. Wenn man unterhalb des Kehlkopfes ansetzte, kam man direkt beim sechsten oder siebten Halswirbel an. Der besten Stelle, um einen Kopf vom Rumpf abzutrennen. Der Metzger hatte dies sogar geschafft, ohne die dazwischenliegende Bandscheibe anzukratzen.

Also säbelte Abel am Kehlkopf vorbei, durchtrennte in Gedanken Luftröhre und Hauptschlagadern, während er immer noch das imaginäre Kinn festhielt, um dem Messer besseren Zugang zu verschaffen. Er wusste: Das Blut spritzte in diesem Moment nicht nach allen Seiten, sondern lief einfach nur aus den Gefäßen. Gemäß den Obduktionsergebnissen war Hartmut Krentz zu diesem Zeitpunkt nämlich bereits seit einigen Minuten tot. Gestorben an den schweren Bauch- und Unterleibsverletzungen, die ihm bei vollem Bewusstsein zugefügt worden waren.

Das Gewicht des nach unten hängenden Kopfes öffnete die Wunde jetzt, ohne dass der Mörder das Kinn noch groß hätte drücken müssen. Wie von selbst drang die Klinge nach unten, während der Hals immer mehr abknickte.

Als Abel schließlich die Knochen erreichte, stockten seine Bewegungen. Nach einem genauen Blick auf das Muskelgewebe sah er die Informationen aus dem Untersuchungsbericht von Professor Kleinwinkel bestätigt. Am Halsstumpf war tatsächlich nur ein einziger Schnitt geführt worden. Ringsum. Der Mörder hatte das Messer also nicht abgesetzt, sondern sein Werk an einem Stück vollendet. Aber wie hatte er das geschafft? Wenn der Mörder das Messer neu angelegt hätte, dann wäre das zu sehen gewesen. *Den* Metzger gab es nicht, der das ohne sichtbaren Ansatz geschafft hätte.

Martin Abel stellte die imaginäre Klinge senkrecht nach unten und durchtrennte so das Fleisch bis hinunter zu den Vertebralarterien auf der linken Seite der Wirbelsäule. Dann kippte er das Messer um hundertachtzig Grad, sodass jetzt der Griff nach unten zeigte, und erledigte dasselbe auf der rechten Seite des Rückenmarks.

Blieb nur noch der Nacken. Aber das ging nicht. Er konnte das Gewebe im Nacken nicht durchtrennen, ohne das Messer abzusetzen oder sich unter die Leiche zu legen. Irgendetwas stimmte also nicht, sagte ihm sein Gefühl für unnatürliche Todesarten. Irgendetwas hatte er übersehen.

Die Erkenntnis, wie der Metzger Hartmut Krentz geköpft hatte, traf Martin Abel schließlich wie ein Blitz. Aufgeregt ließ er seinen Blick zu den Füßen der Leiche wandern. Sie war auch hier von den Insekten übel zugerichtet worden, doch er entdeckte sofort, was er suchte. Zwei große Wunden, an jedem Unterschenkel direkt hinter der Achillessehne eine.

Martin Abel atmete tief ein und aus. *Du hast seinen Kopf also mit einem langen Messer abgetrennt*, hielt er die neugewonnene Erkenntnis sofort auf Band fest. *Um das ohne Absetzen tun zu können, gab es aber nur eine Möglichkeit: Als du geschnitten hast, hing Hartmut Krentz mit Fleischerhaken in den Beinen und dem Kopf nach unten! So konntest du bequem um den Mann herumlaufen, ohne das Messer aus der Wunde zu nehmen. So und nicht anders muss es gewesen sein!*

Martin Abel keuchte. Er spürte genau, dass er etwas Wichtiges entdeckt hatte. Etwas, das mehr über die Handschrift des Metzgers verriet als alles andere zuvor.

Zum einen behandelte er seine Opfer wie Schlachtvieh. Zweckdienlich. Respektlos. Kalt. Er hängte sie an den Beinen auf und schnitt ihnen den Kopf ab. Der Killer musste nur noch abwarten und dann die ganze Sauerei aufwischen. Aber das schien ihm der Spaß allemal wert zu sein.

Was Abel aber besonders nachdenklich stimmte, war die Tatsache, dass sich der große Unbekannte so viel Zeit für seine Beute nahm. Das, was er tat, musste für ihn von großer Bedeutung sein. Kein kurzer ekstatischer Höhepunkt, sondern eine wichtige Zeremonie.

Er überlegte. Was konnte er noch tun? Hatte er wirklich alles bedacht? Jede Verletzung richtig rekonstruiert und eingeordnet?

Gerade als er darüber nachdachte, was er als Nächstes tun könnte, nahm er aus den Augenwinkeln heraus eine Bewegung wahr. Eine Kleinigkeit nur, es hätte eine flackernde Neonröhre sein können. Oder eine Fliege an der Fensterscheibe draußen im Flur.

Doch Martin Abel war sich sicher, dass es etwas anderes sein musste. Fliegen trugen keine Blusen.

Himmel, was für ein Anblick!

Hannah Christ drehte sich in letzter Sekunde zur Seite. Einen Moment länger Martin Abel bei der Arbeit zusehen, und Professor Kleinwinkel hätte eine unappetitliche Überraschung vor seinem Sektionsraum erlebt.

Als sie sich wieder einigermaßen im Griff hatte, ging sie zurück zu Greiner und dem Professor. Beide lachten und hatten vor lauter Enthusiasmus für ihre alten Geschichten offenbar gar nicht mitgekriegt, dass sie so lange weg gewesen war.

«Wo bleibt Abel?», fragte Greiner. «Macht er mit der Leiche ein Tänzchen?»

«Kommt gleich», behauptete Hannah Christ mit zusammengepressten Lippen und deutete mit dem Daumen nach hinten. Dabei hatte sie natürlich keine Ahnung, was ihr Kollege mit der

Leiche noch alles vorhatte. Vielleicht machte er mit ihr ja wirklich noch ein Tänzchen.

Doch in diesem Punkt täuschte sie sich offenbar, denn schon kurz darauf tauchte Abel tatsächlich auf. Mit seiner bleichen Haut und den hochgezogenen Schultern machte er einen mitleiderregenden Eindruck.

«Irgendwelche neuen Erkenntnisse?» Greiner sah Abel an, als ob er ihn bei der falschen Antwort fressen wollte.

«Nein.» Das Nein brach aus ihm heraus, von ganz unten, schien es. Wie bei einem Freitaucher, der nach endlos langen Minuten aus etlichen Metern Tiefe endlich durch die Meeresoberfläche brach und gierig nach Luft schnappte. «Ich muss alles erst in einen Zusammenhang bringen. Eine Linie bilden.» Abel klang müde und sah auch so aus, als er mit einer Hand eine imaginäre Gerade durch die Luft zog.

«Und? Haben Sie bei Krentz eine Linie bilden können?»

Martin Abel tastete in der Tasche nach seinem Diktiergerät. «Weiß nicht. Es ist alles noch so ... verwirrend.»

«Ich habe für morgen früh eine Besprechung des Metzger-Teams angesetzt», erklärte Greiner unbeeindruckt. «Ich will, dass meine Leute Sie kennenlernen. Außerdem bekommen Sie so am schnellsten ein Bild vom aktuellen Stand der Ermittlungen. Wenn Ihnen dabei jemand aus der Truppe eine Frage stellen sollte, dann wäre es nett, wenn Sie ein wenig konkreter antworten würden. Mit irgendwelchen *Linien* können wir hier nichts anfangen.»

Professor Kleinwinkel brummte unverständliches Zeug, dann ging er mit dem Sektionsdiener zurück in Richtung des Sektionsraums. Vermutlich wollten sie noch schnell Herrn Krentz gute Nacht sagen, bevor sie ihn in sein tiefgekühltes Bett zurückschoben.

Als sie zu dritt das Gebäude verließen, freute sich Hannah Christ zum ersten Mal an diesem Tag über die Hitze, die ihr entgegenschlug.

«Wir sehen uns morgen um neun Uhr. Ich bitte um pünktliches Erscheinen.» Nach diesem recht kühlen Abschied quetschte sich Greiner in seinen Wagen und brauste Steine aufwirbelnd davon.

Auch Martin Abel und Hannah Christ nahmen im Auto Platz. Während Hannah ihre Tasche zwischen ihre Füße stellte, nahm Abel sein Handy und drückte ein paar Tasten. Natürlich sagte er ihr nicht, wen er anrufen wollte, das hätte seinem offensichtlich gefassten Vorsatz, sie zu ignorieren, widersprochen. Aber in den paar Sekunden, die er darauf wartete, dass sich sein Gesprächspartner meldete, hatte sie Gelegenheit, ihn ausgiebiger von der Seite zu mustern.

Abel war nicht mehr derselbe wie noch eine Stunde zuvor, erkannte sie. Irgendetwas war passiert in diesem verdammten Kühlhaus.

Natürlich gab er sich redlich Mühe, seine Verunsicherung zu verbergen. Er hielt das Handy ans Ohr und summte sogar leise eine Melodie – als ob dies ein besonders schöner Tag für ihn wäre.

Aber Hannah konnte er nicht täuschen. Sie blickte tief in seine Seele und sah dort die verschwommenen Umrisse von etwas Bedrohlichem.

Die Larve bewegte sich nicht, als ihr mit einem Skalpell zuerst das Cephalopharyngealskelett und anschließend die posterioren Spirakel abgetrennt wurden. Auch als die scharfe Klinge sie anschließend in zwei absolut gleich große Hälften schnitt, wurde sie von der Pinzette so festgehalten, dass ein Verrutschen unmöglich war.

Unter der Lupe sah die Larve jetzt auf den ersten Blick aus wie ein überdimensionales Reiskorn, das unter zwei Riesen gerecht aufgeteilt worden war. Bei genauerem Hinsehen konnte man nun jedoch ihre inneren Organe erkennen, die sich leicht verformten, als die Skalpellspitze sie berührte.

Der Mann, der das Instrument führte, nahm die Mundwerkzeuge und hinteren Atemöffnungen und legte sie unter das Mikroskop. Er drehte so lange an dem Rädchen der Leica, bis die abgeschnittenen Körperteile der Larve das ganze Sichtfeld einnahmen.

Als er sich das Bild eingeprägt hatte, begann er mit der linken Hand im *Smith' Manual of Forensic Entomology* zu blättern, bis er die Seiten mit der Calliphora vicina gefunden hatte. Dann verglich er die Angaben mit denen der Lucilia, die ein paar Seiten weiter standen.

Frederick Schwartz seufzte frustriert. Alles war genau so, wie er es befürchtet hatte. Das Tier hatte sich im zweiten Larvalstadium befunden, sodass eine genaue Abgrenzung nicht möglich war. Dummerweise bedeutete es, dass er noch mindestens eine weitere Fliegengeneration abwarten und noch weitere Tage in Italien bleiben musste. Verdammter Mist!

Es war wirklich zum Heulen mit den Calliphorae. Frederick Schwartz nahm einen tiefen Schluck aus seiner Kaffeetasse, als ihn das Klingeln seines Handys aus den trüben Gedanken riss.

«Frederick Schwartz im Dienste der Menschheit. Wer stört meine Kaffeepause?»

«Hallo, Herr Professor. Was machen die Würmer?»

Schwartz stöhnte. «Abel, Sie Idiot! Sie kennen also immer noch nicht den Unterschied zwischen Würmern und Maden.»

«Gibt es da einen?»

«Und ob! Stellen Sie sich einfach vor, ich stopfe Ihnen je ein Pfund von den Tierchen in die Nasenlöcher. Das, was zuerst in dem Hohlraum, den Sie Ihr Hirn nennen, ankommt, sind die Würmer. Die Maden bleiben unterwegs hängen. Kleiner Test gefällig?»

«Ein andermal vielleicht. Im Moment hat hier jemand ganz andere Probleme mit diesem Viehzeug.»

«Jemand, von dem ich gehört haben müsste?»

«Nur, wenn Sie seit neuestem einen Fernseher besitzen.»

«Fernsehen ist etwas für Leute mit Freizeit. Und habe ich die vielleicht? Allein ihr Banausen aus Stuttgart wählt meine Nummer jedes Jahr öfter, als ich Haare auf dem Kopf habe. Also?»

«Das mit Ihren Haaren tut mir leid. Aber ich hatte gerade in Köln ein Rendezvous mit jemandem, der schon besser ausgesehen hat. Und wo sind *Sie*?»

«Fast zweitausend Kilometer weiter südlich. Ich sitze in Rom und schwitze wie ein Affe. Stellen Sie sich vor, die haben hier noch nicht mal ein klimatisiertes Labor, das sich auf ein halbes Grad genau temperieren lässt! Haben Sie eine Idee, wie schwül es hier ist? Meine kleinen Zöglinge sind schon völlig durcheinander und verweigern eine zügige Fortpflanzung.»

«Sie schaffen das schon.»

«Von wegen! Am besten schnappe ich mir den ganzen Kram und fliege damit in die USA. Die Jungs vom FBI haben in ihrer Akademie in Quantico die besten Forschungseinrichtungen, und das Wetter ist wahrscheinlich auch erträglicher. Aber warum sind Sie so nett zu mir, Abel? Sie haben nicht zufällig eine Frage auf dem Herzen, die nur ich beantworten kann?»

«Keine Frage, eine Bitte. Aber eine verdammt eilige dazu.»

«Hab ich mir doch gedacht! Dann schießen Sie los und stehlen Sie mir nicht noch mehr meiner kostbaren Zeit.»

«Es geht um den Toten hier. Ich habe ihn mir gerade angesehen, und ich glaube, es ist Kundschaft für Sie. Ich muss genau wissen, wie lang er im Wald gelegen hat und ob er vorher vielleicht nicht schon woanders war. Die Theorien über den Ablauf seiner Ermordung passen hinten und vorne nicht zusammen, und die Angaben der hiesigen Gerichtsmedizin sind leider zu vage.»

«Vage? Nur damit keine Missverständnisse aufkommen: Ich bin nicht Jesus! Eine Uhrzeit könnte ich Ihnen auch nicht nennen.»

«Sie lassen nach, Herr Professor. Aber ein Datum würde vollauf genügen. Hauptsache, es geht schnell.»

«Fliegenlarven schlüpfen nicht schneller, nur weil Sie das so wollen, Abel. Solche Tests brauchen Zeit. Leider, denn genau das ist momentan mein Problem hier. Aber gut, nächsten Monat habe ich noch einen Termin frei. Vorausgesetzt, hier läuft alles ab wie geplant.»

«Sie müssen morgen hier sein. Der Kandidat wird übermorgen beerdigt, und sein Zustand wird danach vermutlich nicht besser.»

«Es ist doch immer dasselbe mit euch Spinnern von der Kripo. Keine Ahnung vom Rhythmus der Natur, aber einen armen Professor unter Zeitdruck setzen.» Frederick Schwartz schnaubte entrüstet. «In welchem Zustand ist die Leiche?»

«Ledrig vertrocknet und teilweise durch Käfer skelettiert. Dummerweise wurde der Tote gereinigt. Es sind aber noch einige Eier und Larven zurückgeblieben, die Ihnen hoffentlich reichen.»

«Können Sie nicht mal mit weniger desaströsen Umständen aufwarten?» Schwartz dachte nach. «Okay. Ich habe zwar keinen Fernseher, bin aber über WLAN mit der großen, weiten Welt verbunden. Lassen Sie mich also den Flugplan checken, und wenn es eine Verbindung gibt, dann will ich sehen, was ich für meinen Lieblingskunden tun kann. Aber ich kann nichts versprechen!»

«Das können Sie nie.»

«Irgendwie muss ich meinen Preis ja rechtfertigen. Die Bezahlung, die mir Ihr Verein zugesteht, ist ohnehin ein Witz.»

«Machen Sie sich keine Sorgen um Ihr Honorar. Wenn Hauptkommissar Greiner deswegen vor Wut platzen sollte, werde ich nicht in Tränen ausbrechen.»

«Ah, ich sehe, Sie haben einen neuen Freund gefunden. Genau die Arbeitsbedingungen, die ich brauche.»

Nachdem sie das Gespräch beendet hatten, kümmerte sich Frederick Schwartz um seinen Flug. Er hatte Glück und konnte sogar einen Platz mit extra viel Beinfreiheit vor der Bordtür ergattern. Anschließend setzte er sich vor den Glasbehälter, dem er zuvor die Larve entnommen hatte. Er klopfte an die Scheibe und scheuchte damit einige der Fliegen darin auf.

«So, ihr Biester. Euer Herrchen muss euch jetzt allein lassen. Macht mir derweil keine Schande. Zeigt mir endlich, dass ihr die Mühe wert seid, die ich mir mit euch mache, und schlüpft. Wenn ich zurückkomme, will ich Fortschritte sehen, sonst setze ich euch ratzfatz einen Frosch in die Kiste. So schnell könnt ihr gar nicht mit euren Flügeln schlagen, wie der euch schnappt.»

«Wer war das?», wollte Hannah wissen, als Abel das Gespräch beendet hatte.

«Jemand, der uns eventuell helfen kann. Sie werden ihn morgen kennenlernen.»

«Brauchen wir denn Hilfe?»

Abel steckte sein Handy in die Jackentasche. «Wir benötigen alle Hilfe, die wir kriegen können.»

Dann startete er den zur Verfügung gestellten Dienstwagen und machte es Hauptkommissar Greiner nach, indem er beim Losfahren Steine aufwirbelte, die gegen andere geparkte Autos flogen.

Der Sektionsdiener legte den Arm von Hartmut Krentz neben die Leiche. Dieses Mal achtete er sorgfältig darauf, dass er nicht so leicht herunterfallen konnte wie vorhin im Sektionssaal. Professor Kleinwinkel hatte den Vorfall nicht mehr zur Sprache gebracht, aber das war auch gar nicht nötig. Eine solche Blamage durfte es nie wieder geben.

In aller Ruhe räumte der bullige Mann das Sektionsbesteck auf und reinigte den benutzten Tisch. Nachdem er das erledigt hatte, warf er einen letzten Blick auf den Toten.

Die Zeit im Wald hatte Hartmut Krentz nicht gutgetan. Er befand sich mitten im Verwesungsprozess und stank auch in gekühltem Zustand gotterbärmlich. Wie er zuvor ausgesehen hatte, ließ sich bestenfalls noch ahnen. Es wurde höchste Zeit, dass die Leiche unter die Erde kam.

«Schlaf gut!», flüsterte der Sektionsdiener und gab Krentz einen zärtlichen Klaps. Dann schob er den Toten zurück in das Kühlfach.

Die kurze Fahrt vom gerichtsmedizinischen Institut ins Hotel war – natürlich – schweigend verlaufen. Zum ersten Mal an diesem Tag war Hannah Christ jedoch froh darüber, dass ihr Kollege unter Sprachstörungen litt. Zu viele Fragen gingen ihr durch den Kopf, die nach einer Antwort verlangten. Die meisten davon hatten mit ihr selbst zu tun. Manche mit Martin Abel.

Als sie das Hotel erreichten, verabschiedeten sie sich formlos. Hannah spürte Erleichterung, als sie Abel den Rücken zudrehen und in ihr Zimmer gehen konnte. Es war, als ob sie die ganze Zeit zwei gleich gepolte Magneten hatte gegeneinanderdrücken müssen und nun endlich loslassen durfte.

Glücklicherweise hatte sich Greiner nicht lumpen lassen und für sie ein wirklich ordentliches Hotel ausgesucht. Es lag an der Ausfallstraße in Richtung des Autobahnkreuzes Köln-Ost und trug den verheißungsvollen Namen *Die Wellness Oase*.

Tatsächlich war es ein Ort, an dem sich Hannah Christ durchaus auch mehr als nur einen Tag lang wohlgefühlt hätte. Ihr Zimmer war schön möbliert, das Bad hell gefliest und groß, und der Inhalt der Minibar hielt allen Ansprüchen stand, die eine Polizistin nach ihrem ersten Tag mit Martin Abel stellen konnte.

Nachdem sie die Tür hinter sich geschlossen hatte, zog sie sich rasch aus und duschte eine kleine Ewigkeit, um sich den Dreck aus der Gerichtsmedizin vom Leib zu waschen. Danach stellte sie sich vor den Wandspiegel und cremte sich mit der sündhaft teuren Bodylotion ein, die sie von Peter zu ihrem gemeinsamen Jahrestag geschenkt bekommen hatte. Nur ihre angeborene Sparsamkeit hielt sie davon ab, das Zeug dorthin zu werfen, wohin es eigentlich gehörte: in den Müll, zu den Gedanken an den größten Mistkerl, mit dem sie sich jemals eingelassen hatte.

Während sie noch ein wenig *Angel* auftrug, stellte sie zufrieden fest, dass ihr Körper immer noch so jugendlich aussah, wie sie sich mit ihren zweiunddreißig Jahren fühlte. Sie hatte seit der Hochschule kein einziges Pfund zugenommen und passte sogar noch problemlos in ihre Lieblingsjeans von damals. Einzig ihre Körbchengröße – C – bereitete ihr manchmal Sorgen. Sie mochte es gar nicht, wenn Männer ihr beim Sprechen nicht in die Augen, sondern auf den Busen sahen.

Nachdem sie die Prozedur hinter sich gebracht hatte, zog sie frische Sachen an und verließ ihr Zimmer. Eingecremt und wohlriechend, wie sie jetzt war, fühlte sie sich wesentlich entspannter als noch eine Stunde zuvor. Zu ihrer Überraschung hatte sie sogar Hunger. Also entschloss sie sich, im Restaurant des Hotels schnell eine Kleinigkeit zu essen, solange es dort noch etwas Warmes gab. Außerdem würde es schön sein, sich unter *normale* Leute zu mischen.

Als sie die Tür zum Speisesaal öffnete, schlug ihr neben dem Gewirr gedämpfter Stimmen und dem Klappern von Besteck auch ein verlockender Duft entgegen. Hannah Christ wusste, dass dies nichts über die Qualität der Gerichte aussagen musste. Ihr Bauch schien sich da jedoch sicherer zu fühlen, denn er quittierte die Gerüche sofort mit einem erwartungsvollen Knurren.

Mit schnellen Schritten ging sie durch den Raum, um sich einen freien Platz zu suchen. Das war nicht so einfach, denn das Restaurant war gut besetzt. Da die Tische außerdem mit Holztafeln optisch abgetrennt waren, konnte sie auch nicht den ganzen Saal auf einmal überblicken, sondern musste alles einzeln abgehen. Als sie fast schon am hinteren Ende des Raums angekommen und kurz vor dem Verzweifeln war, entdeckte sie zu ihrer Rechten endlich einen freien Tisch. Ihr Magen hüpfte in Vorfreude auf die kulinarischen Genüsse, die ihn erwarteten, als sie um den Sichtschutz herumeilte – und in das leere Gesicht Martin Abels blickte.

Zu spät zum Ausweichen. *MIST!*

«Auch noch Hunger?»

Widerwillig nahm sie Platz, allerdings schräg gegenüber von ihm, sodass sie ihn wenigstens nicht dauernd ansehen musste.

Abel brauchte ebenfalls ein paar Sekunden, bis er sich gefangen hatte. «Mir geht's wie Ihnen», sagte er dann. «Ich habe seit heute Morgen nichts mehr gegessen und ein Loch im Bauch.»

Schweigend studierten sie die Speisekarte, bis Hannah Christ einer Kellnerin winkte.

«Einen gemischten Thunfischsalat mit Joghurt-Dressing, bitte. Und ein Mineralwasser.»

«Ich nehme ein Hefeweizen und eines dieser Holzfällersteaks. Aber gut durch das Ganze und eine Extraportion Bratkartoffeln dazu. Okay?»

Die Frau, eine gestresst aussehende Mittdreißigerin mit müden Augen und hochgesteckten Haaren, brachte es fertig zu lächeln, obwohl Abel einen Ton anschlug, als ob er jetzt schon wüsste, dass das Essen schlecht sein würde. Sie notierte die Bestellung und die Tischnummer, dann steckte sie den Block in ihre Schürze und ging in Richtung Küche.

«Haben Sie gesehen, wie die geschaut hat, als Sie Ihr Steak *gut durch* bestellt haben? Ich glaube, normalerweise isst man Fleisch hier roh.»

«Kann schon sein», antwortete Abel. «Ist mir aber egal, solange die Küche nicht von Professor Kleinwinkel beliefert wird.»

Hannah Christ versuchte ein Lächeln. «Ich hab heute auch keine Lust mehr auf Blut, und schon gar nicht in meinem Essen.»

«Da haben Sie mit Ihrem Salat ja gute Chancen. Es sei denn, die waschen nicht alle Schnecken raus.»

Arschloch!

Als die Kellnerin kurz darauf die Getränke brachte, griffen

beide nach ihren Gläsern wie Ertrinkende nach einem Rettungsring. Abel nippte an seinem Bier und schrieb mit der Fingerspitze magische Zeichen in den feuchten Film, der sich auf dem kalten Glas niedergeschlagen hatte. Hannah Christ zählte indessen die Bierdeckel auf dem Tisch und bedankte sich innerlich bei den vielen anderen Gästen, die so viel Lärm machten, dass ihr Schweigen nicht allzu peinlich wurde.

Endlich kam die Kellnerin und stellte das Essen vor sie hin. Hannah Christs Hunger hatte spürbar nachgelassen, aber der Salat sah so lecker aus, dass sie ihn einfach probieren musste. Wortlos begannen sie zu essen. Sie tat dies bewusst langsam, um ihren Magen schonend auf das gute Essen einzustimmen.

Abel dagegen fraß. Hannah Christ musste an ein Erlebnis ihrer Kindheit denken: Als ihre Eltern sie einmal in einen Tierpark mitgenommen hatten, war sie Zeugin einer Fütterung von Wölfen geworden. Zwar gab es bei diesen Tieren eine feste Rangordnung, aber dennoch war ihr Fressen ein einziges Zuschnappen, Herausreißen und Herunterwürgen gewesen.

Abel hätte sich, was seine Essgewohnheiten anging, problemlos als Rudelführer durchgesetzt. Aus den Fleischstücken, die er sich in kurzer Folge in den Rachen schob, hätte Hannah Christ je drei gemacht. Die Kartoffeln schaufelte er in einer Geschwindigkeit hinterher, als wenn dies seine erste Mahlzeit seit Wochen wäre. Als Abel den letzten Brocken seines Steaks in sich hineinschob, hatte sie gerade die Hälfte ihres Salates geschafft.

Abel bestellte sich sofort einen Kaffee, den er ohne Milch und Zucker trank. Wahrscheinlich überlegte er sich, wie er nun möglichst elegant seinen Abgang vorbereiten sollte. Vielleicht überlegte er aber auch gar nicht, sondern ging einfach, wenn es ihm passte. Hannah Christ dachte an das Kühlhaus, und ihr fiel ein, dass sie sich etwas vorgenommen hatte.

«Das Cholesterin, das Sie gerade zu sich genommen haben, würde ausreichen, um eine deutsche Durchschnittsfamilie auszurotten. Können Sie mit solchen Brocken im Bauch heute Nacht überhaupt schlafen?»

«Ich wollte etwas *essen*, nicht stundenlang Salatblätter sezieren. Und bis ich schlafe, dauert es noch eine Weile.»

«Ach ja?»

Abel schlürfte seinen Kaffee und verzog dabei das Gesicht, als ob Essig darin wäre. «Ich will mir erst noch die heutigen Erkenntnisse durch den Kopf gehen lassen. Das sollten Sie vielleicht auch tun. Abends kommen einem oft die besten Gedanken.»

Hannah Christ kam sogar ein ziemlich guter Gedanke, doch zu ihrem Bedauern hatte sie ihre Dienstwaffe nicht dabei. Sie schüttelte den Kopf. «Können Sie nicht wenigstens nach Feierabend ein bisschen lockerlassen? Oder vielleicht sogar *entspannen*?»

«Entspannen.» Martin Abel rollte das Wort auf der Zunge, wie um zu prüfen, ob er es schon einmal gehört hatte. «Wir haben einiges zu tun. Wenn wir uns nicht vorbereiten, nimmt uns Greiner morgen auseinander.»

Hannah Christ sah ihn kühl an. «Kommen Sie mir nicht mit diesem Mörder-machen-auch-keinen-Feierabend-Mist! Ob Sie es glauben oder nicht, aber ein bisschen was habe ich in meinem Polizeileben auch schon gesehen. Irgendwann ist es gut.»

Martin Abel nickte. «Das bezweifle ich nicht. Aber ich habe von Frank den Auftrag bekommen, Ihnen etwas beizubringen. Dazu verspüre ich zwar nicht die geringste Lust, aber wenn wir bis morgen weiterkommen wollen, dann müssen wir unseren Grips anstrengen. Auch abends. Auch Sie.»

«Mein Gott, was sind Sie nur für ein verbohrter Kerl! Wann haben Sie eigentlich zum letzten Mal über etwas geredet, das nichts mit einem Fall zu tun hatte? Oder einfach nur gelacht? Verstehen Sie? Gelacht! Hahaha!» Natürlich stimmte Abel nicht ein. «Warten Sie, lassen Sie mich raten! Es war, als Sie hörten, dass Frauen für die OFA zugelassen wurden. *Das* hat sie bestimmt mächtig amüsiert.»

Abel trank erneut einen Schluck. Während ihm der Dampf des heißen Kaffees in die Augen stieg, huschten seine Blicke durch das Restaurant. «Haben Sie Komplexe wegen Ihres Geschlechts?», sagte er nun. «Vergessen Sie das. Vergessen Sie das ganz schnell.»

«Was haben Sie dann für ein Problem mit mir? Irgendwas passt Ihnen doch nicht. Ist es mein Parfüm?»

Abel umfasste seine Tasse mit beiden Händen und pustete dann langsam die heißen Wolken über seinem Getränk weg. Tausend Meter unter dem Gipfel des Mount Everest im Biwak vor der letzten, entscheidenden Bergetappe hätte man mit einer solchen Geste rechnen müssen, fand Hannah. Dort hätte es wie ein wichtiges Ritual ausgesehen, mit dem ein Bergsteiger die nötige Konzentration aus sich herausholte, ohne die er den härtesten Streckenabschnitt niemals schaffen konnte. Hier aber, im Restaurant dieses Kölner Hotels, wo trotz Klimaanlage immer noch sechsundzwanzig Grad herrschten, wirkte es in Hannah Christs Augen einfach nur lächerlich.

«Frank sagte, Sie hätten ein paar Auszeichnungen eingeheimst.»

Sie verzog das Gesicht. «Ach, das ist es! Hätte ich mir doch denken können. Der Herr erträgt keine anderen Götter neben sich.»

Abel pustete andächtig weiter. «Ist das wirklich der einzige Grund dafür, dass Sie in die OFA aufgenommen wurden?»

Sie runzelte die Stirn. «Worauf wollen Sie hinaus?»

«Ist nur so eine Idee von mir, aber vielleicht wurde ja ein wenig nachgeholfen.»

Hannah Christ überlegte einen Moment, dann lachte sie laut auf. «Sie glauben nicht ernsthaft, dass ich mich hochgeschlafen habe, oder?»

Er hatte sich ein wenig zur Seite gedreht. «Man hört ja öfter, dass Innendienstler plötzlich Lust bekommen, ihren staubigen Arbeitsplatz gegen einen interessanten Job an der Ermittlerfront einzutauschen. Und nach ein paar Jahren in der Verwaltung weiß man natürlich auch, an welchen Schräubchen man drehen muss, damit das ein bisschen schneller klappt als üblich. Ist ja auch okay. Ich möchte auch nicht in irgendeinem miefigen Büro vermodern.»

Hannah Christ starrte ihn fassungslos an. In diesem Moment erkannte sie, dass sie sich schon wieder in ihm getäuscht hatte. Er war nicht einfach boshaft. Nein, Martin Abel schien allen Ernstes davon überzeugt, dass sie nicht wegen ihrer Leistungen so weit gekommen war, sondern wegen ihrer guten Beziehungen. Und *das* war viel schlimmer als jeder andere Mist, den er sich hätte ausdenken können.

Ja, mein Gott, sie *hatte* Beziehungen, aber die waren für den Weg, den sie gewählt hatte, eher hinderlich. Ihr Leben basierte auf der Gewissheit, dass sie sich im Leben alles selbst erarbeitet hatte. Dass sie sich da befand, wo sie heute war, weil sie *gut* war.

Und genau das bezweifelte Abel.

Hannah Christ bebte vor Wut, als sie aufstand. Er unterbrach das Kaffeepusten und sah sie überrascht an.

«Jetzt hören Sie mir mal gut zu, Herr Abel! Bevor ich zur OFA gekommen bin, war ich bei der Hamburger Mordkommission und habe genug gesehen, um zu wissen, worauf ich mich einlasse. Was bilden Sie sich eigentlich ein? Dass Sie der weltbeste

Verbrechensbekämpfer sind? Oder gar der liebe Gott? Da muss ich Sie enttäuschen, Herr Kollege, ich kann Götter von Arschlöchern unterscheiden. Und deshalb weiß ich, dass SIE kein Gott sind!»

Sie warf die Serviette auf ihren Teller und stürmte aus dem Speisesaal.

—

Martin Abel trank in Ruhe seinen Kaffee aus. Dabei gelang es ihm, die Blicke der Kellnerin zu ignorieren, die die Szene aufmerksam verfolgt hatte. Wahrscheinlich hielt sie ihn jetzt für einen geilen Bock, der seiner jungen Angestellten an die Wäsche wollte und die Quittung dafür kassiert hatte.

Er ließ sein Essen und das von Hannah Christ auf die Rechnung setzen und verließ das Restaurant. Nachdem er sein Zimmer betreten hatte, verriegelte er einer Gewohnheit folgend die Tür, indem er den Schlüssel von innen stecken ließ. Dann sah er sich um und suchte den besten Platz für Karl. Nach kurzem Überlegen entschied er sich für das Fenster. Abel fand das gar nicht so schlecht, denn dadurch wurden Karls Konturen unscharf, was seinem momentanen Wissensstand in Bezug auf den Metzger durchaus gerecht wurde. Also das Fenster.

Abel stellte die größere seiner beiden Reisetaschen auf das Bett, öffnete den Reißverschluss und kramte Fuß und Teleskopstange des Ständers hervor. Er montierte beide Teile so zusammen, dass am Schluss eine Höhe von einem Meter und achtzig herauskommen würde. Da er noch nicht mehr wusste, ging er vorläufig einfach von einem durchschnittlich großen Täter aus.

Den Oberkörpertorso bekam er nur mit Mühe aus der Tasche, so groß war er. Als er ihn endlich herausgezerrt hatte, schraubte er ihn am oberen Ende der Stange fest und drehte ihn mit dem Gesicht in Richtung des Bettes. Dann holte er sein Schreibzeug aus der Tasche, schaltete das Licht aus und machte es sich auf seinem Bett bequem.

Abel betrachtete die dunkle Kontur am Fenster. In der fast vollkommenen Finsternis hatte Karl in der Tat etwas Bedrohliches an sich. Vom Bett aus konnte man fast meinen, ein Einbrecher habe sich in das Zimmer geschlichen und warte jetzt darauf, dass Abel einschlief, damit er ihm den Schädel einschlagen konnte.

Er ließ Karls Schatten in der Stille seines Hotelzimmers auf sich wirken. Kein Laut konnte so intensiv sein wie das völlige Fehlen von Geräuschen. Und Morde hatten ja oft etwas mit Stille zu tun, denn sie passierten meistens heimlich.

Im Zimmer war es wirklich *sehr* still. Natürlich nicht ganz, aber Abel musste sich tief fallen lassen, damit seine Sinne etwas vernahmen.

Den Straßenverkehr zum Beispiel.

Der war praktisch nicht zu hören, außer einen winzigen Moment lang, als die Scheiben vibrierten. Wahrscheinlich ein Laster, der an der Tankstelle gegenüber anfuhr. Oder ein frisiertes Motorrad, dem ein tätowierter Fahrer die Sporen gab.

Er versetzte sich zurück in den Sektionssaal, wo er noch vor wenigen Stunden vor dem ausgeweideten Herrn Krentz gestanden hatte. Genauso wie einige Zeit zuvor der Mensch, der ihn so schrecklich zugerichtet hatte. Was hatte der Metzger beim Anblick des Toten empfunden, nachdem er ihn zu dem gemacht hatte, was Abel heute gesehen hatte?

Seine Augen wurden zu schmalen Schlitzen, als er den Schatten am Fenster fixierte. Er versuchte, ihn kraft seiner Gedanken zum Handeln zu animieren. Karl zierte sich ein wenig, aber als sich Abels Blicke langsam verschleierten, kam Bewegung in ihn.

Du stehst vor deinem kopfüber hängenden Opfer, dein Atem geht stoßweise. In der einen Hand hältst du das mit Blut besudelte Messer, mit dem du Krentz gerade den Kopf abgeschnitten hast. Mit der anderen wischst du dir den Schweiß von der Stirn. Deine Hoden schmerzen.

In diesem Moment fühlst du dich am Ziel deiner Träume. Du hast einen unvergleichlichen Höhepunkt erlebt, den dir kein Sex der Welt verschaffen könnte. Kein Mensch kann nachvollziehen, was jetzt gerade in dir vorgeht. Was diese Bluttat für dich bedeutet.

Doch diese Euphorie hält nicht ewig. Nein, schon bald normalisiert sich der Adrenalinspiegel in deinem Blut, und andere Gedanken gewinnen wieder die Oberhand.

Praktische zum Beispiel.

Du hast eine Leiche im Haus, nach der früher oder später die Polizei suchen wird. Die musst du unauffällig verschwinden lassen.

In jedem Fall wartest du die Nacht ab. Du bist schließlich nicht dumm und willst weiter deinem Hobby nachgehen. Im Obduktionsbericht steht, dass man auf der Leiche ringsum Kunstfasern entdeckt hat. Vermutlich wickelst du die Leiche also in eine Decke. In dieser trägst du Krentz zu deinem Wagen und legst ihn in den Kofferraum.

Dann fährst du los.

Abel überlegte. Der Mörder war vorsichtig, also hatte er vermutlich so wenig Hauptstraßen wie möglich benutzt. Tagsüber hätte er vielleicht anders gehandelt, denn da fiel ein Auto im dichten Verkehr am wenigsten auf. Doch nachts verhielt es sich umgekehrt. Da war es vernünftiger, auf Nebenstraßen auszuweichen, wo es weniger Polizeikontrollen gab.

Du bist also auf Nebenstrecken unterwegs. Vielleicht hast du dabei das Licht deines Wagens ausgeschaltet, damit du schlechter erkannt werden kannst. Oder die Beleuchtung der Nummern-

schilder. Zumindest auf den letzten Kilometern wäre dies mit einer Leiche im Kofferraum durchaus sinnvoll. Ohne Licht ist es in der Nacht jedoch schwierig, schnell den richtigen Weg zu finden. Bist du ihn also in den Tagen zuvor schon einmal gefahren?

Martin Abel nickte. *Ja, jemand wie du fährt nicht auf gut Glück in den Wald. Du bist schon vorher einmal dort gewesen und hast dir einen schönen Ruheplatz für Hartmut Krentz ausgesucht. Und hast nachts einen Probelauf dorthin gemacht, damit du ihn später auch mit deiner Last auf dem Rücken und im Dunkeln sicher finden konntest. War es nicht so, du verdammter Scheißkerl?*

Abel wand sich unruhig unter Karls Blicken. Sein Puls beschleunigte sich, er pochte in seinen Schläfen. Der Fallanalytiker spürte, dass er eine schwache Verbindung zum Mörder geschaffen hatte.

Er nahm den Block und schrieb trotz geschlossener Augen mit sicherer Handschrift: *Zeugen nach auffälligen Autos befragen! Abends und nachts!* Dann schrieb er noch *Taschenlampe!*, als ihm einfiel, dass es zweckmäßig sein könnte, nach Leuten suchen zu lassen, die in den Nächten vor dem Fund Spaziergänger mit Lampen und schwerem Gepäck beobachtet hatten.

Das ausgetrocknete Bachbett gab Abel ein paar Rätsel auf. Es lag zwar abseits der Wege, aber doch nicht so weitab vom Schuss, dass eine schnelle Entdeckung unwahrscheinlich gewesen wäre. Wenn jemand eine Leiche für alle Zeit verschwinden lassen wollte, dann band er ein paar Gewichte daran und warf sie in einen tiefen See.

Warum machst du dir also die Mühe, Krentz so weit zu tragen, wenn er doch an jedem anderen Ort genauso gut verrottet wäre?

Abel fühlte, dass dieser Punkt wichtig war. Der Mörder war beim Deponieren der Leiche ein unnötiges Risiko eingegangen, und das musste einen guten Grund gehabt haben. Er würde sich den Fundort ansehen müssen, um einer Lösung näher zu kommen.

Seine Augen hatten sich inzwischen so weit an die Dunkelheit gewöhnt, dass er Karls Umrisse gegen das erhellte Fenster gut erkennen konnte. Er hatte das Gefühl, der Mörder lächle, als wolle er ihn verhöhnen, ihm klarmachen, dass seine Bemühungen sowieso zum Scheitern verurteilt waren.

Gib lieber gleich auf!, sagte der Metzger. *Um mich zu kriegen, bist du nicht schlau genug!*

Aber Abel hatte nicht vor, sich von einem Schatten beeindrucken zu lassen, zumindest nicht, wenn es dabei um einen Mordfall ging. Die meisten Serienmörder fühlten sich sicher, wenn das Töten ein paarmal reibungslos geklappt hatte. Dann begannen sie, leichtsinnig zu werden. Vielleicht fuhr der Metzger inzwischen einmal täglich am Polizeipräsidium vorbei und zeigte ihnen den Stinkefinger.

Soll er doch!, dachte Abel.

Auf eine solche Geste wartete er nur. Der Metzger mochte ein bisschen vorsichtiger sein als die anderen seiner Zunft, aber auch er war nur ein Mensch.

Das war einer der wenigen Punkte, bei denen sich Abel ganz sicher war.

—

Hannah Christ lag auf dem Bett und starrte auf den Fernseher. Es lief irgendeine Talkshow, bei der sich ein paar ausgebrochene Irre gegenseitig Dreck an die Köpfe warfen und, wenn das nicht reichte, auch noch ihre Fäuste benutzten. Ein Talkmaster mit betroffenem Gesichtsausdruck tat so, als ob er den Streit schlichten wollte, während er den Kameraleuten versteckte Signale gab.

Drum herum saßen ein paar nicht minder Bekloppte, die sich Publikum nannten und sich freuten, dass es ihnen im Vergleich zu dem Abschaum vorn auf der Bühne eigentlich ganz gut ging.

Aber das alles bekam Hannah Christ nur am Rande mit. Sie hatte einfach nur auf die Fernbedienung gedrückt und gehofft, dass sie das Fernsehprogramm von ihrem Problem ablenkte.

Das tat es aber nicht. Als sie das einsah, griff sie zum Telefon und wählte die Nummer, die sie nicht hatte wählen wollen, und schon gar nicht am ersten Abend.

«Störe ich?»

«Wie kommst du darauf? Du weißt doch, dass ich mich immer freue, wenn du anrufst, mein Rotkäppchen.»

«Schön. Dann zeig mir doch, wie du dich freust, und nenn mich bei meinem richtigen Namen. Ich bin zweiunddreißig Jahre alt, und er sollte sich inzwischen bis zu dir herumgesprochen haben. Auch wenn du den größten Teil meines Lebens so getan hast, als wäre es anders.»

Kurzes Schweigen am anderen Ende. «Hast du angerufen, um mir ein schlechtes Gewissen zu machen? Das ist nicht nötig. Ich hatte Zeit genug, um das zu üben.»

«Ich weiß. Aber diese Suppe hast du dir selbst eingebrockt.» Hannah Christ holte tief Luft. «Du hast darauf bestanden, dass ich dir einen Zwischenbericht gebe, und der lässt sich in einem Satz zusammenfassen: Mein Partner ist ein Arschloch.»

«Deine Ausdrucksweise wird sich wohl nie ändern. Aber ich gratuliere zu dieser Erkenntnis. Ich bin ehrlich gesagt sogar erleichtert, denn jeder andere Kommentar hätte mich nervös gemacht. An Warnungen hat es dir ja weiß Gott nicht gefehlt.»

«Ich weiß. Du hattest recht. Du hast überhaupt *immer* recht. Außer wenn es um unsere Familie geht. Aber das hilft mir jetzt nicht weiter. Wenn der Kerl sein Verhalten nicht bald komplett ändert, überlebt einer von uns beiden die nächsten Tage nicht.»

«Soll ich...?»

«Nein, du sollst nicht! Ich will einfach nur deinen verdammten Rat!»

Ihr Gesprächspartner machte eine Pause. «Er ist ein schwieriger Typ», sagte er dann, «aber wenn du mit ihm so redest wie mit mir, dann ändert sich eher das Wahlverhalten in Bayern, bevor er das tut. Du kannst nicht erwarten, dass sich jeder nach dir richtet.»

«Ich habe alles versucht. Ich war höflich, zurückhaltend, habe mich eingeschleimt und so getan, als ob er ein normaler Mensch wäre. Aber das ist ihm egal. Er benimmt sich, als ob er allein auf der Welt wäre.»

«Als Fallanalytiker muss er sich eben in seine eigene Gedankenwelt zurückziehen können. Möglicherweise übertreibt Abel in manchen Dingen ein wenig, aber vielleicht ist er auch genau deshalb so gut. Dazu kommt bei ihm noch die Sache mit seiner Familie, das hat ihn ziemlich mitgenommen.»

«Willst du mir nicht endlich erzählen, was damals passiert ist? Ich denke, ich habe ein Recht darauf. Immerhin bin ich den ganzen Tag mit ihm zusammen.»

«Es ist nichts, worüber du dir Sorgen machen müsstest. Er hat einfach eine schwere Zeit hinter sich, aber die ist vorbei. So hart diese Arbeit manchmal ist, seit damals ist sie der einzige Halt, den er noch hat.»

«Wie krank muss man sein, um so eine Arbeit als Halt zu empfinden?»

«Nicht bescheuerter als jemand, der alle Hebel in Bewegung setzt, um mit jemandem wie Abel zusammenzuarbeiten. Ich habe dir gleich gesagt, dass das eine Schnapsidee ist. Du hättest lieber den ganz normalen Weg gehen sollen, mein Schatz. Wenn zwei Sturköpfe wie ihr aufeinandertreffen, müssen ja die Fetzen fliegen.»

«Gib doch einfach zu, dass du ihn längst auf einen Sockel gestellt hast.»

«Blödsinn. Er hat eine gute Quote, das ist alles.»

«Er hat die *beste* Quote, und nur deshalb habe ich darauf bestanden, mit ihm zu arbeiten. Bis jetzt hat er allerdings noch nichts getan, als ein paar Leuten auf den Sack zu gehen und sich mit einer Leiche einzusperren.»

«Zugegeben – klingt irre, aber er wird einen Grund dafür gehabt haben.»

«Ja, wahrscheinlich hatte er Hunger.»

Einige Sekunden Schweigen.

«Wenn du es dir anders überlegen solltest, dann brauchst du es nur zu sagen. Ich werde es irgendwie so hindrehen, dass familiäre Gründe dafür ausschlaggebend waren und du dadurch keine Nachteile hast.»

«Vergiss es! Eher bringe ich mich um. Oder noch besser ihn.»

«Wie du meinst. Weißt du übrigens, wie meine Theorie lautet?»

«Du wirst es mir gleich sagen.»

«Ich glaube, ihr könnt euch nicht riechen, weil ihr euch in gewissen Punkten verdammt ähnlich seid.»

Hannah Christ lächelte, als sie auflegte. Sie hatte schon viel Blödsinn gehört, aber die Worte ihres Vaters hatten gerade alles übertroffen. Denn so viel war sicher: Sie hatte mit Martin Abel ungefähr so viel gemein wie Silvio Berlusconi mit einem Franziskaner-Mönch.

Zweiter Tag

Der Saal füllte sich innerhalb einer Minute mit etwa zwanzig Männern und Frauen. Bei ihnen handelte es sich überwiegend um Leute aus dem KK 11, die der *Mordkommission Metzger* angehörten. Aber auch Leute aus dem Labor und der Spurensicherung kamen herein, setzten sich und klappten ihre Pulte herunter, um sich Notizen machen zu können. Nur Greiner blieb stehen, vermutlich weil er wusste, wie lächerlich es aussah, wenn sich ein Mann seiner Statur in einen der engen Stühle quetschte. Martin Abel sah, wie Hannah Christ hereinhuschte und sich, ohne ihn eines Blickes zu würdigen, auf den Stuhl setzte, der der Tür am nächsten stand. In stiller Übereinkunft waren sie sich beim Frühstück aus dem Weg gegangen, deshalb bemerkte er erst jetzt die hellbeige Hüfthose und das dunkle Shirt, das sie trug. Nach einigen Augenblicken konnte er sogar ihr Parfüm riechen. Es war dasselbe, das ihm bereits im LKA in Stuttgart aufgefallen war.

Als auch der Letzte saß, hob Greiner die Hände. «Wir wollen keine Zeit verlieren, Leute. Also haltet den Schnabel und hört mir einen Augenblick gut zu. Das gilt auch für Sie, Hansen. Oder haben Sie was mit den Ohren?»

Als Ruhe herrschte, ließ Greiner die Hände sinken und stemmte sie in seine Hüften. «Ich habe diese Besprechung einberufen, um euch ein Update in Sachen Metzger-Morde zu geben. In erster Linie betrifft das den Toten vom Fort Deckstein und die weitere Vorgehensweise. Wer in den letzten Tagen nicht in Urlaub war oder im Dienst gepennt hat, weiß, dass wir seit gestern zwei Berater vom LKA Baden-Württemberg hier haben. Hauptkommissarin Christ und Hauptkommissar Abel von der operativen Fallanalyse in Stuttgart.» Er deutete mit seinem Kinn auf Abel. «Die beiden waren schon fleißig und werden uns gleich einen Überblick über ihre Erkenntnisse geben.»

Er räusperte sich. «Zuallererst aber – bevor ihr es aus der Zeitung erfahrt – die endgültige Bestätigung, dass es sich bei der gefundenen Männerleiche um den vermissten Hartmut Krentz handelt. Damit haben wir es jetzt bereits mit fünf Opfern zu tun, was uns gegenüber der Presse langsam ganz schön in die Bredouille bringt. Das Letzte, was ich mir wünsche, sind Ratschläge aus dem Rathaus oder aus Düsseldorf, die uns die Arbeit zusätzlich erschweren. Ein Grund mehr, den Schweinehund so schnell wie möglich zur Strecke zu bringen.»

Lautes Gemurmel im Saal signalisierte Zustimmung.

«Ganz wichtig: Wir müssen uns mit unseren Ermittlungen mangels besserer Ideen auf grundsätzliche Dinge konzentrieren. Erstens gilt es immer noch herauszufinden, wie die Entführung von Krentz und den vier anderen Opfern genau abgelaufen ist. Die Stunden davor müssen minuziös aufgearbeitet werden. Dieter, hast du von der Telekom endlich die Liste mit den letzten Gesprächen von Krentz bekommen?»

Ein schwarzhaariger Polizist nickte. «Wir arbeiten schon daran. Bis jetzt keine Überraschungen.»

«Dann haltet euch ran und befragt noch mal seine Nachbarn zu Hause und die in der Nähe seiner Kanzlei. Vielleicht ist doch noch jemandem etwas aufgefallen, das er nicht für wichtig genug hält, um uns anzurufen. Und wenn ihr nichts herausbekommt, dann erweitert ihr so lange den Umkreis, bis ihr was herausbekommt. Hab ich mich klar ausgedrückt?»

Der Polizist nickte und schrieb etwas auf seinen Block.

«Okay, nächster Punkt. Wir haben leider immer noch keine Zeugen gefunden, die zum fraglichen Zeitpunkt etwas Verdächtiges in der Nähe des Fundortes beobachtet haben. Das ist ungewöhnlich, denn normalerweise treten sich die Leute dort um diese Jahreszeit Tag und Nacht die Füße platt. Also müssen noch mal alle in Frage kommenden Personenkreise befragt werden. Jäger, Wanderer, Liebespärchen, Drogensüchtige. Einfach alle.»

«Man sollte auch in Schulen nachfragen», warf eine blonde Polizistin ein. «Zurzeit finden überall die Jahresausflüge statt. Vielleicht war zufällig eine Klasse dort grillen. Kinder machen oft die besten Beobachtungen.»

«Gute Idee, Kollegin Mehnert! Übernehmen Sie das am besten gleich selbst. Aber vergessen Sie dabei nicht, sowohl die Internate und Privatschulen als auch die Nachbargemeinden abzuklappern. Es darf uns niemand durch die Lappen gehen.»

Greiner wandte sich an einen älteren Herrn mit Nickelbrille und Kinnbart. «Sind wir inzwischen mit der Analyse der Haare weitergekommen?»

Der Mann von der Kriminaltechnik räusperte sich. In seiner ausgeleierten Strickjacke mit abgewetzten Ledereinsätzen an den Ellbogen und einer verwaschenen Cordhose sah er für Abel wie der Inbegriff eines altgedienten Beamten aus. Er war sich beinahe sicher, dass der Mann einen intensiven Geruch nach Mottenkugeln verströmte.

«Ja, das, äh, kann man so sagen. Das LKA musste sich allerdings ganz schön abstrampeln, um fündig zu werden. Sie haben die Ergebnisse der Spektralanalyse und der chemischen Untersuchungen an sämtliche Chemiefabriken und Kunststoffhersteller in Deutschland weitergeleitet, zunächst ohne Ergebnis.»

Als er Greiners ungeduldigen Blick bemerkte, fuhr er hastig fort: «Heute Morgen habe ich ein Fax aus Düsseldorf bekommen. Das untersuchte Material ist kein Horn, wie zunächst vermutet, sondern mit Ruß eingefärbtes Polyamid. Es handelt sich entweder um Kunsthaar, wie es für Puppen verwendet wird, oder um Borsten einer weichen Bürste. Das Material wurde in Japan hergestellt und vor allem an Spielzeughersteller verkauft. Genaueres kann bis jetzt allerdings nur für den deutschen Markt gesagt werden, die Informationen über Exporte in andere Länder fehlen noch. Je nachdem, wie diese ausfallen, müssen wir dann noch im Ausland recherchieren.»

«Was uns hoffentlich erspart bleibt», knurrte Greiner, der wusste, wie lange sich solche Anfragen hinziehen konnten. «Aber kommen wir zum nächsten Punkt. Wie ich schon sagte, gehören seit gestern zwei Fallanalytiker vom LKA Stuttgart zum Team. Hauptkommissarin Christ und Hauptkommissar Abel sollen uns bei der Erstellung eines Täterprofils helfen. Es ist abgesprochen, dass sie lediglich eine beratende Funktion einnehmen.» Er warf Abel einen kurzen Blick zu. «Trotzdem will ich, dass sie von allen im Team jegliche Unterstützung bekommen, um die sie bitten, sonst ist ihre Arbeit wertlos. Und wenn ich sage *jegliche Unterstützung*, dann meine ich das auch.»

Er wandte sich an Martin Abel. «Sie haben inzwischen die Akten der Fälle durchgeackert. Gibt es schon erste Erkenntnisse, die Sie uns mitteilen können?» Er machte eine auffordernde Bewegung in seine Richtung.

Abel stand auf und ging nach vorn an das große Stehpult. Da Greiner gleichzeitig zur Seite trat, stand der Fallanalytiker von einem Moment zum anderen im Mittelpunkt des Interesses. Über zwanzig Augenpaare taten von nun an nichts anderes, als ihn gnadenlos genau unter die Lupe zu nehmen.

Er breitete seine Unterlagen aus und räusperte sich. «Auffällig und ungewöhnlich ist die Auswahl der Opfer. Außer bei Kindern bevorzugen Serientäter normalerweise ein bestimmtes Geschlecht, schließlich geht es ja fast immer in irgendeiner Form um Sex. In der Serie, mit der Sie es momentan zu tun haben, ist allerdings kein solches Muster erkennbar. Bis jetzt wurden praktisch genauso viele Frauen wie Männer getötet.»

«Was für Tipps können Sie uns für die Befragung von Verdächtigen geben?», wollte ein Beamter wissen.

«Ich muss mir erst noch ein genaueres Bild von den Umständen machen. Wir können bei den Ermittlungen aber von ein paar Fixpunkten ausgehen, die den möglichen Täterkreis eingrenzen. Erstens, der Täter ist männlich.»

«Weil er auch Leute wie Krentz überwältigen konnte?»

«Nein, mit einer Pistole schafft das auch eine Frau. Es war ein Mann, weil alle Opfer zerstückelt wurden. Weibliche Mörder stehen mehr auf unblutige Tötungsarten wie zum Beispiel Gift. Zweitens ist der Täter vermutlich Deutscher, was wir aus der Nationalität seiner Opfer schließen können. Drittens muss er ziemlich kräftig sein, vielleicht Sportler, denn sonst hätte er die Leichen niemals so weit tragen können. Und viertens», Abel deutete auf die Karte des Kölner Stadtgebietes, die hinter ihm an der Wand hing, «wohnt er mit großer Sicherheit im näheren Umkreis der Fundorte.»

«Was macht Sie da so sicher?»

Abel hatte die Frage erwartet. Polizisten waren immer überrascht, wenn jemand behauptete, allein anhand der Ermittlungsakten eine der Fragen beantworten zu können, die sie am brennendsten interessierten.

Er nahm den Zeigestock vom Rednerpult und zog damit einen Kreis auf der Karte. «Um die Fundorte der Toten zu erreichen, musste der Mörder jeweils größere Strecken zu Fuß zurücklegen. Das tut niemand, der das Gelände nicht genau kennt. Die Stellen lagen zudem alle innerhalb dieses Kreises, und die Orte, an denen die Leute verschwanden, ebenfalls. Das ist ein Gebiet von zehn mal zehn Kilometern, in dem sich unser Mann meiner Meinung nach gut auskennen muss.»

«Vielleicht hat er früher in der Gegend gewohnt und nutzt jetzt seine Ortskenntnis, um seine Opfer unauffällig zu beseitigen und uns gleichzeitig auf eine falsche Fährte zu locken.» Die blonde Polizistin hatte sich offenbar bereits ähnliche Gedanken gemacht.

«Wenn nur die Fundorte in dem Kreis lägen, könnte man das tatsächlich nicht ausschließen. Aber er musste die Personen vor den Entführungen ja auch noch über einen gewissen Zeitraum hinweg beobachten. So viel Aufwand betreibt niemand, der es woanders leichter hätte und nicht durch ein auswärtiges Nummernschild auffallen möchte. Ich denke, er wohnt jetzt noch dort.»

Die Polizistin nickte zustimmend.

«Weiterhin können wir davon ausgehen, dass der Mörder eine medizinische Grundausbildung hat. Er ist kein gelernter Chirurg, dazu ist seine Arbeit nicht professionell genug. Aber jemand, der keine genauen Kenntnisse von der menschlichen Anatomie hat, könnte das nicht. Es kommen also alle Leute mit entsprechenden Berufen in Frage. Leute mit abgebrochenem Medizinstudium, Krankenpfleger, OP-Gehilfen, Rettungssanitäter...»

«Auch Metzger?» Wieder die Polizistin.

«Ja, auch Metzger.»

Ein schlanker, Kaugummi kauender Beamter in der ersten Reihe hob die Hand. «Irgendwie missfällt mir die Selbstverständlichkeit, mit der Sie gewisse Dinge als gegeben hinnehmen. Zum Beispiel, dass der Mörder in Köln wohnt. Dafür gibt es nicht den geringsten Beweis.»

«Ich will nichts ausschließen, aber die Tatsachen sprechen für sich. Der Metzger kennt sich in seinem Jagdrevier nicht nur gut aus, er ist dort zu Hause.»

«Klingt für mich nach einem verzweifelten Versuch, sich eine Theorie zusammenzuschustern. Genauso wie Ihre Vermutung, dass es sich immer um ein und denselben Täter handelt. Oder sagten Sie nicht gerade selbst, dass es ungewöhnlich ist, wenn ein Serienmörder sowohl Männer als auch Frauen ermordet? Ich glaube, Sie verkaufen uns hier einen Haufen Mist als wissenschaftliche Fakten.»

«Wie ist Ihr Name?»

«Ich bin Hauptkommissar Maas, und ich habe bis vor kurzem die Ermittlungen in diesem Fall geleitet.»

Martin Abel schaute verblüfft von Maas zu Greiner, doch dieser rührte sich nicht. Seinem Gesicht war nicht abzulesen, was er gerade dachte.

«Wenn man die Berichte aller Fälle miteinander vergleicht, dann *muss* es ein und derselbe Täter gewesen sein», sagte Abel ruhig. «Seine Handschrift ist absolut einmalig und ist Ausdruck für seine Gefährlichkeit.»

«Das ist ja hochinteressant. Dass der Metzger gefährlich ist, war bei uns noch gar nicht angekommen. Aber los, lassen Sie uns doch ausführlicher an Ihrem Wissen teilhaben!»

Abels Blutdruck begann langsam zu steigen, doch er beherrschte sich nach außen hin mustergültig. «Die Sicherheit, mit der der Mörder die Opfer in seine Gewalt bringen konnte, zeigt, dass er beim Morden schon einige Erfahrung hat. Ein Anfänger würde es aus Angst vor einer Entdeckung sehr eilig haben und deshalb eher unmethodisch vorgehen. Aber nicht Ihr Mann hier. Der nimmt sich Zeit und ist zweifellos bestens organisiert.»

«Unmethodisch ... organisiert ...» Maas saß nach vorne gebeugt mit den Ellbogen auf den Oberschenkeln und schüttelte den Kopf. «Alles, was recht ist, Herr Abel, aber können Sie mir mal erklären, wie diese grauen OFA-Theorien uns oder gar den Mordopfern weiterhelfen sollen? Ich meine», er blickte sich nach Zustimmung heischend um, «anstatt uns unnötig mit solchem Psychomist zu beschäftigen, sollten wir lieber darüber nachdenken, wie wir den Schweinehund endlich kriegen. Alles andere ist doch Zeitverschwendung!»

Ein kleiner Teil des Publikums tat ihm den Gefallen und murmelte zustimmend. Hauptkommissar Greiner dagegen verhielt sich weiterhin passiv, beobachtete das Geschehen aber aufmerksam aus seinen kleinen Augen.

Als sich der Saal beruhigt hatte, blickte Martin Abel in die verschwitzten Gesichter vor sich. Auf den ersten Blick wirkten sie regungslos. Aber natürlich warteten die Polizisten jetzt gespannt darauf, wie der Eindringling aus Stuttgart auf die Provokation ihres Kollegen reagieren würde. Kugelschreiber klickten erwartungsvoll, und Knie wippten ungeduldig auf und ab – kein Zweifel, die Leute beobachteten ihn von ihren Sitzen aus.

Abel wusste genau, dass er sich an einem entscheidenden Punkt befand. Entweder er konnte die Beamten davon überzeugen, dass seine Gedanken richtig waren, oder er verlor sie hier und jetzt für alle Zeit.

Ja, er würde ihnen zeigen müssen, worum es hier eigentlich ging.

«Sie haben recht, Herr Maas. Für die bisherigen Opfer ändert sich dadurch, dass wir die Vorgehensweise des Mörders verstehen lernen, gar nichts.»

Seine Stimme wurde lauter und eindringlicher.

«Für alle Menschen aber, die von dem Mörder, bis wir ihn schnappen, Gefahr laufen, getötet zu werden, macht es allerdings durchaus einen Unterschied, ob sie es mit einem unorganisierten Anfänger oder einem erfahrenen und planenden Killer zu tun haben. Denn im ersten Fall werden die Opfer mit großer Wahrscheinlichkeit eher zufällig ausgewählt, dann so schnell wie möglich überwältigt, missbraucht und anschließend getötet. Für die Ermittler bedeutet das jede Menge Blut, verwüstete Tatorte und zerfetzte Leichen.»

Martin Abel sortierte seine Akten, obwohl das nicht nötig war. Alles, was er sagen wollte, hatte sich tief in sein Gedächtnis eingegraben. In seinem Innersten fühlte er die wohlbekannte Sicherheit, die ihn immer überkam, wenn er genau wusste, wovon er sprach.

«Im anderen Fall aber wählt der Täter seine Opfer in einem langen Entscheidungsprozess ganz gezielt aus. Oft sind ihm die Kriterien, nach denen er selektiert, selbst nicht bewusst. Aber wenn er ein potenzielles Opfer sieht, macht es *klick!*, und er weiß ganz genau, dass er es vor sich hat. Von diesem Moment an lässt ihn seine Erregung nicht mehr ruhen, bevor er ihr nicht nachgegeben hat.

Er kundschaftet das Opfer aus, fotografiert es heimlich, notiert sich alle Eigenheiten im Tagesablauf und achtet auf Leute, die ihm in die Quere kommen könnten. Und irgendwann, wenn er sich sicher fühlt, schlägt er zu.

So viel Aufwand muss sich aber lohnen, und deshalb sterben die Opfer in der Regel nicht sofort, sondern oft erst nach vielen Stunden oder gar Tagen entsetzlichster Folter und Todesangst. Ein organisierter Serienmörder nimmt sich immer genau die Zeit, die er braucht, um nach seiner ganz persönlichen Vorstellung zu töten, und keine Sekunde weniger. Keine einzige *blutige* Sekunde weniger.»

Im Raum war es fast totenstill. Irgendwo raschelte Papier, doch auch dieses Geräusch erstarb schnell.

«Am besten erkläre ich Ihnen das anhand eines Beispiels. Sagt Ihnen der Name John Wayne Gacy etwas?»

Eine Stimme von ganz hinten. «Das war doch dieser Typ in den USA.»

«Richtig. Hauptkommissar Maas, haben Sie eine Ahnung, was Gacy mit seinen Opfern angestellt hat?»

«Natürlich. Er hat sie erwürgt und dann in seinem Haus verscharrt.» Maas' Stimme klang längst nicht mehr so souverän wie noch Minuten zuvor.

«Erwürgt ist im Prinzip richtig, aber ich denke, es ist ein nicht ganz ausreichender Begriff für das, was Gacy seinen Opfern wirklich angetan hat. Nachdem er die Auserwählten mit einem Handschellentrick in seine Gewalt gebracht hatte, vergewaltigte und folterte er sie tagelang auf grausamste Art und Weise in seinem Haus. Dabei war er aber hochgradig organisiert. Er überließ nichts dem Zufall, um möglichst lange seine Phantasien an den Opfern ausleben zu können. So legte er ihnen, nachdem er sich an ihnen ausgetobt hatte, einen Strick um den Hals, schob einen

Stock durch und drehte diesen so lange, bis die Gefangenen ohnmächtig wurden. Manchmal zog er ihnen auch lieber eine Plastiktüte über den Kopf oder ertränkte sie in der Badewanne, je nachdem, was ihm gerade mehr Vergnügen bereitete.

Er hatte aber noch einen besonderen Trick, um den Spaß zu verlängern: Nachdem das Opfer weggetreten war, lockerte er die Strangulation so weit, dass der Sterbende wieder zu sich kam. Er holte die Männer wieder zurück und vergewaltigte und folterte sie noch mal. Dann las er ihnen Bibelverse vor, gab ihnen etwas zu essen und würgte sie erneut. Als Krönung des Ganzen ließ der Mörder die armen Schweine bei der ganzen Tortur in einen Spiegel schauen, sodass sie sich beim Sterben auch noch zusehen mussten.»

Keiner der Leute im Saal schien zu atmen. Abel formte seine Unterlagen zu einem sauberen Stapel.

«Ich bin sicher, Hauptkommissar Maas, Sie verstehen jetzt, warum es durchaus einen Unterschied macht, ob es sich um einen unorganisierten Wahnsinnigen oder einen methodisch vorgehenden, hochintelligenten Killer handelt. Ein Unterschied, der – ganz abgesehen davon, dass er unsere Suche entscheidend beeinflussen wird – nach Möglichkeit beachtet werden sollte.»

Maas starrte auf einen imaginären Punkt vor seinen Füßen und biss sich auf die Unterlippe.

«Das ist aber noch nicht alles», hob Abel seine Stimme. «Ich muss Sie auf etwas anderes hinweisen. Etwas, auf das der Modus Operandi und die Handschrift des Täters hindeuten und das bislang nicht in Betracht gezogen wurde.»

Er schaute in die verunsicherten Gesichter vor sich und sah darin die Frage, wie das bereits vorhandene Grauen noch gesteigert werden konnte. Er wollte ihnen die Antwort auf keinen Fall vorenthalten. Das war schließlich sein Job. Er musste die Wahrheit ans Licht bringen.

«Um bei meinem Beispiel zu bleiben: John Wayne Gacy ermordete insgesamt dreiunddreißig Männer, die er in seinem Haus bei Chicago beziehungsweise auf seinem Grundstück vergrub oder in einen Fluss warf. Aber das ist nur die Zahl der Toten, die gefunden wurden. So kann zum Beispiel niemand sagen, was Gacy an seinen früheren Wohnorten so alles getrieben hat. Nach seiner Festnahme sagte er, dass das Töten fast schon zu einfach gewesen sei und spätestens nach dem ersten Dutzend keine Herausforderung mehr bot. Dabei ahnte zu keinem Zeitpunkt jemand in seiner Nachbarschaft oder in seiner eigenen Familie, was sich in unmittelbarer Nähe unter dem Dach des allseits beliebten Bauunternehmers abspielte.

Auch unser Mann hat eine ganze Menge Erfahrung. Die Opfer, die Sie in den vergangenen Wochen im Leichenschauhaus bewundern konnten, sprechen eine deutliche Sprache. Niemand, der erst ein- oder zweimal getötet hat, kann bei einer Sache, die in ihm solche Gefühlsstürme entfacht, so kontrolliert vorgehen.»

Martin Abel holte tief Luft.

«Dafür kann es meiner Meinung nach nur eine Erklärung geben: Sie müssen damit rechnen, dass der Metzger bereits eine weitaus größere Zahl von Menschen auf dem Gewissen hat, als Sie sich das in Ihren schlimmsten Träumen vorstellen können.»

—

Während die anderen Zuhörer den Raum verließen und ein aufgeregtes Murmeln mit nach draußen nahmen, stellte sich Konrad Greiner neben die Tür. Wortlos und mit verschränkten Armen verfolgte er, wie Martin Abel die Akten in seinen Lederkoffer stopfte. Dabei beobachtete er ihn so aufmerksam, wie er es bereits während des gesamten Vortrags getan hatte. Diesen großen, linkisch aussehenden Kerl mit seinem bescheuerten Jackett, der sich einen Dreck um Konventionen scherte. Auf den ersten Blick hatte Abel ein Gesicht, das man schnell wieder vergaß, wenn es einem zufällig auf der Straße begegnete. Ein bisschen zu kantig vielleicht, okay, aber alles in allem nichts Besonderes. Wenn man sich aber ein paar Sekunden länger Zeit nahm, Abel zu betrachten, bekam er unwillkürlich etwas Beunruhigendes. Vielleicht, weil er nie lächelte. Oder ständig unerfreuliche Dinge von sich gab.

Greiner atmete tief ein. Fast konnte man sich des Eindrucks nicht erwehren, dass es sich bei Martin Abel um eine Art Unglücksboten handelte.

Als Abel sich zum Gehen wandte, hielt er ihn fest.

«Haben Sie das gerade ernst gemeint?»

«Was genau meinen Sie?»

«Na, dass sich der Mörder vielleicht in unserer Nachbarschaft befindet.»

«Damit wollte ich nicht sagen, dass es Ihr bescheuerter Hauptkommissar Maas ist.»

«Ich habe eine Menge Humor, aber nicht, wenn es sich um etwas Dienstliches handelt.»

Martin Abel riss sich los. «Und ich finde es nicht witzig, wenn Sie mir verschweigen, dass er abgesägt wurde. Und das wurde er doch, oder?»

«Maas wurde nicht abgesägt. Die Sache wurde ganz einfach eine Etage höher angesetzt.»

«Er scheint da anderer Meinung zu sein. Und ich habe keine Lust, die Meute im Nacken sitzen zu haben.»

«Das werden Sie auch nicht. Dafür bürge ich mit meinem

Wort», sagte Greiner. «Aber Sie haben meine Frage noch nicht beantwortet. Also?»

Abel kratzte sich am Kinn. «Ich meine nichts anderes, als dass es bis jetzt absolut jeder sein könnte. Und Sie werden dem Mann seine Taten nicht ansehen können. Ganz im Gegenteil, wenn Sie ihn haben, werden Sie zunächst vermutlich glauben, Sie hätten sich getäuscht.»

«Und was ist mit der Anzahl der Opfer? Glauben Sie wirklich, es gibt noch mehr?»

«Ich würde Ihnen gerne etwas anderes sagen können, aber ich glaube, da werden wir noch eine böse Überraschung erleben.»

«Mist, verdammter!» Greiner presste die Zähne zusammen. «Warum muss das ausgerechnet in Köln passieren?»

«Glauben Sie im Ernst, der Mann tötet rein zufällig hier?»

«Was denn sonst? Es ist für einen Mörder doch wohl völlig zweitrangig, wo er seine Taten begeht.»

«Auf andere Serienmörder mag das zutreffen. Es gibt sogar richtige Wandervögel, die absichtlich herumreisen, damit man ihnen nicht auf die Schliche kommt. Aber Ihr Kandidat hier ist kein zweiter Ted Bundy.»

«Sondern?» Greiners Stimme wurde ungeduldig.

«Sie haben es mit jemandem zu tun, der aus einem ganz speziellen Grund in Köln aktiv ist...»

«Ist das eigentlich irgendeine bescheuerte Strategie von Ihnen, dass Sie mitten im Satz aufhören zu reden? Oder wollen Sie sich einfach nur wichtigmachen?» Greiner funkelte Abel wütend an.

«Ich kenne diesen Grund nicht.» Martin Abel ignorierte Greiners Ausbruch völlig. «Was mir ehrlich gesagt ein bisschen Bauchschmerzen bereitet, denn ich habe das Gefühl, dass dieser Punkt wichtig ist. Aber so viel ist sicher: Es hat etwas mit seiner Vergangenheit zu tun.»

Greiner schüttelte ungläubig den Kopf, dann lachte er so laut und heftig, dass sein Bauch bedenklich zu wackeln begann. «Wissen Sie, wie Sie sich anhören?», fragte er, als er sich beruhigt hatte. «Wie eine dieser abgetakelten Wahrsagerinnen, die vor dem Dom Touristen abzocken. Die lesen einem aus der Hand und tun dabei so, als ob sie geheimnisvolle Dinge wüssten. Aber bei denen weiß man wenigstens, dass man beschissen wird und immer nur das erzählt bekommt, was man sowieso hören will.»

Abel legte den Kopf schief und schürzte die Lippen. «Offenbar haben Sie mir vorhin ebenso wenig zugehört wie dieser schwachsinnige Kommissar Maas.»

«Ich habe Ihnen sehr wohl zugehört, auch wenn mir das bei dem Ton, in dem Sie Ihre Weisheiten verzapfen, ganz schön schwerfällt.»

«Na, bestens», sagte Abel kalt. «Dann wissen Sie auch, dass der Mann ein cleverer Bursche ist und schon allein deshalb nicht einfach so von hier verschwindet. Er kann sich nämlich denken, dass wir nach Leuten, die jetzt den Wohnort wechseln, routinemäßig zuerst suchen.»

«Was Sie nicht sagen.»

«Genau. Aber was sein Verhalten von der Norm unterscheidet, ist die Tatsache, dass er weiter mordet, obwohl er genau *weiß*, wie intensiv hier nach ihm gefahndet wird. Er fühlt sich also entweder absolut sicher, oder er...» Abel stockte und schien in Greiners Gesicht nach einer Erkenntnis zu suchen.

«Oder?»

«Diesen Punkt konnte ich noch nicht ganz zu Ende denken. Aber eines kann ich Ihnen jetzt schon sagen: Serienmörder werden nicht geboren, sondern gemacht. Der Metzger hat vermutlich noch mit jemandem eine Rechnung offen und *kann* gar nicht aufhören!»

Er zwängte sich an Greiner vorbei auf den Flur.

«Warten Sie gefälligst! Was für eine Rechnung soll das sein?»

«Das sag ich Ihnen, sobald ich es weiß.»

Greiner ließ krachend eine Faust gegen den Türrahmen sausen. «Ich werde heute noch Frank anrufen und ihm sagen, dass er mir einen *normalen* Fallanalytiker schicken soll. Jesus! Er hat mir gesagt, dass Sie schwierig sind, aber nicht, dass Sie einen Psychiater brauchen.»

Mit einem schwer zu deutenden Blick wandte Martin Abel sich ab und ging davon.

Greiner schob sich durch die Tür und schaute ihm nach, bis er um die Ecke verschwunden war. Abels Schatten tanzte noch einen Moment auf dem Fußboden hin und her, gerade so, als wolle er Greiner ein wenig ärgern. Dann wurde aber auch er kleiner und begleitete den Mann vom LKA Stuttgart gehorsam auf seinem Weg nach draußen.

Da stand er nun.

Erster Kriminalhauptkommissar, den viele Beamte der Stadt per Handschlag grüßten und vor dem die Mitarbeiter des KK 11 strammstanden. Der Inbegriff staatlicher Autorität, abgefertigt wie ein Schuljunge von einem Schnösel, der sich in Leichenhallen einsperrte. Greiner war in seinem Job einiges an Verrücktheiten begegnet, doch das hier war auch für ihn eine Premiere.

Abels Vermutungen waren eine Sache. Greiner hatte ein zwiespältiges Verhältnis zur Fallanalyse, das gestand er sich offen ein. In den vergangenen dreißig Jahren seiner Laufbahn als Polizist hatte er sich immer auf perfekte Tatsachenerhebungen und seinen messerscharfen Verstand verlassen können. Stets hatte er durch Logik und seine enorme Kombinationsgabe den Weg zum Ziel gefunden.

Bis jetzt.

So schwer es ihm fiel, so musste sich Greiner eingestehen, dass er plötzlich vor einem Problem stand, das offenbar jenseits seiner Möglichkeiten lag. Eine ungewohnte Situation für einen vom Erfolg so verwöhnten Mann.

Aber gut, noch war er nicht so altersstarr, dass er nicht erkannte, wenn besondere Umstände herrschten. Er würde sich den neuen Methoden der operativen Fallanalyse öffnen und Martin Abel mit seinem Hokuspokus einige Zeit gewähren lassen. Abel schien bei aller Verschrobenheit nicht dumm zu sein, sodass ein Versuch zumindest nicht schaden konnte.

Etwas anderes aber war das Verhalten dieses Mannes. Greiner mochte es überhaupt nicht, wenn jemand in seinem Revier in die Ecken pinkelte und Duftmarken hinterließ. Nein, bei ein paar Dingen kannte Greiner kein Pardon, und eines davon war die Sache mit seiner Autorität. Wer diese in Frage stellte, der stand einem Feind gegenüber, wie er unerbittlicher nicht sein konnte. Da würde es auch bei Abel keine Ausnahme geben.

Greiner beugte den Kopf nach vorn und schaute nach unten. Wenn er ein Bein weit nach vorne streckte, dann konnte er unter seinem Bauch die Spitze seines Schuhs sehen. Er war dunkelbraun und glänzte so, als ob er neu wäre. Was mehr oder weniger auch stimmte, denn aufgrund seines hohen Gewichts war bei ihm jeder Schuh innerhalb weniger Monate ausgelatscht.

Doch das war nicht das Entscheidende.

Viel wichtiger war, dass die Schuhe vorne spitz zuliefen und verdammt hart waren. Genau das Richtige also, um einem Fatzke wie Abel damit kräftig in den Hintern zu treten, falls das nötig sein sollte.

—

Hannah Christ holte einige Formblätter hervor und beschriftete fünf davon mit den Namen der Opfer. Sie las die ermittelten Todeszeitpunkte von den Obduktionsberichten ab und übertrug sie auf das freie Feld in der oberen Ecke jeden Blattes. Anschließend nummerierte sie die Blätter in der Reihenfolge der Morde.

Sie sah nicht auf, als sich die Tür öffnete. Sie erkannte jedoch an den Schritten, dass es Abel war, der das Büro betrat, in das sie sich nach der Besprechung zurückgezogen hatte. Sie ließ sich auch nicht stören, als sie merkte, dass er hinter ihr stand und ihr über die Schulter blickte. Stattdessen begann sie, die Blätter auszufüllen, immer eine Zeile nacheinander von Blatt eins bis Blatt fünf, dann die nächste Zeile. Dadurch hoffte sie, mögliche Parallelen und Zusammenhänge sofort zu erkennen.

«Haben Sie das entworfen?»

«Stimmt etwas nicht damit?» Hannah Christ versuchte, möglichst gelangweilt zu klingen, und hatte den Eindruck, dass ihr das ganz gut gelang.

«Dafür gibt es die Standard-Formblätter.»

«*Dafür* nicht.»

«Ich meine die Bögen, die man Ihnen in Wiesbaden ins Hirn gehämmert hat. VICLAS steht vorne drauf.»

«Die sind mir zu ungenau.»

«Ungenau.» Abel ließ sich die Antwort offenbar durch den Kopf gehen. «Eine ganze Generation von Fallanalytikern hat daran gearbeitet, sie zu perfektionieren, und Sie finden sie zu ungenau. Es ist besser, wenn Sie das nicht Ihren Chef hören lassen.»

«Regen Sie sich ab.» Sie holte einen Stapel Papiere aus ihrer Tasche und warf ihn ohne hinzusehen auf den Tisch. «Die VICLAS-Bögen habe ich bereits ausgefüllt, jetzt sind meine eigenen dran.»

Abel nahm das Blatt, auf dem der Name von Hartmut Krentz stand. «Punkt vier, Stellung des Opfers innerhalb seiner Familie. Interessanter Aspekt. Aber warum haben Sie noch nichts eingetragen?»

«Weil wir erst ein paar Stunden hier sind und ich keine Hellseherin bin.»

«Schade. Die Frage könnte tatsächlich von Belang sein. Aber um sie zu beantworten, müssen wir Krentz besser kennenlernen. Da ich auch nicht hellsehen kann, werde ich jetzt einen kleinen Ausflug machen. Sind Sie dabei?»

Hannah Christ warf ihm einen misstrauischen Blick zu. «Wo ist der Haken?»

«Es gibt keinen. Ich bin der Lehrer, Sie die Schülerin. Reicht das nicht?»

Sie blickte in sein Gesicht. Zu ihrer Überraschung war keine Arglist darin zu entdecken. «Sie scheinen Ihren Job ja plötzlich richtig ernst zu nehmen. Natürlich bin ich dabei – sonst kommt sowieso nichts Gescheites dabei raus.»

Sie packte alle Unterlagen zurück in ihre Tasche und folgte Abel nach draußen. Als sie im Auto saßen, fuhr er sofort los. Er schlug den Weg nach Süden ein und schien genau zu wissen, wohin er wollte.

«Denen haben Sie es vorhin ja richtig gegeben.»

«Wem?»

«Na, den Leuten vom KK 11. Ich wette, es gab keinen im Raum, dem hinterher nicht der Arsch auf Grundeis ging. Wahrscheinlich sind alle danach erst mal geschlossen aufs Klo gewandert.»

Abel drehte für eine Sekunde den Kopf zu ihr, dann schaute er wieder nach vorn.

«Und was ist mit Ihnen? Alles in Ordnung?»

«Keine Sorge. Was Sie auch tun, ich habe meinen Schließmuskel zu einhundert Prozent im Griff.»

Abels Mundwinkel zuckten leicht, aber Hannah Christ war sich nicht sicher, ob er dem Lachen nahe oder versucht war, den vielen dummen Bemerkungen der letzten Tage eine weitere hinzuzufügen. Danach begann er, mit den Fingern der rechten Hand auf das Lenkrad zu trommeln, und atmete lautstark aus.

«Frank hat zwar keine Ahnung, was er damit anrichtet, aber ich werde Sie wie verlangt überall mit hinschleppen. Für heute bedeutet das einen Besuch bei Angela Krentz. Einer Frau, die nicht nur ihren Mann verloren hat, sondern auch erfahren musste, dass er von einem Irren abgeschlachtet wurde. Können Sie sich in etwa vorstellen, was in dieser Frau vorgeht? Haben Sie solche Gespräche bereits geführt?»

Hannah Christ verzog den Mund. «Sie haben gestern Abend offenbar nicht richtig zugehört. Ich war vor der Ausbildung in Wiesbaden bei der Hamburger Mordkommission.»

«Gut, dann verstehen Sie vielleicht, was ich jetzt sage. Ich hätte gern, dass Sie sich während unseres Besuches bei Frau Krentz zurückhalten. Oder anders ausgedrückt: Halten Sie den Mund und lassen Sie mich reden! Wenn Sie an einen Punkt kommen sollten, an dem Sie mein Geschwafel nicht mehr aushalten, dann quatschen Sie mir nicht dazwischen, sondern gehen Sie zurück in den Wagen und hören ein bisschen Musik oder was auch immer. Aber egal, was geschieht, plappern Sie mir auf keinen Fall dazwischen! Denn wenn Angela Krentz auch nur für einen Moment das Gefühl bekommen sollte, dass wir uns nicht einig sind, dann wird alles, was ich sage, für sie unglaubwürdig, und unsere Aufgabe ist gescheitert. Haben wir uns verstanden?»

Hannah Christ stimmte Abel nur ungern zu, schon gar nicht,

da er sie so in die Enge trieb. Aber dummerweise wusste sie, dass er recht hatte. Vor Angela Krentz mussten sie mit einer Zunge reden, sonst waren sie geliefert.

«Sie sind der Chef.»

«Gut, dass Sie das einsehen.» Seine Finger bearbeiteten erneut das Lenkrad, doch dieses Mal war es ein zufriedener Takt, den sie schlugen.

«Vorher fahren wir noch kurz zu dem Parkplatz, wo der Wagen von Krentz gefunden wurde. Immerhin ist das ein wichtiger Mosaikstein des Tages, an dem er entführt wurde. Laut Protokoll hat seine Witwe nämlich keine Ahnung, wie das Fahrzeug dorthin gekommen sein könnte. Das muss geklärt werden.»

«Ich weiß. Die Frage, wer den Wagen dort abgestellt hat – Mörder oder Opfer –, ist wichtig.» Langsam nervte er sie.

«Richtig. Theoretisch kommt beides in Frage. Im Wagen wurden weder Spuren eines Kampfes noch die eines fremden Fahrers gefunden. Aber wenn Krentz der letzte Fahrer war, dann ist der Ort, an dem das Auto stand, vermutlich identisch mit dem Ort der Entführung. Was ihn für uns noch interessanter machen würde.»

Hannah Christ schwieg zustimmend, während sie über Abels Aussage nachdachte.

«Da wäre aber noch eine Sache, die ich loswerden muss.» Er klang plötzlich ernst.

«Ja?»

«Es ist etwas Persönliches.»

Hannah Christ war überrascht. Und neugierig.

Kam jetzt die große Beichte? Die Erklärung für all den Quatsch, den er bisher von sich gegeben hatte? Oder gar eine *Entschuldigung*? Plötzlich schien die Sonne über Köln noch ein bisschen heller in den Wagen, als es in diesem Sommer aller

Sommer bisher schon der Fall gewesen war, und Hannah Christ glaubte schon, das Knirschen brechender Eisschollen zu hören.

«Heraus mit der Sprache. Wir sind beide erwachsen, also nur keine Hemmungen.»

Abel zögerte. «Ich möchte Ihnen gratulieren.»

«Mir gratulieren?» Ihre Stimme klang verwirrt.

«Ja, und zwar zu Ihrem Schließmuskel. Feine Sache, wenn man so kontrolliert unterwegs ist wie Sie. Ich hoffe, dass das auch für unser Gespräch mit Frau Krentz gilt.»

—

Martin Abel und Hannah Christ fuhren über die Aachener Straße nach Müngersdorf, wo sie sich am Park-and-ride-Parkplatz unweit des RheinEnergieStadions als Kriminalbeamte zu erkennen gaben.

Wie sich herausstellte, hatte Hauptkommissar Greiner ihren Ausflug vorausgesehen und sie beim Parkplatzbetreiber angekündigt. Dadurch hielt sich das Erstaunen des Personals in Grenzen. Der Mann, der die Schranke bediente, gähnte beim Anblick ihrer Dienstmarken und benachrichtigte dann in aller Ruhe über Funk einen Kollegen. Dieser lotste Abel und Christ zu der Stelle, wo der Wagen von Hartmut Krentz gefunden worden war.

Greiners Anruf hatte dazu geführt, dass der betreffende Stellplatz abgesperrt und freigehalten worden war. Er lag im hintersten Winkel des geteerten Geländes und konnte praktisch erst eingesehen werden, wenn man direkt davor stand. Auf zwei Seiten war der Parkplatz durch einen drei Meter hohen Maschendrahtzaun begrenzt, hinter dem sich Grünflächen befanden. Auf der dritten Seite lag ein Industriegebiet, doch da, wo sie jetzt standen, war es geradezu idyllisch ruhig.

Der Parkplatzwächter räumte die Absperrungen beiseite, sodass Abel direkt auf dem Platz parken konnte. Nachdem der Mann wieder gegangen war, stieg Abel aus und ging zum Heck ihres Wagens. Vorsichtig testete er mit einer Hand die Temperatur des dunklen Blechs in der Sonne, bevor er sich daran lehnte. Dann setzte er seine Sonnenbrille auf und ließ die Geräusche der Umgebung auf sich wirken. Hannah Christ öffnete die Tür, blieb aber im Wagen sitzen.

Abel stand vor dem größten Problem, das es für einen Fallanalytiker gab: Üblicherweise war der Tatort der Platz, der am meisten über den Mörder aussagte. Hier eskalierten die Ereignisse – es gab fast immer irgendwelche Spuren.

Doch er hatte keine Ahnung, wo der eigentliche Tatort lag. Damit blieben ihm nur verdammt wenig Anhaltspunkte, die sich eindeutig mit dem Mörder verknüpfen ließen. Trotzdem kam er zu dem Schluss, dass es inzwischen mehrere Dinge gab, die sowohl er als auch der Mörder gesehen hatten.

Zum Beispiel diesen Platz, wo der Mörder sich vermutlich den Rechtsanwalt geschnappt hatte.

Und gestern im Leichenschauhaus den toten Hartmut Krentz, der jetzt genau so aussah, wie es dem Mörder am besten gefiel. Na ja, bis auf die Maden vielleicht.

Und vermutlich morgen den Platz im Wald, an dem der Mörder Krentz abgelegt hatte, nachdem er mit ihm fertig gewesen war.

Der Parkplatz.

Die Leiche.

Der Wald.

Eigentlich ein ziemlich aufregender Gedanke, dieses Wissen mit einem Mörder zu teilen, fand Abel. So verschieden er und der Gesuchte sich auch waren, so war dadurch doch bereits ein dünnes Band zwischen ihnen geknüpft.

Martin Abel dachte an die zahlreichen Hotelzimmer, die er während seiner vielen Dienstreisen über das Jahr hinweg bewohnte. Er hatte praktisch keine Freizeit, und zum Fernsehen kam er nur abends, wenn er sich zur Ablenkung berieseln ließ. Doch wenn es irgendwie ging, schaute er sich jedes der Golf-Masterturniere im Fernsehen an. Denn auch wenn Tiger Woods beste Zeiten vermutlich vorüber waren, so bekam er doch immer noch eine Gänsehaut, wenn dieser der Konkurrenz mal wieder die Bälle um die Ohren schlug.

Zum einen, weil er über die Sicherheit der Profis staunte, mit der sie einen Ball über zum Teil unglaublich große Entfernungen ins Ziel bringen konnten. Und zum anderen, weil ihm in diesen Augenblicken jedes Mal mit schmerzlicher Intensität bewusst wurde, dass Lisa gerade genau dasselbe tat wie er. Sie saß wie er vor der Glotze, fieberte mit ihren Favoriten mit und stopfte dabei Paprikaerdnüsse in sich hinein. Scheidung hin oder her, diese Leidenschaft und diese gemeinsamen Momente würden sie immer teilen. Golfturniere waren für Martin Abel deshalb immer auch mit Tränen verbunden. Ein Grund mehr für ihn, sie sich allein anzuschauen.

Aber hier war es nicht Lisa, sondern der unbekannte Mörder, mit dem ihn nun gemeinsame Bilder verbanden.

Abel sah sich um. Für gewöhnlich parkten hier Leute, die in benachbarten Betrieben arbeiteten. Durch die Pendler war unter der Woche für reichlich Betrieb gesorgt. Und auch das nahe gelegene Stadion verursachte mancherlei Besucherströme. Die Menschen tauchten jeden Tag lautlos auf und verschwanden auf die gleiche Weise wieder, ohne sich groß darum zu scheren, was um sie herum vorging. Städtische Anonymität, so viel man nur wollte.

So war auch niemandem aufgefallen, dass der große dunkle

Wagen lange Zeit nicht bewegt worden war. Die zuständige Reinigungsfirma hatte sauber den Boden ringsherum gekehrt und alle vorhandenen Spuren beseitigt, ohne auf die Idee zu kommen, wegen des heruntergekurbelten Seitenfensters Meldung zu erstatten. Erst als eine Rentnerin dem Wagen beim Einparken eine Schramme verpasst und bei der genervten Parkplatzwache darauf bestanden hatte, die Sache mit dem Besitzer *sofort* zu regeln, war die Information in die richtigen Hände gelangt.

Niemand hatte bisher eine Erklärung dafür gefunden, was Krentz auf diesem Parkplatz zu tun gehabt haben könnte. Seine Frau am allerwenigsten – was Abel zu denken gab. Den Wagen so weit hinten abzustellen, könnte darauf hindeuten, dass der Täter den Wagen geparkt hatte. Das Auto durch die Stadt zu fahren und hier abzustellen, wäre aber eigentlich viel zu gefährlich gewesen, denn der Täter konnte ja nicht wissen, wie schnell das Fehlen des Wagens bemerkt und er zur Fahndung ausgeschrieben wurde. Außerdem würde sich ein gut organisierter Täter in Sachen Mobilität niemals auf ein fremdes Fahrzeug verlassen. Nein, Abel ging davon aus, dass der Täter mit dem eigenen Wagen unterwegs gewesen war.

Er stieß sich vom Kofferraum des Wagens ab und ging zu Hannah Christ hinüber. «Ich frage mich, was ein angesehener Rechtsanwalt hier spätabends auf diesem Parkplatz gesucht haben könnte. Und vor allem natürlich, wie es jemand geschafft hat, ihn hier in aller Öffentlichkeit zu überwältigen. Irgendeine Idee, Königin der Schließmuskeln?»

Hannah Christ stieg aus und blickte ihn gelangweilt an. In der rechten Hand hielt sie einen Schreibblock, auf dem jede Menge für Abel unentzifferbare Hieroglyphen standen. Nachdem sie kurz auf ihre Notizen geschaut hatte, deutete sie auf den Zaun.

«Von da kam der Mörder schon mal nicht. Es sei denn, es handelt sich um einen Affen, was wir durch Nachfragen bei den umliegenden Zoos aber vermutlich ausschließen können. Bleiben also nur noch die zwei Seiten, von denen sich der Täter dem Wagen unbemerkt nähern konnte. Nachts ist das bestimmt leichter als tagsüber, also gehen wir mal davon aus, dass es bereits dunkel war, als der Täter zuschlug. Sie können mir folgen?» Ohne eine Antwort abzuwarten, schaute sie auf die nächste Seite ihres Blocks und zeigte dann auf den Asphalt unter sich.

«Da weder Spuren eines Kampfes noch Blut im Wagen gefunden wurden, können wir weiterhin annehmen, dass Krentz hier nicht ermordet wurde. Auch kann man daraus ableiten, dass der Täter entweder eine Schusswaffe hatte, mit der er Krentz in Schach hielt, oder dass er sein Opfer hinterrücks außer Gefecht gesetzt hat. Dann hätte der Täter allerdings einiges zu schleppen gehabt.»

Er sah, wie sie plötzlich auf ihrer Unterlippe kaute.

«Meine Annahmen stehen und fallen jedoch mit einer ganz bestimmten Voraussetzung.»

Abel, der ihr mit wachsendem Interesse zugehört hatte, nickte ihr auffordernd zu.

«All diese Überlegungen sind nur dann richtig, wenn Krentz seinen Mörder nicht gekannt hat. Dann hat er aus einem uns noch unbekannten Grund hier geparkt und wurde dann von jemandem entführt, der ihn hier überraschte. Ob der Täter es gezielt auf Krentz abgesehen hatte oder jeder andere, der hier gestanden hätte, ebenfalls sein Opfer geworden wäre, spielt dabei gar keine Rolle. Wichtig ist nur, dass Krentz seinen Mörder hier nicht erwartet hat.»

Hannah Christ holte tief Luft. «Doch wir wissen nicht, ob das stimmt. Das Fehlen von Kampfspuren kann nämlich auch eine andere Erklärung haben. Eine, die mir ziemliches Kopfzerbrechen bereitet, wie ich zugeben muss.»

«Ich bin ganz Ohr.»

«Was wäre, wenn Krentz von einer Person entführt wurde, mit der er hier verabredet war? Dann müssten wir uns nicht nur fragen, *woher* er diese Person kannte, sondern wir könnten auch unsere ganzen bisherigen Theorien vergessen. Dann ginge es nämlich um eine ganz andere Frage: Wer ist der gemeinsame Bekannte *aller* Opfer?»

Angela Krentz saß regungslos am Küchentisch, als die Türglocke sie hart aus ihren Träumen riss.

Nachdem sie eine Stunde lang dem Ticken der Standuhr im Flur gelauscht hatte, war sie so weit zu glauben, dass Hartmut gar nicht tot, sondern nur wieder einmal geschäftlich verreist war. Wie so oft in letzter Zeit hatte er sie und die Kinder in dem Haus, das ihr immer viel zu groß gewesen war, allein gelassen.

Allein ... Ein Wort, das ihren Magen zusammenkrampfen ließ. Für einen kurzen Augenblick wurde ein Teil der grausamen Wahrheit durch den Schleier sichtbar – der Schleier, der sie vom Rest der Welt trennte, um sie vor dem Zusammenbruch zu schützen. Tief in ihrem Inneren spürte sie, dass die Einsamkeit für sie eine Bedeutung erlangt hatte, die weit über das hinausging, was man mit Worten beschreiben konnte.

Widerwillig öffnete sie die Augen und schaute aus dem Fenster. Die Sonne warf ein fahles Licht auf den Rasen, den ihr Sohn Steffen gestern gemäht hatte. Der frische Duft drang immer noch durch die Ritzen zu ihr ins Haus, doch er schaffte es nicht, sie ins Freie zu locken. Dabei war sie immer ein Kind der Natur gewesen. Erst kürzlich wieder, als sie mit Hartmut beim Prasseln der ersten Tropfen hinausgestürmt war und im Regen ...

Mit mechanischen Bewegungen stand sie auf, ging zur Tür und löste die Türkette.

Der große blonde Mann, der draußen stand, machte einen etwas steifen Eindruck. Seine linke Hand steckte in der Hosentasche, während die rechte ratlos in den Gürtel eingehakt war. Sein Jackett war für die Hitze ziemlich unpassend, aber es schien ihm Halt zu geben. Sein Blick jedenfalls war fest und drang durch ihr schwarzes Kleid direkt in ihre Seele.

«Ja?»

«Ich bin Martin Abel», stellte er sich vor. «Und das ist Hauptkommissarin Christ», fügte er mit einer vagen Handbewegung zu der jungen Frau hinzu, die neben ihm stand. «Man hat uns angemeldet. Dürfen wir hereinkommen?»

Angela Krentz ließ ihren Blick auf dem Kinn des Mannes ruhen. Es war kantig und verlieh ihm etwas Entschlossenes. Ganz im Gegensatz zu seinen Augen, die von irgendwo ganz weit hinten eine zaghafte Wärme ausstrahlten.

Sie trat zur Seite und führte die beiden Besucher in die Küche, wo sie sich an den großen Tisch setzten. Sie bemerkte, dass Abel sich ausgiebig umschaute, ohne dabei jedoch aufdringlich zu wirken.

«Wie geht es Ihnen, Frau Krentz?», fragte er, nachdem er die Begutachtung der Küche beendet hatte.

Angela Krentz biss sich auf die Unterlippe. Während sie zwei Gläser Wasser einschenkte, entschloss sie sich, tapfer zu bleiben, egal, was ihr der Mann antun würde. Mit einer müden Bewegung stellte sie die Gläser auf den hellen Kieferntisch und setzte sich ebenfalls.

«Frau Krentz», begann Abel von neuem, ohne sie einen Moment aus den Augen zu lassen. «Auch wenn Sie das vielleicht nicht glauben, aber ich kann mir gut vorstellen, was gerade in Ihnen vorgeht. Ihnen und Ihrer Familie wurde Schreckliches angetan. Etwas, das nicht wiedergutgemacht werden kann.»

Angela Krentz schwieg. Sie stand kurz auf, um sich ebenfalls ein Glas Wasser zu holen.

«Wir sind gekommen, um Ihnen zu helfen», fuhr Abel fort. «Das können wir aber nur, wenn Sie mit uns reden.»

Angela starrte den Mann an. «Helfen?», echote sie. Sie schloss für einen Moment die Augen und atmete tief durch. «Okay», stieß sie schließlich hervor. «Ich stehe zwar kurz vor einem Nervenzusammenbruch, aber gut, reden wir. Was ist auch schon groß geschehen? Ein Irrer hat meinen Mann abgeschlachtet, sodass ich ihn nur noch anhand einer Tätowierung identifizieren konnte.»

Sie warf den Kopf in den Nacken. «Wollen Sie wissen, was ich getan habe, als ich aus der Gerichtsmedizin kam? Ich habe zwei Tage lang geheult und mich übergeben! Verstehen Sie das?» Ihre Stimme begann sich zu überschlagen, doch sie achtete nicht darauf. «Und da kommen Sie und wollen mir *helfen*? Da sagen Sie, Sie können sich vorstellen, was gerade in mir vorgeht? Sie haben nicht den blassesten Schimmer!» Sie gab einen verzweifelten Laut von sich, schob sich eine Faust in den Mund und biss so lang auf die Fingerknöchel, bis sie Blut schmeckte.

Die junge Polizistin presste die Lippen zusammen und wandte den Blick zu Boden. Ihr Kollege dagegen blieb vollkommen ruhig. Lediglich das Lächeln um seine Mundwinkel verschwand, und seine Augen wirkten plötzlich traurig. Nachdem er einige Sekunden so verharrt hatte, stand er unvermittelt auf und ging auf die andere Seite des Tisches. Dort setzte er sich so, dass er

Angela Krentz direkt gegenüber saß. Entsetzt registrierte die Frau, wie der Polizist ihre Beine zwischen seinen Knien einklemmte und nach ihren Händen griff.

«Hören Sie mir bitte einen Moment lang zu!», forderte Abel sie auf. Seine Stimme war sanft, aber von solcher Eindringlichkeit, dass Angela Krentz ihn unwillkürlich ansah. «Wenn Sie danach immer noch nicht mit uns reden wollen, dann gehen wir. Aber diesen einen Moment müssen Sie uns geben. Okay?»

Angela Krentz nickte widerwillig.

«Gut», sagte Abel. «Dann will ich Ihnen sagen, dass ich jedes Detail über den Tod Ihres Mannes kenne, das in den Akten steht, und darüber hinaus noch einige mehr. Ich war mit meiner Kollegin im Leichenschauhaus, und was ich dort gesehen habe, hat mir weiß Gott nicht gefallen.»

Sie wollte sich wegdrehen, doch der Mann hielt sie unerbittlich fest.

«Ich kann also tatsächlich einigermaßen nachvollziehen, wie Sie sich jetzt fühlen müssen. Und genau deshalb will ich Ihnen helfen.»

Sie schaute aus dem Fenster, in der vagen Hoffnung, dort etwas zu entdecken, das ihr in ihrem Schmerz helfen könnte. Doch das Fenster blieb so leer wie ihr Herz seit dem Tod von Hartmut.

«Glauben Sie wirklich, dass man mir *helfen* kann?», fragte sie schließlich. Sie entwand Abel eine Hand und zog ein Taschentuch hervor. «Ich meine, sehen Sie mich doch an! Ich habe zehn Pfund abgenommen, meine Söhne sind die meiste Zeit bei ihren Großeltern, weil es mir zu viel ist, und ich kann das Haus nicht mehr verlassen, ohne dass mich mitleidige Blicke der Nachbarn verfolgen. Soll so der Rest meines Lebens aussehen?»

Der Mann griff erneut nach ihr, dieses Mal jedoch sanfter. Dann drehte er ihre Handflächen nach oben und begann unvermittelt, diese mit seinen Daumen zu massieren.

«Schauen Sie in den Spiegel, Frau Krentz», forderte Abel sie auf. «Sie sind immer noch eine Frau, nach der sich die Männer auf der Straße umdrehen. Alles andere wird sich regeln, auch wenn Sie sich das jetzt beim besten Willen noch nicht vorstellen können. Was Sie brauchen, ist Zeit und etwas Unterstützung durch uns.»

Ein Schauder durchlief Angela Krentz, als Martin Abel die zarten Häutchen zwischen ihren Fingern zu kneten begann.

«Welche Art von Unterstützung meinen Sie?»

Martin Abel nickte, ohne mit der Massage aufzuhören. «Die Antwort darauf ist in Ihnen selbst.»

Er legte den Kopf ein wenig schief und schürzte die Lippen. «Was ist momentan Ihr innigster Wunsch? Innigster *erfüllbarer* Wunsch!», korrigierte er sich schnell, als ihm einfiel, was offensichtlich am nächsten lag.

«Was ich mir wünsche?» Angela Krentz hob ratlos die Schultern. «Ich möchte einfach ganz normal weiterleben können, ohne ständig an Hartmut denken zu müssen. Aber Sie wissen so gut wie ich, dass das unmöglich ist.»

Martin Abel nickte erneut. «Ihre Trauer und Ihr Schmerz sind nötig, damit Sie Ihren Mann irgendwann loslassen können. Aber es gibt etwas, das diesen Weg abkürzen könnte.»

«Abkürzen? Was soll das denn sein?»

«Sagen *Sie* es mir.»

Sie schaute Abel ratlos an. «Ich könnte mich erschießen», sagte sie dann. «Das würde einiges abkürzen.»

Er lächelte. «Sie sind auf dem richtigen Weg. Aber was ich meine, hat nichts mit Ihnen zu tun.»

Angela Krentz schaute Abel einen Moment verständnislos an, dann begriff sie, wohin der Mann sie führen wollte.

In ein Gebiet, das sich für eine trauernde Frau nicht schickte. In dem sich überhaupt niemand aufhalten sollte, der bei Verstand war. Dabei hatten ihre Gedanken in den letzten Tagen und Wochen ständig darum gekreist. Vor allem, seit der Gerichtsmediziner die Decke zurückgeschlagen und sie gesehen hatte, was der Mörder Hartmut angetan hatte. Es war ihr nur nicht bewusst gewesen. Sie hatte es verdrängt, weil es sich nicht gehörte. Aber jetzt...

«Ich will, dass dieses verdammte Schwein gefesselt vor mir liegt, damit ich ihn genau so töten kann, wie er Hartmut getötet hat!», stieß sie hervor. «Ob mit einem Messer, mit einer Axt oder einem Revolver, ist mir scheißegal, aber ich würde den Kerl umbringen, weil ich es meinem Mann schuldig bin!»

Sie hielt erschrocken inne. Was hatte sie da gerade gesagt?

Doch dann verstand sie, dass es die grausame Wahrheit war. Sie würde Hartmuts Mörder töten, wenn sie die Möglichkeit dazu hätte. Martin Abel hatte sie da, wo er sie haben wollte.

Der Polizist massierte ihre Hände immer noch. Aber er schien an einem wesentlichen Punkt angelangt zu sein, denn plötzlich sah er zufrieden aus.

«Leider ist Selbstjustiz in Deutschland verboten, und die Giftspritze gibt es auch nicht. Unser Staat schützt seine Bürger vor Mördern, indem er sie lebenslang wegsperrt. Auch wenn das keine angemessene Strafe für das sein kann, was der Metzger Ihnen und Ihrem Mann angetan hat: Gefängnisse sind keine Erholungsheime. Erpressung hier, Körperverletzung da, und jeden Tag in Gefahr, im Duschraum den Anus durchbohrt zu bekommen. Schon mancher Einsitzender hat das erste Jahr nicht überlebt.»

Er schaute Angela Krentz tief in die Augen. «Würden Sie sich besser fühlen, wenn der Mörder den Rest seines Lebens hinter Gittern säße?»

Sie wich dem Blick des Mannes nicht aus. «Ich glaube, es wäre die einzige Möglichkeit, irgendwann einen Schlussstrich unter ...», sie zögerte kurz, «... die Sache zu ziehen. Wenn der Mörder meines Mannes verurteilt würde, könnte ich vielleicht tatsächlich eines Tages wieder an etwas anderes denken als daran, dass er immer noch ungestraft herumläuft.»

Abel nickte. «Sehen Sie, die Polizei will nichts sehnlicher, als diesen Mann hinter Gitter zu bringen. Wir warten auf eine Spur, die uns zum Mörder führt. Aber das schaffen wir nur, wenn uns wirklich alle Informationen zur Verfügung stehen.» Er machte eine kurze Pause. «Dazu gehört alles, was mit den Opfern zu tun hat.»

Angela Krentz holte tief Luft. «Und das bedeutet?»

«Ich will Ihnen ein paar Fragen stellen», sagte Abel. «Und ich möchte, dass Sie diese absolut ehrlich beantworten.»

—

Martin Abel merkte, wie Angela Krentz innerlich wankte. Er sah Furcht in ihren Augen. Und die Wut und den Hass auf den Mörder. Aber auch eine gewisse Hoffnung, dass vielleicht alles gar nicht so schlimm war und der Schmerz sich morgen in Luft auflösen würde. Die gewohnte Mischung, wenn jemand noch nicht verinnerlicht hatte, dass er den Rest seines Lebens ohne seinen Partner verbringen musste.

«Wann haben Sie Ihren Mann zuletzt gesehen?»

«Das habe ich doch alles schon Ihren Kollegen erzählt!»

«Ich möchte es gerne aus Ihrem Mund hören.»

Angela Krentz presste die Lippen zusammen. «Am Morgen seines Verschwindens beim Frühstück. So gegen halb acht, das ist ...», sie blinzelte irritiert, «... *war* immer unsere Zeit. So konnte er sich von den Kindern verabschieden, bevor sie in die Schule mussten. Das war ihm immer wichtig.»

«Ist er von hier aus dann direkt in die Kanzlei gefahren?»

«Ja, natürlich.»

«Christine Schildknecht hat gegenüber der Polizei ausgesagt, dass Ihr Mann sie gegen acht Uhr abgeholt und mit ins Büro genommen hat. War Ihnen das bekannt?»

Angela Krentz zögerte. «Ja, stimmt. Das hatte ich vergessen. Das tat er ab und zu. Ihr Apartment liegt fast direkt auf dem Weg, sodass es für Hartmut keine Umstände machte. Und warum sollte er seine eigene Sekretärin nicht mit in die Kanzlei nehmen?»

Abel ließ die Frage unbeantwortet. «Hatte Ihr Mann Feinde? Oder gab es jemanden, der Grund hatte, ernsthaft sauer auf ihn zu sein?»

«Hartmut war ein guter Mensch. Er hatte keine Feinde.»

«Er war Anwalt.»

«Ja, aber er strengte praktisch nur Schadensersatzklagen gegen Firmen oder Versicherungen an, weil er meinte, dort sei am meisten Geld zu holen.» Sie machte eine fahrige Handbewegung in Richtung der geschmackvollen Küchenmöbel. «Na ja, ich glaube, es lief tatsächlich ganz gut für ihn. Hartmut musste hart arbeiten, aber es hat uns weiß Gott an nichts gefehlt.»

«*Glauben* Sie, dass es gut lief, oder *wussten* Sie es?»

Angela Krentz zögerte erneut. «Ich muss zugeben, ich habe mich nie um den finanziellen Kram gekümmert. Hartmut konnte das als Anwalt sowieso viel besser, und für die Details hatte er einen Steuerberater.»

Martin Abel vermerkte in seinem geistigen Notizbuch das Wort *Steuerberater*.

«War Ihre Ehe glücklich?»

Der Blick von Angela Krentz flackerte. Für einen Moment befürchtete Abel, sie würde sich weitere Fragen verbitten. Doch stattdessen drehte sie den Kopf zum Küchenfenster und schien sich etwas weit Entferntes in Erinnerung zu rufen.

«Wir hatten in letzter Zeit ein paar Probleme. Nichts, was unsere Ehe in Gefahr gebracht hätte. Nur der übliche Mist, mit dem sich nach so vielen Jahren vermutlich die meisten Paare herumschlagen müssen.»

«Was für Probleme?»

Sie schnaufte. «Spielt das jetzt noch eine Rolle?»

«Das weiß ich noch nicht. Aber der Mörder Ihres Mannes hatte seine Gründe, warum er gerade ihn aussuchte. Um das zu verstehen, sind alle Details wichtig. Alle!»

Angela Krentz blickte weiter aus dem Fenster, während Abel immer noch ihre Hände massierte und Hannah Christs Stift zitternd über dem Schreibblock schwebte.

«Wir ... *Ich* hatte das Gefühl, dass ich nicht mehr seinen Lebensmittelpunkt darstellte, wie das früher der Fall war. Nicht, dass ich mich ernsthaft hätte beschweren können, aber manchmal hatte ich den Eindruck, dass es ihm reichte, wenn im Schrank immer ausreichend gebügelte Hemden lagen. Er bestritt das immer und betonte, wie sehr er mich liebte und brauchte. Aber davon spürte ich immer weniger.» Sie schnäuzte sich und ließ Martin Abel anschließend wie selbstverständlich mit der Massage ihrer Hände fortfahren.

«Die Kinder hätten ihn auch mehr gebraucht, sie waren ja ganz verrückt nach ihm. Doch die Arbeit fraß ihn regelrecht auf. Er war einfach zu gerne in der Kanzlei.» Sie brachte ein gequältes

Lächeln zustande. «Und jetzt müssen die Jungs wohl ganz auf ihn verzichten.»

Ja, das mussten sie wohl. Martin Abel beschloss, zum Kern der Sache vorzustoßen.

«Hatte Ihr Mann irgendwelche sexuellen Neigungen, die man als außergewöhnlich bezeichnen könnte?»

Angela Krentz lachte auf. «Sie wollen wissen, ob er pervers war? Ob er im Bett schwarzes Nietenleder trug oder mich auspeitschte oder sich von mir glühende Nadeln in die Brustwarzen stechen ließ? Nun, da muss ich Sie enttäuschen. Wir haben nichts getan, was in Deutschland verboten wäre oder man nicht gegen ein paar Euro im Pay-TV sehen könnte. Hartmut war, was das betrifft, so normal wie Sie oder Ihre Kollegin.»

Martin Abel sah zu Hannah Christ. Er ging davon aus, dass sie in dieser Hinsicht nicht mit ihm auf eine Stufe gestellt werden wollte.

«Wissen Sie, ob Ihr Mann zu Prostituierten ging?»

Angela Krentz entzog ihm ihre Hände. Mit einem Ruck öffnete sie eine Schublade, wo ein dicker Stapel Fotos zum Vorschein kam.

«Hier!» Sie warf einige der Bilder direkt vor Abel auf den Tisch. «Sieht so ein Mann aus, der es nötig hat, zu Prostituierten zu gehen?»

Er nahm das oberste Foto und blickte in das Gesicht eines Mannes in Footballausrüstung, der sich gerade gegen einen ledernen Rammbock stemmte. Die langen Schleifspuren auf dem zerfurchten Rasen sprachen eine deutliche Sprache, wer von beiden der stärkere war.

«Er machte viel Sport», sagte Angela Krentz, als sie Abels Blick bemerkte. «Vor allem Bodybuilding. Er hat auch schon an diversen Meisterschaften teilgenommen, mit großem Erfolg. Wenn er etwas tat, dann richtig.»

«Haben Sie auch ein Bild von ihm zusammen mit den Kindern?»

Sie ließ einen weiteren Stapel Fotos auf den Tisch knallen. «Wie viele brauchen Sie?»

Martin Abel nahm ein Bild in die Hand. Es zeigte den gebräunten Hartmut Krentz in T-Shirt und Boxershorts, wie er im Garten stand und auf jedem seiner Arme einen Jungen hielt, als seien es leere Schuhkartons. Auf den ersten Blick dachte Abel, dass Krentz auch auf diesem Foto die Footballpolster trug, doch dem war nicht so. Hartmut Krentz war bei einer Größe von etwa einem Meter und neunzig so breit in den Schultern, dass Arnold Schwarzenegger sich dahinter vermutlich hätte verstecken können. Er hatte ein selbstbewusst vorstehendes Kinn mit einem sympathischen Grübchen. Ein Auge war ein wenig zusammengekniffen, gerade so, als ob er dem unsichtbaren Fotografen ein Zeichen geben wollte. Die braunen Haare waren sauber gescheitelt und leicht nach hinten gekämmt. Auf seinen Lippen lag ein freundliches Lächeln, makellos weiße Zähne waren zu erkennen, die sicherlich ein Heidengeld gekostet hatten. Neben ihm saß auf einem Gartenstuhl Angela Krentz und strahlte so herzlich und warm, dass es Abel einen Stich versetzte.

Hannah Christ war näher herangerückt und schaute nun ebenfalls auf das Foto. «Mein Gott, das ist ja ein Ochse von einem Mann! So wie der gebaut war, hatte er bestimmt keine Feinde.»

Angela Krentz und Martin Abel drehten gleichzeitig den Kopf in ihre Richtung und starrten sie an.

«*Einen* Feind hatte er wohl doch.» Die Witwe, die bisher den

Blick auf die Bilder vermieden hatte, betrachtete ihren Mann jetzt mit feuchter werdenden Augen.

«Dürfen wir uns jetzt ein wenig im Haus umsehen?», versuchte Martin Abel sie abzulenken.

Angela Krentz sah ihn lange an. «Ja, natürlich», sagte sie schließlich. «Wo wollen Sie anfangen?»

«Hatte Ihr Mann ein eigenes Zimmer?»

«Einen Trainingsraum im Keller und ein Büro. Er nahm ständig Akten mit nach Hause, die er abends und am Wochenende durcharbeitete. Bei besonders großen Fällen kamen auch mal Mandanten hierher.»

Abel stand auf und kramte sein Diktiergerät hervor. Während er im Gehen den Vor- und Rücklauf testete, folgte er mit Hannah Christ der Witwe, die sie durch den Flur zum Treppenhaus führte.

«Oben sind die Schlafzimmer?» Martin Abel deutete die Stufen hoch.

«Ja. Und das Gästezimmer und noch ein paar Nebenräume. Der Trainingsraum ist im Keller, das Arbeitszimmer gleich hier nebenan.» Angela Krentz zeigte mit dem Finger auf eine Tür direkt neben sich. «Soll ich Sie führen?»

Ihr Gesichtsausdruck machte es Abel leicht, das *Soll* als ein *Muss* zu verstehen. Die Frau hatte einiges durchgemacht und offenbar keine Lust auf weitere Verletzungen. Er entschied, dass es Zeit war, ihr ein wenig Ruhe zu gönnen.

«Nicht nötig. Bleiben Sie einfach in unserer Nähe, falls wir Fragen haben.» Abel versuchte ein aufmunterndes Lächeln.

Sein Lächeln verschwand, als er sich an Hannah Christ wandte. Er nahm sie einen Schritt zur Seite und flüsterte: «So, Sie Plappermaul, es gibt jetzt genau zwei Möglichkeiten: Entweder Sie machen sich nützlich, indem Sie sich selbst ein wenig im Haus umsehen, oder Sie bleiben bei mir. Aber egal, wie Sie sich entscheiden, halten Sie um Gottes willen die Klappe. Sie hätten fast alles vermasselt, und ich kann jetzt keine weiteren Störungen gebrauchen. Klar?»

Er sah, wie sie die Lippen zusammenkniff. Obwohl sie sicher einsah, dass ihre Bemerkung vorhin keine diplomatische Meisterleistung gewesen war, schien es ihr schwerzufallen, sich dem ranghöheren und erfahreneren Beamten unterzuordnen. Aber auch sie musste verstehen, dass das jetzt das Beste und Erfolgversprechendste war. Und war gerade sie als Neuling nicht besonders auf Erfolg im Beruf angewiesen?

«Lecken Sie mich doch am Arsch!», stieß sie hervor. Ihre Augen funkelten wütend und machten Abel klar, dass es ihr egal war, was er von ihr dachte. Offenbar fühlte sie sich auch nur als Mensch und wollte wenigstens einmal am Tag als ein solcher behandelt werden.

Und wenn es von ihrem Vorgesetzten war.

—

Wenn Martin Abel etwas mit Vollendung beherrschte, dann die Kunst, mit Leuten zu leben, die ihn nicht mochten.

Nicht, dass er es unbedingt darauf angelegt und absichtlich jemanden beleidigt hätte. Dazu waren ihm die anderen meistens nicht wichtig genug. Aber er redete – wenn er schon mit anderen Menschen sprach – einfach gerne Klartext. Für ihn war das die zielführendste Art der Kommunikation. Dummerweise lief das für viele Leute auf eine Beleidigung hinaus.

Bei Hannah Christ verhielt es sich ein wenig anders, wie Martin Abel irritiert feststellen musste. Irgendwie war es ihm nicht egal, was die junge Frau von ihm dachte. Lag es an seinem bescheuerten Respekt Frank gegenüber? Oder war es eher ihr enttäuschter Blick, der ihn traf, bevor sie in den ersten Stock des Hauses hinaufging?

Martin Abel wusste es nicht. Also schob er diese beunruhigenden Gedanken beiseite und begab sich in sein Element. Er tat dies, indem er ins Arbeitszimmer ging, die Tür hinter sich schloss und sich mit dem Rücken an diese lehnte. Von einem Moment zum anderen war alles vergessen, was nichts mit dem Fall zu tun hatte.

Er sah ein Zimmer von etwa dreißig Quadratmetern, das vermutlich ganz nach Hartmut Krentz' Vorstellungen eingerichtet worden war. Hier hatte sich der Ermordete als Rechtsanwalt betätigt, Gesetzbücher gewälzt, Verhandlungsstrategien ausgearbeitet und sich mit seinen Mandanten auf voraussichtliche Taktiken der gegnerischen Seite vorbereitet. Den meisten anderen Zimmern hatte wahrscheinlich seine Frau ihren Stempel aufgedrückt, aber hier hatte nur Hartmut Krentz bestimmt.

Krentz mochte ein moderner Mann gewesen sein, wenn es um Autos ging, bei der Einrichtung seines Arbeitsbereichs schwor er jedoch ganz offensichtlich auf Tradition. An der der Tür gegenüberliegenden Wand thronte ein wuchtiger Schreibtisch aus dunklem Holz, der sofort alle Blicke auf sich zog. Allein schon seine Präsenz verlieh dem Raum eine altbackene Würde und Autorität, die verzweifelten Menschen die Sicherheit gab, die man gemeinhin bei Rechtsbeiständen suchte.

Abel setzte sich auf einen der Stühle vor dem Schreibtisch, um herauszubekommen, wie Krentz auf seine Gäste gewirkt haben mochte. Ganz schön imposant, dachte er, als er sich vorstellte, wie Hartmut Krentz ihm gegenübersitzend im Bürgerlichen Gesetzbuch blätterte. Ein Muskelprotz auf einem wuchtigen Sessel hinter einem elendig breiten Schreibtisch. Seine Mandanten hatten allen Grund gehabt, ihren Rechtsanwalt für einen harten Brocken zu halten. Dass die Gästestühle niedrigere Sitzflächen hatten als der Sessel von Krentz, war sicherlich auch kein Zufall und dürfte den Eindruck von Macht und Seriosität noch verstärkt haben.

Abel stand auf und wechselte die Seiten. Als er auf dem dicken Leder Platz nahm, gab Krentz' Sessel ein zufriedenes Schmatzen von sich. Überrascht registrierte Abel einen Aschenbecher, in dem noch zwei ausgedrückte Kippen lagen. Er war bei dem Sportfanatiker automatisch davon ausgegangen, dass er allen Drogen abgeschworen hatte. Aber bekanntlich hatte auch Supermann seine Schwächen gehabt, wieso also nicht auch Krentz? Beiläufig bemerkte Abel, dass Angela Krentz es noch nicht übers Herz gebracht hatte, diese Hinterlassenschaften ihres Mannes zu beseitigen.

Er holte sein Notizbuch heraus und begann, die Namen neben den Zielwahltasten des Telefons abzuschreiben. Zwanzig Tasten, zwanzig Namen. Alle schön untereinander und mit Nummern versehen, wie es sich für die Bekannten eines erfolgreichen Anwalts gehörte. Krentz hätte bestimmt Wert auf eine saubere Auflistung gelegt und Abel für seine korrekte Ausführung gedankt.

Weniger gefallen hätte ihm dagegen das, was Abel danach machte. Er rief per Tastendruck eine Nummer nach der anderen an.

Zuerst die Taste mit der Wahlwiederholung. Es war die wichtigste von allen, durch sie würde er quasi per Zeitsprung in den Moment versetzt werden, in dem Krentz zum letzten Mal zu Hause telefonierte, bevor er getötet wurde.

Abel drückte sie, während er die Augen auf das Display richtete und den Hörer hart gegen sein rechtes Ohr presste.

Es tutete lange. Zeit genug für Abel, um die im Display erscheinende Handynummer zu notieren. Nach dem achten Klingeln oder so – er wollte fast schon auflegen – wurde endlich abgenommen.

«Schildknecht.» Eine Frau hauchte lasziv in die Sprechmuschel.

Martin Abel war verblüfft. Wieso hatte Hartmut Krentz die Handynummer seiner Sekretärin nicht unter einer der Kurzwahltasten abgespeichert? Warum wählte er sie lieber manuell, obwohl er sie sicher häufiger angerufen hatte und das Eintippen der vielen Ziffern dementsprechend lästig gewesen sein dürfte?

«Hallo?» Die Frau schien nicht zu wissen, wer anrief, Hartmut Krentz hatte also die Rufnummerunterdrückung aktiviert. «Na, dann eben nicht», sagte sie schließlich schnippisch und legte auf.

Nicht schlecht, dachte Abel. Der Besuch schien sich zu lohnen.

Anschließend wählte er nacheinander die Zielwahltasten.

Taste 2, Kanzlei. Keine Antwort. Von wem auch? Der Chef war tot, und die Sekretärin trauerte anscheinend zu Hause um ihn und ihren Job.

Taste 3, Mama. Eine alte, kratzige Stimme meldete sich ordnungsgemäß mit «Krentz», und Abel musste sofort an einen Damenbart denken. Er hasste Damenbärte und legte schnell wieder auf, obwohl er irgendwann vielleicht doch mit der Frau reden musste.

Taste 4: Staatsanwaltschaft. Abel kam in eine Warteschleife, in der ihm gesagt wurde, dass der leitende Kölner Staatsanwalt momentan furchtbar im Stress sei und keine Zeit für lästige Anrufe habe, geschweige denn für einen Fallanalytiker, der die Bekannten eines Toten überprüfte.

Die weiteren Tasten ergaben ebenfalls nichts Aufregendes. Es meldeten sich verschiedene Frauen und Männer, die für einen Rechtsanwalt wichtig sein konnten. Abel wollte ihre Beziehung zu Krentz später klären lassen und sich dann gegebenenfalls mit ihnen unterhalten.

Zur Abrundung wollte er sich jetzt noch den Rechtsanwalt selbst anhören und drückte dazu die Taste des integrierten Anrufbeantworters.

«Guten Tag», begrüßte ihn eine volltönende Stimme. «Sie haben den Anschluss von Hartmut Krentz, freier Rechtsanwalt, gewählt. Ich bin im Moment...» Das übliche Blabla von einem Mann, der wusste, wie man einen geschäftlich hochprofessionellen Eindruck vermittelte. Die Betonung jeder Silbe saß perfekt und wäre eines Nachrichtensprechers würdig gewesen.

Abel schaltete den Computer ein, ein handliches Toshiba-Laptop mit Internetanschluss. Nachdem das Gerät mit dem Geräusch eines startenden Düsenjets hochgefahren war, begann er damit, die Festplatte zu durchsuchen. Zuerst die Ordner, in denen Dokumente abgelegt waren, und anschließend den Internetbrowser. Im Verlauf dort waren, wie Abel wusste, die Adressen der Websites festgehalten, die der Ermordete in den letzten Tagen und Wochen besucht hatte.

Auf den ersten Blick war nichts Aufregendes zu entdecken. Eine Versicherung, ein Routenplaner, eine Erotik-Homepage – vermutlich zur Entspannung bei komplizierteren Fällen –, ein Versandhaus für Sportartikel und besonders oft die Seite der Kölner Stadtsparkasse. Was bei einem Mann, der über einen hohen Kontostand, aber wenig Zeit verfügt hatte, nicht weiter verwunderlich war. Darüber hinaus fand Abel noch viele andere Seiten mit Namen, die ihm nichts sagten. Er zog einen USB-Stick aus seinem Jackett und sicherte die Informationen. Er wollte die Informationen ins LKA nach Düsseldorf schicken, wo sich eine Heerschar gut ausgebildeter Spezialisten darüber hermachen konnte.

Abel schaltete den Computer aus und sah sich ein letztes Mal im Arbeitszimmer des toten Herrn Krentz um. Es war gewiss ein wichtiger Anlaufpunkt im Leben des Anwalts gewesen, doch nicht der einzige. Er würde jeden einzelnen davon aufsuchen müssen, um von dem Toten das Bild zu bekommen, das auch der Mörder von ihm bekommen hatte.

Genau aus diesem Grund verließ Abel schließlich das Arbeitszimmer und ging in den Keller.

—

Abel betrat den Trainingsraum von Hartmut Krentz und schloss die Tür hinter sich.

Er ahnte, dass dieser Raum für Krentz von großer Bedeutung gewesen war. Also hatte er auch hier Spuren hinterlassen. Ein Mensch hinterließ ständig Spuren. Was Dinge, Ereignisse und natürlich auch andere Menschen betraf. Und so, wie ein Fährtensucher von den Fußabdrücken auf das Tier schließen konnte, das er verfolgte, so versuchte Abel in den Spuren von Menschen zu lesen. Die sahen anders aus als die eines gejagten Tieres, aber sie waren auf ihre besondere Art oft noch viel tiefer.

Um diesen Spuren zu folgen, schaute sich Abel genau um. Was er sah, war eine etwa sechs mal zehn Meter große Folterkammer. In ihrer Mitte stand eine Bankdrückmaschine, entlang der Wände das ganze andere Zeug, das man brauchte, um die Muskeln aufzupumpen. Überall blitzte Chrom, eine Wand war zudem über die ganze Breite mit einem Spiegel verkleidet.

Bodybuilder sind alle Narzissten, dachte Abel. *Selbstverliebte Kreaturen, denen es am nötigen Selbstbewusstsein mangelt, um so, wie Gott sie schuf, durch die Welt zu wandeln. Im Spiegel können sie das Maß der Veränderung erkennen, mit dem sie versuchen, sich ihrem Schicksal zu entziehen. Mit dem sie selbst zu Göttern werden.*

Abel vermutete, dass dieser Raum das wahre Zentrum im Leben des Hartmut Krentz dargestellt hatte. Tagsüber war er der kontrollierte Businessman gewesen, aber hier unten im Keller hatte er so schmutzig sein können, wie er es schon als Kind immer gerne gewesen war.

Schmutzig.

Abel überlegte, ob der Rechtsanwalt noch in anderen Bereichen seines Lebens gerne schmutzig gewesen war, ohne dass seine Frau davon gewusst hatte.

Martin Abel ging in die Mitte des Raumes, wo er sich auf die Bank der Brustmaschine setzte. Er legte sich unter die Langhantel, die in den schweren Halterungen ruhte, und umfasste die Stange mit beiden Händen. Ein Blick auf die dicken Stahlscheiben an beiden Enden genügte, um ihm klarzumachen, dass jeder Versuch, das Gewicht anzuheben, in einem Fiasko enden würde. Dort lag mehr Eisen auf, als er selbst wog, was einiges heißen wollte.

Er begann trotzdem zu stemmen, um eine Vorstellung davon zu bekommen, wie Krentz sich beim Training gefühlt haben musste. Er drückte, bis ihm die Augen aus den Höhlen traten, ohne dass sich die Hantel auch nur einen Millimeter bewegt hätte. Das war aber auch gar nicht nötig, denn die Anstrengung machte seine Gedanken plötzlich scharf wie ein Skalpell.

Abel sah jetzt Krentz vor sich. Sein weites, ärmelloses Shirt, die fingerlosen Trainingshandschuhe und seine gewaltigen Muskeln. Wenn er tief die Luft in seine Lungen einsaugte, konnte er sogar den sauren Schweiß riechen, den der Rechtsanwalt beim Training verströmt hatte.

Ja, plötzlich war Krentz hier in diesem Raum und ackerte wie ein Pferd.

Abel sieht die gewaltigen Adern hervortreten, als der Rechtsanwalt das Eisen nach oben drückt. Die Hantel scheint Tonnen zu wiegen, aber Krentz gibt nicht auf, sondern geht wie immer in seinem Leben an seine Leistungsgrenze.

Nach der zehnten Wiederholung ist sein Kopf so rot, dass er vor Anstrengung zu platzen droht. Ein letztes Aufbäumen, dann fallen die Gewichte krachend in die Halterungen. Mit einem Puls von hundertfünfzig steht Krentz auf und stellt sich vor den Spiegel, um sich zu vergewissern, wie toll er aussieht. Nah genug, um seinen Körper ausgiebig bewundern zu können, aber nicht so nah, dass die vom Dauerliegen unter dem Solarium verursachten Krähenfüße erkennbar werden. Eben genau richtig weit entfernt, um ein möglichst gutes Bild abzugeben.

Tropf, tropf, tropf. In kurzen Abständen fallen dicke Schweißtropfen auf den Teppichboden. Sie hinterlassen dort dunkle Flecken, die Krentz unendlich glücklich machen. Er liebt diese Flecken, denn sie geben ihm die Bestätigung, nach der sich sein Innerstes so sehnt.

Plötzlich durchzuckte ein stechender Schmerz Abels rechte Schulter, der ihn sofort den Griff um die Hantelstange lockern ließ. Pfeifend entwich die angestaute Luft aus seinen malträtierten Lungen, während er nach dem gezerrten Muskel griff und ihn vorsichtig abtastete. Mist!

Mit zusammengepressten Zähnen setzte sich Abel aufrecht hin. Seine Schulter schmerzte höllisch, aber seine Gedanken waren immer noch bei Hartmut Krentz. Der Rechtsanwalt hatte in Abels Kopf Gestalt angenommen. Er hatte nun eine klarere Vorstellung von dem Mann, für den sich der Metzger so interessiert hatte. Auch dieser war den Spuren von Krentz gefolgt, bis er zu dem Schluss gekommen war, dass der Rechtsanwalt perfekt in sein Beuteschema passte.

Abel stand auf und schüttelte die Schulter aus. Selbstkritisch schaute er dabei in die Spiegelwand. Er konnte nicht leugnen, dass er gegenüber Krentz ein hühnerbrüstiger Schwächling war, der den Gürtel jedes Jahr ein Loch weiter öffnen musste. Nackt hatte er sich schon lang nicht mehr bewusst angeschaut, und das aus gutem Grund.

Als er den Raum verlassen und ins Obergeschoss gehen wollte, bemerkte er jedoch etwas, das ihn zufrieden stimmte: Direkt vor dem Spiegel fiel ihm eine besonders abgewetzte Stelle im Teppichboden ins Auge. Das war in einem Trainingsraum an und für sich nichts Besonderes. Wer Tonnen von Stahl stemmte, hatte in der Regel wenig Muße, auf den Bodenbelag Rücksicht zu nehmen.

Nein, was Abel besonders gefiel, war die wesentlich dunklere Färbung dieses Stücks und die unzähligen kleinen Flecken, die es wie die Korona einer Sonne umgaben.

Tropf, tropf, tropf, schoss es Abel durch den Kopf. Trotz seiner schmerzenden Schulter konnte er ein Lächeln nicht unterdrücken.

Ein bisschen kenne ich dich also doch schon, Hartmut Krentz.

—

Es war still im Haus. Hannah Christ hörte nur das Klacken ihrer Pumps und, wenn sie stehen blieb, nicht einmal mehr das.

Angela Krentz hatte sie nun doch nach oben gebracht. Sie führte sie durch jedes der Zimmer und erklärte auf Hannahs Fragen ausführlich, wer die Räume bisher wann genutzt hatte und wie bis vor kurzem ein typischer Tag der Familie Krentz ausgesehen hatte. Ihre traurige Miene hellte sich ein wenig auf, wenn sie sich dabei an amüsante Vorkommnisse erinnerte, und sie verdüsterte sich, wenn ihr bewusst wurde, dass es diese nie mehr geben würde.

Irgendwann kamen sie ins Badezimmer. *Die Spielerduschen im RheinEnergie-Stadion dürften nicht geräumiger sein*, dachte Hannah Christ beeindruckt. Trotzdem strahlte die Einrichtung des Raums eine solche Wärme aus, dass sie sich sofort wohlfühlte.

«Die Kinder haben ein eigenes Bad am anderen Ende des Flurs. Ein bisschen kleiner allerdings.» Der letzte Satz klang entschuldigend, offenbar hatte Angela Krentz nicht vergessen, dass sie privilegiert war.

«Sie sind morgens mit Ihrem Mann aufgestanden?»

«Ja. Da er abends oft spät heimkam, legte er Wert auf ein gemeinsames Frühstück mit den Kindern.»

Mit den Kindern, aber nicht mit ihr?

«Waren Sie zusammen im Bad?»

Angela Krentz zögerte. «Meistens nicht. Hartmut hatte seinen eigenen Rhythmus. Er war hier, während ich das Frühstück machte, und abends sowieso immer der Letzte.»

Hannah Christ öffnete den Spiegelschrank. *Schrank* war allerdings eine Untertreibung für das gigantische Regalsystem, das die halbe Wand einnahm und jede Menge Türen hatte, die man nur scharf ansehen musste, damit sie lautlos aufschwangen.

Sie notierte sich zunächst alles, was auf der rechten Seite stand. Die Tatsache, dass Krentz sich nass rasiert hatte. Die Marke des Rasierwassers. Ein Pflegesystem für weiche Kontaktlinsen. Das bevorzugte Deo des Toten. Dass links eine andere Zahncreme stand als rechts. Jede Einzelheit wurde festgehalten und wanderte in ihr kleines Notizbuch. Sie hatte noch keine

Ahnung, was einmal wichtig sein könnte, aber die Erfahrung zeigte, dass es oft die merkwürdigsten Zusammenhänge gab.

«Wem gehörte das?» Hannah Christ hielt ein Glasfläschchen in der Hand, das sie in der Mitte des Schranks entdeckt hatte. Es war ein teures Herrenparfüm, aber da sie als Frau auch solche in ihrer Sammlung hatte, fragte sie sicherheitshalber.

«Ich habe es ihm letztes Jahr zu Weihnachten schenken müssen, da er es so mochte.»

Hannah Christ horchte auf. *Müssen?*

Angela Krentz deutete ihre Mimik richtig. Sie blickte verlegen zu Boden.

«Ich mochte es ehrlich gesagt nicht. Aber er hatte es irgendwo mal gerochen und wollte seitdem nichts anderes mehr benutzen.»

«Männer!», wagte Hannah Christ einen Vorstoß und wurde prompt mit einem zaghaften Lächeln von Angela Krentz belohnt.

In diesem Moment trat Abel ins Bad. Als er das Parfüm in der Hand von Hannah Christ sah, nahm er es ihr ab und betupfte seinen Handrücken. Vorsichtig roch er daran.

«Ihr Mann hatte einen guten Geschmack.» Er sah Angela Krentz in die Augen. «Auch bei Parfüms.»

Hannah Christ beobachtete, wie die Witwe erstarrte. Doch anstatt Abel an die Gurgel zu gehen, überraschte Angela Krentz sie mit sanften Tönen.

«Und Sie haben offenbar dieselben Vorlieben wie Hartmut», sagte sie und nahm nun ihrerseits die Flasche in die Hand. Dann roch auch sie an dem teuren Zeug und sog mit seinem Duft offenbar auch jede Menge Erinnerungen ein, denn ihre Augen begannen zu glänzen.

«Tja, ich glaube, das Bad hätten wir dann», stieß Hannah Christ hervor, als sie es nicht mehr aushielt.

Zugegeben, ein blöder Spruch. Aber was sollte man anderes sagen, wenn die Spannung zum Greifen und der nervige Kollege ein Mann mit dem richtigen Händchen für verhärmte Witwen war?

Martin Abel jedenfalls hatte verstanden. Sie sah, dass sich sein Mund unwillig verzog, als er den Raum verließ. *Hoffentlich sucht er sich einen Platz, an dem er kein Unheil anrichten kann. Viel Erfolg!*

▄

Nach ein paar Schritten erreichte Martin Abel den einzigen Raum des Hauses, den er noch nicht betreten hatte.

Das Schlafzimmer.

Das große Doppelbett darin war mit einer roten Seidendecke überzogen, die geradezu nach einem Paar schrie, das sich daraufwarf, um sich zu lieben. Das Bett, die Nachttische und die Einbauschränke waren komplett in weiß lackiertem Holz gehalten. Für sich allein wirkte das kühl, in Kombination mit der roten Bettdecke und dem cremefarbenen Teppichboden wurde aber eine geradezu anheimelnde Mischung daraus.

Anheimelnd und erotisch.

Abels Füße versanken im flauschigen Teppichboden, als er in das unbeleuchtete Zimmer eindrang. Einen Meter vor dem Bett blieb er stehen und betrachtete es genauer. Im selben Moment wurde ihm klar, wie tief Angela Krentz' Trauer wirklich ging. Welche unendliche Seelenpein sie in jeder Sekunde ihres Lebens litt.

Die Hausschuhe von Hartmut Krentz standen so vor dem Bett, als ob er sie gerade erst ausgezogen hätte. Größtenteils unter der Bettdecke verborgen lag sein Schlafanzug, halbherzig weggeräumt, so wie man das eben machte, wenn man morgens schlaftrunken aus dem Bad kam, um seine Büroklamotten anzuziehen. Und auf dem Nachttisch hatte jemand – Krentz! – eine Herrenlesebrille auf ein Buch gelegt und sie nicht zusammengeklappt. Er hatte das Lesen wohl nur kurz unterbrechen wollen. Na ja, dachte Abel. Jetzt war eine ganze Ewigkeit daraus geworden.

Plötzlich hörte er Angela Krentz hinter sich.

«Ich konnte es einfach noch nicht wegräumen. Ich *konnte* es nicht!» Ihre Stimme zitterte so stark, dass Abel für einen Moment fürchtete, die Witwe könnte ohnmächtig werden.

Zögernd drehte er sich um und sah, wie sie auf das leere Bett starrte, das mehr als alles andere das ultimative Ende ihrer Ehe symbolisierte.

Angela Krentz sah zu ihm auf. Die Luft schien zu knistern, im nächsten Augenblick war ein geheimer Pakt geschlossen. Sie bettelte um Erlösung, und Martin Abel wollte keine Ausrede einfallen, mit der er dieser tapferen Frau ihre Bitte hätte abschlagen können.

Vorsichtig machte er einen Schritt auf die Witwe zu und legte ihr eine Hand auf die Schulter. Angela Krentz schloss sofort die Augen und schmiegte sich schluchzend daran.

«Kommen Sie. Legen Sie sich hin.» Sanft drückte Abel sie nach unten auf das Bett, wo sie sich kraftlos zur Seite fallen ließ. Er zögerte einen Moment. Er wusste, dass er der Frau jetzt näher kommen musste, als ihm das lieb war. Doch für Angela Krentz wollte er es tun. Er gab sich einen Ruck und legte sich so neben die Frau, dass er ihr Gesicht sehen konnte.

«Er fehlt mir», platzte es schließlich aus Angela Krentz heraus. «Verdammt, er fehlt mir so sehr!» Die Witwe hatte die Augen immer noch geschlossen. Mit einer geschmeidigen Bewegung rutschte sie so dicht an Abel heran, dass er ihren Atem in seinem Gesicht spürte.

«Sie ihm auch, da bin ich ganz sicher.» Abels Blick fiel auf den Pyjama des toten Rechtsanwalts. Einer Eingebung folgend drückte er ihn Angela Krentz in die Hände. Diese griff wie eine Ertrinkende danach und vergrub ihr Gesicht darin.

Mit lautem Schluchzen glitt sie plötzlich noch näher an Abel heran. Im nächsten Moment legte sie wie selbstverständlich einen Arm um ihn – Martin Abel stockte der Atem.

«Die Jungs fragen jeden Tag nach dir, und ich habe keine Ahnung, was ich ihnen sagen soll! Wie soll das alles weitergehen?»

«Sagen Sie ihnen, dass Ihr Mann von da oben auf sie aufpasst», sagte Abel, als er sich gefasst hatte. «Egal, was sie tun, er ist bei ihnen. Und eines Tages werden sie sich alle wiedersehen, das verspreche ich.»

Angela Krentz presste sich eng an ihn. Ihre Stirn berührte seine Stirn, und die Finger ihrer Hand krallten sich verzweifelt in sein Schulterblatt – so tief, dass es schmerzte.

«Sag mir doch bitte, was ich tun kann, damit es nicht mehr so verdammt wehtut. Morgens, wenn ich aufwache, blicke ich in ein riesiges schwarzes Loch, das mich zu verschlingen droht, und abends habe ich Angst vor dem Einschlafen. Ich weiß nicht, warum ich mich überhaupt noch so quäle. Es hat doch alles keinen Sinn ohne ihn!»

Martin Abel schluckte den Kloß in seinem Hals herunter, der ihm die Luft abzuschnüren drohte. Dann nahm er ihre Hand und drückte sie leicht.

«Natürlich hat es einen Sinn. Die Kinder brauchen dich, und alles, was ihr aufgebaut habt, muss weitergeführt werden. Von *dir* weitergeführt werden! Sonst hätte sich die ganze Arbeit doch gar nicht gelohnt. Das Leben geht weiter, irgendwann wirst du wieder gerne aufstehen und den kommenden Tag mit deinem unglaublichen Lachen begrüßen.»

Angela Krentz krümmte sich zusammen. Ihre Hand presste seine so fest, dass er Mühe hatte, einen Schrei zu unterdrücken.

«Harry, hilf mir! Bitte!»

Abel entzog seine Hand dem eisernen Griff und legte sie auf ihre bebende Schulter. Dann begann er, Angela Krentz zu massieren. Nur ganz sanft vom Nacken den Rücken hinunter, aber stark genug, dass er durch den dünnen Stoff des schwarzen Kleides ihren sehnigen Körper und den Träger des BHs spüren konnte. Als das Schluchzen ruhiger wurde, nahm er ihre kalten Hände zwischen seine, um sie zu wärmen.

«Hab keine Angst, Angela. Alles wird gut.»

Angela Krentz schob eine Hand unter Abels Oberkörper und presste sich an ihn, sodass er unwillkürlich einen Arm um ihre Taille legte. Während sie sich erneut an ihn klammerte wie eine Ertrinkende an einen Rettungsring, verströmten ihre Haare den zarten Hauch von Bienen und Sommerwiese, wie es nur einer Frau wie Angela Krentz zustand. Abel überlegte, ob er gegenüber dem Ermordeten ein schlechtes Gewissen haben musste, weil die Witwe ihr rechtes Knie zwischen seine Beine geschoben hatte.

Ohne lange nachzudenken, begann er, sie sanft hin und her zu wiegen. So wie es ein Vater mit seiner Tochter tun würde, die nicht einschlafen konnte. Und so, wie Abel es nie bei seinen Kindern hatte tun können.

«Schlaf jetzt, Angela», flüsterte er ihr zu. «Schlaf und bleib noch ein bisschen liegen. Wenn du dann aufstehst, sieht die Welt anders aus.»

Leise raschelte das Bettzeug bei ihrem Schaukeln und erzeugte eine beruhigende Geräuschkulisse in dem sonst stillen Raum.

Martin Abel ahnte, dass Hannah Christ an der Tür wahrscheinlich ihren Augen und Ohren nicht traute.

Du musst nicht alles verstehen!, dachte er und schwang sich mit der Witwe dorthin, wo sie keiner finden konnte. In ein Traumland, wo es für sie beide keine Schmerzen gab.

Kurz darauf spürte er, wie die Bewegungen der Witwe erlahmten. Angela Krentz schlief jetzt. Ihr Atem ging gleichmäßig und ruhig, doch Abel war froh, nicht zu wissen, was sie gerade träumte. Weinend und schaukelnd war sie eingenickt, und auch wenn sie aufwachte, würde sie Tränen auf ihren Wangen spüren.

Mach, dass du fortkommst. So leise wie möglich stand er auf. Vorsichtig richtete er sich auf und blickte ein letztes Mal auf die Schlafende.

Angela Krentz lag in Fötushaltung auf dem Bett. Im fahlen Licht des Radioweckers wirkte sie wie ein erschöpfter Engel, der für eine Nacht in diesem Raum gelandet war.

Engel soll man nicht stören, dachte Martin Abel. *Man muss froh sein, wenn man heutzutage noch welche findet, und wenn man einen gefunden hat, dann küsst man ihm am besten die Füße und lässt ihn aus einem goldenen Becherchen trinken. Ein Engel ist wertvoller als tausend Schurken.*

Er zog vorsichtig die Decke über den schlafenden Engel und strich Angela eine Strähne ihres Haares aus dem Gesicht. Sie bewegte sich leicht. Ihr Mund versuchte ein zaghaftes Lächeln, doch ihre Stirnfalten verrieten, dass es noch zu früh dafür war. Sie würde noch lange üben müssen, um wieder so lachen zu können, wie sie es früher vermocht hatte.

Abel dachte an das Bild mit ihrem Mann und ihren Kindern. Ihr Strahlen darauf war von einer solchen Reinheit, dass alle Zweifel am Sinn seiner Arbeit wie weggewischt waren.

Nun war er sicher.

Er würde alles in seiner Macht Stehende tun, um den Menschen zur Rechenschaft zu ziehen, der dieser Frau ihr unbeschreibliches Lachen geraubt hatte.

Ja, erkannte Abel, während er sich umdrehte und mit seinen Schuhen in der Hand aus dem Zimmer schlich. Angela hatte ihren Namen wahrlich verdient.

—

Die Fahrt zurück ins Polizeipräsidium verlief zunächst schweigend. Schließlich hielt Hannah Christ es nicht mehr aus.

«Ist es Ihre übliche Vorgehensweise, Menschen, die am Ende sind, den Rest zu geben?», brach es aus ihr heraus. Sie war sichtlich wütend.

Abels Gesicht wurde starr. «Sie haben Frau Krentz zusammengebrochen in der Küche sitzen gesehen. Als wir sie dann verlassen haben, hat sie friedlich geschlafen. Wann, denken Sie, war sie zum letzten Mal so entspannt?»

«Entspannt? Frau Krentz hat nur mitgespielt, weil sie nicht die Kraft hatte, sich gegen Ihre Frechheiten zu wehren.»

«Vielleicht. Aber es war die einzige Möglichkeit, ihr zu helfen. Auch wenn Sie das jetzt noch nicht begreifen.»

«Diese Nummer im Schlafzimmer soll ihr geholfen haben? Glauben Sie, Sie können einer Witwe mal eben so den Mann ersetzen? Da hätten Sie sie gleich fragen können, ob sie mit Ihnen schlafen will.»

«Ich habe daran gedacht, aber ich wollte Rücksicht auf Sie nehmen.»

Hannah Christ starrte Abel fassungslos an. Dann dämmerte ihr, dass er sie nur hatte provozieren wollen. Im selben Moment war sie die Streitereien leid. «Na gut. Ich vertage mein endgültiges Urteil über Sie. Immerhin hat Frau Krentz es überlebt. Aber bilden Sie sich bloß nichts darauf ein! Aufgeschoben ist nicht aufgehoben.»

Als die beiden kurz darauf die Räume des KK 11 betraten, wurden sie direkt hinter der Eingangstür von Greiners Sekretärin abgefangen.

«Warum haben Sie Ihr Handy ausgeschaltet? Konrad hat zigmal versucht, Sie anzurufen. Sie sollen sofort in die Gerichtsmedizin kommen. Professor Kleinwinkel hat etwas Dringendes auf dem Herzen, um das Sie sich kümmern sollen.» Bevor sie mehr aus ihr herausbekommen konnten, verschwand Judith Hofmann in einem der Büros, nicht ohne ihnen noch ein aufmunterndes Lächeln zuzuwerfen.

«Haben Sie eine Ahnung, was Kleinwinkel von uns will?», fragte Hannah Christ, während sie zum Parkplatz zurückgingen.

Abel verzog den Mund. «Dafür gibt es nur eine Erklärung. Und die hat zwei Beine und ist aus Rom angereist.»

―

Fünfzehn Minuten später betraten sie das Büro von Professor Kleinwinkel, wo Frederick Schwartz gerade dabei war, seine Ausrüstung zu sortieren. Dass er es auf dem Schreibtisch von Professor Kleinwinkel tat, stieß nicht unbedingt auf dessen Gegenliebe, was Kleinwinkel auch lautstark zu verstehen gab.

«Natürlich kenne ich Ihren Ruf, Professor Schwartz. Ich habe alle Ihre einschlägigen Artikel gelesen, einschließlich der *Abhandlung über die Metamorphosen der Calliphora vomitoria*. Interessant das Ganze, auch wenn ich seit Mégnin nichts wirklich Neues mehr darüber lesen konnte.»

«Sie kennen Mégnin?»

«Selbstverständlich. Deshalb weiß ich auch durchaus, was man unter forensischer Entomologie versteht. Das heißt aber noch lange nicht, dass diese ausgerechnet auf meinem Schreibtisch stattfinden muss!»

Professor Schwartz fuhr sich durch sein wirres, leicht angegrautes Haar, das im Kontrast zu seinem jungenhaften Gesicht stand – er war einer der jüngsten Professoren der deutschen Wissenschaft.

«Danke für das Kompliment betreffend der Calliphorae, Professor Kleinwinkel. Es war mühsam – glauben Sie mir, die Viecher haben es mir weiß Gott nicht leichtgemacht. Aber werden Sie bitte nicht nervös wegen Ihres Tisches. Ich habe Abel bereits gesagt, dass ich nur wenig Zeit habe. Am besten gehen wir also gleich in medias res. Wo sind die Sektionsräume?»

Gerade als Schwartz sich seine Ausrüstung samt Koffer griff, entdeckte er Abel und Christ.

«Ah, der Herr Abel gibt sich die Ehre! Und die entzückende junge Dame ist sicher seine Tochter. Schön, dass Sie es einrichten konnten zu kommen, ist ja immerhin *Ihr* Fall. Wir beide gehen jetzt also da rein, und dann erkläre ich Ihnen ein letztes Mal, was Sie anscheinend nie begreifen werden.»

Schwartz ignorierte die betretenen Gesichter, legte einen Arm um Abels Schulter und bugsierte ihn aus dem Büro. Hannah Christ und Professor Kleinwinkel folgten ihnen.

Als sie den mittleren Tisch im Sektionsbereich erreichten, hatte ein Obduktionshelfer bereits die Leiche von Hartmut Krentz bereitgestellt und aufgedeckt. Frederick Schwartz stellte seinen Koffer daneben und holte tief Luft.

«Mist. Keine Augen, keine Nase, keine Ohren, kein Mund. Na, ohne Schleimhäute wird die Sache natürlich schwieriger.

Jetzt verstehe ich, warum Sie mich angerufen haben. Wahrlich kein schöner Anblick, Abel. Aber Asche zu Asche und Staub zu Staub, in ein paar Jahren sehen wir alle so aus und werden von der Natur recycelt.»

Er zog eine kleine Tasche mit Reißverschluss hervor. Daraus holte er einen Mundschutz, den er mit geübten Handgriffen anlegte. Wie auch das Binokular, das er auf seiner Stirn platzierte. Als Nächstes zog er Gummihandschuhe an und nahm eine beleuchtbare Lupe aus dem Koffer, wie man sie zum Betrachten von Briefmarken verwendet, außerdem eine Pinzette. Beides schob er in seine Hosentaschen. Zum Schluss holte er aus dem Koffer ein weiteres Paar Handschuhe, mehrere kleine verschließbare Reagenzgläser, eine Handvoll Etiketten und einen Kugelschreiber, die er allesamt Abel in die Hand drückte.

«Na, dann wollen wir mal! Füllen Sie die Gläser halb voll mit dem Ethanol.» Er reichte Abel eine Flasche.

Während der sich an die Arbeit machte, beugte sich Schwartz über die Leiche, wobei er sich besonders für die großen braunen Klumpen geronnenen Blutes interessierte. Unter der Vergrößerungslinse des Binokulars sah es aus wie eine phantastisch geformte Vulkanlandschaft aus erkalteter Lava. Schwartz stach mit der Pinzette mehrmals durch die schmierige Kruste am offenen Brustkorb und zog etwas daraus hervor.

«Gläschen auf!»

Vorsichtig transportierte er alle Fundstücke in das Reagenzglas, das ihm Abel hinhielt.

«Korken drauf und einmal kräftig schütteln. Dann schreiben Sie *Thorax außen links* auf das Etikett und kleben es auf das Röhrchen. Können Sie das?»

Ohne sich weiter um Abel zu kümmern, setzte er seine Untersuchung der Leiche fort.

«Nächstes Glas!»

Der Professor entnahm der Leiche nacheinander jeweils einige Eier, Maden und leere Puppenhüllen aus dem Inneren, aus der Halsöffnung, vom oberen Ende des losen Armes und aus der Kastrationswunde. Die einzelnen Proben schob er jeweils in ein Röhrchen, das ihm Abel hinhielt und nach Anweisung beschriftete.

«Na, was haben wir denn hier?» Professor Schwartz ergriff etwas mit der Pinzette und hielt es unter die Lupe. «Kein Naturprodukt, würde ich sagen. Vermutlich eine Kunstfaser. Oder?» Er blickte zu Abel.

Dieser nickte anerkennend. «Richtig, möglicherweise Kunsthaare. Die wurden an jedem der Opfer des Metzgers gefunden.»

Der Professor ließ die Faser fallen und erhob sich.

«Helfen Sie mir jetzt, die Leiche umzudrehen.»

Professor Kleinwinkel zog sich ebenfalls Gummihandschuhe über, dann half er Schwartz, den Körper auf den Bauch zu drehen, ohne dass der Arm herunterfiel. Ein schwieriges Unterfangen.

«Heilige Lucilia.» Schwartz beugte sich über die Leiche von Hartmut Krentz und betrachtete eingehend den Rücken. «Ich gehe davon aus, dass diese Striemen nicht von Tieren verursacht wurden.»

Dann zupfte er wie bereits auf der Vorderseite einige Proben aus den Wunden, die er Abel zur Asservierung reichte. Fünf weitere Glasröhrchen landeten auf Professor Kleinwinkels Schreibtisch.

«So. Mehr kann ich hier im Moment nicht tun. Erst mit der entsprechenden Fachliteratur oder wenn die nächste Fliegengeneration das Licht dieser kranken Welt erblickt hat, bin ich schlauer.»

Schwartz schaute zu Professor Kleinwinkel. «Ich brauche den genauen Verlauf der Temperaturen, der die Leiche hier und im Kühlhaus ausgesetzt war.» Er kniff die Augen zusammen. «Dazu gibt es doch sicher Protokolle, oder?»

«Was denken *Sie* denn?», sagte Kleinwinkel beleidigt.

Professor Schwartz wandte sich an Abel: «Und von Ihnen benötige ich die genaue Lage und Beschreibung des Fundorts. Am besten machen Sie ein dickes Kreuz auf eine möglichst genaue Landkarte, damit ich die richtigen Bücher wälze. Sie sagten, die Leiche lag in einem Wald?»

Abel nickte.

«In welcher Position?»

«Mehr oder weniger auf dem Rücken.»

Schwartz zog seine Stirn in nachdenkliche Falten. «Das Reinigen der Leiche war ein großer Fehler. Aber vielleicht lässt sich noch etwas retten.»

Er nahm den Mundschutz und die Gummihandschuhe ab und warf sie in den Abfalleimer, der in der Ecke stand.

«Ich brauche sämtliche Fotos vom Fundort als Ausdruck und als Datei. Und die Namen aller Baum- und Pflanzenarten der gesamten Umgebung sowie den vorherrschenden Bewuchs. Die Blätter, die auf seinem Rücken diese Abdrücke hinterlassen haben, haben doch bestimmt einen Namen! Außerdem muss ich wissen, was für Tiere in dem Wald anzutreffen sind. Nagetiere, Reptilien, Insekten, einfach alles. Finden Sie heraus, wie weit der nächste Ort und vor allem der nächste Bauernhof entfernt ist. Die Art der Tierhaltung dort, die Telefonnummern der Betreiber, damit ich ein paar Dinge nachfragen kann, falls nötig, etc. etc. Ich weiß noch nicht, wo ich morgen sein werde, also mailen Sie mir das Ganze am besten gleich in der Früh samt Polizeibericht. Die Tabellen vom Wetteramt besorge ich mir selbst. Okay?»

Er kramte einen Apfel aus seinem Koffer und biss ein großes Stück ab. Als er die Blicke der anderen Anwesenden sah, hob er entschuldigend die Schultern. «Ich bin während des Fluges eingeschlafen und hatte noch kein Frühstück.»

Während er ungerührt kaute, räumte er seine Ausrüstung zusammen. Mit dem Koffer in der einen und dem Apfel in der anderen Hand eilte er dann zur Tür. Als er sie fast schon erreicht hatte, drehte er sich noch mal um. Mit dem Apfel zeigte er auf Hannah Christ.

«Ach ja, Abel, ich weiß natürlich, dass sie nicht Ihre Tochter ist. Hab's an Ihren Blicken gesehen!»

Mit der ihm eigenen Hektik und zwei Dutzend voller Reagenzgläser im Gepäck verließ Professor Schwartz den Raum. Die anderen blieben sprachlos zurück.

—

Es war Abend, und Abel war in seinem Zimmer. *Allein* in seinem Zimmer, denn Hannah Christ war angeblich zu müde zum Arbeiten und wollte sich ausruhen.

Ihm war das ganz recht, denn nun, da er den toten Rechtsanwalt ein wenig besser kannte, war es an der Zeit, sich näher mit dem eigentlichen Geschehen zu beschäftigen. Außerdem schmerzte seine Schulter höllisch, sodass er ganz froh war, vor seiner Kollegin nicht den sterbenden Schwan geben zu müssen.

Er holte sich etwas zu schreiben und legte sich damit aufs Bett. Nach einem verstohlenen Seitenblick auf Karl schloss er die Augen und ließ seinen Gedanken freien Lauf. Ein paar Minuten genügten ihm, um sich den Augenblick vorzustellen, der aus seiner Sicht der zentrale war.

Der Moment, als der Mörder sein Opfer überwältigt hatte.

Dein Blut kocht vor Erregung, denn gerade hast du Hartmut Krentz auf dem Parkplatz in deine Gewalt gebracht. Du hast ihn ohne lange zu fackeln außer Gefecht gesetzt. Alles andere wäre bei jemandem, der so stark ist, purer Leichtsinn gewesen. Zudem muss dein Wagen in unmittelbarer Nähe stehen, denn du musst Krentz schnell einladen können – und das allein.

Abel überlegte kurz. «Van oder Kombi» kritzelte er dann auf seinen Block und zog einen Kreis um die Worte. Nach ein paar Sekunden fügte er noch «verdunkelte Scheiben» hinzu, da ihm dies zwingend logisch erschien.

Unter Einhaltung sämtlicher Vorschriften fährst du zu deinem Ziel. Du setzt überall ordnungsgemäß die Blinker und hältst an jeder roten Ampel. Dabei weißt du natürlich genau, was in Krentz vor sich geht. Allein schon, wenn du daran denkst, wie er im Kofferraum hilflos an den Stricken oder Klebebändern zerrt, lächelst du vor Freude.

Eine weitere Notiz auf dem Schreibblock. «Handgelenke nochmals überprüfen». Martin Abel korrigierte sich, als ihm klar wurde, dass ihm nur ein Arm zur Verfügung stand.

Dann erreichst du dein Ziel. Wenn dies ein einsamer Ort ist, musst du dir über neugierige Blicke von Nachbarn keine Gedanken machen. Du wirst Krentz so schnell es geht hineinschaffen und mit der Behandlung beginnen.

Im anderen Fall, den ich für wahrscheinlicher halte, wirst du aber dicht an dein Haus heranfahren müssen, um Krentz unbeobachtet hineinzuschaffen. Je nachdem, wie gut du dich unter Kontrolle hast, wartest du noch ein bisschen mit dem Ausladen und bereitest drinnen alles für deinen Gast vor.

Du schließt die Fenster und ziehst alle Vorhänge sorgfältig zu.

Du legst dein Werkzeug an den dafür vorgesehenen Platz, um alles griffbereit zu haben.

Und mit Sicherheit nutzt du die Gelegenheit auch dazu, dir einen runterzuholen. Immerhin musstest du dich lange beherrschen und platzt schier vor Anspannung.

Irgendwann aber, wenn du dich sicher fühlst oder es einfach nicht mehr aushältst, gehst du raus, um Krentz dorthin zu bringen, wo er deiner Meinung nach hingehört.

In deine Folterkammer.

Martin Abel sah ihn vor seinem geistigen Auge das Haus verlassen. Er glaubte, die Erregung des Mörders zu spüren, als er voller Euphorie auf den Wagen zuging. Wie die Angst des Opfers roch, als der Täter den Kofferraum öffnete, und wusste, dass der Tod seines Gefangenen jetzt nur noch eine Frage der Zeit war.

Du gehst also zum Auto und öffnest es. Hartmut Krentz weiß, dass dies die letzte Chance zur Flucht ist. Seine Gedanken rasen. Soll er mit dir kooperieren, damit du ihn schonend behandelst und er möglichst bald wieder freikommt? Oder soll er Widerstand leisten, mit allen Risiken, die damit verbunden sind? Noch ahnt er ja nicht, mit was für einer Bestie er es zu tun hat, sondern hält dich für einen Entführer, der nur auf Geld aus ist.

Martin Abel versetzte sich in die Lage von Hartmut Krentz.

Dem Mann, der ein paarmal die Woche in den Keller ging, um zentnerweise Eisen zu stemmen. Dem Hünen, der sich vor seinen Spiegel stellte, um sich an seinem Schweiß und dem aufgepumpten Bizeps zu ergötzen.

Nein, Hartmut Krentz würde *nicht* einfach aufgeben!

Der Mann im Kofferraum war stark, und das wusste er auch verdammt genau. Wenn er bei Bewusstsein gewesen war, dann hätte er versucht, seinen Entführer zu überrumpeln. Das hätte er vermutlich auch geschafft.

Du bist überrascht! Wahrscheinlich ist Krentz das erste Opfer, bei dem du auf so heftigen Widerstand stößt. Alle anderen waren gelähmt vor Angst, sodass du leichtes Spiel hattest. Doch nicht bei ihm. Er lässt seine gewaltigen Muskeln spielen.

Irgendwie behältst du jedoch die Oberhand. Du bist unglaublich wütend auf Krentz, weil er dir fast den Spaß verdorben hätte. Deshalb lässt du dir etwas Besonderes einfallen, um ihm zu zeigen, wer der Chef ist. Ich weiß nicht genau, was, aber mit Sicherheit hast du ihm schon zu diesem Zeitpunkt eine Menge Schmerzen bereitet. Spätestens jetzt wird ihm klar, dass es sich um keine normale Entführung handelt. Die schreckliche Erkenntnis: Vor ihm steht ein Mann, der ihn – wenn kein Wunder geschieht – töten wird.

Erschöpft wischte sich Abel den Schweiß von der Stirn. Die Vorstellung, was in dem Rechtsanwalt in diesem Moment vorgegangen sein mochte, machte ihm zu schaffen. Intuitiv formte sich vor seinem inneren Auge das Bild eines verzweifelt schreienden Mannes, der mit allen vieren an einer Wand festgekettet und von einem Verrückten mit einem Messer bearbeitet wurde.

Er versuchte, die für einen Moment verlassene Fährte wieder aufzunehmen, doch der Faden war ihm entglitten. Stattdessen begann sich unvermittelt das schweißgetränkte Bett unter ihm zu drehen. Zunächst nur langsam, doch dann immer schneller, ließ es Abel das letzte bisschen Halt in einer Welt verlieren, die ihn noch nie wirklich gehalten hatte. Seine Hände krallten sich in das Laken auf der verzweifelten Suche nach einem rettenden Anker.

Er sah den zum Schrei geöffneten Mund von Hartmut Krentz, seine herausgerissenen Organe und den fehlenden Arm. Dunkle Tropfen schienen auf Abel herabzufallen.

Er starb diesen Tod zum tausendsten Mal – ohne dass er etwas von seinem Schrecken verloren hätte.

Als er schließlich die Augen öffnete, war ihm eiskalt. Keuchend schwankte er ins Badezimmer, wo er sofort das heiße Wasser in der Dusche aufdrehte. So schnell er konnte, zog er sich aus und stellte sich unter den dampfenden Wasserstrahl. Erleichtert registrierte er, wie seine Haut bald die Farbe eines Dachziegels annahm.

Leider war es nur eine oberflächliche Hitze. Sie perlte an ihm ab wie Wasser von Ölpapier und erreichte nicht seinen vereisten Kern. Sein Kern, der sich weiterhin so tot anfühlte wie eine der vielen Leichen, die er schon gesehen hatte. Er fragte sich einmal mehr, wo eigentlich der Unterschied zwischen ihm und diesen Toten war.

Abel bibberte, als er aus der Dusche stieg. In einem Anfall von Mut schaute er in den Spiegel und sah einen Mann, der während der letzten zwei Jahre nie mehr als drei Stunden am Stück geschlafen hatte. Ein Wrack, dessen Körper aus den Fugen geraten war und das sich mit allen Facetten menschlicher Abgründe befasste.

Egal, dachte er. *Wir werden alle älter, und ich nehme eben die Abkürzung.*

Er versuchte, sich zu erinnern. Dunkel erinnerte er sich des Lachens seiner Kinder und der Wärme, die eine Frau ausstrahlen konnte. Ja, er wusste sogar noch, dass ihm dies früher einmal viel Freude bereitet hatte. Aber während er hatte herausfinden müssen, warum zum Beispiel jemand einem jungen Mädchen zuerst mit einem scharfen Messer die Augen ausgestochen und ihr dann einen Zaunpfahl durch die Vagina bis in den Brustkorb hineingetrieben hatte, hatte dieses Lachen an Bedeutung verloren. Sein gesamtes Privatleben war zur Kulisse für einen Mann geworden, dessen vordringlichstes Ziel es war, Irre, die anderen so etwas antaten, zur Strecke zu bringen. Die Menschen, die ihm nahestanden, waren dagegen irgendwann zu Schatten geworden, die es nicht schafften, die Kälte, die von seinem Herzen Besitz ergriffen hatte, zu durchdringen.

Statisten, die im Weg standen.

Das Handyklingeln riss Martin Abel aus seinen Gedanken. Immer noch benommen, schwankte er zurück ins Schlafzimmer und hielt sich das Telefon ans Ohr. Es meldete sich eine Stimme, die er so gut kannte wie keine zweite.

«Lisa?» Ein heftiger Schub Sehnsucht fuhr durch seinen Körper.

«Wie geht es dir, Martin?», erkundigte sich einer der Schatten seiner Vergangenheit – der seiner früheren Frau.

«Hast du es dir überlegt?» Erschrocken hörte er das Krächzen, das seine Stimme sein sollte.

«Hast du wieder getrunken? Du weißt, dass ich dir die Kinder nicht anvertrauen kann, wenn du trinkst.»

«Ich habe nicht getrunken.» Bereits im zweiten Satz schaffte er seine erste Lüge. «Ich habe nur ... gearbeitet.»

Enttäuschtes Schnaufen. «Wie lange waren wir zusammen, Martin? Glaubst du, ich hätte vergessen, wie du dich nach einer Runde an der Hotelbar anhörst?»

Abel schwieg. Wieder einmal kam er nicht umhin, die analytischen Fähigkeiten seiner Exfrau zu bewundern. Ihr natürliches Talent, ihn mit einem einzigen Satz in die Enge zu treiben, indem sie ihn mit Fakten konfrontierte. Indem sie ganz einfach die Wahrheit sagte. Vielleicht wäre sie der bessere Polizist geworden.

«Georg und ich sind der Meinung, dass es noch zu früh ist. Georg denkt, dass es die Kinder verwirren könnte, wenn sie dich so sähen.»

Georg denkt. Das Arschloch, für das seine Frau ihn verlassen hatte, dachte. Der Supermann, der ihr angeblich all das gab, was er ihr nie hatte geben können, dachte.

Georg dachte, und Abel durfte seine Kinder nicht sehen.

«Denkt Georg, dass es fair ist, wenn ein Vater seine Kinder monatelang nicht besuchen darf? Oder will er nur einen möglichst dicken Keil zwischen sie und mich treiben?»

«Du bist unfair, Martin», widersprach Lisa. «Georg will nur das Beste für die Kinder. Emilia kommt dieses Jahr in die Schule, und Phillips Versetzung ist gefährdet, wenn er so weitermacht. Sie haben schon genug Probleme. Sie brauchen Zeit.»

Zeit. Wie konnte diese zauberhafte Stimme nur so böse Worte sagen?

«Wie viel Zeit?» Abel versuchte, vernünftig zu klingen. Er ging davon aus, dass Georg dies gefallen würde.

«Ruf mich an, wenn du dich besser fühlst. Dann reden wir darüber.» Ihre Stimme klang erleichtert, als sie dies endlich sagen durfte.

Bevor ihm ein Kommentar einfallen wollte, mit dem er sich bei Georg für die Sorge um seine Kinder bedanken konnte, sagte Lisa noch etwas.

«Martin?» Ihre Stimme war nun ganz leise.

«Ja?»

«Pass gut auf dich auf!» Klick.

WIE ICH SIE HASSE!

«Darf ich dich wieder besuchen?» Die Stimme des Taxifahrers zitterte, als er sein Hemd anzog.

«Das heißt: Darf ich dich wieder besuchen, *Herrin Morgana*!» Nicole Gerber drosch dem Mann den Bambusstab auf die

Hände, dass es schnalzte. Jaulend hob er die Arme vor das Gesicht und fiel auf die Knie.

«Bitte nicht», schluchzte er. «Ich werde alles tun, was du verlangst, Herrin.»

«*HERRIN MORGANA*, du widerliches Stück Scheiße!» Ein noch heftigeres Schnalzen traf den Mann direkt auf die Brust. In Sekundenschnelle entstand ein heller Striemen, der sich mit Blut füllte.

«Darf ich dich...» Zitternd wiederholte der Mann ihre Worte. Dabei verhaspelte er sich noch zweimal, begann aber sofort wieder von vorne. Vorsichtig hob er den Blick, um vielleicht doch ein Zeichen von Wohlwollen in ihrem finsteren Gesicht zu entdecken. Seine Hoffnungen wurden enttäuscht.

«Was für ein Jammerlappen du doch bist. Nicht einmal richtig sprechen kannst du. Es werden noch viele Behandlungen nötig sein, bis aus dir irgendwann vielleicht doch noch ein brauchbarer Sklave wird. Und jetzt mach, dass du fortkommst! Dein Anblick beleidigt meine Augen, du elende Missgeburt.»

Mit einem Tritt stieß sie den Taxifahrer nach hinten. Er kam sofort wieder hoch und knöpfte unter den strengen Blicken der Herrin sein Hemd zu. Das Schnappen des Schlosses war kaum zu hören, als er die Tür hinter sich zuzog.

Nicole Gerber eilte ins Badezimmer, um den Dreck von ihrem Körper zu spülen. Während das heiße Wasser auf ihre nackte Haut prasselte, überlegte sie angestrengt, wie sie ihre finanziellen Probleme lösen sollte. Wenn es so weiterging, konnte sie in zwei Wochen gerade mal die horrende Miete für das Apartment bezahlen, aber sicher keinen Cent ihrer Schulden bei Mike. *Ich muss mir unbedingt etwas einfallen lassen, sonst schaffe ich schneller wieder am Wällchen an, als ich meinen Lederslip ausziehen kann. Der Taxifahrer allein wird das nicht verhindern können.*

Sie stieg gerade aus der Dusche und wickelte sich ein Badetuch um, als das Telefon läutete. Am kurzen Klingeln erkannte sie, dass es sich um ihre «geschäftliche» Leitung handelte.

«Hallo, hier spricht deine Morgana», ertönte der Anrufbeantworter. «Wenn du das ganz Besondere willst, dann hast du richtig gewählt. Ob devot oder streng, ich lese dir die geilsten Wünsche von den Augen ab.»

Nachdem das Band die übrigen Versprechungen bezüglich der allumfassenden sexuellen Erfüllung, die ein Kunde bei ihr erwarten konnte, abgespult hatte, ertönte der Signalton.

Zunächst war überhaupt nichts zu hören, sodass Nicole Gerber schon glaubte, der Anrufer habe bereits wieder aufgelegt. Doch dann hörte sie ein leises Schmatzen, als wenn sich jemand die Lippen leckte.

«Wir», begann plötzlich ein Mann leise zu sprechen. Er stockte für ein paar Sekunden und fuhr dann – hörbar um Kontrolle bemüht – fort. «Ich... möchte eventuell Ihre Dienste in Anspruch nehmen. Ich möchte Sie daher bitten, jetzt an den Apparat zu gehen, damit wir die Modalitäten besprechen können.»

Modalitäten. Was für ein Schwachsinn. Nicole Gerber überlegte trotzdem schnell. Die Stimme hatte vornehm geklungen. Das war, wie sie wusste, keine Garantie für gute Manieren beim Sex, aber es erhöhte die Aussicht auf eine angemessene Gage ganz erheblich.

Sie sprang zum Telefon. «Was kann Morgana für dich tun, Süßer?»

«Wir sollten uns zuallererst darauf einigen, dass Sie mich nicht duzen. Ich bin kein Abschaum wie die Leute, mit denen Sie es sonst zu tun haben.»

Klar doch, dachte Nicole Gerber. *Und ich bin Jungfrau.*

«Einverstanden.»

«Gut. Ich suche eine Frau, die genau das tut, was man ihr sagt. Glauben Sie, Sie können das?»

«Einem richtigen Herrn gehorche ich aufs Wort.»

«Und welche Haarfarbe haben Sie?»

«Schwarz wie die Nacht, Darling.»

«Das ist gut. Das ist sogar sehr gut. Ich denke, wir werden keine Probleme haben.»

In weniger als zwei Minuten war der Rest besprochen und der Termin vereinbart. Nicole nahm interessiert zur Kenntnis, dass der Mann nicht einmal nach ihren Preisen fragte. Dafür hatte er es ziemlich eilig und wollte schon in einer Stunde vorbeikommen. *Eine Stunde!* Verdammt, sie würde ganz schön wirbeln müssen, wenn sie die Wohnung bis dahin sauber gemacht haben wollte.

Egal, dachte sie. *Geld stinkt nicht, und schon gar nicht in meiner Situation.*

Pünktlich auf die Minute klingelte es an der Tür.

«Hi, Süßer.»

Der Mann betrat ohne ein Wort das in schummriges Licht getauchte Apartment. Er war schlank, sehnig, und seine Nase saß ein wenig schief. Wahrscheinlich hatte er sie sich mal gebrochen. Dennoch wirkte er gepflegt und war umgeben von einer Wolke aus Waschlotion und Körperspray, ein Umstand, den Nicole Gerber zu schätzen wusste. In der rechten Hand trug der Besucher eine dunkelbraune Tasche.

«Hier rüber, Darling.» Sie zeigte mit der offenen Hand zu ihrem Arbeitszimmer.

Der Mann ging wortlos voran und blieb mitten im Raum stehen.

«Leg ruhig schon mal ab, Süßer. Wir können dann gleich anfangen, wenn du möchtest.»

Der Besucher drehte den Kopf und kniff die Augen zusammen. «Sagte ich nicht bereits, dass ich nicht so angesprochen werden möchte?»

«Oh, Entschuldigung.» *Arschloch!* «Stell ... stellen Sie die Tasche einfach irgendwohin. Anschließend machen wir es uns gemütlich.»

Der Mann ging zu dem breiten Sessel und ließ seine Tasche auf die Sitzfläche fallen.

«Bringen wir erst das Finanzielle hinter uns», sagte Nicole Gerber. Sie überlegte kurz, ob sie darauf bestehen konnte, seine Tasche ins Nebenzimmer zu verbannen. Aber ihr Gast machte auf sie nicht den Eindruck, als würde er sich ohne weiteres fügen. «Hundert jeweils für normal und Französisch, Sonderwünsche und Getränke gehen extra. Alles natürlich nur saver. Dafür haben Sie eine Stunde, das ist mehr als irgendwo sonst.»

Der Freier musterte Nicole Gerber von oben bis unten.

«Sie sind ein bisschen zu dick. Aber der Rest passt ganz gut.» Er zog einen Geldbeutel hervor und nahm zwei Scheine heraus. «Zweihundert jetzt als Anzahlung. Wenn Sie ohne zu fragen tun, was ich Ihnen sage, gibt es danach noch einmal dasselbe. Klar?»

Nicole Gerber hoffte, dass der Mann das Leuchten in ihren Augen nicht sah. *Für vierhundert Mäuse spiele ich auf deinem Schwanz Querflöte, wenn es sein muss!*

Sie ging zu ihrem Gast und nahm ihm das Geld aus der Hand. «Ich sehe schon, wir werden uns gut verstehen. Aber jetzt sagen Sie mir endlich, womit ich Ihnen den Abend versüßen kann.»

Der Mann musterte sie abschätzend. «Ziehen Sie das lächerliche Ding aus und legen Sie sich auf das Bett.»

Wunschgemäß ließ Nicole das Negligé zu Boden gleiten.

«Los, auf den Bauch», sagte der Mann.

Sie tat ihm den Gefallen und legte sich auf das runde Bett. Nach wenigen Sekunden hörte sie, wie der Deckel der mitgebrachten Tasche zurückgeschlagen wurde.

«Arme nach hinten.» Plötzlich stand der Mann direkt neben ihr. Gehorsam legte Nicole Gerber ihre Hände neben sich. Bevor sie reagieren konnte, hörte sie es zweimal klicken, und ihre Hände waren mit Handschellen hinter ihrem Rücken zusammengebunden. Im nächsten Moment rasteten zwei weitere Handschellen ein, die ihre Fußgelenke am rechten und linken Pfosten des Bettes fixierten.

«Gefällt es Ihnen, wenn ich so wehrlos und schwach vor Ihnen liege? Sie können jetzt alles mit mir tun, und ich kann Sie nicht daran hindern. Törnt Sie das nicht an?» Nicole Gerber begann stöhnend, ihre prallen Pobacken zu kneten. Tief krallten sich ihre Finger in das Fleisch, während sie ihren Unterkörper unter ekstatischen Zuckungen hob und auffordernd ihrem Kunden entgegenstreckte.

Mein Gott, dachte Nicole Gerber. *Wenn das deine Hose nicht zum Platzen bringt, dann bist du tot!*

An ihrer Seite nahm sie einen Schatten wahr. Der Mann ging lautlos zum Regal neben dem Bett und legte in die Stereoanlage eine CD ein, die er von irgendwo hergezaubert hatte. Im nächsten Moment ertönte klassische Musik. Das schwermütige Stück erfüllte den Raum.

Nach den ersten Takten kam der Mann zu ihr zurück. Als er sein Hemd aufknöpfte, konnte Nicole Gerber einen Blick auf einen wie aus Stein gemeißelten Waschbrettbauch erhaschen.

Im selben Moment registrierte sie irritiert, dass seine Hände ungewöhnlich weiß aussahen. Wieso war ihr das nicht schon vorhin aufgefallen?

Der Mann setzte sich auf ihren Rücken und griff nach ihrem Büstenhalter. Im nächsten Moment hörte sie ein Reißen, und der BH fiel in zwei Teilen auf das Laken.

«Was soll der Mist? Das war mein bestes Stück!» Instinktiv wollte Nicole Gerber sich umdrehen, doch durch ihre Bewegung verlor der Mann das Gleichgewicht und fiel nach vorn. Einem Reflex folgend, stützte er sich mit beiden Händen direkt neben ihrem Kopf ab – und Nicole Gerber schrie auf.

«Ruhig, du dreckige Schlampe, ruhig», raunte der Mann. Dabei drehte er die Hand in dem OP-Handschuh so, dass das Messer in seiner Hand direkt auf ihre Augen zeigte. «Wir werden dir jetzt ein paar Spielregeln nennen, die du gefälligst zu beachten hast. Es sind wichtige Regeln, die du dir gut merken solltest. Wenn du diese brav einhältst, werden wir gut miteinander auskommen.»

Die Messerspitze näherte sich ihren Augen. «Wenn du es aber nicht tust, wenn du nur eine der Regeln verletzen solltest», die Stimme wurde beißend, «dann schneiden wir dir die Kehle durch und tanzen in deinem Blut, bis es klumpt. Klar?»

Nicole Gerber nickte so deutlich wie noch nie zuvor in ihrem Leben.

«Gut!» Tiefes Luftholen. «Dann hör uns jetzt gut zu, du Schlampe, denn wir nennen jede Regel nur einmal.»

Die Stimme näherte sich Nicoles Ohr. «Erstens ist es verboten zu schreien. Wir möchten uns gern ein wenig mit dir austauschen, sodass wir nach Möglichkeit auf Knebel verzichten würden. Das geht aber nur, wenn du brav mitspielst. Also, egal, was passiert, kein Schreien. Klar?»

Ein weiteres Mal nickte Nicole, so fest sie nur konnte.

«Zweitens werden wir von dir ab sofort nur noch so angesprochen, wie es uns gebührt. Es heißt also nicht mehr *Sie* oder gar *Du*, sondern *Ihr* und *Euer*. Hast du das verstanden?»

Nicole Gerber sah das riesige Messer und begriff den Rest der Botschaft ohne Probleme. Erneutes heftiges Nicken. Alles, nur nicht das Messer.

«Ausgezeichnet. Aber jetzt noch die wichtigste Regel von allen, die du niemals vergessen solltest, wenn du uns milde stimmen willst.» Die Spitze des Messers näherte sich ihren Augen bis auf wenige Zentimeter. Nicole Gerber sah ihre weit geöffnete Pupille, die sich darin widerspiegelte.

«Wenn wir dich zur Ekstase bringen und du vor Dankbarkeit nicht mehr ein noch aus weißt, bedarf es einer deutlicheren Würdigung unserer Person. Dann ist es an der Zeit, uns mit dem uns angemessenen Titel anzusprechen.»

Die Lippen des Mannes waren jetzt so nah an ihrem Ohr, dass sie seinen heißen Atem spüren konnte. «Höre jetzt gut zu, du Schlampe. Wann immer du also diese unendliche Dankbarkeit spürst, dann nennst du uns bei unserem wahren Namen. Dann nennst du uns *Herr der Puppen*. Verstanden?»

Die Angst lähmte Nicole Gerbers Verstand, obwohl sie gerade den jetzt am nötigsten gebraucht hätte. Ihre Erfahrung als Prostituierte sagte ihr aber, dass sie alles tun musste, um den Mann zufriedenzustellen.

Der Kerl hatte drei Regeln aufgestellt. Er sollte sie haben.

«Ich mache, was immer Ihr wollt, Herr der Puppen.»

Der Fremde richtete sich ein wenig auf. «Du lernst schnell, kleine Schlampe. Das vereinfacht die Sache wesentlich.» Das Messer bewegte sich ein Stück zur Seite.

Nicole Gerber begann, sich zu entspannen. Nur ganz vorsichtig natürlich, denn wer wusste schon, wie der Typ reagierte? Aber die Schmerzen in ihrem steif gewordenen Nacken schienen in ihr Gehirn zu wandern und dort mit einem lauten Knall zu explodieren.

Langsam drehte sie den Kopf. Nach Sekunden, die ihr wie eine Ewigkeit vorkamen, blickte sie schließlich nach rechts – und wusste im selben Moment, dass sie dieses Zimmer nicht mehr lebend verlassen würde.

«Allmächtiger!»

Das Messer war eine Sache. Es hatte sie bis jetzt glauben lassen, dass ihr Kunde wie so viele die Größe seiner Waffe mit der Länge seines Schwanzes verwechselte.

Doch das Ding in seiner anderen Hand machte ihr endgültig klar, mit wem sie es gerade zu tun hatte.

Bitte nicht!, fuhr es Nicole Gerber durch den Kopf. *Ein Irrer!*

Vergangenheit

Helene Manz war eine Schlampe.

Da sie aber eine ausgesprochen hübsche Schlampe war, erklärten sich viele Männer nur zu gerne dazu bereit, über diese Tatsache hinwegzusehen und sich der Illusion hinzugeben, ihre offen zur Schau getragene Frivolität gelte nur ihnen.

Aber das war natürlich Quatsch. Helene hatte schon früh gemerkt, was es brachte, wenn man Männern im richtigen Moment schöne Augen machte. Lang dauerte es nicht, und sie hatte ihr Talent perfektioniert – und zwar derart überzeugend, dass jeder ihrer Verehrer glaubte, alles wäre echt und würde nur aus Liebe passieren. Helene tat ihr Bestes, um jeden einzelnen von ihnen in diesem Glauben zu lassen.

Doch Helene Manz merkte bald, dass es auf Dauer aussichtslos war, mit ein paar diskreten Liebesdiensten den von ihr angestrebten Lebensstandard zu erreichen. Die Großzügigkeit ihrer Verehrer war bedauerlicherweise nicht so stark ausgeprägt, als dass sie davon hätte angemessen leben können. Deshalb arbeitete sie bereits mit neunzehn Jahren einen Plan aus, wie sie ihre körperlichen Vorzüge langfristig in klingende Münze umsetzen konnte.

Sie musste heiraten, und zwar einen dummen, reichen, alten Sack.

Es dauerte allerdings noch fast vier Jahre, bis Helene Manz den passenden Mann gefunden hatte. Zwar hätte es durchaus einige Freiwillige gegeben, die das schwarz gelockte Mädchen mit den großen Brüsten vom Fleck weg geehelicht hätten. Doch leider ließen diese entweder den nötigen Stil oder – was noch wichtiger war – einen akzeptablen Besitz vermissen.

Als sie dreiundzwanzig war, begegnete ihr schließlich Jakob Pfahl. Der gut dreißig Jahre ältere und ziemlich unscheinbare Mann war in der Stadt bislang vor allem dadurch aufgefallen, dass er einen Teil seines geerbten Reichtums bei Pferdewetten ließ, was sein Vermögen aber nur unwesentlich zu schmälern schien. Jedenfalls hatte er, als sie ihn – am Wettschalter in Weidenpesch nach geeigneten Kandidaten Ausschau haltend – erblickte, gerade zweitausend Mark verloren, ohne auch nur mit der Wimper zu zucken. Er presste lediglich seine Lippen zu einem schmalen Strich zusammen, als er den wertlosen Spielschein zerknüllte. Ein Ausdruck, den er auch später immer annahm, wenn Helene Manz ihn betrog, ohne auch nur den Ansatz eines Versuchs zu machen, dies vor ihm zu verbergen.

Bis die beiden endgültig zusammenkamen, dauerte es allerdings noch geraume Zeit. Helene Manz fand erst heraus, warum Jakob Pfahl zögerte, als sie ihre zunächst auf spröde Herausforderung ausgelegte Taktik aufgab und ihn mit einer Flasche Branntwein abfüllte, bevor sie ihn zu sich ins Bett zerrte.

Wie sie feststellte, war Jakob Pfahl nämlich mehr oder weniger impotent. Zwar zeigte er im Beisein der jungen Frau durchaus die eine oder andere Regung, doch dauerte es Stunden, bis er tatsächlich beweisen konnte, dass er ein Mann war. Dabei schien er selbst am meisten überrascht zu sein, als es schließlich doch noch klappte.

In diesem Moment wurde Helene Manz klar, dass sie den idealen Mann gefunden hatte. Einerseits hatte er genügend Geld, andererseits war er alt und nicht mehr Manns genug, um ihren Plänen ernsthaft im Weg zu stehen. Dass sie trotz einer Bindung ihren Spaß haben wollte, stand für sie schließlich außer Frage.

Es gab jedoch ein Problem: Nachdem Jakob Pfahl alle Anspielungen auf eine mögliche Ehe gänzlich ignorierte, begriff Helene Manz, dass er sie nicht freiwillig heiraten würde. Er sonnte sich gerne in dem Glanz, den die hübsche Frau in seiner sonst grauen Umgebung verbreitete, doch an mehr dachte er nicht. Also musste sie zum äußersten Mittel greifen, um ihre Lebenspläne doch noch verwirklichen zu können.

Eines Abends empfing sie ihn deshalb in einem mehr oder weniger durchsichtigen Nachthemd und bewaffnet mit reichlich Whiskey in ihrem Schlafzimmer, wo sie ihn nach Strich und Faden verführte. Das war nicht leicht, denn Jakob hatte einen langen Tag auf der Rennbahn verbracht und war entsprechend müde. Doch Helene Manz ließ nicht locker. Sie gab sich ganz so, wie die Männer der Stadt sie liebten: lasziv, laut und hemmungslos. Da blieb sogar Jakob Pfahl nichts anderes übrig, als seine alten Drüsen ein letztes Mal zu Höchstleistungen anzuspornen.

Als sich nach Stunden harter Arbeit endlich Jakob Pfahls Männlichkeit in ihr unerbittlich hin- und herwippendes Becken ergoss, rutschte sie schnell von ihm herunter, schob ein Kissen unter ihre Hüften und stellte beide Beine an der Wand hoch.

«Was tust du da?», wollte er irritiert wissen.

«Nichts», log sie und zündete sich eine Zigarette an. «Ich mache es mir nur ein wenig bequem.»

Jakob Pfahl begriff im selben Moment, dass dies nicht stimmte, ihr selbstsicherer Gesichtsausdruck hielt ihn jedoch von weiteren Fragen ab. Gleichzeitig begann er zu ahnen, dass diese unbedachte Liebesnacht möglicherweise weitreichende Folgen für ihn nach sich ziehen würde. Nervös griff er nach dem auf dem Nachttisch stehenden Whiskey, um einen großen Schluck zu nehmen.

Was Jakob Pfahl jedoch nicht ahnen konnte, war, welche Konsequenzen dieser Akt haben würde. Im selben Moment, als er sich einen Drink einschenkte, um in Ruhe über alles nachzudenken, erreichte eines der Spermien die befruchtungsbereite Eizelle, die im warmen Unterleib geradezu darauf lauerte. Mit letzter Kraft stieß es durch die zähe Hülle.

Der alte Mann und die junge Frau hatten soeben einen Mörder gezeugt.

Der Herr der Puppen war auf dem Weg zur Erde.

Dritter Tag

Das Brummen der Klimaanlagen erfüllte die Einkaufsgalerien der Stadt. Der Stromverbrauch war einer der höchsten, der jemals an einem Sommertag in Köln gemessen worden war. Kein Zweifel, für die meisten Leute war dies ein Wetter, bei dem sie ihre gekühlten Büros nur in absoluten Notfällen verlassen würden.

Nicht so für Martin Abel. Er *hasste* die Kälte. Sie war das Element, vor dem er sich geradezu auf der Flucht befand. So beeilte er sich im Gegensatz zu Hannah Christ auch nicht, in Greiners Wagen zu steigen. Während sie und Greiner ungeduldig darauf warteten, dass die Klimaanlage Wirkung zeigte, verfolgte Abel den Vorgang mit einer gewissen Beunruhigung. Aber was sollte man machen, wenn man mit Eskimos zusammenarbeitete?

Eine halbe Stunde später steuerte Greiner einen schattigen Parkplatz am Waldrand bei Klettenberg an. Dort stieg er zu Abels Erstaunen trotz seiner Leibesfülle problemlos aus dem Auto, während Abel sich wegen seiner Schulterverletzung nur langsam aus dem Wagen quälte.

Mit schweren Schritten ging Greiner voran und zeigte seinen Begleitern, welchen Weg die Familie Lerch an dem für sie so verhängnisvollen Samstag genommen hatte. Nach ein paar Minuten verließen sie den geschotterten Weg und gingen in den Wald. Das Knacken vertrockneter Äste unter ihren Füßen verriet, dass der Höllensommer auch hier seine Spuren hinterlassen hatte.

«Sind Sie öfter hier in der Gegend?», fragte Martin Abel.

«Ich und etwa die Hälfte der Einwohner Kölns», erklärte Greiner. «Im 19. Jahrhundert war das Fort Deckstein eine preußische Wehranlage. Heute ist es eines der beliebtesten Ausflugsziele im ganzen Umkreis. Sportplätze, Grillstellen, der Weiher... Wer sein Wochenende nicht an den Baggerseen oder in den städtischen Bädern verbringt, der fährt entweder in den Stadtwald oder eben hierher. Warten Sie noch ein bisschen, dann gibt es hier weniger Parkplätze als am Waidmarkt zum Schlussverkauf.»

«Also wissen wir schon mal, dass die Leiche nachts abgelegt wurde.» Hannah Christ hatte seit ihrer Abfahrt vom Präsidium kaum ein Wort gesprochen. Ihre Bemerkung zeigte Martin Abel jedoch, dass sie ganz bei der Sache war.

Nachdem sie ein Stück in den Wald gegangen waren, blieb Greiner plötzlich stehen. «Dort unten hat man die Leiche gefunden!», schnaufte er. Mit einem seiner mächtigen Arme zeigte er in das ausgetrocknete Bachbett hinunter, vor dem sie standen.

Abel entdeckte die Reste des gestreiften Flatterbands, das um zwei Bäume gewickelt war. Da man es vom Weg aus nicht sehen konnte, gehörte ein wenig Glück dazu, über diesen Platz zu stolpern. Oder Pech, wenn man wie die Lerchs einen schönen Ausflugstag vor sich wähnte, der durch das Auffinden einer Leiche ein jähes Ende fand.

Er suchte sich eine einigermaßen flache Stelle und stieg in das Bachbett hinunter.

«Hat man das Laub untersucht?»

«Wir haben sämtliche Blätter im Umkreis von zehn Metern durch ein grobes Sieb fallen lassen. Natürlich erst, nachdem wir alles fotografiert und eine Hundestaffel alles haben abschnüffeln lassen. Fundstücke gab es leider keine von Belang, aber wir haben Spuren gefunden, die beweisen, dass der Mörder ebenfalls vom Waldweg aus hierhergelangt ist.»

Greiner zeigte in die Richtung, aus der sie gerade gekommen waren. «Da er die Leiche schleppen musste, waren seine Abdrücke trotz des trockenen Untergrunds tief genug, um sie über die ganze Strecke verfolgen zu können. Er hat den Körper des Rechtsanwalts am selben Parkplatz ausgeladen, wo unser Wagen jetzt steht.»

«Gaben diese Abdrücke etwas her?», wollte Hannah Christ wissen.

Wie sie mit ihrem offenen Haar und mit der Sonne im Rücken oben auf der Böschung stand, erinnerte sie Martin Abel unwillkürlich an die Elbin Arwen aus *Herr der Ringe*. Er hatte sich einen der drei Teile zufällig angesehen, als er sich an einem Winterabend in Stuttgart auf der Flucht vor der Kälte in ein Kino gerettet hatte. Der dreistündige Kampf von Gut gegen Böse hatte bei ihm einen bleibenden Eindruck hinterlassen. Vermutlich lag es daran, dass nach einem scheinbar ausweglosen Ende schließlich doch noch das Gute gegen die Übermacht der dunklen Mächte gesiegt hatte.

Doch auch die gottgleichen Elben hatten es ihm angetan – besonders Liv Tyler. Sie verkörperte das Engelhafte der Arwen mit einer solchen Eindringlichkeit, dass Abel jedes Mal ein Schauer über den Rücken lief, wenn sie ihre sinnlich geschwungene Oberlippe in einer unnachahmlich erotischen Bewegung nach vorne schob. Als sie dann aus Liebe zu König Aragorn sogar auf ihre Unsterblichkeit verzichten wollte, war ihm tatsächlich eine Träne über die Wange gelaufen. Obwohl er sonst ja wahrlich kein Meister darin war, Gefühle zu zeigen.

Vielleicht würde eine Elbin ja die Probleme verstehen, die er mit sich herumtrug. Vielleicht würde sie ihn mit irgendeinem Zauberkraut oder einem Brocken Lembas sogar davon befreien können.

Vielleicht war er aber auch einfach nur gefühlsduselig und vernarrt in eine Schauspielerin, bei der er sowieso nicht landen konnte.

«Die Schuhe hatten Größe 42 und waren hundertfünfzig Euro teure Nike Jogger. Das Waffelmuster war eindeutig zu erkennen», riss Greiner ihn aus seinen Gedanken.

Abel zog den Stapel Fotos aus der Hosentasche, den er aus dem Präsidium mitgebracht hatte. Als er sich orientiert hatte, wusste er genau, wo der Tote gelegen hatte. Er stand keine drei Meter von der Stelle entfernt.

«Mit der Leiche auf dem Rücken wird er kaum die steile Böschung heruntergekommen sein, ohne zu stolpern.» Er blickte zu Hannah Christ. «Wie hat er dieses Problem Ihrer Meinung nach gelöst?»

Die junge Frau schaute sich unschlüssig um. «Wahrscheinlich legte er sein Opfer ab, kletterte hinunter und hob es dann wieder auf.» Sie zuckte mit den Schultern. «Aber bestimmt haben Sie eine bessere Idee, Herr Lehrer.»

«Bitte halten Sie in Ihren Notizen fest, dass wir zum ersten Mal einer Meinung sind.» Abel schaute sich nach allen Seiten um und zeigte dann auf die Stelle, wo sie stand. «Das ist die einzige Stelle, die dafür in Frage kommt. Alles andere ist zu steil.»

Hannah Christ schaute zu ihren Füßen hinab und trat einen Schritt zurück. Die Vorstellung, dass sie sich am selben Fleck befand wie vor einiger Zeit der Mörder, schien ihr nicht zu behagen.

Martin Abel schaute zu seinen beiden Begleitern hoch. «Ich würde jetzt gerne ein paar Minuten für mich sein.»

Hannah Christ schüttelte den Kopf. «Darauf habe ich gewartet. Machen Sie eigentlich immer alles allein?»

«Nur die unangenehmen Dinge.»

«Ich würde eher sagen, immer die *wichtigen* Dinge. War nicht abgemacht, dass Sie mir etwas beibringen wollen?»

«Schon. Aber manchmal *muss* ein Mann eben allein sein. Also?»

Sie funkelte ihn mit ihren dunklen Augen an. Dann siegte offenbar die Erkenntnis, dass sie Abel sowieso nicht würde umstimmen können, denn plötzlich drehte sie sich wortlos um und ging zum Auto zurück.

«Ich hoffe, Sie finden den Weg», sagte Greiner kühl. «Ich will hier nicht noch eine Leiche aus dem Wald zerren müssen, auch nicht die eines verdursteten Kollegen, der sich verlaufen hat.» Dann wandte er sich ebenfalls um und stampfte zum Wagen zurück.

Zurück blieb ein Mann, der sich unwohl fühlte. Die Hitze des aufkommenden Tages hatte die Vögel längst zum Verstummen gebracht, sodass das einzige Geräusch die schweren, sich entfernenden Schritte von Hauptkommissar Greiner waren. Doch auch diese wurden leiser, und irgendwann gab es nur noch den einsamen Mann im Wald und das Pochen seines Herzens.

Abel stand am Fundort der Leiche.

Dies war neben dem Parkplatz, auf dem der Wagen von Krentz gefunden worden war, der einzige Ort, von dem er mit Sicherheit sagen konnte, dass auch der Mörder hier gewesen war. Hier hatte dieser etwas getan, das einschneidend für ihn gewesen war. Er hatte sein Opfer, das lange Zeit im Zentrum seiner Bemühungen gestanden hatte, aus seiner Kontrolle entlassen. Wenn Abel dahinterkam, wie dies abgelaufen war, dann konnte er vielleicht ein bisschen mehr über den Mann sagen, den sie suchten.

Er schaute sich um. *Kein Problem, tun wir einfach dasselbe, was der Mörder getan hat.* Mühsam kletterte er die Böschung hoch. Dann drehte er sich um und schaute in das Bachbett hinunter.

Das war also deine Perspektive, als du dich mit Krentz auf dem Rücken dem Bachlauf genähert hast. Wahrscheinlich nachts, wie meine vorlaute Kollegin richtig bemerkt hat, und erst, als der Parkplatz absolut leer war.

Zu dem Zeitpunkt, als du Hartmut Krentz hier abgelegt hast, herrschte Vollmond. Du hattest also eine einigermaßen akzeptable Sicht und konntest dir schon von hier oben die passende Stelle aussuchen. Du hast die Leiche, so wie Hannah Christ es vermutet, hier am Rand der Böschung abgelegt, bist runtergestiegen und hast sie…

Martin Abel fielen die vielen Kratzspuren auf dem Rücken des toten Rechtsanwalts ein. Von einem Moment zum anderen sah er sie in einem anderen Licht. *Die Nacht war so mild, dass du durch die ganze Plackerei ganz schön ins Schwitzen gekommen bist. Man muss ziemlich durchtrainiert sein, um das überhaupt zu schaffen. Daher hast du die Leiche die letzten Meter nicht mehr getragen, sondern sie am verbliebenen Arm gepackt und über den Waldboden zu der Stelle gezerrt, wo sie schließlich gefunden wurde.*

Er stieg erneut die Böschung hinunter und näherte sich dem Fundort der Leiche bis auf einen Meter. Er wusste, dass sowohl in der Wahl solcher Plätze als auch in der Art, wie Opfer dort präsentiert wurden, eine wichtige Symbolik liegen konnte. Mit einer Müllkippe und dem Verstauen in einem Abfallsack ließ der Mörder beispielsweise erkennen, wie sehr er das Opfer verachtete. Ein stinkendes Stück Fleisch, das entsorgt werden musste. War das auch hier der Fall? Oder hatte der Platz für den Metzger eine ganz andere Bedeutung, die nur er kannte?

Es gab nur eine Möglichkeit, dies festzustellen.

Martin Abel warf einen letzten Blick auf die Bilder in seiner Hand. Er sah die Fliegen, Maden und Käfer, die auf der Leiche herumkrabbelten, und den Stapel Wäsche, der neben ihr lag. Er stellte sich vor, wie Hartmut Krentz an dem Tag ausgesehen haben mochte, als er hier abgelegt worden war. Frisch geschlachtet. Schließlich prägte er sich die Position ein, die der tote Rechtsanwalt bei seinem Auffinden innegehabt hatte.

Jetzt kommt der schwierige Teil, dachte Abel. Dann steckte er mit zitternden Fingern die Fotos in seine Hosentasche.

—

Hannah Christ war nicht wütend, als sie den Bachlauf verließ.

Sie *kochte*.

In dem Moment, als Martin Abel ihr mitgeteilt hatte, dass sie sich zum Teufel scheren sollte, war sie nahe dran gewesen, in den Graben hinunterzusteigen und ihm mit der Faust das Nasenbein zu zertrümmern. Nur die Gewissheit, dass sie damit sowieso nichts ändern würde, und die Anwesenheit von Hauptkommissar Greiner hielten sie davon ab, diesen Plan in die Tat umzusetzen.

«Hat 'ne charmante Art am Leib, Ihr Kollege», sagte Greiner, als sie den Parkplatz erreichten. So schnell, wie ihm das mit seiner Körperfülle möglich war, stieg er in den Wagen und drehte den Zündschlüssel um. Ungeduldig hielt er eine Hand an den Lüftungsschlitz und wartete auf die kühle Luft der Klimaanlage. «Vielleicht ist er als Kind zu heiß gebadet worden und hat dadurch einen Schock erlitten.»

Hannah Christ schüttelte den Kopf, während sie sich auf den Beifahrersitz setzte. «Ich glaube, sein Problem ist eher neurologischer Natur.»

Unvermittelt stieg in ihr das Bedürfnis hoch, etwas klarzustellen. Entweder begriff Abel hier und jetzt, wie der Hase zu laufen hatte, oder ihr Vater würde mit seinen Prophezeiungen recht behalten. Und genau das war das Letzte, was sie zulassen wollte.

«Ich muss zurück», sagte sie plötzlich und stieß die Wagentür auf. «Hab was vergessen», fügte sie schnell hinzu, als sie die tiefen Falten auf Greiners Stirn sah. Bevor er sie daran hindern konnte, stieg sie aus. Mit schnellen Schritten und einer gehörigen Portion Wut im Bauch stürmte sie in den Wald zurück, um Martin Abel die Leviten zu lesen.

In ihrer Aufregung verfehlte sie die Stelle, an die Greiner sie vorhin geführt hatte, um ein gutes Stück. Sie stieß zwar auf den Bachlauf, erkannte aber sofort, dass es nicht die richtige Stelle war. Zunächst hatte sie Mühe, sich zu orientieren, dann wurde ihr klar, dass sie zu früh den geschotterten Weg verlassen hatte, um links anzubiegen. Sie musste dem Graben also einfach ein Stück nach rechts folgen, dann würde sie unweigerlich über Martin Abel stolpern.

Als sie nach einigen Schritten das um den Baum gewickelte Flatterband entdeckte, versuchte sie Abel auszumachen.

Er war nirgends zu sehen.

Plötzlich durchzuckte sie ein Gedanke: *Mein Gott, wie peinlich! Bestimmt ist er inzwischen zum Parkplatz zurückgegangen, und ich habe ihn verfehlt. Wenn ich dort angedackelt komme, wird er sich über mich totlachen!*

Sie ballte die Hände zu Fäusten, als sie an die dummen Bemerkungen dachte, die sie erwarteten.

Das wird mir wohl nicht erspart bleiben, dachte sie resigniert. Doch diesmal wollte sie wenigstens den richtigen Weg nehmen. Mit den Gedanken bereits bei Martin Abel, ging sie auf die Stelle zu, wo sie vorhin zu dritt gestanden hatten – und blieb im nächsten Moment wie angewurzelt stehen.

Sie hatte bisher nur einen Teil der Böschung überblicken können. Der Grund des Bachlaufs war ihr bis zu diesem Moment durch das dichte Unterholz verborgen geblieben. Jetzt öffnete sich ihr Blickfeld, sodass sie sehen konnte, was sich dort unten abspielte.

Im ersten Moment glaubte sie, es sei ein großes, verwundetes Tier, das sich im Graben zu schaffen machte. Auf den zweiten Blick erkannte sie aber, wie sehr sie sich getäuscht hatte. Es war definitiv kein Tier, das dort unten in den Blättern wühlte.

Gebannt starrte Hannah Christ auf Martin Abel, der mit geschlossenen Augen auf dem Rücken lag und mit den Händen im Laub wühlte.

Genau an der Stelle, wo der tote Hartmut Krentz gelegen hatte.

—

Abels Schulter schmerzte beim Aufstehen, als ob jemand ein glühendes Messer hineingesteckt hätte. Mit steifen Schritten quälte er sich die Böschung hoch, stolperte fast, sodass er sich mit dem tauben Arm abstützen musste, und ging schließlich mit zusammengebissenen Zähnen zum Parkplatz zurück.

Kurz darauf trat er in das gleißende Sonnenlicht, das den Parkplatz überflutete. Greiners Prophezeiung war in Erfüllung gegangen, der Parkplatz war voll. Drei Autos kreisten auf dem Platz, immer in der Hoffnung, sich im richtigen Moment schneller als die anderen eine frei werdende Parkbucht sichern zu können.

Entsprechend enthusiastisch wurde Martin Abel empfangen. Der Fahrer eines VW Sharan drückte aufs Gas, dass der Schotter spritzte, und bremste erst, als er zwei Meter hinter Abel war. Dabei fuhr er genau in der Mitte des Weges, um den beiden Konkurrenten ein Überholen unmöglich zu machen. Diese hängten sich zunächst an die Stoßstange des VW, sahen dann aber offenbar ein, dass sie im Nachteil waren, und ließen sich wieder zurückfallen.

Abel ging auf die falsche Seite des Parkplatzes und blieb dabei zweimal stehen, um sich wie auf der Suche nach seinem Wagen umzusehen. Plötzlich drehte er jedoch ab, quetschte sich zwischen der mittleren Parkreihe durch und hielt auf das gegenüber abgestellte Auto von Greiner zu.

Der Fahrer des Sharans, der sich unvermittelt auf der falschen Seite des Parkplatzes befand, gab Vollgas. Im letzten Wagen des Verfolgertrios, einem Ford Focus, bemerkte man jedoch ebenfalls, was los war. Der Fahrer legte den Rückwärtsgang ein und raste mit einer gewaltigen Staubfahne im Schlepptau zu der Stelle, wo er Abel gesehen hatte. Direkt hinter Greiners Auto legte er eine Vollbremsung hin, ebenso wie der VW Sharan, der Sekunden später um die Ecke schoss. Schotter spritzte, als die beiden Wagen Zentimeter voneinander entfernt zum Stehen kamen. Nun hatte der Ford die Nase vorn, denn jetzt stand er in der Mitte des Weges und konnte nicht überholt werden. Triumphierend setzte der Sieger den Blinker, um seinem Gegner zu zeigen, was er als Nächstes vorhatte.

Martin Abel stieg auf die Rücksitzbank und schloss die Tür, um das wütende Hupen des VW-Fahrers zu dämpfen.

«Probleme?», fragte Hauptkommissar Greiner mit einem Blick in den Rückspiegel.

«Nur ein paar Verrückte, die sich wegen unseres Parkplatzes duellieren wollen.» Abel hielt sich die verletzte Schulter und massierte vorsichtig mit den Fingerspitzen die Stelle des größten Schmerzes.

«Sie müssen zu einem Arzt. Als Invalide sind Sie uns kaum von Nutzen.»

«Es reicht, wenn Sie bei der nächsten Apotheke anhalten. Ein paar Ibuprofen-Tabletten, und ich bin wieder fit.»

«Klar. Und ich schmelze mir meinen Bauchspeck weg, indem ich mich einmal täglich in Frischhaltefolie wickle. Sorry, aber an Wunder glaube ich nicht.» Greiner griff zu seinem Handy und wählte eine Nummer.

«Judith? Ich bin's, Konrad. Wir haben doch diesen Physiotherapeuten, der die Leute vom Polizeisport betreut... Ja, genau, der Kerl mit den Zauberhänden. Ruf ihn bitte gleich an und vereinbare einen Termin für Herrn Abel... Ja, ein Notfall... Gut, wenn du weißt, dass er frei ist, dann gib den Termin bitte gleich an Herrn Abel durch. Seine Nummer hast du ja.»

Greiner legte das Handy zurück in die Halterung. «Mehr kann ich nicht für Sie tun», sagte er. «Ich zähle auf Ihre Vernunft und gehe davon aus, dass Sie diesen Termin wahrnehmen.»

«Danke», antwortete Abel, dem auf die Schnelle nichts Besseres einfallen wollte.

«Da ist ein Blatt an Ihrem Ärmel.» Hannah Christ hatte sich

auf dem Beifahrersitz umgedreht und zeigte mit einem Finger auf den Ärmel seines Jacketts.

Abel blickte überrascht auf. Er hatte einen Anpfiff erwartet, weil er sie vorhin im Wald so brüsk weggeschickt hatte. Stattdessen hielt sie sich zurück, und eine Frage schien in der Luft zu liegen. Er spürte, dass diese Frage mit dem zu tun hatte, was er in der letzten halben Stunde im Wald getan hatte.

Aber davon konnte sie nichts wissen. Er hielt seine Kollegin für ein helles Köpfchen, aber an Wunder glaubte er nun auch wieder nicht.

Es gab nur eine Erklärung für ihr Verhalten. Ein weiterer Blick in ihre funkelnden Augen, und Martin Abel wusste, dass sie ihm auf die Schliche gekommen sein musste.

Wegen des Blatts.

Wegen seiner schmerzenden Schulter.

Oder weil es einfach nur logisch war.

Egal. Sie teilten nun das Geheimnis seiner unkonventionellen Spurensuche.

Aber nur er wusste das.

—

Martin Abel war gerade auf der Toilette im KK 11, als sein Handy klingelte. Judith Hofmann teilte ihm mit, dass er sich in einer knappen Stunde beim Physiotherapeuten einzufinden habe. Sie ließ sich auch nicht irritieren, als er die Spülung betätigte, bevor er ein Blatt Klopapier abriss und darauf die Adresse des Therapeuten kritzelte.

Nachdem er sich bei Hannah Christ abgemeldet hatte, holte er seinen Wagen im Fuhrpark ab und fuhr zu der genannten Adresse im Süden der Stadt. Vor einem gepflegten Haus stieg er stöhnend wieder aus dem Fahrzeug und betrat eine Minute später einen breiten Flur, der mit frisch polierten Fliesen ausgelegt war. Der intensive Duft nach Desinfektionsmitteln erweckte in ihm unweigerlich ein heftiges Unwohlsein. Wie immer, wenn er sich an ein Krankenhaus erinnert fühlte.

Er wollte sich schon umdrehen und wieder gehen, da trat ein drahtiger Mann aus einem der Nebenräume. Er trug eine Nickelbrille, eine weiße Hose, Turnschuhe und ein ebenfalls weißes Poloshirt. Abel konnte sein Alter nur schwer schätzen, es musste irgendwo zwischen dreißig und vierzig liegen.

«Der Herr von der Kripo? Schön, dass Sie pünktlich sind. Die nachfolgenden Patienten werden es Ihnen danken. Ihre Kollegin sagte, es sei dringend, sodass mir gar nichts anderes übrigblieb, als Sie dazwischenzuschieben.» Mit einem freundlichen Lächeln streckte der Mann ihm seine Hand entgegen. Abel registrierte verblüfft den Latexhandschuh, in dem sie steckte.

«Die neuen Vorschriften.» Der Mann hob entschuldigend die Schultern, als er Abels Blick sah. «Das Gesundheitsministerium hat offenbar mehr Angst vor HIV als vor Neuwahlen. Sobald ich einen Patienten ohne die Dinger berühre, kann ich den Laden dichtmachen. Na ja, wenn ich ehrlich sein soll, ist mir das ganz recht. Nicht alle meine Kunden sind Reinlichkeitsfanatiker. Gestern war einer mit dem Dreck aus zwanzig Jahren Kohlebergbau hier, den habe ich gleich wieder nach Hause geschickt.»

Als er Abel mit einem sanften Druck auf die Schulter in den nächsten Raum bugsieren wollte, zuckte dieser zusammen.

«Aha. Die Frage, warum Sie hier sind, kann ich mir schon mal sparen. Am besten machen Sie sich oben frei und legen sich dann auf die Liege da.»

Während Abel langsam sein Hemd aufknöpfte, betrachtete er skeptisch die Liege vor sich. Die vielen Stricke, die von oben herabhingen, machten keinen besonders ermutigenden Eindruck auf ihn.

«Ich glaube, so etwas habe ich schon einmal gesehen.»

«Ach ja?»

«Ja. Kürzlich in einem Buch über die Foltermethoden der heiligen Inquisition.»

Der Physiotherapeut grinste. «Das ist kein Folterinstrument, sondern ein Schlingentisch. Er dient zur partiellen Entlastung bestimmter Muskelgruppen. Nur so kann man manche Behandlungsmethoden überhaupt korrekt anwenden. Aber Sie haben recht. Mit ein paar Griffen kann man hier jemanden absolut wehrlos machen, und ganz im Vertrauen: Bei manchen Frauen komme ich durchaus in Versuchung.»

Abel ließ sich vorsichtig auf die mit Zellstoff bedeckte Liege gleiten. Der Therapeut schnappte sich Abels rechten Arm und verdrehte ihn immer genau dorthin, wo es am meisten wehtat. Als er damit fertig war, presste er seinen Daumen exakt auf die Stelle, die Abel momentan lähmte.

«Und? Ist noch was zu retten?», presste Abel hervor.

«Klar. Wenn Sie brav sind und ab sofort Ihr Leben ändern. Im Moment sind Sie ein Wrack. Was Sie brauchen, ist mehr Sport, sonst verlieren Sie noch das letzte bisschen Muskeltonus.» Der Physiotherapeut stupste einen Finger in Abels Hüftspeckrolle. «Zwanzig Kilo weniger auf den Rippen würden auch nicht schaden, die Waschbärbauch-Nummer kostet Sie mindestens zehn Jahre Ihres Lebens. Schon mal an eine Ernährungsumstellung gedacht?»

«Ich bin von Pils auf Kölsch umgestiegen, hat aber nix gebracht.»

Der Physiotherapeut verzog amüsiert den Mund. «Merkwürdig.»

Dann drehte er Abels Oberkörper so, dass es in dessen Lendenwirbelsäule bedenklich krachte. Dasselbe tat er dann mit seinen Brust- und Halswirbeln. Bevor Abel reagieren konnte, brachte er ihn anschließend mit einer schnellen Drehung in eine Seitenlage und stützte Abels Körper und den rechten Arm mit einem Kissen voller Kugeln ab. Im selben Moment waren die Schmerzen zum ersten Mal verschwunden.

«Wie haben Sie das gemacht?»

«Ich sagte doch: Entlastung ist alles.» Der Physiotherapeut stellte sich hinter Abel und begann vorsichtig, dessen Rücken zu kneten. «Spätestens in einigen Tagen werden Sie sich allerdings wieder genauso mies fühlen wie vorher. Wenn Sie vernünftig sind, kommen Sie noch ein paarmal zu mir. Vielleicht kriegen wir Sie für eine gewisse Zeit ja doch wieder flott. Sie können es natürlich auch bleibenlassen. Aber dann können Sie sich schon mal eine Gehhilfe besorgen.»

Der Mann drückte ein paar magische Punkte auf Abels Rücken, und plötzlich wurde dem Fallanalytiker angenehm warm. Die Schmerzen waren endgültig vergessen, und er fragte sich, wie jemand seinen maroden Körper besser kennen konnte als er selbst. Das hatte bisher nur Lisa geschafft, wobei sich deren Kenntnisse auf andere Stellen konzentriert hatten als auf Rücken und Schultern.

Der Physiotherapeut beendete seine geheimnisvolle Massage und hängte Abels Arm mit einem geübten Griff in eine der vielen Schlingen. Dann zog er diese so hoch, dass Abel sich nicht mehr rühren konnte. Der drahtige Kerl hatte den Zwei-Zentner-Mann in wenigen Sekunden ausgeschaltet.

«So. Überlegen Sie sich schon mal, was ich Ihnen zum Frühstück bringen soll.» Der Therapeut grinste, als er Abel die Stirn runzeln sah. «War nur ein Scherz. Aber eine Viertelstunde muss ich Sie schon noch so hängen lassen, sonst bringt es nichts.» Er fixierte ein heißes Gelkissen unter Abels Schulter, dann verließ er lautlos den Raum.

Abel betrachtete mit beruflicher Routine den Raum, in dem er sich befand. Anders als in seinem Hotelzimmer herrschte hier überall peinliche Ordnung. Die gekachelten Wände waren blank geputzt, die Handtücher mit dem Lot gestapelt, und das Laken, auf dem er lag, duftete nach Reinigungsmitteln und Weichspüler. Der Physiotherapeut hatte ihm in puncto Reinlichkeit einiges voraus, stellte Abel fest. Er hatte jedoch nicht vor, ihm nachzueifern, auch wenn Lisa das sicherlich gefallen hätte.

Kurz darauf stand der Mann mit den magischen Händen wieder neben ihm. «Dann werde ich Sie mal befreien. Oder wollen Sie doch bis zum Frühstück bleiben?»

«Nein danke. So lange kann ich mit dem Essen nicht warten.»

Der Physiotherapeut hob in gespielter Enttäuschung die Schultern, dann löste er die Fesselung. Während Abel sich aufrichtete, ließ er vorsichtig seine Schultern kreisen.

Nichts. Anstatt der quälenden Schmerzen verspürte er nur ein leichtes Ziehen und jede Menge wohltuender Wärme. Und davon konnte er ja nie genug haben.

Er folgte seinem Retter zum Empfangstresen im Flur. Der Physiotherapeut öffnete einen unter der Arbeitsfläche eingebauten Kühlschrank und stellte Abel eine Tupperdose vor die Nase. Dann platzierte er ein Glas daneben, das er mit Martini füllte. Schließlich nahm er den Deckel der Schüssel ab, sodass Abel den Inhalt sehen konnte – und riechen. Die Fleischbällchen verströmten ein dermaßen würziges Aroma, dass Abel fast die Augen tränten.

«Bedienen Sie sich», forderte ihn der Therapeut auf. «Nicht, dass Sie tatsächlich noch verhungern. Die hellen sind mit Curry, die dunklen mit Paprika.»

Abel konnte nicht widerstehen und schob sich eines der Teile in den Mund. Der Physiotherapeut verfolgte es mit erwartungsvollen Augen. «Wahnsinn», stieß Abel hervor. «Wo haben Sie die gekauft?»

Der sehnige Mann lachte zufrieden. «So etwas kann man nicht kaufen. Das muss man selbst machen.»

«Was muss ich zahlen, damit Sie mir das Rezept geben?»

«Ich glaube nicht, dass Sie so viel verdienen.»

«Glaube ich auch nicht, aber ich muss es trotzdem haben.» Abel nahm sich ein weiteres Bällchen, das er mit einem kräftigen Schluck Martini herunterspülte.

Der Physiotherapeut wiegte nachdenklich den Kopf hin und her. «Ich gebe Ihnen das Rezept gratis, wenn Sie den nächsten Termin wahrnehmen. Irgendwie muss ich schließlich meine Kundschaft bei der Stange halten.» Lächelnd schob er Abel einen Zettel rüber, auf dem er ein Datum und eine Uhrzeit notiert hatte.

«So etwas nennt man Erpressung.» Abel steckte den Zettel ein, ebenso die Rechnung, die ihm der Physiotherapeut hingelegt hatte.

«Wir sehen uns wieder.» Er reichte dem Mann die Hand und wechselte einen Händedruck mit dem Latexhandschuh. Er war schon einen Schritt gegangen, als er sich noch mal umdrehte. Nach kurzem Überlegen nahm er sich noch je ein helles und ein dunkles Fleischbällchen aus der Schüssel.

«Bei dem Betrag ist das drin.» Das Funkeln in den Augen des Physiotherapeuten sagte ihm, dass dieser genauso dachte. Genussvoll biss Abel in eines der Teile und schlenderte ins Freie hinaus, wo er von der heißen Luft empfangen wurde. Mit immer noch angenehm warmer Schulter stieg er in seinen Wagen und schob sich dabei das zweite Bällchen in den Mund.

Das Leben kann so schön sein, dachte er, während er seine fettigen Finger am Beifahrersitz abwischte. *Man muss es nur nah genug an sich heranlassen.*

Martin Abel war in Hochstimmung.

Noch heute Morgen hätte er schwören können, dass er Wochen brauchen würde, um seine körperliche Verfassung wieder in den Griff zu bekommen, und jetzt ging es ihm wieder richtig gut. Sicher, er würde heute keine Bäume ausreißen können. Aber er konnte zumindest davon träumen, dass dies irgendwann wieder der Fall sein würde.

Er fuhr zurück ins Präsidium, wo er Hannah Christ auflas. Er wollte seine gute Form ausnutzen und mit ihr zusammen eine weitere wichtige Zeugin befragen: Christine Schildknecht, die Sekretärin des ermordeten Hartmut Krentz.

Da sie wie die Familie Krentz in Marienburg wohnte, fuhr Martin Abel an Poll vorbei und auf der A4 über die Rheinbrücke. In seiner – durch die Schmerzfreiheit – euphorischen Stimmung nahm er am Kölner Südkreuz allerdings die falsche Ausfahrt und landete über Sürth in Rodenkirchen.

«Ziemlich heruntergekommene Gegend hier», sagte Hannah Christ, als sie auf der Industriestraße in Richtung Marienburg fuhren. «Auf diesen Teil der Stadtrundfahrt hätte ich jedenfalls verzichten können.»

Abel verkniff sich eine Erwiderung und konzentrierte sich auf die Straßenschilder, um sich nicht erneut zu verfahren.

Kurz darauf bogen sie nach Marienburg ab und waren von

einer Minute zur anderen in einer anderen Welt. Anstatt an alten Betrieben und schmutzigen Betonklötzen fuhren sie an gepflegten Einfamilienhäusern vorbei, die jeder Architekturzeitschrift Ehre gemacht hätten. Das Gras in den Vorgärten war überall auf die in diesem Viertel vorgeschriebene Länge gestutzt, fröhliche Kinder spielten in teuren Klamotten Frisbee oder fuhren Waveboard. Ein Idyll, das sie mit staunenden Augen verfolgten.

Am Ende einer Sackgasse stand die schicke Apartmentanlage, in der sich die Wohnung von Christine Schildknecht befand. Um zu ihrem Eingang zu gelangen, musste man zwanzig Stufen auf einer Treppe aus geschliffenem Marmor hochsteigen. Es sei denn, man besaß wie Frau Schildknecht ein frisch gewaschenes Mercedes Cabriolet, das stolz sein Heck mit dem Kennzeichen K-CS aus der Garage streckte. Dann konnte man den Weg durch die Stahltür nehmen, von wo ein Aufzug direkt nach oben in die Wohnung führte. Der außen liegende Schacht war nicht zu übersehen.

Abel und Christ hatten kein Cabriolet, ihnen gehörte kein Parkplatz in diesem schönen Gebäude. Sie mussten daher ihre Körper in der prallen Sonne die Treppe hinaufschleppen, Hannah Christ knapp sechzig Kilo und Martin Abel gut einhundert. Als sie oben angekommen waren, nahm Hannah Christ ein Taschentuch und tupfte sich damit die verschwitzte Stirn ab. Abel nahm sein Hemd und war wieder einmal froh, dass es lange Ärmel hatte.

Wenige Sekunden später öffnete sich die Tür, und die Sekretärin von Hartmut Krentz stand vor ihnen.

Das vermutete Abel zumindest. Er vermutete aber auch, dass er einen ziemlich dämlichen Eindruck machte, als er versuchte, nicht allzu überrascht auszusehen.

Christine Schildknecht war etwa so alt wie Hannah und hatte offenbar einen Zweitwohnsitz auf der Sonnenbank. Ihre Haut war so braun, dass man eine Kaffeebohne darauf nicht finden konnte, ohne die Hände zu Hilfe zu nehmen. Abel gab ihr noch zehn Jahre, dann würde ihre Haut durch die viele Bestrahlung wie Pergament aussehen oder sie an Hautkrebs gestorben sein. Die ersten Flecken an den Armen zeigten bereits, wohin die Reise ging. Im Moment kam er jedoch nicht umhin, ihre Erscheinung göttlich zu nennen.

Langes, blondgelocktes Haar umrahmte ihr Gesicht und fiel auf die Schultern, die bis auf die zwei Spaghettiträger eines roten Tops nackt waren. Vielleicht hätte sie etwas Wärmeres anziehen sollen, dachte Abel, denn zwei Spitzen unter dem dünnen Stoff verrieten, dass sie keinen BH trug. Den hatte sie allerdings auch nicht nötig, denn zusammen mit dem Solarplexus bildeten ihre Brüste ein perfektes gleichschenkliges Dreieck. Gerade so, wie es ihr Schönheitschirurg am liebsten mochte. Und Martin Abel.

«Ah, Sie müssen Herr Abel von der Polizei sein», sagte die Sekretärin. Gleichzeitig reichte sie ihm die Hand mit einer Anmut, als ob sie einen Handkuss erwarte.

«Richtig.» Abel räusperte sich. «Und das ist meine Kollegin, Hauptkommissarin Christ.» Auch sie bekam von Frau Schildknecht die Hand. Und einen Blick, der ihr wohl sagen sollte: Streng dich gar nicht erst an, Püppchen, gegen mich hast du sowieso keine Chance.

Christine Schildknecht führte sie durch einen breiten Flur in das klimatisierte Innere der Wohnung. Da sie ihnen voranging, nutzte Abel die Gelegenheit, die perfekt aufeinander abgestimmten Bewegungen der Frau zu beobachten. Linkes Bein vor, rechte Hüfte nach oben, rechtes Bein vor, linke Hüfte nach oben. *Diese Frau geht nicht, diese Frau schreitet*, dachte Abel. *Wie auf einem Laufsteg.*

«Nehmen Sie doch Platz.» Mit der offenen Hand wies die Sekretärin auf ein weißes Ledersofa. «Darf ich Ihnen etwas zu trinken anbieten?» Lächelnd ging, nein, *schritt* sie zu der gutsortierten Hausbar. «Ich verspreche auch, niemandem etwas davon zu verraten.»

«Einen Wodka, bitte», hörte Martin Abel sich sagen. Hannah Christ starrte ihn an, als ob er gerade die Hosen heruntergelassen hätte. Sie hatte sich besser unter Kontrolle als er und schüttelte den Kopf in Richtung Hausherrin.

Während Frau Schildknecht die Drinks mixte, schaute Abel sich um. Sie saßen in einem Wohnzimmer, das ungefähr vierzig Quadratmeter groß war. Überall an den Wänden hingen teuer aussehende Bilder und kleine Regale, auf denen Bücher, Vasen und bunte Porzellanfiguren standen. Das gesamte Inventar machte einen überaus edlen Eindruck. Aber das war gut so, denn schließlich sollte es zu seiner Besitzerin passen.

Dann begann Martin Abel zu rechnen. Er schätzte vorsichtig den Kaufpreis der Wohnung, teilte ihn durch sein Jahresgehalt und stellte fest, dass er sie etwa bis zu seiner Pensionierung würde abzahlen können. Vorausgesetzt, er musste in dieser Zeit weder Steuern noch Sozialversicherungsbeiträge zahlen und sein Wagen benötigte ab sofort nur noch halb so viel Sprit wie bisher.

«Ein schönes Apartment», sagte er, als ihm Frau Schildknecht sein Glas reichte. «Herr Krentz muss Sie gut für Ihre Dienste entlohnt haben.»

Die Sekretärin schien die Doppeldeutigkeit seiner Worte nicht zu bemerken, oder es war ihr egal. Jedenfalls schüttelte sie lachend ihre helle Lockenpracht und setzte sich ihm direkt gegenüber in einen Sessel.

«Mein Gehalt war halb so wild», lachte sie und zeigte dabei ihre schneeweißen Zähne. «Aber es fielen immer ein paar bezahlte Überstunden an, sodass ich mich nicht beklagen möchte.»

Überstunden. Martin Abel war gerne bereit, das zu glauben, doch er wollte dieses Thema jetzt nicht vertiefen. Stattdessen roch er an seinem Glas und nippte schließlich daran.

«Leben Sie allein hier?»

Die Sekretärin fuhr sich scheinbar nachdenklich durchs Haar. Dabei holte sie so tief Luft, dass ihr Top sich bedenklich zu spannen begann. «Ich hatte noch nicht das Glück, meinem persönlichen Mister Right zu begegnen. Wenn ich mich mit einem Mann einlasse, dann muss es hundertprozentig passen. Man hat ja ein gewisses Niveau.»

«Natürlich, Frau Schildknecht...»

«*Fräulein*, bitte. Ich war nie verheiratet.»

«Gut, *Fräulein* Schildknecht. Wie man Ihnen ja bereits am Telefon mitteilte, möchten wir uns von Herrn Krentz ein möglichst genaues Bild machen. Dazu befragen wir alle Personen, die ihn näher gekannt haben. Und da Sie als seine Sekretärin mehr Zeit mit ihm verbracht haben als jeder andere Mensch...» Abel ließ den Rest des Satzes unvollendet.

Die Frau wickelte eine Locke um ihren rechten Zeigefinger und betrachtete die Haarspitzen.

«Ich verstehe.»

Abel bezweifelte das, fuhr aber trotzdem fort.

«Wie haben Sie vom Tod Ihres Chefs erfahren?»

«Na, irgendjemand aus dem Kommissariat rief mich mitten in der Nacht an und fragte, ob ich etwas über seinen Verbleib wüsste. Er sei nicht wie verabredet nach Hause gekommen, und seine Frau hätte ihn als vermisst gemeldet.»

«Und?»

Die Sekretärin schlug langsam die Beine übereinander. Offenbar kannte sie den Film *Basic Instinct*, denn sie versuchte, Sharon Stone dabei so gut wie möglich nachzueifern. Martin Abel gelang es in einer übermenschlichen Anstrengung, nicht dort hinzusehen, wo sie es gerne gehabt hätte. Stattdessen schloss er die Augen und wartete so lange, bis er glaubte, dass sie mit ihrer Vorstellung fertig war.

«Ich weiß, dass er öfter nach Büroschluss noch mit Klienten essen ging, sodass ich nicht sehr in Sorge um ihn war. Erst als er mich am nächsten Morgen nicht abholte, machte ich mir dann doch meine Gedanken.»

«Holte er Sie regelmäßig zur Arbeit ab?»

«Hin und wieder.»

«Und brachte er Sie am Tag seines Verschwindens auch nach Hause?»

Die Sekretärin zögerte eine Sekunde.

«Ja, natürlich. Er hatte mich morgens auch ins Büro gefahren. Wie hätte ich sonst wieder heimkommen sollen?»

«Und wann war das an diesem Tag der Fall?»

«Ich musste noch was erledigen, deshalb brachte er mich schon gegen vier Uhr nach Hause.»

Toller Service, dachte Abel.

«Wie gut kannten Sie Herrn Krentz privat?»

Erneutes Zögern.

«Na, so gut, wie man sich eben kennt, wenn man ein paar Jahre intensiv zusammenarbeitet.» Martin Abel und Hannah Christ warfen sich einen raschen Blick zu. Die Sekretärin bemerkte dies und fügte schnell hinzu: «Da bekommt man natürlich automatisch dies und das mit. Aber in meiner Position muss man über die nötige Diskretion verfügen, wenn man weiterkommen will.»

«Stimmt, Fräulein Schildknecht. Aber Herr Krentz ist tot, und Ihren Job gibt es nicht mehr. Sie können also ganz offen mit uns reden. Es wird Ihnen dadurch kein weiterer Schaden entstehen.»

«Na ja, da gab es gewisse *Dinge*...» Bedeutungsschwer ließ sie den Satz unbeendet und schaute zu ihren beiden Gästen hinüber.

«Was für Dinge?» Abel ging gehorsam auf ihr wichtigtuerisches Spielchen ein.

Die Sekretärin betrachtete ihre Fingernägel und schien den Zeitpunkt abzuschätzen, wann diese wieder einer ausgiebigen Maniküre bedurften. In Wirklichkeit kannte sie diesen Termin bestimmt ganz genau, hatte sie ihn doch schon vor Wochen vereinbart. Aber aus ihrer Sicht konnte es offenbar nicht schaden, die beiden Leute von der Polizei noch ein bisschen zappeln zu lassen. Sie wollte, dass sie erkannten, welch wichtige Person ihnen gegenübersaß.

«Ich bin nicht neugierig und habe meine Nase nie in die Angelegenheiten anderer Leute gesteckt, müssen Sie wissen», erklärte sie endlich.

Natürlich, dachte Abel. *Und die Erde ist eine Scheibe.*

«Aber ich hätte schon blind und taub sein müssen, um nicht zu bemerken, dass Herr Krentz nur noch wegen der Kinder mit seiner Frau zusammen war. Frau Krentz ist offenbar eine hysterische Ziege, die ihm wegen jeder Kleinigkeit Vorhaltungen machte. Ich kann mich noch gut daran erinnern, wie wir einmal wegen eines *unglaublich* wichtigen Falls abends länger in der Kanzlei bleiben mussten. Es ging um sehr viel Geld, vor allem aber um Harrys Ansehen als Anwalt. Da konnten wir natürlich auch nicht ans Telefon gehen, als seine Frau anrief. Die Angelegenheit war einfach *zu* wichtig.»

Die Sekretärin verzog mitleidig den Mund. «Am nächsten Morgen erzählte er mir dann, was für eine Szene sie ihm deshalb zu Hause gemacht hat. Sie war davon überzeugt, dass er sie betrügt.» Miss Köln lachte auf. «Also, wenn Sie mich fragen, hätte er allen Grund dazu gehabt!»

Martin Abel fragte sie nicht, denn seit er Angela Krentz kannte, hatte er dazu eine eigene Meinung. Dafür interessierte ihn aber etwas anderes.

«Hatte Herr Krentz denn ein außereheliches Verhältnis?»

Die Sekretärin blinzelte ein wenig überrascht. «Da gibt es wirklich nichts, was ich Ihnen erzählen könnte.»

«Und seit wann durften Sie Ihren Arbeitgeber *Harry* nennen?»

Die Sekretärin biss sich auf die Unterlippe. «Da ist doch wirklich nichts dabei. Herr Krentz hat es mir angeboten, weil er wusste, dass ich es niemals missbrauchen würde.»

Abel schaute sie einfach an. Fräulein Schildknecht bemühte sich mit Kräften, ihre naiv-laszive Fassade aufrechtzuerhalten, aber für diesen einen Moment wollte es ihr nicht so recht gelingen. Beide Seiten wussten, dass sie keine Antwort auf seine letzten Fragen gegeben hatte. Und beide wussten auch, was der Grund dafür war. Aber die Sekretärin würde sich hüten, irgendetwas zuzugeben. Jetzt, wo sie erkannte, wohin ihr vorlautes Geschwätz sie führen konnte.

«Was können Sie uns über Herrn Krentz erzählen? Wie würden Sie seinen Charakter beschreiben?»

Christine Schildknecht lebte sichtlich auf, als sie das für sie gefährliche Fahrwasser wieder verlassen durfte.

«Ich weiß gar nicht, wo ich da anfangen soll. Herr Krentz war ein *unglaublich* großzügiger Mensch. Er spendete regelmäßig größere Beträge an wohltätige Organisationen und ließ es sich auch nicht nehmen, diese Organisationen hier und da zu beraten. Als Anwalt kannte er sich in allen wichtigen geschäftlichen Fragen schließlich bestens aus. Na, und als mein Chef...»

Die Sekretärin verdrehte schwärmerisch die Augen. «Ich

hätte mir keinen besseren Vorgesetzten wünschen können. Trotz des ständigen Stresses durch seine vielen Verpflichtungen fand er immer Zeit für ein aufmunterndes Wort. Er war auch nie ungerecht zu mir, wenn mal irgendetwas nicht gleich klappte, und außerdem...»

Die Finger von Hannah Christ begannen sich immer enger um den Stift zu schließen, mit dem sie sich Notizen machte. Sie hatte schon viele dumme Menschen kennengelernt, doch in diesem Moment erlebte sie einen persönlichen Tiefpunkt. *Die ist hohl wie eine kaputte Glühbirne und eine Schande für ihr Geschlecht!*

Das Gespräch plätscherte noch eine Weile dahin, bis Abel seufzend aufstand.

«Kann ich mal Ihr Badezimmer benutzen?»

Die Sekretärin lächelte selbstbewusst. Sie genoss es, die Situation wieder im Griff zu haben. Genauso, wie sie es genoss zu wissen, dass Abel der Schlitz in ihrem Rock nicht entgangen war. Mitsamt den halterlosen Strümpfen, die heute ein wenig tiefer saßen als üblich. Der Tag schien für sie doch noch richtig gut zu werden.

«Im Flur die zweite Tür links», hauchte sie so verführerisch, dass Hannah angewidert den Mund verzog.

Während seine Kollegin unwillig die Befragung allein fortsetzte, betrat Abel den Flur und fand schnell die richtige Tür. Vorher öffnete er aber sicherheitshalber noch alle anderen Türen auf dem Weg dorthin und warf jeweils einen kurzen Blick hinein.

Schön, dachte er. *Hier würde ich auch gerne wohnen.* Alles war sauber und ordentlich aufgeräumt. Vor dem Kleiderschrank lag – anders als bei ihm zu Hause – keine getragene Wäsche herum, und nicht das kleinste Schnipselchen Papier verunzierte den modernen Schreibtisch im Arbeitszimmer. Sogar die Sammlung mit den Pornofilmen hatte in dem gediegenen Schlafzimmer ihr eigenes kleines Regal über dem Fernseher.

Als Abel das Bad erreichte, setzte er sich auf die heruntergeklappte Klobrille aus massivem Mahagoni und schaute sich um. Nicht schlecht für eine Sekretärin, dachte er und gab zu, dass ihn jetzt doch ein wenig der Neid packte. Aber das war verständlich, denn er selbst hatte noch nie etwas besessen, das auch nur annähernd so viel Stil gehabt hätte wie diese Wohnung.

Außer natürlich Lisa.

Eine cremefarbene Eckbadewanne mit einem guten Dutzend eingebauter Luftdüsen beherrschte den Raum. Sie war so groß, dass eine ganze Familie bequem darin Platz gefunden hätte. Oder dass ein durch Alkohol und schmutzige Filme enthemmtes Pärchen eine ausgelassene Orgie darin feiern konnte.

Auf den Ablageflächen an den rundum verspiegelten Wänden standen Unmengen von Fläschchen und Tiegeln, die alles enthielten, was eine gutgebaute Sekretärin brauchte, um sich und dem Partner ihrer Wahl ein Vollbad so angenehm wie möglich zu gestalten. Dazwischen lagen zahllose Schwämme und Bürsten unterschiedlicher Größe und Härte, mit denen die kostbaren Ingredienzien in jede noch so erschlaffte Haut einmassiert werden konnten. Vibratoren und Dildos sah Abel dagegen nur zwei.

Der Spiegelschrank über dem wuchtigen Waschbecken war nicht weniger feudal. Nicht so groß wie der von Angela Krentz, aber vermutlich kaum billiger. Das kostbare Kristallglas ließ ahnen, dass beim Kauf andere Dinge als ein günstiger Preis im Vordergrund gestanden hatten. Hier war es nur darum gegangen, möglichst viele Kleinigkeiten möglichst prachtvoll in Szene zu setzen. Oder zu verbergen – ganz, wie man wollte. Die vier breiten Türen hatten matt glänzende Griffe, bei denen sich Abel nicht sicher war, ob es sich um Chrom oder Silber handelte. Das

Ganze wurde von drei Lichtröhren eingerahmt, die warm leuchtend hinter dickem Milchglas verborgen lagen.

Beiläufig warf er einen Blick auf die zwei Zahnputzgläser, die an beiden Seiten des Waschbeckens in metallenen Halterungen steckten. Zwei Gläser und zwei Zahnbürsten. Eine zu viel, dachte er, für jemanden, der so überzeugt allein lebte wie die Sekretärin.

Abel stand auf. Es war Zeit, wieder zu Hannah und der überaus attraktiven Zeugin zu gehen. Vorher öffnete er allerdings noch die Türen des Spiegelschranks. Er wusste, dass es sich nicht gehörte, aber er liebte das Prickeln auf seiner Kopfhaut zu sehr, als dass er es einfach hätte lassen können.

Puh. Jetzt wurde es richtig interessant, diese Frau hatte Geschmack. Mindestens hundert Parfümflakons konkurrierten dort in Farbe und Form mit ebenso vielen Tuben Gleitcreme. Männerherz, was willst du mehr, fragte sich Abel und beschloss, das Bad zu verlassen, bevor er endgültig die Kontrolle über seine Hormone zu verlieren drohte.

Als er schon die Türklinke in der Hand hatte, hielt er plötzlich inne.

Doch. Er hatte etwas gehört. Irgendetwas hatte in seinem Unterbewusstsein soeben laut und deutlich *klick!* gemacht. Etwas, das er gerade in dem Spiegelschrank gesehen, aber nicht bewusst wahrgenommen hatte. Eilig ging er zurück und öffnete erneut alle Türen, um ein zweites Mal seinen Blick über den Inhalt streifen zu lassen.

Zunächst bemerkte er es nicht. Es war nur eines unter vielen, das musste zu seiner Entschuldigung gesagt werden. Doch dann wurde sein durch unzählige Mordermittlungen geschärfter Blick unweigerlich auf den Gegenstand gelenkt, der sich in seinem Unterbewusstsein festgesetzt hatte.

Vorsichtig nahm Abel ihn aus dem Schrank und las die Aufschrift. Sein Mund wurde trocken. Was er sah, bestätigte ihm, was ihm die Sekretärin durch ihre Worte und Körpersprache längst schon verraten hatte.

Kleine, verlogene Schlampe. Hältst dich wohl für schlau, aber übersiehst die einfachsten Dinge.

Langsam wickelte er seinen Fund in ein Papiertaschentuch und ließ ihn in seine Jackentasche gleiten. Das war zwar verboten, doch da er sich sicher war, dass die Sekretärin das Ding nicht mehr brauchen würde, machte er eine Ausnahme. Geistesgegenwärtig drückte er die Toilettenspülung und schaute zu, dass er aus dem Bad kam.

Als er das Wohnzimmer betrat, erklärte die Tippse seiner Kollegin gerade weitere Besonderheiten im Alltag einer Sekretärin. Hannah Christ wirkte interessiert. Zumindest gelang es ihr, so auszusehen, als ob sie mitschriebe, ohne dass ihre Gesprächspartnerin ihr Gekritzel als das identifizierte, was es in Wirklichkeit war: Kreise, Kringel und Linien, die immer nur dasselbe sagten: Bringt mich hier raus, oder ich bringe sie um.

«Ich glaube, wir hätten es dann», erlöste Abel sie. Dankbar lächelnd sprang Hannah Christ auf und stopfte hastig den Block in ihre Handtasche.

Christine Schildknecht schaute enttäuscht drein. Gerade als sie zur Hochform auflief, rannte ihr das Publikum davon.

«Wollen Sie nicht noch die Referenzen aus meiner letzten Stellung überprüfen?», fragte sie mit einem tiefen Blick in seine Augen. «Ich könnte Ihnen ja sonst weiß Gott was über mich erzählen.»

«Das, was wir von Ihnen wissen, reicht vollkommen. Aber ich bin sicher, dass wir uns bald wiedersehen.»

Ein kesses Lächeln huschte über ihre perfekt geschminkten

Lippen. Vermutlich überlegte sie, was für neckische Dinge sie anziehen sollte, wenn sie sich das nächste Mal trafen.

Am besten etwas Bequemes, dachte er, *damit du die Fahrt ins Polizeipräsidium leichter überstehst.*

Schnell verabschiedeten sich Abel und Hannah Christ und drängten der Freiheit entgegen aus der Wohnung.

«Diese Frau hat hundertprozentig mit ihrem Chef geschlafen», stieß Hannah empört hervor, als sie vor dem Wagen standen.

«Ja, ich weiß.»

«Diese Frau schläft überhaupt mit allem, was auch nur im Entferntesten nach einem Mann aussieht oder ein Jahresgehalt von über hunderttausend Euro hat.»

«Kein Zweifel.»

«Aber das hilft uns nicht weiter, solange wir es nicht beweisen können. Scheiße!»

«Ja. Scheiße.»

Hannah Christ schaute ihn abschätzend an. «Ist das alles, was Sie dazu sagen können? ‹Ja› und ‹Scheiße›? Wie wäre es mit ein bisschen Unterstützung beim Nachdenken? Oder hat Ihnen das Parfüm der Frau das Gehirn vernebelt?»

Abel blieb gelassen. «Was hätten Sie denn gerne als Beweis dafür, dass Herr Krentz nicht der treue Ehemann war, für den er sich ausgab?»

«Was weiß ich? Vielleicht trägt Fräulein Schildknecht ja ein paar seiner Schamhaare als Trophäe in einem Amulett um den Hals.»

Abel nickte zustimmend. «Möglich. Doch da kommen wir vermutlich schlecht ran.»

«Ja. Mist.»

Er lächelte versonnen. Jetzt verstand er Frank besser. Manchmal waren es tatsächlich die kleinen Triumphe, die einem das

Leben versüßten. Das verblüffte Gesicht einer vorlauten Kollegin zum Beispiel, wenn man ihr einen Beleg für die eigene Genialität präsentierte.

Geschützt mit dem Papiertaschentuch holte er den gestohlenen Gegenstand aus seiner Jackentasche und zeigte ihn der erstaunten Hannah. *Helmut Lang* stand darauf. Ein sündhaft teures Parfüm, das sich weiß Gott nicht jeder leisten konnte.

Noch viel interessanter war allerdings das, was sich auf dem Flakon befand, aber nicht sichtbar war. Jede Menge Fingerabdrücke zum Beispiel. Zum Beispiel die eines ermordeten Rechtsanwalts.

Darauf hätte Abel zumindest jede Wette gehalten. Denn immerhin war dies das Lieblingsparfüm von Hartmut Krentz. Und der einzige Männerduft im Badezimmerschrank von dessen Sekretärin.

Vergangenheit

«Jakob!» Die Stimme klang schrill, der Junge wusste: Das verhieß nichts Gutes.

«Jakob, du Idiot! Wo hast du meine Wagenschlüssel hingelegt?»

Schnell griff Torsten nach der Puppe und schlich zur Tür. Mit einem Zittern öffnete er sie gerade so weit, dass er den Treppenaufgang im Blick hatte.

Klickedi-klack, klickedi-klack machte die Hexe. Sie trug wieder die roten Schuhe mit den dünnen, hohen Absätzen, in denen sie zwar nicht laufen konnte, die sie aber so liebte, weil *er* sie ihr geschenkt hatte. Mit ihrem wehenden Haar und in ein hautenges schwarzes Kleid gezwängt, sah sie aus wie eine finstere Rachegöttin.

«Glotz nicht so blöd!», zischte die Hexe, als sie an Torstens Zimmer vorbeikam. Sie gab der Tür einen Stoß, sodass diese gegen den Kopf des Jungen prallte und er ins Straucheln kam. Doch er fand sein Gleichgewicht gerade noch wieder.

Ohne einen Laut wischte sich Torsten das Blut aus dem Gesicht. Schnell steckte er die Puppe unter sein Hemd und huschte auf den Gang hinaus. Durch die offene Tür des Arbeitszimmers beobachtete er, wie die Hexe sich vor seinem Vater aufbaute.

«Ich habe dich gefragt, wo meine Wagenschlüssel sind!»

Torstens Vater reagierte nicht. Regungslos saß er in seinem Sessel und schaute mit stumpfen Augen aus dem Fenster. In der Hand hielt er ein großes Whiskeyglas, wie immer, wenn er versuchte, sich zu wehren.

Die Hexe nahm ihm das Glas weg und stellte es auf die Fensterbank. Dann stützte sie sich mit den Händen auf beiden Sessellehnen ab, sodass ihr Mann nicht ihrem Blick ausweichen konnte.

«Gib mir die Schlüssel! Danach kannst du dir meinetwegen weiter den Verstand wegsaufen. Schlappschwanz!» Die Verachtung in ihrer Stimme war nicht zu überhören.

«Es ist mein Auto.» Das kam leise, aber deutlich.

«Ach, meinst du? Na gut, wie du willst.» Die Brillantringe an ihren Fingern glitzerten, als sie die Hand zum Schlag hob.

Das war der Moment, in dem der kleine Junge zu schreien begann. Wütend stampfte er auf seine Mutter zu, wobei er die Puppe beschwörend vor sich hielt.

«Verschwinde!», brüllte die Hexe, als er nur noch einen Schritt vor ihr stand. Für einen kurzen Moment schien sie nicht zu wissen, wen sie zuerst schlagen sollte.

Doch eben nur für einen Augenblick. Dann straffte sie sich und schlug dem Jungen mit aller Kraft ins Gesicht.

Diesmal konnte der Junge sich nicht auf den Beinen halten. Er knallte mit dem Kopf gegen die Fensterbank. Ein leises Seufzen war zu hören, als er zu Boden rutschte.

«Du verdammte Hure!» Mit einem Stöhnen griff Jakob Pfahl in den Spalt neben dem Sitzpolster und zog einen Schlüsselbund hervor. Wütend warf er ihn vor die Füße der schwarzen Hexe.

«Diese Mutprobe hätten wir uns doch wirklich sparen können. Jetzt werde ich mich verspäten. Mischa wird toben vor Wut!»

Schnell hob sie die Schlüssel auf und ging zur Tür. *Klickedi-klack, klickedi-klack.* Ohne sich noch einmal umzudrehen, stakste sie auf den Gang hinaus, wo sie mit leiser werdenden Schritten verschwand.

Der Junge brauchte einige Sekunden, bis er wieder zu sich kam. Sein Kopf tat ihm weh, und die Nase blutete immer noch. Doch dann wurde ihm klar, dass er sein Ziel erreicht hatte. Sein Vater war diesmal verschont geblieben – durch seinen Einsatz. Ein leiser Triumph erfüllte Torsten.

Ein Schluchzen unterbrach seine Gedanken. Nach vorn gebeugt, saß der alte Mann in dem Sessel und hatte die Hände vors Gesicht geschlagen.

«Mein armer Junge», murmelte Jakob Pfahl und strich Torsten über das Haar. «Mein armer, kleiner Junge! Was musst du alles erdulden, nur weil ich gesündigt habe. Weil ich zu schwach bin, um dich vor ihr zu beschützen. Wenn ich dir doch nur helfen könnte...!» Mit einem Seufzen lehnte er sich zurück und starrte aus dem Fenster.

«Du musst mir nicht helfen», sagte Torsten. «Es reicht, wenn du da bist. Den Rest erledigen ich und meine Puppen.»

«Entschuldige dich bei Papa, los!»

«Entschuldigen? Lieber sterbe ich, du Wurm!» Torsten Pfahl war erst sechs Jahre alt, aber er imitierte die Stimme der Hexe inzwischen täuschend echt.

Zufrieden kniff er die Augen zu schmalen Schlitzen zusammen. «Darauf warte ich schon lange.» Er nahm das große Messer, das er neben sich liegen hatte, und stieß es der Hexe tief in die Brust. Die Puppe zappelte noch ein paarmal und schloss dann mit einem letzten Seufzer ihre bösen Augen.

Torsten Pfahl war noch nicht ganz zufrieden mit dem Foltertod der Hexe, aber es wurde immer besser. Nur noch ein paarmal, dann...

Ein leises Poltern auf dem Dachboden über ihm riss ihn aus seinen Phantasien. Es war nicht laut, aber deutlich genug. Irgendetwas war dort oben umgefallen.

Im Haus war alles dunkel, aber Torsten hatte keine Angst, als er die knarzende Holztreppe zum Dachboden hinaufstieg. Zunächst konnte er nichts Ungewöhnliches erkennen, doch als er um den Dachbalken herumging, sah er etwas Großes an einem der hinteren Balken hängen.

Seinen Vater.

Eine große dunkle Lache unter dem alten Mann zeigte, dass er auf Nummer sicher hatte gehen wollen. Der umgekippte Stuhl und das Rasiermesser in der roten Pfütze sprachen eine deutliche Sprache. Jakob Pfahl hatte sich auf den Stuhl gestellt, sich einen Strick um den Hals gelegt und dann die Handgelenke aufgeschnitten. Kein schöner Tod, den er gewählt hatte. Aber ein sicherer.

Die Polizei fand Torsten stumm in einer Ecke seines Zimmers sitzend, wo er seinen Hinterkopf gegen die Wand schlug. Zwei Männer waren nötig, um ihn so festzuhalten, dass er sich nicht weiter selbst verletzen konnte.

Als er sich so weit beruhigt hatte, dass man ihn loslassen konnte, setzte sich einer der Polizisten neben ihn und nahm ihn in den Arm. Es war ein dünner Mann, der ebenso wenig Haare auf dem Kopf hatte wie Torstens Vater.

«Es muss schrecklich für dich gewesen sein», sagte der Polizist sanft. «Aber ich muss dich trotzdem etwas fragen.»

Der Junge reagierte nicht.

«Wir haben deine Fußspuren in der Blutlache entdeckt und bis hier in dein Zimmer verfolgen können. Willst du mir erzählen, was du dort gemacht hast?»

Keine Antwort.

«Neben der Lache fanden wir einen Stapel frischer Kleidung. Weißt du, wie der dort hinkam?»

Torsten schwieg.

«Als ich ungefähr so alt war wie du, starb mein Großvater. Er war noch keine siebzig Jahre alt und immer bei bester Gesundheit gewesen. Wenn ich recht darüber nachdenke, war er öfter mit mir auf dem Spielplatz als meine Eltern. Dabei hat er mir immer etwas Süßes zugesteckt, obwohl meine Eltern ihm das verboten hatten. Jahrelang war das unser kleines Geheimnis. Während ich den Süßkram verschlungen habe, nahm er mich in den Arm und erzählte mir eine Geschichte aus seiner Kindheit. Diese Momente waren mit die schönsten in meinem ganzen Leben.»

Der Polizist seufzte. «Tja, bis zu dem Tag, als er von einem Lastwagen überfahren wurde. Er war gerade auf dem Weg zu unserem Spielplatz, als der Lkw-Fahrer die Kontrolle über sein Fahrzeug verlor. Er walzte auf fünfzig Metern alles platt, was auf dem Gehweg stand.

Als man Großvater fand, hatte er einen Schokoriegel in der Hand. Ich gab mir die Schuld. Später habe ich natürlich kapiert, dass ich keine Verantwortung an seinem Tod trug. Aber er hatte in diesem Moment an mich gedacht und nach dem Riegel gegriffen. So gesehen verbindet mich also immer noch viel mit ihm, denn sein letzter Gedanke galt mir.»

Der Polizist sah Torsten in die Augen. «Seitdem weiß ich aber auch, dass man solche Momente wie die auf dem Spielplatz genießen muss. Man weiß nie, wann etwas zu Ende ist, also muss man die schönen Dinge in seinem Herzen aufbewahren, um sich in schlechteren Zeiten daran wärmen zu können. Dann kann jemand noch bei einem sein, auch wenn er schon lange tot ist.»

Die Blicke des Jungen suchten einen imaginären Punkt auf der gegenüberliegenden Wand, an dem er sein aus den Fugen geratenes Weltbild neu ordnen konnte. Es dauerte eine Minute, bis er wusste, was *tatsächlich* passiert war.

«Mein Vater ist nicht tot», sagte Torsten.

Der Polizist blickte irritiert auf. «Nein?»

Der Junge schüttelte den Kopf. «Nein. Er stellt sich nur schlafend.»

Der Polizist strich dem Jungen mitfühlend über das Haar, doch Torsten entzog sich ihm.

«Sie will, dass er aus dem Haus verschwindet. Aber den Gefallen tut er ihr nicht. Es ist *sein* Haus. Deshalb stellt er sich einfach schlafend, sodass sie ihn nicht verjagen kann. Das ist ein Trick von ihm, wissen Sie? Er macht das immer so, wenn er die Hexe nicht hören will.»

«Die Hexe?»

«Es ist ihre *Stimme*», flüsterte Torsten. «Sie kann Menschen damit lähmen. Er will mir immer helfen, aber ein Schrei von ihr genügt, um ihn zu bezwingen.»

«Redest du von deiner Mutter?»

Torsten spuckte auf den Boden. «Sie ist nicht meine Mutter. Sie ist eine Hexe.»

Er umklammerte den Ring, den er seinem toten Vater vom Finger gezogen hatte. Dann dachte er daran, was er über die Verwundbarkeit von Hexen gelesen hatte.

«Wenn ich groß bin, werde ich ihr das Herz rausreißen. Ich schwöre es.»

Gegenwart

Konrad Greiner lehnte sich zurück. Er tat es ein wenig zu schnell, sodass er seinem Sessel ein furchtsames Ächzen entlockte.

«Sie wollen mir damit jetzt aber nicht sagen, dass der Metzger in Wirklichkeit eine notgeile Sekretärin ist, die – wie eine Gottesanbeterin – nach erfolgreichem Geschlechtsakt ihre Liebhaber tötet und verschlingt? Nicht, dass Sie mich falsch verstehen, ich *liebe* ungewöhnliche Lösungen von Fällen. Aber das ist mir dann doch ein bisschen zu abstrus.»

Hannah Christ warf Abel einen kurzen Seitenblick zu. «Keine Sorge. Grundsätzlich kann ich natürlich verstehen, dass eine Frau manchmal Lust bekommt, einen Mann zu töten. Aber da der Metzger auch Frauen umgebracht hat, liegt der Fall hier sicherlich anders.»

Konrad Greiner betrachtete den Mann, dem der kleine Seitenhieb gegolten hatte, und wartete vergeblich auf eine Reaktion. Lediglich Abels Mundwinkel zuckten ein wenig. War das ein unterdrücktes Lachen? Sollte das Panzerglas zwischen den beiden so ungleichen Partnern Sprünge bekommen haben? Greiner nahm sich vor, diese Entwicklung im Auge zu behalten.

«Sie meinen also, wir sollten sie ein bisschen in die Mangel nehmen? Kein Problem. Ich werde Kollegin Mehnert auf sie ansetzen. Mal sehen, was für Geheimnisse sie der Dame entlocken kann. Bis dahin haben wir den Fingerabdruckvergleich von der Parfümflasche, sodass sie sich schwerlich wird herausreden können. Leider ist er als Beweis vor Gericht nicht zulässig, aber nervös machen wird er sie trotzdem.»

«Gute Idee», sagte Abel. «Außerdem könnte es sich lohnen, die Kontoauszüge und Kreditkartenabrechnungen zu kontrollieren. Vielleicht finden wir so heraus, wo die beiden Turteltauben ihre Affäre ausgelebt haben. Wenn Krentz irgendwo mit ihr in der Öffentlichkeit unterwegs war, dann kann sich mit Sicherheit jemand an sie erinnern.» Er hob die Schultern. «Ich würde das zumindest tun», sagte er und warf Hannah Christ einen provozierenden Blick zu.

Greiner hatte nicht vor, sich in die offenbar komplizierte Beziehung der beiden einzumischen, und wollte das Gespräch auf etwas Handfesteres lenken. Bevor er das jedoch in die Tat umsetzen konnte, klingelte das Telefon auf seinem Schreibtisch.

«Ich habe einen Anruf für dich», meldete sich Judith Hofmann aus dem Vorzimmer.

«Und ich hab jetzt keine Zeit.»

«Die Frau ist ziemlich penetrant. Sie sagt, es sei wichtig.»

«Sind meine eigenen Termine etwa nicht wichtig? Warum nimmst du ihre Information nicht einfach entgegen?»

«Das hab ich bereits fünfmal versucht, du Schlauberger, aber sie will nur mit dir reden. Und wenn ich sie aus der Leitung werfe, ruft sie sofort wieder an. Sie sagt, es gehe um die Metzger-Morde.»

Greiner holte tief Luft. «Stell sie durch.»

«Greiner.»

«Leiten Sie die Ermittlungen bei den Metzger-Morden?»

«Mit wem habe ich das Vergnügen?»

«Das erfahren Sie, wenn ich es für richtig halte. Also, ermitteln Sie nun in Sachen Metzger oder nicht?»

Greiner hörte, wie die Frau an einer Zigarette zog.

«Ich leite tatsächlich die Mordkommission Metzger. Und deshalb habe ich auch viel zu tun, also entweder sagen Sie mir, wer Sie sind und was Sie wollen, oder ich lege jetzt auf.»

«Das sollten Sie auf jeden Fall tun, wenn Sie weiter im Nebel herumstochern wollen», antwortete die Frauenstimme schnippisch. «Wenn es Sie weiterbringt: Ich bin Geschäftsfrau.»

«Und was für Geschäfte machen Sie?»

«Was eine Frau eben so macht, wenn sie nichts gelernt hat, aber ganz passabel aussieht.»

«Verstehe.»

«Sie verstehen gar nichts, aber das bin ich von euch Bullen ja gewohnt.»

Greiner seufzte genervt. «Warum haben Sie dann überhaupt angerufen?»

Ein weiterer Zug an der Zigarette. «Ich habe in der Zeitung von den Metzger-Morden gelesen. Und von der Belohnung, die es für sachdienliche Hinweise gibt.»

Greiner ächzte. «Dachte ich es mir doch. Die halbe Stadt hat deshalb schon angerufen. Warum nicht auch Sie?»

«Mit dem Unterschied, dass ich nicht anrufe, um Sie zu verarschen. Also, was ist nun mit der Belohnung?»

«Was soll damit sein? Das Geld bekommt die Person, die den entscheidenden Tipp gibt. – Auch wenn es eine Geschäftsfrau ist.»

«Gut. Das wollte ich nur wissen.»

«Schön. Könnten Sie jetzt *endlich* zur Sache kommen?»

«Ich habe einen Kunden, der Sie interessieren dürfte.»

«Ich nehme an, Sie haben viele Kunden, für die sich die Polizei interessieren dürfte.»

«Dieser ist anders. Er hat eindeutig einen Knall und ist ... gefährlich.»

«Ein bisschen dürftig für tausendfünfhundert Euro. Finden Sie nicht auch?»

«Hören Sie mir eigentlich zu? Das war kein normaler Kunde. So einen wie den habe ich noch nie erlebt. Noch nicht mal richtig vögeln wollte er. Stattdessen hat er sich mit seinem riesigen Messer bearbeitet und wirres Zeug geredet. Dabei hat er sich dann einen runtergeholt.»

In Greiners Gehirn begannen wie wild ein paar Rädchen zu rotieren. Selbstverstümmelung machte ihn grundsätzlich nervös. Er gab Abel und Christ ein Zeichen, dann drückte er auf die Lautsprechertaste, damit die beiden mithören konnten.

«Was meinen Sie mit *er hat sich mit seinem Messer bearbeitet*?»

«Aha, ist der Groschen endlich gefallen! Dann hören Sie mir gut zu. Er hatte einen Dolch dabei, mit dem man einen Ochsen hätte zerlegen können. Und Sie suchen doch einen Metzger, oder? Das Messer hat er sich in den Arm gestochen, sein Blut auf mich tropfen lassen und es von mir abgeleckt. Mein Gott, ich hab ja schon viel gesehen, aber das ...!»

Konrad Greiner runzelte die Stirn. «Und warum denken Sie, dass er gefährlich sein könnte? Ein Messer tragen doch viele mit sich herum. Und was er mit sich selbst macht, ist sein Problem, solange er nicht Ihre Bettwäsche versaut.»

Die Stimme der Frau klang nun gar nicht mehr selbstsicher. «Es waren seine Augen. Jedes Mal, wenn er sich in den Arm ritzte, schaute er mich so merkwürdig an. Ich hatte das Gefühl, dass er am liebsten auch an mir herumgeschnippelt hätte.»

«Aber angerührt hat er Sie nicht?»

«Nein, verdammt!»

«Sie sagten, er habe sich einen runtergeholt. Gibt es davon noch Spuren? Oder von seinem Blut?»

«Nur wenn Sie die komplette Kanalisation Kölns danach absuchen. Sie können sicher sein, dass ich auch das kleinste bisschen davon den Abfluss runtergespült habe.»

Greiner registrierte, dass die Frau ihre Geschäfte in Köln machte.

«Aber da ist noch etwas. Richtig?»

«Sind Sie ein Hellseher, oder was?» Die Stimme der Frau begann unvermittelt zu beben. «Ich sag Ihnen, warum ich mir fast in die Hose gemacht hätte. Der Irre hat mir drei Regeln genannt, die ich einhalten sollte, wenn mir mein Leben lieb wäre. Eigentlich war es alles nur wirres Zeug, aber die letzte Regel war ihm so wichtig, dass er mir bei ihrer Nennung fast die Augen ausgestochen hätte.»

«Und welche Regel war das?»

Die Frau zog erneut an ihrer Zigarette. «Er wollte, dass ich ihn *Herr der Puppen* nenne. Und er hatte eine Puppe dabei, mit der er redete wie mit einem guten Freund!»

Greiner hatte plötzlich das Gefühl, in einen tiefen, schwarzen Abgrund zu fallen. Ein kurzer Blick zu Abel und Christ genügte, um zu sehen, dass es ihnen nicht anders erging.

«*Herr der Puppen* sagten Sie. Mhm, vielleicht sollten wir uns tatsächlich mal ein bisschen näher unterhalten», sagte er, bemüht, sich seine Erregung nicht anmerken zu lassen. «Was halten Sie davon, zu mir ins Polizeipräsidium zu kommen?

Wenn Sie mir Ihre Adresse nennen, schicke ich Ihnen sofort einen Wagen.»

«Was ich davon halte? Im Moment noch gar nichts. Aber halten wir doch fest, dass ich etwas weiß, was Sie offenbar auch gerne wüssten.»

«Was wollen Sie damit sagen?», fragte Greiner. Verärgert blickte er auf das Display seines Telefons, das die Nummer der Anruferin leider nicht verriet.

«Ich sagte ja bereits, dass ich Geschäftsfrau bin. Als solche bin ich der Meinung, dass mein Wissen mehr als tausendfünfhundert Euro wert ist.»

Greiner holte tief Luft. «Meine liebe Frau...»

«Ich bin keine liebe Frau und schon gar nicht Ihre!»

«...bis jetzt weiß ich nicht einmal, ob Ihre Information etwas taugt. Tausendfünfhundert Euro sind der Standard, der vom Staatsanwalt ausgelobt wird, mehr gibt es nur in absoluten Ausnahmefällen. Wenn ich irgendwann an den Punkt kommen sollte, zu vermuten, dass Ihre Informationen uns tatsächlich nützlich sein könnten, dann können wir *vielleicht* darüber reden, dass ich auf die Staatanwaltschaft zugehe, um ein paar Euro zusätzlich lockerzumachen. Im Moment sind wir davon aber noch meilenweit entfernt.»

«Ich rede nicht von ein paar zusätzlichen Euro. Ich dachte an zwanzigtausend Mäuse.»

«Zwanzig...?» Konrad Greiner verschlug es für eine Sekunde die Sprache. «Sie sind verrückt! Nur um das klarzustellen: Wir suchen nicht nach Osama bin Laden! Und die Höhe von Belohnungen bezüglich sachdienlicher Hinweise wird generell nicht auf dem Basar festgelegt.»

«Ich habe auch nicht vor zu feilschen. Entweder ich bekomme das Geld, oder Sie hören nie wieder was von mir. Ich melde mich in drei Tagen um dieselbe Zeit wieder. Überlegen Sie sich bis dahin, was Ihnen die Sache wert ist.»

Ein unfreundliches *Klick!*, und das Gespräch war beendet.

Greiner starrte Abel und Christ an, die beiden starrten zurück.

«Verdammter Mist!», sagte Greiner schließlich. «Das war vermutlich die erste handfeste Zeugin, aber wenn sie ihr Ding durchzieht, kommen wir nur schwer an sie ran.»

«Schwer an sie ran?», echote Hannah Christ. «Sie ist unerreichbar!»

«Das muss sich erst noch herausstellen», widersprach er. «Aber Sie haben natürlich recht, wir haben hier keinen Goldesel. Wenn ich mit so einer Forderung zum Staatsanwalt gehe, bekommt er einen Lachanfall.»

Abel sprang auf. «Das mit der Puppe war eindeutig! An all den Toten wurden Puppenhaare gefunden, davon weiß draußen niemand etwas. Wir müssen die Frau dazu bringen, mit uns zusammenzuarbeiten. Und wenn sie es nicht tut, dann müssen wir eben andere finden, die uns helfen.»

Greiner runzelte die Stirn. «Andere?»

«Ja, andere! Wer sagt uns denn, dass der Metzger nicht noch bei anderen Prostituierten war? Wenn er sich dabei ebenso auffällig benommen hat wie bei ihr, dann gibt es vielleicht sogar eine ganze Handvoll Zeugen.»

«... an die wir ebenso wenig herankommen!», ergänzte der Erste Hauptkommissar. «Wir können unmöglich sämtliche Prostituierten der Stadt befragen, zumal ja längst nicht alle gemeldet sind. Gut, ich kann die Kollegen vom KK 12 bitten, sich umzuhören, mit Blick auf die Sado-Maso-Adressen. Aber begeistert werden die Kollegen nicht sein, zumal sich das Ganze über Wochen hinziehen dürfte.»

Abel schüttelte den Kopf. «So viel Zeit haben wir nicht.» Er schaute Greiner an. «Wenn Sie das Geld nicht beschaffen können, müssen wir uns an die Öffentlichkeit wenden.»

«Und wie stellen Sie sich das vor? Aktenzeichen XY? Damit würden wir in ganz Deutschland als Deppen dastehen. Ich sehe bereits die Schlagzeilen vor mir: ‹Wahnsinniger im Blutrausch – Polizei schaut untätig zu!›»

«Es ist alles eine Sache der Darstellung», versuchte Abel, ihn zu beruhigen. «Man müsste nur in den Vordergrund stellen, wie viel die Polizei bereits getan hat. Für das letzte Stück brauchen wir dann eben die Hilfe der Bevölkerung – und das ist legitim.»

Aber Greiner schüttelte vehement den Kopf. «Ich bleibe bei meinem Nein, Aktenzeichen XY ist mir eine Nummer zu groß.» Nach kurzem Zögern entschied er, dass nun der Moment für Zugeständnisse war. «Wir haben allerdings gute Kontakte zum lokalen Rundfunk. Wenn sich jemand bereit erklären würde, dem Sender unter die Arme zu greifen, dann wäre das etwas, womit ich mich eventuell anfreunden könnte.»

Martin Abel runzelte die Stirn. «Mit ‹jemand› meinen Sie nicht zufällig mich?»

Greiner zuckte mit den Schultern.

Abel schüttelte energisch den Kopf. «Vergessen Sie das. Ich bin nur als Berater hier. Okay, ich helfe auch ein wenig bei den Ermittlungen mit, aber ...»

«Hilfe ist genau das, was ich von Frank angefordert habe», unterbrach Greiner ihn mit einer schnellen Handbewegung. «Ich als Ermittlungsleiter kann unmöglich in einer Rundfunksendung auftreten, in der es um einen meiner Fälle geht. Bei Ihnen liegt die Sache jedoch anders. Sie sind ein psychologischer Berater, der sich Gedanken zu dem Fall gemacht hat und diese nun den Einwohnern Kölns nahebringen will. Bei den Bürgern wird so etwas garantiert mit Interesse aufgenommen. Seit dem *Schweigen der Lämmer* hält sich sowieso jeder für einen Profiler.»

«Und falls es schiefgeht, haben Sie einen Schuldigen.»

Konrad Greiner breitete vielsagend die Arme aus.

Abel schaute hilfesuchend zu Hannah Christ, doch von dort hatte er offenbar nicht viel zu erwarten, denn sie nickte beifällig.

Schließlich zuckte er mit den Schultern. «Bliebe nur noch das Problem, wie man das Ganze überhaupt schnell genug realisieren kann.»

Hauptkommissar Greiner überlegte kurz, dann klappte er den Terminkalender auf seinem Schreibtisch auf. Er blätterte kurz im Adressteil und nahm schließlich den Telefonhörer in die Hand. Nachdem er eine Nummer gewählt hatte, lehnte er sich zurück und wartete.

«Nik? Hier ist Konrad ... Genau, der Bulle von Kalk ... Ich hätte hier eine kleine Herausforderung für dich. Eine heikle Sache, die dir mit Sicherheit eine gute Quote bringt, bei der aber unbedingt Fingerspitzengefühl gefragt ist ... Es geht um die Metzger-Morde ... Ich dachte mir, dass du interessiert bist. Wie schnell geht das? ... Morgen schon? Kannst du neuerdings hexen? ... Gut, dann solltest du bis dahin noch ein bisschen Werbung für die Sendung machen. Wie gesagt, die Sache ist heikel. Es darf keine Panik erzeugt werden, ich werde dich per Mail ein wenig instruieren. Eine Kopie der Mail bekommt Hauptkommissar Abel aus Stuttgart, der dein Interviewpartner sein wird ... Du brauchst mir nicht zu danken, mach einfach, was ich von dir will, dann haben wir beide etwas davon. Bis dann!»

Greiner legte auf und schaute zu seinen beiden Gästen. «Hab ich etwas vergessen?»

Während Hannah Christ ein anerkennendes Lächeln zeigte,

schien sich Martin Abel mit seinem bevorstehenden Auftritt im Rundfunk noch anfreunden zu müssen.

«Wer ist dieser Nik?», fragte er.

«Nik Kuhlmann arbeitet beim Köln-Funk, dem beliebtesten Radiosender der Stadt. Er moderiert dort *Music-Traffix*, eine Informationssendung für die Rushhour zwischen 16 und 19 Uhr. Die Einschaltquote ist enorm, und das ist doch genau das, was wir brauchen, nicht wahr?»

Martin Abel schüttelte ungläubig den Kopf. Dann schien er endlich zu akzeptieren, dass es kein Entrinnen gab. Mit einem Ächzen stand er auf und ging zur Tür. «Na gut, Sie haben es so gewollt», sagte er, als er die Klinke in der Hand hatte. «Dann werde ich mich jetzt in mein stilles Kämmerchen zurückziehen und mich vorbereiten. Ich hoffe nur, Sie werden hinterher nicht enttäuscht sein.» An Hannah Christ gewandt sagte er: «Kommen Sie mit, Frau Kollegin? Sie wollten doch etwas lernen.»

Die junge Frau sprang auf und warf dabei fast ihren Stuhl um. «Natürlich komme ich mit. Nicht, dass es in Ihrem Kämmerchen *zu* still wird.» Wenige Sekunden später schloss sich die Tür hinter den beiden.

Konrad Greiner lehnte sich zurück und legte die Fingerspitzen aneinander. Nachdem er der Versuchung einige Sekunden getrotzt hatte, öffnete er eine Schreibtischschublade und kramte einen Schokoriegel hervor. Dreißig Sekunden und zweihundertfünfzig Kalorien später warf er die Verpackung mit einem geübten Schwung in den Abfalleimer.

In Greiner machte sich Zufriedenheit breit, denn der Fall schien eine gewisse Dynamik zu bekommen. Nach außen zeigte er seine Gefühle natürlich nicht, dazu war er viel zu abgeklärt. Aber während der Zucker seine unnachahmliche Wirkung zunächst in seinem Magen und dann in seinem Gehirn entfaltete, bekam er plötzlich das dringende Bedürfnis, jemanden zu umarmen. Judith zum Beispiel, aber das ging ja leider nicht. Zumindest nahm er das an.

Als er es kurz darauf nicht mehr aushielt, wuchtete er sich aus seinem Stuhl hoch und öffnete die Tür. «Darauf kommt es nun auch nicht mehr an», murmelte er, während er nach links abbog und den Weg zum Kiosk einschlug.

«Machen wir es in Ihrem Zimmer?»

Hannah Christ war im schmalen Hotelgang direkt vor Martin Abels Tür stehen geblieben. Nach außen war sie vollkommen ruhig, aber in ihrem Inneren machte sich Nervosität breit.

Sie hatte keine Ahnung, was ihr Kollege mit ihr vorhatte. Eine Trainingseinheit durchführen, hatte er gesagt. Aber die paar Tage mit ihm hatten gereicht, um diese Äußerung in Frage zu stellen. War dies der lang ersehnte Moment, in dem sie in seine Profiler-Geheimnisse eingeweiht werden sollte? Oder wollte er sich nur wieder über sie lustig machen, indem er ihr zeigte, wie unvollkommen ihre Kenntnisse doch waren?

Hannah Christ wusste es nicht, aber vermutlich trennten sie nur noch Minuten von der Antwort.

«In meinem Zimmer geht es nicht.» Abel schob sich vor die Tür und steckte den Schlüssel ins Schloss. «Ich muss noch was erledigen, dann treffen wir uns bei Ihnen.»

Hannah Christ wartete vergeblich darauf, dass er sein Zimmer öffnete, damit sie hineinsehen konnte. In der einen Hand hielt er den Schlüssel, und die andere umschloss den Türknauf, aber er machte keine Anstalten aufzuschließen.

«Was soll die Heimlichtuerei? Haben Sie nicht aufgeräumt?»

Er zögerte einen Moment, dann sagte er todernst: «Ich habe einen Mann in meinem Zimmer.»

Hannah Christ starrte ihn an, konnte in seinem Gesicht jedoch nichts erkennen, was auf einen Witz hindeutete. «Verstehe. Aber das muss heutzutage doch niemandem mehr peinlich sein. Oder haben Sie etwa Angst, ich könnte Ihnen den Kerl ausspannen?»

Abel lächelte. «Ich glaube nicht, dass er Ihr Typ ist.»

«Oh, Sie haben einen Zwillingsbruder?»

Das Lächeln in Abels Gesicht verschwand. «Wenn Sie es so nennen wollen.» Er deutete mit dem Kinn den Gang hinunter. «Ich bin gleich bei Ihnen.» Erst als sich Hannah Christ bereits einen Meter entfernt hatte, öffnete er sein Zimmer und schlüpfte schnell hinein.

Wenige Minuten später klopfte es an ihre Tür. Als Hannah öffnete, trat Abel mit ernster Miene ein, wobei er eine Dokumentenmappe, einige Stifte und zwei Schreibblöcke in den Händen hielt. Ohne um Erlaubnis zu fragen, setzte er sich aufs Bett und breitete diverse Unterlagen darauf aus.

Hannah Christ stand am Fußende des Bettes und beobachtete, wie die Blätter nach kurzer Zeit fast die ganze Liegefläche bedeckten. Die Überschriften darauf lauteten unter anderem *Was fehlt bei wem?*, *Fundorte*, *Modus Operandi*, *Handschrift*, *Wunden*, *Täter-Opferrisiko*, *Puppen* und *Sein Traum*. Ein großes, lediglich mit der Überschrift *ER* versehenes Blatt lag in der Mitte. Hannah Christ schluckte. Martin Abel hatte offenbar nicht vor, sie auf den Arm zu nehmen.

«Okay, das mit der Unordnung nehme ich zurück», sagte sie mit einer vagen Geste auf die vielen Blätter. «Sie sind ja gar kein so planloser Mensch, wie Sie immer vorgeben. Womit fangen wir also an, großer Meister?»

Abel stand auf und betrachtete sein Werk.

«Das Wichtigste zuerst: Haben Sie Bier in Ihrer Minibar?»

Wortlos holte sie zwei Flaschen Gaffel Kölsch und entkorkte sie. Eine Flasche behielt sie unschlüssig in der Hand, die andere reichte sie Abel. Nachdem dieser einen Schluck genommen hatte, schaltete er die Lampe auf dem Nachttisch ein. Dann ging er zur Tür und löschte das Deckenlicht.

Von einem Moment zum anderen standen die beiden im Halbdunkel, Hannah begann, sich unwohl zu fühlen.

«Tja, jetzt haben wir den Salat», sagte Abel. «Ich muss morgen in ein Rundfunkstudio, und Sie müssen mir helfen, dabei gut auszusehen. Irgendwelche Ideen, wie wir das mit Anstand über die Bühne bringen?»

Hannah Christ stellte ihre Flasche auf eine Kommode. «Wir könnten versuchen, uns am Riemen zu reißen. Damit wären die ersten fünfzehn Minuten schon mal gerettet.»

«Einverstanden», meinte er. «Aber wir werden wohl mehr als eine Viertelstunde brauchen. Wir benötigen bis morgen zumindest ein vorläufiges Profil vom *Herrn der Puppen.*»

«Jetzt schon? Greiner sagte doch, wir ... *Sie* sollen in der Sendung mögliche Zeugen ansprechen. Wozu brauchen Sie da ein Profil?»

Abel lächelte. «Muss ich gerade Ihnen erklären, wie wichtig es ist, dass man sich ab und zu den Anweisungen eines Vorgesetzten widersetzt?» Er runzelte die Stirn. «Wenn Greiner will, dass ich die Sendung mache, dann soll er seinen Willen haben. Aber zu *meinen* Bedingungen.»

«Dachte ich mir doch, dass Sie etwas im Schilde führen. Alles andere hätte nicht zu Ihnen gepasst, wissen Sie?»

Beide ließen das merkwürdige Halbdunkel im Zimmer eine Weile schweigend auf sich wirken, wobei Hannah immer unruhiger wurde. Nach zwei Minuten holte Abel den Stuhl, der vor ihrem Schminktisch stand, und stellte ihn hinter sie. Mit leichtem Druck auf die Schultern bedeutete er ihr, sich zu setzen.

Als Hannah saß, musterte Abel sie von oben bis unten. «Gut», sagte er schließlich. «Dann möchte ich, dass Sie jetzt ein Blatt nach dem anderen in die Hand nehmen und lesen, was darauf steht. Wenn Sie damit fertig sind, schließen Sie die Augen und sagen mir, was Ihnen spontan dazu einfällt. Ich werde alles aufschreiben, was Sie sagen. Anschließend vertauschen wir unsere Rollen. Okay?»

Wieder ein Nicken. Hannah Christ presste die Lippen zusammen und schob nervös und voller Erwartung ihre feuchten Handflächen unter die Oberschenkel.

«Dann kann es losgehen.» Abel nahm einen der beiden Blöcke und einen Stift in die Hand, dann reichte er Hannah langsam eines der Blätter, die auf ihrem Bett lagen. «Wir beginnen mit den fehlenden Körperteilen.»

Während Hannah Christ auf das Blatt starrte und versuchte, ihre Gedanken zu sortieren, ging Martin Abel zurück zum Bett. Langsam ließ er sich auf die weiche Decke sinken und legte den Schreibblock auf seine Oberschenkel. Mit einem lauten *Klick* löschte er das Nachttischlämpchen.

«Das schärft die Sinne», sagte er in die plötzliche Dunkelheit hinein.

Hannah Christ spürte, wie die Finsternis sie wie ein kaltes Laken einhüllte.

Dann dachte sie an den Arm von Hartmut Krentz.

Vierter Tag

Torsten Pfahl war kein Mann vieler Worte.

Oft sprach er tagelang kein einziges Wort, außer mit sich selbst oder dem Herrn der Puppen, der ihm zuflüsterte. Andererseits sah und hörte er Dinge, von denen andere Menschen nicht einmal etwas ahnten.

Torsten Pfahl war ein seltsamer Kerl.

Er war nicht immer ein artiges Kind gewesen, damals, als die Hexe ihn und den Vater mit Füßen getreten und mit Worten durchbohrt hatte. Aber er hatte die Strafen für seinen Ungehorsam so gleichmütig erduldet wie den letzten Besuch beim Zahnarzt, als ihm ohne Spritze ein großes Loch im Zahn gefüllt worden war. Manchmal brachte das Leben eben Schmerzen mit sich, und dann war es das Beste, wenn man diese mit Anstand ertrug.

So wie jetzt zum Beispiel, als er zum sechsten Mal an diesem Tag aus der Dusche stieg und aussah wie ein Krebs, der zu spät aus dem Kochtopf geholt worden war. Während er sich im großen Badezimmerspiegel betrachtete, sah er jedoch nur die fleischgewordene Gestalt eines gottgleichen Wesens.

Wie bei allen Menschen, die an Neurodermitis litten, waren Pflegemittel auch für Pfahls Haut das reinste Gift. Die Hexe hatte immer gesagt, dass die nässenden und roten Flecken ein Zeichen seiner Bosheit seien, die sich ihren Weg nach außen bahnte. Doch er wusste es inzwischen natürlich besser. Als reines Wesen musste er sich nun einmal jede Andeutung von Schmutz sofort vom Körper waschen, bevor dieser in ihn eindringen konnte. Und die Behandlung eines Auserwählten war manchmal sogar von sehr viel Schmutz begleitet – deshalb musste er auch heute wieder besonders gründlich sein.

Die Schmerzen seines Waschzwangs ertrug Pfahl mit demselben Gleichmut, der ihm seit seiner Kindheit zu eigen war. Und hatte nicht auch Jesus die Pein der Kreuzigung nur deshalb erdulden können, weil er sich der Bedeutung seines Werkes bewusst gewesen war?

Nachdem er sich abgetrocknet und mit einer Fettcreme eingerieben hatte, zog er frische, antiallergische Seidenunterwäsche an. Anschließend ging er in die Küche, um sein Abendessen zuzubereiten. Bevor er den Reis aufsetzte, schaltete er den Grill im Backofen ein. Wenige Minuten später legte er die dunkle, mit Zwiebeln marinierte Leber auf den Rost und schloss aus dem scharfen Zischen, dass die Temperatur hoch genug war.

Das hast du nun davon, kicherte er, während er die Tür des Backofens schloss. *Hättest mich eben nicht ärgern dürfen.*

Während das Essen garte, trug er leise summend die kleine Stereoanlage aus dem Schlachtraum in die Galerie. Er stellte sie mitten zwischen seine Jagdtrophäen, um später die passende Kulisse für die Sendung zu haben. Anschließend beschriftete er eine leere CD mit dem Datum und legte sie griffbereit neben den CD-Recorder.

Wenig später setzte er sich in den Sessel vor die Lautsprecher und stellte den Teller auf seine Schenkel. Zufrieden registrierte er die wohlige Wärme, die sich auf seinen Beinen ausbreitete.

Schade, dass die Hexe das nicht sehen kann, dachte Torsten Pfahl, während er den Duft der Leber schnupperte.

Dann löschte er mit der Fernbedienung das Licht und startete die allzeit bereitliegende CD von Franz Schubert. Bereits bei den ersten Takten, die ihn in der Dunkelheit umschmeichelten, spürte er, wie sein Körper auf die majestätischen Klänge reagierte.

Mhm. Zufrieden schob er sich den ersten Bissen in den Mund. *Es geht doch nichts über ein gutes Stück Fleisch.*

Martin Abel und Hannah Christ trafen eine Stunde vor Sendebeginn im Parkhaus des MediaParks ein. Eine junge Frau brachte sie in die zweite Etage zu den Senderäumen des Köln-Funks. Während sie mit Getränken versorgt wurden, konnten sie durch eine Glaswand beobachten und gleichzeitig zuhören, wie eine Musiksendung produziert wurde. Darin brachte ein blutjunger Moderator seine Hörer auf den neuesten Stand, was diverse Stars und Sternchen betraf. Als Abel merkte, dass er nicht die blasseste Ahnung hatte, wovon der Moderator sprach, überkam ihn der sanfte Hauch der Erkenntnis, dass er offenbar alt wurde.

Nachdem sie das Treiben hinter der Scheibe eine Weile verfolgt hatten, betrat Nik Kuhlmann den Raum. Abel wusste sofort, dass er es war. Seine schiefen Zähne und der nicht gerade üppige Haarwuchs verrieten, warum er nicht im Fernsehen, sondern beim Radio arbeitete. Trotzdem trug er ein selbstbewusstes Lächeln zur Schau, als er auf seine Gäste zuging und sie begrüßte.

«Da sind Sie ja! Es freut mich sehr, dass Sie sich unseren Sender für Ihre Show ausgesucht haben.»

«Die Suche nach einem Mörder ist keine Show, Herr Kuhlmann.» Martin Abel hatte das Gefühl, gewisse Dinge von Anfang an klarstellen zu müssen.

«Wenn Sie sich da mal nicht täuschen, Herr Abel.» Das Lächeln des Moderators wurde keinen Millimeter schmaler. «Um möglichst viele Leute anzusprechen, muss man im Radio ein paar Grundregeln des Entertainments einhalten, sonst zappen die Zuhörer schneller weg, als uns das lieb sein kann. Und Ihnen ist doch sicher auch an einer hohen Einschaltquote gelegen?»

«Natürlich. Das heißt aber nicht, dass ich im Baströckchen auftrete, nur weil Sie das für richtig halten.»

Kuhlmann lachte. «Nun, das wird auch nicht nötig sein. Konzentrieren Sie sich einfach auf das, was Sie den Leuten sagen wollen. Den Showteil überlassen Sie getrost mir.»

Wenige Minuten später verabschiedete sich der junge Mann hinter der Glasscheibe von seinen Hörern mit einem lässigen «Tschö!». Dann verließ er das Studio, und Abel und Kuhlmann betraten den Senderaum. Während Hannah Christ draußen bei der Assistentin blieb, nahmen die beiden auf ihren Stühlen Platz. Sie wechselten noch ein paar Worte zum Ablauf des Interviews, dann kam das Zeichen aus der Regie, und die Sendung begann.

Nik Kuhlmanns Einleitung bestand aus einer knappen Darstellung der vom Metzger begangenen Morde. Anschließend spekulierte er reichlich gewagt über die Identität des Metzgers.

Nachdem er schließlich den Hörern mit ein paar Sätzen Martin Abel vorgestellt hatte, richtete er das Wort direkt an seinen Studiogast.

«Herr Abel, Ihre Arbeit als Profiler ist ja ziemlich geheimnisumwittert. Was können Sie uns über Ihre Tätigkeit erzählen? Was ist das Besondere daran?»

Martin Abel lächelte und hoffte, dass seine Stimme einigermaßen positiv und sympathisch klang. «Zunächst muss ich Sie korrigieren. In Deutschland gibt es keine Profiler, sondern *operative Fallanalytiker*. Das Erstellen eines Täterprofils ist ja nur ein Aspekt unserer Arbeit. Wir wissen, dass Serienmörder von bestimmten Vorgehensweisen bei ihren Verbrechen nur ungern abweichen. Um diese Handschrift zu erkennen, suchen wir nach den Gemeinsamkeiten bei den einzelnen Fällen. Dafür haben wir besondere Methoden entwickelt, nach denen Tatorte, Opfer und Verdächtige zu betrachten sind.»

«Ein Beispiel?»

«Na ja, ein Stapel Kreditkarten hat in der Wohnung eines einschlägig vorbestraften Autoknackers vermutlich nicht viel zu bedeuten, außer dass der Kerl in letzter Zeit fleißig war. Bei einem mutmaßlichen Mörder kann es jedoch zusammen mit auffallend viel Schmuck ein Hinweis darauf sein, dass es sich lohnen könnte, seinen Garten umzugraben. So etwas würde ohne unser spezielles Wissen leicht übersehen werden. Der Rest ist ... Intuition.»

«Intuition. Herr Abel, wer Gelegenheit hatte, eines Ihrer Täterprofile zu lesen, der kommt fast zwingend zu dem Schluss, dass Sie Hellseher sind.»

Abel runzelte die Stirn. «Wie kommen Sie darauf?»

«Nun, Herr Abel, am besten lese ich ein paar Beispiele vor, was die Medien über Sie berichten.»

Martin Abels Haltung versteifte sich, als er sah, wie Nik Kuhlmann einige Blätter Papier vom Tisch nahm.

«Die *Stuttgarter Zeitung* schrieb zum Beispiel vor einem Jahr über Sie: ‹Wir wissen zwar nicht, wie Martin Abel es macht, doch der schweigsame Mann von der Sondereinheit Operative Fallanalyse liegt bisher immer richtig. So konnte der dreifache Mädchenmörder von Konstanz aufgrund seiner Vorgaben innerhalb kürzester Zeit festgenommen werden.›»

«Ich kenne den Bericht. Der Mann, der das schrieb, glaubte, ich könnte Blei in Gold verwandeln.»

«Oder hier, der *Münchner Merkur* berichtete ausführlich, wie Sie innerhalb eines Tages einen Mann überführten, der seine Frau und seine zwei Kinder getötet hatte, um durch den vorgetäuschten Raubmord an eine hohe Summe aus einer Lebensversicherung zu kommen.»

«Der Mann hatte alle im Schlaf erstickt, also ohne jedes Blutvergießen getötet. Da lag es auf der Hand ...»

«Herr Abel, beantworten Sie den Zuhörern und mir bitte eine Frage. Woher wissen Sie so viel über die Mörder, die Sie suchen? Können Sie etwa die Gedanken dieser kranken Kreaturen lesen?»

«Das waren jetzt aber zwei Fragen.» Martin Abel rutschte unruhig auf seinem Sessel hin und her. Der Verlauf der Sendung entsprach überhaupt nicht seinem Geschmack. Gleichzeitig fragte er sich, wie Kuhlmann so schnell so viele Informationen über ihn hatte sammeln können.

«Na gut», sagte Nik Kuhlmann. Ein zufriedenes Lächeln umspielte seine Lippen. «Eine andere Frage, die sich bei Ihrem Beruf stellt, ist die nach den Auswirkungen auf die Psyche der beteiligten Polizisten. Ich meine, ich habe noch kein Mordopfer gesehen, aber die sind ja bestimmt oft ziemlich übel zugerichtet.»

«Das kann man so sagen.»

«Und was ist das Schlimmste, was Ihnen da bisher begegnet ist?»

Martin Abel starrte Nik Kuhlmann einen Moment lang an, dann blickte er zu Boden. «Kinder», murmelte er dann. «Tote Kinder können einen richtig fertigmachen.»

Kuhlmann schien es unbehaglich zu werden. «Das glaube ich Ihnen sofort.» Er räusperte sich. «Und diese Leichen müssen Sie sich immer genau ansehen, richtig?»

«Darum kommt man nicht herum, wenn man einen Mörder verstehen will.»

«Verstehen.» Kuhlmann runzelte die Stirn.

«Genau. Wenn man sich näher mit der Handlungsweise von Serienmördern befasst, dann ist darin durchaus eine gewisse Logik zu erkennen. Und die gilt es zu verstehen.»

Nik Kuhlmann fixierte Abel. «Dann kann man also doch sagen, dass Sie in der Lage sind, sich in die Gedankenwelt der Verbrecher hineinzuversetzen?»

«Nun, gewissermaßen... In engen Grenzen, ja.»

«Eine bemerkenswerte Gabe, aber ich weiß nicht, ob ich Ihnen dazu gratulieren soll.»

Nik Kuhlmann hob ein weiteres Blatt vom Tisch auf. «Bereits Friedrich Nietzsche scheint sich darüber Gedanken gemacht zu haben, und er kam zu keinem aufbauenden Ergebnis. In *Jenseits von Gut und Böse* schrieb er jedenfalls – ich zitiere –: ‹Wer mit Ungeheuern kämpft, mag zusehen, dass er nicht selbst dabei zum Ungeheuer wird. Und wenn du lange in einen Abgrund blickst, blickt auch der Abgrund in dich hinein.›»

Martin Abel starrte geradeaus.

«Kennen Sie dieses Gefühl, Herr Abel? Wissen Sie, wie es ist, wenn man zu lange in einen Abgrund blickt?»

Abels Kiefermuskeln begannen in schnellem Takt zu mahlen, während Nik Kuhlmann ihn nicht aus den zufrieden leuchtenden Augen ließ.

«Sie haben sich gut vorbereitet.»

«Danke, ich tue mein Bestes.» Kuhlmann schien in seinem Sitz ein paar Zentimeter zu wachsen.

Nach einer Kunstpause fuhr er schließlich fort: «Also gut. Wie sieht das nun bei den sogenannten Metzger-Morden aus? Sind Sie und Ihre Kollegin ...», er warf Hannah Christ durch die Scheibe des Studios einen kurzen Blick zu, «... mit Ihrer Arbeit schon vorangekommen?»

Martin Abel entspannte sich. «Wir wissen schon eine ganze Menge über diesen Mann. Alles kann ich hier natürlich nicht verraten, aber ich kann bereits jetzt garantieren, dass es nur noch eine Frage der Zeit ist, bis wir ihn schnappen.»

«Ein Kommissar, der einem Mörder droht. Das gibt es nicht alle Tage, zumindest nicht live im Radio. Jetzt wäre es natürlich schön, wenn der brutale Killer, der in unserer Stadt sein Unwesen treibt, dies hören könnte. Vielleicht würde ihn das ja von weiteren Morden abhalten.»

«Letzteres bezweifle ich zwar, aber *hören* tut er die Sendung ganz bestimmt. Die meisten dieser Täter sind nämlich verrückt nach Berichten über ihre Verbrechen.»

«Sie glauben, dass uns der Metzger zuhört?» Nik Kuhlmanns Stimme überschlug sich ein wenig vor Aufregung. «Aber sollte man dann nicht die Gelegenheit nutzen und ihm etwas mitteilen?»

Martin Abel antwortete scheinbar zögernd: «Ja, warum eigentlich nicht?»

Nachdem er in Gedanken schnell die wichtigsten der zuvor besprochenen Punkte durchgegangen war, räusperte er sich.

Dann begann er, zu einem Mann zu sprechen, den er zwar noch nicht kannte, von dem er aber bereits einiges zu wissen glaubte.

Martin Abel nahm den ersten Kontakt zum Herrn der Puppen auf.

Zur selben Zeit, sechs Kilometer weiter südlich

Torsten Pfahl saß in seiner verdunkelten Galerie und lauschte den Klängen der Stereoanlage. Wie immer vor wichtigen Ereignissen lief *Die Unvollendete.* Das Stück, das seiner Meinung nach am besten das verkörperte, wofür er lebte. Wie sein eigenes Werk war diese Komposition nicht vollständig. Wichtige Teile fehlten noch, um ein harmonisches Ganzes zu ergeben. Und dennoch barg es bereits eine solche Perfektion in sich, dass Pfahl jedes Mal erschauderte.

Unvollendet und doch perfekt.

Er drehte langsam am Ring seines Vaters, den er am Finger trug. Für einen kurzen Augenblick drohten ihn die Erinnerungen zu überwältigen, doch dann kam er zu der Überzeugung, dass er Schubert etwas voraushaben würde.

Anders als der Komponist würde er sein Werk vollenden.

Während er der unvergleichlichen Musik zuhörte, konzentrierten sich seine Geschmackssinne auf sein Essen. Andächtig biss er in die gegrillte Leber, um erneut festzustellen, dass er Leber eigentlich überhaupt nicht mochte. Diese hier war ihm gut gelungen, besser jedenfalls als die letzte. Dennoch aß er sie, wenn er ehrlich war, nur der Vollständigkeit halber: um sich seine Auserwählte gänzlich einzuverleiben.

Nur ein einfaches Stück Fleisch aus einem einfachen Menschen. Pfahl nahm sich vor, sich morgen ein anderes Teil seiner Auserwählten zu Gemüte zu führen.

Nachdem er seinen Teller geleert hatte, stellte er ihn beiseite und schaute auf die Uhr, um zu sehen, wann er das Radio anstellen musste. Er war gespannt darauf, was der Polizist zu sagen hatte. Auch wenn er von ihm keine Offenbarungen erwartete, hatte die massive Werbung des Senders im Laufe des Tages sein Interesse geweckt. Vielleicht war Abel keiner dieser 08/15-Polizisten, denen er es zu verdanken hatte, dass er in der Stadt als «Metzger» bezeichnet wurde. Wenn Abel sich sein bisheriges Wirken genau anschaute, dann *musste* er doch sogar zu einem angemessenen, zu einem passenderen Urteil kommen.

Schließlich war es so weit. Torsten Pfahl schaltete auf Radioempfang um, legte die leere CD ein und startete den CD-Recorder. Wenige Augenblicke später schon hallte die Stimme des Polizisten durch den Raum.

—

«Es gibt nämlich einiges, was Sie wissen sollten, Mister Unbekannt.» Abels Stimme war plötzlich fest und hatte jede Unsicherheit verloren. «Sicher hören Sie jetzt gespannt zu und weiden sich am allgemeinen Interesse an Ihrer Person. Dazu haben Sie es sich in Ihrem Lieblingssessel bequem gemacht und ihn ganz nah ans Radio geschoben, damit Ihnen auch ja nichts entgeht. Das ist gut so, denn ich möchte Sie darüber informieren, dass wir Ihnen dicht auf den Fersen sind.

Sie denken, der Typ von der Polizei blufft nur und hat in

Wirklichkeit keine Ahnung? Sie denken, wir werden Sie niemals schnappen, weil Sie so perfekt sind? Nun, von diesem Irrglauben sollte ich Sie befreien. Wir wissen nämlich bereits eine ganze Menge über Sie. Über Ihren Charakter. Über Ihre Gewohnheiten. Und natürlich auch über Ihr Aussehen.»

Seine Stimme stockte kurz, als er einen Blick auf seine Unterlagen warf. «Ich weiß zum Beispiel, dass Sie Deutscher sind. So um die dreißig Jahre alt, plus minus fünf Jahre. Sie haben Schuhgröße 42, sind etwa 1,75 Meter groß und wiegen ungefähr dreiundsiebzig Kilo. Sie sind Nichtraucher, und an Ihrem Körper sitzt kein Gramm Fett, denn Sie legen äußersten Wert auf Fitness. Sie sind ein intelligenter Bursche, wie ich zugeben muss. Aber so schlau, wie Sie meinen, sind Sie nun auch wieder nicht. Wie könnte ich sonst so viele Dinge über Sie wissen?

Zum Beispiel, dass Sie Ihr Haar eher kurz tragen, da Ihnen lange Zotteln ein Graus sind. Überhaupt legen Sie viel Wert auf Ihr Äußeres. Damit meine ich nicht, dass Sie als Fotomodell arbeiten könnten. Aber ich denke, dass Sie viel Zeit im Badezimmer verbringen und es in Sachen Reinlichkeit äußerst genau nehmen. Dreck ist Ihnen ein Gräuel, und dreckige Menschen sind es erst recht. Leute, die man nach Ihnen befragt, halten Sie deshalb ganz allgemein für einen peniblen Sack.»

Martin Abel sah, wie Nik Kuhlmanns Grinsen verschwand und Staunen Platz machte. Aus dem quotengeilen Medienmann war ein Zuhörer geworden, der wie gefesselt an Abels Lippen hing.

«Zu echten sozialen Kontakten sind Sie nicht in der Lage», fuhr Abel fort. «Deshalb arbeiten Sie auch irgendwo, wo Sie Ihre Ruhe haben. Zum Beispiel als Selbständiger, weil Ihnen da kein Chef auf die Nerven gehen kann. Ihren Beruf kennen wir zwar noch nicht im Detail, aber es dürfte ein Beruf sein, bei dem es auf handwerkliche Fähigkeiten ankommt. In jedem Fall haben

Sie eine Art Werkstatt, die Sie als Ihr persönliches Heiligtum betrachten und in der Sie viel Zeit verbringen.

Vor allem mit Ihren Opfern und am liebsten nachts.

Ihren Bekannten und Freunden, sofern Sie überhaupt welche haben, dürften in letzter Zeit gewisse Veränderungen an Ihnen aufgefallen sein. Vielleicht trinken Sie mehr als sonst, oder Sie arbeiten nicht mehr mit der gewohnten Zuverlässigkeit. Normalerweise wird man dann auch in Sachen Körperpflege nachlässiger, aber bei einem Pedanten wie Ihnen ist das vermutlich nicht der Fall. Dafür essen Sie aber weniger und treiben noch mehr Sport als sonst.

Ich denke, Sie leben allein oder vielleicht sogar noch zu Hause bei den Eltern. Aber egal wie: Sex bestimmt Ihr Leben und Denken fast vollständig. Wenn Sie keine feste Partnerin haben, wovon ich ausgehe, dann masturbieren Sie mehrmals am Tag zwanghaft. Falls Sie doch regelmäßig mit einer Frau zusammen sind, dann am ehesten noch mit einer Prostituierten.

Diese hat dann mit Sicherheit gemerkt, dass mit Ihnen etwas nicht stimmt. Kein Zweifel, diese Frau könnte Sie mit ein bisschen Nachdenken an Ihrem seltsamen Verhalten identifizieren. Wir würden es daher natürlich begrüßen, wenn sie sich bei uns melden würde. Für ihre Sicherheit können wir selbstverständlich garantieren.»

Abel trank einen Schluck Wasser, bevor er zum vielleicht wichtigsten Detail in seinem Profil kam. «So, und jetzt müssen wir noch über Ihre Vergangenheit reden. Da sie Sie zu dem gemacht hat, was Sie heute sind, müssen wir irgendwann sowieso darüber sprechen. Warum also nicht jetzt?

Ich sage Ihnen, warum. Es gibt da nämlich ein paar Dinge, die Sie lieber totschweigen würden. Zum Beispiel die Tatsache, dass Sie Bettnässer waren oder vielleicht sogar noch sind. Und ahnt in Ihrem Bekanntenkreis jemand etwas davon, dass in Ihrem Viertel damals auffallend viele Hunde mit einem Luftgewehr beschossen wurden und die Nachbarn über einen Unbekannten klagten, der ihre Katzen vergiftete? Oder haben Sie lieber ab und zu ein kleines Feuerchen gelegt? Das ist nämlich bei allen Leuten Ihres Schlages so. Nicht zu vergessen natürlich die Sache mit den Puppen. Sind Sie ein Fetischist, der ohne seine kleinen Freunde keinen hochbekommt?»

Er räusperte sich. «Ich bin ehrlich, im Moment tappen wir da noch im Dunkeln. Aber ich denke, Sie stellen fest, dass wir Sie besser kennen, als Ihnen das lieb sein kann. Jetzt wissen alle Zuhörer, worauf sie bei der Suche nach dem Mörder achten müssen.»

Im nächsten Moment wurde seine Stimme eiskalt. «Aber eines sollten Sie ganz besonders im Auge behalten: Nämlich die Tatsache, dass wir Sie in jedem Fall schnappen werden, egal, wie sicher Sie sich in Ihrem Versteck fühlen. Der Kreis um Sie wird Tag für Tag enger gezogen, sodass es nicht mehr lange dauern wird, bis wir Sie finden. Glauben Sie im Ernst, dass Sie eine Chance gegen uns haben?»

Er schüttelte energisch den Kopf. «Machen Sie sich keine falschen Hoffnungen! Wir sehen uns bald.»

—

Unwillkürlich richtete sich Torsten Pfahl auf.

Mit all seinen Sinnen lauschte er Abels Worten, versetzte sich gedanklich in das Sendestudio und ließ vor seinem geistigen Auge ein Bild des Mannes entstehen, der da sprach. Schon die ersten Sätze machten ihm deutlich, dass er sich mit diesem Menschen näher beschäftigen musste.

Vor allem angesichts der unverschämten Provokationen, die der Mann von sich gab. Pfahl spürte, wie sich Wut in ihm zu regen begann und die Bestrafung des Polizisten verlangte. Die Bestie streckte ihre gierigen Arme nach Abel aus, um sie ihm um den Hals zu legen.

Er schaltete das Licht an und schaute auf seine Armbanduhr. Wenn er sich beeilte, konnte er es trotz des Berufsverkehrs noch schaffen. Schnell stand er auf und griff nach seinen Autoschlüsseln. Den Recorder ließ er weiterlaufen – er sehnte sich nach einem weiteren Beweis für die Bedeutung, die er inzwischen erlangt hatte. Heute Abend würde er den Rest des Interviews anhören und die Aufnahme danach in seinem Archiv ablegen.

Ein euphorisches Lächeln umspielte seine Lippen, als er sich mit seinem Wagen durch die glühende Stadt – *seine Stadt!* – schlängelte. Keiner der Menschen, die an ihm vorbeifuhren, ahnte, wer sich da unter sie gemischt hatte. Und wenn sie es gewusst hätten, wären sie vermutlich in Panik verfallen. *Angst* hatte bisher alle Menschen begleitet, denen er sich in seiner ganzen Größe offenbart hatte. Und das war gut so. Früher war *er* es gewesen, der sich gefürchtet hatte, doch nun waren andere an der Reihe. So war es letztendlich auch erst die Angst in den Augen seiner Auserwählten, die ihm zusammen mit ihrem Blut, das er auf den Lippen schmeckte, die ersehnte Befriedigung verschaffte. Torsten Pfahl hatte ihre Angst lieben gelernt.

Kurz darauf fuhr er in die Tiefgarage des MediaParks, stellte das Auto ab und beobachtete den Aufzug. Durch das Zoom seiner Videokamera sah er auf dem Display jedes Detail in den Gesichtern der Leute, die durch die Tür kamen.

Alle paar Minuten stieg er aus dem Wagen und eilte zum Kassenautomaten, um ein Parkticket zu bezahlen. Er hatte bei der Einfahrt zwölf Stück davon gezogen, damit er jederzeit dem

Polizisten folgen und das Parkhaus verlassen konnte. Mit der vom Parksystem erlaubten Verzögerung bei der Ausfahrt von zehn Minuten konnte er so etwa zwei Stunden auf der Lauer liegen, was hoffentlich reichen würde.

Eine halbe Stunde und drei Parkscheine später verließ Martin Abel in Begleitung einer jungen Frau – vermutlich der im Interview erwähnten Kollegin – den Sender. Obwohl Pfahl ihn zunächst nur von der Seite sah, wusste er sofort, dass es sich um den Polizisten handelte. Abgesehen davon erkannte er es an Nik Kuhlmann, der den beiden voranging und ihnen die Tür des Aufzugs aufhielt. Mit gewohnter Gründlichkeit hatte Pfahl, als er von der Sendung gehört hatte, auf der Homepage des Senders nach dem Bild des Moderators gesucht. Er wollte immer wissen, wer über ihn sprach.

Während die drei Leute sich unterhielten, konnte Torsten Pfahl in aller Ruhe Abels Mienenspiel beobachten. Dieses steinerne Gesicht, von dem alle Versuche des Moderators, es mit routiniertem Lächeln aufzuweichen, abperlten wie Wasser auf Wachspapier. Seinen kantigen Körper und die brüske Fassade, die er um sich aufgebaut hatte, um jede Nähe zu verhindern. Etwas an dem Mann berührte eine Saite im seinem Innersten und brachte sie zum Schwingen. Noch wusste er nicht, was es war, doch seine empfindsame Seele würde es ihm irgendwann sagen.

Und die Polizistin? Zunächst fiel es Torsten Pfahl schwer, seine Blicke von Martin Abel zu lösen. Doch als er es endlich geschafft hatte, stockte ihm der Atem.

Die Hexe!

Alles war so, wie er es in Erinnerung hatte. Die Frisur. Die Nase. Der Mund. Nur die Haare waren nicht schwarz, und dem Gesicht fehlte die Bosheit. Aber ansonsten ...

Zitternd drehte Torsten Pfahl am Vergrößerungsrad, bis nur noch die Augen der Polizistin auf dem Monitor zu sehen waren. Tiefbraun und ständig in Bewegung, glitzerten sie wie kleine Teiche im Mondschein, in die man hineinfallen konnte, ohne jemals wieder aufzutauchen. Ihm entging die darin verborgene Heiterkeit ebenso wenig wie die unbändige Wärme, die sie ausstrahlte. Die Art und Weise, wie sie Abel musterte, zeigte ihm auch, in welche Richtung diese Energie sich momentan richtete.

Torsten Pfahl beneidete Abel um diese Wärme. Er hatte von der Hexe nie so etwas wie Zuneigung zu spüren bekommen. Er war wertlos für sie gewesen. Menschlicher Dreck, den sie so schnell wie möglich hatte loswerden wollen. Die Polizistenschlampe würde sich dagegen bei der erstbesten Gelegenheit Abel an den Hals werfen.

Pfahl stellte sich die Polizistin nackt vor. Gefesselt und mit vor Angst geöffnetem Mund auf seinem Untersuchungstisch, wenn er langsam mit der Klinge eines Skalpells über ihren Körper fuhr.

Er versuchte, den Gedanken beiseitezudrängen, doch die Versuchung war geweckt und ließ ihn nicht mehr los.

Die drei Leute unten in der Tiefgarage trennten sich. Während Nik Kuhlmann sich in den Aufzug zurückzog, gingen Abel und seine Begleiterin in Pfahls Richtung. Der stille Beobachter genoss diese Sekunden, in denen ihre Gesichter auf dem Display immer größer wurden, bis ihm plötzlich bewusst wurde, dass sie direkt auf ihn zukamen. Als er langsam die Kamera nach unten nahm, sah er, dass die beiden nur noch wenige Meter von ihm entfernt waren.

Vorsichtig legte er das Gerät auf den Beifahrersitz und drehte den Kopf zur Seite, als ob er etwas suchte. Mit den Fingern seiner rechten Hand tastete er nach dem entsicherten Revolver, der im

Handschuhfach versteckt war. Gleichzeitig beobachtete er aus den Augenwinkeln, wie Abel und die Frau die letzten Schritte zur Fahrertür seines Wagens zurücklegten.

Drei Meter. Martin Abel schaute in Pfahls Richtung und griff in seine Hosentasche.

Zwei Meter. Die Frau steuerte in die Lücke zwischen der Fahrerseite von Pfahls Auto und dem Wagen daneben.

Ein Meter. Abel trat ebenfalls in die Lücke. Als Torsten Pfahl den Revolver unter der Achsel hindurch auf den Polizisten richtete, hörte er plötzlich die Stimme der Frau.

«Seit wann machen wir denn einen auf Kavalier, Herr Kollege?»

«Seit ich weiß, dass ich mit Anstand bei Ihnen punkten kann.» Pfahl hörte, wie die Beifahrertür des benachbarten Autos geöffnet wurde. Als er den Kopf leicht drehte, sah er die Frau in den Wagen steigen. Abel schloss die Tür hinter ihr, ging auf die andere Seite des Wagens und stieg ebenfalls ein.

Zehn Sekunden später fuhr Abel los. Mit gesenktem Blick verfolgte Torsten Pfahl, wie der Polizist sein Fahrzeug Richtung Ausfahrt steuerte. Erst als das Auto aus seinem Sichtfeld verschwand, legte er den Revolver in das Handschuhfach zurück und wagte es, langsam auszuatmen.

Er war hierhergefahren, um den Mann aus der Nähe zu sehen, der diese Lügen über ihn, den Herrn der Puppen, verbreitet hatte. Nun saß er in seinem Wagen und hatte einen Steifen. Unvermittelt hatte er dieses vertraute Gefühl der Erregung gekostet, das sich immer dann in ihm ausbreitete, wenn der Herr der Puppen sich auf die Jagd vorbereitete.

Sollte er in diesem Zustand nach Hause fahren und sich bei einem seiner Filme austoben? Oder war es besser, noch ein bisschen an der Fährte von Abel und seiner hübschen Kollegin zu schnuppern? Die kleine Tasche mit der Ausrüstung für alle Fälle, die er unter dem Reserverad versteckt hielt, bot ihm alle Möglichkeiten.

Der Gedanke an die Polizistin auf dem Untersuchungstisch machte sich erneut bemerkbar. Torsten Pfahl wusste, dass er ihn nicht mehr loslassen würde, bis er ihm nachgegeben hatte. So war seine Natur. So war es ihm vorherbestimmt.

Er startete das Auto und fuhr zur Ausfahrt hinaus.

Nur mal schauen, dachte er, während er sich an das Fahrzeug der beiden Polizisten hängte.

Einfach nur mal schauen.

Hannah Christ hatte in dieser Nacht Mühe, die nötige innere Ruhe zu finden, um einzuschlafen. Ob nun ein vorbeifahrendes Auto oder die anspringende Klimaanlage, jedes Geräusch nervte sie und ließ sie sich von einer Seite auf die andere drehen.

Eigentlich war es nur der nutzlose Versuch, sich über ihre Gefühle für Martin Abel klarzuwerden. Einem Ergebnis kam sie dabei nicht im Geringsten näher. Er war ohne Zweifel ein ganz besonderer Mensch. Es fragte sich nur, ob ein besonders interessanter oder ein ganz besonders verrückter.

Sie dachte daran, wie er mit Angela Krentz im Bett gelegen und der Frau offensichtlich den lang ersehnten Trost gebracht hatte. Konnte das jemand vollbringen, der innerlich so tot war, wie Abel nach außen hin tat?

Sie wusste es nicht.

Was sie wusste, war, dass jeder seine Leichen im Keller hatte. Unwillkürlich musste sie an den Tag denken, als ihr Vater sie und ihre Mutter verlassen hatte. Sie war gerade in die Schule gekommen und hatte bereits an den Tagen zuvor gemerkt, dass irgendetwas vor sich ging. Nach einer langen Phase lautstarker Streitereien waren die letzten Wochen ungewöhnlich ruhig verlaufen. Ihr Vater war noch länger im Büro geblieben als sonst und oft überhaupt nicht nach Hause gekommen. Jedes Mal, wenn sie ihn vor dem Einschlafen sah, hatte sein Gesicht einen ernsten Ausdruck, der nur dann ein wenig aufweichte, wenn er sich zu ihr herabbeugte, um ihr einen Kuss zu geben.

An jenem Abend dann hatte er sich zu ihr auf den Boden ihres Zimmers gesetzt. Er nahm sie in den Arm und erklärte ihr, dass er ausziehen werde. Es sei besser für alle, wenn er vorübergehend allein lebte – so versuchte er, sie zu überzeugen. Besser, weil ihm seine Arbeit momentan zu wenig Zeit ließ, um sich genügend um seine Familie zu kümmern. Er würde aber schnell alles so regeln, dass er möglichst bald wieder zu seiner Lieblingstochter zurückkehren konnte.

Die Tränen in seinen Augenwinkeln hatten ihr verraten, dass er nicht glaubte, was er sagte. Mit ihren sechs Jahren hatte sie nicht verstanden, warum er log, geschweige denn konnte sie alle Konsequenzen daraus übersehen. Aber sie versuchte, es als weise Entscheidung eines Erwachsenen zu akzeptieren und es ihm durch Tränen nicht noch schwerer zu machen. Sogar als er ins Schlafzimmer ging, um, wie er sagte, ein paar Sachen für die nächsten Tage zu packen, schaffte sie es, nicht zu weinen. Schweigend saß sie weiter auf dem Fußboden und beobachtete von dort aus, wie er auf der anderen Seite des Flurs seinen Teil des Schrankes ausräumte.

Erst als ihr Vater mit zwei Koffern und einer Reisetasche das Haus verlassen hatte, war etwas in ihrem Herzen zersprungen. Sie wusste nicht, was, aber es hatte unglaublich wehgetan. Als ihre Mutter sie dann zu Bett gebracht hatte, waren ihre Umrisse immer undeutlicher geworden, bis ihr Gesicht plötzlich einer schrecklichen Finsternis wich.

Wie Hannah Christ später erfuhr, hatte sie drei Tage in einem durch einen Schock ausgelösten, komaähnlichen Schlaf gelegen. Die Ärzte hatten alles versucht, um ihr Leben zu retten, doch erst als ihr Vater zu ihr gesprochen hatte, war sie aufgewacht. Seitdem hatte er sie jeden Tag angerufen, um sich zu erkundigen, ob es ihr gutginge. Auch danach hatte ihn sein schlechtes Gewissen nie verlassen.

Hannah schnaubte. *Er* war schließlich schuld daran, dass sie zusammengebrochen war. Er und seine verdammte Arbeit.

Irgendwann schaffte sie es schließlich, den Gedanken an ihren Vater beiseitezuschieben. Sie dachte stattdessen an das nächste Frühstück und was sie sich alles vom gutsortierten Hotelbuffet auf den Teller legen würde.

Minuten später schlief sie tief genug, um sich vom Surren der Klimaanlage nicht mehr länger stören zu lassen. Der Tag war anstrengend gewesen, und die Nacht war es erst recht. Nur die Schritte der anderen Hotelgäste, die aus dem Nachtleben der Großstadt ins Hotel zurückkehrten und an ihrem Zimmer vorbeigingen, drangen ab und zu noch in ihre Gedanken. Doch auch das ging vorbei. Dann gab es für Hannah Christ lange Zeit nur noch ihre Träume.

Fünfter Tag

Stadtwald Köln-Braunsfeld

«Da hilft nur noch ein eiskaltes Heineken!»

Ludwig Koch öffnete die Kühlbox auf der Ladefläche des Kleinlasters und holte zwei Bierdosen heraus. Eine davon drückte er Paolo Gentile in die Hand, die andere presste er sich gegen die Stirn.

«Mein Gott, tut das gut. Am liebsten würde ich in dem Zeug baden, anders ist die Hitze ja nicht auszuhalten! Fußball spielen werden die Holländer zwar nie lernen, aber ihr Bier kann man trinken.»

Paolo Gentile riss die Dose auf und nahm einen großen Schluck. «Wenn Capo erfahre, dass wir morge wieder hierhermusse, dann er drehe durch.» Mit seinem stark behaarten Arm deutete er den Hang hinunter, den sie heute auf Schädlingsbefall kontrollieren sollten. Leider waren sie noch nicht weit gekommen, da sie wegen der Hitze einen Gang zurückgeschaltet hatten. Na gut, vielleicht hatten sie sogar zwei Gänge zurückgeschaltet, so wie es auf Sizilien, der Insel seiner Väter, im Sommer Sitte war. Ihr normales Arbeitspensum war jedenfalls in weite Ferne gerückt.

«Baumann kann mich mal», verkündete Koch und trank seine Dose leer. «Sogar hier im Wald sind über dreißig Grad, da interessiert es mich einen Scheiß, ob dein Capo vor Hitze oder Wut einen Herzinfarkt bekommt.»

«Isse auch dein Capo.»

«Ich bin dreißig Jahre bei der Forstverwaltung, Baumann drei. Glaubst du, ich lasse mir von so jemandem vorschreiben, wie man im Wald arbeitet?» Koch warf die leere Bierdose auf den Laster und rülpste. «Ich schau mal nach den Bäumen dort hinten. Kümmer du dich um die Geräte.»

Während Paolo Gentile sein Bier austrank, ging Ludwig Koch ein paar Schritte, um die Wipfel der Bäume am Hang nach Anzeichen für Krankheiten oder Schädlingen abzusuchen. Der extrem heiße Sommer hatte allen Pflanzen zugesetzt, besonders die alten Bäume litten jedoch sichtbar unter dem Wassermangel, während die Schädlingspopulationen explodierten. Koch hatte im Laufe der Jahre ein Gespür für den Stadtwald bekommen und wusste, dass dieser Sommer dem Wald arg zusetzen würde.

Während er den Blick nach oben richtete, hörte er plötzlich das Brummen eines Motors. Als er nach der Quelle des Geräuschs suchte, sah er auf dem Weg am Ende des Abhangs in gut hundert Metern Entfernung die Umrisse eines dunklen Wagens durch die Bäume aufblitzen.

«Schon wieder so ein Arsch, der die Abkürzung durch den Wald nimmt», fluchte er. «Wird höchste Zeit, dass dort eine

Schranke hinkommt, sonst geht's hier bald zu wie auf dem Kölner Ring.»

Paolo Gentile murmelte irgendetwas Zustimmendes, ohne sich weiter um seinen Kollegen zu kümmern. Koch fluchte etwa die Hälfte der Zeit, die sie zusammen im Wald verbrachten, daher hatte Gentile es sich abgewöhnt, auf irgendetwas davon näher einzugehen.

Dabei kannte Gentile natürlich den wahren Grund für Kochs ständige Unzufriedenheit. Der hatte sich damals Chancen auf die Stelle als Capo ausgerechnet, und dann war ihm der junge Baumann, der nach seinem Studium der Agrarwirtschaft gerade mal drei Jahre praktische Arbeit vorzuweisen hatte, vor die Nase gesetzt worden. Wenn das für einen Mann, der sich für den Gründer der Kölner Grünflächenverwaltung hielt, kein Grund zum Ärgern war.

«Der Typ hat's verdammt eilig.» Ludwig Koch stemmte die Hände in die Hüften und folgte dem Fahrzeug, das in sein Revier eingedrungen war, mit wütendem Blick. Wenn der Kerl bei ihnen vorbeikommen sollte, dann würde er den Fahrer zur Rede stellen, so viel stand fest. Aus Erfahrung wusste er, dass Uniformen aller Art, und wenn es sich dabei nur um die Arbeitskleidung des Grünflächenamtes handelte, auf die meisten Leute Eindruck machten. Und ein bisschen Polizei spielen konnte ja so schlecht nicht sein, sofern es der Umwelt nützte und er den Bogen nicht überspannte.

Unvermittelt stoppte der Wagen in hundert Metern Entfernung, und das Brummen verstummte. Eine Sekunde später sprang eine Person aus dem Auto und ging zum Heck des Fahrzeugs. Auch wenn Koch durch die Büsche hindurch nicht genau erkennen konnte, was vor sich ging, so sah er doch, dass die Person – es schien ein Mann zu sein – sich erst nach allen Seiten umblickte, bevor sie den Kofferraum öffnete. Mit beiden Händen griff der Mann hinein und hievte einen großen, dunklen Sack heraus und stellte ihn auf dem Waldweg ab. Dann zerrte er den Sack in den Wald hinter ein paar Büsche, wobei er sich ganz schön abzumühen schien.

«Der will hier seinen Müll entsorgen!», rief Koch Paolo Gentile zu. «Ich geh runter und geig ihm die Meinung.»

Gentile kam langsam zu ihm. In jeder Hand hielt er eine Farbsprühdose, mit der sie die Bäume markieren wollten. «Bise du unten, er längst über alle Berge.» Gentile überlegte, wie er Kochs Stimmung ein wenig heben könnte. «Könne du Autonummer erkenne? Kleine Anzeige mache diese Kerl bestimmt Freude.»

Koch kniff die Augen zusammen. «Bin ich Superman? Hab ich den Röntgenblick? Das Auto ist viel zu weit weg. Oder kannst du was lesen?»

Gentile bereute bereits, etwas gesagt zu haben, aber nun war es zu spät. Seufzend kniff er die Augen zusammen und versuchte, das Kennzeichen zu entziffern. «Isse am Anfang nur eine Buchstabe, Kerl komme also aus Köln.»

«Oder aus Essen oder Düsseldorf. Danke für deine Hilfe, Paolo.» Ludwig Koch begann, den Abhang hinunterzugehen. «Mir wird also nichts anderes übrigbleiben, als ...» Er verstummte, als der Müllsünder plötzlich etwas Dunkles in der Hand hielt. Gebückt ging er damit einmal um den Sack herum und schien dabei etwas auszuschütten.

«O Gott, das ist Benzin! Der Kerl will den Müll abfackeln! Der ganze Wald wird abbrennen!»

Doch Kochs Befürchtungen bewahrheiteten sich nicht. Stattdessen ging der Unbekannte zurück zu seinem Wagen. Ein letzter Blick in alle Richtungen – doch seine beiden Beobachter waren gut hinter den Büschen verborgen. Dann setzte er sich wieder hinters Steuer. Eine Sekunde später wurde der Motor angelassen, und der Wagen verschwand aus Kochs Blickfeld.

«Scheiße!» Unschlüssig, wo er mit seiner Wut hinsollte, blieb Ludwig Koch stehen. «Dem hätte ich zu gern gezeigt, wo der Hammer hängt.»

«Vielleicht Kerl ware so dumm und habe in Mull auch Brief mit seine Adresse weggeworfe», sagte Paolo Gentile. «Warum du nicht gehe runter und schaue nach?» Er interessierte sich weniger für den Vorfall als vielmehr dafür, in Ruhe ein paar Bäume zu markieren. Schließlich wollte er keinen Krach mit dem Capo bekommen.

«Ja, vielleicht war er so blöd. Vielleicht hat aber auch sein Hund gerade Dünnpfiff, und er schmeißt jetzt die verschissenen Teppiche in die Botanik.» Ludwig Koch wischte sich den Schweiß von der Stirn. Er hatte keine Lust, eine unappetitliche Überraschung zu erleben, wenn er den Sack öffnete. Was sollte dieser schon enthalten außer eben Müll? Andererseits... Er zog nicht gern den Kürzeren, wenn es um seinen Wald ging.

«Erinnere mich morgen früh noch mal daran, Paolo. Wenn wir dann immer noch hier sind, dann sehe ich mir die Sauerei vielleicht an. Okay?»

«Claro, Capo Ludovico.» Paolo Gentile wandte sich ab und verdrehte die Augen. Er würde morgen alles tun, aber bestimmt nicht Koch an den weggeworfenen Müllsack erinnern.

—

Konrad Greiner beäugte Martin Abel wie ein General einen Deserteur, für den er sich einen möglichst schlimmen Tod ausdenken wollte. Er schien mehrere in Erwägung zu ziehen, vom standrechtlichen Erschießen bis zur Kreuzigung in der Eingangshalle des Polizeipräsidiums, zur Abschreckung etwaiger Nachahmer, die ebenfalls Verrat an ihm planten. Anders konnte Martin Abel die Mordlust in seinen Augen jedenfalls nicht deuten. Hannah Christ saß an seiner Seite und verfolgte gespannt und schweigend den Schlagabtausch.

«Ich habe Sie nicht zu Nik Kuhlmann geschickt, damit Sie mich und meine Abteilung in die Scheiße reiten, *Kollege* Abel», sagte Greiner, wobei er *Kollege* wie ein Schimpfwort betonte.

«Das weiß ich.»

«Und Sie sollten auch nicht wichtige Dinge aus unseren Ermittlungsakten in Verbindung mit einem halbgaren Täterprofil ausplaudern, nur um den Metzger zu unüberlegten Handlungen zu provozieren. Sie sollten eigentlich gar nichts ausplaudern, was nicht direkt Zeugen zum Telefon greifen und uns anrufen lässt.»

«So hatte ich das auch verstanden.»

«Und sagte ich nicht ausdrücklich, dass Panik um alles in der Welt vermieden werden muss? Dass die Kölner den Eindruck haben müssen, die Polizei habe alles im Griff? Und nicht den Eindruck, ein Wahnsinniger führt uns seit Wochen an der Nase herum?»

«Ich sagte doch, dass ich das kapiert hatte.»

«So, hatten Sie das? Wie kommt es dann, dass der Polizeipräsident mich heute Morgen zur Sau gemacht hat? Ach, was red ich, er hat mich durch den Fleischwolf gedreht und mir vorgeworfen, mit unüberlegten Aktionen Chaos in der Stadt zu verbreiten. Und wissen Sie was? Ich kann ihm seinen Ärger nicht einmal verdenken. Dasselbe hat er nämlich zuvor aus dem Rathaus vor den Latz geknallt bekommen. Dort ist man durch ein paar fette Schlagzeilen in der Presse aufmerksam geworden.»

Greiner ballte die Hand zur Faust. «Wenn ich gekonnt hätte, dann hätte ich die Sendung unterbrechen lassen! Das Äußere des Mörders zu beschreiben, sodass ein Viertel der männlichen Bevölkerung Kölns offiziell des Mordes verdächtig ist und Ihre Angaben von jedem genau so interpretiert werden, dass sie auf den verhassten Nachbarn passen, ist eine Sache. Aber dann auch noch sein Profil preiszugeben ... Was haben Sie sich nur dabei gedacht?»

Martin Abel machte eine wegwerfende Handbewegung. «Wir wollten, dass sich Leute melden, die den Metzger kennen. Um ihn identifizieren zu können, braucht man aber ein paar Daten von ihm. Das, was ich im Radio erzählt habe, sollte dazu ausreichen.»

«Stimmt.» Greiner nickte. «Aber nur, wenn Ihr Profil korrekt ist. Und da fühlen Sie sich meiner Meinung nach viel zu sicher. Ich komme sogar immer mehr zu der Überzeugung, dass das Ihr Hauptproblem ist: Ihre maßlose Selbstüberschätzung, gepaart mit blindem Vertrauen in die operative Fallanalyse.» Er redete sich langsam in Rage. «Anstatt Ihr Gehirnschmalz dazu zu verwenden, aus den Fakten eine sinnvolle Fahndungsempfehlung zu erstellen, füllen Sie brav die VICLAS-Fragebögen aus und denken, den Täter damit aus unseren Datenbanken herausfiltern zu können. Das Einzige, was jetzt passiert, ist, dass wir von einer Horde publicitygeiler Wichtigtuer beschäftigt werden.»

Wütend warf er einen Packen Papier auf die andere Seite seines Schreibtisches.

«Hier, lesen Sie! Allein heute Nacht bekamen wir über 140 Anrufe angeblicher Zeugen, die den Metzger kennen oder mit ihm verwandt sein wollen. Dazu kamen noch zwölf Bekenneranrufe von Besoffenen, die glücklicherweise leicht als solche zu erkennen waren. Trotzdem müssen wir auch diesem Mist nachgehen, und wenn es nur ist, um diesen Ärschen das Handwerk zu legen und wieder normal arbeiten zu können.»

Greiner tobte weiter: «Jetzt kann *ich* zusehen, wie ich genügend Leute von der Bereitschaft bekomme. Und Freizeit ist für die Kollegen damit natürlich auch erst mal passé. Wenn Sie wollen, können *Sie* ihnen das gern selbst mitteilen.»

Martin Abel zuckte ungerührt mit den Schultern. «Wenn Sie glauben, dass sich auf die Sendung hin nur Idioten melden, dann können Sie das nächste Mal gerne selbst den Affen im Radio machen.» Er wusste, dass Greiner sich die Sache anders vorgestellt hatte. Trotzdem wollte er noch einmal klarstellen, wer überhaupt erst auf die Idee gekommen war, gerade ihn mit ihrer Durchführung zu beauftragen. Greiner saß mit im Boot, ob er wollte oder nicht.

Greiner holte tief Luft. «Der durchschnittliche Kölner ist klüger, als Sie sich das vorstellen, es wird schon etwas Brauchbares unter den Anrufen sein. Dennoch werden wir verdammt viel Zeit benötigen, um die Spreu vom Weizen zu trennen. Zeit, die wir nicht haben, Herr Neunmalklug. Im Übrigen hätte ich gern einen Blick auf das Profil geworfen, *bevor* Sie damit an die Öffentlichkeit gehen. Vielleicht haben Sie es vergessen, aber Sie arbeiten immer noch für mich. Wenn Sie also in Zukunft glauben, etwas Wichtiges zu dem Fall beitragen zu können, dann legen Sie es mir vor. *Ich* entscheide dann, was mit Ihren tollen Ideen geschieht. Haben wir uns verstanden? Ich meine, *wirklich* verstanden?»

Martin Abel nickte. «Auf Radiointerviews habe ich fürs Erste sowieso keine Lust mehr.»

Greiner starrte ihn durchdringend an und schien zu überlegen, was er mit ihm tun sollte. Während er noch mit sich rang, klingelte das Telefon.

«Ja?» Greiner war für einen Moment abgelenkt, richtete seine Blicke Sekunden später aber umso intensiver wieder auf Abel.

«Okay, geben Sie ihn mir, Herr Keilbach.» Und eine weitere Sekunde später: «Guten Tag. ... Freut mich ebenfalls, obwohl ich nicht weiß ... Genau, ein echter Scheißfall. ... Ja, sitzt mir gegenüber. ... Danke für Ihr Mitgefühl, ich sehe, Sie haben auch Ihre Erfahrungen mit ihm. ... Kein Problem, aber Sie haben doch nichts dagegen, wenn ich bei dem Gespräch anwesend bin? ... Herzlichen Dank! Herr Keilbach soll Sie in mein Büro bringen lassen.»

Nachdem Greiner aufgelegt hatte, lehnte er sich mit verschränkten Armen zurück und blickte mit schwer zu deutender Miene auf Martin Abel. «Es ist Besuch für Sie da.»

Abel runzelte die Stirn. «Und wer gibt sich die Ehre?»

«Jemand, der weiß, was für Schwierigkeiten man mit Ihnen haben kann.» Mehr wollte sich Greiner allem Anschein nach nicht entlocken lassen, denn er begann demonstrativ damit, auf seiner Schreibtischauflage kleine geometrische Figuren zu zeichnen.

Abel registrierte verwundert, was für feine Linien man mit so dicken Fingern zu Papier bringen konnte. Er nahm sich erneut vor, sich von der scheinbaren körperlichen Unbeweglichkeit Greiners nicht täuschen zu lassen oder gar von dieser auf seine geistigen Fähigkeiten zu schließen. Greiners Verstand war so scharf wie das Messer des Metzgers. Mindestens.

Plötzlich wurde hinter Abel die Tür aufgerissen. «Sie sind ja so still, Abel», ertönte eine ihm gut bekannte Stimme. «Sind

Ihnen nach den paar Tagen in Köln etwa bereits die dummen Sprüche vergangen?»

Abel drehte sich um. In seiner ausgeblichenen Jeans und dem zerknitterten T-Shirt sah Professor Schwartz aus wie ein etwas älterer Medizinstudent. Das Funkeln seiner Augen verriet jedoch, dass er Abels Psyche längst mit derselben Leichtigkeit seziert hatte wie die Fliegen und Käfer, mit denen er sich normalerweise befasste. Schwartz war kein Student. Schwartz war ein Meister in vielen Dingen.

Abel stand auf und reichte dem Professor die Hand. «Seit wann stört Sie mein Schweigen? Ihre vielbeinigen Freunde sind doch bestimmt noch maulfauler als ich. Oder haben Sie ihnen inzwischen das Reden beigebracht?»

«Ich sehe schon, Biologie ist wirklich nicht Ihre Stärke, sonst wüssten Sie, dass man mit Mandibeln nicht sprechen kann, diese geben bestenfalls ein paar unangenehme Geräusche von sich.» Schwartz stellte seine Tasche neben sich. Dann nahm er seine John-Lennon-Brille von der Nase und begann, sie mit einem Papiertaschentuch zu putzen. «Es ist also ganz gut, dass Sie nicht meinen Job machen. Die Wissenschaft verlangt exaktes Arbeiten und keine Schludrigkeiten. Vermutlich hätten Sie deshalb auch niemals herausbekommen, was ich in den letzten Tagen in harter, mühevoller Arbeit rekonstruiert habe.»

Martin Abel erstarrte. «Sie wissen bereits, wann Hartmut Krentz im Wald abgelegt wurde?»

Schwartz lächelte fein. Er setzte seine Brille wieder auf und ging zum Schreibtisch, wo er zuerst Hannah Christ und schließlich Greiner begrüßte. Dann ließ er sich in den Stuhl fallen, den Abel gerade frei gemacht hatte, und schüttelte den Kopf.

«Ich sagte Ihnen doch schon, wenn Sie mit dem lieben Gott reden wollen, dann müssen Sie eine andere Vorwahl benutzen.

Ich bin kein Fliegenflüsterer, sondern nur ein kleiner, unbedeutender Professor, der aus seinen Fähigkeiten das Beste rausholt. Sollten Sie vielleicht auch mal probieren.» Die letzte Bemerkung richtete er mit süffisantem Grinsen an Abel. «Jedenfalls haben sich letzte Nacht die mitgenommenen Proben endlich dazu entschlossen, mir einen Teil ihrer Geheimnisse zu verraten. Ich gebe zu, es hat ganz schön Mühe gekostet, aber mit etwas Glück und meinem bescheidenen Wissen ist es mir gelungen, ein paar für Sie vielleicht interessante Details zu entschlüsseln. Sie sind nicht zufällig brennend neugierig?»

«Machen Sie es nicht so spannend. Hier in Köln überschlagen sich die Ereignisse nicht gerade. Wir könnten ein bisschen Input von kompetenter Seite gut gebrauchen.»

«Sie geben also zu, dass Sie auf meine Hilfe angewiesen sind?» Schwartz sah Abel über den Brillenrand hinweg an. «Nicht, dass ich ernsthaft daran zweifeln würde, aber Ihr Eingeständnis könnte meine durch das frühe Aufstehen lädierte Laune deutlich verbessern und die weitere Präsentation meiner Erkenntnisse beschleunigen.» Er strahlte eine erwartungsvolle Stille aus.

Abel seufzte, gleichzeitig hob er die Hand zum Schwur. «Ja, ich gebe es zu. Vor Zeugen. Sie sind der beste Forensiker und klügste Kopf, den ich kenne. Und ich brauche Ihre Hilfe.»

Während Greiner zufrieden seinen Bauch tätschelte und Hannah Christ süffisant lächelte, schien sich der Professor Abels Aussage eine Weile durch den Kopf gehen zu lassen. Schließlich atmete er laut aus.

«Überredet. Aber nicht, weil Sie mir so ans Herz gewachsen sind, sondern weil ich die Ermittlungen der Polizei nicht auch noch bremsen möchte. Es reicht, wenn Sie das mit Ihrer Anwesenheit tun, Abel. Aus demselben Grund habe ich mich auch dazu entschlossen, meine Ergebnisse persönlich zu präsentieren. Aber wie erkläre ich nun blutigen Laien grundlegende Vorgänge der forensischen Entomologie, ohne sie intellektuell zu überfordern?» Schwartz nahm seine Brille wieder ab und zeigte mit einem Bügel auf Martin Abel. «Haben Sie schon mal etwas von Tönnchen, Puppen und Larven gehört?»

«Zehn Sekunden nachdem ich Sie zum ersten Mal getroffen habe.»

«Da können Sie mal sehen, wozu unsere Bekanntschaft gut war! Dann wissen Sie vielleicht auch, wie die verschiedenen Fliegenstadien ablaufen und ineinander übergehen: Fliege riecht leckere Leiche, Fliege folgt dem für sie unwiderstehlichen Duft, Fliege landet auf Leiche und legt sofort die ersten Eier darauf. Je nach Fundort der Leiche und sonstigen Umständen – insbesondere der Temperatur – kann das schon Stunden nach dem Eintritt des Todes stattfinden. Wenn die Leiche der Fliege wohlschmeckend erscheint, also der Verwesungsprozess bereits eingesetzt hat, dauert es sogar nur Minuten, denn Fliegen gibt es ja praktisch überall. Die riechen den für sie so verlockenden Braten sofort. In Ihrem Fall wurde der Mann ganz offensichtlich bereits tot im Wald abgelegt, weshalb wir von letzterem Fall ausgehen müssen.»

«Und wie lange lag die Leiche von Krentz bereits dort?», versuchte Abel, die Erklärungen des Professors abzukürzen.

«Nicht so ungeduldig! Sie sollten meine Arbeit wenigstens ein bisschen verstehen, um die richtigen Schlüsse für Ihre weiteren Ermittlungen ziehen zu können. Die Antwort auf Ihre Frage liegt nämlich einzig und allein im Rhythmus der Natur, und den versuche ich Ihnen gerade näherzubringen.»

Schwartz räusperte sich. «Also, die Fliege legt ihre Eier, verköstigt sich noch ein wenig an der Leiche und schwirrt dann ab.

Die Natur hat es glücklicherweise so eingerichtet, dass der Vermehrungszyklus auch bei Insekten immer eine ganz bestimmte Zeit andauert. So wie Menschen in der Regel vierzig Wochen schwanger sind, so bewegen sich auch bei Insekten die einzelnen Stadien immer im selben Zeitfenster. Die Schwankungen innerhalb dieses Fensters sind auf die bereits besagten äußeren Umstände zurückzuführen. Anders ausgedrückt: Die Larve einer bestimmten Spezies benötigt eine von der Umgebungstemperatur abhängige Zeit zum Schlüpfen genauso wie anschließend zum Reifen, bis daraus schließlich eine Fliege wird. Anhand dieser durch Versuche ermittelten Werte und der Anzahl der durchlaufenen Zyklen kann man ziemlich genau feststellen, wie lange eine Leiche der Umgebung ausgesetzt war. Konnten Sie mir so weit folgen?»

«Ich folge Ihnen überallhin, Hauptsache, Sie kommen bald zur Sache.»

«Ich bin bereits mitten in meiner Beweisführung», fuhr Professor Schwartz ungerührt fort. «Bei den Proben, die ich von der gewissen Leiche entnommen habe, handelt es sich in erster Linie um Eier und Tönnchen der Lucilia sericata, auch Schmeiß- oder Goldfliege genannt. Bei einer durchschnittlichen Umgebungstemperatur von zwanzig Grad benötigt diese etwa zwanzig Tage für einen vollständigen Zyklus. Das würde in etwa den Temperaturen entsprechen, die im Sommer herrschen. Normalerweise kann man den Zeitraum, in dem die Leiche im Wald gelegen haben muss, leicht bestimmen.»

Schwartz holte drei Blätter aus seiner Tasche und verteilte sie an die Anwesenden. «Und damit es auch für den Fallanalytiker unter uns verständlich ist: Auf diesem Diagramm können Sie die Dauer der einzelnen Reifestadien der Lucilia sericata nachlesen.»

Lucilia sericata (Grüne Schmeißfliege)

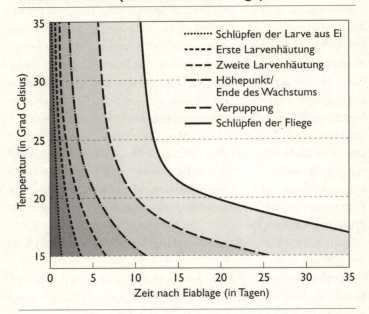

Abel starrte auf das Diagramm.

Als er dessen Aufbau verstanden hatte, überschlug er die Zeitangaben, die ihnen im Mordfall zur Verfügung standen. «Der Tag des Verschwindens von Hartmut Krentz würde demnach ziemlich genau mit dem seines Todes übereinstimmen», sagte er dann. «Zwanzig Grad macht zwanzig bis zweiundzwanzig Tage, wie Sie schon sagten. Der Mörder ist offenbar schnell zur Sache gekommen.»

«Stimmt.» Schwartz nickte bedächtig. «*Normalerweise* wäre das so. Wie Ihnen Ihre Kölner Kollegen aber sicher bestätigen können, herrschte in den letzten Wochen auch in Köln drückende Hitze bei weitgehender Windstille. Ich habe mir Satellitenaufnahmen mit Wärmebildern aus der betreffenden Gegend angesehen und bin zu dem Schluss gekommen, dass der Wald durch die wochenlange Aufheizung auch nachts weit weniger abkühlte als üblich. Sogar das ausgetrocknete Bachbett, wo sich noch am ehesten kältere Luft hätte sammeln können, war durch und durch aufgeheizt – wie meine Messungen vor Ort übrigens bestätigt haben.»

«Sie waren am Fundort?», unterbrach Abel den Professor.

«Halten Sie mich für einen Anfänger?», fragte Schwartz zurück. «Ts, ts, so gut sollten Sie mich aber inzwischen kennen, Abel. Na ja, jedenfalls müssen wir von einer Temperatur ausgehen, die im Tagesdurchschnitt um etwa zwei Grad höher war, als sie an diesem Ort bei dieser Wetterlage üblich ist. Die Vermehrungszyklen sind also viel schneller abgelaufen als üblich, was durch die Ergebnisse meiner bescheidenen Untersuchungen an den entnommenen Larven übrigens untermauert wird. Und das bedeutet...», er zog ein kleines Notizbuch aus der Hosentasche und blätterte darin, «... Hartmut Krentz lag wesentlich kürzer im Wald als bisher gedacht.»

«Wie viel kürzer?» Martin Abel spürte deutlich, dass Professor Schwartz seine Aussage für erheblich hielt.

«Schauen Sie auf das Diagramm! Eine Woche, plus minus ein Tag, schätze ich», sagte Schwartz. «Womit ich meine Aufgabe übrigens erfüllt hätte. Da wird eine dicke Rechnung auf Sie zukommen», fügte er hinzu.

«Eine Woche? Sind Sie sicher?» Die Rechenmaschine in Abels Kopf begann wild zu rotieren.

«Ich verwette meinen habilitierten Hintern darauf.» Schwartz schaute jeden der Anwesenden nacheinander an. «Ich will Ihnen ja nicht die Arbeit wegnehmen, aber daraus lässt sich nur ein Schluss ziehen.»

«Und zwar?»

«Krentz starb alles andere als sofort nach seiner Entführung», sagte der Professor mit einer für seine Verhältnisse ungewöhnlich belegten Stimme. «Er war etwa sieben Tage in der Gewalt seines Mörders, und nur Gott und dieser Mistkerl wissen, was er in dieser Zeit alles über sich ergehen lassen musste.»

—

Minuten nachdem Professor Schwartz gegangen und die Stille nicht mehr auszuhalten war, wuchtete Greiner seinen Körper aus dem Sessel. Mit steinerner Miene klemmte er sich die neben ihm liegende Akte des Metzger-Falls unter den Arm und machte sich auf den Weg zum großen Besprechungszimmer. Martin Abel und Hannah Christ folgten ihm schweigend.

Dort angekommen, nahm Greiner einen Filzstift in die Hand und drehte ihn nachdenklich zwischen seinen Fingern. Nachdem er endlich mit der Lage des Stifts zufrieden schien, räusperte er sich und blickte zu Abel und Christ auf.

«Der Besuch von Professor Schwartz hat zwei Dinge bewirkt», sagte er bedächtig. «Zum einen hat er mir wieder einmal ins Bewusstsein gerufen, dass bei einer Ermittlung nichts sicher ist, bevor es nicht wirklich sicher ist. Die ersten Untersuchungen der Gerichtsmedizin waren gewiss nicht unpräzise, aber man hätte sich nicht allein vom Datum des Verschwindens des Opfers leiten lassen dürfen. Stattdessen hätte man ... hätte *ich* die außergewöhnlichen Wetterverhältnisse berücksichtigen und eine forensische Gegenprobe veranlassen sollen. Dann wären wir schon früher darauf gekommen, dass der Todeszeitpunkt von Krentz ein anderer war als bisher gedacht.»

Er sah Abel direkt an. «Im Eifer des Gefechts ist das untergegangen – was ich auf meine Kappe nehme. Da wir dieses wichtige Detail nur durch Ihre Kontakte zu Professor Schwartz herausgefunden haben, möchte ich mich bei Ihnen beiden ausdrücklich bedanken. Ich werde diesen Vorgang entsprechend in den Akten vermerken, damit im Nachhinein keiner aus der Mannschaft auf den Gedanken kommt, er könne dafür die Lorbeeren einstreichen.»

Martin Abel hatte den Eindruck, dass Greiner dieses Eingeständnis schwergefallen war. Andererseits spürte er jedoch auch, dass der Kölner es ehrlich meinte.

«Zum anderen müssen wir uns sofort mit der neuen Situation befassen.» Greiner drehte sich um und begann, etwas auf die Tafel zu schreiben. Sein breiter Oberkörper verdeckte das Geschriebene, doch als Greiner sich kurz darauf wieder umdrehte, standen die Namen der fünf Opfer des Metzgers untereinander.

«Die Chronologie der einzelnen Morde.» Er klopfte mit der Spitze des Stifts auf den obersten Namen.

«Mitte Dezember, Sandra Maybach.»

Ein Klopfer auf den nächsten Namen. «Mitte Februar Hannes Küskens.»

Nächster Name. «Anfang April, Kristin Hanke.»

«Ende April, Martin Findling.»

«Mitte Juni, Hartmut Krentz.» Greiner trat einen Schritt zurück und betrachtete sein Werk. «Fünf völlig unterschiedliche Menschen also, die aus irgendeinem Grund alle demselben Irren ins Messer liefen. Hat jemand eine Idee?»

«Die Abstände sind ziemlich unregelmäßig, aber sie scheinen kürzer zu werden», sagte Hannah Christ, nachdem sie eine Weile auf die Tafel gestarrt hatte. «Nach dem ersten Mord an Sandra Maybach hat er sich zwei Monate Zeit gelassen, aber dann hatte er es eiliger.»

«Und was ist mit Hartmut Krentz?», fragte Greiner. «Der kam erst sechs Wochen nach Martin Findling.»

«Sechs Wochen sind gar nichts», entgegnete Martin Abel. «Allein zum Auskundschaften sollte der Metzger einige Wochen brauchen, aber er macht das anscheinend mit links, ohne eine verwertbare Spur zu hinterlassen.»

«Na, Glückwunsch», sagte Greiner. «Der Kerl ist also nicht nur irre, sondern auch noch ein Genie. Eine tödliche Kombination!»

«Die schlimmste Kombination überhaupt», bestätigte Hannah Christ.

Greiner nickte und blickte zur Tafel. «Der Mord von Krentz hat also eine Woche später stattgefunden als bislang angenommen. Bisher gingen wir von Mitte Juni aus, jetzt eher Ende des Monats. Ändert das etwas für uns?»

Abel sah auf die Namen der fünf Opfer. Schaute auf die Datumsangaben und verband sie in seinem Gehirn mit allen möglichen Informationen. Eine leichte Erregung bemächtigte sich seiner. Das vertraute Gefühl, das sich immer einstellte, wenn er sich einer Lösung näherte.

«Es sagt uns, dass der Metzger sich mehr Zeit mit seinen Opfern lässt, als wir bisher dachten.»

«Ist das ... normal?»

«Kommt drauf an. Marc Dutroux in Belgien hielt seine Opfer viele Monate in einem Kellerloch gefangen. Erst wenn er ihrer satt war und etwas Neues brauchte, tötete er sie. Aber Dutroux war an Sex und Dominanz interessiert. *Unser* Mann tickt anders. Für ihn ist der Mord selbst der Höhepunkt.»

Greiner atmete tief ein. «Und was lernen wir daraus? Irgendetwas Praktisches?»

«Und ob. Ich sagte doch, dass er sich viel Zeit für seine Opfer nimmt.»

«Und?»

«Wo kann er das tun?»

Greiner überlegte. «An einem Platz, wo er über einen langen Zeitraum nicht gestört wird.»

«Genau. Er hat ein Haus, und zwar ein freistehendes. Die nächsten Nachbarn wohnen bestimmt nicht Wand an Wand mit ihm. Das wäre ihm zu gefährlich.»

Der Kölner kratzte sich am Kopf. «Oder er hat irgendwo ein Versteck außerhalb, wo er seine Opfer gefangen hält.»

«Möglich, aber unwahrscheinlich. So intensiv, wie er sich mit ihnen beschäftigt, würde er es nicht ertragen, wenn sie weit von ihm entfernt wären. Er will so viel Zeit wie möglich mit ihnen verbringen.» Abel hatte bereits ein ganz bestimmtes Bild vor Augen. «Die Opfer sind bei ihm im Haus», sagte er bestimmt.

«Scheiße.» Greiner stemmte die Hände in die Hüften und sagte dann eine ganze Weile nichts mehr. Starrte nur zu Martin Abel und von dort zu den Namen auf der Tafel.

«Er muss Single sein», meinte Hannah Christ plötzlich. «Er würde niemanden bei sich zu Hause gefangen halten, wenn seine Frau beim Entrümpeln des Kellers über das Opfer stolpern könnte.»

«Klingt logisch.» Greiner nickte. «Damit wird die Auswahl schon mal deutlich kleiner.» Dann schrieb er *Single* und *Einfamilienhaus mit Keller* an den Rand der Tafel.

Schweigend betrachteten sie wieder die Liste. Plötzlich schüttelte Hannah Christ den Kopf, stand auf und wandte sich zum großen Kalender, der an der linken Wand hing.

Sie nahm Greiner den Filzstift aus der Hand und trug nacheinander die Initialen aller Opfer mit dem jeweiligen Datum ein. Dann machte sie es Greiner nach, indem sie einen Schritt zurücktrat und ihre Einträge betrachtete.

«So ist es doch gleich viel übersichtlicher, oder? Neun Wochen zwischen Sandra Maybach und Hannes Küskens, dann sechs Wochen bis Kristin Hanke und zwei weitere Wochen bis Martin Findling. Bis hier wurden die Abstände tatsächlich immer kürzer, dann sind es aber wieder sechs Wochen bis Hartmut Krentz.»

«Vielleicht kam ihm irgendetwas dazwischen», mutmaßte Greiner. «Oder etwas ging schief, und er wollte sich eine Zeitlang zurückhalten. Außerdem war Krentz ein Muskelprotz, sodass der Metzger bei ihm vielleicht besonders vorsichtig vorgehen wollte.»

Martin Abel hatte plötzlich das Gefühl, dass sie dem Geheimnis des Mörders nahe waren. Irgendwo in den Informationen vor ihnen war eine gewisse Regelmäßigkeit verborgen. Es fehlte nur noch...

«Frau, Mann, Frau, Mann, Mann», murmelte Hannah und schüttelte gleich danach den Kopf. «Leider auch kein System erkennbar. Wäre auch zu schön gewesen.»

Abel richtete sich kerzengerade auf. «Was haben Sie da gerade gesagt?»

Hannah warf ihm einen verständnislosen Blick zu. «Ich sagte, es wäre auch zu schön gewesen, wenn wir sein System so einfach durchschauen könnten.»

«Nein, davor!»

«Frau, Mann, Frau, Mann, Mann», wiederholte Hannah nach ein paar Sekunden zögernd.

Martin Abel schlug sich mit der flachen Hand auf die Stirn. Schaute mit offenem Mund zu Hannah, dann zu Greiner. Und schließlich zum Kalender, wo sich die Einträge seiner jungen Kollegin plötzlich wie von selbst zu einem magischen Muster verbanden.

«Verdammt, das ist es!», stieß er schließlich hervor und sprang so schnell auf, dass sein Stuhl gegen die Wand hinter ihm knallte.

«Was meinen Sie? Lassen Sie sich doch nicht ständig die Würmer aus der Nase ziehen», rief Greiner ungeduldig.

Abel ging auf den Kalender zu. Er wagte nicht zu blinzeln, geschweige denn, Hannahs Einträge aus den Augen zu lassen. Gerade so, als ob sich das System, das dort und in seinem Kopf gerade Form angenommen hatte, dadurch wieder in Luft auflösen könnte. Das *durfte* einfach nicht geschehen.

Als er vor dem Kalender stand, nahm er Hannah den Filzstift ab. Seine Hand zitterte, als er damit auf den ersten Namen tippte. «Gehen wir mal davon aus, dass Sandra Maybach tatsächlich das erste Opfer war. Ich meine, wir wissen es nicht genau, aber tun wir einfach mal so, als ob es so wäre. Was fällt uns dann beim nächsten Opfer auf?»

«Nichts. Das ist ja das Problem», sagte Greiner.

«Dass es ein Mann ist», sagte Hannah.

Abel nickte. «Beides richtig. Es gibt keine Gemeinsamkeiten, nicht einmal beim Geschlecht. Und wie sieht es beim nächsten Opfer aus?»

«Wieder derselbe Mist. Keine Gemeinsamkeiten, und es ist eine Frau.»

«Und beim nächsten?»

«Ein Mann. Aber was soll das alles, verdammt?» Greiner hatte die Hände zu Fäusten geballt und schien jeden Moment platzen zu wollen.

«Und dann?» Martin Abels Stimme wurde eindringlicher.

Greiner und Hannah schwiegen eine Weile. «Es ist wieder ein Mann», sagte Greiner dann bedächtig. «Zum zweiten Mal hintereinander ein Mann.»

«Genau. Er wechselt dreimal hintereinander das Geschlecht der Opfer und dann nicht mehr. Was sagt uns das?»

«Dass ihm das Geschlecht egal ist?» Seinem Ton nach schien Greiner selbst nicht recht daran zu glauben.

Martin Abel schaute Hannah Christ an, doch die schüttelte nur den Kopf. Er tippte erneut auf die fünf Einträge im Kalender. Ganz langsam und ganz laut, damit jeder verstand, worauf er hinauswollte.

«Die Reihenfolge hier auf dem Kalender darzustellen, ist genial! Anschaulicher geht es nicht.» Er nickte Hannah anerkennend zu. «Wenn der Metzger systematisch vorgegangen ist, wovon wir ja ausgehen, dann müssten wir spätestens jetzt eine Gesetzmäßigkeit erkennen. Das ist nicht der Fall, und dafür gibt es meiner Meinung nach nur eine Erklärung.»

«Und die wäre?»

Abel drehte sich um und zeichnete mit dem Filzstift ein großes V zwischen die beiden letzten Opfer, die Hannah Christ eingetragen hatte. Es dauerte keine fünf Sekunden, dann wurde Greiners bislang rotes Gesicht aschfahl.

«Sagen Sie, dass das nicht wahr ist.»

Abel ahnte, was in Greiner vorging. Plötzlich empfand er ein gewisses Mitgefühl. «Leider doch. Wir haben das System des Metzgers nicht erkennen können, weil die Reihe nicht vollständig war. Es gibt eine Lücke auf unserer Liste. Genau hier zwischen Martin Findling und Hartmut Krentz fehlt ein Name. Der Name einer Frau.»

Während Hannah Christ ihn einfach nur anstarrte, sackte Greiner in sich zusammen, als ob man die Luft aus ihm herausgelassen hätte. «O mein Gott.» Sein Blick ruhte auf dem V, das symbolisierte, was er mit allen Mitteln hatte vermeiden wollen. Ein weiteres Mordopfer.

«Wenn das an die Öffentlichkeit kommt, platzt eine Bombe.» Der Leiter des KK 11 sah plötzlich müde aus. Er rieb sich mit seinen mächtigen Händen das Gesicht, dann fixierte er den Fallanalytiker mit zusammengekniffenen Augen. «Und wenn es sich doch nur um einen Zufall handelt? Wenn es gar keine Lücke gibt und dem Metzger das Geschlecht seiner Opfer egal ist? Vielleicht war er ja eine Zeitlang krank, deshalb dauerte es länger als üblich, bis er sich Krentz schnappen konnte ...»

Martin Abel schüttelte den Kopf. «Der Metzger tötet immer abwechselnd ein weibliches und ein männliches Opfer. Das ist seine Handschrift, und von der weicht er nicht ab.» Er zeigte nochmals auf das V, das er auf den Kalender geschrieben hatte. «Hier fehlt der Name einer Frau, dann ist die Serie komplett», sagte er bestimmt.

Greiner erwiderte nichts mehr. Er wandte seinen Blick vom Kalender ab und blickte aus dem Fenster.

«Ich will ja kein Spielverderber sein, aber ich befürchte, das ist noch nicht alles.»

Greiner presste die Zähne zusammen und verschränkte die Arme, um allem gewappnet zu sein. Dann drehte er den Kopf zu Abel und blickte ihn herausfordernd an. «Was noch?» Seine Stimme krächzte.

«Nun ja. Wie wir vor ein paar Minuten feststellten, wurden die Abstände zwischen den einzelnen Morden tendenziell kürzer. Seit dem letzten Mord sind nun aber bereits fünf Wochen vergangen. Wenn der Metzger sein bisheriges Tempo beibehalten oder sogar beschleunigt hat, dann befindet sich also vielleicht genau in diesem Moment ein weiteres Opfer in seiner Gewalt. Und ist dabei zu sterben.»

Konrad Greiner war nicht immer so ruhig, wie es nach außen hin schien.

Manchmal brodelte es in ihm, während er nach außen ein unverbindliches Lächeln zeigte. Als Dienststellenleiter eines Kriminalkommissariats musste man manchmal eben mehr Diplomat als Polizist sein.

Das war dann der Teil seines Berufes, der ihn hin und wieder leichten Ekel vor sich selbst empfinden ließ. Weil er seine wahren Gefühle verleugnen und so tun musste, als ob das Elend, mit dem er jeden Tag konfrontiert wurde, halb so schlimm sei. Dabei wusste er, dass die Wirklichkeit viel furchtbarer war, als es die Öffentlichkeit je erfahren würde.

Er wusste es spätestens seit gerade eben.

«Wir müssen alle Vermisstenmeldungen durchgehen, die in den letzten Wochen eingegangen sind.» Er versuchte, das Chaos seiner Gedanken zu ordnen, indem er diese in vertraute Bahnen lenkte. «Wenn es stimmt, was Sie sagen, dann sollten wir ziemlich genau eingrenzen können, wann diese Frau in den Zeitraum zwischen Martin Findlings und Hartmut Krentz' Verschwinden in die Gewalt des Metzgers fiel. Wir reden also nur von ein paar Tagen, die wir überprüfen müssen. Außerdem wissen wir, dass es sich bei dem Opfer *nach* Hartmut Krentz ebenfalls um eine Frau handeln muss. Immer vorausgesetzt, die grauenvolle Theorie, die wir uns da gerade zusammenschustern, entspricht der Wahrheit!»

Er blickte noch einmal auf den Kalender und schüttelte den Kopf. «Allmächtiger, in was für eine Scheiße sind wir da geraten!» Bedrückt nahm er zur Kenntnis, dass ein erst vor wenigen Minuten ausgesprochener Gedanke für sie zur Gewissheit geworden war.

In diesem Moment tauchte Judith Hofmann in der Tür auf.

Sie öffnete den Mund, doch als sie die Gesichter der Anwesenden sah, presste sie die Lippen zusammen und sagte beherrscht: «Herr Abel, ein Anruf für Sie.»

«Nicht jetzt!», sagte Greiner unwirsch, bevor Martin Abel reagieren konnte. «Wir sind gerade mittendrin.»

Am Rande nahm er die angespannte Miene seiner Sekretärin wahr. Doch was war das schon gegen das Grauen, das sich soeben vor ihm ausgebreitet hatte?

Judith Hofmann schüttelte unwillig den Kopf. «Ich störe nicht zum Spaß, Konrad.» Irgendetwas in ihrer Stimme ließ Greiner nun doch aufhorchen.

«Ja?»

«Der Mann klang ein bisschen seltsam, aber ich hatte den Eindruck, dass es wichtig ist.»

«Welcher Mann?», wollte Martin Abel wissen.

Greiners Sekretärin zeigte mit dem Daumen über ihre Schulter in Richtung ihres Büros. «Er wollte mir seinen Namen nicht nennen. Aber er sagte, ich solle Ihnen Grüße vom Herrn der Puppen ausrichten!»

―

Die Welt in Martin Abels Kopf begann sich unvermittelt zu drehen. Er wusste nicht, wie viele Leute angerufen und von sich behauptet hatten, der Metzger von Köln zu sein, aber es waren sicher einige Dutzend gewesen. Bei allen hatte sich allerdings schon nach den ersten Fragen herausgestellt, dass es sich um Wichtigtuer handelte, die nur dann gut schlafen konnten, wenn sie vorher die Polizei an der Nase herumgeführt hatten.

Der Herr der Puppen ... Abel wusste, dass der Fall dieses Mal anders lag.

«Wo kann ich das Gespräch annehmen?»

«In meinem Büro.» Hastig folgte er der Frau den Gang entlang. Hannah Christ und Konrad Greiner eilten mit angespanntem Gesichtsausdruck hinterher.

«Was hast du zu ihm gesagt, als er den Kollegen Abel verlangte?», wollte Greiner von Judith Hofmann wissen. Schwer atmend stapfte er den Flur entlang.

«Dass der irgendwo im Haus unterwegs sei und ich ihn erst suchen müsse. Als ich ihn fragte, ob man ihn zurückrufen könnte, sagte er, dass er lieber warten würde, bis ich ihn gefunden hätte.»

«Sehr gut, dann haben wir also noch ein oder zwei Minuten Zeit, ohne dass er misstrauisch wird. Wir müssen sofort umdisponieren. Verbinde den Anruf möglichst unauffällig zur Leitstelle, damit wir ihn zurückverfolgen können», sagte er. «Ich will so schnell wie möglich wissen, wo der Mistkerl sitzt.»

«Und die staatsanwaltliche Eilanordnung?»

Greiner machte eine wegwerfende Handbewegung. «Die hole ich mir hinterher. *Den* Ärger nehme ich auf meine Kappe!»

Zu Abel und Hannah Christ gewandt, erklärte er: «Wenn wir das von einem Büro aus machen, dauert es bis zu einer Stunde, bis wir einen anonymen Anrufer haben. Das bringt uns aber auch nur dann etwas, wenn er einen Festnetzanschluss oder Mobiltelefon hat. Wenn er eine Telefonzelle benutzt, ist er in der Zeit natürlich längst über alle Berge. In der Leitstelle gibt's andere Möglichkeiten.»

Wieder zu Judith Hofmann, fuhr er fort: «Sag den Leuten dort schon mal Bescheid, dass wir raufkommen. Außerdem müssen alle verfügbaren Fahrzeuge umgehend für den Zugriff alarmiert werden. Die Männer in dem Streifenwagen, der dem Standort des Anrufers am nächsten ist, müssen sofort ihre Hintern in Bewegung setzen, wenn sie Bescheid bekommen. Ich verlass mich auf dich!»

Judith Hofmann nickte und eilte in ihr Büro.

«Hier lang!» Greiner stampfte ins Treppenhaus hinaus, Abel und Hannah Christ direkt hinter sich. Im fünften Obergeschoss angekommen, schwenkte er schwer atmend nach links über die Brücke zum Bürotrakt. Er hob seine riesige Faust, um an die Tür des Leitstellenbereichs zu hämmern, da wurde sie von innen aufgerissen.

«Da komme ich ja gerade noch rechtzeitig, bevor du die Tür einschlagen kannst», sagte der Beamte, als er Greiners erhobenen Arm sah. Mit der freien Hand zeigte er zu einem Tisch, auf dem ein Telefon stand. Während sie in den großen Raum eilten, konnte Abel einen kurzen Blick auf die Leute hinter den Überwachungsbildschirmen und Leitpulten werfen. Trotz einer gewissen Spannung, die in der Luft zu liegen schien, machte alles einen sehr geordneten Eindruck auf ihn.

«Der Anrufer ist in der Warteschleife. Die Streifenwagen im Stadtgebiet sind alarmiert und werden gleichmäßig auf die Fläche verteilt», sagte der Beamte, der ihnen die Tür geöffnet hatte. «Wenn der Anrufer einen ISDN- oder Mobilfunkanschluss ohne Rufnummernunterdrückung hätte, dann wüssten wir schon, wo der Kerl steckt. Leider ist das nicht der Fall, sodass wir noch ein paar Minuten brauchen. Sie müssen ihn also so lange wie möglich hinhalten, damit die Streifenwagen eine Chance haben.»

«Geht klar.»

«Gut. Dann stelle ich Ihnen den Anruf jetzt durch.» Der Mann zeigte auf das Telefon und verschwand hinter einem Nebenraum der Leitstelle. Abel setzte sich ein wenig unschlüssig auf den Drehstuhl vor den Tisch. Wenige Sekunden später klingelte das Telefon. Abel räusperte sich, dann drückte er auf die Lautsprechertaste und hob ab.

«Ja?»

«Sie sind ein interessanter Mann.»

Die Stimme hatte angenehm weich geklungen, für Abels Geschmack fast schon ein wenig zu weich. *Männlich, gebildet*, konstatierte er dennoch gewohnt schnell die wesentlichen Fakten. Nur mit dem Alter war er sich nicht ganz sicher. Vielleicht vierzig Jahre?

«Wer sind Sie, und was wollen Sie?», fragte er barsch.

«Ich möchte Sie ein wenig näher kennenlernen. Ich mag Menschen, die sich intensiv mit mir beschäftigen. Haben Sie endlich erkannt, welche Bedeutung meinem Wirken zukommt?»

«Wirken? Hören Sie, ich hab keine Ahnung, wovon Sie reden, aber ehrlich gesagt interessiert es mich auch nicht. Wir bekommen dauernd Anrufe von irgendwelchen Schwachköpfen, die behaupten, sie hätten irgendwelche schlimmen Dinge getan. Und genau dasselbe passiert gerade in Köln. Einhundert Anrufe von einhundert Schwachköpfen. Wenn Sie mir also nicht etwas *wirklich* Wichtiges zu sagen haben, dann werde ich jetzt auflegen und mich um ein paar dringendere Dinge kümmern.»

Die Stimme lachte. «Die Welt ist tatsächlich voller Bosheit und List. Aber gut, damit Sie wissen, mit wem Sie sprechen: Ich habe Hartmut Krentz getötet.» Der Satz vibrierte noch einige Augenblicke in der Luft der Leitstelle und klang in Abels Ohr nach.

«Und Sandra Maybach.»

«Und Hannes Küskens.»

«Und Kristin Hanke.»

«Und Martin Findling.»

Abel suchte fieberhaft den Schreibtisch nach Schreibzeug ab. Als er einen Block fand, begann er hektisch darauf herumzukritzeln. *Tonband?!* Schnell schob er den Block zu Greiner hin, der bestätigend nickte.

«Wie schon gesagt, wir haben bereits eine Menge Geständnisse.» Abel zwang sich, gelangweilt zu klingen. «Schöne Geständnisse, die uns wunderbar in den Kram passen und mit denen wir uns intensiv beschäftigen werden. Bis jetzt sind Sie also einer von vielen und müssen sich hinten anstellen, ob Ihnen das passt oder nicht.»

Kurze Pause, dann ein leises Lachen. «Wirklich gut, wie Sie versuchen, mir Dinge zu entlocken. Aber Sie müssen aufpassen, wenn Sie mit mir reden. Denn haben Sie nicht erst gestern im Radio gesagt, der Mann, den Sie suchen, sei intelligent? Und haben Sie nicht gerade behauptet, es habe sich bei den Bekennern ausschließlich um Schwachköpfe gehandelt? Dass ich *kein* Schwachkopf bin, haben Sie inzwischen doch sicherlich erkannt?»

«So kommen wir nicht weiter, Herr Wer-auch-immer! Ich habe Kopfweh, und durch die anstrengende Unterhaltung mit Ihnen wird das nicht besser. Gibt es irgendwas, womit Sie Ihre Behauptungen belegen können?»

«Sie wollen einen Beweis? Nun, ich könnte Ihnen zum Beispiel erzählen, wie Marion Berg vorgestern um ihr Leben gewinselt hat, bevor sie in meine Galerie einging. Würde das als Beweis reichen?»

Marion Berg. Verdammt. War das der Name der Frau, die sich gerade in der Gewalt des Metzgers befand?

«Solche Dinge haben bisher alle Anrufer erzählt.»

«Wohl kaum. Aber wie wäre es mit etwas Anatomischem?»

«Es ist Ihre Show, Hauptsache, es geht schnell», sagte Abel betont kühl.

«Dieser Krentz war ein großer Mann. Ich musste ihn ein wenig kürzen, um mit ihm besser hantieren zu können. Der Schnitt erfolgte exakt zwischen dem sechsten und siebten Halswirbel, wie Sie hoffentlich mit der nötigen Hochachtung zur Kenntnis genommen haben.»

Heilige Scheiße! In diesem Moment begriff Martin Abel endgültig, dass er mit dem Metzger sprach.

«Sind Sie noch am Apparat?»

«Das reicht mir nicht! Vielleicht haben Sie ja nur gut geraten. Ich will etwas Eindeutiges. Etwas, das nur der Mörder wissen kann.»

«Sie sollten nicht versuchen, mich zu übertölpeln!» Der Mann klang wütend. «*Ich* weiß, dass ich der Gesuchte bin, und *Sie* wissen es. In Wirklichkeit versuchen Sie doch nur, die Unterhaltung in die Länge zu ziehen, damit Sie meinen Standort orten können. Ist es nicht so?»

Kluges Kerlchen! Du scheinst dich ja verdammt sicher zu fühlen, wenn du trotzdem so lange telefonierst.

«Wenn Sie tatsächlich derjenige sind, für den Sie sich ausgeben, dann könnte mich Ihr Aufenthaltsort tatsächlich interessieren. *Wenn* Sie es sind! Wohnen Sie in Köln?»

Die Stimme lachte. «Sagen wir mal so: Ich bin Ihnen näher, als Sie vielleicht vermuten.»

Plötzlich registrierte Abel ein lautes Brummen am anderen Ende der Leitung, das schnell wieder leiser wurde. Ein Zug war vorbeigefahren. Im nächsten Moment erschien der Einsatzleiter, der sie in den Leitstand gelassen hatte. Überdeutlich bewegte er die Lippen und hob dazu den rechten Daumen. *Noch eine Minute!* Dann verschwand er wieder, um auf die Meldung der Technik zu warten.

«Warum kommen Sie nicht bei uns vorbei, damit wir reden können? Haben Sie etwa Angst?» Abel bemühte sich, so langsam zu sprechen, dass es gerade noch nicht auffiel.

Die Stimme lachte erneut. «Angst gehört nun wirklich nicht zu meinem Repertoire. Deshalb kann ich Ihnen auch sagen, dass uns erst kürzlich nur wenige Schritte trennten.»

Abels Atem stockte.

«Was soll das heißen?»

«Habe ich nicht gleich zu Anfang mein Interesse an Ihnen bekundet? Wie schläft es sich in der *Wellness Oase*? Ich hoffe, die Betten sind bequem. Wissen Sie eigentlich, dass Ihre junge Begleiterin bevorzugt nackt schläft? Oder wie ihr Schweiß schmeckt, der in einer warmen Nacht auf ihrem Körper glänzt? Diese Frau ist wirklich begehrenswert!»

Martin Abel sah zu Hannah Christ und beobachtete, wie sie blass wurde. Wenn es sich bei den Behauptungen nicht um einen perfekten Bluff handelte, dann ... Die Gedanken in seinem Kopf begannen zu rasen.

Zufriedenes Kichern. «Vertauschte Rollen, nicht wahr? Ich der Jäger, Sie das Wild. Das schmeckt Ihnen nicht, was?»

«*Jäger*. Dass ich nicht lache!», schnaubte Abel. «Ich glaube eher, dass Sie ein geiler Spanner sind, der sich in fremden Schlafzimmern einen runterholt, weil er zu Hause bei seiner Alten keinen mehr hochkriegt!»

Eine kurze Pause. Schließlich erneut die Stimme des Unbekannten, dieses Mal jedoch mühsam beherrscht.

«Sie begehen einen großen Fehler. Es ist nicht ratsam, über mich zu spotten, das hat schon manch einer bitter bereut. Es würde Ihnen doch sicher nicht gefallen, wenn Ihrer Kollegin plötzlich ein Leid geschähe. Oder?»

«Jetzt sag ich Ihnen mal, was ein Fehler wäre! Sollten Sie nämlich auch nur versuchen, ihr ein Haar zu krümmen, dann poliere ich Ihnen persönlich die Fresse! Ist das klar?»

Langes Schweigen folgte. Als Martin Abel schon glaubte, die

Verbindung sei getrennt worden, hörte er den Mann am anderen Ende der Leitung ausatmen.

«Ich verzeihe Ihnen diesen Mangel an Respekt. Vermutlich können Sie einfach noch nicht begreifen, mit wem Sie gerade sprechen.» Die Stimme hatte ihren sanften Tonfall vollständig verloren und war jetzt von schneidender Kälte. «Um dies zu ändern, werde ich Ihnen ein Geschenk zukommen lassen. Vielleicht erkennen Sie dann, was für ein Erlebnis Ihnen gerade zuteilwurde.»

«Wie meinen Sie das?»

«Warten Sie noch ein bisschen. In wenigen Augenblicken werden Sie verstehen, was ich meine. Und für die nächste Nacht wünsche ich Ihnen einen ruhigen Schlaf und angenehme Träume. Aber vergessen Sie nie: Ich bin vielleicht ganz in Ihrer Nähe!»

Martin Abel legte auf. Er hätte den plötzlich glühend heißen Hörer keine Sekunde länger halten können.

Im nächsten Moment stürzte der Einsatzleiter zu Abels Schreibtisch. «Wir haben ihn!», rief er. «Er ist in einer Telefonzelle beim S-Bahnhof Trimbornstraße.»

«Das ist dort hinter dem Bahndamm!» Konrad Greiner zeigte aus dem Fenster in Richtung der Bahngleise. «Der Kerl sitzt direkt vor unserer Haustür!»

Abels Reaktion war alles andere als kühl überlegt. Sie war ein Reflex, geboren aus seinen in dutzendfacher Jagd geprägten Instinkten. Und aus der Wut auf jemanden, der soeben eine verbotene Grenze überschritten hatte.

Er sprang auf und stürmte aus dem Leitstand. Krachend schlug die Sicherheitstür gegen die Wand, als er mit Hannah auf den Fersen auf den Gang hetzte. Im selben Moment, in dem er an der Aufzugtür rüttelte, merkte er, dass die Kabine nicht da war. *Verdammt!*

«Da runter!» Er riss die Tür zum Treppenhaus auf und rannte, immer zwei Stufen auf einmal nehmend, ins Erdgeschoss, hinter ihm mit wesentlich leichteren Schritten Hannah Christ. Unten angekommen, stürzten sie Richtung Ausgang.

«Dort rüber!», rief Abel draußen. So schnell er konnte, lief er nach links an der Glasfront der Kantine vorbei. Dreißig Meter weiter an der Ampel, die über die Kalker Hauptstraße führte, mussten sie stehen bleiben, weil ein dunkler Wagen im Schneckentempo ihren Weg kreuzte und diesen für einen Moment blockierte. Wütend schlug Abel auf das Autodach, dann rannten sie auf die andere Seite und bogen nach links zum S-Bahnhof ab. Nachdem sie die steile Rampe des Fußwegs hinaufgelaufen waren, durchquerten sie die Unterführung und erreichten die andere Seite des Bahndamms. Völlig außer Atem beugte Abel sich nach vorn, um sich mit den Händen auf seinen Oberschenkeln abzustützen.

«Kommen Sie hoch, alter Mann! Dort vorn ist die Telefonzelle, er muss gerade noch hier gewesen sein.» Ohne seine Reaktion abzuwarten, lief Hannah Christ auf die graumagentafarbene Kabine zu.

Abel rappelte sich schnaufend auf. Dabei sah er, wie sie ein Taschentuch nahm und damit vorsichtig den Türgriff umfasste. Um keine Fingerabdrücke zu zerstören, tat sie es ganz unten – äußerst unwahrscheinlich, dass dort ein durchschnittlich großer Mann hinfasste.

Dann öffnete sie langsam die Telefonzelle.

Im nächsten Moment erstarrte sie.

«Kommen Sie mal bitte? Ich glaube, hier ist eine ... Spur.»

Abel ging zu Hannah Christ hinüber. Dabei sah er, wie sie langsam von der Telefonzelle zurückwich, sodass sie mit ausgestrecktem Arm gerade noch die Tür aufhalten konnte. Mit schmalen Lippen starrte sie in die Kabine.

«Mhm?» Mittlerweile stand er fast bei ihr.

Hannah Christ streckte ihren freien Arm aus und zeigte in die Telefonzelle. «Ich denke, das ist für Sie.»

Er zog die Tür so weit auf, dass er hineinblicken konnte. Es brauchte ein paar Augenblicke, bis sein Verstand akzeptierte, was sein Auge da liegen sah. Dann aber wusste er, dass seine junge Kollegin recht hatte.

Das war eine Spur.

Das Herz lag auf dem aufgeklappten, mit Blut getränkten Telefonbuch. Ein Laie in Anatomie hätte vermutlich nicht sagen können, ob das Organ von einem Tier oder einem Menschen stammte. Bei Säugetieren gab es in dieser Hinsicht verblüffende Ähnlichkeiten. Nicht zufällig waren zu Beginn der Transplantationschirurgie manchen Menschen Schweineherzen eingepflanzt worden. Die hatten sogar prima funktioniert. Leider nur ein paar Tage lang.

Doch Martin Abel war kein Laie. Nicht, wenn es um menschliche Innereien ging. In seiner Polizeilaufbahn hatte er genug Erfahrung sammeln können, um zweifelsfrei zu wissen, dass vor ihm das Herz eines Menschen lag. Er erkannte es an der Form der Aorta und den schimmernden Koronargefäßen. Und daran, dass augenblicklich sein Magen revoltierte.

Ein menschliches Herz, das Symbol des Lebens überhaupt, außerhalb des dazugehörigen Körpers zu sehen, war schon schlimm genug. Sich vorzustellen, wie die Person, der es gehört hatte, gestorben sein musste, war grauenvoll.

In diesem Fall gab es aber noch etwas, das Abel die Eingeweide zermalmte. Gefiltert von der Nebelwand des Schocks und dem Sirenengeheul der herannahenden Einsatzfahrzeuge, betrachtete Martin Abel das riesige Metallstück, das durch das Herz getrieben worden war.

Der Herr der Puppen hatte ihm das erst vor wenigen Minuten angekündigte Geschenk hinterlassen.

Und er hatte es voller Wut an das Telefonbuch genagelt.

Vergangenheit

Einsamkeit schmerzt.

Einsamkeit ist ein Messer, das sich mitten in dein Herz bohrt.

Einsam fühlst du dich, wenn man dich zuerst verprügelt, dann in ein Kellerloch wirft, die Tür hinter dir zusperrt und sich einen Dreck darum schert, ob du im Dunkeln Angst hast und dich vor unheimlichen Geräuschen fürchtest.

Der kleine Junge in dem Holzverschlag *war* einsam.

Zitternd saß er vor dem Gatter, das für ihn das Tor zur Außenwelt darstellte. Während er sich an den Latten festhielt, versuchte er, durch das Kellerfenster einen Blick auf die Mondsichel zu erhaschen. Auch wenn es nur ein blasses Licht war, so hatte der Junge doch das Gefühl, dass er sich für die kurze Zeit, in der die Mondstrahlen ihn streichelten, in Sicherheit befand.

Und Torsten Pfahl hatte allen Grund, sich um seine Sicherheit zu sorgen. Zunächst hatte ihm Mischa, der Freund seiner Mutter, mit einem abgebrochenen Besenstiel ein paar übergezogen – so wie er es immer tat, wenn er betrunken nach Hause kam und die Hexe ihn deshalb zurechtgewiesen hatte. Nach der Tracht

Prügel sperrte er den Jungen in den Keller, nicht ohne ihn darauf hinzuweisen, dass er ihn bald besuchen würde, um ihm noch eine tüchtige Lektion zu erteilen. Seitdem saß Torsten in der Dunkelheit und wartete auf seine Strafe.

Als der Mond weitergewandert war, krabbelte der Junge in eine der Ecken des Verschlags und lehnte sich an die Wand. Während er seine Puppe an sich presste, wünschte er sich sehnlichst, die lähmende Stille durchbrechen zu können. Doch es gab nur das ängstliche Pochen seines kleinen Herzens.

Plötzlich hörte Torsten über sich das Klacken von Parkettdielen. Dinge fielen zu Boden, Schreie ertönten, jemand schien im Erdgeschoss einen Kampf aufzuführen. Kurz darauf näherten sich Schritte, dann flog mit einem lauten Knall die Kellertür auf.

«He, du kleiner Versager.» Mischa kam in den dunklen Raum geschwankt, den Besenstiel in der einen Hand, eine Bierflasche in der anderen. Torsten kroch vor Schreck an die hintere Wand des Verlieses, wo er sich unter seiner Decke verbarg.

«Brauchst dich gar nicht erst zu verstecken. Ich finde dich sowieso in diesem Drecksloch. Muss ja immer nur dem Gestank nachgehen.» Der kräftige Mann lachte, als er das Licht einschaltete. Mit einem Zug leerte er die Flasche und warf sie gegen die Kellerwand. Dann zog er einen Schlüssel aus der Hosentasche und öffnete den Verschlag.

«Mein Gott, stinkt das hier. Kannst du nicht wenigstens in die Ecken machen, damit man nicht dauernd irgendwo reintritt?» Mischa spuckte angewidert auf den Boden. «Deine Mutter hat recht. Du bist genauso ein Versager wie dein Alter. Los, an die Wand!»

Torsten krümmte sich unter seiner Decke zusammen. Schützend presste er die Puppe an sich.

«Bist du taub? Steh auf, oder ich mach dir Beine!» Mischa gab dem Haufen unter der Decke einen kräftigen Tritt. Ein lautes Knacken zeigte ihm, dass er gut getroffen hatte. Mit blutender Nase kroch der Junge aus seinem nutzlosen Versteck hervor und taumelte zur Wand.

«Na also, geht doch. Und jetzt die Arme heben.»

Die Handschelle schnappte um das Handgelenk des Jungen. Mischa lächelte zufrieden. Er hatte sich vor einigen Monaten viel Mühe damit gemacht, zwei senkrechte Metallschienen in der Wand zu verankern. In diesen befand sich jeweils eine dicke Metallöse, die stufenlos in der Höhe verstellt werden konnte. Damit konnte er die beiden Handschellen so hoch stellen, dass der Junge auf Zehenspitzen stehen musste, wenn ihm die Fesseln nicht in das Fleisch schneiden sollten. So wie jetzt.

«Jetzt die andere.»

Schnapp, auch diese Falle schloss sich. Gabriel, der immer noch von der Hand des Jungen umklammert wurde, schaute traurig von oben auf Torsten herab.

Mischa entriss dem Jungen die Puppe. «Spielst du etwa immer noch mit diesen bescheuerten Dingern? Ich hab deiner Mutter ja gleich gesagt, dass du irgendwie anders bist. Wie dein komischer Vater.»

Mischa warf Gabriel hinter sich und klemmte den Besenstiel unter einen Arm.

«Tja, mein Junge. Das sieht nicht gut für dich aus, was? Dein Zimmer war nicht aufgeräumt und jetzt diese Sauerei hier unten. Mensch, du weißt doch, wie das ausgehen kann!» Er zeigte vielsagend auf die drei kleinen Gräber im Kellerboden. «Oder soll ich dich lieber in kleine Stücke schneiden und auffressen?»

Torsten wollte nicht gefressen werden, doch er schwieg trotz aller Angst. Verärgert schob Mischa den Stock zwischen Torstens Beine und drückte zu, bis der Junge stöhnte.

«Mach gefälligst das Maul auf, wenn ich dich etwas frage! Klar?»

Als Torsten weiter schwieg, drückte er die blutende Nase des Jungen fest zu. Stöhnend und nach Luft schnappend riss der Junge den Mund auf.

«Was ist los? Ist dir etwa übel?» Mischa schüttelte missbilligend den Kopf. Dann ließ er den Besenstiel an Torstens Körper höher gleiten.

Er tippte mit dem Holz auf den Kopf des Jungen.

«Am besten beginnen wir mit etwas Traditionellem. Zum Warmwerden, du verstehst schon.»

Eine Sekunde später knallte der Besenstiel auf die Rippen des Jungen.

«Oh, oh, das hat gesessen!» Mischa freute sich. Sein Treffer gefiel ihm so gut, dass er gleich noch einen auf die andere Seite landete. Versehentlich traf er Torstens Achselhöhle. Der Junge schloss vor Schmerz die Augen, schrie aber nicht.

«Oh, Mist, tut mir echt leid, ich wollte tiefer schlagen. Ich hoffe, du kannst mir verzeihen.» Ein gehässiges Lachen folgte. Dann schlug Mischa erneut zu, dieses Mal auf Torstens Bauch. Doch noch immer verließ kein Laut dessen Lippen. Mit der Kraft seiner Gedanken versuchte der Junge, die Schmerzen gleichmäßig auf seinen Körper zu verteilen, sodass sie auszuhalten waren. Das war ein Trick, den er öfter anwandte.

«Spielst du wieder den starken Mann? Na warte, ich klopf dich schon weich.»

Nach zwei weiteren Hieben auf den Oberkörper des Jungen zog Mischa Torsten mit schnellem Griff Hose und Unterhose herunter.

«Mein Gott, sind deine Eier winzig. Und was soll das da sein?» Mischa lachte kehlig, während er den Besenstiel über dem

Geschlechtsteil des Jungen kreisen ließ. «Kein Wunder, dass du am liebsten mit Puppen spielst. Bist ja eh fast ein Mädchen.»

«Willst du mal einen richtigen Schwanz sehen?» Ohne eine Antwort abzuwarten, öffnete er seine Hose. Torsten wusste, was nun kam, und versuchte, seinen Körper zur Seite zu drehen.

«Ah, wusste ich doch, dass du es auch willst. Jetzt zeig ich dir, was man mit so einem Ding machen kann, wenn es groß genug ist.» Mischa drehte Torsten mit dem Gesicht zur Wand. Während er mit der linken Hand Torstens Oberkörper nach vorne presste, zog er mit der anderen Hand dessen schmales Becken zurück. Torsten begann sich mit aller Kraft zu widersetzen, doch der Mann war stärker.

«Hör zu, du kleiner Wichser! Es ist mir scheißegal, ob es dir wehtut. Aber wenn du jetzt lockerlässt, dann haben wir vielleicht sogar beide etwas davon.»

Mit einem heftigen Ruck riss er den Unterkörper des Jungen an sich.

Der Schrei des Jungen war lang und schrill.

Es war stockfinstere Nacht, als bei Doktor Uhlmann das Telefon klingelte. In einem Anflug von Pflichtbewusstsein hatte er es sich direkt neben das Bett montieren lassen, sodass es, nicht einmal zwanzig Zentimeter von seinem Kopf entfernt, auf dem Nachttisch stand. Trotz der halben Flasche Doppelkorn, die er als Schlummertrunk zu sich genommen hatte, war er sofort hellwach.

«Doktor!» Die Stimme am anderen Ende klang aufgeregt. «Sie müssen sofort kommen!»

Die Nebel des Alkohols lichteten sich nur langsam, aber schließlich erkannte der Doktor die Anruferin.

«Frau Pfahl! Es ist mitten in der Nacht!»

«Und wennschon! Es ist etwas passiert, und wir brauchen einen Arzt. Jetzt gleich!»

«Kann das nicht warten, bis es hell ist? Ich bin gerade erst ins Bett gegangen.»

«Reden Sie keinen Mist, Sie versoffener Idiot! Wenn ich um diese Zeit anrufe, dann hat das einen Grund. Sie sind in zehn Minuten bei mir, oder ich zeige Sie an!»

Die Wut über die nächtliche Störung und der Alkohol in seinem Blut machten den Doktor mutig. «Vielleicht bin ich besoffen. Aber wenn Sie mir nicht sofort sagen, um was es geht, können Sie sich einen anderen Idioten suchen, den Sie nachts herumkommandieren!»

Frau Pfahl schnappte nach Luft. Nach einigen Augenblicken stieß sie diese wieder aus und sagte dann unter hörbarer Anstrengung: «Doktor Uhlmann, wir haben hier einen Notfall, der die Anwesenheit eines Arztes nötig macht. Nehmen Sie bitte alles mit, was man braucht, um ein Unfallopfer fachkundig zu untersuchen und zu behandeln. Aber kommen Sie *sofort*.»

«Was ist passiert, verdammt?»

Frau Pfahl holte noch mal Luft, dann sagte sie es ihm.

Zwanzig Minuten später stand Doktor Uhlmann in seinem abgewetzten Anzug vor der Villa und klingelte. Mit zittrigen Händen griff er in die Jackentasche, wo er eine kleine Metalldose hervorkramte. Er entnahm ihr zwei Koffeintabletten, die er ohne Wasser herunterwürgte. Wenn sich die vagen Beschreibungen der Witwe bestätigen sollten, brauchte er einen klaren Kopf.

Wenige Augenblicke darauf öffnete Frau Pfahl die Tür und zog ihn sofort in den Flur.

«Ist Ihnen jemand gefolgt?»

«Morgens um drei? Nein, ich bin der einzige Verrückte, der um diese Zeit unterwegs ist.»

«Er liegt im ersten Stock», sagte die Frau unwirsch.

Während sie vor ihm die Treppe hinaufstieg, verfolgte Doktor Uhlmann mit gierigen Blicken, wie der seidene Morgenmantel ihre Figur umschmeichelte.

Er hustete rasselnd. Natürlich wusste er, dass er einen ziemlich herben Kontrast zu der schwarzhaarigen Schönheit bot. Fünfundfünfzig Jahre alt, eher klein gewachsen und so dürr, dass sein abgetragener Anzug wie ein leerer Kartoffelsack an ihm schlotterte. Sein dünnes, graues Haar war fettig, und er roch oft ein bisschen muffig.

Als er im Zimmer angekommen war, stellte er seine braune Ledertasche neben das Bett. Mit einem Ächzen setzte er sich auf den Stuhl, der davorstand.

«Ich sag's Ihnen gleich, Frau Pfahl. Ich bin nur hier, weil Ihre Familie seit Jahrzehnten zu meinen Patienten zählt. Wer mitten in der Nacht so krank wird, dass er medizinische Hilfe braucht, soll gefälligst den Rettungsdienst rufen. Ich habe nachts Besseres zu tun.»

«Doktor Uhlmann», sagte Helene Pfahl, während sie seine rötlich glänzende Nase betrachtete. «Ich störe Sie auch nur ungern, aber Torsten scheint es ziemlich schlimm erwischt zu haben. Und Sie kennen ja diese Sanitäter. Die meisten kommen erst, nachdem der Patient verblutet ist. Und wenn doch mal welche rechtzeitig auftauchen, dann sind es grüne Jungs, die gerade mal vier Wochen Praktikum hinter sich haben. Denen würde ich nicht mal meinen Hund anvertrauen, wenn er angefahren worden wäre.»

Der Doktor grummelte etwas Unverständliches vor sich hin, war aber offenbar besänftigt.

«Bringen Sie mir heißes Wasser, einen Waschlappen und ein Handtuch. Der Junge sieht ja zum Fürchten aus.» Während die Frau das Zimmer verließ, zog der Doktor aus den Tiefen seiner Tasche ein Stethoskop hervor. «Na, dann wollen wir uns den Schlamassel mal ansehen.»

Er knöpfte Torstens Pyjama auf, doch als er das Stethoskop auf die magere Brust des Jungen setzte, zuckte dieser zusammen. Irritiert blickte Doktor Uhlmann durch den Alkoholnebel auf seinen kleinen Patienten.

«Zieh deinen Schlafanzug aus. Ich will mir das genauer ansehen.»

Mit steifen Bewegungen tat der Junge wie befohlen.

«Jesus!» Doktor Uhlmann nahm seine Brille ab, putzte sie mit seinem Taschentuch und setzte sie wieder auf. Dann drückte er das Stethoskop auf einen Fleck, der keinen Bluterguss aufwies. «Jetzt huste mal, mein Junge.»

«Mhm-mhm», brummte der Arzt immer wieder, während er nacheinander an mehreren Stellen die Brust des Jungen abhörte. Unterdessen kam Helene Pfahl ins Zimmer und stellte wortlos eine Schüssel heißes Wasser auf den Stuhl neben dem Doktor.

«Jetzt zieh die Unterhose aus und leg dich auf den Bauch», befahl Doktor Uhlmann. Der Junge tat, wie ihm geheißen, und drehte sich umständlich um.

«Mein Gott», sagte der Arzt. Sekundenlang starrte er schweigend auf die Wunden, dann drehte er den Kopf zu Frau Pfahl. «Sie sagten, der Junge sei gestürzt?»

«Ja. Er wollte sein Fahrrad aus dem Keller holen und stolperte. Dummerweise ist das ganz oben auf der Treppe passiert, sodass er die ganzen fünfzehn Stufen hinunterfiel. Mein armer, kleiner Torsten.»

Doktor Uhlmann kniff die Augen zusammen, sagte aber

nichts. Er wusch den Jungen, dann rieb er seine Verletzungen gründlich mit einer Wundsalbe ein und legte einen Schutzverband an, der fast den ganzen Oberkörper bedeckte. Anschließend steckte er seine Arbeitsutensilien in seine Tasche und verschloss diese. Unter den wachsamen Augen von Helene Pfahl verließ er das Zimmer und ging die Treppe hinunter.

«Es sind zu meiner Überraschung keine Rippen oder sonstige Knochen gebrochen. Die Prellungen sind allerdings mit die schlimmsten, die ich seit dem Russlandfeldzug gesehen habe. Was der Junge jetzt braucht, ist absolute Ruhe und fürsorgliche Pflege. Glauben Sie, er bekommt das hier in ausreichendem Maße?»

«Selbstverständlich.»

«Gut, dann veranlasse ich dieses Mal keine Einweisung in ein Krankenhaus. Sie sollten allerdings dafür sorgen, dass der Junge nicht noch einmal *die Treppe hinunterfällt*. Ich kann für nichts garantieren, wenn so etwas wieder passieren sollte.»

«Was wollen Sie damit andeuten, Herr Doktor?»

«Ich deute überhaupt nichts an, hier handelt es sich um Tatsachen. Wenn ich den Jungen noch einmal... so vorfinde, mache ich die Sache öffentlich. Sie wissen, was ich meine.»

Frau Pfahl spitzte die Lippen und sagte dann mühsam beherrscht: «Das müssten Sie als ehrenwerter Arzt natürlich tun, Herr Doktor. Genauso wie ich meinen Umgang mit gewissen Gerüchten überdenken müsste. Als damals dieses lächerliche Gerede über Sie aufkam, konnten Sie doch immer auf uns zählen, oder? Sie verstehen schon, diese Sache mit dem Kunstfehler. Aber vielleicht war es ja falsch, dass wir bisher immer zu Ihnen gehalten haben?»

Doktor Uhlmann wusste nur zu gut, was Frau Pfahl meinte. Er hatte vor einigen Jahren einer älteren Diabetes-Patientin,

Fräulein Hohlbein, versehentlich statt einer lebensrettenden Glukoselösung eine hochkonzentrierte Insulinlösung injiziert. Da er nach der halben Flasche Smirnoff, die er vor dem Hausbesuch getrunken hatte, zu müde gewesen war, um die Wirkung der Spritze abzuwarten, war er sofort wieder nach Hause gegangen. Erst als er am nächsten Tag die alleinstehende Frau erneut besuchen wollte und ihm niemand öffnete, dämmerte ihm, dass etwas schiefgegangen sein musste. Eine Kontrolle seiner Medikamentenbestände erhärtete diesen Verdacht.

Zu seinem Glück war die Frau aber bereits über achtzig Jahre alt gewesen, sodass alle Welt von einem natürlichen Tod ausging. Und da er der behandelnde Arzt war, lautete die Todesursache auf den amtlichen Papieren schlicht «Herzversagen infolge von Altersschwäche».

Nur die Nachbarin der Verstorbenen, Frau Schnitzler, ein furchtbar geschwätziges Weib, war anderer Meinung. Sie hatte als Einzige den Arzt am Vorabend bei Fräulein Hohlbein ein und aus gehen sehen und konnte es seitdem nicht lassen, jedem, der es hören wollte, zu erzählen, wie seltsam schwankend sein Gang dabei gewesen sei. Bestimmt hat er in seinem Suff mal wieder etwas falsch gemacht, pflegte sie zu sagen, denn dass Doktor Uhlmann an der Flasche hing, wusste eigentlich jeder im Ort.

Doch Konsequenzen hatte dies so gut wie keine. Fräulein Hohlbein wurde drei Tage später eingeäschert, und kein Hahn krähte mehr nach ihr. Die Zahl der Patienten, die sich Doktor Uhlmann anvertrauten, ging wegen des unermüdlichen Schandmauls von Frau Schnitzler allerdings stark zurück. Da die reiche Familie Pfahl sich jedoch weiterhin nur von ihm behandeln ließ und dies im Gemeindeblatt auch deutlich zum Ausdruck brachte, war die Praxis des Mannes mit der roten Nase bald schon wieder so voll wie zuvor.

Glück für Doktor Uhlmann.

Pech für Fräulein Hohlbein.

Ja, Doktor Uhlmann schuldete Helene Pfahl einiges, und das wusste er auch. Aber alles hatte seine Grenzen.

«Ich bin zu alt und zu betrunken, um noch vor irgendetwas Angst zu haben, Frau Pfahl. Ihre Anspielungen können Sie sich daher sparen. Aber der Verband des Jungen muss jeden Morgen gewechselt werden, sonst verklebt er mit den Wunden. Ich lasse Ihnen außerdem ein Schmerzmittel da, falls er nicht schlafen kann. Diese Woche darf er auf keinen Fall zur Schule, und er sollte sich überhaupt so wenig wie möglich bewegen. Am besten lassen Sie ihn einfach im Bett, da hat er es am bequemsten.»

«Das hatte ich sowieso vor.»

Der Arzt sah die Frau eine Weile an, dann drehte er sich wortlos um und ging zur Haustür. Als er diese geöffnet und das Haus fast schon verlassen hatte, drehte er sich unvermittelt noch einmal um.

«Und noch etwas, Frau Pfahl!»

«Herr Doktor?»

«Halten Sie den Mann von dem Jungen fern. Er ist nicht gut für ihn.» Bei diesen Worten schaute er Helene Pfahl direkt in die Augen. Es entging ihm nicht, dass sie rot wurde. Als sich die Tür mit einem lauten Knall hinter ihm geschlossen hatte, zog er seinen Flachmann aus der Tasche, nahm einen kräftigen Schluck und starrte in den Sternenhimmel.

«Dreckschweine», stieß er dann hervor und steckte die Flasche wieder weg. «Widerliche, reiche Dreckschweine! Eingesperrt gehört ihr. Eingesperrt und kastriert.»

Leise vor sich hin murmelnd, machte er sich auf den Heimweg.

Sechster Tag

Martin Abel hatte noch nie viel auf ein gesundes Frühstück gegeben. Meistens schüttete er drei oder vier Tassen Kaffee in sich hinein, las dazu den Sportteil der Zeitung und aß, wenn es gut lief, am Ende noch ein Brötchen mit Wurst oder Käse. Wenn es weniger gut lief, stopfte er sich auf der Fahrt zur Arbeit irgendetwas in den Mund und krümelte dabei in seinem Auto so gründlich, dass es meistens schon knirschte, wenn er sich auf dem Fahrersitz niederließ.

Heute war es besonders schlecht gelaufen, und er hatte überhaupt nichts gegessen.

Nicht wegen des neuen Hotels, in das sie noch gestern Abend auf Greiners Drängen hin umgezogen waren. Das hatte ein wunderbares Buffet mit zig Sorten Müsli, Vollkornbrot und Obst. Hannah Christ hatte auch kräftig zugelangt. Mit großen Augen und einem vollgepackten Teller war sie von Tisch zu Tisch gelaufen, um sich die besten Stücke herauszupicken.

Toast mit Ei.
Melone und Schinken.
Knuspermüsli mit Milch.

Sie hatte zu jedem Bissen «Mhhhmmm!» gemacht und dabei genießerisch die Augen verdreht. Ein schöner Anblick. Er brachte einen schon am frühen Morgen auf andere Gedanken und weckte längst vergessene Freuden.

Abel hatte trotzdem keinen Hunger gehabt. Wie auch? Wenn einem ein blutiges Herz geschenkt wurde, machte das nicht gerade Appetit. Vor allem nicht, wenn der Mörder noch auf freiem Fuße war.

Etwas später saßen sie im Büro von Hauptkommissar Greiner, um sich über die neue Lage zu beraten. Abel und Christ in den Stühlen vor dem Schreibtisch, Greiner in seinem wuchtigen Sessel dahinter.

Greiner hatte offenbar auch schlecht bis gar nicht gefrühstückt, seine Laune war miserabel. Nachdem er der Gerichtsmedizin in der Uni-Klinik Dampf gemacht hatte, damit sie möglichst schnell einen Bericht zu dem gefundenen Herz erstellte, hatte er mit den Leuten von der Leitstelle den gestrigen Misserfolg diskutiert: 70 Polizisten hatten die Gegend abgesucht, während Abel und Christ mit der Telefonzelle beschäftigt waren, aber nirgendwo hatte man eine Spur des Mörders entdecken können.

Danach rief Greiner noch diverse Leute im Präsidium und beim LKA in Düsseldorf an, um sich nach den kriminaltechnischen Untersuchungen zu erkundigen. Das Ergebnis der DNA-Analyse zu dem Herz wurde ihm für den Lauf des Abends versprochen – ein neuer Rekord für Nordrhein-Westfalen. Unter zwei Tagen war normalerweise selbst unter Hochdruck nichts zu machen. Die Untersuchung der Fingerabdrücke an der Telefonzelle des Bahnhofs hatte leider nichts ergeben.

Greiners letzter Anruf galt einem der beiden Opfer, über die sie bisher nur spekuliert hatten. Bettina Herbst. Wie er sich sagen lassen musste, wurde seit Ende Mai in Poll eine Frau dieses Namens vermisst. Vierundvierzig Jahre alt, verheiratet, keine Kinder, Bankkauffrau. Einfach nach der Arbeit nicht nach Hause gekommen und seitdem nie wieder gesehen worden.

Martin Abel ahnte, warum.

Greiners Laune sank auf den Tiefpunkt, als er erfuhr, dass seit zehn Tagen in Longerich noch eine weitere Frau vermisst wurde. Marion Berg. Schwarzhaarig. Zweiundvierzig Jahre, alleinstehend, im mittleren Management einer Versicherung tätig und offenbar gut betucht. Was ja ganz gut passte, denn arm war noch keines der Opfer gewesen. Abel ahnte auch, welchen Platz Marion Berg im Kalender an der Wand des KK 11 einnahm.

Den siebten.

Mit entsprechendem Nachdruck veranlasste Greiner, dass aus der Wohnung der Vermissten DNA-Spuren zur sofortigen Gegenprobe nach Düsseldorf gebracht wurden. Nachdem er sich artig bei dem Kollegen bedankt hatte, fluchte er nach dem Auflegen gotterbärmlich, weil sich Abels finstere Prophezeiungen zu bewahrheiten schienen. Erst als Judith Hofmann ihm eine Tasse Kaffee mit ein paar Keksen auf den Schreibtisch stellte, kam er ein wenig zur Ruhe. Mit einem Ächzen ließ er sich in den Sessel fallen und begann sofort, einen Keks in den Kaffee zu tunken.

«Wenn die Presse spitzbekommt, dass wir nicht einmal in der Lage sind, einen Mörder zu schnappen, der direkt vor unserer Nase sitzt, dann werden wir zum Gespött der ganzen Stadt. Ach, was sag ich, von ganz NRW, zumindest in Kollegenkreisen.»

Mit Blick auf die restlichen Gebäckstücke stopfte er sich den aufgeweichten Keks in den Mund. «Der Mistkerl hat es geschafft, innerhalb von gerade mal drei Minuten vom Bahnhof Trimbornstraße zu verschwinden», fuhr Greiner fort. «Danach waren alle Zufahrtsstraßen und sonstige Fluchtwege abgeriegelt. Drei Minuten waren wir von ihm entfernt, und doch hat er sich in Luft aufgelöst. Der Kerl muss hexen können. Oder wir sind alle blind.»

Ein weiterer Keks landete in seinem Mund. «Irgendwelche Ideen, wie er das angestellt haben könnte?»

Alle drei dachten angestrengt über den Umstand des merkwürdigen Verschwindens nach, bis Abel plötzlich lautstark die Luft einsog.

«Scheiße.»

Konrad Greiner starrte ihn verständnislos an.

«Was ist los?»

Abel schob den rechten Zeigefinger in seinen Hemdkragen und zog ihn einmal von rechts nach links durch, um ihn zu lockern.

«Der Wagen.»

«Welcher Wagen?» Hannah Christ starrte ihn an.

«Der Wagen vor dem Präsidium. Als wir zum Bahnhof gelaufen sind und die Straße überqueren wollten, mussten wir anhalten, weil ein Auto im Weg war.»

«Und?»

«Es kam unter der Bahnunterführung durch und bog in die Kalker Hauptstraße ab.»

Greiner hörte auf zu kauen. «Sie meinen doch nicht...?»

«Doch, ich meine. Wenn man hinter der Bahnunterführung links abbiegt, kommt man doch sicher direkt zum Bahnhof Trimbornstraße?»

Greiner und Hannah Christ sahen sich wortlos an. «Verdammt!», fluchte der Kölner. «Wissen Sie noch, um welchen Wagentyp es sich handelte?»

Abel überlegte. «Das Auto war dunkel.»

«Und das Kennzeichen?»

«Keine Ahnung.»

«Oder der Fahrer?»

«Bin ich Jesus? Ich wollte nur schnell über die Straße.»

«Und Sie, Frau Kollegin?»

Hannah Christ schüttelte bedauernd den Kopf.

«Herrgott noch mal, Sie müssen doch irgendetwas gesehen haben! Der Kerl fährt Ihnen praktisch über die Zehen, und Sie wissen nicht einmal mehr, in was für einem Wagen er saß. Sie sind mir ja zwei tolle Beobachter!»

«Tut mir leid», sagte Abel eisig. «Wir hatten es eilig. Wir mussten nämlich dorthin rennen, wo Ihre Streifenwagen erst viel zu spät hinkamen und den Metzger entwischen ließen.»

Greiner presste die Lippen zusammen. «Wir haben in jeder der sechs Polizeidirektionen Kölns vier Streifenwagen, das heißt, im ganzen Stadtgebiet sind es vierundzwanzig Fahrzeuge. Zwei davon waren gestern in der Werkstatt und drei bei anderen wichtigen Einsätzen, sodass wir genau neunzehn Wagen zur Verfügung hatten, um den Kerl zu schnappen. *Neunzehn!* In einer Stadt mit einer Million Einwohnern, einer Fläche von über 400 Quadratkilometern und einem was weiß ich wie großen Straßennetz.

Die Leitstelle hatte die Wagen möglichst gleichmäßig verteilt, aber trotz Blaulicht braucht es nun mal eine gewisse Zeit, um alle Ecken zu erreichen – vor allem bei den vielen Baustellen, die wir momentan in der Stadt haben. Tatsächlich haben es unsere Kollegen in *drei* Minuten geschafft. So schlecht war das also nicht, auch wenn es mich selbst natürlich am meisten ankotzt, dass sie trotzdem zu spät kamen.»

Greiner nahm einen Keks vom Teller, schaute ihn für einen Moment abschätzend an und warf ihn dann wieder zurück.

«Na gut», stieß er schließlich hervor. «Der Kerl hält uns also zum Narren. Er telefoniert mit uns direkt vor unserer Nase, fährt vor dem Präsidium spazieren und macht sich einen Spaß daraus, Ihnen beim Überqueren der Straße den Weg zu versperren. Scheint ein richtiger Scherzkeks zu sein, unser Mann.»

«Vielleicht habe ich zu wenig Humor, um darüber lachen zu können», sagte Hannah Christ. «Vermutlich liegt das daran, dass der Kerl in meinem Zimmer war und mich beim Schlafen beobachtet hat. Wenn ich nur daran denke, wird mir schlecht.»

«Wollen Sie Polizeischutz?», fragte Greiner. «Es ist zwar gerade Urlaubszeit, aber ich kann das organisieren.»

«Nein danke.» Hannah Christ hob ablehnend die Hände. «Ich kann mir nicht vorstellen, dass der Kerl das noch mal wagt. Er wird hoffentlich davon ausgehen, dass wir jetzt überwacht werden, und sich nicht mehr in unsere Nähe wagen.»

Greiner zuckte mit den Schultern. «Ganz wie Sie meinen.»

In diesem Moment klingelte das Telefon auf seinem Schreibtisch. «Mein Gott, was für ein Taubenschlag!», rief er und hob ab. «Ja?» Nach einer Weile holte er tief Luft und fragte: «Sind Sie sicher?» Weitere drei Sekunden später: «Wir kommen.»

Nachdem er aufgelegt hatte, stand er rasch auf. Dabei warf er Martin Abel einen Blick zu, der diesem nicht gefallen wollte. «Das war Professor Kleinwinkel. Leichenfund im Stadtwald. Forstarbeiter haben einen Müllsack entdeckt. Als sie nachsehen wollten, was darin war, kam ihnen eine Leiche entgegen. Der Sack ist jetzt in der Gerichtsmedizin und wird dort geöffnet. Ich habe die dumpfe Ahnung, dass wir uns das ansehen sollten.»

Martin Abel nickte und erhob sich ebenfalls. Mit einem Mal war er ganz froh, dass er noch nicht gefrühstückt hatte.

«Das war die schlechte Nachricht», fuhr Greiner unvermittelt fort. «Die gute ist: Die Forstarbeiter haben den Mann beobachtet, der den Sack abgeladen hat.»

Der Doktor hatte sich für heute einiges vorgenommen. Vormittags wollte er mindestens zwei Stunden für den Köln-Marathon im Oktober trainieren, um eins hatte er einen Friseurtermin, und danach stand der längst fällige Einkaufsbummel an – er brauchte unbedingt einen Anzug für die Beerdigung. Und das bei über dreißig Grad im Schatten und überhaupt keiner Lust auf Shoppen.

Um neun erfuhr er, dass sich zumindest sein Vormittagsprogramm anders gestalten würde. Als sein Handy klingelte und er die Nummer des Gerichtsmedizinischen Instituts auf dem Display erkannte, wusste er, dass wieder einmal der Bereitschaftsdienstteufel zugeschlagen hatte.

«Ich brauche Sie.» Professor Kleinwinkel hielt sich nicht mit einer Begrüßung auf. «*Sofort!*»

Dem Doktor blieb nicht einmal genügend Zeit, nach dem Hintergrund dieses Notfalls zu fragen – obwohl er es sich natürlich denken konnte. Zwanzig Minuten später traf er mit seinem Wagen am Gerichtsmedizinischen Institut ein. «Der Chef wartet schon auf Sie», wurde er von Kleinwinkels Sekretärin begrüßt. «Drei Leute von der Kripo und eine Dame von der Staatsanwaltschaft sind auch drin. Ich sage Ihnen, da ist was ganz Großes im Gange!»

«Na denn!», sagte der Arzt und setzte seinen Weg zum im

Keller gelegenen Sektionssaal fort. Im Umkleideraum streifte er seine grüne OP-Kleidung und die Gummihandschuhe über. Anschließend hängte er sich eines der bereitliegenden Diktiergeräte um und schaltete es auf Sprachsteuerung. Das kleine Mikrophon befestigte er unter seinem Kragen. Nach einem kurzen Funktionstest holte er tief Luft und betrat den Sektionssaal.

Er merkte sofort, was los war. Der Professor und die anderen Anwesenden standen um einen der vier Sektionstische herum. Kleinwinkel und ein Sektionsdiener in voller Montur, die anderen vier Personen von der Polizei und der Staatsanwaltschaft in Zivil. Diese Besetzung war normal und einem wichtigen Fall angemessen. Ungewöhnlich war allerdings, dass kein einziges Wort gewechselt wurde. Zumindest bei Professor Kleinwinkel. Der war normalerweise durch nichts zu bremsen.

Noch auffälliger als Kleinwinkels Schweigen war aber das, was auf dem Sektionstisch lag. Ein großer blauer Müllsack, aus dem zwei aneinandergefesselte Hände ragten.

«Da sind Sie ja endlich», durchbrach Professor Kleinwinkel die Stille. Dann zeigte er auf den Doktor und sagte mit Blick auf die anderen: «Darf ich vorstellen: mein bester Mann, aber leider nicht mein schnellster.» Dann stellte er die vier Personen einander vor.

Der Arzt nickte den Besuchern zu und ging zum Tisch. Interessiert betrachtete er die toten Hände, die zu Fäusten geballt waren, wie um etwas festzuhalten. In Wirklichkeit waren es sicherlich Schmerzen gewesen, die die Muskeln hatten verkrampfen lassen.

Kleinwinkel zeigte auf den Sack. «Wir gehen davon aus, dass es sich hier um ein Opfer des Metzgers handelt. Da ich die letzten Fälle untersucht habe und wir dabei zu keinem befriedigenden Ergebnis kamen, halte ich es für angebracht, wenn es dieses Mal jemand anders macht. Jemand mit einem anderen Blickwinkel. Jemand wie Sie. Geben Sie sich Mühe – wir haben Publikum!»

«Sie verstehen es, den Druck von mir zu nehmen.» Der Doktor lächelte und zeigte auf die Leiche. «Irgendwelche wichtigen Details?»

Professor Kleinwinkel spitzte die Lippen. «Aufgrund der Aussagen der beiden Forstarbeiter können wir davon ausgehen, dass sie vor fast genau vierundzwanzig Stunden im Stadtwald abgelegt worden ist. Schattiger Platz, aber trotzdem im Durchschnitt zwischen fünfundzwanzig und dreißig Grad warm. Das Ergebnis können Sie riechen.»

Der Doktor sog die Luft ein. Nach zehn Jahren in der Gerichtsmedizin hatte sich sein Geruchssinn längst an alle möglichen Varianten des Leichengeruchs gewöhnt. Eine Fäulnisleiche roch zum Beispiel völlig anders als eine im käsigen Zustand, eine mumifizierte Leiche anders als eine vermoderte. Der Doktor nahm diese Gerüche nur noch dann bewusst wahr, wenn er es wollte.

«Helfen Sie mir mal, bitte», sagte er zum Sektionsgehilfen. Als dieser den Müllsack gepackt hatte, zog der Doktor das Loch auseinander, um an den gefesselten Händen vorbei hineinschauen zu können.

«Außer ein paar schwarzen Haaren ist nicht viel zu erkennen», erklärte er. «Wir holen die Leiche jetzt raus. Passen Sie bitte auf, dass der Sack nicht zur Seite kippt.»

Der Sektionsgehilfe stellte sich wortlos auf die andere Seite des Tisches und tat, wie ihm geheißen. Der knapp fünfzigjährige Mann war einer der dienstältesten Mitarbeiter im Gerichtsmedizinischen Institut. Gerüchte besagten, dass er bereits bei der ersten Leiche, die hier obduziert worden war, die inneren Organe gewogen hatte. Manche witzelten sogar, dass er, wenn's abends mal später wurde, nicht nach Hause ging, sondern in einem der Kühlfächer übernachtete.

Der Doktor hatte gegen ein bisschen verschrobene Schweigsamkeit nichts einzuwenden. Die Stille im Sektionssaal war eine der angenehmsten Begleiterscheinungen seiner Arbeit.

Der Arzt hielt den Sack mit der linken Hand am oberen Ende fest, wo er mit einem Bindfaden zusammengeschnürt worden war, und schnitt ihn mit einer Schere ringsum auf. Da mit jedem Schnitt die Öffnung größer wurde, musste der Sektionsgehilfe aufpassen, dass der Sack nicht samt Inhalt vom schmalen Tisch fiel. Als der Doktor fertig war, nahm er den abgetrennten Zipfel und stopfte ihn in einen der bereitliegenden Plastikbeutel. «Vielleicht kann man beim LKA etwas über den Bindfaden herausfinden», murmelte er. Dann schaute er in den offenen Sack.

«Es ist eine Frau.»

Er beobachtete aus den Augenwinkeln, wie sich die drei Polizisten merkwürdige Blicke zuwarfen. Einer murmelte halblaut etwas, das sich wie «Scheiße» anhörte, und hielt sich dann die Hand vor den Mund.

Der Doktor konzentrierte sich wieder auf die Tote. Alles, was er jetzt tat, war von großer Wichtigkeit. Da die Leiche nicht zerstückelt war und somit nichts herunterfallen konnte, schnitt er den Sack ganz auf. Unter den wachsamen Augen des Sektionsdieners schob er schließlich die Plastikfolie nach unten.

Zum Vorschein kam eine nackte, schwarzhaarige Frau, die auf dem Rücken lag. Ihre Augen waren in stummem Entsetzen weit aufgerissen, das restliche Gesicht wurde ab der Nase von den angezogenen Knien verdeckt. Aufgrund der Enge in dem Sack waren die Beine in einer Art Fötushaltung zum Oberkörper hin gepresst worden. Die gefesselten Arme umklammerten die angewinkelten Knie. Den entblößten Unterleib streckte die

Tote – wie in einer obszönen Geste – den Besuchern von der Polizei und Staatsanwaltschaft entgegen.

«Helfen Sie mir bitte beim Umdrehen», sagte der Doktor zum Sektionsgehilfen. Zwar hatte er sich längst angewöhnt, die zu obduzierenden Toten als Gegenstand zu betrachten, dennoch wollte er die Mägen der anwesenden Besucher nicht unnötig strapazieren.

Gemeinsam drehten sie die Leiche auf dem Tisch um einhundertachtzig Grad, sodass jetzt ihr Kopf zu den Besuchern zeigte. Anschließend zogen sie den Müllsack unter ihr weg, und der Gehilfe stopfte ihn in denselben Plastikbeutel, in dem der Doktor zuvor das Stück mit dem Bindfaden untergebracht hatte.

«Da die Leichenstarre voll ausgeprägt ist, liegt der Todeszeitpunkt maximal drei Tage zurück.» Die Anspannung des Arztes stieg. «Vor der Sektion möchte ich eine oberflächliche Bestandsaufnahme machen. Dazu könnte ich noch ein paar kräftige Hände brauchen, die mir beim Brechen der Leichenstarre helfen.»

Auffordernd schaute er Professor Kleinwinkel an. Um den Tag nicht ganz der Arbeit widmen zu müssen, wollte er ihn unbedingt in die Obduktion mit einspannen.

Bevor Kleinwinkel jedoch reagieren konnte, machte der Polizist, der Abel hieß, einen Schritt nach vorn. «Ich übernehme das», sagte er.

Der Doktor sah ihn überrascht an. Polizisten hielten sich bei Obduktionen in der Regel vornehm zurück. Meistens wollten sie die Sache einfach so schnell wie möglich hinter sich bringen und sahen nur zu, weil ihre Anwesenheit vorgeschrieben war. Bestenfalls fragten sie schon nach einem vorläufigen Befund, während die Ärzte noch bis zu den Ellbogen in der Leiche wühlten.

Abel schien es jedoch ernst zu meinen. Ohne Umschweife zog er sich ein paar Gummihandschuhe aus dem Spender und stellte sich an den Sektionstisch. «Ich habe Erfahrung mit so etwas», erklärte er. Dabei fixierte er den Doktor mit festem Blick.

«Wie Sie meinen. Halten Sie Arme und Oberkörper fest, ich übernehme die Beine.» Der Polizist ging ans obere Ende des Tisches und legte seine Hände auf die Schultern der Toten. Als der Doktor sicher war, dass sein Gegenüber die Leiche fest im Griff hatte, drückte er ihre gefesselten Arme ein wenig in Richtung Kopf, bis die Beine frei waren. Dann legte er seine Hände auf ihre beiden Knie und drückte sie mit aller Kraft hinunter.

«Heilige Scheiße.» Der korpulente Polizist im Hintergrund atmete lautstark aus, während sich die junge Frau neben ihm für einen Moment zur Seite wandte.

Der Doktor löste seinen Blick vom geöffneten Oberkörper der Toten und presste weiter beide Hände auf die Knie, bis ihre Beine gerade lagen. Als er sie losließ, bewegten diese sich wieder ein Stück in ihre vorherige Lage zurück. Der Doktor klopfte auf das Mikrophon des Diktiergeräts. Er durfte jetzt keinen Fehler machen. Keinen! Ruhig nahm er die kleine Taschenlampe aus der Brusttasche und beugte sich über den Kopf der Leiche. Während er mit der linken Hand in ihren blutigen Mund griff und Ober- und Unterkiefer auseinanderdrückte, leuchtete er mit der Taschenlampe hinein.

«Die Zunge wurde vermutlich mit einem einzigen Schnitt am Ansatz abgetrennt, soweit ich das erkennen kann. Glatte Auslassungsränder, also ein ziemlich scharfes Instrument.» Der Doktor richtete sich auf und steckte die Taschenlampe weg. «Jetzt wissen wir wenigstens, woher das ganze Blut im Gesicht kommt. Die Frau lebte noch, als ihr die Zunge entfernt wurde.»

«Und der Täter?», wollte Martin Abel wissen.

«War mit Sicherheit von oben bis unten nass. Das arterielle Blut muss nur so durch die Gegend gespritzt sein.»

Der Doktor sah auf den Körper der Toten. «Ypsilonförmige Öffnung des Rumpfes», sprach er dann weiter. «Vermutlich mit demselben scharfen Werkzeug ausgeführt. Beide Brüste komplett entfernt...» Er deutete mit dem Zeigefinger auf einen roten Punkt einige Zentimeter neben der Wunde. «Hier wurde geklammert. Und hier. Und hier.» Er sah Abel an. «Sie wissen, was das heißt?»

Der Polizist nickte. «Er hat sie operiert.»

Der Doktor nickte. Abel war offensichtlich klüger, als er gedacht hatte. Langsam griff er mit beiden Händen in die Bauchhöhle und schob die obere Dickdarmschlinge und den Magen beiseite, um sich ein erstes Bild machen zu können. «Leber und Nieren fehlen», stellte er fest. «Mehr kann ich erst nach Abschluss der Sektion sagen.»

«Aber es fehlen keine weiteren Organe, sagen Sie.» Der Arzt spürte, dass Abel sich vor etwas ganz Bestimmtem fürchtete.

«Nicht im Bauchraum. Aber ich habe noch nicht weiter oben nachgeschaut.» Der Doktor fasste über das obere Ende des Magens durch das durchtrennte Zwerchfell und ertastete die beiden Lungenflügel. Erst rechts. Dann links. Dann – nichts. Während seine Finger weiter in den Hohlraum vorstießen, blickte er zu Abel, der ihn keine Sekunde aus den Augen gelassen hatte.

«Lassen Sie mich raten: Das Herz fehlt.» Es war kein Triumph in Abels Stimme. Im Gegenteil. Er klang, als hätte ihn große Müdigkeit überkommen.

«Woher wissen Sie das?»

Abel zuckte mit den Schultern.

«Weil es mir kürzlich jemand geschenkt hat. Darf ich vorstellen: Vor Ihnen liegt Marion Berg.»

Direkt hinter dem Bauernhof von Abels Eltern hatte der Schönbuch begonnen. Dort, in einem der dichtesten Waldgebiete Baden-Württembergs, war Martin Abel aufgewachsen. Nicht sein Zimmer mit den James-Dean-Postern war sein wahres Zuhause gewesen. Auch nicht der Posaunenverein, in den ihn sein Vater hineingeprügelt hatte. Nein, hier im Wald, wo nachts unheimliche Geräusche zu hören waren, war seine Zuflucht gewesen.

Martin Abel hatte sich in einem Umkreis von zwanzig Kilometern besser ausgekannt als jeder Förster. Fast täglich war er, mit einem Taschenmesser bewaffnet, in den Wald gegangen. *Forschen* hatte er das genannt, und das war ein treffender Begriff. Während seiner stundenlangen Wanderungen gab es immer etwas, das es zu untersuchen galt. Mal stieß er auf die dampfende Losung von Rehwild, mal entdeckte er einen vom Blitz gespaltenen Baum, aus dem Harz tropfte. Das Forschen lag ihm im Blut wie einem spanischen Tänzer der Flamenco.

Als er gerade zehn geworden war, fand er auf einer seiner Exkursionen die Reste eines Hasenbalgs, zerfetzt neben einem Baumstumpf liegend. Martin berührte das Fell und betrachtete die leeren Augen. Bei dem Räuber musste es sich um einen Fuchs gehandelt haben, denn etwas anderes gab es hier in der Gegend nicht. Der Junge beschloss, sich auf die Suche nach dem Fuchsbau zu machen. Vielleicht konnte er ein paar Jungtiere beim Spielen beobachten. Er folgte der Spur aus gebrochenen Zweigen entlang tiefer in den Wald, bis er an einen Erdwall gelangte, der in einem der unzähligen Deutsch-Französischen Kriege aufgehäuft worden war. Direkt dahinter lag ein Graben, der den anstürmenden feindlichen Soldaten das Überrennen der eigenen Reihen hatte erschweren sollen.

Für einen Angriff ein denkbar schlechter Umstand.

Für einen Fuchsbau ideal.

Das Laub raschelte leise unter Martins Füßen, als er sich vorsichtig vorwärts bewegte. Irgendwo an den Seiten des Grabens musste der Bau sein, in den der Fuchs seine Beute geschleppt hatte. Lautlos öffnete Martin sein Taschenmesser, um sich einen Ast abzuschneiden. Füchse waren normalerweise scheu. Aber die Gegend war ein tollwutgefährdeter Bezirk, da konnte es nicht schaden, wenn man auf alles gefasst war.

Der Angriff kam völlig überraschend. Der Rottweiler musste auf dem Wall auf der Lauer gelegen und Martin schon von weitem gesehen haben. Als beide auf gleicher Höhe waren, schnappte er im Sprung nach dem Hals des Jungen und riss ihn einfach um.

Der Hund war schwerer als Martin. In dem Moment, als beide auf dem Boden aufschlugen, musste der Hund seine Beute loslassen. Jedoch nur für eine Sekunde, dann stand er wieder auf seinen muskulösen Beinen und schnappte erneut zu. Wieder am Hals und wieder mit aller Kraft.

Aber nur für einen winzig kurzen Moment.

Denn in derselben Sekunde, in der sich seine Kiefer um die Kehle des Jungen schlossen, durchstieß die scharfe Klinge eines Schweizer Armeemessers seine Bauchdecke. Bevor er den tödlichen Biss ausführen konnte, klaffte ein langer Schnitt in seinem Leib.

Martin hatte nicht lange nachgedacht, sondern das getan, was er immer tat, wenn es gefährlich wurde.

Er war seinen Instinkten gefolgt.

Gut für ihn. Schlecht für den Hund. Der war zwei Tage zuvor irgendwo ausgebüxt und verendete jetzt im Laub.

Irgendwie hatte sich Martin dann nach Hause geschleppt, wo seine Mutter beim Anblick seines blutenden Halses fast in

Ohnmacht gefallen war. Der eilends herbeigerufene Notarzt konnte außer ein paar oberflächlichen Bisswunden nichts feststellen. Er verpasste ihm eine Spritze gegen Tollwut und eine gegen Tetanus und klopfte dem tapferen Jungen wohlwollend auf die Schulter.

«Kleiner Drachentöter», sagte er dabei lächelnd. Martin trieb es das Blut ins Gesicht.

Seit diesem Tag schnitzte sich Martin einen spitzen Ast, *bevor* er in den Wald ging. Er hatte gelernt, dass es gut war, auf alles gefasst zu sein, denn im Wald konnte viel passieren. Und wenn mal nichts passierte, bohrte man einfach einen Stock in einen Ameisenbau und schaute sich den darauf folgenden Tumult an.

Genau das tat Martin Abel jetzt im Kriminalkommissariat 11. Er saß da und schaute sich den Tumult an, den die Beobachtungen der beiden Waldarbeiter ausgelöst hatten. Seit sie vom Gerichtsmedizinischen Institut zurückgekehrt waren, glich das KK 11 einem Ameisenhaufen, und Greiner war der Stock, der darin herumbohrte.

In der gesamten Abteilung herrschte Hochstimmung. Jedem war bewusst, dass der Metzger einen Fehler begangen hatte. Den ersten, aber vielleicht auch den entscheidenden. Er hatte die Leiche von Marion Berg tagsüber abgeladen und war dabei beobachtet worden. Niemand konnte sich einen Reim darauf machen, warum er so nachlässig gewesen war, aber die Folgen waren elementar. Man kannte seinen Autotyp und einen Teil des Kennzeichens. Zudem war die Spurensicherung vor Ort und würde vielleicht noch weitere Details aufdecken. Damit sollte sich doch etwas anfangen lassen, verdammt!

Greiner tat alles, um ihnen Informationen zu verschaffen. Er hatte die beiden Waldarbeiter so lange in die Mangel nehmen lassen, bis die Polizei wusste, welche Wagentypen in Frage kamen und welche nicht. Dabei erwies sich der Italiener als die deutlich bessere Quelle. Sein deutscher Kollege war dagegen keine große Hilfe: Der hatte nämlich den Sack aufgeschnitten und die Leiche entdeckt, was seinem Magen nicht gerade gutgetan hatte.

Über verschiedene Ausschlusskriterien fand man zunächst heraus, dass es entweder ein Mercedes der M-Klasse, ein BMW X5, ein KIA Sorento, ein Volvo XC 90 oder ein SsangYong Rexton gewesen sein musste.

Dann ließ Greiner die Datenbänke sämtlicher in Frage kommender Ämter nach solchen Wagen absuchen. Ein Anruf des Polizeipräsidenten und einer des Oberstaatsanwaltes machten die sonst eher trägen Behörden zu munter sprudelnden Quellen. Und was man von dort erfuhr, war geradezu sensationell.

Im gesamten Stadtgebiet gab es lediglich 3893 gemeldete Fahrzeuge dieser fünf Modelle.

Vom Kennzeichen war aber nicht nur bekannt, dass es vermutlich eines aus Köln war, sondern dass nach dem *K* – ebenfalls vermutlich – ein einzelner Buchstabe folgte.

Das schränkte die Auswahl weiter auf 2711 Fahrzeuge ein.

Die Waldarbeiter hatten außerdem zu Protokoll gegeben, dass der Wagen dunkel gewesen war. Das weit verbreitete Silber-Metallic und noch ein paar andere Farben fielen also ebenfalls weg, und es blieben noch 1644 Fahrzeuge übrig.

1644 von gut 350 000 Fahrzeugen, die in der Stadt gemeldet waren.

Das war immer noch eine ganze Menge, wenn man an die entsprechenden Vernehmungen dachte. Es mussten ja nicht nur die Besitzer überprüft werden, sondern auch noch sämtliche anderen Personen, die Zugang zu den Fahrzeugen hatten. Eine Unmenge an routinemäßiger Polizeiarbeit stand also bevor, die erst mal bewältigt werden musste. Trotzdem sah man Licht am Ende des Tunnels, war man an diesem Tag erfolgreicher gewesen als in den Monaten zuvor. Aus einer riesigen Menge von möglichen Tätern war also eine überschaubare Zahl geworden.

Richtig interessant wurde es, als man anschließend noch die Ergebnisse von Abels Täterprofil berücksichtigte. Da es sich dabei nicht um Fakten handelte, wurden sie mit der entsprechenden Vorsicht betrachtet, aber dennoch ... Ihre möglichen Auswirkungen waren erheblich.

Wenn man das Profil großzügig auslegte, kamen als Halter der Fahrzeuge alleinstehende Männer zwischen 25 und 45 in Frage. Das reduzierte die Auswahl noch mal auf 375. Wenn man dann noch die von Abel vermuteten Berufe in Betracht zog – selbständig, freiberuflich, medizinisch oder handwerklich –, dann blieben sogar nur 68 Personen übrig, mit denen man sich beschäftigen musste. Arbeitslose hatte Abel aus der Liste der Verdächtigen sofort gestrichen. Wer so einen Wagen fuhr, war nicht arbeitslos.

68 Personen also! Die Beamten des KK 11 hatten allen Grund, optimistisch zu sein. Mit glänzenden Augen wurden auf den Gängen die neuesten Informationen ausgetauscht, und Zuversicht machte sich breit. Abel konnte es keinem der an den Ermittlungen Beteiligten verdenken. Sie waren ihrem Ziel einen riesigen Schritt näher gekommen.

Greiner war mangels besserer Vorschläge damit einverstanden, dass man sich diese 68 Personen zuerst vornahm.

«Wir müssen diese Leute *sofort* überprüfen», sagte er zu den Frauen und Männern, die sich im großen Besprechungszimmer versammelt hatten. Sein Gesicht verriet die Anspannung, unter der er stand, gleichzeitig strahlte er aber eine Energie aus, die auf alle ansteckend wirkte. «Dabei müssen wir natürlich vorsichtig vorgehen. Solange wir den Mörder nicht eindeutig identifiziert haben, sind alle auf der Liste befindlichen Kandidaten als unschuldig anzusehen. Leute, die so ein Auto fahren und solche Berufe ausüben, haben meistens genügend Geld, um sich einen guten Anwalt zu leisten. Also werden wir alle 68 Männer unter dem Vorwand einer Zeugenaussage im Zusammenhang mit den Metzger-Morden hierher einladen. Dagegen wird sich hoffentlich niemand sperren. Judith, das übernimmst du. Wenn jemand vorgibt, keine Zeit zu haben, dann fahren die Kollegen Maas und Leingart vorbei und überprüfen die Person vor Ort. Wir müssen bei allen die Alibis checken.»

«Und was ist mit den Leuten, die gerade im Urlaub sind?», wollte Richard Maas wissen. Ein ablehnender Unterton war nicht zu überhören. «Wir sind doch mitten in den Sommerferien.»

«Unser Mann ist nicht verreist», sagte Abel trocken. «Er war gestern noch am Bahnhof Trimbornstraße und hat dort ein Herz in einer Telefonzelle hinterlegt.»

«Wir brauchen uns nichts vorzumachen», fuhr Greiner unbeirrt fort. «Es wäre ein Wunder, wenn alle aus der Liste sofort greifbar wären. Aber die, die momentan in Köln sind, will ich innerhalb von zwei Tagen abgehakt haben.»

Ein Stöhnen ging durch den Raum. Greiner hob die Hand, bis wieder Ruhe eingekehrt war. «Ja, ich weiß, das wird ein hartes Stück Arbeit. Jede Befragung wird ein bis zwei Stunden dauern, dazu kommen noch die ganzen organisatorischen Vorbereitungen wie Einladungen, Fragelisten erstellen und natürlich der ganze Schreibkram danach. Von der Überprüfung der Alibis will ich gar nicht erst reden. Auch wenn wir sämtliche Leute aus dem Urlaub holen und die Bereitschaft anzapfen, werden wir bis spät abends schuften müssen, das ist mir klar. Aber es *ist* zu schaffen.

Und wir müssen diesen Kerl schnappen, bevor er weiteres Unheil anrichten kann. Das ist das Allerwichtigste. Dafür und für den warmen Händedruck unseres Polizeipräsidenten kommt man auch mal ein, zwei Tage mit weniger Schlaf aus. Also an die Arbeit, Leute.»

Innerhalb einer halben Minute hatte sich die Versammlung so weit aufgelöst, dass nur noch Martin Abel, Hannah Christ und Hauptkommissar Greiner anwesend waren. Der Leiter des KK 11 sah den Fallanalytiker ein paar Sekunden abschätzend an. «Mal unter uns», sagte er dann. «Für wie hoch halten Sie die Wahrscheinlichkeit, dass der Metzger unter den 68 Männern von der Liste ist?»

Martin Abel hob die Schultern. «Wenn die beiden Waldarbeiter bei den Automodellen und dem Kennzeichen keinen Mist erzählt haben, knapp über 100 Prozent.»

Greiner lachte auf. «Wenn Sie recht haben, dann nehme ich alles zurück, was ich in den letzten Tagen zu Ihnen gesagt habe.»

«Und wenn nicht?»

Greiners Stirnfalten vertieften sich. «Dann werde ich die restlichen knapp 4000 Fahrzeughalter überprüfen lassen müssen, zur Not auch mit einem Gentest. Ihre Tage in Köln wären dann natürlich gezählt, denn in diesem Fall hätte uns Ihr Profil keinen Schritt weitergebracht. Das verstehen Sie doch sicher?»

«Natürlich», gab Abel ungerührt zurück. «Wenn man nicht in der Lage ist, die einzige echte Zeugin für eine Gegenüberstellung herbeizuschaffen, dann muss man eben halb Köln verhören. Wie praktisch, wenn man gleich noch einen Sündenbock dafür hat.»

«Sie haben offenbar vergessen, wie das hier mit den ausgelobten Belohnungen funktioniert», sagte Greiner säuerlich.

«Nein, hab ich nicht. Aber man sollte mit dem Staatsanwalt wenigstens darüber *reden*. Die Prostituierte ruft heute Abend an. Sie könnte den Metzger bei einer Gegenüberstellung sofort erkennen. Immerhin kann es sein, dass er uns mit den Indizien an der Nase herumgeführt hat. Der Staatsanwalt sollte verstehen, dass wir zweigleisig fahren müssen.»

«Nicht bei zwanzigtausend Euro. Da hört sein Verständnis auf.»

«Sie haben es noch nicht mal versucht.»

«Diese Blamage überlasse ich Ihnen. Wenn Sie unbedingt Wert auf eine solche Erfahrung legen, dann nur zu! Judith gibt Ihnen gern die Telefonnummer.»

Martin Abel schaute Hauptkommissar Greiner nach, als dieser mit langen Schritten das Besprechungszimmer verließ. Ein wahrhaft großer Mann, der kein Problem damit hatte, über seinen fetten Wanst zu sprechen. Beim Thema Fallanalyse schaffte er es aber offenbar nicht, der Wahrheit ins Gesicht zu sehen. Lieber ging er seine alten Wege, als ernsthaft über etwas Neues nachzudenken.

Schade, dachte Abel. *Im Krieg und in der Liebe ist alles erlaubt. Da darf man nicht zimperlich vorgehen, wenn man am Ende siegreich sein will.*

Greiner würde keinen Handstreich tun, um Abel zu helfen, auch wenn das für seine Abteilung viele Tage zusätzlicher Arbeit bedeutete. Abel wusste, dass es nun an ihm lag, zu beweisen, dass sein Täterprofil richtig war. Und ihm blieb genau eine Möglichkeit, das heute noch zu erreichen.

Er stand auf und ging zur Tür. «Ich muss jetzt los.»

«Wohin denn?», fragte Hannah Christ verständnislos.

«Na, die zwanzigtausend Euro organisieren!»

«Sie wollen tatsächlich den Staatsanwalt bequatschen?»

«Nein. Wenn Greiner sich das nicht zutraut, dann brauche ich es gar nicht erst zu versuchen.»

Hannah runzelte die Stirn. «Sagen Sie bloß, Sie haben im Lotto gewonnen. Oder welche andere Quelle haben Sie aufgetan?»

Abel schaute sie an und hob vielsagend die Augenbrauen.

«Das glaub ich jetzt nicht. Das kann nicht Ihr Ernst sein.» Sie schüttelte den Kopf so heftig, dass ihre Haare flogen. «Oh doch, es *ist* Ihr Ernst! Ich sehe es an dem wahnsinnigen Glanz in Ihren Augen.»

Martin Abel nickte. Er mochte dieses blinde Verständnis zwischen Mann und Frau. Das ersparte ihm lange, ermüdende Erklärungen über Dinge, die er sich sowieso nicht ausreden lassen würde. Außerdem stimmte es ihn optimistisch, dass beide Geschlechter vielleicht doch nicht von unüberbrückbaren Gräben getrennt wurden.

Wenn Hannah Christ so weitermachte, dann würde aus ihr eines Tages tatsächlich noch eine richtig gute Fallanalytikerin.

Das Haus sah genauso aus wie bei seinem ersten Besuch. Der Rasen war immer noch sauber geschnitten, und der Landcruiser stand an derselben Stelle, als ob er seitdem nicht benutzt worden wäre. Der einzige Unterschied, den Abel auf den ersten Blick ausmachen konnte, waren ein Plastikball mit Nemo-Motiv und zwei Kinderfahrräder, die nebeneinander vor dem Eingang lagen.

Dass in den letzten Tagen möglicherweise noch größere Veränderungen eingetreten waren, merkte er, als eine zaghaft lächelnde Angela Krentz die Haustür öffnete. Ihre Augen waren dieses Mal nicht verweint. Im Gegenteil, sie hatte ein wenig

Make-up aufgetragen, und die Farbe stand ihr verdammt gut. Zusammen mit dem anthrazitfarbenen Kostüm und dem cremefarbenen Top darunter sah sie zum Anbeißen aus. Zumindest für eine Witwe, die sich vor kurzem noch an Abels Brust ausgeweint hatte.

«Die Kinder sind gerade oben. Sie haben ein paar Freunde mitgebracht und spielen Activity. Könnte aber auch Flaschendrehen sein.»

Beide gingen in die Küche und setzten sich an den großen Holztisch, den Martin Abel noch vom letzten Mal kannte. Ohne Umschweife erklärte er ihr in möglichst knappen Worten sein Problem und die Möglichkeit, es zu lösen.

Die Gesichtszüge von Angela Krentz verhärteten sich für einen Augenblick. Dann stand sie auf und ließ Abel allein. Allein mit ihrem Duft, den er bereits von seinem ersten Besuch her kannte. Hatte sie etwa gewusst, dass er heute kommen würde, und unter ihrem Kostüm vielleicht sogar ihr schwarzes Negligé angelegt?

Zwei Minuten später kam sie zurück und setzte sich ihm gegenüber an den Tisch. «Wie viel, sagten Sie?»

«Zwanzigtausend.»

Die Witwe unterschrieb den Scheck, ohne mit der Wimper zu zucken. «Es ist ein Barscheck – dieser Frau vermutlich lieber als eine Überweisung. Die Bank wird wegen des Betrags wahrscheinlich bei mir anrufen, aber das ist kein Problem. Harry hatte hohe Lebensversicherungen abgeschlossen.»

Martin Abel steckte den Scheck ein. Er hatte gemischte Gefühle dabei, aber die hatte er eigentlich immer in Gegenwart einer schönen Frau.

«Und vergessen Sie nicht, den Kerl von mir zu grüßen, wenn Sie ihn festnehmen», sagte Angela Krentz, während sie ihn zur

Tür brachte. Als er ihr zum Abschied die Hand reichte, zog sie ihn an sich und drückte dem verdatterten Fallanalytiker einen Kuss auf die Wange. «Ich denke, das ist okay, wenn man schon mal zusammen im Bett lag.»

Als die Frau lächelnd die Mundwinkel verzog, glaubte Martin Abel für eine Sekunde, den Engel auf den Familienfotos wiederzuerkennen. Er sperrte ihr Lächeln in sein Herz und schwor sich, es nie wieder herauszulassen.

—

Der Doktor ließ sich notgedrungen bis abends um acht Uhr Zeit, bevor er in das Gerichtsmedizinische Institut zurückkehrte. Mit jeder Stunde wuchs zwar auch die Wahrscheinlichkeit eines Misserfolgs, aber das war immer noch besser, als Professor Kleinwinkel über den Weg zu laufen. Der hatte schon beim letzten Mal, als er ihn so spät abends und außerhalb des Dienstplans im Institut angetroffen hatte, unbequeme Fragen gestellt. Fragen, auf die er lieber nicht antworten wollte.

Offenbar hatte es keine weiteren Todesfälle gegeben, die unbedingt noch heute untersucht werden mussten. Jedenfalls war niemand zu sehen und der Gang zu den Sektionsräumen so leer und still, dass der Arzt außer seinen Schritten nur noch seinen Atem hören konnte.

Seinen *ruhigen* Atem.

Fünfundvierzig Schläge pro Minute. Er wusste, dass es so war. Das Training zeigte Wirkung. Das Training und die perfekte Beherrschung seines Körpers.

Fünfundvierzig Schläge.

Nicht schlecht, dachte er, vor allem, wenn man die Umstände berücksichtigte.

Vorsichtig öffnete er die Tür zum Obduktionsraum. Niemand da. Nur das schwache Nachtlicht brannte, und die leeren Sektionstische schimmerten fahl im ...

«Herr Doktor!» Der Sektionsdiener ließ erschrocken die Tür zum Kühlraum hinter sich zufallen. «Was machen Sie denn hier?»

Der Arzt brauchte einen Moment, bis er sich gefangen hatte. Das hatte ihm gerade noch gefehlt! «Die Frage ist ja wohl eher, was *Sie* noch hier machen», sagte er dann streng. «Und wieso haben Sie keine Handschuhe an? Sie kennen doch die Vorschriften!»

Der Gehilfe wischte sich verstohlen die Hände an seinem Arbeitskittel ab. «Ich wollte nur noch ein bisschen aufräumen, und da hab ich wohl ...»

«Ich würde sagen, Sie haben für heute genug gearbeitet.» Seine Stimme klang ungehalten, in Wirklichkeit fragte sich der Doktor, was der andere hier zu suchen hatte. Dass der bullige Mann etwas verbarg, war offensichtlich.

«Natürlich. Wie gesagt, ich wollte ohnehin gerade ...» Der Sektionsdiener eilte am Doktor vorbei zur Tür und verschwand schnell auf den Gang hinaus. Der Doktor lauschte den sich entfernenden Schritten, bis das Flap-Flap einer Schwingtür ihm sagte, dass der Gehilfe den Sektionsbereich verlassen hatte.

Im nächsten Moment entspannte er sich. Endlich war alles so, wie er es am liebsten hatte. Er war allein. Allein an dem Ort, an dem er sich am wohlsten fühlte.

Mit einem wohligen Schauer auf dem Rücken betrat er den Kühlraum. In fünf Minuten würde alles erledigt sein. Länger hatte er bislang nie gebraucht, und mit der inzwischen erlangten Routine ...

Der Doktor zog ein Paar Latexhandschuhe aus dem Spender

und streifte sie über. Dann ging er zum Kühlfach von Marion Berg und zog es auf.

Die Stunden in der Kälte hatten der Leiche gutgetan. Ruhig lag sie da, fast friedlich, und der Geruch war nicht mehr so schlimm wie in dem Moment, als er den Müllsack aufgeschnitten hatte. Der Doktor hätte schwören können, dass sie sich mit ihrem Schicksal inzwischen abgefunden hatte.

Hallo, Schneewittchen! So sieht man sich wieder! Manche Dinge kann man eben nicht verhindern, mein Schatz!, dachte er. *Und wenn du ehrlich bist, bist du doch froh, dass es so endet.*

Der Doktor lachte leise. Dann entfernte er der Toten mit geübten Fingern beide Augäpfel.

Siebter Tag

Martin Abel hatte keinen Triumph gezeigt, als er am Abend zuvor Greiner den Scheck überreicht hatte. Auch nicht, als der Erste Hauptkommissar ihn lange angeschaut und dann das Papier mit einem Seufzen in seinen Schreibtisch gesperrt hatte. Erst, als etwas später der lang ersehnte Anruf der Prostituierten kam und Greiner ihr widerwillig, aber dennoch einigermaßen höflich die Zahlung für den Fall eines Erfolgs bestätigte, glomm in Martin Abels Augen so etwas wie Zufriedenheit auf. Er hatte nun alles getan, um die Suche nach dem Metzger zu einem möglichst schnellen Ende zu bringen. Was nun folgte, war routinemäßige Polizeiarbeit, mit der man die Maschen des Netzes immer enger ziehen würde.

Mit Nicole Gerber, der Geschäftsfrau aus dem horizontalen Gewerbe, war vereinbart worden, dass sie am Morgen im Polizeipräsidium erscheinen und von sicherer Stelle aus einen Blick auf die Männer werfen würde, die vernommen werden sollten.

Greiner hatte zunächst überlegt, ihr die Fotos der 68 Personen auf der Liste zu zeigen. Doch das hätte gegen den Datenschutz verstoßen. Außerdem war es besser, wenn die Zeugen unvorbereitet in die Gegenüberstellung gingen. Nicole Gerber sollte nicht unbewusst eine Vorauswahl unter den Fotos treffen, von der sie sich dann später lenken ließ.

Also verwarf Greiner die Idee mit den Fotos wieder. Und da es venezianische Spiegel bei der Kölner Kripo leider nur in billigen Fernsehserien gab, wies er der Frau ein Büro direkt am Eingang zum KK 11 zu. Dort sollte sie bei Kaffee und Keksen ausharren und immer, wenn aus dem Foyer das Eintreffen eines Verdächtigen gemeldet wurde, den Mann beim Betreten des KK 11 unauffällig unter die Lupe nehmen. Greiner fand, dass das für zwanzigtausend Euro nicht zu viel verlangt war.

Judith Hofmann hatte inzwischen ganze Arbeit geleistet. Nachdem sie gestern Nachmittag auseinandergegangen waren, hatte sie noch bei sämtlichen Wagenbesitzern angerufen. Bis zum Abend schaffte sie es, einundfünfzig der Männer persönlich an den Apparat zu bekommen. Nachdem sie ihnen erklärt hatte, worum es ging, waren alle damit einverstanden, innerhalb der nächsten zwei Tage ins Präsidium zu kommen.

Vier der einundfünfzig Männer sprachen zunächst davon, ihren Anwalt mitzubringen, aber Judith Hofmann gelang es mit ihrem rheinländischen Charme, ihnen das auszureden. Anschließend trug sie alle «Zeugen» in einen vorher von ihr angefertigten Zeit- und Zimmerplan ein und ordnete gleichzeitig jedem der fünf Zwei-Mann-Teams ein Büro zu. Abel gratulierte Greiner insgeheim zu seiner Assistentin, denn unter den gegebenen Umständen hatte sie eine Meisterleistung vollbracht.

Bei einer veranschlagten Dauer von zwei Stunden pro Befragung einschließlich Nachbereitung würde sich jedes Team am ersten Tag sechs Männer vornehmen müssen. Am zweiten Tag waren es «nur» noch fünf, was immer noch mehr als genug war. Die restlichen siebzehn Personen, die Judith Hofmann am Abend nicht erreicht hatte, sollten im Laufe dieses Tages mit dem Auto abgeklappert werden. Dafür hatte Greiner den wenig begeisterten Richard Maas mit dem hoffentlich seine Stimmung ausgleichenden Horst Leingart eingeplant.

Eine Nachricht hatte Judith Hofmann bei den siebzehn sicherheitshalber nicht hinterlassen. Man konnte ja nicht wissen, wie der Metzger auf eine Einladung ins Präsidium reagierte. Aus demselben Grund würden die ausrückenden Beamten auch ohne Voranmeldung bei den betreffenden Personen auftauchen. Zwei Polizisten vor der Haustür machten dann hoffentlich genug Eindruck, um auch die stursten unter ihnen dazu zu bringen, ihre Terminkalender durchzugehen.

Man konnte es drehen und wenden, wie man wollte: Morde durften jetzt in Köln keine geschehen, sonst war der Kollaps des KK 11 vorprogrammiert.

—

«Wo wohnt der Nächste?» Richard Maas saß am Steuer des neutral lackierten Polizeifahrzeugs und tippte mit den Fingern nervös auf das Lenkrad.

«Du hast die Wahl: ein Arzt in Raderberg oder ein Krankengymnast in Bayenthal.» Horst Leingart holte den Stadtplan aus dem Handschuhfach und blätterte darin. «Am besten fährst du über die Severinsbrücke und dann die Bayernstraße runter. So stehen wir am wenigsten im Stau.»

«Schon lange nicht mehr auf Streife gewesen, was?» Richard Maas startete den Wagen und lenkte ihn in die entgegengesetzte

Richtung, die sein Kollege vorgeschlagen hatte. «Wir nehmen den Arzt. Und auf der A4 ist um diese Zeit viel weniger los. Das weiß ich noch von meinem Dienst auf der Polizeiwache Porz. Aber die Gegend kennst du ja nur aus der Zeitung.»

Leingart bedachte Maas mit einem genervten Seitenblick. «Wenn du schlechte Laune hast, kannst du dich mit Greiner anlegen – falls du dich traust –, aber lass mich in Ruhe.»

Maas lenkte das Auto in eine schmale Lücke auf der linken Spur. «Schlechte Laune? Warum sollte ich schlechte Laune haben? Ich darf mit dir diese dämlichen Adressen abklappern, und zwar, weil ich so viel *Erfahrung* bei Vernehmungen habe. Weil ich der Einzige bin, der sich so schnell auf die unterschiedlichsten Menschen einstellen kann. Das hat der Dicke heute Morgen zu mir gesagt.» Er schnaubte. «Dass ich nicht lache. Soll ich dir sagen, was der wahre Grund für diese scheiß Aktion ist? Ich darf mit dir durch die Stadt gurken, weil Greiner mich dadurch möglichst elegant aufs Abstellgleis schieben kann.»

«Diese Arbeit ist genauso wichtig wie alles andere auch.»

Maas nickte. «Dass du mit solchen Hilfsjobs zufrieden bist, ist mir klar. Wann hast du auch schon mal so was wie Ehrgeiz gezeigt? Das Einzige, was dich mit einem Ersten Hauptkommissar verbindet, ist dein fetter Bauch.»

Leingart verzog das Gesicht. «Kann sein, dass ich einen Bauch habe. Aber dafür habe ich auch noch so was wie Anstand im Leib. Im Gegensatz zu dir. Seit dir Andrea den Laufpass gegeben hat, bist du ein unausstehlicher Mistkerl.»

«Meine Beziehung zu Andrea geht dich einen Dreck an!»

«Dann hättest du dich nicht ständig mit ihr in der Öffentlichkeit zeigen, sondern ein wenig diskreter vorgehen sollen, du selbstverliebter Idiot! Ich freue mich jedenfalls schon heute auf den Tag, wenn deine Frau dahinterkommt, was du hinter ihrem Rücken alles treibst.»

«Anstatt mir Vorträge zu halten, solltest du was für deine Figur tun. Dann hättest du vielleicht auch wieder bei anderen Frauen Chancen als bei deiner fetten Kuh zu Hause.»

Horst Leingart schüttelte den Kopf. «Richard, du bist ein krankes Arschloch.»

«Ach, fick dich doch ins Knie!»

Horst Leingart wusste, was mit Richard los war. Zwei Tiefschläge innerhalb kürzester Zeit waren zu viel gewesen. Erst hatte ihm vor drei Wochen Andrea Wolff vom KK 31 einen Tritt gegeben und ihr Verhältnis beendet. Dann war ihm von Greiner die Leitung der Metzger-Fälle entzogen worden. Offiziell nicht wegen Erfolglosigkeit, zumindest hatte sich der Dicke mit Kritik an Maas zurückgehalten. Aber Richard hatte es natürlich genau so aufgefasst.

Vierzig schweigsame Minuten später – davon die Hälfte im Stau – fuhren sie an dem Haus in Raderberg vor. Der schwarze Mercedes-Geländewagen vor der verschlossenen Garage zeigte ihnen, dass sie hier richtig waren. Außerdem machte es ihnen Hoffnung, dass sie hier mehr Glück haben würden als bei der ersten Adresse, die sie heute Morgen schon überprüft hatten.

«Bleib sitzen, ich erledige das.» Richard Maas stellte den Motor ab und öffnete die Tür. «Du willst den guten Mann doch nicht mit deiner Wampe erschrecken.»

«Wenn der Kerl deine blöde Visage sieht, knallt er dir sowieso wieder die Tür vor der Nase zu.»

Maas stieg aus und holte sein Jackett vom Rücksitz. Auch wenn er es bei der Hitze nur ungern anzog, so war ihm doch klar, dass ein Polizist in kurzärmeligem Hemd weit weniger Respekt einflößte als einer im Anzug. Also zog er sich das Jackett über und machte, dass er in den Schatten des Vordachs kam. Mit Schweißperlen auf der Stirn drückte er auf den Klingelknopf.

Richard Maas musste einige Zeit warten. Dann aber öffnete sich endlich die Tür.

Der Tag hatte für den Doktor nicht gut begonnen. Die halbe Nacht hatte er in seiner Werkstatt verbracht, um zu retten, was noch zu retten war. Er hatte inzwischen einige Erfahrung in dieser Arbeit, aber seine Hände zitterten trotzdem, als er endlich fertig war und – völlig erschöpft – ins Bett ging.

In seinen Träumen wiederholte er dann die Prozedur wieder und wieder, dieses Mal aber unter den strengen Blicken seiner Mutter – eine Vorstellung, die ihn schreiend aufwachen ließ.

Nachdem er einige Zeit lang unruhig durch das Haus gestreift war, ging er, einem inneren Zwang folgend, in die Küche. Essen. Er wusste, dass er sich vor dem Marathon keine Schlemmereien erlauben durfte, aber er konnte einfach nicht anders. Er brauchte ein Stück Fleisch. Jetzt sofort. Irgendetwas Handfestes, das ihn davon ablenkte, dass bei Marion Berg vielleicht nicht alles so glattlaufen würde wie bei den Toten zuvor.

Gerade als er sich in der Küche etwas zu essen machen wollte, klingelte es an der Tür.

Mit einem Seufzer öffnete er die Haustür.

Davor stand ein Mann mit gegelten Haaren und einem falschen Lächeln im Gesicht. Gelangweilt. Arrogant. Nach billigem Aftershave riechend. Der Doktor hasste den Kerl, bevor er den ersten Satz gesagt hatte. Im selben Moment wurde ihm aber auch klar, dass er den Mann kannte. Sein Herz begann, wild zu pochen.

«Was führt Sie denn hierher, Herr Maas?» Irgendwie zauberte der Arzt ein sympathisches Lächeln auf seine Lippen.

Der Mann vor der Tür runzelte verdutzt die Stirn. Dann schaute er auf das Namensschild an der Klingel und lachte verblüfft auf. «Der Doktor aus der Gerichtsmedizin! Verdammt, mein Kollege hat ganz vergessen, mir zu sagen, wen wir hier besuchen. Tut mir leid, dass ich Sie nicht gleich erkannt habe.»

«Kein Problem.» Der Doktor lächelte. «Womit kann ich Ihnen helfen?»

Richard Maas blickte ihm in die Augen. «Wir müssen uns mit Ihnen unterhalten. Reine Routine. Würden Sie bitte mit aufs Präsidium kommen?»

Als um 8.30 Uhr der erste der Geländewagenfahrer von dem im Foyer sitzenden Herrn Keilbach angemeldet und von Judith Hofmann ins Kommissariat gebracht wurde, saß Nicole Gerber, halb hinter einem Monitor verborgen, in dem kleinen Büro neben der Eingangstür zum KK 11. Eine große Sonnenbrille verdeckte ihre Augen. Aufmerksam schaute sie auf den Gang hinaus und musterte den vorbeilaufenden Mann.

«Der ist viel zu dick», sagte sie. «Solche Männer brauchen Sie gar nicht erst herzubringen. Dann schaffen wir es in der Hälfte der Zeit.»

«Immer langsam mit den jungen Pferden», erwiderte Greiner. Zusammen mit Martin Abel und Hannah Christ hatte er für einen Moment neben Nicole Gerber Platz genommen, um mit ihr die weitere Vorgehensweise zu besprechen. «Sie sollten niemanden ausschließen, nur weil sein Äußeres auf den ersten Blick nicht passt. Ich kann mir gut vorstellen, dass jemand bei einem Besuch im Polizeipräsidium anders auftritt, als wenn er zu einer ... Dame Ihres Gewerbes geht. Also schauen Sie genau hin, sonst ist das hier alles Makulatur, und Sie werden den Scheck nie zu Gesicht bekommen.»

«Von schönen Männerkörpern verstehe ich definitiv mehr als Sie. Deshalb kann ich zum Beispiel auch ausschließen, dass *Sie* es waren.» Nicole Gerbers Ton klang patzig; spöttisch taxierte sie Greiners massige Gestalt. Als von ihm keine Antwort kam, griff sie nach der Kaffeetasse, die vor ihr stand, und starrte wieder auf den Gang.

«Wann kommt der Nächste?»

—

Richard Maas bretterte auf den Parkplatz neben dem Polizeipräsidium und legte dort zwischen zwei Streifenwagen eine Vollbremsung hin. Während Horst Leingart laut zu fluchen begann, stieg der Doktor sichtlich angespannt aus dem Wagen. «Sie fahren einen heißen Reifen, Herr Hauptkommissar. Sind Sie bei Schumi in die Lehre gegangen?»

Maas stieg ebenfalls aus und grinste. «Sie werden lachen: Ich komme aus Kerpen. Aber nein, es war umgekehrt, Schumi war mein Schüler. Und so, wie es aussieht, ist bei ihm sogar etwas hängengeblieben. Wobei in letzter Zeit...»

Horst Leingart verzog angewidert den Mund. Er hasste es, wenn Maas sich so aufspielte. Wenigstens hatte sich seine Gemütslage während der Fahrt gebessert. Der Doktor wirkte nervös, aber irgendwie schaffte er es, immer genau das zu sagen, was Maas bei Laune hielt. Horst Leingart wünschte sich, dass ihm das wenigstens einen Tag lang auch gelingen würde. Aber man durfte ja nicht zu viel vom Leben erwarten.

Schweigend ging er hinter den beiden her. Plötzlich registrierte Leingart, dass Maas sie nicht zum Haupteingang des Präsidiums führte, sondern auf den Hintereingang zusteuerte.

Maas, dem sein fassungsloser Blick nicht entgangen war, winkte ab. «Ich bringe ihn hinten rauf. Ist viel kürzer.»

Leingart schüttelte genervt den Kopf. «Das geht nicht, du kennst doch Greiners Anweisung.»

Richard Maas trat so dicht an Horst Leingart heran, dass sich ihre Nasenspitzen fast berührten. «Natürlich kenne ich die», flüsterte er so leise, dass der Arzt ihn nicht hören konnte. Leingart merkte ihm seine Wut an. «Das heißt aber nicht, dass wir unser Hirn ausschalten. Glaubst du im Ernst, dass *das* unser Mann ist?» Er deutete mit dem Kopf in Richtung des Doktors. «Das ist doch fast ein Kollege von uns, du Idiot!»

Leingart erwiderte den Blick von Maas, seine Kiefermuskeln spannten sich. Am liebsten hätte er seinem Kollegen in aller Deutlichkeit gesagt, was er von seinem unprofessionellen Vorgehen hielt, doch es reichte, wenn Maas sich vor dem Doktor zum Affen machte. Den Rest würde Greiner erledigen, wenn er ihn bei dieser Nachlässigkeit erwischte. Horst Leingart hatte gute Lust, dabei ein wenig nachzuhelfen.

«Tu, was du nicht lassen kannst. Aber auf deine Verantwortung.»

Maas machte eine wegwerfende Handbewegung und wandte sich an den Doktor. «Normalerweise sind wir ja bei Ihnen, jetzt lernen Sie endlich mal unseren Laden von innen kennen. Das reinste Irrenhaus, sage ich Ihnen.»

Der Arzt schaute sich aufmerksam um. «So schlimm wird's schon nicht sein. Oder werden Sie jeden Tag acht Stunden an den Schreibtisch gekettet?»

«Nein, zehn, und nach zwanzig Jahren sieht man dann entweder so aus wie Leingart, oder man dreht durch. Der Bau hier wird nicht umsonst *Kalkatraz* genannt.»

Eine knappe Minute später waren sie im vierten Stock, dort, wo das KK 11 angesiedelt war. Einen Witz über die heiligen Hallen, die sie nun betraten, auf den Lippen, ging Maas mit seinem Gast auf sein Büro zu.

«Das nächste Zimmer dort. Möchten Sie was trinken?» Mit einer höflichen Geste bugsierte er den Doktor in sein Büro, das direkt neben dem Zimmer mit Nicole Gerber lag. Anschließend wandte er sich an Horst Leingart. «Bring uns schnell mal einen Kaffee. Ich mache das hier schon.»

Aber sicher, dachte Horst Leingart und knallte wütend die Tür zu. Eigentlich hatte er Maas noch mal daran erinnern wollen, dass die Prostituierte aus gutem Grund nebenan auf ihrem Posten saß. *Bin ich etwa sein Kindermädchen? Er wird schon sehen, wohin ihn das führt.* Mit diesen finsteren Gedanken machte sich Leingart auf den Weg in die Kantine. Der Cappuccino dort war zwar nicht gerade Weltklasse, aber allemal genießbarer als Richard Maas.

■

Von dem Moment an, als der Doktor zu Richard Maas und Horst Leingart ins Auto gestiegen war, beschäftigte ihn nur eine Frage: Was wusste die Polizei?

Maas hatte nichts Konkretes gesagt, und er selbst würde sich natürlich hüten zu fragen. Aber gab es überhaupt eine andere Möglichkeit, als dass sie ihn erwischt hatten? Obwohl er es schaffte, nach außen das Bild des selbstbewussten Arztes aufrechtzuerhalten, zitterte er innerlich.

Im Präsidium angelangt, versuchte er mit all seinen Sinnen

Informationen zu erhaschen. Jedes noch so kleine Detail wurde registriert: das Stockwerk, in das sie fuhren. Der Platz, an dem der aufgeblasene Polizist seine Codekarte für die Tür zum Kommissariat verwahrte. Die abfälligen Bemerkungen, die Maas über seinen Kollegen machte, und die bösen Blicke, die er von Leingart erntete.

Der Besuch im Präsidium war das Schlimmste, was ihm passieren konnte, aber wenn er sich zusammenriss, musste es ja vielleicht nicht in einer Katastrophe enden.

Zum Glück war Richard Maas zu sehr mit sich selbst beschäftigt, um die Anspannung des Doktors richtig zu deuten.

«So, und jetzt erzählen Sie erst mal, wie Sie es geschafft haben, dass Professor Kleinwinkel so große Stücke auf Sie hält. Sie sollen ja so was wie sein Musterschüler sein.» Maas lehnte sich entspannt zurück.

Die Anspannung des Doktors ließ spürbar nach. *Offenbar ahnt der Idiot tatsächlich nichts.* Während er zu reden begann und Maas nicht aus den Augen ließ, betastete er unauffällig das Skalpell, das wie immer in seiner Hosentasche steckte. Es gab ihm die Sicherheit, auch diese Situation zu überstehen.

Ich glaube, ich werde leichtes Spiel mit dir haben.

■

Martin Abel saß in seinem Büro und tat Dinge, von denen er hoffte, dass sie spätestens morgen überflüssig sein würden. Erst las er zum hundertsten Mal die VICLAS-Bögen aller Fälle durch und versuchte, Gemeinsamkeiten festzustellen. Dann überlegte er mit geschlossenen Augen, welches Motiv hinter den Morden steckte. Was, verdammt noch mal, trieb den Herrn der Puppen an?

Die Untersuchung der Wäsche von Marion Berg, die neben dem Müllsack im Wald gefunden worden war, hatte nichts Neues ergeben. Sie war wie in allen anderen Fällen zuvor mit einem antiallergischen Feinwaschmittel gewaschen worden. Der Urin, der um den Sack herum verschüttet worden war, stammte nicht von Marion Berg, sondern von der gleichen Person wie bei Hartmut Krentz und allen anderen. Es hatten sich zwar endlich komplette DNA-Spuren sichern lassen, nur brachten diese ohne einen konkreten Verdächtigen nichts. Ansonsten – nur die verdammten Puppenhaare.

Nach einiger Zeit nahm Abel die Füße vom Tisch und rieb sich mit beiden Händen das Gesicht. Er kam einfach nicht weiter. Er musste sich eingestehen, dass es ihm angesichts der Zuspitzung der Ereignisse an Konzentration mangelte. Die Vorstellung, dass heute oder morgen der Herr der Puppen in einem der Büros sitzen und seine Unschuld beteuern würde, ließ ihn nicht los. Wenn die Beobachtungen der beiden Forstarbeiter zutrafen und wenn er selbst mit seinem Profil richtiglag, dann war ihre Suche wahrscheinlich bald beendet.

Unglaublich, aber wahr.

Da er selbst keine Vernehmungen führen durfte, blieb ihm nichts anderes übrig, als die Zeit totzuschlagen. Schlecht für jemanden, der schon aus Prinzip nicht zur Ruhe kommen wollte – schon allein, um nicht versehentlich über sich selbst nachzudenken.

Er stand auf und streckte sich. Ein Kaffee war jetzt genau das Richtige, um seine lahmen Gedanken auf Trab zu bringen. Ein Kaffee – oder ein Kasten Kölsch, der ihn bis morgen ins Koma beförderte. Aber das ging leider nicht, auch wenn die Rheinländer als feierfreudig bekannt waren.

Also ein Kaffee.

Martin Abel ging hinaus. Der Gang lag verlassen da. Ziemlich ungewöhnlich angesichts der Hektik, die in den letzten Tagen im KK 11 geherrscht hatte. Aber jeder hatte heute eine genaue Aufgabe zugeteilt bekommen, da blieb keine Zeit für Smalltalk auf dem Flur.

Es waren nur ein paar Schritte bis zur Kaffeeküche. Doch vorher konnte es sicher nicht schaden, wenn Abel den Vernehmungszimmern einen Besuch abstattete. Allemal besser, als einfach nur dumm herumzusitzen.

Zufrieden mit sich und seiner Entscheidung, ging er zum Büro von Kommissarin Mehnert und öffnete die Tür. Zwei ziemlich indignierte Polizisten und ein molliger Herr mit Anzug und Krawatte starrten ihn an.

«Sorry. Falsche Tür.»

Das glauben wir auch, sagten die Blicke der drei, und Abel machte, dass er wegkam. Sein Instinkt sagte ihm, dass der rundliche Typ nicht der Richtige war. Der Herr der Puppen lebte asketisch und pflegte seinen Körper, was man von dem Moppelchen dadrin nicht behaupten konnte. Und der Gesuchte fuhr auch kein so teures Auto, weil man sich darin so bequem den Hintern breit sitzen konnte, sondern weil der Allradantrieb seine eigene Kraft und Beweglichkeit unterstreichen sollte.

Im nächsten Büro dasselbe Spiel. Zwei ärgerliche Beamte und ein Zeuge, der nicht so recht wusste, was er hier sollte. Das Spiel wiederholte sich noch dreimal, ohne dass es bei Abel *klick* gemacht hätte. Nicht bei jedem der Befragten waren es Äußerlichkeiten, die Abel zweifeln ließen. Einer von ihnen passte rein optisch sogar gut in das Suchraster.

Allerdings nur, bis Martin Abel ihm in die Augen sah. Die waren so stumpf wie der Lack an Abels zwölf Jahre altem Ford

Escort. Er hätte jede Wette gehalten, dass der Herr der Puppen einen unsteten Blick hatte. Doch das war leider nur Spekulation, ihm war kein Fall bekannt, in dem man einem Serienmörder seine Neigung angesehen hätte.

Das übernächste Zimmer war das, in dem Nicole Gerber durch die Glastür starrte und auf ihre ehemalige Kundschaft wartete. Hannah Christ saß bei ihr und achtete darauf, dass die Frau sich ihre zwanzig Riesen auch verdiente. Abel überlegte, ob er sich dazusetzen sollte. So würde er am frühesten erfahren, ob er mit seinem Täterprofil recht hatte oder nicht und wer der Täter war.

Doch dann schüttelte er den Kopf.

Nein, vermutlich war das doch keine gute Idee. So zappelig, wie er gerade war, würde er dort sowieso nicht lange sitzen bleiben können. Und Hannah Christs Anwesenheit hatte in letzter Zeit auch nicht gerade zur Senkung seiner Pulsfrequenz beigetragen.

Er starrte auf die Tür, die aus dem KK 11 führte. *Wenn ich hier stehen bleibe, dann läuft mir der Mistkerl irgendwann direkt in die Arme. Sobald ich die Gerber schreien höre, weiß ich, dass ich den Richtigen vor mir habe. Dann kann ich ihm mit meiner Faust heimzahlen, was er Angela Krentz angetan hat. Und mir, als er mir das Herz von Marion Berg schenkte.*

Martin Abel stellte sich vor, wie sich so ein tätlicher Angriff auf seine Personalakte auswirken würde. Vermutlich nicht sehr positiv, da stand auch schon so einiges drin. Also würde er sich beherrschen und darauf hoffen müssen, dass Justitia eine ebenso gute Antwort auf die Untaten des Metzgers hatte wie er.

Abels Blick fiel auf die Tür neben sich.

Richard Maas stand auf dem Namensschild. Der Kerl, der ihn in seiner Vorstellungsrede hatte bloßstellen wollen. Ehemaliger

Leiter der Mordkommission Metzger. Stinksauer, weil er abgesägt worden war und Abels Ideen gegenüber so aufgeschlossen wie der Papst der Empfängnisverhütung.

Ob er jetzt immer noch so große Töne spuckte wie vor einer Woche? Vielleicht sollte Abel zu ihm reingehen und ihm seinen baldigen Triumph unter die Nase reiben.

Oder einfach nur mal quatschen. Von Mann zu Mann.

Von Fallanalytiker zu Arschloch.

Das war nicht ganz so befriedigend, wie eine Faust ins Gesicht des Metzgers zu schlagen – aber immerhin.

Abel streckte die Hand aus und griff nach der Türklinke. Nach einem kurzen Zögern drückte er sie herunter.

Im selben Augenblick öffnete sich die Eingangstür zum KK 11, und Judith Hofmann trat mit einem blonden, schnurrbärtigen Mann ein.

Sie machte das so geschickt, dass dieser einige Sekunden vor Nicole Gerbers Versteck stehen bleiben musste, bis die Tür zum Kommissariat wieder geschlossen war.

Martin Abel ließ die Türklinke los und wartete auf den Schrei von Nicole Gerber. Oder darauf, dass die von Hannah Christ alarmierten Polizisten herangestürmt kamen und den Kerl niederknüppelten.

Dabei starrte er den Mann an. Der Mann starrte zurück. Irgendetwas in Abels Blick schien ihn zu verunsichern, denn nach wenigen Augenblicken wich er einen Schritt zurück und schaute sich hilfesuchend nach Judith um.

«Was ist denn mit *dem* los? Hab ich was verbrochen?»

Judith warf Martin Abel einen missbilligenden Blick zu, dann nahm sie den Besucher am Arm und zog ihn weiter in den Gang hinein. Weit weg von Abel.

«Ich setze Sie jetzt noch ein paar Minuten in unser *Wohnzim-*

mer, Herr Franke. Ein Kollege wird sich gleich um Sie kümmern. Wollen Sie solange einen Kaffee?» Als der Mann den Kopf schüttelte, ging Judith zum Büro von Hauptkommissar Hofer, um ihm den nächsten Kandidaten anzukündigen.

Kaffee.

Martin Abel erinnerte sich daran, warum er das Büro verlassen hatte. Er drehte sich um und steuerte sein altes Ziel an. Die Kaffeeküche. Dort gab es wenigstens niemanden, der ihn an den Metzger erinnern konnte.

—

Richard Maas runzelte die Stirn. Irgendjemand drückte die Türklinke herunter und ließ sie kurz darauf wieder los. Sollte Horst Leingart sich doch noch dazu bequemt haben, ihnen einen Kaffee zu bringen? Den konnte er dann selbst trinken, denn die Vernehmung des Doktors ging ihrem Ende entgegen.

Als die Tür doch nicht geöffnet wurde, wandte sich Maas wieder seinem Gast zu. «So, nun wissen Sie also, was hier los ist. Wir stehen kurz vor einer Festnahme, und Greiner rotiert. Aber das kennen Sie ja. Sie haben schließlich nicht zum ersten Mal mit uns zu tun.»

Der Arzt kratzte sich am Unterarm. «Dass dieser Fall wichtig ist, sehe ich daran, dass *Sie* sich damit befassen. Trotzdem frage ich mich, warum Sie mich persönlich abgeholt haben und das nicht Ihren rundlichen Kollegen erledigen ließen. Nichts gegen ihn, aber ...» Er beugte sich nach vorn, um leiser sprechen zu können. «Uns ist doch beiden klar, dass er bei weitem nicht dafür geeignet ist, auf Mörderjagd zu gehen.»

Maas lächelte. «Gut möglich. Aber es gab hier in den letzten Tagen ein paar ... Umstrukturierungen. Greiner leitet die Ermittlungen jetzt selbst. Die Sache...», er hüstelte, «...ging ihm wohl nicht schnell genug voran.»

«Er hält Sie für *unfähig*?» Als Maas verletzt schaute, beeilte sich der Doktor, seinen Fauxpas auszubügeln. «Das soll wohl ein Scherz sein. Aber mein Kompliment an Sie, Herr Hauptkommissar. Es gehört viel dazu, trotzdem so korrekt seiner Pflicht nachzugehen wie Sie. Jeder andere an Ihrer Stelle hätte bei einer solchen Behandlung längst alles hingeschmissen.»

«Das hätte ich auch fast getan. Ganz im Vertrauen: Ich war bei meinen Ermittlungen kurz vor dem Durchbruch. Die betreffenden Kollegen werden schon sehen, wohin der neue Kurs führt.»

«Das klingt gar nicht gut.» Der Doktor schaute Maas mitfühlend an.

Der Hauptkommissar holte tief Luft. Die Worte des Arztes waren Balsam für seine geschundene Seele. Der Mann war der Erste in letzter Zeit, der ihn verstand. *Richtig* verstand. Greiner schubste ihn aus den Ermittlungen und tat so, als ob ihm dabei nur das Wohl der Abteilung am Herzen lag. Dabei hielt er sich einfach nur für den Besseren. Wie gern wäre Maas einmal mit dem Dicken ins Fitnessstudio aufs Laufband gegangen. Dann hätte jeder sehen können, wer der Bessere war.

Und Leingart... Der war nur ein rückgratloser, fetter Kriecher, der bald größere Titten hatte als seine Frau.

Vielleicht habe ich ein generelles Problem mit Dicken?, überlegte Maas. *Vielleicht sind sie mir einfach zu langsam?*

Der Doktor dagegen sprach ihm aus dem Herzen. Der sportliche Mann mit dem sympathischen Lächeln war eine verwandte Seele, das hatte Maas während der ganzen Vernehmung gespürt. Und sie hatten sogar eine gemeinsame Leidenschaft: das Laufen. Wie sich herausgestellt hatte, trainierte der Arzt wie er gerade für den Köln-Marathon. Ob sich da nicht eine Trainingsgemeinschaft anbot?

Richard Maas blickte auf den vor ihm liegenden Vernehmungsbogen. Die ersten Fragen – die zu den kritischen Zeitpunkten – hatte er noch gestellt. Die Antworten des Doktors gaben wie erwartet nicht den geringsten Anlass für Zweifel.

Angesichts seines integren Gesprächspartners wäre es Maas peinlich gewesen, die Befragung fortzusetzen. Also hatten sie sich mehr aufs Reden verlegt. Der Arzt hatte ihm seine Geschichte erzählt und Maas ihm seine. Dabei waren sie zu der Erkenntnis gekommen, dass das Leben so einfach sein könnte, wenn man nicht von diesen vielen hirnlosen Idioten umgeben wäre. Dieses Problem würden sie beide heute nicht mehr lösen können. Aber es tat gut zu wissen, dass man nicht allein mit seinen Empfindungen war.

Richard Maas blätterte den Bogen von vorne bis hinten durch. Dazwischen setzte er die Kreuze dorthin, wo sie hingehörten. An die Stellen, die den Mann von jedem Verdacht freisprachen. Dieser Fall war so klar, dass er schon wieder langweilig war. Die Unterhaltung hatte trotzdem Spaß gemacht. Und ganz nebenbei hatte er dadurch fast eine Stunde lang nicht an Andrea Wolff denken müssen.

Richard Maas unterschrieb den Vernehmungsbogen auf der letzten Seite und schob ihn, zusammen mit einem Kugelschreiber, dem Doktor hin. «Hier. Sie müssen auch noch unterschreiben. Damit alles seine Ordnung hat.»

Als der Arzt anfing, den Vernehmungsbogen durchzulesen, schüttelte Richard Maas den Kopf. «Ich will Ihnen keinen Staubsauger verkaufen. Sobald Sie unterschrieben haben, ist die Sache für Sie erledigt. Das verspreche ich Ihnen.»

Der Doktor lächelte dankbar. «Sie scheinen das mit dem

Freund und Helfer ernst zu nehmen.» Mit einem kantigen, nach links geneigten Schwung setzte er seine Unterschrift neben die von Maas. Als er diesem den Bogen zurückschob, machte Maas noch ein energisches Kreuz in das letzte Feld auf dem Bogen. *Aussage überprüft und bestätigt.* Daneben unterschrieb er noch mal.

Maas stand auf. «Ich bringe Sie jetzt nach Hause. Sie haben sicher noch andere Dinge zu tun, als hier herumzusitzen.»

«Mich ruft heute nur noch mein Bett. Irgendwie ist heute nicht mein Tag. Bei dem Wetter bekomme ich ständig Migräne.»

«Sie sehen tatsächlich ein wenig blass aus. Möchten Sie ein Aspirin?»

«Danke. Es geht schon. Ich brauche nur ein wenig Ruhe vor der nächsten Nachtschicht.»

Richard Maas zuckte mit den Schultern. Dann führte er seinen Gast aus dem Büro.

«Hier entlang», sagte er und ging voran zum Personalausgang. «Die andere Richtung ist nur für Schwerverbrecher.» Der Doktor folgte ihm.

Unten angekommen, führte Richard Maas seinen Gast durch das Foyer nach draußen, wo die Hitze sie fast erschlug. Hinter der verglasten Kantinenwand auf der linken Seite sah Maas Horst Leingart sitzen. Mit einer Tasse in der Hand sah er zu ihnen hinaus, ohne die geringsten Anstalten zu machen, sich ihnen anzuschließen.

«Den dicken Leingart lassen wir hier», sagte Maas. «Wir wollen doch nicht seinen Blutdruck in Wallung bringen.»

«Ist mir recht», sagte der Doktor und wischte sich mit dem Handrücken die Stirn ab. «Ich bin lieber allein mit Ihnen unterwegs.»

Vergangenheit

Als Torsten nach dem Vorfall im Keller – Helene Pfahl sprach im Kreise ihrer Bekannten von einem *tragischen Unglück* – in ein Heim in der Eifel gekommen war, veränderte sich sein Verhalten zunächst nicht. Er spielte am liebsten allein und beteiligte sich nicht an gemeinsamen Aktivitäten – es sei denn, sie machten einen Ausflug in den Wald. Dort suchten sie nämlich oft nach toten Tieren, an denen ihnen anatomische Details erklärt wurden.

Torsten tat sich dabei durch ein besonderes Interesse hervor, was sich vor allem dadurch äußerte, dass er mit seinem Messer an den Tieren herumzuschneiden begann. Dabei legte er ein für sein Alter erstaunliches Geschick zutage, wenn es darum ging, Zungen, Herzen und Gehirne herauszutrennen. Sogar bei kleinen Tieren wie Mäusen schaffte er das innerhalb von Minuten. Nachher spießte er die Organe gern auf sein Messer und hielt sie über sein Feuerzeug. Er liebte den Geruch von verbranntem Fleisch.

Problematisch an den Ausflügen war nur, dass der Junge sich nicht im Beisein anderer erleichtern konnte. Auch im Heim ging er immer in eine der abschließbaren WC-Kabinen, was den anderen Jungen natürlich sofort aufgefallen war und dazu führte, dass sie ihn für seinen angeblich so kleinen Penis hänselten. In der Schule ignorierte Torsten Pfahl das geflissentlich, aber auf den Ausflügen konnte er sich zum Pinkeln leider nicht einschließen. Dort versuchte er, dem Problem vorzubeugen, indem er möglichst wenig trank.

Doch das hatte natürlich Grenzen. Einmal dauerte der Ausflug dann auch zu lange, sodass Torsten seine Hose nass machte.

«Hey, schaut euch den Hosenpisser an», rief Alex. «Hat sich mit seinem Zahnstocher selbst angepinkelt.»

Im Nu war Torsten von sechs Jungen umringt. Alex war der Gruppenälteste und einen Kopf größer als Torsten. Torsten wusste nicht, warum Alex im Heim gelandet war, aber die selbst beigebrachten Tätowierungen auf seinem prallen Bizeps ließen auf ein reges Vorleben schließen. An diesem Tag war ihm zum ersten Mal die Führung der Gruppe anvertraut worden, und es war weit und breit niemand in Sicht, der sie ihm streitig machen wollte.

«War dein Schwanz zu kurz, um ihn aus der Hose zu holen? Du hättest eine Pinzette mitnehmen sollen.» Alex sah an Torsten herunter und machte ein angewidertes Gesicht. «Das ist ja ekelhaft. Wenn rauskommt, dass wir einen Hosenpisser unter uns haben, kommt unsere ganze Gruppe in Verruf. Ich schätze, da ist eine Bestrafung fällig.» Alex gab den anderen ein Zeichen. «Los, kreuzigt ihn!»

Die anderen Jungen packten Torsten an den Armen und Beinen und warfen ihn in einen Ameisenhaufen am Wegrand. Bevor Torsten sich aufrappeln konnte, wurde er so lange über den Boden gewälzt, bis nicht nur seine nasse Hose, sondern auch seine nackten Arme und der Kopf über und über mit den Insekten bedeckt waren. Danach legten die Jungen ihn mit gespreizten Gliedmaßen auf den Waldboden und fixierten Ärmel und Hosenbeine mit spitzen Ästen.

«Die Ameisen können dir ja die Pisse von der Hose lecken», sagte Alex. «Aber pass auf, dass sie deinen Schwanz nicht mit einem Regenwurm verwechseln und ihn abzwicken.» Dann gab er Torsten einen Tritt in die Seite und verzog sich mit den anderen unter lautem Gejohle zum Rest der Gruppe.

Torsten brauchte zwanzig Minuten, bis er seine an den Boden genagelten Arme und Beine befreien konnte. Er wusste nicht, wie viele Ameisen ihn in dieser Zeit gebissen hatten, aber als er fertig war, hatte fast sein ganzer Körper eine feuerrote Farbe angenommen. Mit zusammengebissenen Zähnen schnaubte er ein paarmal kräftig, um die Tiere loszuwerden, die in seine Nasenlöcher gekrabbelt waren. Dann machte er sich auf den Weg zurück ins Heim.

Während der ganzen Zeit kam kein Laut über seine Lippen.

In der folgenden Nacht lag Torsten lange wach in seinem Bett. Die Ameisenbisse brannten wie der Teufel, sodass er sich unentwegt am ganzen Körper kratzen musste. Während er so in der Finsternis dem Schnarchen der anderen Jungen im Schlafsaal lauschte, überlegte er sich, was wohl sein Vater an seiner Stelle getan hätte.

Vermutlich gar nichts, musste er sich eingestehen. Der Vater war zu alt und krank gewesen, um sich selbst helfen zu können. Immer war Torsten derjenige gewesen, der die Kraft gehabt hatte, gegen die Hexe aufzubegehren. Vermutlich hätte der Vater also auch diese Schmähungen wortlos über sich ergehen lassen und darauf gehofft, dass irgendwann ein starker Retter kommen würde.

Zum Beispiel Torsten.

Der Junge schlug die Decke zurück und schwang die Beine aus dem Bett. Durch die heruntergelassenen Rollläden drang nur wenig Licht in den großen Raum, aber das machte nichts. Torsten wusste, wo die Möbel standen, und die leisen Geräusche verrieten ihm, wo welcher Junge schlief. Mit sicherem Griff holte er Gabriel aus der Nachttischschublade. Die kleine Puppe mit den Engelslocken war ganz warm. Es hatte fast den Anschein, dass sie lebte. Es hätte ihn nicht überrascht, wenn es so gewesen wäre.

Nachdem er sich kurz orientiert hatte, ging Torsten zur Zimmertür und öffnete das dort an der Wand befestigte Medizinschränkchen. Schnell ertasteten seine Finger die Schere, mit denen die Erzieher die Pflaster für aufgeschlagene Knie auf die richtige Größe brachten. Torsten presste die Klinge an die Innenseite seines linken Unterarms. Das Metall strahlte eine angenehme Kühle aus. Ganz anders als seine brennende Haut. Mit einer geübten Bewegung zog er die Schere quer darüber hinweg.

Der Schmerz ließ ihn scharf die Luft einziehen. Dennoch war er nicht unangenehm. Er lenkte ihn ab von dem Beißen des Ameisengifts auf seiner Haut und der dunklen Leere, die darunter wohnte. Ja, es war ein gutes Gefühl. Verlässlich. Berechenbar. Und nur er selbst konnte bestimmen, wann es kam und wann es ging. Eine ungewohnte Macht durchströmte den Jungen.

Man kann sich nicht auf andere verlassen, mein Kleiner. Der Klang der seit langer Zeit vermissten Stimme seines Vaters ließ Torsten Pfahl erstarren. *Wenn du auf fremde Hilfe wartest, wirst du enttäuscht. Aber manchmal ist die Rettung näher, als man denkt. Manchmal ist sie sogar* in dir selbst. *Du musst nur genau genug hinhören, um sie zu verstehen. Und ich weiß, dass du sie hören kannst, denn du bist anders als die anderen ...*

Torsten war Lob – und das sollte es wohl sein – nicht gewohnt, daher wusste er nicht, wie er reagieren sollte. Aber die Vorstellung, auf eine bestimmte Art und Weise *besser* zu sein, verbreitete ein wohliges Gefühl in ihm.

Du dachtest heute, dass du dich nicht gegen die anderen wehren kannst, weil du allein bist. Aber das stimmt nicht. Einer ist immer bei dir. Ich *bin bei dir.*

Torsten Pfahl stiegen Tränen in die Augen. Nie allein? Ein wenig Unterstützung hätte er heute tatsächlich gut gebrauchen können. Und nicht nur heute.

Du hast heute viel erdulden müssen, mein Kleiner.

Torstens nackte Füße patschten nur ganz leise auf dem Linoleumboden, als er sich mit der Schere in der Hand dem Bett von

Alex näherte. Der große Junge lag am anderen Ende des Raums und hatte sich in der von zwanzig schwitzenden Jungen erzeugten Schwüle fast gänzlich von der Decke freigestrampelt. Auf dem Rücken liegend schnarchte er leise, wobei er sogar im Schlaf einschüchternd wirkte. Normalerweise hätte Torsten allen Grund gehabt, Angst vor Alex zu haben.

Doch jetzt lag die Sache anders. Jetzt war Torsten nicht mehr allein.

Alex hingegen schon.

Vorsichtig schob Torsten einen Finger unter den Gummibund der Schlafanzughose. Keine Reaktion. Sein Feind schlief tief und fest. Mit langsamen Schnitten durchtrennte er zunächst das Hosengummi und anschließend den dünnen Baumwollstoff des Pyjamas bis zu den Oberschenkeln. Seine Finger waren ganz ruhig, als er den Stoff vorsichtig nach unten klappte.

Alex hatte keine Unterhose an.

Torsten erkannte zu seiner Überraschung, dass das Geschlechtsteil seines Feindes geradezu winzig war. Im Dunkeln des Schlafsaals sah es so klein und unbedeutend aus wie eine Motte, die ein Lagerfeuer umschwirrte und gleich darin verbrennen würde.

Torsten hob den Penis des großen Jungen mit Daumen und Zeigefinger seiner linken Hand so weit hoch, dass er ihn zwischen die beiden Schneiden der Schere legen konnte. Die Atemgeräusche von Alex stockten kurz, doch er rührte sich immer noch nicht. Er blieb mit ausgebreiteten Armen liegen, als ob er auf etwas Wichtiges wartete.

Torsten lauschte für einen Moment in sich hinein. Ja, genau das war es, was er wollte.

Dann presste er die Schere mit der ganzen Kraft seines kleinen Körpers zusammen.

Gegenwart

Als der Herr der Puppen zusammen mit Richard Maas das Präsidium verließ, hätte er vor Erleichterung fast gebrüllt. Die letzten neunzig Minuten waren die schlimmsten seines Lebens gewesen. Seines *neuen* Lebens zumindest. Sein altes Leben, das an Qualen nicht zu überbieten gewesen war, hatte er in den hintersten Winkel seines Bewusstseins verdrängt und lange Zeit gar nicht mehr wahrgenommen. Bis es vor einem Jahr wie ein Springteufel aus einer Schachtel herauskatapultiert worden war.

Maas zu täuschen, war ihm trotz der enormen Anspannung leichtgefallen. Die Gedanken des Polizisten kreisten viel zu sehr um seine eigenen Probleme, als dass er sich ernsthaft mit seinem Gegenüber hätte befassen können. Er hatte ihm ein paar Brocken hingeworfen, die Maas dankbar geschluckt hatte.

Schlimm war allerdings gewesen, Martin Abel ganz in seiner Nähe zu wissen.

Der Mann, der im Radio der halben Stadt erzählt hatte, dass der Metzger ein krankhaft onanierender Wicht sei. Ein aufgrund seiner gestörten Sexualität durchgeknalltes Muttersöhnchen.

Ihn überkam kalte Wut, als er an Abel dachte. Er war an allem schuld. Seit er in Köln war, hatte sich das Blatt gewendet. Durch seinen Aufruf im Radio schien die ganze Sache erst ins Rollen gekommen zu sein. Vielleicht wäre es eine angemessene Reaktion, Abel zu bestrafen? Er verspürte den unbändigen Drang, es dem Polizisten heimzuzahlen.

Dass Abel sich in dieser Sekunde im Präsidium befand, stand für ihn außer Zweifel. Bei jedem Wort, das er sagte, befürchtete er, dass der Mann ihn hören und auf ihn aufmerksam werden könnte. Dass er das Kommissariat hatte betreten können, ohne dass er ihm begegnet war, war reiner Zufall gewesen. Aber wie zur Hölle sollte er wieder herauskommen?

Seine Anspannung hinter der Maske des pflichtbewussten Bürgers wuchs mit jeder Minute, die im Gespräch verstrich. Hilflos registrierte er, wie seine neurodermitische Haut ihn mehr und mehr zu plagen begann.

Nach langen, mit unerträglichem Juckreiz erfüllten Minuten beendete Maas schließlich die Vernehmung. Während das Gesicht des Herrn der Puppen Dankbarkeit zeigte, hämmerte es hinter seinen Schläfen. Was nun? Wenn Abel ihn sah, würde er sofort Verdacht schöpfen.

Doch der Herr der Puppen hatte Glück. Richard Maas verließ mit ihm auf dem kürzesten Weg das Kommissariat und brachte ihn zum Parkplatz.

«Sollen wir über die Autobahn zurückfahren?», fragte Richard Maas, als sie eingestiegen waren.

Er nickte mechanisch und versuchte, ein freundliches Lächeln aufzusetzen. Doch dieses Mal gehorchten ihm seine Gesichtsmuskeln nicht. Als er sein Spiegelbild in der Autoscheibe sah, erschrak er. Richard Maas bemerkte von alledem zum Glück nichts.

Nachdem der Polizist ihn zu Hause abgesetzt hatte, taumelte er in den Keller. So schnell er konnte, riss er sich die Kleider vom Leib und schwankte nackt in die Kühlkammer. Leise knackten die mit Reif überzogenen Wände, als ein Schwall warmer Luft mit ihm hereinkam.

Doch der Herr der Puppen hörte es nicht.

Das Gefühl von Angst und Einsamkeit hatte ganz plötzlich nach ihm gegriffen. Wahllos zerrte er Trophäen seiner Opfer aus den Regalen. Verzweifelt hoffte er, dass sie ihm die Zuversicht gaben, die er sein Leben lang vermisst hatte.

Aber sie alle ließen ihn im Stich.

Als seine Beine ihn nicht mehr trugen, sackte er weinend in sich zusammen wie eine Marionette, der man die Fäden abgeschnitten hatte. Sein Leben war zusammengebrochen. Selbst die Trophäen seiner Opfer, die ihn sonst mit Stolz und Macht erfüllt hatten, bedeuteten ihm nichts mehr.

Während er zitternd auf dem eisigen Fußboden lag, wurde ihm mit einem Mal klar, was er tun musste, um sich zu retten. Die Stimme in ihm sagte es in aller Deutlichkeit. Mit allen furchtbaren Details.

Seine Tränen erreichten nicht den kalten Boden, auf dem er lag. Sie gefroren auf seinen Wangen zu glitzernden Salzperlen, und eine eisige Furcht griff nach seinem Herzen.

Achter Tag

Die Beamten des KK 11 leisteten Unglaubliches.

Nach einer endlosen Nacht voller Zeugenbefragungen, Telefonate, Kurzbesprechungen und durchschnittlich zwei Kannen Kaffee pro Person standen bereits am nächsten Tag um sieben Uhr wieder alle Beteiligten in den Startlöchern, um mit der Arbeit fortzufahren.

Bis zum Nachmittag wurden alle einundfünfzig vorgeladenen Fahrzeughalter befragt, dazu noch vier weitere, die man an diesem Tag und am vorherigen hatte auftreiben können. Bei den restlichen fand man durch vorsichtige Befragung der Nachbarschaft heraus, dass sie tatsächlich im Urlaub waren. Damit waren sie momentan zwar nicht erreichbar, aber mit großer Wahrscheinlichkeit auch nicht interessant. Die Befragung konnte also auf später verschoben werden.

Die Alibis waren bereits parallel überprüft worden. Keiner der Männer hatte daran etwas auszusetzen gehabt, nachdem man ihnen mit der nötigen Zurückhaltung erklärt hatte, worum es ging. Noch während man vom Kommissariat aus mit den Anrufen begonnen hatte, waren schon zehn Leute von der Bereitschaft ausgerückt, um die Ergebnisse vor Ort zu überprüfen. Ständig wurden die neuesten Informationen ins KK 11 gemeldet, wo sie zunächst bei den vernehmenden Beamten und schließlich auf Greiners Schreibtisch landeten.

Der Erste Hauptkommissar war so stolz auf seine Leute, wie ein Vorgesetzter es überhaupt nur sein konnte.

Nachdem er bis 19 Uhr alle kommentierten Vernehmungsbögen durchgelesen und noch mal eindringlich mit Nicole Gerber gesprochen hatte, lehnte er sich in seinem Stuhl zurück und dachte nach.

Zuerst dachte er an seine Leute, die in den letzten Tagen buchstäblich alles getan hatten, um endlich den Mann zu stellen, der die Stadt in Angst und Schrecken versetzte.

Seine Leute.

Zweifellos eines der besten Teams, das man im Bereich Mordkommission bei der deutschen Polizei momentan finden konnte.

Dann dachte er daran, was sich trotz vieler noch ausstehender Teilergebnisse am Horizont abzuzeichnen begann.

Und schließlich richtete er seine Gedanken auf den Mann, der seine Abteilung mit dem Virus der Zuversicht infiziert hatte. Aus einer großen Menge von potenziell Verdächtigen waren auf Abels Anraten hin ein paar Dutzend ausgesiebt worden, unter denen sich der Mörder befinden sollte.

Sollte!

«Judith!», rief Greiner durch die offene Tür ins Vorzimmer in der Gewissheit, dass seine Assistentin allzeit auf ihrem Posten war.

«Ja, Konrad?»

« Ist Martin Abel noch da? »

« Müsste jetzt in seinem Büro sein. »

« Ruf ihn her. Ich hab ihm was zu sagen. »

Greiner hörte, wie Judith den Anruf erledigte. Er faltete seine Hände auf dem Bauch, blickte aus dem Fenster und saß ansonsten so regungslos da wie eine Buddha-Statue. Seine Augen fixierten irgendeinen undefinierbaren Punkt am Himmel, während seine Gedanken um das kreisten, was er jetzt gleich tun würde. Tun *musste*. Er bewegte sich erst wieder, als er Schritte hörte, die direkt vor seinem Schreibtisch verstummten.

« Was gibt es? » Martin Abel setzte sich auf einen der Stühle vor dem Schreibtisch und schlug die Beine übereinander. Neben ihm nahm Hannah Christ Platz, die wie immer blendend aussah und verführerisch duftete.

Konrad Greiner ließ sich davon nicht ablenken. Er legte die Fingerspitzen aneinander und starrte Abel ins Gesicht. Darin ließ sich ablesen, dass der Mann wusste, wie es um die Ermittlungen stand. Kein Wunder. Hannah Christ war die ganze Zeit bei der Prostituierten gewesen. Was sie wusste, wusste natürlich auch Abel.

Er holte den Scheck von Angela Krentz aus der obersten Schublade und schob ihn zu Martin Abel rüber.

« Ich habe Nicole Gerber nach Hause geschickt. Sie hat mich einen verfluchten Bastard genannt und ist dann so schnell verschwunden, dass ich mich nicht mal mehr bei ihr für ihre Mühe bedanken oder ihr Personenschutz anbieten konnte. »

Martin Abel und Hannah Christ schauten sich kurz an und starrten dann auf die Vernehmungsprotokolle auf dem Schreibtisch. Greiner legte eine Hand auf den Stapel und ließ die einzelnen Blätter an seinem Daumen vorbeizirpen.

« Natürlich werde ich die Alibis der Befragten zu Ende überprüfen lassen. Das wird noch ein paar Tage dauern, aber wenigstens können meine Leute von jetzt an wieder normal Feierabend machen. Der große Druck ist ja nun raus.»

Martin Abel verschränkte die Arme, und Greiner konnte sehen, wie seine Kiefermuskeln zu mahlen begannen.

«Die restlichen Fahrzeughalter werden wir natürlich auch abklappern. Ich ziehe jetzt aber einen DNA-Test in Betracht. Wir können ja unmöglich alle 3800 Männer persönlich befragen.»

Während Hannah Christ Greiner nicht aus den Augen ließ, drehte Abel den Kopf weg und schaute zum Fenster hinaus. Vermutlich auf denselben Punkt, den Greiner vorhin angestarrt hatte.

«Morgen werde ich dann Frank anrufen und ihm mitteilen, dass ich auf Ihre weitere Hilfe verzichten kann. Bestimmt gibt es in Deutschland einen anderen Fall, bei dem Sie gebraucht werden.»

Plötzlich fuhr Martin Abel herum und schlug mit der Faust so heftig auf Greiners Schreibtisch, dass Hannah Christ zusammenzuckte.

«Jetzt habe ich aber die Schnauze voll!», wetterte Abel. «Können Sie sich eigentlich noch daran erinnern, warum Sie mich angefordert hatten? Ich sage es Ihnen: *Sie* haben mich herbestellt, weil Sie mit Ihrer konventionellen Tour nicht mehr weiterkamen. Weil Sie verzweifelt waren. Am Ende. Und jetzt, da mein Profil auf den ersten Blick nicht den gewünschten Erfolg gebracht hat, fühlen Sie sich in Ihrer Ablehnung bestätigt und glauben, auf mich verzichten zu können. *Ich* glaube, dass Sie da verdammt voreilig sind, Herr Kollege! Aber tun Sie ruhig, was Sie nicht lassen können. Schicken Sie mich nach Hause. Ich garantiere Ihnen, Sie machen einen großen Fehler.»

Während Hannah peinlich berührt zu Boden starrte, hatte

Greiner Abels Ausführungen regungslos verfolgt. Keine leichte Übung, denn er verspürte sofort das dringende Bedürfnis, dem Kerl etwas an den Kopf zu schmettern. Zum Beispiel seine Faust. Aber er beherrschte sich mustergültig und widersetzte sich diesem ersten Impuls.

«Sie finden also, dass ich einen Fehler mache?» Greiner lachte kurz auf. «Gestern waren Sie noch felsenfest davon überzeugt, dass der Metzger unter den vorgeladenen Männern ist und Frau Gerber ihn erkennen würde. Sie hatten deshalb sogar die Dreistigkeit, die Witwe eines der Opfer zu bedrängen und ihr zwanzigtausend Euro abzuschwatzen. Inzwischen haben wir alle derzeit in Köln anwesenden Fahrzeughalter vorgeladen. Hat Nicole Gerber ihn darunter finden können?»

«*Nein*, das hat sie nicht», fuhr er fort, als Abel nicht gleich antwortete. «So schwer es ihr bei der versprochenen Belohnung auch fiel, sie war sich sicher, dass ihr Kunde nicht darunter war. Nach den Gesetzen der Logik gibt es dafür nur zwei mögliche Erklärungen: Entweder hat Nicole Gerber sich getäuscht, und ihr Kunde war gar nicht der Metzger. Eine Möglichkeit, die ich angesichts ihrer Schilderungen nicht ernsthaft in Betracht ziehen möchte.

Oder aber unser Mann war nicht unter den vorgeladenen Fahrzeughaltern. Diese haben wir allerdings nach *Ihrem* Täterprofil ausgesiebt. Das hat dann ja ganz offensichtlich nichts getaugt. Oder wollen Sie das etwa leugnen? Bitte – Sie können frei reden.»

Greiner konnte sehen, wie es in Abel arbeitete. Seine Kiefer vollführten immer noch kräftige Mahlbewegungen, seine Augen hatte er weit aufgerissen. Vermutlich überlegte er gerade, wie er sein Profil mit den Instrumenten der Fallanalyse korrigieren konnte. Er tat Greiner leid. Er würde nicht fündig werden.

«Mir fallen auf Anhieb noch mindestens drei weitere Erklärungen ein, warum der Kerl noch nicht geschnappt wurde», sagte Abel schließlich.

Greiner hob die Augenbrauen. «Gleich drei? Nur her damit. Ich lerne gerne dazu.»

Abel lehnte sich zurück. Ein Blick zu Hannah Christ, dann holte er Luft. «Auch ich bin sicher, dass der Kunde von Nicole Gerber der Metzger war. Er hat sich als Herr der Puppen ausgegeben, das sagt alles. Aber vielleicht war die Frau zu geschockt von dem, was ihr Besucher mit ihr angestellt hat. Oder sie war betrunken. Das soll bei Prostituierten vorkommen, und jetzt hat sie ihn eben nicht wiedererkannt.»

Greiner schüttelte den Kopf. «Blödsinn. Die Frau ist zwar ein bisschen durchgeknallt, aber nicht dumm. Sie weiß ganz genau, was sie sagt. Um sich die zwanzig Riesen zu verdienen, hätte sie zu gern auf jeden gezeigt, der auch nur ansatzweise so aussah wie ihr Kunde. Dass sie es nicht getan hat, ist der Beweis dafür, dass er schlicht und ergreifend nicht dabei war.»

Martin Abel nickte zustimmend. «Die zweite Möglichkeit ist, dass sich der Metzger unter den dreizehn Fahrzeugbesitzern befindet, die wir nicht erreicht haben. Wie gesagt, es sind ja Ferien. Nicole Gerber muss daher bei der Vernehmung der restlichen Männer auf alle Fälle auch dabei sein.»

Greiner lachte erneut auf. Gleichzeitig begann er, sich über Abels lahme Argumentation zu wundern. «Sie klammern sich an Strohhalme, Herr Abel. Waren nicht Sie derjenige, der sagte, der Metzger sei momentan garantiert *nicht* im Urlaub? Aber fahren Sie fort, Herr Kollege. Bestimmt haben Sie sich das Beste bis zum Schluss aufgehoben.»

Abel schaute zu Hannah Christ. Diese erwiderte für eine Sekunde den Blick, dann presste sie die Lippen zusammen und konzentrierte sich wieder auf ihre Füße. Greiner runzelte die Stirn. Irgendetwas stimmte nicht.

«Richtig.» Martin Abel machte plötzlich einen völlig entspannten Eindruck. «Eigentlich sind das nur theoretische Ansätze, die aber der Vollständigkeit halber ausgesprochen werden müssen. Da ich im Gegensatz zu Ihnen weiterhin an mein Täterprofil glaube, gibt es für mich nur einen einzigen plausiblen Grund dafür, dass wir den Metzger nicht gefunden haben.»

«Und der wäre?»

Abel hob die Schultern. «Das liegt doch auf der Hand. Einer Ihrer Leute hat Mist gebaut.»

Es dauerte einen Moment, bis Greiner die Bedeutung von Abels Worten verstanden hatte. Zuerst dachte er, er habe sich verhört. So etwas kam vor. Auch bei ihm, der immer ganz genau hinhörte. Doch dann erkannte er, dass Abel es absolut ernst meinte. Und im selben Moment wurde ihm klar, dass Abel ihn damit nicht beleidigen wollte. Er dachte *wirklich* so.

«Sie haben Glück, Herr Abel», sagte Greiner. Seine Stimme klang frostig. «Glück, dass mein alter Freund Frank Sie empfohlen hat. Wir mögen uns sehr, und ich möchte, dass das so bleibt. Daher erspare ich Ihnen das, was ich sonst in einer solchen Situation mit so jemandem wie Ihnen anstellen würde. Obwohl ich inzwischen glaube, dass dies der einzige Weg ist, um Ihnen deutlich zu machen, dass Sie manchmal entschieden zu weit gehen. So wie jetzt: Sie ziehen lieber die Arbeit meiner Abteilung in den Dreck, als Ihr Täterprofil zu hinterfragen!»

Er beugte sich vor und stützte beide Hände auf seinem Schreibtisch ab. Dann hob er seine Stimme auf eine Lautstärke an, dass sicher auch noch Herr Keilbach am Empfang mithören konnte. «Wenn Sie allerdings tatsächlich der Meinung sein sollten, dass Ihr Täterprofil mehr wert ist als die Integrität meiner

Leute, dann ist es wohl besser, wenn wir unsere Zusammenarbeit so schnell wie möglich beenden.»

Martin Abel schaute Greiner ein paar Sekunden fest in die Augen, dann zuckte er mit den Schultern. «Ich rede nicht von Integrität. Ich rede von einem Fehler. In der Eile, die Ihre Leute in den letzten achtundvierzig Stunden an den Tag legen mussten, können Fehler passiert sein. Sogar im KK 11. Auch wenn das nicht in Ihr Weltbild passen sollte.»

Greiner behielt seine Position bei. «Wo gearbeitet wird, passieren Fehler, da haben Sie recht. Und da meine Leute verdammt viel gearbeitet haben, mögen ihnen sogar Fehler unterlaufen sein. Aber nicht so einer! Kein Fehler, durch den uns der Kerl hätte durch die Lappen gehen können. Dafür lege ich meine Hand ins Feuer. Durch Nicole Gerber waren wir zudem doppelt abgesichert. Also, wie zum Teufel hätte überhaupt jemand so schlampen können, dass der Metzger entwischen konnte?»

Abel blies die Backen auf. «Die Art, wie Ihre Leute das durchgezogen haben, nötigt mir Respekt ab. Dennoch...»

«Dennoch bleiben Sie bei Ihrer Meinung?»

Abel nickte.

Konrad Greiner schaute von Abel zu Hannah Christ und von ihr wieder zurück zu Abel.

Dann stemmte er sich aus seinem Sessel hoch und ging zum Fenster. Dort stellte er sich mit dem Rücken zu seinen Gästen.

Er musste nachdenken. Und zwar in aller Ruhe.

Sein Blick fiel auf den Kalker Wasserturm. Ein Relikt aus alter Zeit, neben das man jetzt ein modernes Einkaufszentrum gestellt hatte. Der Wasserturm wurde längst nicht mehr gebraucht, aber man ließ ihn trotzdem stehen. Nicht, weil er noch im Einsatz war, sondern aus purem Respekt gegenüber seinem Alter.

Vielleicht bin ich selbst auch so ein Relikt, dachte Greiner. Jemand, der sich in der Vergangenheit große Verdienste erarbeitet, aber dabei nicht gemerkt hatte, wie um ihn herum ein neues Zeitalter angebrochen war. Auch in der Kriminalistik stand die Zeit nicht still, ständig wurden neue Methoden gefunden, von denen manche von heute auf morgen zu neuen Standardvorgehensweisen erklärt wurden. Daktyloskopie zum Beispiel. Oder der genetische Fingerabdruck.

Vielleicht war er einfach schon zu alt, um die Bedeutung der Fallanalyse verstehen zu können. Ein Dinosaurier der Polizeiarbeit. Abel und Christ waren dagegen die Vorboten einer neuen Zeit, in der er nichts mehr zu suchen hatte.

Greiner hasste den Gedanken, für irgendetwas zu alt zu sein. Er hatte sich damit abgefunden, dass er fett war und immer fett sein würde. Dass er in seiner Uniform aussah wie eine geplatzte Bratwurst. Das war okay, damit konnte er leben, denn dank seiner Kompetenz und kraft seines Amtes würde es niemand wagen, ihm diese körperliche Schwäche unter die Nase zu reiben.

Aber zu alt?

Nein, das konnte nicht sein. Sein trainiertes Polizistenhirn war für nichts zu alt!

Er drehte sich um und ging zurück zu seinem Schreibtisch. Wortlos setzte er sich, faltete die Hände über seinem Bauch und richtete die Augen auf seine beiden Gäste. Die liebreizende Hannah Christ zu seiner Linken, der Kotzbrocken Martin Abel zu seiner Rechten.

«Ich mache Ihnen jetzt einen Vorschlag zur Güte. Den einzigen, den ich Ihnen angesichts der momentanen Situation machen kann. Entweder Sie nehmen ihn an, oder Sie können heute noch Ihre Koffer packen.»

Zwei erwartungsvolle Gesichter auf der anderen Seite des Schreibtisches.

«Die Fakten liegen klar auf der Hand. Der Metzger befindet sich unter den knapp 4000 Fahrzeughaltern, aber offensichtlich *nicht* unter den 55 bereits befragten – die Ergebnisse der restlichen Alibiüberprüfungen noch außen vor gelassen. Wir werden deshalb so vorgehen, wie ich es für richtig halte. So wie es in einem solchen Fall einfach üblich ist. In Abstimmung mit dem Staatsanwalt wird das Ganze eventuell mit einem Massengentest unterstützt.

Ihre Arbeit wird sich bis dahin darauf beschränken, uns bei der Beurteilung einzelner Personen und deren Aussagen zu unterstützen. Hier sehe ich durchaus die Möglichkeit, dass uns Ihre einschlägigen Erfahrungen helfen können. Und sollte ich an irgendeinem Tag zu der Erkenntnis kommen, dass uns ein neues Täterprofil weiterbringen könnte, dann werde ich Sie fragen. Wenn nicht, dann nicht.

Ihre Arbeit ist also, wie von Anfang an vereinbart, an dem Tag beendet, an dem wir den Metzger zweifelsfrei identifiziert haben. Wenn Sie das in Köln miterleben möchten, dann gehen Sie jetzt auf meinen Vorschlag ein. Wenn nicht...» Greiner breitete die Arme zu einer vielsagenden Geste aus.

Während Hannah Christs Blick von Greiner zu Abel ging, saß dieser mit versteinerter Miene auf seinem Stuhl. Er schien über die Worte seines Gegenübers intensiv nachzudenken, was Greiner freute. Dann erwachte Abel aus seiner Starre und stand mit eisiger Miene auf. Wortlos steckte er den Scheck von Angela Krentz ein, drehte sich um und verließ das Zimmer.

«Ich glaube, das sollte *ja* heißen», sagte Hannah Christ, während sie ihrem störrischen Kollegen nachblickte.

«Das hoffe ich», erwiderte Greiner. «Das hoffe ich sogar sehr.» Mit Daumen und Zeigefinger begann er, seine breite Nasenwurzel zu massieren, aber es wollte sich keine Entspannung einstellen.

Martin Abel stürmte aus dem Präsidium in Richtung Parkplatz, dass Hannah Christ Mühe hatte, mit ihm Schritt zu halten. Als sie den Wagen erreichten, schlug Abel mit der Faust auf das Autodach, dass es krachte. «Verdammt! Ich bin sicher, dass das Profil richtig ist!»

Hannah öffnete den Kofferraum und kramte eine Flasche Wasser aus der Kühltasche. «Es gibt keinen Grund für übertriebenes Selbstbewusstsein, Abel. Wir haben keinen Beweis für unsere Hypothese, und die letzten Tage waren eine einzige Pleite. Wenn ich nicht so erschöpft wäre, würde ich vorschlagen, wir fangen morgen noch mal ganz von vorne an. Vielleicht haben wir irgendwas übersehen und uns in eine fixe Idee verrannt. Auch einen Schluck?»

Abel nahm die Flasche und trank. Dabei legte er den Kopf so weit in den Nacken, dass er nicht mehr das Präsidium, sondern nur noch den dunkler werdenden Himmel sah. Mit einem zarten Glimmen begannen sich dort die ersten Sterne abzuzeichnen. Und standen Sterne nicht schon seit Urzeiten für Hoffnung?

«Warum auf morgen warten? Ich habe noch keine Lust zu schlafen. Wie wär's mit etwas Abendprogramm?»

Hannah schaute ihn mit schwer zu deutender Miene an. «Soll das ein unsittlicher Antrag sein?»

Abel verzog das Gesicht. «Weiß ich noch nicht. Kommt darauf an, wie Sie sich anstellen.»

«Ich hätte nicht erwartet, aus Ihrem Mund jemals etwas Witziges zu hören.»

«Man lernt nie aus, schon gar nicht, wenn es um mich geht. Also?»

Hannah Christ nahm ihm die Flasche aus der Hand. «Okay, an mir soll es nicht liegen. Aber vorher besorgen wir noch etwas Vernünftiges zu trinken.» Sie steckte die Flasche zurück in die Kühltasche. «Wenn ich schon Überstunden mit einem Griesgram wie Ihnen mache, dann will ich wenigstens Spaß dabei haben.»

«Einverstanden. Ich kümmere mich um ein schattiges Plätzchen, und Sie sorgen für die Getränke.» Abel öffnete die Fahrertür und ließ sich in den Sitz plumpsen. «Falls man in Nordrhein-Westfalen überhaupt Alkohol an Minderjährige verkauft.»

Nachdem es Hannah Christ tatsächlich problemlos geschafft hatte, an einer Tankstelle ein Sechserpack Bier, ein paar Alkopops und zwei Literflaschen Cola aufzutreiben, waren die beiden, einer recht ungenauen Karte aus dem Handschuhfach folgend, aus der Stadt in Richtung Königsforst gefahren. Irgendwie entdeckte Martin Abel dann durch Zufall – er behauptete, wegen seines überragenden Orientierungssinns – den kleinen See am Waldrand. Sie breiteten unter dem Licht der Autoscheinwerfer auf einer Decke ihre Unterlagen aus und zählten noch einmal auf, was sie von dem Mörder, den sie suchten, wussten. Und was sie aus dem schließen konnten, was sie noch nicht wussten.

«Wissen Sie, was mich am Metzger am meisten beunruhigt?» Hannah Christ wies auf die Zettel vor sich. «Seine Sexualität. Er macht keinen Unterschied zwischen Frauen und Männern.

Das muss einen Grund haben. Wir haben ihn nur noch nicht gefunden.»

Martin Abel nickte. «Stimmt. Aber ein paar Gemeinsamkeiten zwischen den Opfern gibt es doch.»

«Ach ja?»

«Ja. Alle Personen sind zwischen Mitte dreißig und Mitte vierzig. Die Frauen haben dunkle Haare, und die Männer sind alle sportlich.» Er sah Hannah Christ an. «Es hat also etwas mit seiner Familie zu tun. Er hat ein bestimmtes optisches Raster, und das wird praktisch immer in der Kindheit aufgebaut. Ich würde mich nicht wundern, wenn seine Eltern genauso aussahen.»

Sie nickte nachdenklich. «Sie haben recht. Und alle Opfer stammen aus gehobenen Verhältnissen.»

«Sagt uns das etwas über seine Herkunft?»

«Es ist zumindest eine Bestätigung dafür, dass wir unter den richtigen Leuten suchen. Es würde nämlich ganz gut zu dem teuren Wagen passen, nach dem wir fahnden», sagte sie.

«Gute Idee. Für eine Anfängerin», fügte Martin Abel schnell hinzu, als er Hannahs triumphierendes Lächeln sah. «Außerdem sollten wir Greiner überprüfen lassen, ob die auf der Liste Befindlichen vorbestraft sind. Bevorzugt wegen Einbruchs-, Gewalt- oder Sexualdelikten.»

«Kein schlechter Gedanke. Für einen Mann.» Hannah Christ machte sich eine Notiz, der sie am nächsten Tag nachgehen wollte.

Irgendwann, es war längst dunkel, erlahmte ihre Konzentrationsfähigkeit schließlich, und sie wandten ihre Aufmerksamkeit den mitgebrachten Getränken zu. Hannah Christ hatte das Gefühl, dass Abel bereits nach dem ersten Schluck merklich auftaute. Nach kurzem Zögern ging sie deshalb zum Angriff über.

«Ich weiß nicht, ob Sie es schon bemerkt haben, aber wir

haben inzwischen Sommer und die schlimmste Hitzeperiode seit dreißig Jahren. Es gibt auch keinen Grund anzunehmen, dass es in den nächsten Stunden zu einem Kälteeinbruch kommen wird. Warum ziehen Sie also nicht Ihr verdammtes Jackett aus und machen es sich bequem?»

«Ich finde es so ganz angenehm.» Er hatte die Arme um die Unterschenkel geschlungen und wippte entspannt vor und zurück.

«Seit wann haben Sie diese Macke schon? Ich meine, Sie sind wohl kaum mit Jackett auf die Welt gekommen.» Hannah Christ lag rücklings auf dem Boden und atmete den frischen Duft des Grases ein. Sie war sich dessen nicht bewusst, aber so, wie sie da lag, die Haare wie ein Heiligenschein um ihren Kopf drapiert, wirkte sie ziemlich erotisch.

«Interessiert Sie das wirklich, oder suchen Sie nur nach einem wunden Punkt, um darin herumstochern zu können?»

«Blödmann. Ich kenne Ihre wunden Punkte bereits alle. Sie reichen von der Abneigung gegen ein gemütliches Abendessen zu zweit bis zum Kontrollverlust beim Anblick kurzer Sekretärinnenröcke. Wenn ich wollte, könnte ich Sie jede Sekunde aus der Fassung bringen.»

«Aber Sie wollen nicht.»

«So betrunken war ich seit der Hochschule nicht mehr.» Hannah Christ warf einen Blick auf die Getränke. «Aber die Flaschen sind ja noch nicht leer, vielleicht klappt es also heute noch.»

Sie hatte sich auf den Ellbogen abgestützt, sodass sie den See überblicken konnte. Hätten sich die tausend Glitzersterne dieser Nacht nicht so atemberaubend darin gespiegelt, wäre es vielleicht nur ein x-beliebiges Fleckchen Erde gewesen. So aber wurde aus dem schwarzen Laken des Wassers ein magischer Ort, an dem merkwürdige Dinge geschehen konnten.

Hannah Christ setzte ihre ganze Hoffnung darauf, dass sie auch tatsächlich passierten.

«Ich *habe* mit Ihnen schon mal zu Abend gegessen», durchbrach Abel ihre Gedanken.

«Sie haben mich angepöbelt und sich nebenbei ein paar Brocken in den Mund gestopft. Das ist nicht dasselbe.»

«Offenbar gibt es zwischen den Geschlechtern mehr Unterschiede, als man denkt. Zum Beispiel, was die Erinnerung an Erlebtes angeht. Ich habe das Essen nämlich ganz anders abgespeichert.»

«Das ist normal. Schließlich ist es erwiesen, dass das Erinnerungsvermögen von Männern und Frauen unterschiedlich funktioniert. Was Erlebnisse angeht, speichern Frauen Fakten und Männer das, was sie ihren Freunden gerne darüber erzählen möchten.»

«Wenn die Gräben zwischen den Geschlechtern so tief sind, sollte ich vielleicht schwul werden.»

«Ich mag Schwule. Ein paar meiner besten Freunde sind schwul. Und wissen Sie, was ich an ihnen am meisten schätze?»

«Sie werden mich sicher gleich aufklären.»

«Immer, wenn ich bei ihnen eingeladen bin, gibt es etwas Göttliches zu essen. Die Jungs kochen einfach wie die Weltmeister, einer wie der andere. Der eine mehr italienisch, der andere mexikanisch, aber allesamt genial. Der Letzte, der mich bewirtet hat, legte ein japanisches Fünf-Gänge-Menü hin, mit Sushi und allem. Oder war es chinesisch? Egal, jedenfalls irgendetwas mit Reis und Seetang, und mir knurrt der Magen, wenn ich nur daran denke. Können Sie kochen, Abel?»

Er lächelte. «Das sind doch alles schlechte Klischees. Mein Friseur ist stockschwul und bringt nicht einmal einen ordentlichen

Kaffee zustande. Meine Rühreier sind dagegen in mehreren Kommissariaten auf dem Most Wanted Index.»

«Ja, sicher. Wahrscheinlich haben die Dinger Ihre Frau aus dem Haus getrieben.»

Hannah Christ biss sich auf die Zunge. *Scheiße!*

Abel hörte mit dem Wippen auf und starrte auf den See hinaus. Als Hannah bereits glaubte, er würde gar nicht mehr sprechen, schüttelte er den Kopf. «Um jemanden für alle Ewigkeit zu verärgern, brauche ich nicht zu kochen. Das dürften Sie inzwischen doch wissen.»

«Tut mir leid. Vergessen Sie, was ich gesagt habe. Ich bin wirklich ein Elefant im Porzellanladen. Habe ich *Sie* gerade für alle Ewigkeit verärgert?»

Er nahm einen Stein aus dem Gras, wog ihn in der Hand und warf ihn auf den See hinaus, wo er sich mit einem dumpfen *Plopp* in die Tiefe verabschiedete.

«Indem Sie mich daran erinnerten, was für ein Versager ich in Sachen Familie bin?» Abel lächelte matt. «Nein, wenn ich mich nicht gerade mit Leichen beschäftige, denke ich sowieso an nichts anderes. Manchmal habe ich das Gefühl, dass meine Familie für mich inzwischen auch eine Art Leiche ist. Ich beobachte sie aus der Distanz und überlege, was mit ihr passiert ist, aber ich werde wohl nie Gewissheit haben. Das Schlimmste ist: Ich komme anscheinend nur so mit ihr zurecht.»

«Ist das Ihr wunder Punkt?»

«Meine Frau hat mir klargemacht, dass ich ihr nicht das bieten kann, was sie sich von mir erhoffte. Es hat lange gedauert, bis ich einigermaßen darüber hinwegkam, aber zum Glück ist im Leben alles nur eine Frage der Zeit. Und natürlich der Geduld. Geduld ist besonders hilfreich, wenn etwas wehtut. Dinge verlieren mit der Zeit an Bedeutung, andere dagegen gewinnen an Bedeutung.

So ist das Leben. Wenn man genügend Geduld aufbringt, kann man beobachten, wie die momentan wichtigen Dinge an Bedeutung verlieren. Und bekommt für den Mist, der ständig um einen herum passiert, die richtige Perspektive.»

«Sie sind ja ein richtiger Philosoph, Abel. Ein seltsamer zwar, aber immerhin.» Hannah Christ legte den Kopf zur Seite, um ihn besser beobachten zu können. «Was in Ihrem Leben *ist* denn von Bedeutung?»

Abel starrte auf den See hinaus, doch auch dort fand er offenbar keine Antwort. Sogar die Grillen schienen zu merken, dass dies ein stiller Moment sein sollte, denn sie hielten in ihrem Konzert für eine Sekunde inne, um danach umso lauter fortzufahren.

«Tut mir leid. Ich hätte das nicht fragen dürfen. Meine Mutter hatte recht, als sie sagte, für meine Klappe bräuchte ich einen Waffenschein.» Hannah lachte unsicher. «Den nächsten Stein sollten Sie vielleicht mir an den Kopf werfen.»

«Ihre Mutter ist eine weise Frau. Ich werde darüber nachdenken.»

Beide saßen danach schweigend nebeneinander. Abel wieder wippend und den Blick auf einen undefinierbaren Punkt in der Ferne gerichtet, während Hannah, ärgerlich über sich selbst, auf ihrer Unterlippe kaute. Sie machte sich Vorwürfe, weil sie nicht gerade sanft mit ihm umgegangen war. Auch wenn er es ihr weiß Gott nicht leichtmachte. Andererseits war ihr klar, dass sie ihn nie wieder so auskunftswillig erleben würde wie in diesem Augenblick. Und sie spürte, dass Abel nicht wirklich böse mit ihr war. Irgendwann hielt sie es schließlich nicht mehr aus.

«Den Wettbewerb im Anschweigen haben Sie hiermit gewonnen. Wenn ich es mir heute mit Ihnen schon vermassele, warum dann nicht gleich richtig? Darf ich Sie noch etwas fragen?»

«Gibt es irgendetwas auf der Welt, das Sie davon abhalten könnte?»

Hannah registrierte, dass dies kein «Nein» war.

«Wahrscheinlich nicht. Also?»

«Legen Sie los. Ich habe noch ein paar Ming-Vasen in meinem Gefühls-Glashaus, auf denen Sie noch nicht herumgetrampelt sind.»

«Die können natürlich unmöglich heil bleiben.» Sie suchte nach den richtigen Worten. «Nun, es ist so. Bevor ich an diesem Einsatz teilnahm, habe ich mich über Sie erkundigt.» Sie sah, wie Abel erstarrte. «Keine Sorge, Ihr Gehalt hat man mir nicht verraten. Leider, denn Ihre Zulagen hätten mich interessiert. Aber als Ihre Partnerin ist es mein gutes Recht, wenn nicht sogar meine Pflicht zu fragen. Man muss ja wissen, mit wem man es zu tun bekommt. Wie die Zusammenarbeit aussieht.»

«Und? Was hat man Ihnen erzählt?»

«Vieles. Zumindest diejenigen, die nicht gleich aufgelegt haben. Aber wenn man den ganzen Heldenrummel und Persönliches weglässt, dann reduziert es sich auf die einhellige Meinung, dass Sie ein verdammt guter Fallanalytiker sind, den allerdings kein Mensch richtig versteht und auch keiner richtig mag.»

«Das ist keine Meinung, sondern das Ergebnis jahrelanger Überzeugungsarbeit.»

«Stimmt. Genau so erzählte man es mir. Sie bemühen sich redlich, Ihren Ruf als Sonderling auszubauen. Mich interessiert aber etwas ganz anderes. Ich möchte wissen, ob Sie schon immer so waren. Zum Beispiel, als Sie Ihre Frau kennenlernten. Ich kann mir nämlich nicht vorstellen, dass es jemanden gibt, der auf diese Art von Charme reinfällt. Sind Sie in Wirklichkeit also ein ganz anderer Mensch? Einer, dem sein guter Charakter aus irgendeinem Grund peinlich ist und der ihn deshalb hinter einer rauen Schale verbirgt?»

«Das waren jetzt aber zwei Fragen.»

«Höchstens eineinhalb. Es gehört alles zum Abel-Komplex.»

«Was denn für ein *Abel-Komplex*?»

«Lenken Sie nicht ab. Außerdem ist es unhöflich, eine Frage mit einer Gegenfrage zu beantworten.»

«Ich bin sicher, die Leute, die Sie über mich aushorchten, erwähnten, dass ich nicht gerade für meine Höflichkeit bekannt bin.»

«Oh ja, das haben sie. Aber ich gebe die Hoffnung nicht auf, dass Sie in Anwesenheit eines Menschen, den Sie mögen, eine Ausnahme machen können.»

«Wie kommen Sie darauf, dass ich Sie mag?»

«Schon wieder eine Gegenfrage. Wenn wir ein paar Kerzen und statt des Biers eine Flasche Sekt hätten, könnte man das hier doch fast für ein Rendezvous halten, oder? Außerdem sitzen wir nun bereits seit Stunden zusammen, ohne dass wir uns gestritten haben. Ich wette, das ist Ihnen schon lange nicht mehr passiert.»

Abel nahm einen weiteren Stein aus dem Gras. Beide hingen eine Zeitlang ihren Gedanken nach. Es war wieder Hannah Christ, die die Stille durchbrach.

«Erzählen Sie mir von Ihrer Frau. Wie haben Sie sie kennengelernt?»

Der Stein flog in hohem Bogen auf den See hinaus. «Wie das eben so ist, wenn man als junger, gutaussehender Kerl, der vom Leben keine Ahnung hat, einem Engel begegnet. Ich sah sie und war hin und weg!»

«Und sie auch?»

«Quatsch, zunächst war es ein einseitiges Vergnügen. Ich war noch in der Polizeiausbildung, als Lisa mir in einem Erste-Hilfe-

Kurs über den Weg lief. Sie unterrichtete Sofortmaßnahmen am Tat- und Unfallort und sah einfach umwerfend aus. Schon nach der ersten Lektion konnte ich den Tag nicht mehr erwarten, an dem wir Mund-zu-Mund-Beatmung üben würden. Wenn sie auf ihren langen Beinen in ihrem weißen Krankenschwesternkittel durch die Gänge lief, hatte ich nur Augen für sie. Obwohl sie ein Jahr jünger ist, hatten wir alle einen Heidenrespekt vor ihr. Wenn mal einer von uns nicht aufmerksam zuhörte, schaffte sie es in null Komma nichts, den Armen in die Enge zu treiben und vor versammelter Mannschaft vorzuführen. Na ja, jedenfalls hatten dadurch alle Bestnoten, es blieb uns gar nichts anderes übrig.»

«Wer von Ihnen hat den Anfang gemacht?»

«Sie lud mich, als ich ihr eines Tages nach dem Unterricht zufällig auf dem Gang auflauerte, in die Cafeteria ein. Später behauptete sie, ich hätte sie im Unterricht ständig mit offenem Mund angestarrt. Aber das ist natürlich Blödsinn.»

«Und wann begannen Sie mit der Mund-zu-Mund-Beatmung?»

«Die musste ich zunächst mit der Puppe machen wie alle anderen auch. Nach wenigen Wochen durfte ich dann aber zum lebenden Objekt übergehen.»

«Scheint ja eine echte Traumfrau gewesen zu sein, Ihre Lisa.»

«Das ist sie immer noch. Aber eben nicht mehr meine.»

«Ich glaube, ich beginne zu verstehen. Das ist jetzt die Stelle, an der ich mich an Ihre These zum Thema Geduld erinnern sollte. Nicht wahr?»

«Was glauben Sie, warum ich diese These überhaupt aufgestellt habe?»

«Hätte ich mir denken können.»

«Unser Eheberater hat mal gesagt, dass sich Polizisten besonders gerne Partner aus Pflegeberufen suchen. Die seien die einzigen, die es so lang mit jemandem aushalten, der ständig mit der *dunklen Seite* zu tun hat. Außerdem sehen sie in dem Polizisten eine Art Patient, den sie durch ihre Liebe von seinen Problemen heilen wollen.»

«Lisas Erfolg in dieser Hinsicht war offensichtlich nicht von Dauer.»

«Jedenfalls hat sie mir tausendmal mehr Liebe gegeben, als sie jemals von mir zurückbekam. Und tausendmal mehr, als ich verdient habe.»

Hannah schwieg. Dann gab sie sich einen Ruck und sagte: «Nehmen Sie es mir nicht übel, aber Sie sollten sich mal selbst reden hören. Da kriegt man allein vom Zuhören Depressionen. Warum dann Kinder? Wollten Sie beide von Anfang an welche haben?»

«Na ja, wie man's nimmt. Sarah ist schneller passiert, als wir das Wort Verhütung aussprechen konnten. Phillip war dann die logische Weiterentwicklung zu einer deutschen Durchschnittsfamilie, und Emilia stellte vermutlich den letzten Versuch dar, die unübersehbaren Risse in unserer Ehe zu kitten. Es hat das Ende aber nur hinausgezögert.»

Hannah Christ runzelte die Stirn. «Ich wusste gar nicht, dass Sie *drei* Kinder haben.»

Abel rupfte ein Büschel Gras aus dem Boden, seine Stimme klang belegt. «*Hatten*. Sarah kam bei einem Flugzeugabsturz ums Leben.»

Hannah Christs Magen verkrampfte sich. «Oh mein Gott. Das ist also der Grund für Ihre Flugangst. Ich lasse heute aber auch wirklich kein Fettnäpfchen aus.»

«Schon gut. Sie konnten es ja nicht wissen.»

«Wollen Sie mir erzählen, wann und wie es passiert ist?»

Abel antwortete nicht. Aber als Hannah Christ beobachtete, wie er das Kinn auf seine Knie legte und auf den See hinausstarrte, sah sie, wie das Funkeln der Sterne in seinen Augen verschwamm und in einem dünnen Rinnsal über seine Wange lief. Einem Reflex folgend, streckte sie ihre Hand aus und berührte ihn sanft am Oberarm. Seine Muskeln waren steinhart.

«Sie vermissen sie sehr, nicht wahr?»

Abel nickte stumm.

Hannah war sich nicht sicher, aber sie hatte für einen kurzen Augenblick das Gefühl, dass eine schmale, wenn auch noch wacklige Brücke zwischen ihnen beiden gespannt worden war. Langsam zog sie ihre Hand wieder zurück. Gleichzeitig spürte sie, dass es an der Zeit war, dieses schwierige Terrain zu verlassen und Abel ein wenig aus seiner Schwermut zu reißen.

«Ich fasse zusammen», sagte sie schließlich. «Erstens, Ihre Ex ist eine Traumfrau, der keine andere das Wasser reichen kann. Zweitens bin ich ein blöder Trampel, der keine Gelegenheit auslässt, sich mit einem ohnehin schon schwierigen Kollegen anzulegen. Und als wichtigster Punkt: Sie stehen auf hübsche Beine. Soll ich zur Verbesserung der Arbeitsmoral ab sofort Röcke tragen? Ich könnte die Sekretärin von Krentz fragen, ob sie mir welche leiht.»

«Da Ihnen ständig so heiß ist, wäre das bestimmt ein guter Gedanke.» Abels Haltung entspannte sich.

«Sonst fällt Ihnen kein Grund ein, der für Röcke spräche? Zu Ihrer Information: Cellulite ist ein Fremdwort für mich.»

Abel lachte. «Doch, da ist noch etwas. Aber ich komme einfach nicht drauf, obwohl es mir auf der Zunge liegt.»

Beide verstummten erneut. Hannah Christs rechte Hand und Abels linke spielten nur wenige Zentimeter voneinander entfernt mit Grashalmen und Steinen. Beide taten so, als ob sie den anderen nicht bemerkten.

Schließlich warf sie einen kleinen Kiesel in seine Richtung.

«Sind Sie blind? Ich liege neben Ihnen.»

Als Abel die Stirn runzelte, rückte sie noch näher zu ihm. «Mein Gott, muss man denn als Frau heutzutage alles selbst machen?» Sie nahm seine Hand und legte sie auf ihre Taille. Dann schlang sie ihren Arm um seinen Oberkörper und rückte so dicht an ihn heran, dass sie seinen Atem in ihrem Gesicht spüren konnte.

«Hat Ihnen schon mal jemand gesagt, dass Sie aus der Nähe ein verdammt attraktiver Kriminalkommissar sind?»

«Ja, mein Friseur. Die letzte Frau, die das zu mir sagte, hat allerdings kürzlich die Scheidung eingereicht.»

«Das muss an Ihrer umwerfenden Wirkung liegen.»

«Sie geben also zu, dass ich die habe?»

«Nur wenn du mich endlich Hannah nennst. Ich küsse nicht gern Männer, die mich siezen.»

Schweigen. Abels Hand auf ihrer Taille bewegte sich keinen Millimeter, seine Augen musterten sie aber genau.

«Warum interessierst du dich überhaupt für mich? Ich habe dich von Anfang an wie ein Stück Dreck behandelt. Du hättest allen Grund, mich zum Teufel zu wünschen, stattdessen liegst du mitten in der Nacht mit mir an diesem See und machst mir Komplimente.»

«Du hast recht: Du hast es nicht verdient. Aber ich habe nun einmal ein Herz für verkrachte Existenzen. Vielleicht war ich in einem früheren Leben auch Krankenschwester.» Sie kicherte. «Oder vielleicht stimmt es, was kürzlich jemand zu mir sagte.»

«Und das wäre?»

«Es war Blödsinn. Die Person hat doch glatt behauptet, wir seien uns ähnlich. Verstehst du? *Ähnlich!*»

«Wer war das? Nur für den Fall, dass ich demjenigen mal begegnen sollte. Ich möchte mich dann angemessen für diesen Vergleich bedanken.»

«Na, dann halte ich besser die Klappe. Ich will niemanden in Gefahr bringen.»

Hannah Christ spürte, wie Abel seine Fingerspitzen auf ihrer Jeans absetzte.

«Es ist zwar heiß, aber gegen ein wenig Körperwärme hätte ich jetzt nichts auszusetzen. Ist in deinem Jackett vielleicht noch ein bisschen Platz?» Hannah rückte so nah an Abel heran, bis ihre Brüste gegen seinen Oberkörper drückten.

«Du gibst also zu, dass ein Jackett im Sommer nützlich sein kann?» Abel sah nun offenbar keine Möglichkeit mehr zum Ausweichen, denn er legte endgültig den Arm um sie.

«Nur wenn du sofort zugibst, dass ich besser rieche als die blöde Sekretärin.»

Martin Abel vergrub sein Gesicht in ihrem Haar und sog tief die Luft ein. «Der süße Duft steht dir», sagte er, während er sie an sich presste. «Wie heißt dieses Teufelszeug?»

«*Angel.*»

«Na, das passt ja ganz hervorragend.»

Hannah hielt den Atem an, während sie das wilde Gewirr an Gefühlen zu sortieren versuchte, das sie durchströmte. Die Gänsehaut auf ihrem Rücken war dabei noch die harmloseste ihrer Empfindungen.

«Gibt es noch irgendetwas, das du an mir magst? Wenn ja, dann sag's mir bitte schnell.»

Abel strich ihr eine Strähne aus dem Gesicht. «Deine Augen. Ich habe noch nie so warme Augen gesehen wie deine. Wenn du mich anschaust, habe ich das Gefühl, ein Paar Glühwürmchen strahlen um die Wette.»

«Oh mein Gott. Kannst du mir das schriftlich geben?» Sie schmiegte sich so eng an ihn, dass sie nicht mehr wusste, ob es ihr oder sein Herzschlag war, den sie spürte.

Die Frösche und Zikaden fuhren unbeeindruckt mit ihrem Konzert fort, als sie versuchte, dieser Frage zusammen mit Abel auf den Grund zu gehen. Die Tiere ließen sich auch nicht stören, als sie sich auf den Schoß ihres Kollegen setzte und überprüfte, ob er seit der Trennung von seiner Frau das Küssen verlernt hatte.

Als die beiden wenig später zurückfuhren, betrachtete Hannah sein Profil. Sie musste zugeben, dass ihr gefiel, was sie da sah. Gleichzeitig nahm sie überrascht zur Kenntnis, dass sein Jackett unbeachtet auf dem Rücksitz lag. Im Hotel fuhren sie schweigend mit dem Lift in ihre Etage, wo sie mit langsamen Schritten zu ihren Zimmern gingen. Beide standen ein paar Sekunden unschlüssig auf dem Gang, bis Abel hinter vorgehaltener Hand gähnte.

«Sag bloß, du machst jetzt schlapp. Von einem Kerl wie dir erwarte ich, dass er vor dem Schlafengehen noch ein paar Täterprofile erstellt. Oder wenigstens eines von mir.»

«Tut mir leid, aber anscheinend kann ich mit einem so jungen Huhn doch nicht mehr mithalten. Außerdem ist es spät, und wir haben morgen einen harten Tag.»

«Es ist bereits morgen, und jeder Tag mit dir war bisher hart, Kollege Abel.»

«Das lieben die Frauen so an mir. Meine Männlichkeit.»

«Na, wenn du dich da mal nicht täuschst.»

Sie stellte sich auf die Zehenspitzen und drückte ihm einen Kuss auf die Wange. Mit einem lässigen Winken drehte sie sich um und ging in ihr Zimmer. Dort warf sie sich mit einem übermütigen Satz auf das Bett.

Trotz der missglückten Besprechung mit Greiner hatte sie das untrügliche Gefühl, an diesem Tag einen großen Schritt weitergekommen zu sein. Nicht unbedingt mit ihrer Arbeit, aber zumindest mit ihrem Verhältnis zu Abel. Was möglicherweise früher oder später auf dasselbe hinauslief.

▬

Abel wartete, bis Hannah in ihrem Zimmer verschwunden war, bevor er sein eigenes betrat. Bewegungslos stand er einige Sekunden im Dunkeln, um das begrüßende Knarren der Möbel in sich aufzunehmen. Dann schaltete er das Licht ein und setzte sich in den Sessel neben der Kommode. Dabei ignorierte er die angebrochene Flasche Wodka ebenso wie Karl, der überrascht von Abels aufgekratztem Zustand zu ihm herüberstarrte.

Abel war noch nicht richtig im Sessel versunken, als ihm merkwürdige Dinge durch den Kopf gingen. Zum Beispiel fragte er sich, wann er das letzte Mal etwas so Kindisches getan hatte, wie Steine ins Wasser zu werfen und Grasbüschel auszureißen. Oder wann er sich zum letzten Mal in der Gegenwart einer Frau so entspannt gefühlt hatte. Er überlegte lange und gründlich, doch die Antworten darauf wollten ihm beim besten Willen nicht einfallen.

Martin Abel war tief beunruhigt.

Neunter Tag

Der Tag hatte in unvergleichlicher Schönheit begonnen.

Das klare Blau des Himmels, das Zwitschern der Vögel im Garten und sogar der auch für ihre hohen Ansprüche zufriedenstellende Anblick im Badezimmerspiegel schienen die Frau davon überzeugen zu wollen, dass das Paradies sich heute auf der Erde befand.

Doch leider war dieses Glück nur von kurzer Dauer.

Sie hatte sich gerade von ihren Bediensteten ein knappes, aber exzellentes Frühstück in den Salon bringen lassen, wo sie seit einigen Tagen zu speisen pflegte. So konnte sie nämlich gleichzeitig essen und Radio hören, was in den letzten Tagen eine ihrer Hauptbeschäftigungen geworden war.

Noch während sie das erste Stück des Croissants kaute, griff sie zur Fernbedienung und zappte alle Programme von oben nach unten durch, um schließlich beim Lokalsender hängenzubleiben. Dort war vor einigen Tagen die Sendung ausgestrahlt worden, die sie so sehr in den Bann geschlagen hatte. Die Sendung, in der ein Polizist behauptet hatte, dass der Mörder, der die Stadt in Atem hielt, ein besonderes Verhältnis zu Puppen habe.

Puppen!

Seitdem waren auf dem Lokalsender immer neue Informationen zum Fall des Metzgers veröffentlicht worden. Und jede davon hatte den furchtbaren Verdacht, der in ihr keimte, weiter erhärtet.

Auch heute wollte sie wieder hören, was die Leute vom Sender zu sagen hatten. Vielleicht waren ja alles nur Hirngespinste. Zufälle, die es im Leben immer wieder gab. Sie stellte die Lautstärke höher und wartete auf die Nachricht, die ihre Ängste in Luft auflösen würde.

Doch die kam nicht. Im Gegenteil: Nachdem ein aufgeregter Sprecher verkündete, dass der Metzger von Köln sich direkt bei der Polizei gemeldet hatte, wurde eine Sondernummer durchgesagt, über die man angeblich auf einem Tonbandmitschnitt die Stimme des Mörders hören konnte.

Die Frau ließ das Besteck achtlos fallen. Mit zittrigen Beinen ging sie zum Telefon und wählte.

«*Sie sind ein interessanter Mann.*»

Unglaublich! Konnte das wirklich wahr sein?

«*Ich mag Menschen, die sich intensiv mit mir beschäftigen.*»

Diese Stimme! Die Frau griff taumelnd nach Halt.

«*Die Welt ist tatsächlich voller Bosheit und List.*»

Ihr Herz zerbrach in Millionen Scherben aus Angst und Entsetzen.

Ihre Beine zitterten mittlerweile so stark, dass sie sich kraftlos zu Boden sinken ließ. In diesem Moment begriff sie erst das ganze Ausmaß der Katastrophe: Ihr Leben würde nie mehr das alte sein.

Mit letzter Kraft zog sie sich auf die Sitzfläche des Sessels und lauschte dem wilden Hämmern ihres Herzschlags.

Unmöglich!

Tausend Gedanken schossen ihr durch den Kopf. Fetzen der Erinnerung, die sie verloren geglaubt hatte und die nun mit aller Macht wieder in ihr Bewusstsein drängten.

Erst allmählich begriff die Frau, dass sie die Einzige war, die den Metzger von Köln stoppen konnte. Ein Anruf von ihr bei der Polizei würde genügen, um seinem mörderischen Treiben ein Ende zu bereiten. Sofort. Heute.

Jetzt!

Doch so einfach war die Sache nicht. Wenn sie richtiglag, was seine Identität anging, dann hatte dies auch für sie Folgen. Folgen, die nicht im Entferntesten absehbar waren. Es würden Fragen gestellt werden. Fragen, über die sie nicht nachdenken, geschweige denn darauf antworten wollte.

Einem Impuls folgend, legte sie die Kassette ein, auf der sie die Sondersendung aufgenommen hatte. Gebannt lauschte sie, was der Mann von der Polizei über den Mörder herausgefunden hatte.

Puppenfetischist.
Missbraucht.
Circa dreißig Jahre alt.

Konnte es überhaupt noch irgendwelche Zweifel geben? Der Polizist verfügte über eine geradezu beängstigende Treffsicherheit, was den Charakter und die Gedanken des Mörders anging. Stellenweise redete er von ihm, als ob er ihn seit Jahren kannte.

Vielleicht tust du das auf deine Weise sogar, überlegte die Frau. *Allerdings nicht so lange wie ich.* Leise stöhnend lehnte sie sich zurück.

Und nicht so gut, dachte sie düster. *Sonst wüsstest du, was noch auf Köln zukommt.*

Und würdest anfangen zu beten!

———

Martin Abel wusste in der Sekunde, in der er aufwachte, dass etwas Außergewöhnliches geschehen war. Es dauerte ein bisschen, bis er begriff, worum es sich handelte. Aber dann war die Überraschung umso größer.

Er hatte fast sieben Stunden durchgeschlafen.

Er konnte sich nicht erinnern, wann dies zum letzten Mal der Fall gewesen war. Die Wirkung der ungewohnten Erholung auf seinen Körper war jedenfalls enorm.

Als er sich aufrichtete und die Beine aus dem Bett schwang, verspürte er keinerlei Kopfschmerzen. Dafür knurrte sein Magen. Abel registrierte verblüfft, dass er einen Bärenhunger hatte. Nicht zu verwechseln mit seelischem Hunger, bei dem er ständig irgendwelches Zeug in sich hineinstopfte, ohne hinterher sagen zu können, was es eigentlich gewesen war.

Nein, er hatte *richtigen* Hunger.

Auf ein halbes Schwein zum Beispiel oder wenigstens eine große Portion Pommes rot-weiß. Ein gutsortiertes Frühstücksbuffet wäre allerdings schon mal ein akzeptabler Anfang.

Er zog die Vorhänge auf. Die Sonne schien jetzt schon so intensiv, dass die Kraft ihrer Strahlen selbst durch die Scheibe deutlich zu spüren war.

Zwanzig Minuten später saß Abel frisch geduscht mit der süßlich duftenden Hannah Christ beim Frühstück. Sie vor einer großen Schüssel Obstsalat, er vor einem nicht minder großen Teller mit Rührei mit Speck. Während er die ersten Brocken in sich hineinschaufelte, beobachtete er, wie Hannah zwischen den einzelnen Bissen vor sich hin grinste.

«Was ist los? Hab ich mich beim Rasieren entstellt?»

«Im Gegenteil. Brad Pitt ist heute ein Waisenknabe gegen dich. Hast du das Aftershave für mich aufgetragen?»

«Wie kommst du auf diese verrückte Idee?»

«Ist nur so ein Gedanke. Aber *falls* es so sein sollte, dann möchte ich dich darauf hinweisen, dass ich mehr auf sportliche Noten stehe. Am besten kaufst du eine der vielen blauen Flaschen in der Herrenparfümerie, dann kannst du nicht viel falsch machen. Diese holzigen Düfte sind mehr was für Großväter. Nichts für jemanden, der eine Frau beeindrucken will, die halb so alt ist wie er selbst.»

«Ach ja?» Abel wurde klar, dass wohl ein paar Veränderungen anstanden, und wechselte schnell das Thema.

«Ich hab heute keine Lust, mich mit Greiner herumzuärgern», sagte er, während er sich den Mund abwischte. «Zumindest nicht sofort. Wenn er uns schon aufs Abstellgleis schiebt, dann könnten wir doch ein paar Überstunden abfeiern und uns ein bisschen die Stadt ansehen. Ich war noch nie in Köln, und es soll hier ja einiges zu sehen geben.»

«Einverstanden», sagte Hannah Christ. «Aber nur, wenn ich für die Klimaanlage im Wagen zuständig bin.»

Kurz darauf standen beide an der Dauerbaustelle des Doms und legten die Köpfe in den Nacken.

«Hätte nie gedacht, dass das Ding so hoch ist», sagte Hannah.

«Und ich hätte nie gedacht, dass das Ding so *dreckig* ist», erwiderte Abel trocken. «Aber schöner als Greiners Kalkatraz ist es allemal.»

Sie betraten das Innere des Doms, wo sie einen Eindruck von der wahren Größe des Gebäudes bekamen. Trotz der obligatorischen Horde asiatischer Touristen und der in einem so alten Gebäude völlig unpassend wirkenden elektrischen Schiebetüren wurde Martin Abel sofort von einer eigentümlichen Spannung ergriffen. Er machte ein paar unbeholfene Schritte in das Mittelschiff, dann blieb er stehen und ließ die einzigartige Atmosphäre des Doms auf sich wirken.

Die Stimmen der Besucher, die von allen Seiten des riesigen Raums zurückgeworfen wurden, vermischten sich zu dem für Kirchen so typischen Murmeln. Gleichzeitig stieg Martin Abel der Duft von brennendem Weihrauch in die Nase. Irritiert stellte er fest, dass er und Hannah in einem Rechteck aus Licht standen, das eines der vielen Fenster auf dem Boden hinterließ. Zwei Menschen, die sich vor einer Woche noch gegenseitig zum Teufel gewünscht hatten, in einem vor Jahrhunderten entworfenen Bauwerk auf geheimnisvolle Weise vereint.

Abel sah zu Hannah hinüber. Während sie den Kopf in den Nacken gelegt hatte, um das Deckengewölbe zu bewundern, hatten sich ihre Mundwinkel verzückt verzogen. Als sie merkte, dass er sie beobachtete, warf sie ihm eine Kusshand zu und machte ein paar Schritte in seine Richtung.

«Spürst du es auch?», fragte sie, nachdem sie sich bei ihm untergehakt hatte.

«Was?»

«Den Dom. Ich glaube, er will uns sagen, dass wir hierhergehören. Beide zusammen hier in diese Stadt.»

Abel zuckte mit den Schultern. «Ich glaube nicht, dass es der Dom ist. Was mich betrifft, ist es vermutlich meine Wut auf Greiner. Auch wenn ich wollte, ich könnte jetzt gar nicht weggehen. Ich will dem Dicken zeigen, dass er ein ignoranter Sack ist. Dazu muss ich hierbleiben, bis der Fall gelöst ist. So oder so.»

«Ist das der einzige Grund für dich, hier weiterzumachen?»

«Was meinst du damit?»

«Na, was wohl? Ich dachte, die Zeit des einsamen Wolfes wäre vorbei.» Hannahs Ton klang spöttisch, in Wirklichkeit war sie tief getroffen.

Martin Abel drehte den Kopf zur Seite. Die Domwand erschien ihm ungefährlicher als Hannahs Blicke. «Ich muss nachdenken.»

Sie ging einen Schritt zurück und schaute ihn prüfend an. «Greiner hat gestern auch nachgedacht und uns anschließend zum Teufel gejagt. Wenn du mich auch zum Teufel jagen willst, sag es mir bitte gleich.»

Abel schwieg. Was hätte er antworten sollen? Dass ihn die Tatsache, dass eine Frau wie Hannah etwas für ihn empfand, völlig verunsicherte? Dass er die Schutzmauern, die er mühsam um sich herum aufgerichtet hatte, von ihr nicht einfach so einreißen lassen wollte? Egal, was er sagen würde, Hannah würde ihn bis zum Jüngsten Tag verfluchen.

Doch sie sah ihn an und erkannte die Zwickmühle, in der er steckte. Martin Abel las es in ihren Augen, die einen wissenden Ausdruck annahmen. Und natürlich an ihrem Mund, um den es zuckte. Sie war traurig, am liebsten hätte er sie in den Arm genommen.

«Wir sollten jetzt ins Kommissariat gehen», sagte er und schluckte den Kloß hinunter.

Hannah nickte stumm. Dann drehte sie sich um und verließ den Dom. Und den Mann, den nicht einmal eine Fallanalytikerin verstehen konnte.

Wenig später, nach einer kurzen und wortkargen Fahrt, stiegen Martin Abel und Hannah Christ auf dem Parkplatz des Präsidiums aus ihrem Wagen. Sogar für einen Tag mitten im Sommer war die Luft inzwischen mörderisch schwül. Sie kam direkt aus der Sahara, hatte sich über dem Mittelmeer mit Feuchtigkeit vollgesogen und dann wie ein heißes, nasses Laken über der Stadt ausgebreitet. Abel war heute nicht das erste Opfer der feuchten Luft, aber eines, das besonders unter ihr litt.

So schnell sie konnten, betraten sie das Präsidium und fuhren in den vierten Stock. Während Hannah Christ wortlos in die Kaffeeküche abbog, steuerte Abel geradewegs das winzige Loch an, das Greiner als ihr Büro bezeichnete. Auf eine Anmeldung beim Ersten Hauptkommissar verzichtete er. Eine Begegnung mit ihm wäre ihm zu diesem Zeitpunkt wie eine Niederlage erschienen. Als Beweis dafür, dass der Chef des KK 11 ihn nach seiner Pfeife tanzen lassen konnte, wie es ihm passte. Ein Eindruck, den Abel gar nicht erst aufkommen lassen wollte.

Er setzte sich hinter seinen Schreibtisch und sichtete die neu hereingekommenen Unterlagen. Greiners Leute waren gestern offenbar noch fleißig gewesen. Ein gutes Dutzend Vernehmungsbogen lag fein säuberlich gestapelt in dem Plastikkörbchen für den Posteingang. *Bitte überprüfen!*, hatte Greiner daraufgeschrieben. Vermutlich wollte er sein Versprechen halten und gleichzeitig für eine gute Arbeitsatmosphäre sorgen.

Auf der Schreibtischunterlage fand Abel zwei Zettel mit Telefonnotizen, die beide von Judith Hofmann stammten. Die eine betraf Nik Kuhlmann, der um Rückruf bat. *Unsere Sendung hat eingeschlagen wie eine Bombe. Wie wäre es mit einer Fortsetzung?* Abel zerknüllte den Zettel und warf ihn in den Papierkorb.

Die andere Nachricht stammte von einer gewissen Helene

Pfahl. *Kann Ihnen bei Ihrer Suche möglicherweise helfen. Unbedingt heute noch Rückruf!* Darunter eine Nummer mit der Vorwahl 02233, also nicht direkt aus Köln, aber von irgendwo aus der Nähe.

Abel wollte auch diesen Zettel zerknüllen, doch irgendetwas hinderte ihn daran. Er hielt die Notiz unschlüssig in der Hand. Vermutlich steckte wieder jemand dahinter, der auf die Belohnung scharf war. Stundenlange Arbeit ohne jeden Nutzen. So wie alles, was er bisher in Köln getan hatte. Die Pleite mit der Prostituierten steckte ihm noch ziemlich in den Knochen.

Andererseits ...

Irgendetwas klingelte in seinem Gedächtnis bei dieser Nachricht. Außerdem wollte er schon aus Prinzip nicht in dieselbe pessimistische Denkweise wie Greiner verfallen.

Im nächsten Moment ging die Tür auf, und Hannah Christ kam mit zwei Tassen Kaffee herein. Ohne einen Tropfen zu verschütten, stieß sie mit einem Fuß die Tür wieder zu und stellte eine Tasse auf Abels Schreibtisch.

«Trink das. Vielleicht siehst du danach klarer.» Sie ließ offen, worauf sie ihre Aussage bezog. Abel hielt es für klüger, nicht näher darauf einzugehen.

Hannah setzte sich an den anderen Schreibtisch und nippte an ihrem Kaffee. «Was steht jetzt an?»

Er warf ihr einen Teil der Vernehmungsprotokolle hinüber. «Aktenkunde. Wir wollen Greiner doch nicht enttäuschen.»

«Schön, dass es Menschen gibt, deren Gefühle dir nicht egal sind.» Diese Spitze konnte sie sich nicht verkneifen. Sie nahm die oberste Mappe und schlug sie auf, ohne hinzusehen. Ihr Blick wanderte hinaus zum Fenster.

Abel blickte auf die Telefonnotiz von Helene Pfahl und überlegte, was er damit anfangen sollte.

Nach ein paar Sekunden wurde ihm klar, dass er zu keiner Entscheidung fähig war. Seine Gedanken waren nicht bei der Arbeit. Sie waren bei Hannah. Der Frau, die neben ihm zum Fenster hinausstarrte und dabei nicht merkte, dass ihre verschwitzte Bluse auf der Brust klebte. Abel versank im Muster ihres BHs, das sich über ihrer gebräunten Haut abzeichnete.

Hannah, was machst du nur mit mir? Er versuchte herauszufinden, was diese Frau für ihn darstellte. Gefahr oder Verheißung? Oder beides zugleich? Es wollte ihm nicht einfallen. Eine Lähmung seiner geistigen Fähigkeiten just in dem Moment, wo er es am wenigsten gebrauchen konnte.

Nach einer Weile legte er den Zettel in das Posteingangsfach. Vielleicht konnte er ja später noch mal darüber nachdenken. Vorausgesetzt, Hannah ließ das zu.

Ein paar Stunden später lehnte Martin Abel sich zurück und streckte sich. Sein Kreuz tat ihm weh, was angesichts seines vorsintflutlichen Bürostuhls kein Wunder war. Er fragte sich, wann die Polizei bei den öffentlichen Investitionen endlich den Stellenwert bekam, den sie gemäß dem Sicherheitsbedürfnis der Bevölkerung haben sollte.

Wahrscheinlich nie.

Aber er wollte nicht ungerecht sein. Immerhin sollte die deutsche Polizei jetzt endlich ein digitales Funknetz erhalten. So wie es alle anderen europäischen Länder mit Ausnahme des Hightechstaats Albanien bereits seit Jahrzehnten hatten.

Ächzend beugte er sich wieder vor, um die Mappe mit dem Protokoll zuzuklappen, das er zuletzt durchgearbeitet hatte. Bevor er die Mappe schloss, legte er noch das Blatt mit den

Anmerkungen hinein, die er zu der Aussage des betreffenden Mannes gemacht hatte. Sie würden Greiners Leuten eine Menge Kopfzerbrechen bereiten.

«Ich habe keine Lust mehr.» Es waren die ersten Worte seit ein paar Stunden, und seine Stimme hörte sich entsprechend krächzend an.

Hannah Christ blickte auf und sah ihn an, als würde sie ihn gerade erst bemerken. Anschließend schaute sie auf ihre Armbanduhr und runzelte die Stirn. «Verdammt. Schon nach acht.» Sie sah einen Moment zur Decke, als ob sie in sich hineinhorchte. Dann riss sie mit sichtbarem Entsetzen die Augen auf. «Mein Gott, habe ich einen Hunger.» Sie fixierte Martin Abel mit ihren wunderschönen Augen. «Abendessen?»

Abel betastete seinen Bauch. «Ich habe heute schon mindestens zweihundert Gramm abgenommen. Dagegen muss man was tun.»

«Wie wäre es mit Chinesisch?»

«Chinesisch?» Er hob abwehrend die Hände. «Ich weiß gern, was ich esse.»

«Und das tut man beim Chinesen nicht?»

Abel zuckte mit den Schultern. «Sagen wir so: Die Berichte über merkwürdige Funde in den Mülltonnen asiatischer Restaurants haben mich nachdenklich gemacht.»

«Du glaubst also tatsächlich, dass dort Nachbars Dackel verfüttert wird?»

«Ich glaube, dass ich einem Schnitzel eher ansehe, woher es kommt, als einer Nummer 56 süß-sauer auf einer Speisekarte.»

«Verstehe. Auch wenn ich das bezweifle, ich weiß leider nicht, wo hier der nächste Wienerwald ist. Wir müssen also improvisieren.»

«Ein Italiener würde schon reichen. Direkt neben unserem Hotel war doch einer.»

Hannah Christ schnippte mit den Fingern. «Hätte nie gedacht, heute noch etwas Vernünftiges von dir zu hören.» Sie nahm ihre Tasche, die sie neben sich auf den Boden gestellt hatte, und stand auf.

Abel warf die Mappe, die vor ihm lag, mit einem Knall in das Posteingangsfach. «Wir sagen kurz Greiner Bescheid, und dann nichts wie weg.»

«Glaubst du, er ist überhaupt noch da?»

«Ich glaube, er *wohnt* hier.» Noch während Abel sich erhob, klopfte er mit beiden Händen die Taschen seines Jacketts auf der Suche nach den Autoschlüsseln ab. In der nächsten Sekunde klingelte das Telefon auf seinem Schreibtisch.

«Scheiße.» Während Hannah eine ungeduldige Geste machte, blieb Abel einen Moment unschlüssig stehen. Schließlich setzte er sich auf den Tisch und nahm den Hörer ab.

«Ja?» Er hoffte, dass seine Stimme missmutig genug klang, um jeden Störenfried abblitzen zu lassen.

Eine Frau mittleren Alters meldete sich. «Spreche ich mit Martin Abel?»

«Der bin ich.»

«Mein Name ist Helene Pfahl. Ich habe Ihnen eine Nachricht hinterlassen.»

Abel fiel die Telefonnotiz wieder ein. Die Frau, die auf die Belohnung scharf war und um seinen Rückruf gebeten hatte. Er kramte den Zettel aus dem Posteingangsfach und legte ihn neben sich auf den Tisch.

«Ja, wissen Sie, wir haben hier verdammt viel zu tun. Daher hatte ich noch nicht die Gelegenheit...»

«Frau Hofmann im Sekretariat hat mir Ihre Durchwahl gegeben, und da Sie nicht angerufen haben, dachte ich, ich versuche es einfach selbst.»

«Wie gesagt, wir haben hier eine Menge zu tun ...» Abel folgte den Konturen von Hannahs Beinen von den Füßen bis zum Rocksaum. Er überlegte nicht zum ersten Mal, wie es wohl darüber weiterging.

«Ich habe Ihre Sendung im Radio verfolgt. Sie waren sehr ... beeindruckend.» Die Stimme der Frau klang rauchig und vibrierte nervös.

«Danke, Frau Pfahl. Wenn ich den Mörder bereits gefunden hätte, fände ich das ehrlich gesagt beeindruckender.» Abel schenkte Hannah ein zuversichtliches Kopfnicken. *Dauert bestimmt nicht mehr lange!*

«Besonders interessant fand ich, wie Sie sich mit der Psyche des Gesuchten beschäftigt haben. Man könnte fast meinen, Sie wären ihm schon einmal begegnet. Sie sind ein wirklich guter Analytiker.»

Abel gähnte und hoffte, dass die Frau das mitbekam.

«Nun, es ist so, dass ich, als ich Sie im Radio reden hörte, den Eindruck bekam, Ihnen bei Ihrer Suche helfen zu können.» Die Stimme blieb ruhig, vibrierte aber noch ein bisschen stärker. «Ich kenne da einen Mann, von dem ich glaube, dass er Ihrer Beschreibung entspricht.»

Abel wurde hellhörig. «Wie kommen Sie darauf?»

«Es handelt sich um einen, nun, nennen wir es mal, entfernten Verwandten von mir. Alle Details, die Sie beschrieben haben, könnten auf ihn zutreffen, einige tun es sogar ganz bestimmt. Vor allem die Sache mit den Puppen ist ... *so frappierend!* Der Mann *liebte* seine Puppen und konnte ohne sie nicht leben.»

«Wie sahen diese Puppen aus?», wollte Abel wissen. Schnell rutschte er vom Schreibtisch auf den klapprigen Stuhl. Instinktiv drückte er dabei die Lautsprechertaste des Telefons. Hannah Christ bemerkte seine Unruhe und kam ein paar Schritte näher, um die Anruferin besser verstehen zu können.

«So ähnlich wie schwarzhaarige Barbies, mit so seltsamen, aufgemalten Gesichtern. Ich habe nur einmal eine von ihnen aus der Nähe gesehen, aber ihre kalten Augen werde ich mein Leben lang nicht vergessen. Außerdem dürfte Sie interessieren, dass der Mann Arzt ist und sich daher bestens mit der menschlichen Anatomie auskennt.»

«Und Sie wissen, wie der Mann heißt?»

«Das weiß ich in der Tat, Herr Kommissar. Und ich kenne sogar seine momentane Adresse.»

Abel suchte den Schreibtisch fieberhaft nach einem leeren Notizzettel ab. «Und die wäre?»

«Das würde ich Ihnen lieber persönlich erzählen. Die Details sind zu ... delikat, um sie telefonisch zu besprechen.»

Abels Finger zitterten, als er einen Stift aus seinem Jackett zog. «Wo, sagten Sie, wohnen Sie, Frau Pfahl?»

Martin Abel und Hannah Christ waren gerade vom Präsidium losgefahren, als ein schweres Sommergewitter losbrach. Dicke Tropfen prasselten auf das Autodach, während die Wischblätter vergeblich versuchten, der Wassermassen Herr zu werden. Obwohl die Sonne noch nicht ganz untergegangen sein konnte, war es draußen stockfinster.

Sie hatten zunächst die ihnen inzwischen wohlbekannte A 4 gewählt und waren dann bei Klettenberg auf die B 265 nach Süden abgebogen. Bei Hürth-Hermülheim verließen sie die Bundesstraße und fuhren auf einer schmalen Landstraße zu der von Helene Pfahl genannten Adresse in einem weiteren Teilort von Hürth.

«Miese Sicht da draußen. Vielleicht hätten wir besser ein Boot nehmen sollen.» Hannah Christ schaute abwechselnd aufs Navigationsgerät und zum Fenster hinaus, um wenigstens grob den Überblick zu behalten, wo sie waren.

«Hast du eine Ahnung, wie weit es noch ist?»

«Drei Seemeilen vielleicht? Mist, was für ein Wetter.»

Im nächsten Moment bremste Abel mit aller Kraft. Hannah Christ riss beide Hände hoch, um nicht gegen die Windschutzscheibe geschleudert zu werden. Ein sinnloser Reflex angesichts des eingebauten Airbags. Die Karte fiel zu Boden, und der Wagen schlingerte, während Abel ihn um den großen Ast herumlenkte, der quer über die Straße lag.

«Verdammte Scheiße, das war knapp! Sollen wir umdrehen?», fragte er, als er das Auto wieder unter Kontrolle hatte.

Hannah atmete heftig aus. «Kommt nicht in Frage. Wenn ich mein Leben schon bis hierher riskiert habe, dann soll es nicht umsonst gewesen sein. Und wir wollen diese feine Dame doch nicht warten lassen.»

«Stimmt. Außerdem war Greiner nicht gerade begeistert, als ich ihm vorhin gesagt habe, wohin wir fahren. Daher würde ich ihm morgen früh gerne ein konkretes Ergebnis unter die Nase reiben.»

«Na also, dann los!»

Mit höchstens noch zwanzig Stundenkilometern kroch der Wagen über die Landstraße, bis plötzlich wieder Straßenlaternen zu sehen waren.

«Links abbiegen und dann die erste rechts», wies Hannah Christ ihn an. «Nach fünfhundert Metern müsste das Haus zu sehen sein.»

Bald darauf lenkte Abel den Wagen eine breite Auffahrt hinauf, an deren Ende ein hell erleuchtetes Haus von herrschaftlichem Baustil stand. Rechts davon war ein leerer Parkplatz, dessen nasses Kopfsteinpflaster im Licht der Autoscheinwerfer funkelte.

Abel stellte den Motor ab, sodass nur noch das laute Trommeln der Regentropfen auf dem Autodach zu hören war. Dann blickte er zu Hannah Christ. «Bist du bereit?»

«Ich bin bereit, seit ich dich kenne.» Im nächsten Moment drückte sie die Beifahrertür auf und rannte zum Haus. Abel tat es ihr sofort nach, wobei er sich sein Jackett über den Kopf zog, um wenigstens einigermaßen trocken zu bleiben. Vor der durch einen breiten Vorbau geschützten Haustür kamen beide zum Stehen.

«Das Duschen hätte ich mir heute Morgen sparen können», sagte Hannah Christ und schüttelte ihr nasses Haar.

«Du beneidest mich also um mein Jackett. Auf diesen Moment habe ich seit Tagen hingearbeitet», sagte Abel.

Dann hob er die Hand, um zu klingeln – und erstarrte. Mit dem Zeigefinger deutete er auf den schmalen Spalt zwischen Tür und Türrahmen.

Hannah Christ blickte sich nach allen Seiten um. «Vielleicht hat man uns kommen sehen, und das ist die Einladung.»

Abel schüttelte ernst den Kopf. Dann gab er sich einen Ruck und öffnete die Tür.

Im nächsten Augenblick standen sie in einer ganz in dunklem Holz gehaltenen Halle. *Mahagoni oder Teak*, dachte Abel. *Irgendwas, aus dem man Särge baut.* Nur eine einzige schwache Lampe an der Wand erhellte den großen Raum, dennoch erkannte er schnell, dass sich hier jemand verdammt viel Mühe gegeben hatte, sein Geld zur Schau zu stellen. Überall hingen teuer aussehende Gemälde, und die Möbel verströmten den Geruch nach frischer Politur, ohne allerdings im Stil zusammenzupassen. Doch trotz dieser Aura von Reichtum wirkte das Interieur kalt und leer.

«Hallo, ist hier jemand?» Abel erschrak fast über die Lautstärke seiner Stimme.

«Hier oben», ertönte die rauchige Stimme von Helene Pfahl aus dem ersten Stock. «Kommen Sie einfach rauf.»

Martin Abel und Hannah Christ entspannten sich. Langsam gingen sie zu der breiten Treppe. «Ladies first», sagte er.

Oben angekommen, öffnete sich die Treppe zu einer breiten Galerie, von der mehrere Türen abgingen. Abel hatte keine Lust, sich lange mit der Suche aufzuhalten. «Frau Pfahl?»

«Hier hinten im Arbeitszimmer», hörten sie die Stimme der Frau. «Letzte Tür rechts. Ich erwarte Sie.»

Abel ging zu dem Zimmer, dessen Tür offen stand. «Dieses Mal gehe ich voran», sagte er. Dann klopfte er an die Tür und trat ein, ohne eine Antwort abzuwarten.

Sie betraten einen ziemlich großen Raum. Andernorts wäre er vermutlich als Gemeindehalle durchgegangen, aber in diesem Haus war es einfach nur ein großer Raum. An den Wänden standen hohe Regale, die mit alten Büchern vollgestopft waren. In der Mitte befand sich eine ausladende Sitzgruppe, auf der sich problemlos Festlichkeiten mit bis zu zwanzig Leuten abhalten ließen, Beistelltische und Hausbar inklusive.

Arbeiten konnte man in dem Raum allerdings auch, wenn man unbedingt wollte. Zu diesem Zweck stand am Fenster ein gewaltiger, alter Schreibtisch, direkt davor und mit dem Rücken zu ihnen ein wuchtiger, mit dunklem Leder bezogener Sessel. Abel konnte erkennen, dass auf der rechten Armlehne eine schmale Hand ruhte.

«Wir haben uns ein wenig verspätet. Ihr Haus liegt ziemlich gut versteckt.»

Keine Reaktion. Abel sah zu Hannah Christ und hob die Schultern. Sie machte eine Handbewegung in Richtung Helene Pfahl. Die Hausherrin war es offenbar gewohnt, dass man zu ihr kam, wenn man etwas von ihr wollte.

Martin Abel tat ihr den Gefallen. Er näherte sich ihr von der rechten Seite, bis er schließlich nur noch einen Schritt vom Sessel entfernt stand.

«Wir würden uns gern mit Ihnen über Ihren Verwandten unterhalten.»

Immer noch keine Reaktion.

Abel runzelte die Stirn. Mit einer Mischung aus Ärger und Neugier machte er einen Schritt nach vorn und beugte sich über den Sessel.

Fast im selben Moment geschahen zwei Dinge.

Zum einen erblickte er einen Menschen, der nicht gut aussah. Die schulterlangen Haare und das ausladende Dekolleté ließen darauf schließen, dass es früher mal eine Frau gewesen sein musste. Das viele Blut, das aus ihrem aufgeschlitzten Oberkörper tropfte, und die große dunkle Lache vor dem Sessel deuteten darauf hin, dass der Mörder ihr den Tod nicht leichtgemacht hatte. Im nächsten Moment fühlte Abel etwas Kaltes an seiner Schläfe und hörte ein metallisches *Klick*. Dann zischte hinter ihm eine Stimme, die ihm bekannt vorkam: «Eine falsche Bewegung, und Sie sind tot. Haben wir uns verstanden?»

So vorsichtig, wie er konnte, presste Martin Abel ein «Ja» zwischen seinen Lippen hervor.

«Gut!»

Zielstrebig begann eine Hand, seinen Körper abzutasten.

Zuerst an seiner Brust, dann an seinem Rücken und unter den Achseln und schließlich an der Innenseite seiner Beine.

«Hände auf den Rücken!»

«Was ist mit meiner Kollegin?»

«Es gibt noch keinen Grund, sich Sorgen zu machen. Und jetzt die Hände auf den Rücken!» Der Druck an seiner Schläfe verstärkte sich, sodass Abel nichts anderes übrigblieb, als nachzugeben. Sofort spürte er, wie eine Schlinge um seine Handgelenke gelegt wurde. Ein leises Zirpen verriet ihm, dass es sich dabei um einen Kabelbinder handelte. *Scheiße!*

Der Druck an seiner Schläfe verschwand, und Abel hörte, wie der Mann zurücktrat.

«Sie können sich jetzt umdrehen.»

Martin Abel tat vorsichtig, wie ihm geheißen.

Das Erste, was er sah, war Hannah Christ, die neben der Tür auf dem Boden lag. Leblos und mit seltsam verrenkten Gliedern wie eine große Stoffpuppe, die man achtlos hatte fallen lassen.

Dann drehte er sich weiter und sah nun den Kerl, der ihn gerade mit der Waffe bedroht hatte. Im selben Moment wusste er wieder, wieso ihm die Stimme bekannt vorgekommen war. Sein Verstand weigerte sich noch eine Weile, aber dann begann er die unglaublichen Zusammenhänge zu verstehen.

Greiner hatte schon am Fundort der Leiche von Hartmut Krentz gesagt, dass der Mann, der den Toten in den Wald gezerrt hatte, nicht besonders groß gewesen sein konnte.

Schuhgröße 42, aber trotzdem ziemlich kräftig.

Alles hatte gepasst, doch Abel hatte alle Hinweise ignoriert. Entsetzt erkannte er, dass er dem Mörder bereits ganz nahe gewesen und jetzt blindlings in seine perfekt aufgestellte Falle getappt war.

Der Mann, der ihm gegenüberstand, machte einen überaus zufriedenen Eindruck. Seine Augen musterten Abel wach, wie eine Schlange die Maus, die sie in wenigen Sekunden erlegen wollte.

«Überrascht?» Der Mann lächelte. «Machen Sie sich keine Vorwürfe. Bisher habe ich noch jeden reingelegt.»

«Was ist mit Frau Pfahl passiert?», fragte Abel. Natürlich ahnte er, was mit ihr geschehen war. Zumindest ging er davon aus, dass es sich bei der Frau im Sessel um die Besitzerin des Hauses handelte. Und doch hatte er Mühe, in seinem gegenwärtigen Zustand alle Puzzleteile zu einem Ganzen zusammenzufügen.

Der Mann schien sich darüber köstlich zu amüsieren, denn er lachte leise. «Haben Sie denn immer noch nicht verstanden?», fragte er.

Dann geschah etwas Merkwürdiges. Der drahtige Mann stützte eine Hand in die Taille und presste die andere Hand an die Wange. Diese affektierte Haltung passte auf den ersten Blick überhaupt nicht zu ihm.

«Frau Pfahl steht vor Ihnen!», sagte er dann.

Aber er sagte es nicht mit der Stimme, mit der er Abel noch vor einer Minute bedroht hatte. Er tat es vielmehr mit der Stimme, die Abel vorhin im KK 11 angerufen und zu dem Treffen in die alte Villa eingeladen hatte. Eine vermutlich perfekte Imitation der Frau, die jetzt blutüberströmt in dem Sessel hinter ihm lag.

Torsten Pfahl sah, wie der Schock Abel taumeln ließ. Er sah es in seinen weit aufgerissenen Augen und daran, wie sein Blick verzweifelt zu Hannah hinüberwanderte. Ohne den Revolver auch nur einen Millimeter herunterzunehmen, lachte Pfahl, bis ihm die Tränen über das Gesicht liefen.

Der Plan des *Herrn der Puppen* hatte perfekt funktioniert.

Zehnter Tag

Früher Morgen

Wie er so dasaß, beide Augen geschlossen und die Arme ineinander verschränkt, hätte man fast meinen können, Konrad Greiner schliefe. Was durchaus hätte sein können, denn er hatte die letzte Nacht rastlos im Präsidium verbracht.

Doch der Schein trog. Der dicke Mann schlief nicht, er dachte nach. Nicht über das Wetter und auch nicht über das furchtbare Mittagessen, das heute in der Kantine auf dem Speiseplan stand und seiner Leber vermutlich den Rest geben würde.

Nein.

Er dachte an den verrückten Fallanalytiker Martin Abel und seine überaus attraktive Kollegin Hannah Christ.

Beide waren über Nacht verschwunden.

Vor allem dachte er an die Behauptung, die Abel ihm bei ihrem letzten Treffen an den Kopf geworfen hatte.

Die mit dem Polizisten, der geschlampt haben sollte.

Konrad Greiner war ein Mann mit Prinzipien. Wenn man es genau nahm, bestand er eigentlich sogar nur aus Prinzipien. Diese bestimmten sein Leben so sehr wie die Thermik das Leben eines Sturmvogels.

Ganz und gar.

Genau deshalb hatte er Probleme, sich vorzustellen, dass einer seiner Leute einen Eid auf die freiheitlich-demokratische Grundordnung ablegte, um dann bei der Vernehmung von Verdächtigen eine solche Nachlässigkeit zu begehen. Dieser Gedanke war für ihn von Anfang an absurd gewesen.

Bis jetzt.

Denn mit dem Verschwinden der beiden Kollegen aus Stuttgart begann sich ein entscheidendes Blatt im dichten Wald seiner Prinzipien zu wenden. Mühsam kämpfte er noch dagegen an, doch immer deutlicher wurde ihm bewusst, dass er seine Sicht der Dinge gründlich überdenken musste.

Tatsache war, dass Abel und Christ gestern Abend zu einer gewissen Helene Pfahl hatten fahren wollen. Einer Zeugin, die angerufen hatte und angeblich etwas über den Herrn der Puppen wusste. Er, der Chef des KK 11, hatte das für ein Hirngespinst gehalten, genauso wie die meisten von Abels Ideen zuvor auch.

Die beiden waren jedoch nie dort angekommen. Frau Pfahl hatte am späten Abend angerufen und nach dem Verbleib der angekündigten Besucher gefragt. Gleichzeitig hatte sich ihre Information als wertloses Hirngespinst erwiesen. Seitdem hatte man von Abel und Christ weder etwas gesehen noch gehört. Kein Besuch im Büro, kein Anruf, keine SMS. Natürlich hatte er es auch auf den Handys der beiden probiert, aber auch dort – nichts.

Zunächst hielt Konrad Greiner das Ganze für eine Trotzreaktion von Martin Abel. Nach der Pleite bei der Befragung der Verdächtigen hatte er vielleicht das Bedürfnis, sich eine Zeitlang in sein Schneckenhaus zurückzuziehen. Das hätte er verstanden. Das hätte *jeder* verstanden.

Doch dann kam Greiner die Sache merkwürdig vor. Abel war in mancher Beziehung ein sturer Idiot, aber feige war er definitiv nicht. Einer Auseinandersetzung war er in Köln jedenfalls nie ausgewichen. Und Hannah Christ machte auch nicht unbedingt den Eindruck, dass sie sich den Willen ihres Lehrmeisters aufzwingen ließ. Sie hätte sich nach dem Besuch bei der Zeugin bei ihm gemeldet, auch wenn Abel bockig geblieben wäre.

Aber auch von ihr hörte Greiner nichts.

Entweder hatten also beide von Köln im Allgemeinen und ihm im Speziellen die Nase so voll, dass sie ohne einen Kommentar abgereist waren. Oder sie waren doch einer Sache auf die Spur gekommen.

Oder irgendjemand war *ihnen* auf die Spur gekommen.

Gründlich, wie er war, hatte Greiner früh um sechs im Hotel angerufen und sich nach den Verschwundenen erkundigt.

Das beunruhigende Ergebnis: Die Zimmerschlüssel der beiden hingen unberührt in der Hotelrezeption. Beide waren, nachdem sie das Präsidium verlassen hatten, nicht mehr im Hotel gewesen.

Hauptkommissar Greiner wurde nun langsam unruhig. Hatten Abel und Christ einen Hinweis verfolgt, von dem sie ihm nichts erzählt hatten, weil sie dachten, er würde ihnen sowieso nicht glauben? Etwas, das mit den Männern zu tun hatte, die im Präsidium verhört worden waren? Etwas, von dem sie dachten, es sei von seinen Leuten nicht gründlich genug überprüft worden?

Greiner spürte, dass diese Fragen wichtig waren. Abel war sich bei der Sache mit dem Kollegen, der angeblich Mist gebaut haben sollte, sicher gewesen. Wenn der Metzger tatsächlich unter den Befragten zu finden war, dann hatte er damit leider recht. Dann musste einer seiner Leute ein Lügner oder Idiot sein, der seinen Job nicht nur schlampig erledigt, sondern gleichzeitig auch die gesamte bisherige Ermittlungsarbeit zunichtegemacht und alle Kollegen vorgeführt hatte.

Und damit natürlich auch ihn.

Dies wäre aber nicht nur ein direkter Angriff auf seine Person gewesen, es hätte auch einem der wichtigsten Prinzipien im Leben Konrad Greiners widersprochen. Dem Prinzip der bedingungslosen Loyalität ihm als Vorgesetztem gegenüber.

Je länger der Leiter des KK 11 über diesen Umstand nachdachte, umso mehr war er der Meinung, dass dies ein guter Grund war, wütend zu sein.

Und Greiner hasste es, wütend zu sein. Wut gehörte sich seiner Meinung nach nicht für einen Kommissar, der so schwer war wie er und im ganzen Präsidium respektiert wurde.

Er beschloss deshalb, der Wurzel des Übels auf den Grund zu gehen. Wenn es in seiner Mannschaft jemanden gab, der gegen seine Prinzipien verstieß, dann würde er es herausfinden.

Jetzt.

«Judith», rief er durch die offene Tür in sein Vorzimmer.

«Ja, Konrad?»

«Sag allen, die an den Metzger-Verhören beteiligt waren, dass ich sie sprechen möchte. Nacheinander und ohne einen besonderen Grund zu nennen. Auch die, die gerade keinen Dienst haben. Ruf sie alle an und organisiere das so, dass ich für jeden eine halbe Stunde Zeit habe. Wir fangen sofort mit denen an, die jetzt im Haus sind. Verstanden?»

«Und was soll ich sagen, wenn sie mich fragen, was das Ganze soll?»

«Sag ihnen einfach, es handle sich um das jährliche Personalgespräch. Lass dir was einfallen!»

Greiner lehnte sich zurück. In seinen Gedanken begann er, die Fragen vorzubereiten, die er seinen Mitarbeitern zu stellen gedachte.

Erfreut stellte er dabei fest, dass sich seine Wut bereits zu legen begann. Manchmal, erkannte der dicke Mann zufrieden, musste man seinen Gefühlen einfach nur die richtige Richtung geben.

―

Es klopfte zweimal kräftig an der Tür, dann betrat Richard Maas, ohne eine Antwort abzuwarten, Greiners Büro.

«Hallo, Konrad! Was gibt es so Wichtiges? Haben die in der Kantine wieder dein Frühstücksei versaut?»

«Halt den Mund und setz dich!»

Richard Maas runzelte die Stirn und tat, wie ihm geheißen.

Greiners mächtige Gestalt löste sich vom Fenster. Von einem Moment zum anderen strahlte die Morgensonne direkt in das Gesicht von Richard Maas, sodass er die Augen zusammenkneifen musste.

Greiner ging zu seinem Sessel und setzte sich. Dann fixierte er Maas so lange mit ausdruckslosem Gesicht, bis dieser auf seinem Stuhl hin und her zu rutschen begann. Schließlich lehnte sich der Leiter des KK 11 zurück, legte die Hände auf den Bauch und atmete heftig aus.

«Wie geht es dir, Richard?», fragte er schließlich. «Alles klar zu Hause?»

Maas entspannte sich. «Den Kindern geht es gut. Kevin braucht zwar ab und zu eine strenge Hand, damit es in der Schule läuft, aber du weißt ja selbst, wie das ist. Und Sabine ...» Richard Maas kratzte sich am Kinn. «Na ja ... seit der Sache mit Andrea Wolff herrscht Funkstille. Ich weiß, ich hab Mist gebaut, aber mich deshalb monatelang kurzzuhalten, macht mich auch nicht gerade weniger scharf auf andere Frauen. Wenn sie so weitermacht, ist sie selbst schuld, wenn sie mich irgendwann los ist.»

Noch während er sprach, begann Richard Maas zu überlegen, was von seinen Affären zu Konrad gedrungen sein konnte. Er wusste nur zu gut, dass dieser großen Wert auf ein intaktes Familienleben bei seinen Mitarbeitern legte. Dann dachte Maas aber, dass inzwischen sowieso wahrscheinlich jeder Bescheid wusste.

«Und bist du mit deiner Arbeit zufrieden?», fragte Greiner weiter. «Ich meine, ist alles so, wie du es dir wünschst?» Immer noch war von seinem Gesicht nicht das Geringste abzulesen.

«Ich verstehe nicht, Konrad. Warum sollte ich denn nicht zufrieden sein?»

«Das will ich ja von *dir* wissen», gab Greiner ruhig zurück. «Ich bin schon lange genug im Geschäft, Richard. Ich merke, wenn meine Leute unzufrieden sind. Am Anfang sind es nur Kleinigkeiten. Der eine kommt plötzlich permanent zu spät, der andere hört auf, sich zu rasieren, und der dritte lässt bei den Ermittlungen nach, weil er andere Dinge im Kopf hat. Wie gesagt, es sind nur Kleinigkeiten, aber wenn du nicht aufpasst, werden daraus ruck, zuck ernste Probleme. Und ich habe etwas gegen Probleme in meiner Dienststelle. Deshalb interessiert mich, was in meinen Leuten vorgeht. Wehret den Anfängen, weißt du.»

Richard Maas sah Greiner ungläubig an, dann sprang er auf und rief anklagend: «Verdammt noch mal, Konrad! Was soll das? Ich werde hier zu einem Gespräch herbestellt, dessen

Anlass ich nicht kenne, du fragst mich nach meiner Familie und ob mir mein Job noch gefällt und schaust mich dabei an, als ob ich mit der halben Belegschaft gepennt hätte. Ja, mein Gott, ich habe ein paar Affären gehabt, aber das machen andere Leute auch! Kannst du mir also endlich sagen, was der verdammte Mist hier soll?»

Greiners Gesichtsausdruck veränderte sich kaum. Nur seine Augen verengten sich und wurden eiskalt. Nachdem er Richard Maas einige Zeit so fixiert hatte, stieß er die Luft aus. Dann sagte er leise: «Du hast Glück, Richard, dass ich mir heute Morgen fest vorgenommen habe, mich nicht aufzuregen. Der Polizeiarzt hat mir letzte Woche gesagt, dass mir bei der kleinsten Aufregung eines dieser scheiß Äderchen im Hirn platzen könnte und ich zu einem Krüppel würde, den man mit einer Decke auf den Beinen im Rollstuhl durch den Stadtpark karrt und dem man viermal am Tag eine Bettpfanne unterschiebt. Das ist etwas, das weder mir noch den Pflegern gefallen würde.»

Er stand auf und lehnte sich, beide Fäuste auf die Schreibtischplatte gestemmt, nach vorne, bis er nur noch einen halben Meter von seinem Gegenüber entfernt war. Dann polterte er mit immer lauter werdender Stimme: «Und deshalb sag ich dir jetzt in aller Ruhe: Dies ist *mein* Büro! Das bedeutet, dass hier niemand außer mir fluchen darf. Wer das trotzdem tut, dem schlage ich höchstpersönlich den Schädel ein, egal, ob er mich Konrad nennen darf oder nicht! Ist das klar, Hauptkommissar Maas?»

Richard Maas konnte Greiners Blick nur kurz standhalten. Dann senkte er den Kopf und betrachtete seine Schuhe.

«Tut mir leid, Konrad», murmelte er schließlich. «Aber du musst doch zugeben: Seit du mir den Metzger-Fall weggenommen hast, mache ich nur noch Aushilfsjobs, begleitet vom dämlichen Gegrinse der Kollegen.»

Greiner nahm die Fäuste vom Schreibtisch und setzte sich wieder. «Auch wenn dir das nicht passt: Wer hier die Ermittlungen leitet, bestimme ich allein. Hast du damit ein Problem?»

Richard Maas atmete tief ein. «Nein», presste er nach einigen Sekunden hervor. Langsam setzte er sich wieder, ohne allerdings seine Schuhe aus den Augen zu lassen.

«Gut!», knurrte Greiner. Es klang zufrieden. «Dann können wir ja fortfahren.» Er schien einen Moment zu überlegen. «Was denkst du über die beiden Kollegen aus Stuttgart?», fragte er dann unvermittelt.

Maas runzelte die Stirn. «Abel und Christ? Wenn du es genau wissen willst: Ich halte sie für zwei Wichtigtuer, die hier eine Riesenshow abziehen, weil sie uns für bescheuert halten. Ihre Vorschläge haben uns noch keinen Schritt weitergebracht. Oder?»

«Und was denkst du über die Aktion mit der Befragung der verdächtigen Fahrzeugbesitzer?», fuhr Greiner fort, ohne die Aussage seines Untergebenen zu kommentieren.

«Das Gleiche, was alle davon halten», antwortete Maas. «Gar nichts. Wenn der Mörder unter den Leuten war, dann hat man ihn jetzt mit Sicherheit so verschreckt, dass er sich nicht mehr rühren wird, bis Gras über die Sache gewachsen ist. *Wenn* er darunter war. Die Prostituierte hat ihn schließlich nicht erkannt.»

Konrad Greiner ließ sich das Gesagte einen Augenblick durch den Kopf gehen, dann setzte er nach.

«Abel und Christ gehen davon aus, dass der Mörder mit fast hundertprozentiger Sicherheit unter den Befragten war. Und dass die Zeugin ihn in jedem Fall erkannt hätte, wenn er an ihr vorbeigelaufen wäre. Das würde aber bedeuten, dass einer der Verdächtigen *nicht* wie vorgeschrieben an ihr vorbeigeführt wurde. Was aber wiederum nur dann möglich gewesen wäre, wenn sich jemand nicht an die vereinbarte Vorgehensweise gehalten hätte.»

Konrad Greiner fixierte Richard Maas erneut. «Du weißt, was ich mit so jemandem machen würde, Richard. Oder?»

«Natürlich, Konrad.»

Maas' Mund wurde trocken. Plötzlich glaubte er zu wissen, woher der Wind wehte. Leingart hatte ihn verpfiffen. Der Idiot war zum Chef gerannt und hatte sich ausgeweint. Dieser ...! Die entscheidende Frage war nun, was Greiner schon wusste und wie er reagieren würde, wenn er die Wahrheit erfuhr.

«Ja, Richard. Ich würde ihm die Eier abreißen und sie in der Kantine zum Frühstück servieren lassen. Nur zu verständlich, dass sich bis jetzt niemand gemeldet und einen Fehler zugegeben hat. Entweder hat keiner etwas zu verbergen, oder jemand hat Angst. Ich möchte auch nicht in der Haut desjenigen stecken, den ich mir dann vorknöpfen müsste.»

Richard Maas hielt den Atem an.

«Richtig schlimm wäre allerdings, wenn ich selbst herausfinden würde, dass einer meiner Leute etwas vermasselt hat», fuhr Greiner ernst fort. «In diesem Fall müsste ich den Feigling natürlich sofort vom Dienst suspendieren. Seine Brötchen müsste er sich in Zukunft als Kaufhausdetektiv verdienen. Wenn ihn dann überhaupt noch jemand haben will.» Er schnaufte. «Und so, wie es aussieht, scheint das schon bald der Fall zu sein.»

Richard Maas horchte auf. «Wie bitte?»

«Ja, Richard, du hast richtig gehört. Die beiden Kollegen aus Stuttgart werden vermisst. Ich kenne noch keine Details, aber sie scheinen tatsächlich auf der richtigen Spur gewesen zu sein. Vielleicht hat der Mistkerl ihnen ja irgendwo aufgelauert, oder sie sind in eine Falle getappt. Egal, was passiert ist, irgendwann werden wir den Bastard haben. Und dann wissen wir auch, wer ihn damals ins KK 11 hochgebracht und vernommen hat.»

Greiner nahm einen Bleistift in die Hand. Dann machte er eine lange Pause und ließ die Stille auf sein Gegenüber wirken. Als er der Meinung war, dass dieser den Sinn seiner Worte nun verstanden haben müsste, holte er zum nächsten Schlag aus.

«Ich kann der Person, von der wir reden, daher nur empfehlen, sich freiwillig zu melden. Das ist die letzte Chance, einigermaßen glimpflich aus der Sache herauszukommen. Ich käme natürlich nicht umhin, einen Verweis auszusprechen, auch die Sonderzulagen für das laufende Jahr wären futsch. Aber immer noch besser, als von heute auf morgen auf der Straße zu stehen. Stell dir vor, derjenige hätte eine Familie, die er ernähren müsste. Dann würde er ganz schön in der Klemme stecken!»

Durch das geschlossene Fenster konnte man leise ein vorbeifahrendes Auto hören. Draußen im Vorzimmer sprach Judith am Telefon mit einem Kollegen im Einsatz. Im Büro klopfte das Herz von Hauptkommissar Maas bis zum Hals.

Ansonsten herrschte Stille.

«Gibt es irgendetwas, das du mir dazu sagen möchtest, Richard?»

Die dunkle Stimme von Konrad Greiner schien im Raum noch lange nachzuhallen. Maas hatte nicht die geringste Chance auszuweichen.

«Nun ja, Konrad...» Maas umklammerte die Sitzkante seines Stuhls mit beiden Händen. «Unter Umständen kenne ich doch einen Mann, der vernommen worden ist, ohne dass die Prostituierte ihn gesehen haben muss. Jemanden, den ich zusammen mit Horst abgeholt und dann allein befragt habe. Aber *er* ist ganz sicher nicht der Metzger. Glaub mir, das ist absoluter Blödsinn!»

Greiner richtete sich in seinem Stuhl auf. Richard Maas war erst der zweite Mann, den er zu den Vorfällen befragte. Doch offenbar war er gerade dabei, den unglaublichen Verdacht von Abel zu bestätigen.

«Wie heißt der Kerl?»

Maas wand sich auf seinem Stuhl. «Konrad, du bist wirklich auf dem Holzweg! Wir kennen den Mann schon lange. Er ist das genaue Gegenteil von dem Mann, den wir suchen!»

«Ich will wissen, wie der verdammte Kerl heißt!», brüllte Greiner. Dabei schlug er mit der linken Hand mit solcher Kraft auf den Tisch, dass der eiserne Briefbeschwerer umkippte und zu Boden fiel.

Richard Maas schluckte. «Es ist dieser Arzt, der Assistent von Professor Kleinwinkel aus der Rechtsmedizin. Du siehst also, dein Verdacht ist...»

Der Bleistift in der mächtigen Hand von Hauptkommissar Greiner zerbrach. Innerhalb von Sekundenbruchteilen fielen in seinem Kopf sämtliche Puzzleteile an ihren Platz, die nötig waren, um das Ausmaß der Katastrophe zu erfassen. Im gleichen Moment wurde er leichenblass.

Der Metzger hatte medizinische Kenntnisse.

Serienmörder suchten oft die Nähe der Polizei.

Richard Maas hatte bei der Befragung des Arztes einen Fehler begangen.

Konrad Greiner hatte noch keine Ahnung, wie diese Fakten exakt zusammenhingen, sein in vielen Jahren Polizeiarbeit erworbener Instinkt sagte ihm jedoch mit absoluter Gewissheit, dass diese Umstände kein Zufall waren.

Abel und Christ waren dem Metzger in die Falle gegangen.

Achtlos ließ er die Überreste des Bleistifts fallen, dann wuchtete er seinen schweren Körper mit einer Geschwindigkeit hoch, die man einer Person seiner Statur niemals zugetraut hätte. Schnell ging er um den Schreibtisch herum, riss den völlig überraschten Richard Maas am Kragen aus seinem Stuhl und stieß ihn krachend gegen die Wand neben der Bürotür. Fest drückte er zu.

«Richard Maas!» Greiner schrie nicht, sondern er presste jedes Wort mühsam beherrscht zwischen den Zähnen hervor. «Ich habe schon viele Idioten in meinem Leben kennengelernt. Doch du bist mit Abstand der größte von ihnen. Anstatt hier mit jeder Kollegin anzubändeln, hättest du lieber das bisschen Grips anstrengen sollen, das dir geblieben ist.»

Er holte tief Luft. «Ich sage es dir nur einmal, Richard: Sollte Abel und Christ auch nur ein Haar gekrümmt werden, dann wirst du den Tag deiner Geburt verfluchen. Wenn ich erst mal mit dir fertig bin, wird dich deine eigene Mutter nicht mehr wiedererkennen. Bete also zu Gott, dass den beiden nichts passiert ist!»

Er ließ Richard Maas los. Bevor dieser sich von dem festen Griff erholen konnte, holte Greiner aus und verpasste ihm eine schallende Ohrfeige.

Drei Zentner Wut und Verachtung konzentriert auf wenige Quadratzentimeter. Die Wirkung war verheerend.

Hauptkommissar Maas' Wange färbte sich tiefrot. Kein Laut war aus seinem Mund zu hören, als er langsam an der Wand nach unten rutschte, bis er auf dem frisch gebohnerten Boden zu sitzen kam.

Konrad Greiner blickte zu Maas hinab und schüttelte verständnislos den Kopf. Einen Augenblick später ging ein Ruck durch seine riesige Gestalt, und er stürmte mit schweren Schritten in das Vorzimmer hinaus.

«Judith, trommle sofort alle Leute zusammen! Ich brauche jeden verfügbaren Mann, inklusive Hundeführer, Scharfschützen, Notarzt, Sondereinsatzkommando, Verhandlungsgruppe und den ganzen Mist. Einfach alle! Such die Adresse des Assistenten von Professor Kleinwinkel raus und sag den Leuten, sie sollen dorthin fahren. Aber keiner von ihnen soll etwas unternehmen, bevor ich da bin! Keiner! Ach ja, und schick bei Gelegenheit noch jemanden zu der Adresse, wo Abel und Christ gestern hingefahren sind.»

Während Judith Hofmann bereits zum Telefon griff, ging Greiner zurück in sein Büro, wo Maas immer noch auf dem Boden saß und sich die Wange hielt.

«Und jetzt geh mir aus den Augen, Richard, bevor ich mich endgültig vergesse!»

—

Das Erste, was Hannah Christ empfand, als sie zu sich kam, war unendliche Übelkeit.

Nicht einfach nur das Gefühl, das sie nach einer durchzechten oder von Kaffeeorgien bestimmten Nacht kannte. Nein, diese Übelkeit hatte eine ganz andere Dimension.

Wo zur Hölle bin ich?

In ihrem Kopf herrschte dichter Nebel. Das Letzte, an das sie sich erinnern konnte, war, dass Martin und sie zu Helene Pfahl gefahren waren. Sie wusste noch, wie sie beide das große Haus betreten hatten, doch dann...

Dunkelheit.

Offenbar lag sie jetzt mit dem Rücken auf einer weichen Unterlage.

Ein Krankenhausbett? Hatte ich einen Unfall?

Es war kalt, und sie fror erbärmlich. Irgendein Idiot hatte offenbar die Klimaanlage bis zum Anschlag hochgedreht. Anders war eine so niedrige Temperatur mitten im Sommer jedenfalls nicht zu erklären.

Hannah Christ öffnete die Augen, doch es wurde kein bisschen heller. Zuerst dachte sie, dass sie in einem abgedunkelten Raum lag, aber dann spürte sie einen leichten Druck auf ihrem Gesicht.

Sie trug über dem Kopf eine Art Verband oder Kapuze, sodass sie nichts sehen konnte.

Eine Woge der Panik durchflutete sie. Doch sie zwang sich, ruhig zu bleiben.

Ich hatte einen Unfall, und mein Gesicht wurde verletzt! Jetzt liege ich in der Aufwachstation eines Krankenhauses mit einem Haufen Apparate um mich herum, die überwachen, wann ich zu mir komme. Gleich wird ein Arzt auftauchen und mich über die Art meiner Verletzungen aufklären.

Seltsamerweise beruhigte sie der Gedanke, in ärztlicher Obhut zu sein. Merkwürdig war nur, dass sie gar keine Verletzungen spürte. Hatte man ihr irgendwelche Schmerzmittel verabreicht? Bestimmt.

Als sie ihre über ihrem Kopf liegenden Arme bewegen wollte, ertönte ein leises, aber vertrautes Klirren. Gleichzeitig ging ein Ruck durch ihre Unterarme, der sie daran hinderte, die Bewegung zu vollenden. Mit zitternden Fingern tastete Hannah nach ihren Handgelenken und erkannte, dass ihre Ohren sie nicht getäuscht hatten.

Handschellen. Sie war an irgendetwas mit Handschellen festgekettet.

Zunächst noch ungläubig, wurde ihr eine Sekunde später klar, was das bedeutete.

Ich werde gefangen gehalten!

Bevor sie diese Tatsache verarbeiten konnte, registrierte sie weitere beunruhigende Details. Zum Beispiel die Haltung ihrer Beine. Sie waren fast im rechten Winkel aufgerichtet und lagen mit den Unterschenkeln auf einer weichen Auflage. Dabei waren sie leicht zur Seite gespreizt.

Ich liege auf einem Gynäkologenstuhl!

Sie versuchte, die Beine herunterzunehmen, um sich aus dieser unwürdigen Position zu befreien. Doch es blieb bei dem Versuch. Auch ihre Beine waren gefesselt und steckten in irgendwelchen Manschetten, die sie felsenfest umklammerten.

Ein eisiger Schauder durchlief Hannahs Körper. Gleichzeitig wurde ihr klar, warum ihr so kalt war. Sie merkte es, als ihre Haut auf der Unterlage scheuerte.

Sie war nackt.

Und demjenigen, der sie gefangen hielt, völlig ausgeliefert.

Verdammt, denk nach! Du warst mit Martin im Haus dieser Frau Pfahl. Sie wollte euch etwas wegen der Metzger-Morde erzählen. Jetzt bist du gefangen und liegst mit gespreizten Beinen an einem unbekannten Ort... Als ihr klar wurde, was die einzig mögliche Erklärung dafür war, stockte ihr für einen Moment der Atem.

Allmächtiger. Der Metzger. Er hatte sie in seine Gewalt gebracht. Aber wie hatte er...? Hannahs Gedanken rasten. Das Haus. Sie war mit Martin in das große, weiße Haus gegangen und dann... Martin! Wo zum Teufel war Martin?

Verzweifelt bemühte sie sich, einen klaren Kopf zu bekommen. *Ruhig bleiben! Nachdenken und ruhig bleiben! Denk an deine Ausbildung! Denk an Martin. Denk nach!*

Der Metzger hatte sie gefangen genommen und ihr etwas über den Kopf gestülpt. Er wollte also, dass sie ihn nicht sah. Im günstigsten Fall hieß das, dass er sie nicht töten wollte. Im ungünstigsten Fall war er einfach nur vorsichtig.

Plötzlich klapperte etwas Metallisches direkt neben ihr.

Hannahs nackter Körper versteifte sich. Weil sie nichts gehört hatte, war sie die ganze Zeit davon ausgegangen, dass sie allein war. Doch das war offensichtlich ein Irrtum. Irgendjemand stand in ihrer unmittelbaren Nähe und hantierte mit etwas.

«Wer sind Sie? Und wo bin ich? Warum halten Sie mich hier fest?» Ihre Stimme überschlug sich, sie schaffte es nicht, sie unter Kontrolle zu bekommen.

Keine Antwort.

Wenn sie es nicht besser gewusst hätte, dann wäre sie weiterhin davon ausgegangen, dass sie allein war.

Erneut klapperte etwas, dieses Mal lauter. Hannah Christ rätselte, wie der Unbekannte sich ihr unbemerkt hatte nähern können. Oder stand er etwa schon die ganze Zeit da und amüsierte sich über ihre albernen Befreiungsversuche?

«Warum nehmen Sie mir nicht die verdammte Kapuze ab!», durchbrach sie die Stille, als sie es nicht mehr länger aushielt. «Ich will sehen, wo ich bin.»

Sie hielt unwillkürlich den Atem an, damit ihr auch nicht das geringste Geräusch entging. Doch es blieb vollkommen still.

Fieberhaft rief sie sich ins Gedächtnis, was sie während ihrer Ausbildung über das Verhalten in solchen Situationen gelernt hatte: Kontakt aufnehmen, reden, Vertrauen und Zeit gewinnen, hatte man ihnen eingetrichtert. Wenn man das erst einmal geschafft hatte, sprich, wenn man dann noch lebte, musste man sich ganz einfach auf sein Gespür verlassen.

Die beste Ausbildung nützte einem aber nichts, wenn der Entführer nicht mit einem sprach.

«Finden Sie nicht auch, dass Sie mir sagen sollten, was Sie von mir wollen?»

Nichts.

Als Hannah Christ schon glaubte, ihr Entführer sei ebenso lautlos wieder verschwunden, wie er aufgetaucht war, begann jemand direkt neben ihr in einer hohen Tonlage zu summen. Es war ein zufriedenes Summen, wie von einem Kind, das wusste, dass es zum Geburtstag genau das geschenkt bekommen würde, was es sich schon das ganze Jahr gewünscht hatte.

Nach einer endlos langen Minute, in der sich Hannah Christ keinen Millimeter gerührt hatte, hörte das Summen auf. Dafür hantierte jemand hinter ihrem Kopf mit irgendetwas, und im nächsten Moment ertönte laute klassische Musik. Schuberts *Unvollendete*, erkannte Hannah Christ. Einige Sekunden später hörte sie leise Schritte und dann, wie eine Tür zuschlug.

Hastig begann sie, mit beiden Händen über ihrem Kopf herumzutasten. Sie streckte ihre Finger so weit aus, bis diese gegen etwas Hartes stießen. Zwei Metallstangen, an denen die beiden Handschellen befestigt waren. Sie umklammerte beide und begann, kräftig daran zu rütteln.

Die Stangen bewegten sich kein bisschen.

Hannah versuchte, sich Mut zu machen. *Du wirst doch wohl diese Kleinigkeit schaffen! Streng dich gefälligst an!*

Also strengte sie sich an und stemmte sich mit aller Kraft gegen die Stangen.

Wieder geschah nichts, außer dass die dünnen Stäbe in ihr Fleisch schnitten und sie nach einigen Sekunden keuchend losließ.

Idiotin!, schimpfte sie sich dann, weil ihr das Naheliegende nicht sofort eingefallen war. Anstatt ihre Kraft auf zwei Stangen zu verteilen, war es natürlich sinnvoller, sich auf eine zu konzentrieren.

Zitternd ertastete sie den Metallstab, an dem die rechte Handschelle befestigt war. Trotz der Fessel konnte sie ihn gerade noch mit der linken Hand erreichen. Dann drückte sie erneut, so stark sie konnte.

Sofort war ein leichtes Knacken zu hören. Nach wenigen Sekunden wurde das Knacken zu einem Knirschen und hörte sich an, als ob ein hohler Zahn gezogen würde. Gleichzeitig merkte sie, wie sich die Stange plötzlich drehen ließ.

Nun komm schon! Gleich hast du es geschafft! Die Stange wackelte an ihrem unteren Ende, und Hannah Christ hatte das Gefühl, dass sie sich jeden Moment lösen konnte.

«Wie fühlen Sie sich?» Eine dunkle Stimme ließ sie mitten in ihrer Bewegung erstarren. In ihrer Anstrengung hatte sie nicht gehört, wie die Tür geöffnet worden war.

Hannah Christ entspannte ihren Körper betont langsam, damit der Metzger nicht misstrauisch wurde.

«Ehrlich gesagt: Ich fühle mich beschissen, und mir ist kalt. Es würde mir bessergehen, wenn ich etwas sehen könnte. Wollen Sie mir nicht endlich diese verdammte Kapuze abnehmen? Ich weiß doch sowieso schon, wer Sie sind!»

«So, wissen Sie das?» Ein leises Lachen folgte, das Hannah verunsicherte. Hatte sie irgendetwas übersehen?

Im nächsten Moment signalisierte ihr ein Absenken der Matratze, dass ihr Entführer sich zu ihr gesetzt hatte. Unvermittelt fühlte sie, wie etwas Kaltes über ihren Körper strich. Am Bauch beginnend, dann in immer größer werdenden Kreisen wurde sie von etwas Fremdem, Widerwärtigem erforscht.

«Ihre Brustwarzen sind hart, Frau Christ. Sind Sie etwa erregt?» Die Stimme des Mannes klang plötzlich sehr nah. «Ich könnte das verstehen.»

Hannah bäumte sich auf. «Nehmen Sie Ihre dreckigen Hände von mir, Sie Schwein!»

«Wer sagt Ihnen denn, dass es meine Hände sind, die Sie

berühren?», hauchte es direkt neben ihrem Ohr. Der Mann lachte und drückte ihr dann einen sanften Kuss auf den Teil der Kapuze, der über ihrer Wange lag. «Mein Gott, haben Sie tolle Brüste! Groß und fest, wie ich es mag. Ihr Kollege Abel ist bestimmt scharf auf Sie. Nicht wahr?»

Erneut versuchte sie, ihm ihren Körper mit einem heftigen Ruck zu entziehen. Im selben Moment spürte sie einen scharfen Schmerz an der linken Brust, der sie laut aufschreien ließ. Irgendetwas hatte sie gestochen, und etwas Warmes lief an ihrer Seite herunter.

«Das sollten Sie besser nicht tun.» Der Metzger klang verärgert. «Wie sollen wir denn noch unseren Spaß miteinander haben, wenn Sie sich jetzt schon selbst verstümmeln?» Hannah spürte, wie die schmerzende Stelle mit etwas Weichem abgetupft wurde. «Ist zum Glück nur ein kleiner Schnitt. Das dürfte nachher nicht stören.»

Hannah unterdrückte die Tränen. *Diese* Blöße und Erniedrigung wollte sie sich nun wirklich bis zum Schluss aufheben, egal, wie der aussah. Sie versuchte sich abzulenken, indem sie an Martin dachte. Wenn sie gefangen war, dann war er es vermutlich auch.

Oder aber der Metzger hatte ihn schon umgebracht, um sich jetzt ganz allein ihr widmen zu können. Dann würde sie Martin Abel nie wiedersehen, und die Küsse an ihrem Abend im Wald waren die einzigen, die sie je von ihm bekommen hatte.

Hannahs Gedanken konzentrierten sich auf den Mann, der sie in den letzten Tagen völlig durcheinandergebracht hatte. Martin Abel war wirklich ein seltsamer Mann. Nicht nur distanziert, sondern fast schon aggressiv, als sie sich in Stuttgart zum ersten Mal gesehen hatten. Und doch zu Gedanken von unglaublicher Tiefe fähig, wenn es um seine Fälle ging.

Irgendetwas hatte in ihr den Wunsch geweckt, ihm so nahe zu kommen, bis sie auch das letzte dunkle Geheimnis seiner Seele gelüftet hatte. Vielleicht war es der herbe Geschmack seiner Lippen gewesen. Vielleicht aber auch die Erkenntnis, dass ihr Vater recht hatte. Dass sie und Abel sich mehr ähnelten, als sie sich das eingestehen wollte.

Doch ausgerechnet jetzt, gerade als Abel sich ihr gegenüber zu öffnen begonnen hatte, mussten sie in die Falle dieses irren Mörders tappen. *Das Leben ist manchmal wirklich von einer beschissenen Tragik!*

Plötzlich erhob sich der Metzger.

«Das war schon recht vielversprechend für den Anfang. Finden Sie nicht?»

«Sie können mich mal!»

«Oh, oh, meinen Sie wirklich, Sie können sich das in Ihrer Situation leisten? Sie werden ein wenig an Ihren Manieren arbeiten müssen, sonst werden die nächsten Tage nicht sehr erbaulich für Sie.»

Erneutes Klappern von Gegenständen, dann ein leises Zischen. Hannah Christ fühlte etwas Kaltes und Feuchtes über ihren linken Handrücken streichen.

«Es wird gleich ein wenig piksen. Sie sollten im eigenen Interesse stillhalten, sonst tue ich Ihnen nur unnötig weh!»

Hannah Christ spürte, wie ihre Hand flach auf die Matratze gepresst wurde, dann folgte ein Stich, der sie zusammenzucken ließ.

«Verdammt! Was machen Sie da?» Sie versuchte, ihre Hand wegzuziehen, doch der Griff des Metzgers war wie aus Eisen.

«Ich lege Ihnen eine Braunüle. Gleich zu Anfang, damit ich nachher nicht mehr unterbrechen muss. Sie sollten jetzt besser nicht mehr an Ihrer Hand herumspielen, sonst drehen Sie versehentlich noch die Leitung auf.»

«Eine Braunüle?» Hannah Christ spürte, wie etwas um ihre Hand gewickelt wurde, dann ließ der Metzger sie los.

«Sie waren wohl noch nie im Krankenhaus? Eine Braunüle ist ein Verweilkatheter zur Punktion einer Vene. Ich nehme immer den Handrücken, weil das Blut dort fast so frisch ist wie in einer Arterie.»

Hannah Christs Herzschlag beschleunigte sich. «Was haben Sie mit mir vor? Was wollen Sie mir einflößen? Drogen? Schlafmittel?»

«Einflößen?» Der Metzger klang für einen Moment verwirrt. «Nein, ich möchte Ihnen nichts einflößen», sagte er dann. «Ganz im Gegenteil. Ich mache mit Ihnen das, was ich mit allen Auserwählten mache. Ich werde Ihr Blut trinken!»

―

Als Konrad Greiner beim Haus des Arztes ankam, stellte er zu seiner Freude fest, dass er bereits von einer ganzen Menge Leute erwartet wurde. Auf der Fahrt hatten sich ihm noch zwei weitere Einsatzfahrzeuge angeschlossen, die mit ihm die letzten Kilometer über die baumbesäumte Landstraße gebrettert waren.

Auf seine Anweisung hin gesellten die Wagen sich zu dem riesigen Aufgebot, das sich mit ausgeschalteten Scheinwerfern im Halbkreis auf einer kleinen Wiese aufgestellt hatte. Diese war nur einen Steinwurf vom Haus entfernt, konnte aber wegen einer dichten Baumreihe von dort aus nicht eingesehen werden. Mit gemischten Gefühlen registrierte Greiner die Präsenz von zwei Notarztwagen und einem Löschzug der Feuerwehr.

Eilig steuerte er den VW Multivan an, der bei solchen Einsätzen als mobile Einsatzzentrale genutzt wurde. Als er den Wagen fast erreicht hatte, wurde die hintere rechte Tür aufgerissen, und Bernd Drilling winkte ihm zu. Der Leiter der Besonderen Aufbauorganisation war für das Sondereinsatzkommando zuständig. Man sah ihm seine Ungeduld an.

«Na endlich, Konrad! Ich dachte schon, du fährst erst noch über Düsseldorf und holst beim LKA Verstärkung!»

«Düsseldorf? Bin ich jeck, oder was?»

Greiner zog den Kopf ein und stieg in das Fahrzeug, das sich sofort bedenklich zur Seite neigte. Die Frau und die drei Männer darin hielten für einen Moment den Atem an, doch zur allgemeinen Erleichterung kippte der Wagen nicht um. Stattdessen herrschte von einem Moment zum anderen eine erdrückende Enge, als Greiner sich in den Innenraum zwängte und auf einer der beiden Sitzbänke Platz nahm.

«So!», sagte er. «Kannst du mir jetzt mal erklären, was du hier machst? Normalerweise verlässt du das Präsidium doch nur, wenn der Polizeifunk zusammengebrochen ist.»

Bernd Drilling lächelte. «Ich bin hier, weil *du* hier bist, Konrad. Wenn du persönlich einen Fall übernimmst, dann ist Not am Mann. Mir war klar, dass du nicht nur zusehen willst, was meine Jungs in dem Haus hier so treiben. Also dachte ich, es wäre das Beste, wenn ich den Einsatz von hier aus leite. So hab ich die Sache besser unter Kontrolle. Und vor allem natürlich dich.»

Konrad Greiner holte Luft, um etwas zu erwidern. Dann wurde ihm klar, dass Drilling recht hatte und er an seiner Stelle ganz genauso gehandelt hätte. Drilling trug die volle Verantwortung für alles, was hier geschah. Also würde er sich von niemandem in die Suppe spucken lassen. Auch nicht von ihm.

«Gibt es Informationen, wie es in dem Gebäude aussieht?», wollte Greiner wissen.

«Nicht viel. In zwei Zimmern brennt Licht, und es steht ein dunkler Geländewagen vor der Tür. Mehr konnten wir nicht herausfinden, ohne entdeckt zu werden.»

«Und der Wagen von Christ und Abel?»

«Ist nirgendwo zu sehen.»

«Na gut. Haben wir wirklich an alles gedacht, Bernd? Ich habe ein mieses Gefühl in der Magengegend.»

«Mach dir keine Sorgen. Es ist ein ganz normaler Einsatz, und wir können sofort loslegen.»

«Ganz normal...?» Konrad Greiner wischte sich die Stirn mit einem Taschentuch ab. «Also gut, jede Minute zählt. Jetzt wollen wir dem Mistkerl mal einheizen.»

―

Konrad Greiner hatte sich während der ganzen Fahrt vom Präsidium zum Haus des Arztes Gedanken gemacht, wie sie vorgehen sollten. Auf der einen Seite durften Hannah Christ und Martin Abel auf keinen Fall durch sie gefährdet werden. Das hatte allerhöchste Priorität! Auf der anderen Seite konnte man aber auch nicht einfach ein x-beliebiges Haus stürmen und dabei riskieren, Unbeteiligte zu erschießen, nur weil einer der Bewohner unter dringendem Tatverdacht stand. Greiner entschied sich daher für den Mittelweg.

«Ich brauche zwei Leute, die sich direkt neben der Eingangstür postieren, der Rest soll sich hinter einer Hausecke bereithalten», sagte er, während er aus dem Multivan stieg. «Immer daran denken: Wir können uns keinen Fehler erlauben, es darf *nichts* schiefgehen!»

«Ich dachte mir schon, dass du dir das nicht nehmen lassen wirst», seufzte Drilling. «Aber lass dich wenigstens verkabeln.»

Nachdem er dies erledigt und Greiner auch noch eine kleine Pistole umgeschnallt hatte, wählte Drilling zwei Begleiter für ihn aus. Mit ruhiger Stimme gab er seinen Leuten ein paar Anweisungen.

Zwei Minuten später näherten sich Greiner und die beiden Männer des Sondereinsatzkommandos der Haustür. Während Greiner sich direkt davor stellte, presste sich je einer der schwarz vermummten SEK-Beamten mit schussbereiter Pistole an die beiden Seiten der Tür. Unsichtbar für jeden Hausbewohner, aber in Sekundenbruchteilen zum Eingreifen bereit. Greiner holte noch einmal tief Luft, dann klingelte er.

Er wartete eine halbe Minute, doch nichts rührte sich. Vorsichtig presste er ein Ohr an die Tür und lauschte. Zunächst war alles still, aber dann ... Gedämpft durch mehrere Zentimeter Holz glaubte Greiner tatsächlich, jemanden rufen zu hören.

Eine Frau?

«Machen Sie auf! Ich weiß, dass Sie dadrin sind», rief er laut und hämmerte mit seinen kräftigen Fäusten gegen die Tür.

Erneut meinte er, jemanden rufen zu hören, dieses Mal eindeutig eine Frau.

Hannah Christ!

«Los! Wir müssen da rein! Sofort!»

Die beiden bewaffneten Männer neben ihm reagierten innerhalb einer Sekunde. Lautlos lösten sie sich von der Wand, um Greiners Befehl auszuführen – doch im nächsten Moment öffnete sich die Haustür. Die beiden SEK-Männer zogen sich sofort wieder zurück, sodass sie von der Tür aus nicht zu sehen waren.

«Was zum ...?» Der Arzt riss erstaunt die Augen auf und schob die Tür bis auf einen schmalen Spalt wieder zu. «Kommissar

Greiner! Was machen Sie denn hier? Und wieso schlagen Sie mir fast die Tür ein?»

«Guten Tag, Herr Doktor. Ich muss etwas mit Ihnen besprechen. Kann ich reinkommen?» Greiner wirkte äußerlich ruhig, war aber jederzeit bereit, seine Waffe zu ziehen.

Der Arzt warf einen nervösen Blick über seine Schulter. «Worum geht es denn? Ehrlich gesagt ist es gerade sehr schlecht...»

«Ich habe einige Fragen zu der Obduktion, die Sie kürzlich vorgenommen haben. Die Frau in dem Müllsack. Sie erinnern sich?»

Der Arzt biss sich auf die Unterlippe. «Natürlich. Marion Berg, die Leiche aus dem Stadtwald. Wieso, was ist mit ihr?» Die Tür bewegte sich keinen Millimeter.

Greiner schüttelte den Kopf. «Ich würde das lieber drinnen besprechen.»

Der Doktor starrte ihn an.

«Es ist gerade wirklich sehr schlecht», sagte er schließlich. «Am besten komme ich morgen ins Präsidium, dann werde ich alle Ihre Fragen beantworten. Aber jetzt geht es wirklich nicht.» Mit diesen Worten schickte er sich an, die Tür zu schließen – doch Konrad Greiner presste seine rechte Pranke dagegen.

«O doch», knurrte er. «Und wie das geht. Wir besprechen das genau *jetzt*!»

Der Doktor wirkte einen Moment irritiert. Darauf setzend, dass der Hauptkommissar seine Hand schon zurückziehen würde, versuchte er, die Tür weiter zuzudrücken. Das war aufgrund Greiners Körpermasse aber zum Scheitern verurteilt.

Wütend zischte er durch den Türspalt: «Hauptkommissar Greiner, machen wir uns doch nichts vor. Ich habe jetzt keine Zeit, und Sie kommen hier ohne Untersuchungsbefehl nicht rein. Nehmen Sie also Ihre verdammte Hand da weg, oder ich melde Sie beim Polizeipräsidenten. Der spielt mit Professor Kleinwinkel Golf und wird sich bestimmt für Ihre Eigenmächtigkeiten interessieren!»

«Untersuchungsbefehl?» Greiner schnaubte. «Hier ist Gefahr im Verzug. Da gelten andere Regeln!»

Mit einem einzigen Schub seiner Schulter drückte er die Tür auf, ohne dass der Doktor ihn hätte daran hindern können. Gleichzeitig drangen die beiden Männer vom SEK mit vorgehaltenen Waffen in das Haus ein und stürzten sich auf den Mann.

«Sind Sie verrückt?», rief der, während er zu Boden gerissen wurde. Doch die beiden Polizisten ließen sich nicht beeindrucken und tasteten ihn gründlich nach Waffen ab.

«So», sagte Greiner. «Und jetzt erzählen Sie uns, wo die beiden sind.»

Der Arzt starrte Greiner wütend an und stürzte sich offensichtlich nur deshalb nicht auf ihn, weil die zwei SEK-Leute ihm die Arme auf den Rücken gedreht hatten. «Na gut, Sie wissen es also. Aber ich muss Sie enttäuschen: Sie werden sie nie finden. Dafür habe ich gesorgt!»

In diesem Moment stürmten die restlichen SEK-Leute mitsamt Spürhund in das Haus. Während einige von ihnen sofort damit begannen, das Erdgeschoss zu durchsuchen, stürzten die anderen an Greiner vorbei ins Treppenhaus. Gerade, als sie die Treppe in den Keller hinunterlaufen wollten, ertönte vom Obergeschoss eine schrille Frauenstimme.

«Was ist da unten los? Was wollen diese Männer von dir, Junge?» Als Greiner nach oben sah, erblickte er eine alte, auf einen Krückstock gestützte Frau, die sich mühsam daranmachte, die Treppe hinunterzusteigen.

Der Doktor erstarrte für einen Moment. «Es ist alles in Ordnung, Mutter», sagte er dann schnell. «Es handelt sich nur um ein Missverständnis, das sich gleich aufklären wird.» Dabei schaute er Greiner fast flehend an.

«*Alles in Ordnung* ... Das sehe ich», keifte die alte Frau. «Was hat mein Junge angestellt?», fragte sie, an Greiner gewandt. «Hat er sich etwa wieder mit einem dieser Flittchen eingelassen? Ich hab ihm schon hundertmal gesagt, dass das eines Tages böse enden wird. Aber er hört ja nicht auf mich. Der Bengel hört ja nicht!»

Greiner war für einen Moment verwirrt. Abel hatte gesagt, dass der Metzger vermutlich allein wohnte, und das hatte ihm durchaus eingeleuchtet. Wie sonst konnten seine Taten so lange verborgen bleiben? Und jetzt wurden sie mit einer alten Frau konfrontiert, die ebenfalls hier wohnte und den Doktor ganz offensichtlich gut im Griff zu haben schien.

«Wir sind auf der Suche nach zwei Kollegen, die seit gestern Abend vermisst werden», erklärte Greiner schließlich. «Ihr Sohn steht unter dringendem Verdacht, etwas mit ihrem Verschwinden zu tun zu haben.»

«Vermisste Kollegen?» Der Arzt versuchte, sich zu befreien, doch der Griff der beiden SEK-Männer war eisern. «Damit habe ich nichts zu tun, Mutter! Ich lasse doch keine Polizisten verschwinden.»

«Stimmt das, mein Junge?» Die alte Frau war inzwischen unten an der Treppe angekommen und hob drohend ihren Krückstock. «Was hast du heimlich hinter meinem Rücken getrieben?»

Der Doktor zog ängstlich den Kopf ein. «Mutter, ich ...»

«So oft, wie du in letzter Zeit abends unterwegs warst, würde ich mich nicht wundern, wenn diese Vorwürfe stimmen. *Ungeplante Überstunden*, hast du gesagt. *Professor Kleinwinkel braucht mich ganz dringend*, hast du gesagt. Hast du mich etwa *angelogen*?»

Greiner sah, wie der Arzt versuchte, dem Blick der alten Frau standzuhalten. Das stumme Kräftemessen dauerte nur einen Moment, dann sackte der Assistent von Professor Kleinwinkel in sich zusammen.

«Ja, Mutter», sagte er tonlos. «Wir müssen in den Keller», fügte er an Greiner gewandt hinzu.

Der gab den beiden SEK-Männern, die den Doktor festhielten, ein Zeichen, woraufhin sie ihren Griff lockerten. Mit müde wirkenden Schritten ging der Mann die schmale Treppe hinunter.

Greiner folgte ihm mit einigen Männern des SEK und der alten Frau im Schlepptau. Beunruhigt registrierte er, dass ihnen ein modriger Geruch entgegenschlug. Sie befanden sich in einem Gewölbekeller, wie man ihn in alten Häusern oft fand.

Greiner gelang es nicht, das mulmige Gefühl im Magen zu unterdrücken. Was würden sie gleich finden? Waren Hannah Christ und Martin Abel am Leben? Und wenn ja – waren sie unversehrt?

«Dort drüben», sagte der Doktor und zeigte auf die aus groben Steinen gemauerte Wand zu seiner Rechten. Greiner wusste nicht, was der Mann meinte, bis dieser an einem der Steine zu wackeln begann.

«Was tun Sie da?», fragte Greiner scharf und legte eine Hand auf die Pistole.

«Hier unten halten sie sich am besten», erklärte der Arzt, während er unter Greiners wachsamen Augen an dem Stein zog. «Immer gleichbleibend kühl und feucht.»

Mit einem Ruck löste er schließlich den Stein aus der Wand und legte ihn auf dem Boden ab. Nach kurzem Zögern griff er dann seufzend in den entstandenen Spalt und zog einen kleinen silbernen Behälter hervor. Widerwillig reichte er diesen schließlich Konrad Greiner.

«Hier, nehmen Sie! Ich habe es nur wegen des Geldes getan. Und in diesem Fall war es ohnehin schon zu spät. Länger als drei oder vier Tage darf man nicht warten.»

Greiner nahm den Behälter entgegen und sah den Doktor fragend an. Als dieser keine weitere Erklärung dazu abgab, öffnete er die Bügelverschlüsse des Behälters und klappte vorsichtig den Deckel hoch.

«Du lieber Himmel!», rief er und starrte entsetzt auf das, was sich ihm in dem Behälter darbot. Übelkeit stieg in ihm hoch.

Sie waren zu spät gekommen.

Wut erfasste Greiner. Blinde Wut. Schnell machte er einen Schritt auf den Doktor zu. Seine mächtigen Hände umschlossen dessen Kehle, er drückte zu. Die SEK-Beamten versuchten, ihn von dem Arzt fortzuziehen, doch er war wie von Sinnen. Schließlich gelang es ihnen doch. Der Doktor schnappte verzweifelt nach Luft.

Die Polizisten sprachen beruhigend auf Greiner ein, doch er ignorierte alles um sich herum. Seine Aufmerksamkeit galt allein dem Doktor.

«Sie Irrer! Was haben Sie den beiden angetan?», brüllte er.

Der Doktor wich angesichts des tobenden Greiners einen Schritt zurück. «Ich weiß nicht, was Sie meinen», stotterte er.

«Das sind die Augen von Marion Berg.»

Konrad Greiner hatte seine mächtigen Arme auf dem Dach seines Autos verschränkt und sah dabei zu, wie das Sondereinsatzkommando den Abzug vorbereitete. Die Spurensicherung war bereits im Keller zugange, während der Arzt in einen Streifenwagen verfrachtet wurde, um zum Verhör aufs Präsidium gebracht zu werden. Die Augen von Marion Berg befanden sich weiterhin in dem Kühlbehälter und waren bereits auf dem Weg ins Universitätsklinikum. Wenn der DNA-Test die Aussagen des Arztes bestätigen sollte, würden die Augen zusammen mit der Toten aus dem Stadtwald beerdigt werden. Dass beides für einige Zeit getrennt gewesen war, musste man den Angehörigen ja nicht unbedingt auf die Nase binden.

«Du siehst müde aus, Konrad. Am besten fährst du jetzt nach Hause und ruhst dich aus.» Bernd Drilling klopfte dem Ersten Hauptkommissar aufmunternd auf die Schultern. «Hier gibt es für dich nichts mehr zu holen. Der Arzt hatte es nur auf die Hornhäute abgesehen, so viel steht fest. Auf dem Schwarzmarkt bekommt man dafür, soweit ich weiß, bis zu fünftausend Euro. Also ein ordentliches Zusatzeinkommen. Zumindest für die Entführung von Marion Berg hat er zudem ein wasserdichtes Alibi – seine Mutter.»

«Mit *dieser* Frau möchte ich nicht verwandt sein, geschweige denn zusammenwohnen», setzte er hinzu.

Obwohl sich in den letzten Stunden ungewohnte Verzweiflung in ihm breitgemacht hatte, schüttelte Greiner energisch den Kopf. «Professor Kleinwinkel wird fluchen, wenn er von dem Organdiebstahl in seinem Bereich erfährt, aber darum geht es nicht. Ich fahre hier nicht weg, bevor ich nicht weiß, was los ist. Wo zum Teufel Abel und Christ sind!»

Bernd Drilling nickte, klopfte ihm erneut auf die Schultern und wollte schon zu seinem Multivan gehen, als Greiners Handy klingelte.

«Verdammt!» Obwohl Greiner Judith Hofmanns Nummer auf dem Display erkannte, hielt er sich nur widerwillig das Mobiltelefon ans Ohr. «Judith, ich...»

«Konrad», unterbrach ihn seine Assistentin. «Hör mir jetzt

genau zu und lass mich verdammt noch mal ausreden!» Ihr ernster Ton ließ Greiner tatsächlich für einen Moment verstummen.

«Du wolltest doch, dass wir jemanden zu der Adresse schicken, zu der gestern Abel und Christ gefahren sind.»

«Ja. Und?»

«Das Haus gehört einer Frau Pfahl. Horst Leingart ist hingefahren. Zunächst hat er nichts Besonderes feststellen können, außer dass Licht brannte, aber niemand öffnete. Als er aber um die Villa herumging, um das genauer zu untersuchen, fand er – jetzt halte dich fest – den Wagen der beiden Vermissten!»

«Was sagst du da?» Greiner richtete sich kerzengerade auf. «Und wo genau...»

«In Hürth-Knapsack. Wenn ihr Vollgas gebt, seid ihr in zehn Minuten dort.»

Im nächsten Moment legte Greiner auf und brüllte Bernd Drilling förmlich an. «Wir haben sie!»

Leise knisterte der Raureif in Martin Abels Haar, als sein Kopf auf die Knie sank.

Er wusste nicht, wie lange er schon in der Kühlkammer steckte. Auch spürte er nicht, wie die beißende Kälte immer tiefer in seinen steifen Körper eindrang. Er hatte längst aufgehört zu frieren, gleich würde er sicherlich tot sein.

Er saß regungslos auf dem Boden, an die Wand gelehnt. Fassungslos dachte er daran, wie sie gestern in die Falle des Metzgers getappt waren. Wie *er* in die Falle getappt war. Hannah Christ war ihm nur gefolgt, weil sie so große Stücke auf ihn hielt. Weil er der beste Fallanalytiker des Landes war. Abel schnaubte.

In Wirklichkeit bin ich ein blinder Vollidiot, der den Wald vor lauter Bäumen nicht gesehen hat.

Torsten Pfahl.

Perfekter Stimmenimitator und Mörder von einem halben Dutzend Menschen.

Hatte sie erwischt wie eine Gottesanbeterin eine Fliege.

Abel hatte gefesselt zusehen müssen, wie Pfahl Hannah mit spielerischer Leichtigkeit die Treppe hinuntergetragen und sie vor der Haustür abgelegt hatte.

Arme, kleine, verletzliche Hannah.

Dann hatte Pfahl Abel gezwungen, sich umzudrehen. In der nächsten Sekunde war sein Schädel explodiert.

Irgendwann war es dann wieder hell geworden. Sein Kopf hatte wie wild gehämmert. Nachdem er wieder sehen und den Kopf ein wenig drehen konnte, hatte er schließlich erkannt, wo er war. Er lag auf einem gefliesten Boden und konnte neben sich in einem guten Meter Höhe eine blinkende Arbeitsplatte aus Edelstahl bewundern. Allerlei Werkzeuge darauf zeugten von einem gut eingerichteten Schlachthaus.

Ein bisschen merkwürdig für einen Physiotherapeuten.

Aber durchaus angebracht für einen Metzger.

Dann hatte ihn Torsten Pfahl von seinen Fesseln befreit und in die Kühlkammer gestoßen. Seine Worte hallten noch immer in Abels Kopf nach. *Machen Sie es sich gemütlich dadrin. Wir machen jetzt dasselbe mit Ihrer hübschen Kollegin.*

Abel wusste, was der Metzger vorhatte: Während er bei minus zwanzig Grad erfror, machte Pfahl aus Hannah das, was er auch aus seinen anderen Opfern gemacht hatte.

Handliche kleine Stücke.

Mühsam hob Abel den Kopf und betrachtete die Überreste der Opfer, die ihn umgaben. Neben dem Kopf von Hartmut

Krentz stand ein Einmachglas, in dem in einer trüben, mit diversen Kräutern versetzten Flüssigkeit undefinierbare Stücke eines anderen oder desselben Opfers schwammen – Abel weigerte sich, sie sich näher anzuschauen. Daneben wiederum eine Reihe weiterer Behälter mit Nieren, Herzen und anderen Leichenteilen.

Abels vom Frost gelähmter Verstand war bereits zu benebelt, als dass er bei diesem Anblick noch Übelkeit verspürt hätte. Mit distanziertem Interesse nahm er zur Kenntnis, dass hier in diesem Raum die Antworten auf all die Fragen lagen, die ihn in den vergangenen Tagen beschäftigt hatten. Antworten auf den bizarrsten Kriminalfall, mit dem er jemals konfrontiert worden war.

Und er begriff noch etwas anderes.

Wenn kein Wunder geschah, würde er sehr bald ebenfalls zerstückelt in einem der Regale liegen. Sein Kopf im obersten, seine Eier in einem Einmachglas und der Rest fein säuberlich in Beuteln verpackt. Aus dem Polizisten, der gerade begann, seine Lebenslust zurückzugewinnen, würde ein hässlicher Haufen Fleisch, das sich der Metzger irgendwann auf den Grill legen würde.

Keine schöne Vorstellung, fand Abel.

Nicht, dass er sich in seinem Zustand noch vor dem Tod gefürchtet hätte, dazu war er diesem bereits viel zu nah. Nein, er fand, dass es für ihn ein wenig zu früh war zu sterben. Dass es zu viele Dinge gab, die er vor seinem Tod noch einmal tun wollte.

Zum Beispiel mit einer Frau schlafen.

Zum Beispiel mit Hannah.

Das Licht aus der kleinen Deckenlampe warf bleiche Schatten auf die Leichenteile. Der Kopf von Hartmut Krentz starrte Abel anklagend an.

Warum kommst du erst jetzt, schien er zu fragen. *Warum hast du den Metzger nicht schon früher gefunden? Warum?*

Abel wusste es nicht. Er beschäftigte sich seit zehn Tagen mit dem Fall und hatte seitdem nichts anderes mehr getan als versucht, ihn zu lösen. Er hatte all sein Können und Wissen eingesetzt und schließlich doch verloren.

Doch es kam noch schlimmer.

In dem Teil des Regals, der ihm am nächsten stand, entdeckte Martin Abel Fleischklöße. Appetitlich garniert und in einer durchsichtigen Tupperdose verpackt, lagen mehrere Dutzend der kleinen Bällchen und warteten darauf, aufgetaut und für hungrige Gäste zubereitet zu werden. Es gab zwei Sorten davon, die durch das milchige Plastik in unterschiedlichen Farben leuchteten.

Abel kannte die Klöße. Er wusste sogar, wie sie schmeckten. Er hatte sie vor einigen Tagen selbst gekostet, als er Torsten Pfahl wegen seiner schmerzenden Schulter aufgesucht hatte. Daher wusste er, dass sie köstlich mit Curry und Paprika gewürzt waren und einem auf der Zunge zergingen, wenn man einen Martini dazu trank.

So weit, so gut.

Das Problem war der große blaue Aufkleber auf dem Deckel. In geschwungenen Lettern hatte jemand zwei Wörter daraufgeschrieben.

Genauer gesagt einen Namen.

Hartmut Krentz.

Abels Magen beschloss, dass jetzt doch der richtige Moment war, sich zu entleeren. Würgend beugte sich der Fallanalytiker zur Seite und erbrach sich auf den Boden der Kühlkammer.

Als er wieder zu Atem kam, wusste er, dass er etwas tun musste.

Er musste durch seine persönliche Hölle gehen und der Kälte trotzen – etwas, das er noch nie zuvor getan hatte.

Es ging nicht um ihn – sein Selbsterhaltungstrieb war längst von der Kälte erstickt. Aber irgendwo in diesem Haus war Hannah und wurde vielleicht gerade vom Herrn der Puppen aufgeschlitzt. Seine süße und raue, liebliche und ruppige Hannah. Wenn er jetzt nichts unternahm, würde sie bald auch in einer Tupperdose liegen. Und das, fand Abel, war das Abscheulichste, was der Metzger überhaupt tun konnte. Unbändige Wut stieg in ihm auf, und er beschloss aufzustehen.

Bereits nach einer Sekunde merkte er, dass er es nicht konnte. Er versuchte es, und sein Arm wanderte tatsächlich einige Zentimeter zur Seite. Doch dann schaffte er es nicht, die Bewegung zu Ende zu führen.

Scheiße!

Nach einigen Augenblicken Nachdenkens in eisgekühlter Atmosphäre knickte Abel im Ellbogen ein und kippte zur Seite. Mit dem so entstandenen Schwung rollte er auf die Knie, wobei seine Stirn so fest gegen die eisige Wand gepresst wurde, dass er meinte, sie müsse daran festfrieren.

Dann der nächste Schritt: mit den Händen an der Wand abstützen und ein Bein nach vorn ziehen. Ein Vorgang, über dessen Komplexität er sich bisher keine Gedanken gemacht hatte. Als es ihm schließlich gelungen war, war er kurz davor, sein Vorhaben aufzugeben. Die Anstrengung war geradezu unmenschlich, sein Wille dagegen fast nicht mehr vorhanden. Irgendwie stemmte er dann noch seinen Oberkörper von der geriffelten Metallwand weg, um seine erfrorene Stirn davon zu lösen.

Schließlich gab er sich den Befehl, sich zu erheben. Zuerst das rechte Bein, das nur widerwillig seinem Befehl gehorchte. Dann das linke, das er ebenso langsam wie unerbittlich durchdrückte.

Und plötzlich stand er.

Schwach zwar und alles andere als klar im Kopf, aber dennoch recht sicher an die frostige Wand gelehnt. Er hatte geschafft, was er vor Minuten noch für unmöglich gehalten hatte.

Das machte ihm Mut. *Vielleicht überlebe ich diesen Tag ja doch.* Eine verrückte Hoffnung erfasste ihn.

Dazu musste er aber raus aus dieser eisigen Gruft. Also schwankte er zur Tür und sah sich deren Verriegelung genauer an. Sofort wurde ihm klar, dass er ein Problem hatte.

Im Kühlhaus auf dem elterlichen Bauernhof hatten sie den gleichen Verschluss gehabt. Ein schwerer, etwa dreißig Zentimeter langer Bügel, der im geschlossenen Zustand waagrecht lag und zum Öffnen nach oben gedreht werden musste.

Das war aber nicht alles.

Der Bügel konnte nämlich von außen mit einer Kette und einem Stift gesichert werden, sodass ein Öffnen von innen unmöglich war. Abel überlegte, was für ein Idiot das gewesen sein musste, der damit rechnete, dass Rinderhälften und tote Hühner aus Kühlhäusern ausbrachen.

Erwartungsvoll zog er den Griff nach oben.

Das hieß, er versuchte es.

Der Bügel bewegte sich jedoch nur ein paar Millimeter, dann war Schluss.

Der Stift draußen steckte, und Martin Abel war damit endgültig gefangen.

■

Mit – im Gegensatz zu seinem Gefangenen – sehr wachen Sinnen verfolgte Torsten Pfahl durch das Fenster der Kühlkammertür, wie der Polizist an der Tür rüttelte. Er registrierte den gebrochenen Blick, als der große Mann erkannte, dass es kein Entrinnen gab.

Verärgert löste sich Pfahl von der Szenerie. Mit schnellen Schritten ging er zu dem kleinen Schrank mit den Putzmitteln hinüber. Nachdem er sich die obligatorischen Gummihandschuhe angezogen hatte, packte er die Dose mit der Alkohollösung und begann, den Boden zu schrubben, auf dem der ekelerregend dreckige Polizist gelegen hatte. Anschließend tupfte er mit einer halben Rolle Küchenkrepp alles wieder auf und warf das matschige Knäuel mit angehaltenem Atem in den Schwingdeckelmülleimer neben der Tür. Genauso verfuhr er mit Abels durchgeschnittenen Fesseln und seiner beim Schlachten der Hexe besudelten Kleidung.

Als Torsten Pfahl endlich zufrieden war, ging er zum Waschbecken neben der Schlachtbank. Nachdem er sich die Gummihandschuhe ausgezogen hatte, wusch er sich gründlich die Hände.

«Dreckiges Miststück», sagte er zufrieden, während er seine Finger unter dem fließenden Wasser mit einer Nagelbürste bearbeitete. «Jetzt hat es sich ausgehext.»

«Wissen wir irgendetwas über das Haus?», fragte Greiner atemlos. Es waren weniger die zehn Schritte, die er von seinem Wagen zu Bernd Drillings Multivan zurücklegen musste, als die Angst, die ihn wie ein Walross schnaufen ließ.

«Teilweise. Deine Judith hat es geschafft, jemanden aus dem Grundbuchamt zu aktivieren. Der Grundriss des Hauses kam gerade per Mail. Aber du weißt ja, wie zuverlässig Baupläne bei einem so alten Gemäuer sind. Es wurde inzwischen vermutlich zigmal umgebaut. Ich habe zwei Mann vorgeschickt, um die Lage zu sondieren. Im Haus brennt in Teilen des Parterres und in einem Zimmer im Obergeschoss Licht. Aber das Wichtigste: Der Wagen der beiden Vermissten steht tatsächlich hinter der Villa, hier sind wir jetzt also ganz bestimmt richtig.»

Greiner atmete erleichtert auf und war froh über seine Eingebung, dieses Haus überprüfen zu lassen. «Hast du die Nummer von Frau Pfahl?», fragte er.

«Das kannst du vergessen, Konrad! Du hältst hier schön die Füße still. Dieses Mal erledige ich das», sagte Bernd Drilling.

Als sich nach mehreren Anrufen niemand gemeldet hatte, gab Bernd Drilling dem Sondereinsatzkommando den Befehl, die Pfahl-Villa zu stürmen.

Zehn dunkel gekleidete und vermummte Männer machten sich von zwei Seiten auf, in das Gebäude einzudringen: fünf Mann zum Haupteingang und ebenso viele durch die seitliche Kellertür. Gleichzeitig versetzte Greiner seine eigenen Leute in Alarmbereitschaft, um im Ernstfall sofort zum Haus vorstoßen zu können. Dann begab er sich zurück in den Multivan, um hautnah dabei zu sein, wenn Drilling den Einsatz leitete.

«K1, Vordereingang erreicht. Tür ist nur angelehnt», tönte die ruhige Stimme eines der beiden Kommandoführer aus dem Funkgerät.

Greiner schnaufte laut. Bernd Drilling machte eine beruhigende Geste, dann sprach er ins Mikrophon: «Geht rein. Aber seid vorsichtig, den Geiseln darf nichts passieren!»

«K1, verstanden.»

Einige Sekunden später: «K1, direkt hinter der Eingangstür sind dunkle Flecken auf dem Boden. Könnte getrocknetes Blut sein.»

«Viel Blut?», fragte Drillling.

«Überprüfen wir nachher. Zuerst checken wir die Lage.»

«K2, befinden uns vor der verschlossenen Kellertür. Öffnen sie mit der Ramme.»

Drei Sekunden später hörte Greiner ein lautes Krachen.

«K2, Tür offen. Kein Licht im Keller, wir dringen in das Gebäude ein.»

«K1, der Eingangsbereich ist sauber. Wir prüfen jetzt die Nebenräume. Kann eine Weile dauern, der Kasten ist riesig.»

Konrad Greiner wusste nur zu gut, wie die Einsatzkräfte gerade vorgingen. Sie nahmen sich zu zweit oder zu dritt jedes Zimmer vor, wobei sie sich gegenseitig Deckung gaben. Das hieß aber nicht nur, dass sie einen kurzen Blick in die Zimmer warfen, sie mussten zum Beispiel auch hinter die Türen sehen, große Möbelstücke öffnen und Vorhänge zur Seite ziehen, um später nicht in einen Hinterhalt zu geraten. Und das alles trotz der unbequemen schusssicheren Westen so leise, dass niemand im Haus etwas von ihrer Anwesenheit mitbekam.

«K2, wir haben immer noch kein Licht. Gehen Raum für Raum vorwärts. Bis jetzt nichts Besonderes. Alles steht voller Gerümpel.»

«K1, linke Gebäudehälfte sauber.»

«Noch keine Anzeichen von den Gesuchten?», fragte Bernd Drilling.

«Negativ. Hier sieht alles völlig normal aus. Wir gehen jetzt auf die andere Seite.»

«Okay, aber geht sorgfältig vor. Lasst euch lieber ein bisschen länger Zeit.»

«Nicht länger als nötig. Ich hasse diese Spätschichten.»

Drilling zog die Augenbrauen hoch und sah zu Greiner. «Wir haben die Leute aus der Bereitschaft geholt», sagte er dann entschuldigend. Greiner winkte ab und lauschte weiter den Meldungen aus dem Funkgerät.

«K2, haben die Treppe nach oben erreicht. Machen im hinteren Bereich des Kellers weiter. Alles ist voller Staub, hier war bestimmt schon ewig keiner mehr unten.»

Nach einigen Sekunden Ruhe hörte Greiner plötzlich erneut das laute Krachen der Ramme.

«K2, wir haben einen Raum geöffnet. Hier stimmt was nicht. Es sieht aus wie ein Stall, nur die Tiere fehlen.»

«Wie ein *Stall*?», rief Greiner verblüfft.

«Ja, da ist ein großer abschließbarer Holzverschlag, hinter dem vergammeltes Zeug auf dem Boden liegt. Und es riecht, als ob... Heh, hier sind drei merkwürdige Mulden im Boden, direkt nebeneinander. Haben wir den Leichenspürhund dabei?»

Greiner starrte auf das Funkgerät. Er hörte ein Rascheln und im Hintergrund die Stimme eines anderen Mannes, dann wieder die aufgeregte Stimme des Kommandoführers. «In der Wand sind Metallringe eingelassen, an denen Ketten befestigt sind. Für mich sieht das aus wie eine Folterkammer.»

«Wie kommst du darauf?», wollte Bernd Drilling wissen.

«Wegen der dunklen Flecken an der Wand.»

Drilling gab dem vor dem Multivan wartenden Hundeführer ein Zeichen. «Schau mal, was du dort findest. Aber sei vorsichtig, das kann sich die Spurensicherung später noch genauer vornehmen.»

Der Hundeführer nickte und zog mit seinem Schäferhund in Richtung der Villa.

Das ungute Gefühl in Greiners Magengegend nahm zu. Gleichzeitig überlegte er, was dieser Fund wohl bedeutete. Vor allem aber fragte er sich, wo in diesem verdammten Haus Martin Abel und Hannah Christ waren.

«K2, alle Kellerräume kontrolliert. Nichts Auffallendes mehr gefunden. Wir gehen jetzt nach oben.»

«K1, Parterre ebenfalls überprüft. Bis jetzt keine Menschenseele entdeckt.»

Bernd Drilling überlegte kurz. «Wartet an der Treppe auf K2 und geht dann zusammen ins Obergeschoss», sagte er schließlich.

«K1, verstanden.»

«K2, geht klar.»

Greiner schaute auf seine Armbanduhr und stellte fest, dass der Einsatz bis jetzt noch keine Viertelstunde gedauert hatte. Ihm kam es jedoch so vor, als ob er schon eine Ewigkeit auf die erlösende Mitteilung wartete, dass Christ und Abel wohlbehalten in irgendeinem Zimmer bei einem harmlosen Plausch mit der Hausherrin gefunden worden waren. Er ahnte, dass diese Hoffnung eine Illusion war. Dieses Haus machte alles andere als einen harmlosen Eindruck.

Umso schwerer fiel es ihm, einfach nur dazusitzen und abzuwarten. Am liebsten wäre er selbst in das Gebäude gestürmt und hätte es persönlich auf den Kopf gestellt. Aber das ging leider nicht. Bernd Drillings Anwesenheit verdammte ihn zur Tatenlosigkeit.

«K2, wir haben zu K1 aufgeschlossen.»

«Dann hoch mit euch», befahl Drilling. «Führer eins übernimmt das gemeinsame Kommando.» Eine routinemäßige Anweisung, die der Sicherheit diente, wie Greiner wusste. Wenn es darauf ankam, musste jedem klar sein, wer das Sagen hatte.

«Wir sind jetzt oben», flüsterte der Kommandoführer nach einiger Zeit. «Eine große, ovale Galerie mit einer Menge Türen. Scheint auf den ersten Blick dem Grundriss zu entsprechen.»

Über Funk konnte Greiner den leisen und regelmäßigen Atem des Mannes hören. Trotz der brenzligen Situation schien er völlig ruhig zu sein. Ganz im Gegensatz zu Greiner selbst, der sich ständig mit einem Taschentuch den Schweiß von der Stirn wischen musste.

Bernd Drilling warf einen Blick auf den Grundriss, den er vor sich ausgebreitet hatte. «Links von der Treppe müsste der Aufgang zum Dachboden sein», sagte er zu den Leuten vom SEK. «Bestätigung!»

«Bestätige», antwortete der Kommandoführer sofort.

«Drei Mann bilden ein neues Kommando zwei und schauen dort nach», wies Drilling ihn an. «Der Rest bleibt im Obergeschoss und nimmt sich die Zimmer vor.»

«Verstanden. Drei Mann in den Dachraum.»

Gespannt hörte Greiner zu, wie die Männer im Haus sich mit wenigen leisen Worten absprachen und dann trennten.

Einige Augenblicke später drang Kommando eins in das erste Zimmer ein. «Sauber», meldete der Anführer kurz darauf leise und machte sich mit seinen Leuten zum nächsten Raum auf.

«K2, oberes Treppenende erreicht. Weiterführende Tür ist mit Vorhängeschloss gesichert.» Wenige Sekunden darauf hörten die Leute im Einsatzfahrzeug ein metallisches Knacken. «Offen. Wir dringen in den Dachraum vor.» Greiner blickte zu Bernd Drilling. Dieser zuckte nur mit den Schultern. «Bolzenschneider. Gehört zur Standardausrüstung.»

«K1, wir haben jetzt alle Räume ohne Licht überprüft», meldete sich der Kommandoführer aus dem Obergeschoss. «Ergebnis negativ. Wir nehmen uns jetzt das beleuchtete Zimmer ganz hinten vor.»

«Gut.» Bernd Drilling blickte erneut auf den Grundriss des

Hauses. «Aber Achtung, der Raum ist ziemlich groß. Ihr müsst also schnell und mit möglichst vielen Leuten rein und sichern.»

«K1, verstanden. Wir nehmen eine Blendgranate.»

Mogadischu lässt grüßen, dachte Greiner nervös. Seit der Befreiung der Passagiere der Landshut auf dem Flughafen der Hauptstadt von Somalia war diese Vorgehensweise zum Standard solcher Aktionen geworden. Die GSG 9 hatte es damals perfekt vorexerziert, und es hatte auch danach noch einige Male geklappt. Dennoch ...

Das mulmige Gefühl in seinem Bauch wurde immer stärker. Martin Abel und Hannah Christ mussten in diesem Zimmer sein, und vermutlich war der Metzger bei ihnen. In wenigen Augenblicken würde sich also entscheiden, ob dieser Tag als Erfolg oder als Katastrophe enden würde.

Er konnte sich gut vorstellen, wie sich die Männer auf leisen Sohlen und mit vorgehaltenen Waffen auf beiden Seiten des Türrahmens aufstellten. Einer von ihnen entsicherte dann die Granate und warf sie durch die Tür, die ein anderer aus dem SEK für den Bruchteil einer Sekunde geöffnet hatte. Anschließend musste das SEK nur noch warten, bis der grelle Schein unter dem Türspalt verschwunden war.

Als ein lautes Poltern ertönte, wusste Greiner, dass die Stürmung des Zimmers begonnen hatte. Die Tür krachte gegen die Wand, und die Männer verteilten sich blitzschnell in dem Raum, um kein leichtes Ziel abzugeben, falls der Metzger wider Erwarten doch noch handlungsfähig sein sollte. Der Kommandoführer bellte einige laute Befehle, die mit ebenso lauten Bestätigungen beantwortet wurden. Zusammen mit den dumpfen Schritten der Männer bildeten sie im Inneren des VW Multivan eine bedrohliche Kulisse.

«K1, der Raum ist leer», meldete der Anführer nach einigen Augenblicken. «Es befindet sich definitiv niemand hier. Ich ... Moment!» Erneut waren schwere Schritte zu hören. «Eine Leiche, hier hinten im Sessel!»

«Eine Leiche? Wer ist es? Reden Sie schon, Mann!», brüllte Greiner ins Funkgerät. «Ist es ...»

Plötzlich war die aufgeregte Stimme des Hundeführers zu hören. «Hier Schelling, ich hab was gefunden», kam seine Stimme aus dem Funkgerät. In Greiners Ohren klang die Stimme merkwürdig hohl.

«Was denn?», rief Bernd Drilling in das Funkgerät.

«Der Hund hat angeschlagen. Ich hab ihn dann ein bisschen graben lassen und bin auf Knochen gestoßen.»

Greiner und Drilling sahen sich ernst an. «Könnten die von einem Menschen stammen?»

Der Hundeführer schnaufte hörbar. «Das tun sie sogar mit Sicherheit, aber von einem Kind.»

Greiner fasste sich an den Hals. «Könnt ihr die Frau im Sessel identifizieren?»

«Negativ, keine Identifizierung möglich», antwortete der Kommandoführer. «Vermutlich handelt es sich um eine Frau, aber ... der Bauch ist aufgeschlitzt. Eine ziemliche Sauerei, das Ganze. Und mitten in der Blutlache unter der Toten liegt eine Puppe.»

«Eine *was*?» Bernd Drilling schaute zu Hauptkommissar Greiner. «Was zur Hölle ist das für ein Haus?»

Konrad Greiner starrte das Funkgerät an wie einen Geist. Irgendwann würde die erlösende Meldung kommen, dass die Tote im Sessel *nicht* Hannah Christ war. Irgendwann *musste* sie kommen.

Doch er wartete vergebens.

«Mich interessieren nur zwei Dinge», stieß er schließlich hervor. «Ist das dadrin Hannah Christ, und wo ist Martin Abel?»

Dann sprang er auf, quetschte seinen massigen Körper an Bernd Drilling vorbei aus dem Wagen und rannte, so schnell er konnte, auf das finstere Haus zu.

■

Als Greiner kurz darauf wieder an seinem Wagen stand, war er wie gelähmt von dem, was er gerade gesehen hatte.

Blut im Eingangsbereich. Noch mehr Blut in dem erleuchteten Raum im ersten Stock. Und im Sessel eine tote Frau, die jemand so übel zugerichtet hatte, wie Greiner das in seiner ganzen Laufbahn noch nicht gesehen hatte.

Aber eben nicht Hannah Christ.

Im ersten Moment hatte er nur Erleichterung gespürt. Es bestand also die Chance, dass Abel und Christ noch lebten. Was wollte er mehr? Bernd Drilling und seine Leute, die sich immer noch in dem Haus befanden, schienen ebenfalls erleichtert, dass sie ihm diese Hiobsbotschaft nicht überbringen mussten. Ein paar Sekunden später wich die Erleichterung jedoch wieder der Angst: Abel und Christ waren nicht hier, und sie waren hoffentlich auch nicht hier gestorben – aber wo waren sie dann?

Der Erste Hauptkommissar tastete seine Hosentaschen ab und zog schließlich einen Schokoriegel hervor. Den letzten, den er dabeihatte, und der hundertste, dem er seit seinem Diätversprechen, das er Judith gegeben hatte, nicht widerstehen konnte. Während er die Hälfte davon in seinen Mund schob, um seinem Gehirn die dringend benötigte Energie zuzuführen, kreisten seine Gedanken um eine einzige Frage: An welcher Stelle hatte er die falschen Schlussfolgerungen gezogen?

Abel und Christ waren verschwunden, und Richard Maas hatte tatsächlich einen entscheidenden Fehler bei der Befragung der Verdächtigen gemacht – genau so, wie Abel es vorausgesagt hatte.

Auf der anderen Seite war der Arzt aber ganz offensichtlich nicht der Metzger. Und im Haus der Frau Pfahl hatte man sie auch nicht finden können. Entweder war das alles nur Zufall, oder aber...

Eine fast schon fiebrige Anspannung erfasste von Greiner Besitz. Schnell stopfte er sich die andere Hälfte des Schokoriegels in den Mund und griff zum Handy. Hektisch wählte er eine Nummer, von der er nicht gedacht hatte, dass er sie so schnell wieder wählen würde.

«Konrad?» Ein Kratzen in Richard Maas' Stimme verriet, dass er den festen Würgegriff seines Chefs noch nicht vollständig verarbeitet hatte.

«Richard. Ich stelle dir jetzt eine Frage, und zwar genau ein einziges Mal. Wenn du noch einen Funken Anstand im Leib hast, dann sagst du mir sofort die Wahrheit. Vielleicht lege ich dann in einer schwachen Minute an irgendeiner Stelle ein gutes Wort für dich ein. Aber wenn nicht...!»

Greiner ließ den Satz offen, aber Maas begriff auch so. «Alles, was du willst, Konrad», sagte er schnell. «Aber sag bitte Sabine nichts. Sonst flieg ich zu Hause raus!»

«Es liegt ganz allein an dir, Richard», sagte Greiner. «Also sag mir: Gab es außer dem Doktor noch einen anderen Verdächtigen, den du nicht wie von mir vorgeschrieben an der Prostituierten vorbei ins Kommissariat gebracht hast?»

Richard Maas schnaufte hörbar. «Wie kommst du denn darauf, Konrad? Ich...»

«Halt endlich den Mund, Richard, und beantworte meine

Frage!», brüllte Greiner in das Telefon. «Gab es noch jemanden, ja oder nein? Hier stehen Menschenleben auf dem Spiel!»

Richard Maas schwieg eine Weile, dann stieß er hervor: «Einen gab es noch. Konrad, ich konnte doch unmöglich ahnen, dass ausgerechnet jemand, der mit uns zusammenarbeitet ...»

«Wie heißt der Mann?», fragte Greiner elektrisiert. «Sag mir sofort den Namen! Oder muss ich erst zu dir kommen und ihn wieder aus dir rausprügeln?»

«Torsten Pfahl», sagte Maas schwach. «Es war Torsten Pfahl, der Physiotherapeut vom Polizeisportverein.»

Konrad Greiner war von einer Sekunde zur anderen wie versteinert. Sein Gesicht verlor jede Farbe.

Er hatte Abel bei diesem Torsten Pfahl einen Behandlungstermin verschaffen lassen.

Richard Maas hatte Torsten Pfahl nicht wie vereinbart an der einzigen Zeugin vorbei ins Präsidium gebracht.

Martin Abel und Hannah Christ waren gestern zu Frau Pfahl gefahren, weil diese sich als Zeugin gemeldet hatte.

Greiner wusste in derselben Sekunde, dass dies kein Zufall war. Abel und Christ waren in höchster Gefahr, und er hatte wertvolle Zeit verplempert, weil er Richard Maas nicht gleich stärker in die Zange genommen hatte.

«Richard», sagte er mühsam beherrscht, «wir sprechen uns noch. Jetzt muss ich erst zwei Kollegen das Leben retten, die du in Gefahr gebracht hast!»

Im nächsten Moment unterbrach er die Verbindung und sprang in sein Auto. Während er mit zitternden Fingern die Nummer von Judith Hofmann wählte, ließ er den Wagen an und raste los.

Martin Abel sackte in sich zusammen. Der Stift draußen steckte fest in der Verriegelung, er würde ihn von innen nicht lösen können. War das schon das Ende seines grandiosen Ausbruchsversuchs?

Sein Blick fiel auf das mit kaltem Dunst bedeckte Isolierglasfenster in der Tür. Wenn er es einschlagen konnte, würde er vielleicht an den Stift herankommen. Doch womit konnte er die Scheibe zertrümmern?

Frustriert schaute er sich in der Kühlkammer um. Nichts, was er als Werkzeug benutzen könnte. Die Regale waren zu schwer, und die Schrauben daran ließen sich ohne Schlüssel nicht lösen. Hinter den Regalen war eine gekachelte Wand. Ob er wohl eine der Fliesen entfernen und damit...

Blödsinn! Auch dafür bräuchte er ja Werkzeug!

Abels Bewegungen wurden steifer und sein Sichtfeld immer enger. Verzweifelt überlegte er, ob er versuchen sollte, das Fenster mit seinem Ellbogen einzuschlagen. Während er sich die Verletzungen ausmalte, die er sich dabei einfangen würde, blieb sein Blick auf dem abgesägten Arm hängen, der über einen Regalboden hinausragte.

Dieser Arm war tot, dachte Abel. Dieser Arm war schwer. Dieser Arm war steif gefroren und sah eigentlich recht handlich aus. Hier lag das Werkzeug, das er suchte. Es wartete geradezu darauf, benutzt zu werden.

Abel ging zu dem Arm und betrachtete ihn genauer. Er hatte, bevor er mit einer scharfen Säge abgetrennt worden war, einem kräftigen Mann gehört. Das erkannte er an der üppigen Behaarung und dem großen Bizeps. Vermutlich war es der von Hartmut Krentz.

Von dem Mann ohne Kopf, dem Abel in der Leichenhalle in den leeren Bauch geschaut hatte. Von dem Mann, der mit seiner dummen Sekretärin vögelte, während zu Hause ein Engel auf ihn wartete.

So trifft man sich wieder, dachte Abel.

Dann zog er den Arm am Handgelenk aus dem Fach. Das stumpfe Ende schlug hart auf den Fußboden und hinterließ einen dunklen, von braunen Eiskristallen eingerahmten Fleck. Abel zerrte den Arm in Richtung Tür. Ein kurzes Abschätzen der Entfernung, dann schlug er zu.

Die Scheibe aus Doppelglas blieb unversehrt. Ein dumpfes *Klong* und ein brauner Fleck waren alles, was Abel vollbracht hatte. *Verdammt!*, fluchte Abel. Seine Handgelenke schmerzten, als ob er diese und nicht die Scheibe getroffen hätte.

Wut stieg in ihm auf, als er an den Metzger dachte. Der Mörder, der ihn in aller Seelenruhe erfrieren ließ und sich vermutlich bereits ausmalte, was er mit Hannah alles anstellen würde. Der ihn dazu brachte, mit den Resten eines seiner Opfer gegen die Tür zu hämmern.

Abel stellte sich vor, wie der Metzger durch die Scheibe in sein kaltes Verlies starrte und grinste. Das sollte er besser nicht tun, dachte er.

Mit aller Kraft, die noch in ihm steckte, hob er den Arm aus Eis und schlug auf das imaginäre Gesicht des Metzgers ein.

Bumm! Ein kleiner Sprung durchzog plötzlich das Glas mit einem rotbraunen Mal in der Mitte, genau da, wo die Nase des Mörders saß.

Bumm! Die Scheibe zersprang in erste Splitter, und der Mörder verlor ein paar Zähne.

Bumm! Das Gesicht war blutverschmiert, und ein Hagel von Scherben fiel zu Boden.

Während sein Atem kleine, spitze Wolken in die Eisluft stieß, starrte Abel triumphierend auf die ramponierte Tür.

Mit der Hand der Leiche entfernte er die letzten Glasreste aus dem Rahmen. Er ging davon aus, dass es Hartmut Krentz egal war, wenn er seine Finger an den Scherben zerschnitt. Anschließend ließ Abel den Arm fallen und streckte seinen eigenen, kaum weniger kalten durch die Öffnung.

Dann sprang er – und schrie auf.

Ein stechender Schmerz unter seiner Achsel ließ ihn spüren, dass er nicht alle Scherben aus der Tür entfernt hatte. Ein paar schnitten genau in die Stelle, die jetzt sein gesamtes Gewicht tragen musste. Trotzdem schnappte er mit der rechten Hand nach dem Bügel auf der anderen Seite, während er sich mit der linken am Rahmen des Sichtfensters festhielt, um nicht wieder zurückzurutschen.

Der Bügel bewegte sich keinen Zentimeter.

Mit zusammengebissenen Zähnen zwängte Abel seinen Kopf durch das Loch und sah zum Bügel hinunter. Wie er sah, hatte er diesen tatsächlich fest im Griff. Doch wo zur Hölle war der verdammte Stift mit der Kette?

Abel versuchte, sich an den Kühlraum auf dem Bauernhof seiner Eltern zu erinnern.

Ja, der Stift befand sich an der Unterseite des Bügels. Dort saß ungefähr in der Mitte eine Öse, durch die der Stift geschoben werden konnte. Am Stift selbst war eine Kette befestigt, die weiter unten im Türblatt fest verankert war. Also musste er den Stift mit den Fingern aus der Öse schieben, während er sich gleichzeitig weiter an dem Bügel festhielt und ihn damit nach oben zog und die Kette mit dem Stift spannte.

Verdammter Mist, das ist unmöglich!, dachte Abel, der langsam in Panik geriet.

Er versuchte es trotzdem.

Ohne loszulassen, ließ er seine Hand vom äußeren Ende des

Griffs zur Mitte gleiten, Zentimeter um Zentimeter kam sie dem Ziel näher. Als Abel schließlich glaubte, die richtige Position gefunden zu haben, streckte er den Zeigefinger aus und suchte.

Abel zuckte fast zurück vor Überraschung, als seine Fingerspitze direkt auf den Stift stieß, der ihn von der wärmenden Außenwelt trennte.

Verzweifelt versuchte er, seinen Finger um das kalte Metall zu krümmen, doch bereits nach dem ersten Versuch erkannte er die Ausweglosigkeit seiner Situation.

Sein Finger war zu kurz. Entscheidende Zentimeter fehlten ihm, um den Stift herausziehen zu können, ohne dabei den Bügel loszulassen.

Stur klammerte er sich noch ein paar Sekunden an den Griff. Das konnte es doch nicht gewesen sein! Das *durfte* nicht das Ende sein!

Doch schließlich verließen ihn die Kräfte, und er fiel ächzend zurück auf den Boden der Kühlkammer. Keuchend beugte sich Abel nach vorn und beobachtete, wie das Blut an seiner Hand heruntertropfte.

Er saß hier fest.

Begreif es endlich, dachte er resigniert. *Der Herr der Puppen hat gewonnen, und die Kühlkammer wird zu deinem Grab.*

Abel musste an Hannah denken, die vielleicht gerade oben vom Herrn der Puppen gefoltert wurde und auf Rettung wartete. Er würde sie enttäuschen, so wie er bisher alle Frauen enttäuscht hatte. Verzweiflung überkam ihn.

Nein, das durfte nicht sein! Er konnte Hannah nicht im Stich lassen!

Entschlossen richtete Abel sich auf, sein Blick fiel dabei auf den Arm von Krentz. Zwei Leidensgenossen, die den Kampf gegen den Metzger verloren hatten. Allein waren sie chancenlos gegen den verrückten Mörder gewesen, aber vielleicht konnten sie zu zweit...

Ja, das war es!

Mit Mühe hievte Abel sich hoch. Es war höchste Zeit, diesem eiskalten Grab zu entfliehen – er konnte sich kaum noch bewegen. Er nahm den toten Arm in Höhe des Ellbogens in die linke Hand. Dann steckte er ihn durch das Loch in der Tür und griff mit der anderen erneut nach dem Rahmen, um sich daran festzuhalten.

Ein kräftiger Sprung, und er hing mit seiner Achsel im Rahmen der zertrümmerten Scheibe. Dieses Mal war der Schmerz gar nicht mehr so schlimm. Abel streckte den Arm aus und platzierte die gefrorene Hand unter dem Bügel, sodass der Stift zwischen Zeige- und Mittelfinger glitt.

Dann drehte er den Arm so langsam wie möglich zur Seite.

Zunächst passierte gar nichts.

Abel hing weiter in der Tür. *Wenn ich jetzt abrutsche, ist es vorbei.* Hektisch versuchte er, den Stift herauszuziehen. Doch offenbar erwischte er nicht den richtigen Winkel, denn der Stift blieb da, wo er war, nämlich in der Öse.

Verzweifelt begann Abel, den Druck zu verstärken, was bei dem vereisten Arm nicht möglich war, ohne dass seine ebenfalls schon steif gefrorene Hand daran abrutschte. Mehrmals musste er nachfassen, um mit einer neuen Drehung den Griff zu verbessern. Bald spürte er nicht mehr, wo seine Hand aufhörte und wo der tote Arm anfing. Alles war nur noch Kälte und Eis.

Dann passierte es.

Einer der gefrorenen Finger verklemmte sich hinter der Öse.

Scheiße!

Martin Abel zog kräftig, doch der Arm von Hartmut Krentz steckte fest. Im selben Moment rutschte er mit seiner rechten

Hand vom Fensterrahmen ab. Sein ganzes Gewicht ruhte für den Bruchteil einer Sekunde auf seiner blutenden Achselhöhle. So schnell er konnte, griff er nach dem Rahmen, doch damit lockerte sich der Griff seiner linken Hand.

Entsetzt registrierte Abel, wie ihm der Arm des Toten entglitt. Mit der zwischen zwei Fingern eingeklemmten Öse als Drehpunkt fiel der Arm von Krentz auf die andere Seite der Tür. Wie in Zeitlupe verfolgte Abel, wie sich das obere Ende des Armes immer weiter nach unten bog, während sich an den Fingerwurzeln zwei Risse bildeten. Dumpf dröhnte der Schlag, der Abels Los besiegelte, als der Oberarm auf den gekachelten Boden knallte.

Der Gongschlag nach dem Knockout. Ein hässliches Geräusch, genauso hässlich wie das Knirschen, mit dem die Fingerknochen hinter der Öse brachen.

Aber nicht so hässlich wie das, was Abel bevorstand. Er hatte das einzige Werkzeug verloren, mit dem er sich aus seinem Verlies hätte befreien können. Noch während er in der Tür festhing und den Sturz des Arms verfolgte, breitete sich große Leere in ihm aus.

Doch der Sturz des gefrorenen Armes war noch nicht zu Ende.

Ungläubig beobachtete Abel, wie er eine Sekunde lang auf seinem stumpfen Ende balancierte, während die Finger immer noch hinter der Öse klemmten. Für einen nicht messbaren Zeitraum schien das Schicksal zu überlegen, was als Nächstes zu tun sei.

Ob der Arm, wie es sich für ein totes Stück Fleisch gehörte, einfach umfallen und liegen bleiben sollte.

Oder ob er zuvor noch den halb erfrorenen Polizisten aus seinem Gefängnis befreien sollte.

Doch nach ein paar Sekunden, die Abel wie Stunden vorkamen, fiel die Entscheidung.

Mit provozierender Langsamkeit drehte der Arm sich um seine Längsachse, stürzte zur Seite und zog dabei mit den fast abgebrochenen Fingern den Stift aus der Öse.

Martin Abel war frei.

—

Torsten Pfahl verließ das Zimmer, in dem Hannah Christ lag, um alles Notwendige für ihre Folter und den anschließenden Tod vorzubereiten.

Alles in ihm schrie nach Blut, am liebsten hätte er sich sofort über die Auserwählte hergemacht. Doch gleichzeitig wollte er unbedingt das Ritual einhalten, um dem Bild in seinem Kopf so nahe wie möglich zu kommen. Dem Bild, das der Herr der Puppen ihm offenbart hatte.

Mit aller Macht hielt er sich zurück. Doch das war nicht einfach.

Der Tod der Hexe hatte alle Ketten gesprengt und ihn zutiefst aufgewühlt. Seit dem Tod des Vaters war alles in ihm gestorben, auch die furchtbaren Schmerzen, die der Anblick des vom Dachbalken baumelnden Mannes in ihm ausgelöst hatte.

Torsten dachte an das Heim zurück.

Nach dem Vorfall mit Alex hatte er es verlassen müssen. Da er noch keine vierzehn Jahre alt war, blieb seine Tat für ihn jedoch ohne wesentliche Folgen. Er kam zu Pflegeeltern nach Köln, die es sich zur Aufgabe gemacht hatten, schwirige Kinder zu vollwertigen Mitgliedern der Gesellschaft zu machen. Auch mit Torsten gaben sie sich redlich Mühe, aber ihre Kontaktversuche perlten an ihm ab wie Wasser an Wachs. Ihm war es gleichgültig, bei wem er wohnte. Er zählte einfach nur die Tage, bis er volljährig war. Der Tag, an dem er auszog, war einer der schönsten in seinem Leben gewesen.

Später hatte er eine Ausbildung als Krankengymnast absolviert und von dem Geld auf dem Sparbuch, das sein Vater für ihn angelegt hatte, eine eigene Praxis eröffnet. Durch gezielte Fortbildungen erwarb er sich schon bald den Ruf eines Spezialisten für sportmedizinische Verletzungen aller Art. Sogar in Osteopathie bildete er sich weiter, weil es gerade dort darauf ankam, mit den Kranken zu *fühlen*.

Und genau in diesem Punkt machte Torsten Pfahl keiner etwas vor. Niemand konnte sich so gut in die Schmerzen von Patienten hineinversetzen wie er. Er *spürte* sie. Als der Polizeisportverein einen Therapeuten für die im Dienst und beim Training zu Schaden gekommenen Beamten suchte, fiel die Wahl schnell auf ihn.

Torsten genoss die Nähe zur Polizei. *Wenn du wüsstest, wen du vor dir hast!*, hatte er jedes Mal gedacht, wenn er einen von ihnen massierte. Er liebte das Prickeln der Gefahr in ihrer Nähe.

Während der ganzen Zeit aber schlief die Stimme in ihm, sodass er sie schon bald vergaß.

Die Stimme war tot.

Er war tot.

Die ganze Welt war tot.

Viele Jahre war es so gewesen. Bis eines Tages Mischa in seinem Behandlungszimmer gesessen und ihn natürlich nicht erkannt hatte.

Mischa, der ihn so gequält hatte. Mischa, der ihm von seiner neuen Familie erzählte und sich über seinen neunjährigen Sohn lustig machte, weil dieser mit Puppen spielte.

Mit Puppen!

Da plötzlich hatte er die Stimme wieder gehört, die ihm sagte, was er zu tun hatte. Mit der Schere hatte er immer wieder zugestoßen – so lange, bis sein einstiger Peiniger tot war. Das Entsorgen der Leiche im Müllsack war der schönste Moment seit einer kleinen Ewigkeit für ihn gewesen.

Sein Leben hatte eine entscheidende Wende genommen: Andere Opfer folgten. Zuerst nur Männer, später auch Frauen. Sie alle waren charakterlose Betrüger. So wie Mischa und die Hexe.

Heute, *jetzt in diesem Moment*, stand Torsten Pfahl vor seinem Behandlungszimmer und wusste, dass die Flucht vor seiner Vergangenheit zu Ende war. Mit dem Tod der Hexe war er selbst wieder zum Leben erwacht. *Hast du die Angst in den Augen der Polizistin gesehen, als du sie dir geholt hast?*, fragte der Herr der Puppen in ihm. *Hast du gehört, wie die Angst ihr die Kehle zuschnürt und ihre Stimme kratzig werden lässt? Hast du gesehen, dass ihre Nippel hart waren? Dieses Mal wird etwas ganz Besonderes. Dieses Mal wird es vollkommen!*

Torsten Pfahl nickte. Der Herr der Puppen hatte ihm gezeigt, dass nicht nur der Durst nach Rache wichtig war. Die nackte Frau auf dem Tisch war etwas, das er schon immer hatte besitzen wollen: die erste Frau nach der Hexe.

Er *musste* sie haben.

Jetzt.

Torsten Pfahl ging zum Spind, in dem seine Jagdausrüstung untergebracht war. Stück für Stück nahmen seine bebenden Finger sie heraus. Stück für Stück wurde aus dem dünnen Mann ein Wesen, dessen Möglichkeiten grenzenlos waren.

Zuerst die Maske. Ein Dämon mit Hörnern und spitzen Zähnen. Das Bild, das die Auserwählten von ihm sahen, wenn er ihnen die Kapuze abnahm. Hannah Christ würde sterben vor Angst.

Dann der weiße Kampfanzug. Aus leichter Baumwolle nur, doch als Pfahl ihn anzog, wurde er zu einem unverwundbaren Panzer.

Das Messer. Natürlich das Messer. Torsten Pfahl wog es in der Hand und dachte an die erste Katze, die er damit aufgeschlitzt hatte. Trotz seines Alters war es immer noch so scharf wie damals.

Der Schlauch. Gründlich gewaschen von Marion Bergs Blut, das er zuletzt damit getrunken hatte.

Und schließlich die Puppe. Das Geschenk seines Vaters. In dem Moment, als Pfahl sie berührte, ejakulierte er stöhnend.

Schnell, schnell!, raunte der Herr der Puppen ihm zu. *Nimm, was dir gehört!*

Doch es bedurfte keiner Aufforderung mehr.

Torsten Pfahl war bereit.

Torsten Pfahl war der Herr der Puppen.

Es gibt Dinge, die man nie vergisst. Dinge, die sich in das Gedächtnis einbrennen wie ein glühendes Eisen in die Haut eines Rindes.

Unauslöschlich. Ewig. Für alle Zeit.

So ging es jetzt Martin Abel. Er konnte nicht fassen, was soeben passiert war. Das Schicksal oder genauer gesagt: der Arm von Hartmut Krentz hatte ihn befreit.

Langsam ließ er sich aus dem Fensterrahmen in der Tür zurück in die Kühlkammer gleiten. Mit zitternden Händen griff er nach dem inneren Bügel. Erwartungsvoll riss er ihn mit einem einzigen Ruck nach oben.

Leise quietschend öffnete sich die Tür.

Zuerst stand Abel nur da. Ungläubig schaute er in den halbdunklen Vorraum hinaus. Er hatte Mühe, die plötzliche Wende in seinem Schicksal zu begreifen. War er nicht gerade eben noch zum Sterben verdammt gewesen?

Seine schmerzende Achsel und das Blut, das an seinem Arm hinablief, bewiesen, dass er noch nicht ganz tot sein konnte. Ein Funken Leben war noch in ihm, und er begann zu hoffen, dass das so blieb.

Abel machte drei schwankende Schritte hinaus.

Merkwürdig. Hier draußen bei vielleicht zwanzig Grad plus spürte er die Kälte mit doppelter Wucht. Seine Beine fingen unkontrolliert an zu zittern.

Vorsichtig sah er sich um und inspizierte den Vorraum genauer. Es handelte sich um einen quadratischen Raum von etwa sechs Metern Seitenlänge, von dem außer der Tür zur Kühlkammer noch zwei Holztüren und eine Metalltür wegführten. Zwischen den Holztüren standen ein Schrank, eine große, abschließbare Stahltruhe, ein Regal mit diversem Ausbeinwerkzeug und eine breite Arbeitsplatte aus rostfreiem Blech. Diese wurde von einer schmalen Ablaufrinne eingerahmt, die zu ihrem linken und rechten Rand hin leicht abfiel.

Abel kannte diese Arbeitsplatten. Auf einer ähnlichen hatte sein Vater immer die geschlachteten Schweine zerlegt und ausbluten lassen. Die Flüssigkeit wurde in den Rinnen aufgefangen und in Kübel weitergeleitet, um dann Blutwurst oder ähnliche Dinge daraus zu machen.

Der Herr der Puppen schlachtete also gerne. Aber keine Tiere, wie Abel wusste. Auf seinem Speiseplan standen Herr Krentz und Frau Berg oder zumindest die zartesten Stücke von ihnen.

Zu Abels rechter Hand endete eine schmale, gewundene

Treppe, über die ein Schimmer Licht von oben in den Vorraum drang. Zu seinen Füßen lag der Arm von Hartmut Krentz – gerade so, als ob ihn das alles nichts anginge. Abel war da anderer Meinung, immerhin war der Arm es gewesen, der ihn befreit hatte. Er war davon überzeugt, dass es in Krentz' Sinne gewesen wäre, wenn der Arm ihm noch weiter behilflich wäre, und ergriff diesen am Handgelenk. Er ging zur Treppe und lauschte.

Es war absolut ruhig im Haus. So ruhig, dass Abel zu befürchten begann, der Herr der Puppen könnte seinen Ausbruch doch bemerkt haben. Er wagte kaum mehr zu atmen und verstärkte seinen Griff um den Arm. Er wusste: Wenn der Mörder jetzt herunterkäme, würde einer von ihnen sterben. Und es war nicht sicher, ob nicht er das sein würde.

Plötzlicher Lärm ließ ihn zusammenzucken.

Klassische Musik ertönte. Nach einigen Takten erkannte Abel *Die Unvollendete* von Schubert. Erleichtert stieß er die Luft aus seinen durch das Kühlhaus malträtierten Lungen, denn nun war sein Atem oben nicht mehr zu hören.

Als er nach ein paar Sekunden endgültig sicher war, dass niemand in den Keller kam, begann er, langsam die Treppe hochzusteigen, und zog dabei den Arm von Hartmut Krentz hinter sich her die einzelnen Stufen hinauf.

Klickedi-klack, klickedi-klack, klickedi-klack machte der Arm.

Sein Takt war ein ganz anderer als der von Franz Schubert.

—

Hannah Christ war es gelungen, den Metallstab, an dem die eine Handschelle befestigt war, zu lösen. Den der anderen hatte sie mit aller Kraft bearbeitet. Trotz der Kälte war ihr vor Anstrengung der Schweiß ausgebrochen. Die Stange ließ sich jetzt in ihrer Fassung drehen. Ob und wann sie allerdings endgültig gelöst werden konnte, wussten die Götter.

Dieses Mal spürte Hannah Christ, lange bevor sie es hörte, dass der Metzger den Raum betrat. Von einer Sekunde zur anderen war etwas anders. Vielleicht wurde die Musik plötzlich anders reflektiert. Vielleicht hatte sie auch nur ein Windhauch gestreift, der bei seinem Eintritt erzeugt worden war. Wahrscheinlich waren ihre Sinne einfach zum Zerreißen gespannt – vor Angst. Im selben Moment stellte sie jedenfalls ihre Befreiungsversuche wieder ein und blieb regungslos liegen.

Knarzend senkte sich die Matratze, auf der sie lag, auf einer Seite. Der Mann hatte sich wieder zu ihr gesetzt. Dann fühlte sie, wie er sich an ihrem Handrücken, an dem er die Kanüle befestigt hatte, zu schaffen machte. Ein Sauggeräusch folgte, dann ein tiefer Atemzug durch die Nase.

«Mhm!» Die Stimme klang merkwürdig gedämpft.

«Was machen Sie da?» Hannah Christ spürte, wie sich ein unangenehmes Ziehen an der Stelle ausbreitete, wo der Katheter steckte.

«Ich habe den ganzen Tag noch nichts Ordentliches zu mir genommen, deshalb muss ich mich zunächst ein wenig stärken. Wir wollen doch nachher nicht mitten in unserer Prozedur unterbrechen müssen, oder?»

Das leise Saugen setzte sich eine ganze Weile fort. Hannah Christ merkte, wie ihr für einen Moment schwindelig wurde, dann war alles wieder normal. In der nächsten Sekunde überfiel sie ein Schüttelfrost, und ihre Haare am Körper begannen sich aufzurichten.

Kurz darauf hantierte der Metzger erneut an ihrer Hand herum. Hannah Christ hörte, wie etwas Hartes auf eine Plastikfolie fiel, einige Sekunden später noch einmal.

«Ordnung muss sein. Wenn wir nicht immer gleich mit Kochsalzlösung spülen, trocknet alles ein, und wir können von vorne anfangen.» Noch einmal fiel etwas herunter, dann folgte ein tiefer Atemzug.

«Wie fühlen Sie sich jetzt?»

«Mir ist kalt – und schlecht.»

«Das ist normal, wenn man Blut verliert. Warten Sie, wir holen eine Decke.»

Kurz darauf spürte Hannah Christ, wie der Metzger etwas Weiches auf sie legte.

«Besser?»

«Was heißt hier besser? Nehmen Sie mir endlich die Kapuze ab, damit ich etwas sehen kann!»

«Kein Problem», sagte der Metzger zu ihrer Überraschung. Dann spürte sie den Mann an ihrem Hals herumfingern, einen Moment später schloss sie geblendet die Augen.

Ihre Augen brauchten ein paar Sekunden, bevor sie alles richtig erfassen konnten. Was sie dann zu sehen bekam, ließ ihr den Atem stocken.

«Mein Gott.»

Neben ihr auf der Liege saß eine Gestalt in einem weißen Overall. Wer sich darin verbarg, konnte sie allerdings nicht erkennen, denn das Gesicht war von einer bösartig verzerrten Teufelsmaske bedeckt. Zu sehen waren nur dunkle Augen, die erwartungsvoll aus zwei kleinen Löchern hervorblitzten.

Hannah Christ sah, wie sich der Körper des Mannes straffte.

«Jetzt bekommen Sie es mit der Angst zu tun, nicht wahr?», sagte er. «Sie haben jemanden erwartet, den Sie manipulieren, den Sie becircen können. Nicht jemanden wie mich. *Ich* habe keine Angst vor Ihnen, habe keine Angst, dass Sie mir entwischen könnten. Ich habe gesehen, wie Sie mit Ihrem Kollegen umgehen: Sie halten sich für unwiderstehlich, nicht wahr? In meinen Augen bist du eine Schlampe! Und du bekommst genau das, was Schlampen verdienen!» Die letzten Worte spie er ihr geradezu entgegen.

Hannah Christ sah, wie er mit einer behandschuhten Hand von einem kleinen Beistelltisch ein Skalpell nahm. Für einen Moment hielt er es sich vor die Augen, als ob er die Schärfe der Klinge prüfen müsste. Dann schob er die Decke von Hannah Christ und setzte das Skalpell auf ihr Brustbein. Mit Blick auf ihr Gesicht zog er es ohne Druck langsam über ihren Bauch und von dort weiter zum Schamhügel.

«Jetzt wird es ein wenig unangenehm für dich. Keine Sorge, wir beide werden heute durchaus noch Spaß haben – ich weiß, dass du es kaum erwarten kannst. Ich will nicht zu viel verraten, aber du wirst nicht nur meinen Schwanz in dir spüren, sondern auch das Skalpell. Ein wenig musst du dich noch gedulden, aber dann ...»

Hannah Christ verfolgte mit weit aufgerissenen Augen, wie der maskierte Mann mit der Klinge im Takt zu Schuberts düsterer Musik die Kontur ihrer Brüste nachzog.

Das Skalpell wanderte hoch zu ihrem Hals und von dort weiter auf ihr Gesicht zu. Hannah hätte vor Angst schreien können, als der maskierte Mann die Klinge direkt über ihre Augen wandern ließ. Entsetzt schloss sie die Augen.

«Ich werde dir jetzt erklären, was als Nächstes kommt. Wenn du dabei schön mitspielst, überlege ich mir, ob ich dich noch ein bisschen länger leben lasse. Ein paar Auserwählte waren da äußerst kooperativ. Marion Berg zum Beispiel hat ganze zehn Tage durchgehalten, in denen wir beide viel Spaß miteinander hatten. Wenn du aber widerborstig wirst, dann solltest du dich in Gedanken schon mal von deinem geliebten Kollegen verabschieden.»

Hannah hielt den Atem an. Der maskierte Teufel schob die Spitze des Skalpells in eines ihrer Nasenlöcher. Es kostete sie alle Anstrengung, nicht zu zittern.

«Wirst du tun, was ich dir sage?»

Hannah Christ nickte mit äußerster Vorsicht. Gleichzeitig registrierte sie erleichtert, dass Martin Abel offenbar noch lebte.

«Schön. Dann kann es ja losgehen.» Der Mann legte das Skalpell zurück auf den Beistelltisch, ohne sie auch nur eine Sekunde aus den Augen zu lassen. Auf dem Tisch entdeckte Hannah Christ einen kleinen Plastikeimer, in dem ein Müllbeutel steckte. Sie sah mit Blut verschmierte Verbandsreste daraus hervorragen.

«Das vorhin war nur ein kleiner Imbiss, jetzt wollen wir die Sache ein wenig beschleunigen. Eine Frau deiner Größe müsste zwischen vier und fünf Liter Blut in den Adern haben. Beim ersten Liter wird dir demnach zwar ein bisschen schwummrig, aber es werden noch keine bleibenden Schäden entstehen. Der menschliche Organismus ist in dieser Hinsicht unglaublich leistungsfähig. In ein paar Stunden schon wird dein Blut durch neue Zellen ersetzt worden sein. Wir können das Spielchen also noch einige Male spielen und dabei feststellen, wo deine persönliche Grenze liegt.» Der Metzger lachte auf. «Schwere körperliche Anstrengungen solltest du in nächster Zeit natürlich vermeiden.»

Hannah Christ sah, wie ihr Peiniger einen dünnen, hellen Schlauch hochhob, dessen Ende an der Kanüle auf ihrem Handrücken befestigt war. Im selben Moment wurde ihr klar, was das Sauggeräusch zu bedeuten hatte. Er hatte es vorhin ernst gemeint, als er sagte, er würde ihr Blut trinken. Und sie begriff, was ihr in den nächsten Stunden bevorstand, wenn nicht irgendjemand dieses Monster daran hinderte, ihr das Leben auszusaugen.

Doch unabhängig von dem ganzen Grauen schoss ihr ein anderer Gedanke durch den Kopf: In jeder Sekunde, die sie es schaffte zu überleben, konnte die ersehnte Hilfe kommen. Sie hatte keine Ahnung, woher, aber es war möglich. Wenn sie stark genug war, hatte sie eine Chance. Es lag nur an ihr.

Ich muss Zeit gewinnen!

«Die Polizei weiß, wo wir hingefahren sind. Man wird nach uns suchen.» Hannah hoffte, ihre Stimme klang fest genug, um den Mörder zu täuschen.

Doch der Mann lachte schallend. «Das glaube ich kaum», sagte er, als er sich wieder beruhigt hatte.

Nach einem Augenblick der Stille räusperte er sich. Seine nächsten Worte waren so schrecklich, dass Hannah entsetzt die Augen schloss: Der Metzger sprach mit der Stimme von Helene Pfahl, wie sie sie am Telefon gehört hatte. «Guten Tag, Frau Hofmann. Können Sie mir sagen, wo Kommissar Abel und seine Kollegin sind? Sie wollten heute Abend zu mir kommen ... Nein, ich habe seitdem nichts mehr von ihnen gehört. ... Nein, es war nicht so wichtig. Sagen Sie ihnen einfach, dass sie sich jederzeit wieder bei mir melden können.»

Hannah Christ starrte den Mann gebannt an. Was für ein Dämon steckte hinter dieser Maske?

«Du siehst», sagte der Metzger jetzt wieder mit seiner eigenen Stimme, «man wird dich bestimmt nicht bei der Hexe oder gar bei mir suchen.» Er nahm den Schlauch in den Mund und fing an, den Katheter aufzudrehen.

Jetzt vergaß Hannah Christ ihre guten Vorsätze. Sie bäumte sich auf und zerrte mit aller Macht an ihren Handschellen. Ihr war egal, was der Mann dachte – sie musste hier raus!

«Stillhalten!», herrschte der Metzger sie an. Dabei griff er nach ihren Handgelenken, sodass sich seine Maske nur noch wenige Zentimeter über ihrem Gesicht befand. Die Augen dahinter funkelten wütend.

«Wenn du mit deinem Gezappel den Schlauch von der Braunüle reißt, gibt das eine Riesensauerei. Der Venendruck ist zwar nicht so hoch wie der arterielle, aber wenn deine Blutgerinnung schlecht ist, reicht es allemal, um dich langsam sterben zu lassen.»

Hannah Christ drehte angewidert den Kopf zur Seite, hörte jedoch auf, an den Handschellen zu reißen.

«Gut!», zischte der Mann. «Dann lasse ich dich jetzt wieder los. Solltest du erneut Mätzchen machen, werde ich mein Programm ändern und mit dem Schneiden beginnen.»

Er richtete sich wieder auf, nahm das Skalpell in die Hand und führte es ganz nah an eines ihrer Augen heran. Seine Augen hinter der Maske waren dabei immer auf ihr ängstliches Gesicht gerichtet.

Dann nahm er mit der freien Hand den Schlauch und schob ihn in seinen Mund. Er passte genau in den Schlitz der Maske, hinter dem die schmalen Lippen hervorlugten. Danach griff er an ihr Handgelenk und drehte die Kanüle auf. Da er es mit einer Hand machen musste, wurde dabei der Katheter in Hannah Christs Vene verdreht.

Doch sie spürte es nicht.

Sie sah nur, wie das Blut in dem Schlauch emporstieg und nach wenigen Sekunden seinen Mund erreichte. Seine Augen schlossen sich, und ein Stöhnen drang hinter der Maske hervor. Es war ein Laut voller *Glück*.

In diesem Moment begriff Hannah Christ trotz aufsteigender Panik, was den Metzger antrieb. Er wollte *Leben*. Das Leben seiner Opfer. Deshalb saugte er sie aus. Es ging ihm nicht um das

Blut an sich. Es ging ihm um das Leben, das über den Schlauch in ihn überging.

Ganz tief in sich drin war der Metzger so tot wie seine Opfer, wenn er mit ihnen fertig war. Aber wenn er sie sich einverleibte, wenn er zusah, wie sie schwächer wurden, dann wurde er für diesen kurzen Moment zum Leben erweckt. So einfach war das.

Hannah Christ sah voller Verzweiflung zu, wie der Metzger sie austrank, begleitet von Schuberts tragischer Musik. Sie bemühte sich, ihre Panik unter Kontrolle zu halten – wenn sie kollabierte, wäre alles aus. Er hatte ja versprochen, dass er sie nicht gleich töten würde. Er würde also darauf achten, dass ihr nichts passierte. Sie flehte zu Gott, dass er es tat. Andererseits ... was konnte man einem verrückten Mörder schon glauben?

Sie merkte, wie ihr die Sinne schwanden, doch der Metzger hörte nicht auf zu trinken. Er musste doch merken, wie schlecht es ihr ging! Wieder und wieder saugte er an dem Schlauch und gab verzückte Laute von sich. Dabei schien er nicht nur das Blut zu genießen. Auch ihr verzweifeltes Gesicht gefiel ihm offensichtlich gut, er ließ es nicht aus den Augen.

Hannah merkte, wie alles vor ihren Augen verschwamm. Sie konnte ihn nicht mehr richtig erkennen. Sie sah nur noch seine Umrisse.

Seine Umrisse und dahinter ...

■

Es waren etwa zwanzig Stufen, die Martin Abel hinaufsteigen musste. Zwanzig Schritte, die ihn aus dem eisigen Keller in das von Musik durchflutete Erdgeschoss brachten. Dennoch kosteten sie ihn mehr Kraft als sein letzter Tausend-Meter-Lauf.

Den hatte er aber auch nicht tiefgekühlt hinter sich bringen müssen.

Abels Verstand funktionierte mit verminderter Geschwindigkeit – genauso wie sein Körper. Trotzdem zwang er sich unaufhaltsam weiter. Hannah war in Gefahr, jede Verzögerung konnte ihr Ende bedeuten. Er musste sich zusammenreißen und die letzten Kräfte mobilisieren.

Er drehte den Kopf, um die Quelle der *Unvollendeten* zu orten. Links. Ja, links hinter der Tür, dort lag sein Ziel. Mit einem Ächzen öffnete er sie und betrat einen Gang, der ihm bekannt vorkam. Rechts erblickte er den Empfangstresen der Praxis – dort, wo er vom Fleisch des toten Rechtsanwalts gekostet hatte. Für einen Moment begann sein Magen wieder zu zucken, aber glücklicherweise war er bereits leer.

Erneut versuchte Abel, sich an der Musik zu orientieren. Sie drang durch eine Tür, die er ebenfalls nur zu gut kannte. Der Physiotherapeut mit den Zauberhänden hatte ihn dort behandelt und von seinen Schmerzen befreit. Abel wusste, dass der Mann nun Hannah mit diesen Händen bearbeitete. Doch ganz sicher nicht, um sie von Schmerzen zu befreien. Im Gegenteil.

Ich muss mich beeilen. Hoffentlich komme ich nicht zu spät!

Ohne eine Sekunde zu zögern, ging Abel zu der Tür und drückte die Klinke nach unten.

Als er die Tür vorsichtig einen Zentimeter öffnete, wurde die Musik ohrenbetäubend. Zu sehen war zunächst nicht viel, doch als Abel den Spalt vergrößerte und sich seine Augen an das Halbdunkel dahinter gewöhnt hatten, stockte ihm der Atem bei dem Bild, das sich ihm bot.

Hannah Christ lag auf dem Schlingentisch, die Hände über dem Kopf gefesselt, beide Beine waren obszön gespreizt und in die Höhe gestreckt. Eine Decke lag über ihrem ansonsten nackten Körper, doch das nahm Abel nur am Rande wahr. Dazu war er viel zu gefangen von ihrem Blick. Ihre Augen waren angstvoll auf denjenigen gerichtet, der neben ihr auf der Liege saß.

Der Mann – Martin Abel ging davon aus, dass es ein Mann war, obwohl er es nicht eindeutig sehen konnte – hatte eine Teufelsmaske auf. Als der Mann sich kurz zur Seite wandte, sah er, dass sie dunkelbraun war, spitze Hauer und zwei lange, leicht nach hinten gebogene Hörner hatte. Früher hätte man damit böse Geister ausgetrieben, doch jetzt war es Hannah, der sie ganz offensichtlich höllische Angst einjagte.

Als Abel sah, was der Mann mit der Maske im Mund hatte, bekam er ebenfalls Angst.

Ein dunkles Stück Schlauch verband seine Fratze mit Hannahs Arm. Abel brauchte nicht viel Phantasie, um zu begreifen, was sich in dem Schlauch befand. Jetzt wurde ihm klar, warum die Opfer des Metzgers allesamt blutleer gewesen waren.

Wut erfasste ihn. Hannah durfte nicht so enden wie die anderen! Sie war jung und hatte in ihrem Leben nichts Schlimmes getan – sie hatte lediglich den Fehler begangen, einem zu sehr von sich überzeugten Kollegen alles zu glauben, was er erzählte. Ganz abgesehen davon, was er für sie empfand. Abel wurde die Kehle eng. Hatte er vorher nicht benennen können, was er für Hannah fühlte, so war er sich jetzt umso sicherer.

Langsam schob er sich in den Raum. Jetzt wurde Franz Schubert zu seinem Verbündeten, denn bei der Lautstärke, mit der seine *Unvollendete* die Luft zum Vibrieren brachte, konnte der Metzger ihn unmöglich hören.

Der drehte Abel den Rücken zu. Er war voll und ganz damit beschäftigt, Hannah das Leben auszusaugen. Und sich dabei ungestört an ihrer Angst zu weiden.

So konnte Abel sich bis auf wenige Schritte an den Metzger heranbewegen. Als er direkt hinter ihm stand, hob er den Arm von Hartmut Krentz, um der Bestie damit den Schädel zu zertrümmern. Doch dann sah er das Skalpell, das auf Hannahs Auge gerichtet war.

Wenn er jetzt nicht richtig traf und den Metzger nicht sofort ausschalten konnte, dann würde Hannah ihr Augenlicht verlieren und verbluten, bevor er den Katheter schließen konnte.

Doch bevor er entscheiden konnte, was er tun sollte, fiel Hannahs Blick auf ihn, und ihre Augen weiteten sich vor Überraschung. Nur eine Sekunde lang, dann hatte sie sich wieder im Griff.

Doch diese Sekunde genügte dem Metzger, um zu verstehen, was vor sich ging. Schnell nahm er den Schlauch aus dem Mund und drehte sich um.

Martin Abel erstarrte. Nicht wegen der Teufelsmaske, hinter der ihn zwei böse Augen aus dunklen Löchern anstarrten. Nein, was seine Beine weich werden ließ, war das dunkle Blut, das aus dem Schlauch zu sprudeln begann, als sich die Lippen des Dämons davon lösten.

Hannahs Blut.

In Strömen ergoss es sich auf die Liege und den Boden. Trotz seines lädierten Zustands begriff Martin Abel sofort, dass er jetzt nur noch eine Wahl hatte, wenn Hannah Christ und er überleben wollten. Er musste schneller sein als der Mörder und schneller als das Blut.

Mit aller Kraft, die noch in seinem eiskalten Körper steckte, schlug er zu.

Der Herr der Puppen reagierte blitzschnell. Er sah den Schlag kommen, warf sich nach rechts und zückte gleichzeitig das Skalpell, um es auf Abel zu richten.

Aber er war nicht schnell genug.

Noch während er auswich, streifte der gefrorene Arm seinen Kopf und traf seine linke Schulter. Das laute Knacken und der wütende Schmerzensschrei, der hinter der Teufelsmaske hervordrang, bewiesen Abel, dass er gut getroffen hatte. Vermutlich war das Schlüsselbein des Mörders gebrochen. Eine Verletzung, die ihn für eine Weile ausschalten sollte.

Sie tat es aber nicht.

Der Metzger fiel zwar von der Liege, rollte sich aber sofort ab und landete auf den Füßen. Mit dem Brüllen eines verletzten Raubtiers warf er sich auf Abel, das Skalpell drohend in der Rechten.

Martin Abel wusste, er hatte keine Zeit, grandiose Strategien auszuarbeiten. Am Fußende der Liege stehend, überließ er von einer Sekunde zur anderen alles seinen Instinkten. Seine Reaktion fiel entsprechend aus.

Als der Mann mit der Maske fast schon über ihm war, ließ Abel sich einfach fallen. Gleichzeitig riss er sein Bein hoch, sodass es genau in der Bahn des Angreifers lag. Direkt danach prallte auch schon der Metzger dagegen, Abels Knie traf den Gegner im weißen Overall mitten in die Weichteile. Alles innerhalb einer Sekunde, und alles, während Hannahs Blut weiter ungehindert floss.

Das sollte ihm endgültig reichen.

Doch der Mörder dachte nicht daran aufzugeben. Noch während er sich, vom Kniestoß gebeutelt, über Abel zusammenkrümmte, zog er die Hand mit dem Skalpell kräftig nach unten durch.

Im ersten Augenblick spürte Abel nur ein leichtes Ziehen quer über seinen Bauch. Ein kleiner Kratzer nur, nichts, was einen Kerl wie ihn aufhalten konnte.

Doch seine nächste Bewegung machte ihm klar, wie ernst es war. Er schaffte es beim besten Willen nicht mehr, sich aufzurichten, hilflos suchten seine Hände nach Halt und fassten nach dem Rand der Liege. Als er mit einer Hand schützend seinen Bauch hielt, spürte er, dass sein Hemd nass war.

Torsten Pfahl dagegen hatte sich beim Sturz wieder über seine unverletzte Schulter abgerollt.

Der Bursche ist einfach zu fit, dachte Abel resigniert. Panik erfasste ihn. *Hannah braucht Hilfe – und zwar schnell!*

Der Atem des Metzgers ging stoßweise, sein linker Arm hing an einer Seite herab. Dennoch richtete er mit der rechten Hand sofort wieder das Skalpell auf Abel.

Als er sah, in welchem Zustand dieser sich befand, ging ein Lächeln über sein Gesicht – es reichte bis zu seinen Augen und war unter der Maske deutlich zu erkennen. Sein Opfer lag jetzt hilflos vor ihm. Er konnte sich alle Zeit der Welt lassen und den Moment frei wählen, in dem er zum Todesstoß ansetzte. Den Arm mit dem Skalpell in die Luft gereckt, brüllte der Metzger seinen Triumph laut hinaus.

Die Musik hatte gewechselt. Jetzt lief Bachs *Air*. Abel kannte das Stück. Als Lisa ihn hinausgeworfen hatte, war es in seinem dunklen Hotelzimmer stundenlang gelaufen. Ein schweres und trauriges Stück, das kein gutes Ende verhieß. Genau das Richtige also, wenn einem der Boden unter den Füßen weggezogen wurde.

Dann stürzte der Herr der Puppen sich erneut auf Martin Abel.

Der hob im allerletzten Moment ein Bein – das Einzige, was er in seiner Lage tun konnte –, sodass der Metzger für einen Moment zurückgeworfen wurde. Begleitet von einem wütenden Schrei durchschnitt er mit dem Skalpell die Luft und traf Abel am Oberschenkel des ausgestreckten Beines.

Martin Abel sackte in sich zusammen.

Während er sich den blutenden Bauch hielt, fiel sein Bein kraftlos zu Boden. Der Herr der Puppen machte zwei schnelle Schritte auf Abel zu und kniete sich auf dessen schmerzenden Bauch. Abel hörte, wie Hannah irgendetwas Unverständliches rief. Gleichzeitig spürte er, wie sie versuchte, mit den Beinen zu strampeln.

Hannah. Während seine Qual gleich zu Ende sein würde, musste Hannah weiter leiden. Weil er versagt hatte.

Armes Mädchen. Du hättest einen besseren Beschützer verdient.

«Das haben Sie nun davon, sich mit mir anzulegen!» Die Stimme des Metzgers hinter der Maske klang kalt. «Am liebsten würde ich Sie bei der Behandlung Ihrer kleinen Freundin eine Weile zusehen lassen. Aber das würden Sie sowieso nicht mehr lange durchhalten.» Er hob das Skalpell zum tödlichen Schlag.

«Keine Bewegung, oder ich schieße!»

Martin Abel glaubte, nicht recht zu hören.

Greiner?

Das musste ein Irrtum sein. Der Erste Hauptkommissar war nicht hier, sondern saß in seinem Büro in Kalkatraz und ärgerte sich über den unzuverlässigen Kollegen aus Stuttgart.

Habe ich etwa schon Wahnvorstellungen?

Doch der Mann mit der Maske hielt in seiner Bewegung inne. Die nächsten Sekunden liefen wie in Zeitlupe ab.

Die Hand des Metzgers war immer noch erhoben, doch er drehte vorsichtig den Kopf. Als er sah, wer hinter seinem Rücken in den Raum eingedrungen war, geriet seine Bewegung ins Stocken.

Jedoch nur für einen Augenblick.

Dann holte er tief Luft und stieß einen Schrei aus. Einen Wimpernschlag später zog er das Skalpell mit aller Macht nach unten.

Martin Abel schloss instinktiv die Augen, um sein Ende nicht mit ansehen zu müssen. Im letzten Moment sah er einen Schatten auf den Metzger zufliegen. Der Schatten hatte eine dünne Stange in der Hand, die er dem Mörder mit voller Wucht in den Hals rammte.

Der Oberkörper des Metzgers wurde zur Seite gerissen, die Bahn des Skalpells änderte sich dadurch. Anstatt mitten in Abels Gesicht zu landen, schrammte es an seinem Wangenknochen entlang und stieß dann in den Bodenbelag.

Ein heiseres Gurgeln drang aus dem Mund des maskierten Mannes. Mit seiner Rechten versuchte er, die Stange aus seinem Hals zu ziehen, doch es wollte ihm nicht gelingen. Langsam ließ er die Hände sinken.

Immer noch auf Abels Bauch kniend, starrte der Metzger plötzlich in Hannahs Richtung. Obwohl sich ein dicker Nebel in Abels Kopf ausbreitete, ahnte er, was nun geschehen würde.

Hannah!

Der Dämon griff erneut zum Skalpell. Mit letzter Kraft warf er sich nach vorn, um Hannah mit in den Tod zu nehmen.

Entsetzt sah Abel zu.

Doch plötzlich ertönte der ohrenbetäubende Knall eines Schusses – und der Kopf des Metzgers sackte zur Seite.

«Tut mir leid, aber ich konnte nicht früher schießen. Sonst hätte einer von euch dran glauben müssen!» Eine vertraute Stimme riss Abel für einen Moment aus der beginnenden Ohnmacht zurück. Er hörte schwere Schritte und dann ein Seufzen, das vom anderen Ende der Welt zu kommen schien.

«O mein Gott!», sagte Greiner, als er auf die beiden Verletzten hinabschaute. Abel sah aus den Augenwinkeln, wie der Erste Hauptkommissar des KK 11 sich an einem der Seile des Schlingentisches zu schaffen machte. «Wenn Frank erfährt, dass ich seine Tochter...», hörte er noch, dann wurde ihm schwarz vor Augen.

Letzter Tag

Der Tod war für das Leben so unausweichlich wie die Geburt. Ein grandioses Finale, in dem unter einem hellen, warmen Licht die wichtigsten Stationen des Daseins am geistigen Auge des Sterbenden vorbeizogen, bevor er in die nächsthöhere Existenzebene überwechselte.

So berichteten zumindest viele knapp dem Tod Entronnene. Angst brauchte man angesichts ihrer Darstellung wohl nicht zu haben.

Martin Abel scherten diese Berichte momentan einen Dreck. Während er unter dicken Wundverbänden aufwachte und sich zu orientieren versuchte, beschäftigte ihn nur eine einzige Frage.

Was war mit Hannah?

Zwei Menschen, die auf diese Frage Auskunft geben konnten, standen direkt neben seinem Bett. Der Erste Hauptkommissar des KK 11, Konrad Greiner, und Frank Kessler aus Stuttgart.

Daneben stand ein Mann im weißen Arztkittel, der mit ernster Miene auf die Monitore neben Martin Abel starrte. Als er sah, dass Abel die Augen geöffnet hatte, beugte er sich über ihn.

«Können Sie mich verstehen?»

Martin Abel versuchte ein Krächzen. Der Mann im weißen Kittel kniff die Augen zusammen, dann nickte er den beiden anderen Anwesenden zu.

«Er gehört Ihnen. Aber nur für zehn Minuten. Eine Sekunde länger, und Sie bekommen Ärger mit mir!»

Die beiden Männer brummten irgendetwas, und der Weißkittel verschwand.

Frank Kessler setzte sich auf die Bettkante. «Die Ärzte haben gesagt, dass du verdammtes Glück hattest. Der Metzger wollte seinem Namen offenbar alle Ehre machen und hat dir die Bauchdecke auf einer Länge von dreißig Zentimetern aufgeschnitten. Aber eben nur die. Die Organe darunter wurden noch nicht mal angeritzt.»

«Mein Schwimmring hat mir also das Leben gerettet?» Martin Abel wusste nicht, ob seine Stimme verständlich war, aber Franks Lächeln gab Anlass zur Hoffnung.

«So ähnlich.» Das Lächeln verschwand wieder. «Noch mehr Glück hattest du mit der Wunde am Oberschenkel. Doktor Schrader, der gerade hier war, sagt, es sei ein verdammtes Wunder, dass du noch lebst. Der Mistkerl hat dir mit seinem Skalpell blitzsauber die Arterie aufgeschlitzt. Normalerweise wärst du innerhalb kürzester Zeit verblutet, aber Konrad hat das Schlimmste verhindert, indem er dir das Bein mit einem der Stricke des Schlingentisches abgebunden hat. Die Notärzte waren zum Glück schon im Anflug, sonst...»

«Was ist mit Hannah?»

Kessler wich Abels Blick aus.

«Wir müssen unbedingt über dein Gesicht reden. Wenn die Verbände abgenommen werden, wirst du erst einmal einen Schrecken bekommen. Es ist aber nicht so schlimm, wie es jetzt aussieht. Doktor Schrader meint, dass du nach einer weiteren OP fast wieder der Alte sein wirst. Hier gibt es erstklassige plastische Chirurgen.»

«Hannah!»

«Sie mussten dir an deinem linken Fuß einen Zeh amputieren, die Erfrierungen waren bereits zu stark fortgeschritten. Alles andere und vor allem deine Finger konnten sie aber retten. Man hat dich für zwei Tage in ein künstliches Koma versetzt, damit der Heilungsprozess...»

«Den amputierten Zeh könnt ihr meinetwegen den Gully runterspülen – sag mir endlich, was mit Hannah ist!»

Frank Kessler zögerte einen Moment. «Sie hat mehr Blut verloren als du. Die Ärzte gehen davon aus, dass es weit über ein Liter war. Einen guten Teil davon hat man in Pfahls Magen gefunden, der Rest war im ganzen Zimmer verteilt. Man hat keine Ahnung, wie sie überhaupt noch dazu in der Lage war, die Stange loszureißen und sie dem Bastard durch den Hals zu stoßen. Jedenfalls ist sie danach ohnmächtig geworden und erst am nächsten Tag nach einer Bluttransfusion wieder zu sich gekommen.»

In Abel machte sich unendliche Erleichterung breit. Hannah lebte. Das was das Wichtigste.

«Sie ist also okay?»

«Ja, es geht ihr schon wieder ganz gut. Es reichte sogar schon wieder, um mir zu sagen, dass ich kein schlechtes Gewissen haben muss, weil ich sie mit dir habe nach Köln gehen lassen.» Frank Kessler sah einen Moment zu Greiner, dann wieder zu Abel. «Wenn ihr beide nicht gewesen wärt...»

Abel schüttelte den Kopf, oder besser gesagt, er versuchte es. Nach den ersten Zentimetern und einem mörderischen Stechen im Schädel beließ er es bei dem Versuch. «Sie hat *mir* das Leben gerettet», sagte er dann. «Nicht umgekehrt.»

Frank Kessler setzte zu einer Erwiderung an, schloss den Mund dann aber wieder.

In Abel begannen weitere Erinnerungsfetzen an die Oberfläche seines Bewusstseins zu steigen. Viele davon hatten mit einem Teufel in einem weißen Overall zu tun, der sich auf Hannah stürzte.

«Was habt ihr über Pfahl herausgefunden? Hatte er all unsere Opfer auf dem Gewissen?»

Konrad Greiner nickte. «Und ob er das hatte. Wir haben in seiner Kühlkammer die Überreste aller gefunden. Fein säuberlich verpackt und beschriftet. In einem Zimmer hatte er sich zudem ein richtiges Archiv angelegt mit Zeitungsausschnitten, Fotos und sogar Videos von allen Morden. Mir haben schon die ersten fünf Minuten gereicht, aber die armen Schweine von der Staatsanwaltschaft müssen sich jetzt alles ansehen. Die Spezialisten nehmen gerade die Festplatte seines PCs auseinander, weil wir davon ausgehen, dass er die Leute irgendwie über das Internet ausgewählt hat. Wir lassen natürlich auch DNA-Analysen machen, aber da rechne ich mit keinen Überraschungen mehr. Torsten Pfahl ist der Metzger, so viel ist sicher.»

«Und seine Mutter?»

«Das ist vielleicht das Schlimmste.» Greiner wiegte bedächtig den Kopf. «Im Keller ihrer Villa fanden wir drei Babyleichen. Professor Kleinwinkel ist noch nicht fertig mit der Untersuchung, aber er ist sich sicher, dass sie mindestens dreißig Jahre alt sind. Wir können wohl davon ausgehen, dass es sich um Kinder von Helene Pfahl handelt. Kleinwinkel geht jetzt schon jede

Wette ein, dass die keines natürlichen Todes gestorben sind. Und wenn Torsten Pfahl der einzige überlebende Sohn seiner Mutter ist, kann man sich lebhaft vorstellen, was er hat durchleiden müssen. Er hatte allen Grund, noch eine Rechnung mit ihr offen zu haben.»

Martin Abel schwirrte der Kopf. «Du meine Güte. Habt ihr sonst noch was Neues herausgefunden?»

Greiner räusperte sich. «Ja», sagte er dann für seine Verhältnisse ziemlich leise. Seine Stimme reichte dennoch, um den Raum zu füllen. «Sie hatten recht mit Ihrer Vermutung. Wir haben nicht nur Überreste der bekannten Opfer entdeckt, sondern noch von mindestens fünf weiteren. Wir haben die Ermittlungen noch nicht ganz abgeschlossen, aber wenn sich unsere Vermutungen bestätigen, dann haben wir es mit einer der größten Mordserien der deutschen Geschichte zu tun.»

Er räusperte sich erneut. «Das ist jetzt dann wohl die Stelle, an der ich mich bei Ihnen für Ihre Hilfe bedanken muss. Vermutlich ist auch eine Entschuldigung angebracht, oder? Besonders zuvorkommend habe ich Sie schließlich nicht gerade behandelt.»

Abel schüttelte den Kopf, dieses Mal jedoch vorsichtiger. «Geschenkt. Ich habe es Ihnen ja auch nicht unbedingt leichtgemacht, mich ins Herz zu schließen. Außerdem muss ich mich vielmehr bei Ihnen bedanken: Schließlich waren Sie es, der den Metzger letztendlich aufgehalten hat.»

«Äh, ja.» Greiners Stimme klang belegt. Mit Lob konnte er anscheinend schlechter umgehen als mit Kritik. «Als er von Ihnen abließ, hatte ich endlich freie Schussbahn. Ein Glückstreffer, mehr nicht.»

«Das nenne ich eine saubere Portion Glück. Sie sollten Lotto spielen.» Abel runzelte unter seinem Kopfverband die Stirn. Ein

Gedanke hatte ihn die ganze Zeit über beschäftigt. «Wie sind Sie überhaupt so schnell zu Pfahls Haus gekommen?»

Greiner kratzte sich am Nacken. «*Schnell?* Dieses Detail erkläre ich Ihnen lieber ein anderes Mal, sonst lasse ich mich wieder zu Tätlichkeiten hinreißen. Sagen wir einfach: Sie hatten recht. Einer meiner Mitarbeiter hat tatsächlich etwas versaut.

Nach ein paar Umwegen waren wir dann jedenfalls irgendwann im Haus von Helene Pfahl – Torsten Pfahls Mutter, wie wir jetzt wissen. Ihre aufgeschlitzte Leiche haben wir in einem Sessel gefunden, das ganze Haus war voller Blut. Können Sie sich vorstellen, welche Angst wir hatten, zu spät zu kommen? Ich dachte natürlich, dass ein Teil der Spuren von Ihnen und Frau Christ stammten. Immerhin stand ja noch Ihr Wagen beim Haus! Na ja, und dann stellte sich heraus, dass einer meiner Leute Mist gebaut hatte. Die Spur führte zu Torsten Pfahl. Ich fuhr voraus, das SEK ein paar Minuten hinter mir. Als ich in Pfahls Haus Licht brennen sah und die laute Musik hörte, war mir klar, dass jede Sekunde kostbar war.»

«Und wie sind Sie ins Haus gekommen?»

Greiner richtete sich zu seiner vollen Größe auf. «Können Sie sich eine Tür vorstellen, die mich in diesem Moment hätte aufhalten können? Ich bin durch die Tür gegangen, und den Rest kennen Sie ja!»

Alle drei Männer schwiegen eine Weile und dachten über das Gesagte nach. Dann räusperte sich Abel und fixierte Frank Kessler so gut mit seinem Blick, wie es bei den vielen Verbänden möglich war. «Da ist noch etwas.»

«Ja?»

«Sie ist deine Tochter, Frank. Du hast mich mit deiner Tochter losgeschickt, obwohl du genau wusstest, in welche Gefahr sie sich damit begab. Warum?»

Frank Kessler holte tief Luft. Als er sie wieder ausstieß, sah er müde aus. «Weil sie es so wollte. Weil sie es verdammt noch mal so wollte.» Er stand auf und ging einen Schritt zur Tür.

«Glaubst du im Ernst, ich hätte sie gehen lassen, wenn ich es hätte verhindern können? Glaubst du, ich habe nicht alles versucht, um ihr klarzumachen, dass es Wahnsinn ist? Aber sie wollte nichts davon hören. Sie wollte mit dem besten Mann zusammenarbeiten, den wir haben, auch wenn er ein Arschloch ist. Das waren ihre eigenen Worte.» Frank zuckte mit den Schultern, ein verlegenes Lächeln folgte. «Na ja, sie hat wohl den Dickkopf ihrer Mutter. Deshalb hat es wohl auch nie so richtig funktioniert zwischen uns.»

«Warum hast du mir nicht gesagt, dass Hannah deine Tochter ist? Sollte das eine Überraschung werden?»

Frank Kessler verdrehte hilflos die Augen. «Das war auch ihre Idee. Sie war der Meinung, dass du nie im Leben zugestimmt hättest, wenn du im Bilde gewesen wärst. Und du weißt inzwischen doch: Wenn Hannah sich etwas in den Kopf setzt, bekommt sie es auch.»

Martin Abel schwieg eine volle Minute lang. Er überlegte, was Frank falsch gemacht hatte. Was er selbst falsch gemacht hatte. Er kam zu dem Ergebnis, dass manchmal niemand einen Fehler machte und trotzdem alles falsch lief. Das Leben selbst war es, das nicht fehlerfrei war.

«Ja», sagte er schließlich. Er sah zu Frank und versuchte ein mitleidiges Lächeln. «Was sie sich in den Kopf setzt, bekommt sie auch.»

∎

Nachdem Frank Kessler und Konrad Greiner vom unnachgiebigen Doktor Schrader aus dem Zimmer geschickt worden waren, hatte Martin Abel reichlich Gelegenheit zum Nachdenken. Eine Schwester kam herein und erneuerte die Infusionsflasche, ohne dass er mehr als *mhm* und *okay* auf ihre Fragen geantwortet hätte. Zu sehr war er mit den Ereignissen der letzten Tage beschäftigt. Und natürlich mit Hannah.

Sosehr er ein Wiedersehen mit ihr herbeigesehnt hatte, als sie einige Stunden später im hellen Jogginganzug das Zimmer betrat, hielt er sie zunächst für eine weitere Pflegekraft – bis sie sich zu ihm auf die Bettkante setzte und der süße Duft von *Angel* in seine Nase stieg. Ein Pflaster auf ihrer Nase sagte Abel, dass der Metzger auch bei ihr von seinem Skalpell Gebrauch gemacht hatte.

«Wie geht's dir, alter Mann?»

«Wie es einem so geht, wenn man als Tiefkühlmahlzeit eingeplant war. Meine Hände haben Frostbeulen, und dem Rest geht's auch nicht viel besser.»

«Oh mein Gott, der Kerl friert schon wieder. Aber die Ärzte sind trotzdem zuversichtlich. Ich habe jedenfalls gehört, dass du bald wieder Bäume ausreißen kannst.»

«Sicher.»

Martin Abel drehte den Kopf so weit wie möglich in ihre Richtung. Was er sah, gefiel ihm nicht. Ihre Augen hatten dunkle Ränder, und um die Handgelenke waren breite Mullbinden gewickelt worden. Dort, wo die Handschellen des Metzgers in ihre Haut geschnitten hatten.

«Du siehst blass aus. Hatten sie nicht genügend Konserven von deiner Blutgruppe da?»

Hannah versuchte ein Lächeln. «Mach dir keine Gedanken um mich. Ich habe mir nur versehentlich die Nase ein bisschen zu sehr gepudert. Morgen darf ich nach Hause.»

Beide schwiegen eine Weile und taten so, als ob dies ein völlig unbelasteter Moment sei. Martin Abel, weil er nicht noch mehr kaputt machen wollte, und Hannah Christ, weil sie nicht wusste, was er dachte.

«Wo ist eigentlich dein Zuhause?», fragte er schließlich. «Jetzt haben wir so lange zusammengearbeitet, und ich weiß noch nicht einmal, wo du wohnst.»

Hannah zuckte mit den Schultern. «Du hast recht, das ist ungewöhnlich. Normalerweise fragen mich die Kerle das immer gleich als Zweites. Direkt nachdem sie sich nach meinen sexuellen Gewohnheiten erkundigt haben.»

Sie warf den Kopf in den Nacken, und für einen Moment blitzte das kecke Lächeln auf, das er an ihr so liebte. «Zuletzt hatte ich ein kleines Apartment in Wiesbaden. Wegen der Ausbildung, du weißt schon. Normalerweise wohne ich aber in Freiburg, das ist für mich die schönste Stadt in ganz Deutschland. Sie trägt ihren Namen nicht zu Unrecht, wie ich inzwischen weiß. Man lebt dort tatsächlich ein wenig freier als anderswo.»

«Hast du dort gelernt, wie man seinen Vater um den Finger wickelt? Ich habe Frank noch nie so hilflos gesehen, wie wenn er von dir redet.»

Hannah verdrehte die Augen. «*Vater!* Er ist nicht hilflos, er hat nur ein schlechtes Gewissen mir gegenüber. Und ich setze natürlich alles daran, es noch eine Weile aufrechtzuerhalten.»

«Und wieso hast du nicht denselben Nachnamen wie er?»

«Das hab ich meiner Mutter zu verdanken. Sie wollte alle Verbindungen zu dem Mann abbrechen, der sowieso nie für sie da war. Gründlich, wie sie war, hat sie wieder ihren Mädchennamen angenommen. Für mich und meinen Bruder galt das gleich mit.» Hannah überlegte einen Moment. «Und wo ist dein Heimathafen?»

Martin Abel verzog die Mundwinkel. «Gute Frage. Mit Lisa und den Kindern habe ich in der Nähe von Böblingen gewohnt. Aber seitdem war ich eigentlich nirgendwo mehr richtig daheim.» Er versuchte ein Grinsen. «Die Hotels in München kenne ich ganz gut, dort hatte ich schon drei Fälle.»

Hannah schüttelte missbilligend den Kopf. «Ts, ts, *Hotels!* Du bist ganz schön anspruchslos geworden. Seid nicht gerade ihr Schwaben dafür bekannt, dass ihr praktisch schon mit einem Bausparvertrag auf die Welt kommt?»

«Das stimmt. Aber bei der ersten Scheidung geben wir ihn wieder ab. Dann müssen wir uns als Wanderarbeiter durchs Leben schlagen, bis uns ein wohlgesinnter Mensch bei sich aufnimmt.»

Sie schaute ihn abschätzend an. Abel kam sich vor wie ein Pudding, von dem sie offenbar nicht so recht wusste, ob sie ihn essen sollte oder nicht. «Ich habe dreieinhalb Zimmer, Küche, Bad», sagte sie schließlich. «Ob das für dich und deine fünfundzwanzig Jacketts reicht?»

Sein Pulsschlag beschleunigte sich. «Keine Ahnung. Aber hältst du das für eine gute Idee? Wie du mitbekommen hast, kann ich manchmal ganz schön biestig sein.»

Hannah tätschelte aufmunternd seinen Arm. «Man merkt, dass du noch nicht ganz da bist. Wenn du erst mal mit mir zusammen bist, weißt du, wie die Realität aussieht. Mit dir halte ich allemal mit, ich habe die Biestigkeit sozusagen erfunden.»

«Oh. Dann sollte ich mir die Sache vielleicht noch mal überlegen.»

«Überleg nicht zu lang. Freiburg ist nicht nur die schönste Stadt Deutschlands, sondern auch die wärmste.»

Beide sagten eine Weile nichts mehr. Hannah betrachtete die Anzeigen auf dem Monitor, und Abel betrachtete Hannah.

Als sie gedankenverloren ihre Lippen befeuchtete und diese glänzten, erschien sie ihm plötzlich sehr jung. Und schutzbedürftig. Im nächsten Augenblick schon bemerkte sie seinen Blick, kniff die Augen zusammen und lächelte wissend. In dieser einen Sekunde glaubte Martin Abel, bis in ihr Herz sehen zu können.

«Glaubst du, wir können uns in nächster Zeit tatsächlich wiedersehen?», fragte Abel. «Es muss ja nicht gleich für die Ewigkeit sein, aber...»

Seine Kehle wurde eng. Plötzlich konnte er nicht weitersprechen.

Hannah beugte sich über ihn und sah ihm lange in die Augen. Sie seufzte. «Martin Abel. Du hast mich zwar nicht verdient, aber ich gebe dir trotzdem eine Chance.» Sie drückte ihm einen Kuss auf die Lippen. Nur für ein paar Sekunden, aber er hatte das Gefühl, dass für einen Moment die Zeit stillstand, so leise wurde es im Zimmer. Im nächsten Augenblick stand Hannah auf, und alles war wie zuvor.

«Details besprechen wir, wenn ich weiß, wie du unter deinen Verbänden aussiehst. Ich kaufe schließlich nicht die Katze im Sack.» Dann ging sie zur Tür und verschwand mit einem frechen Augenzwinkern hinaus auf den Gang.

Zurück blieb ein ziemlich aufgewühlter Martin Abel.

Als Hannah aus dem Krankenzimmer ging, hinterließ sie nicht nur den Duft nach *Angel*. Sondern einen Polizisten, der diese süße Wolke in sich einsog und merkte, welch belebende Wirkung das auf ihn hatte. Martin Abel wusste, dass dieser Duft vergänglich war, aber er spürte, dass die Gefühle, die Hannah in ihm verursachte, noch eine ganze Weile anhalten würden.

Oder gar für immer bleiben würden?

Das Klingeln des Telefons am späteren Abend vermochte seinen Zustand nicht zu ändern. Die Stimme, die er nach dem Abnehmen hörte, ließ ihn jedoch für eine Sekunde den Atem anhalten.

«Störe ich?»

Irgendwie schaffte es Abel, nicht vor Überraschung aufzuschreien.

«Lisa.»

«Wie geht es dir, Martin?»

«Einen Schönheitspreis würde ich momentan nicht gewinnen. Aber ehrlich gesagt: Nach unserer Scheidung ging es mir schlechter.»

Lisa lachte auf. Nur ganz kurz, aber freundlich, sodass Abels Angst vor dem, was noch kommen mochte, zerstreut wurde. «Ich habe davon gelesen. Die Zeitungen sind sogar hier in Stuttgart voll davon. Überall ist von dem Superman die Rede, der einen Kannibalen zur Strecke gebracht hat. Du hast weiß Gott einiges mitgemacht. Aber dafür hörst du dich eigentlich ganz gut an. Könnte es sein, dass es an der jungen Frau liegt, in deren Begleitung du in letzter Zeit öfter gesehen wurdest?»

«Könnte es sein, dass du neugierig bist?» Und nach einer Sekunde Nachdenkens: «Woher weißt du das überhaupt?»

Abel hörte das Rascheln von Papier. «Auf dem Foto in den *Stuttgarter Nachrichten* schaust du sie an wie ein Verdurstender ein Schwimmbad. Mhm, ja, bei allem weiblichen Konkurrenzdenken muss ich zugeben, dass sie ganz nett aussieht. Umso mehr frage ich mich, wie sie es mit dir überhaupt lange genug ausgehalten hat, um den Fall zu lösen.»

«Aus dem gleichen Grund wie du? Weil ich so unwiderstehlich bin?»

«Martin», Lisas Stimme klang plötzlich ernst. «Ich war nur so lange mit dir zusammen, weil ich weiß, dass sich unter dem Eispanzer, den du mit dir rumträgst, eine warme Quelle verbirgt. Man muss aber jede Menge Geduld aufbringen, um sie zu finden und sich die Hände daran wärmen zu können.»

«Und diese Geduld hattest du nicht.»

Lisa zögerte für einen Moment. «Ich hätte sie vielleicht sogar gehabt», sagte sie dann ruhig. «Aber irgendwann wusste ich einfach nicht mehr, was ich den Kindern erzählen sollte, wenn sie mich fragten, wer der Mann wäre, der in unregelmäßigen Abständen zu uns nach Hause käme, sich aufs Sofa legte und dann für den Rest des Abends schweigend zur Decke starrte.»

Martin Abel wusste nicht, was er darauf sagen sollte.

Lisas feine Antennen registrierten seine Gefühle offenbar sofort. «Ich mache dir keine Vorwürfe deshalb. Jetzt nicht mehr. Ich habe inzwischen verstanden, dass jemand diese Arbeit tun muss, aber ich konnte eben nie akzeptieren, dass das ausgerechnet mein Mann sein sollte. Na ja, Schwamm drüber. Das Leben geht weiter, für dich und für mich.»

«Ja», stimmte Abel zu. Und nachdem er allen Mut zusammengenommen hatte: «Wie geht es den Kindern?»

«Könnte kaum besser sein. Emilia freut sich auf die Schule, seit ich angedeutet habe, dass ein Pferd für ihre Barbie in der Schultüte sein könnte. Und Phillip hat in der letzten Mathearbeit gerade noch mal die Kurve gekriegt und muss das Jahr nun doch nicht wiederholen. Also auf ein Neues. Ich wette, in der nächsten Klasse macht er endgültig die lang erwartete Bruchlandung, so stinkfaul, wie er ist.» Ihre Stimme hatte wieder diesen warmen Ton angenommen, in den Abel sich damals verliebt hatte.

«Aber nun sind ja erst einmal Sommerferien.» Lisas Satz klang eine Weile in Abels Ohr nach. Nach einem kurzen Zögern fuhr sie leise fort: «Möchtest du nicht für ein paar Tage die Kinder besuchen kommen? Sie reden zwar nicht darüber, aber ich weiß, sie würden sich freuen.» Ein weiteres Zögern. «Und ich natürlich auch.»

Abel stockte für einen Moment der Atem. «Und was denkt Georg?»

Lisa lachte erneut. «Ich kann mir nicht vorstellen, dass dich das ernsthaft kümmert. Oder sollte ich mich etwa täuschen?»

Plötzlich sah er sie wieder vor sich, wie sie damals in ihrem weißen Schwesternkittel an der Tafel in der Polizeischule stand und mit ihrer Zungenspitze ihre Oberlippe berührte, während sie auf eine Antwort von ihnen wartete. Plötzlich glaubte er, die Antwort auf die Frage zu wissen, die ihn beschäftigte, seit Lisa ihn damals verlassen hatte. Der Frage, ob er die Trennung überleben würde.

«Du täuschst dich nicht. Georg ist mir vollkommen egal. Aber vielleicht bringe ich ihm ein paar Pralinen mit. Die kann er futtern, bis er platzt, während ich mit den Kindern spiele.»

«Untersteh dich. Du wirst schön artig sein und so tun, als ob du ihn richtig gut leiden kannst. Aber du kannst etwas anderes einpacken, wenn du mir einen Gefallen tun willst.»

«Jeden, solange ich mich mit Georg nicht verbrüdern muss.»

«Gut. Dann bring diese Frau mit, ich *muss* sie kennenlernen. Du hast in den letzten drei Minuten mehr gelacht als in den letzten drei Jahren mit mir. Ich will wissen, was sie mit dir angestellt hat.»

Nachdem sie noch ein paar Minuten über die Kinder und die Qualität des deutschen Krankenhausessens gesprochen hatten, legten sie schließlich auf.

Abel lehnte sich in seine Kissen zurück und starrte zum Fenster hinaus. Ein weiterer heißer Sommertag war in Köln zu Ende gegangen.

Es dauerte nicht lang, und Abel döste. Im Halbschlaf sah er sich mit nacktem Oberkörper durch die heiße Luft gehen, der Schweiß lief in Strömen an ihm herunter. Die Rinnsale formten sich zu Sturzbächen, liefen ihm über das Gesicht und lösten in seinen Augen heftiges Brennen aus. Beruhigend, denn das Brennen bewies ihm, dass er lebte.

Plötzlich färbte sich der Schweiß jedoch dunkelrot, und Abel sah sich blutüberströmt durch ein dunkles, kaltes Haus laufen – in dessen Keller ein Dutzend Leichen lag. Mit Blut in den Augen stolperte er eine Treppe hinauf und wusste, dass er einen geliebten Menschen vor dem sicheren Tod retten musste. Halb verrückt vor Panik irrte er herum, bis er fand, was er suchte: Er sah die vor Entsetzen geweiteten Augen der Frau, die wusste, dass ihr in dieser Sekunde das Leben ausgesaugt wurde.

Abel erwachte, sein Herz pochte wild. Es dauerte eine Weile, bis er merkte, dass er geträumt hatte.

Dann dachte er an Hannah, wie sie ihn geküsst und vor ihrem Abschied mit funkelnden Augen angesehen hatte. Er glaubte, den Duft ihres Parfüms riechen zu können. Eine Woge der Zärtlichkeit durchströmte ihn, die die düsteren Gedanken innerhalb weniger Sekunden wegfegte. Aus dem kalten Totenkeller seines Traumes wurde ein helles, freundliches Krankenzimmer, in dessen Luft ein Hauch von Zuneigung schwebte.

In diesem Moment erkannte Martin Abel, dass sich in seinem Leben etwas geändert hatte.

Die Schatten in seiner Umgebung waren heller geworden.

Nachwort des Autors

Am Anfang dachte ich: Ziele kann man sich ja mal setzen – ein spannendes Buch sollte es werden. Spannend, gut recherchiert und vor allem auch realitätsnah. «Nichts ist phantastischer als die Wirklichkeit» – so Federico Fellini, einer der wichtigsten Filmemacher Italiens. Warum sollte also nicht auch ich mich von der Wirklichkeit inspirieren lassen?

Doch schon, als ich mit der Recherche für den Roman begann, wurde mir schnell klar, dass ich die *echte* Wirklichkeit niemals schildern konnte, ohne vom Leser tiefe Abscheu zu ernten. Denn die Wirklichkeit sieht so aus: Es gibt Mütter, die ihre Kinder direkt nach der Geburt töten und in Tiefkühltruhen oder Blumenkübeln entsorgen (siehe entsprechende Fälle in Österreich und Brandenburg). Oder Jugendbetreuer, die Kinder aus Schullandheimen und Ferienlagern entführen, missbrauchen und töten (siehe den Fall des kleinen Dennis aus Bremerhaven u. a.). Und scheinbar wohltätige Menschen, die armen Mitbürgern ein Bett für die Nacht versprechen, um sie dann hinterrücks mit der Spitzhacke zu erschlagen, zu schlachten, aufzuessen und Hosenträger aus ihrer Haut zu nähen (der Fall des «Papa Denke» in Münsterberg, 1924). Daher habe ich mich entschlossen, mich von der Wirklichkeit nur inspirieren zu lassen und die Psychogramme der realen Serienmörder, die Ermittlungspraxis der Polizei und die Erkenntnisse der Kriminalbiologie in meine fiktive Geschichte einfließen zu lassen.

Hochrechnungen zufolge treiben in Deutschland zehn bis zwanzig Serienmörder ihr Unwesen, ohne dass sie von der Polizei als solche überhaupt erkannt werden. Dies klingt erstaunlich, ist angesichts der Organisation in Bundes- und Landespolizei aber nicht verwunderlich. Der Datenaustausch zwischen den einzelnen Behörden ist längst nicht so, wie er sein sollte, und die Ausstattung der Beamten ist es schon gar nicht. Man kann sich vorstellen: Wenn es in der Mordkommission nur einen einzigen internettauglichen PC gibt, dann ist es mit dem Datenaustausch und der erfolgreichen Recherche nicht weit her.

Dass trotzdem verblüffende 97 Prozent aller Morde in Deutschland aufgeklärt werden, hat mehrere Gründe. Zum einen ist es die bewundernswerte Arbeitseinstellung der Polizei. Denn für alle Ermittler, die ich während meiner Recherche kennenlernen durfte, ist es nicht einfach ihr Beruf, nach einem Mörder zu suchen, sondern *Berufung*. Warum sonst sollten sie wohl mangels abhörsicherer Funkgeräte im Dienst ihre eigenen Handys benutzen? Und warum sonst nehmen sie diese psychisch zum Teil extrem belastende Arbeit überhaupt auf sich – wenn nicht, um den Opfern Gerechtigkeit zukommen zu lassen? Zum anderen sind Morde in Deutschland zum allergrößten Teil immer noch Beziehungstaten. Das Opfer kennt also meistens seinen Mörder, was einerseits beunruhigend, andererseits bei den Ermittlungen sehr hilfreich ist.

Und zu guter Letzt gibt es eben noch die Fallanalyse, von der dieser Roman handelt. Sie findet bei den Fällen Anwendung, in denen man mit den üblichen Methoden nicht weiterkommt. Fällen, bei denen es zunächst keine Verbindung zwischen den Opfern und dem Täter zu geben scheint. Natürlich gibt es diesen Zusammenhang, doch ohne die Techniken und den speziellen Blick eines Fallanalytikers würde man ihn oft nicht erkennen. Martin Abel – Produkt meiner Phantasie – hat diesen speziellen Blick.

Ich hoffe, ich konnte Sie mit dieser Mischung aus Wirklichkeit und Phantasie gut unterhalten,

Rainer Löffler

Danksagung

Von Anfang an lag mir am Herzen, eine interessante, glaubwürdige Story zu schreiben. Hierzu war ich auf die Hilfe von Spezialisten angewiesen, die ihre Freizeit (und manchmal auch Arbeitszeit!) opferten, um mich mit den notwendigen Informationen zu versorgen. Allein schon durch das, was ich von ihnen gelernt habe, und durch den Spaß, den die Kommunikation mit ihnen machte, hat sich das Schreiben dieses Buches gelohnt.

Ich bedanke mich bei all den fleißigen Helfern, ohne die die Realisierung dieses Romans nicht möglich gewesen wäre:

Kriminalhauptkommissarin Doro Christmann und KHK Rüdiger Thust von der Kripo Köln.

Dr. Mark Benecke, *der* Insektenkundler und Forensiker, und seine ehemalige Assistentin Dr. Saskia Reibe.

Dr. Frank Glenewinkel, Institut für Rechtsmedizin Uni Köln.

Helmut Bruckelt, Spurensicherung Landespolizeidirektion Baden-Württemberg.

Helmut Heissenberger, Abteilung für Operative Fallanalyse beim Landeskriminalamt Baden-Württemberg.

Stephan Harbort, Kriminalhauptkommissar und vielleicht bester Kenner der Serienmörder-Thematik in Deutschland.

E. G. vom BKA in Wiesbaden.

Ein ganz besonderer Dank gilt natürlich meiner Frau Petra, die über eine verdammt lange Zeit erduldet hat, was so in keinem Ehevertrag steht: einen Mann, der viel zu wenig Zeit für sie hatte.

Das für dieses Buch verwendete FSC®-zertifizierte Papier
Lux Cream liefert Stora Enso, Finnland.